W0025820

MIRA®

Der Preis dieses Bandes versteht sich einschließlich
der gesetzlichen Mehrwertsteuer.

Umwelthinweis:
Dieses Buch wurde auf chlor- und säurefreiem Papier gedruckt.

Die Herren auf Kimbara

MIRA® TASCHENBUCH
Band 25396
1. Auflage: September 2009

MIRA® TASCHENBÜCHER
erscheinen in der Cora Verlag GmbH & Co. KG,
Valentinskamp 24, 20350 Hamburg
Deutsche Taschenbucherstausgabe

Originaltitel: A Wife at Kimbara
erschienen bei: Harlequin Enterprises Ltd., Toronto

Originaltitel: The Bridesmaid´s Wedding
erschienen bei: Harlequin Enterprises Ltd., Toronto

Originaltitel: The English Bride
erschienen bei: Harlequin Enterprises Ltd., Toronto

Konzeption/Reihengestaltung: fredebold&partner gmbh, Köln
Umschlaggestaltung: pecher und soiron, Köln
Redaktion: Ivonne Senn
Titelabbildung: pecher und soiron, Köln
Autorenfoto: © by Harlequin Enterprise S.A., Schweiz
Satz: Buch-Werkstatt GmbH, Bad Aibling
Druck und Bindearbeiten: CPI – Ebner & Spiegel, Ulm
Printed in Germany
ISBN 978-3-89941-643-5

www.mira-taschenbuch.de

Margaret Way

Rivalen der Liebe

Roman

Aus dem Australischen von
Dorothea Ghasemi

1. KAPITEL

Brod betrat den Flur der alten Heimstätte, in dem es im Gegensatz zu draußen, wo die Sonne brannte, angenehm schummrig war. Er war verschwitzt und sein Hemd mit Staub- und Grasflecken übersät. Er und seine Männer waren seit dem Morgengrauen auf, weil sie wegen der Trockenheit eine Herde von Egret Creek nach Three Moons, einer Reihe von Wasserlöchern in einigen Meilen Entfernung, hatten treiben müssen.

Da die Tiere besonders störrisch gewesen waren und einige von ihnen ständig versucht hatten, sich von der Herde abzusetzen, war es eine elende Schinderei gewesen.

Jetzt konnte er ein ausgiebiges Bad gebrauchen, doch dafür hatte er keine Zeit, weil es wie immer viel zu tun gab. Heute Nachmittag gegen drei würde der Tierarzt einfliegen, um einen weiteren Teil der Herde zu begutachten. Also blieb ihm gerade noch genug Zeit, um ein Sandwich zu essen und eine Tasse Tee zu trinken und zu der Koppel unter den Gummibäumen zurückzukehren.

Nun fiel sein Blick auf die Post auf der Pinienbank, die als Ablage diente. Das hier ist eben nicht Kimbara, dachte Brod mit einem Anflug von Galgenhumor.

Sein Vater residierte auf Kimbara, der prachtvollen alten Heimstätte seiner Jugend. Stewart Kinross. Herr der Wüste. Er überließ es seinem einzigen Sohn, sich um die Herde zu kümmern und sich zu Tode zu schuften, während er den ganzen Ruhm einheimste. Allerdings wussten nicht viele Leute davon. Und mir macht es auch nichts aus, dachte Brod, während er seinen schwarzen Akubra auf den Haken an der Wand warf. Sein Tag würde noch kommen. Er und Ally besaßen einen beträchtlichen Anteil an den diversen Unternehmen der Familie, von denen Kimbara, das Flaggschiff ihrer Rinderfarmen, das Prunkstück war.

Dafür hatte ihr berühmter Großvater schon gesorgt, denn er hatte seinen Sohn Stewart gekannt. Andrew Kinross weilte nun schon lange nicht mehr unter ihnen, und er, Brod, lebte seit fünf Jahren fast wie ein Ausgestoßener auf Marlu – seit Ally nach Sydney zurückgekehrt war, nachdem ihre leidenschaftliche Romanze mit Rafe Cameron geendet hatte.

Damals hatte Alison gesagt, sie wollte ihr Glück als Schauspielerin versuchen, wie ihre berühmte Tante Fee, die mit achtzehn von zu Hause weggegangen war, um in London Karriere auf der Bühne zu machen. Und sie hatte es tatsächlich geschafft, obwohl sie ein ausschweifendes Liebesleben geführt hatte. Jetzt lebte sie wieder auf Kimbara und schrieb an ihren Memoiren.

Fee war eine echte Persönlichkeit, zu berühmt, um als das schwarze Schaf der Familie zu gelten, doch sie hatte zwei gescheiterte Ehen hinter sich. Aus einer dieser Ehen hatte sie eine Tochter, Lady Francesca de Lyle, eine echte englische Schönheit. Sie war seine und Allys Cousine und, soweit sie sie kannten, ebenso nett wie schön.

Jetzt erzählte Fee ihre Lebensgeschichte einer gewissen Rebecca Hunt, einer jungen, preisgekrönten Journalistin aus Sydney, die bereits die Biografie einer bekannten australischen Diva verfasst hatte, und das mit großem Erfolg.

Allein der Gedanke an Rebecca entzündete eine gefährliche Flamme in ihm. So viel Macht hat also das Äußere einer Frau, dachte Brod verächtlich, denn er traute ihr nicht über den Weg. Sie hatte seidiges schwarzes Haar, ein zartes, ebenmäßiges Gesicht und einen verführerischen Mund. Sie war viel zu perfekt für ihn. Er lachte unwillkürlich, und das Sonnenlicht, das in den Flur fiel, ließ sein attraktives Gesicht viel härter erscheinen. Ja, Miss Hunt war in Wirklichkeit nur eine von vielen sehr ehrgeizigen Frauen.

Es war nicht sein Vater, der sie faszinierte. Sein Vater war zwar attraktiv, denn er sah wesentlich jünger aus als fünfundfünfzig, war selbstsicher, kultiviert und schwerreich. Nein, es war die wilde Schönheit von Kimbara, die Miss Hunt interessierte. Ein Blick in ihre hinreißenden grauen Augen, und er, Brod, hatte sofort gewusst, dass sie ihre vielversprechende Karriere sofort sausen lassen würde, um Herrin von Kimbara zu werden. Sie konnte alles haben, solange sein Vater noch lebte. Danach war er, Brod, an der Reihe.

Traditionsgemäß wurde Kimbara, der alte Sitz der Familie, immer vom Vater an seinen erstgeborenen Sohn vererbt. Und keiner der Söhne hatte je zugunsten eines Bruders darauf verzichtet. Nur Andrew Kinross war nicht der Erstgeborene gewesen, doch im Gegensatz zu ihm hatte sein älterer Bruder James den Zweiten Weltkrieg nicht überlebt.

Brod schüttelte traurig den Kopf, nahm die Post von der Bank und sah sie durch. Sie war an diesem Tag eingeflogen worden, und Wally hatte sie hergebracht. Wally war Halbaborigine und ehemaliger Farmarbeiter, doch nach einem schweren Beinbruch bei einem Sturz vom Pferd kümmerte er sich nun um die alltäglichen Dinge wie die Post und den Gemüsegarten. Außerdem war er mittlerweile ein passabler Koch.

Nur ein Brief fiel Brod ins Auge, und irgendwie hatte er damit gerechnet. Er riss den Umschlag auf und lächelte grimmig, als er den Inhalt las. Warum hätte sein Vater sich auch direkt mit ihm in Verbindung setzen sollen? Kein „Lieber Brod“, keine Frage, wie es ihm ging. Sein Vater lud zu einem Polowochenende am Monatsende, also in zehn Tagen, ein, mit dem er Miss Hunt beeindrucken wollte. Die Spiele begannen am Samstagmorgen und endeten am Nachmittag, und abends fand im großen Ballsaal ein Galaball statt.

Sein Vater würde natürlich das Team anführen, das aus den besten Spielern bestand. Er, Brod, durfte das andere Team anführen. Sein Vater sah es überhaupt nicht gern, dass sein Sohn so verdammt gut war, auch wenn er ein bisschen wild war. Eigentlich betrachtete er ihn überhaupt nicht als seinen Sohn, sondern sah vielmehr einen Rivalen in ihm, seit er erwachsen war. Es war alles so absurd. Kein Wunder, dass Ally und er, Brod, bleibende Narben zurückbehalten hatten. Aber sie hatten sich beide damit auseinander gesetzt.

Ihre Mutter war weggelaufen, als er neun und Ally vier gewesen war. Wie hatte sie ihnen das antun können? Nicht dass er und Ally es mit der Zeit nicht verstanden hatten. Mit seinen Launen, seiner unerträglichen Arroganz, seiner Gefühlskälte und seiner scharfen Zunge hatte ihr Vater sie wohl dazu getrieben. Vielleicht hätte sie tatsächlich um das Sorgerecht für sie gekämpft, wie sie angekündigt hatte, doch weniger als ein Jahr später war sie bei einem Autounfall ums Leben gekommen. Er, Brod, erinnerte sich noch genau an den Tag, an dem sein Vater ihn in sein Arbeitszimmer gerufen hatte, um ihm von dem Unfall zu erzählen.

„Niemand kommt von mir los“, hatte Stewart Kinross kalt lächelnd erklärt.

Verzweifelt schüttelte Brod den Kopf. Wenigstens hatten er und Ally Grandfather Kinross gehabt. Zumindest eine Zeit lang. Er war der beste Mensch gewesen, den sie kannten.

„Du hast das Herz und den Kampfgeist deines Großvaters“, hatte Sir Jock McTavish, einer der engsten Freunde seines Großvaters, einmal zu ihm gesagt. „Ich weiß, dass du in seine Fußstapfen treten wirst.“

Jock McTavish hatte eine gute Menschenkenntnis. Bei den vielen Auseinandersetzungen mit seinem Vater hatte er, Brod, versucht, an Sir Jocks Worte zu denken. Es war nicht einfach gewesen, denn sein Vater hatte immer versucht, ihn zu zermürben.

Brod seufzte und schob den Brief in die Tasche seiner

Jeans. Er hatte keine Lust, die weite Reise nach Kimbara zu machen, das im Channel Country, dem Land der Kanäle, im äußersten Südwesten von Queensland lag. Außerdem war er viel zu beschäftigt. Wenn er hinfuhr, musste er fliegen. Und da sein Vater ihm nicht angeboten hatte, ihn mit der Beech Baron abholen zu lassen, würde er wie sonst auch die Camerons anrufen müssen.

Er war mit Rafe und Grant Cameron aufgewachsen. Die Geschichte der Familien Kinross und Cameron war die Geschichte des Outback. Es waren ihre schottischen Vorfahren gewesen, selbst dicke Freunde von Kindesbeinen an, die sich damals hier niedergelassen und sich zu Viehbaronen emporgearbeitet hatten.

Plötzlich war Brod frustriert. Er erinnerte sich noch genau daran, als Ally zu ihm gekommen war und ihm gesagt hatte, sie könnte Rafe nicht heiraten und würde weggehen, um zu sich selbst zu finden.

„Aber du liebst ihn, verdammt!“, hatte er ungläubig eingewandt. „Und er ist ganz verrückt nach dir.“

„Ich liebe ihn über alles“, erwiderte sie und wischte sich die Tränen von den Wangen. „Aber du weißt nicht, wie das ist, Brod. Alle Mädchen verlieben sich in dich, doch du empfindest nichts für sie. Und Rafe erdrückt mich mit seiner Liebe.“

„Er ist also stark? Er ist ganz anders als unser Vater, falls du dir darüber Sorgen machst. Er ist ein prima Kerl. Was ist in dich gefahren, Ally? Rafe ist mein bester Freund. Unsere Familien stehen sich sehr nahe, und wir dachten, deine Ehe mit Rafe würde sie endgültig miteinander verbinden. Selbst unser Vater denkt, es wäre eine gute Partie.“

„Ich kann ihn nicht heiraten“, beharrte Ally. „Noch nicht. Ich muss erst einmal eine Menge über mich selbst lernen. Es tut mir schrecklich leid, dich enttäuschen zu müssen. Vater wird außer sich sein." Bei der Vorstellung wurden ihre schönen grünen Augen dunkler.

Daraufhin nahm er sie in die Arme. „Du könntest mich niemals enttäuschen, Ally. Dafür liebe und respektiere ich dich zu sehr. Vielleicht liegt es daran, dass du noch so jung bist. Nicht mal zwanzig. Du hast das ganze Leben noch vor dir. Geh mit Gott, aber geh zu Rafe zurück."

„Wenn er mich dann noch haben will." Unter Tränen hatte sie gelächelt.

Doch das war nicht passiert. Rafe hatte nie wirklich etwas für eine andere Frau empfunden, aber seitdem sprach er nicht mehr über Alison und ließ sich auch nicht anmerken, wie tief sie ihn verletzt hatte.

Starr blickte Brod durch die offene Tür. Nach fünf Jahren war Ally noch immer nicht nach Hause zurückgekehrt. Sie musste das Schauspieltalent von Fee geerbt haben, denn sie hatte gerade einen Logie als beste Schauspielerin für die Rolle einer jungen Ärztin in einer Kleinstadt in einer Fernsehserie bekommen. Sie war wegen ihrer Schönheit und ihres Charmes sehr beliebt, und er bewunderte sie sehr, vermisste sie jedoch schmerzlich.

Was in Rafe vorging, wusste er nicht. Rafe und Grant standen sich ebenfalls sehr nahe, und daher hatte Grant vermutlich auch unter den damaligen Ereignissen gelitten. Beide Brüder waren hervorragende Spieler und würden sicher auch an dem Poloturnier teilnehmen. Ihm waren sie allerdings nicht gewachsen.

Er liebte die Herausforderung und die Gefahr und würde die beiden wohl ohne Probleme davon überzeugen können, in seinem Team mitzuspielen.

Opal Plains, die Farm der Camerons, grenzte an der nordnordöstlichen Grenze an Kimbara. Grant hatte einen Hubschrauber-Flugdienst, während Rafe die Ranch leitete. In der

Presse wurden sie drei als „Aristokraten des Outback" bezeichnet, doch sie hatten alle schwere Schicksalsschläge erleiden müssen.

Nein, selbst wenn er mit den beiden fliegen könnte, hatte er keine Lust, seinem Vater oder Rebecca zu begegnen. Wenn er ehrlich zu sich war, musste er sich eingestehen, dass er es nicht ertrug, die beiden zusammen zu sehen. So aufmerksam, wie sein Vater ihr gegenüber war, war er seiner Tochter oder gar seiner Frau gegenüber nie gewesen.

Stewart Kinross war so reich und mächtig, dass er sich für unbesiegbar hielt. Und er war sich seiner männlichen Ausstrahlung so sicher, dass er glaubte, auch auf Frauen anziehend zu wirken, die nur halb so alt waren wie er. Und wenn es nicht so verdammt wahrscheinlich gewesen wäre, hätte er, Brod, darüber lachen können.

Ich muss mehr über Miss Rebecca Hunt in Erfahrung bringen, beschloss er. Sie war auffallend zugeknöpft, was ihre Vergangenheit betraf, doch von der Kurzbiografie in ihrem neusten Buch wusste er, dass sie 1973 in Sydney geboren worden war, also siebenundzwanzig war und damit drei Jahre jünger als er.

Mit vierundzwanzig war sie als Nachwuchsjournalistin des Jahres ausgezeichnet worden. Sie hatte für die Australian Broadcasting Corporation, SBS und Channel 9 gearbeitet, außerdem zwei Jahre bei der englischen Presse. Und sie hatte ein Buch mit Interviews mit Prominenten veröffentlicht sowie jene Biografie über die Diva.

Über ihr Privatleben erfuhr man jedoch nichts. Allerdings war die Frau, die sich hinter der kühlen Fassade verbarg, so faszinierend, dass Rebecca zumindest einige flüchtige Affären gehabt haben musste. Wenn sie ungebunden war, dann aus freien Stücken. Wartete sie noch auf den Richtigen? Einen charmanten, klugen, reichen und mächtigen Mann?

Die meisten Menschen schrieben Stewart Kinross all diese Eigenschaften zu, denn seine schlechten Eigenschaften traten für andere nur gelegentlich zutage. Allerdings musste er, Brod, zugeben, dass sein Vater überaus charmant sein konnte, wenn er wollte. Und wenn Rebecca ihn heiratete, würde sie mehr bekommen, als sie erwartete, diese intrigante kleine Hexe! Beinahe verspürte er Mitleid mit ihr.

Plötzlich wurde ihm klar, dass er doch sehr gern nach Kimbara fliegen würde.

2. KAPITEL

Rebecca stand auf dem oberen Balkon und blickte auf den herrlichen Garten von Kimbara, als Stewart Kinross sie doch aufspürte.

„Ah, da sind Sie ja, meine Liebe." Er lächelte nachsichtig, als er sich zu ihr an die Balustrade gesellte. „Ich habe Neuigkeiten für Sie."

Sie drehte sich zu ihm um. „Dann lassen Sie mal hören!", erwiderte sie betont fröhlich, denn die Vorstellung, dass er ein Auge auf sie geworfen haben könnte, war ihr äußerst unangenehm. Stewart Kinross war zwar reich, weltgewandt und charmant, doch er hätte ihr Vater sein können, und sie war ohnehin nicht an einer Beziehung interessiert, auch nicht mit einem Mann in ihrem Alter. Stewart Kinross betrachtete sie jedoch entzückt aus graugrünen Augen.

„Ich habe Ihnen zuliebe eines meiner berühmten Polowochenenden anberaumt." Ihm wurde bewusst, dass er sich in ihrer Gegenwart von Tag zu Tag jünger fühlte. „Nach dem Turnier findet am Samstagabend ein Galaball statt, und am Sonntag gibt es einen großen Brunch. Danach kehren die Gäste nach Hause zurück. Die meisten fliegen, einige fahren mit dem Wagen."

„Das klingt aufregend." Rebecca versuchte, sich nicht anmerken zu lassen, wie beunruhigt sie war. „Ich war noch nie bei einem Poloturnier."

„Warum veranstalte ich es wohl ausgerechnet an diesem Wochenende?" Er verzog den Mund unter dem vollen, akkurat gestutzten Schnurrbart. „Ich habe gehört, wie Sie es Fee gesagt haben."

Trotz seines Charmes war Stewart Kinross ein Mann, der bekam, was er wollte. Es würde in einer Katastrophe enden, wenn er etwas von ihr wollte, das sie ihm nicht geben konnte.

„Sie sind sehr nett zu mir, Stewart“, brachte sie hervor. „Sie *und* Fiona.“

„Zu Ihnen muss man einfach nett sein, meine Liebe.“ Vergeblich bemühte er sich um einen neutralen Tonfall. „Und Sie machen Fee sehr glücklich mit Ihrer Arbeit.“

„Fees Geschichte ist ja auch faszinierend.“ Sie wandte sich halb ab und lehnte sich an das schmiedeeiserne Geländer.

„Fee hat ein bewegtes Leben geführt“, bestätigte er trocken. „Sie ist die geborene Schauspielerin, genau wie meine Tochter Alison.“

Seine Stimme klang erstaunlich kühl.

„Ja, ich habe sie oft im Fernsehen gesehen“, erwiderte Rebecca bewundernd. „Sie verkörpert die Landärztin so glaubhaft, dass ich sie gern mal kennenlernen würde.“

„Ich glaube nicht, dass Sie Alison hier je begegnen würden.“ Er seufzte bedauernd. „Sie kommt selten hierher, und manchmal denke ich, sie tut es nur wegen Brod, weil sie mich fast vergessen hat.“

Mitfühlend blickte sie ihn an. „Ich bin sicher, dass sie Sie vermisst. Wahrscheinlich hat sie kaum Freizeit.“

„Alison ist im Outback aufgewachsen, hier auf Kimbara, das ein Vermögen wert ist. Sie bräuchte überhaupt nicht zu arbeiten.“

„Sie sprechen ihr doch nicht etwa das Recht auf einen eigenen Beruf ab?“, fragte Rebecca erschrocken.

„Natürlich nicht“, beschwichtigte er sie. „Aber Alison hat einige Menschen unglücklich gemacht, als sie weggegangen ist – vor allem den Mann, der sie geliebt und ihr vertraut hat. Rafe Cameron.“

„Ah, die Camerons. Ich habe auch ihre Familiengeschichte recherchiert. Zwei große Pionierfamilien. Legenden des Outback.“

„Unsere Familien haben sich immer sehr nahegestanden,

und ich habe mir so gewünscht, dass Alison Rafe heiratet. Aber sie hat sich genau wie Fee für eine Schauspielkarriere entschieden. Ich erzähle Ihnen das, weil Sie Rafe nämlich beim Poloturnier begegnen werden. Es findet übernächstes Wochenende statt. Rafe wird niemals verzeihen oder vergessen, was Alison ihm angetan hat, und ich kann es ihm nicht verdenken. Er ist Brods bester Freund und übt, glaube ich, einen positiven Einfluss auf ihn aus. Brod ist ein Rebell, wie Sie bestimmt gemerkt haben. Das war er schon immer. Es ist schade, denn es hat deswegen immer Spannungen zwischen uns gegeben."

„Das ist schade", sagte sie. „Kommt er auch?"

„Ich habe ihn jedenfalls eingeladen." Stewart Kinross wandte den Blick ab. „Wir brauchen ihn, weil er die gegnerische Mannschaft anführen muss. Ich möchte unbedingt, dass alles glattläuft, denn Sie sollen Ihren Aufenthalt hier genießen."

„Es ist wundervoll, hier zu sein, Stewart." Als sie den Ausdruck in seinen Augen sah, sank ihr Mut.

„Was halten Sie von einem Ausritt heute Nachmittag?" Stewart umfasste ihren Arm und führte sie ins Haus.

„Das wäre sehr schön", antwortete Rebecca angemessen bedauernd, „aber Fiona und ich müssen an dem Buch weiterarbeiten."

Er neigte den Kopf. „Sie können mir keinen Korb geben, meine Liebe. Ich werde mit Fee sprechen, und dann holen wir die Pferde. Ich möchte, dass Sie Ihren Aufenthalt hier teils als Arbeit, teils als Urlaub betrachten."

„Danke, Stewart", erwiderte sie leise. Einerseits fühlte sie sich in der Falle, andererseits hatte sie den Eindruck, dass sie undankbar war. Schließlich war Stewart Kinross der netteste und aufmerksamste Gastgeber, den man sich denken konnte. Vielleicht war sie aufgrund ihrer früheren Erfahrungen ein wenig paranoid.

Am frühen Abend rief Broderick Kinross an. Da sie in dem Moment gerade durch die Eingangshalle ging, nahm Rebecca ab.

„Kinross Farm."

Der Anrufer schwieg zunächst. Schließlich sagte eine Männerstimme, die so markant war, dass Rebecca erschrak: „Miss Hunt, nehme ich an."

„Richtig." Sie war stolz darauf, dass sie so ruhig sprach.

„Hier ist Brod Kinross."

Als hätte sie das nicht gewusst! „Wie geht es Ihnen, Mr. Kinross?"

„Prima, und es tut gut, Ihre Stimme zu hören."

„Sicher möchten Sie mit Ihrem Vater sprechen", erklärte sie schnell, da ihr sein scharfer Unterton nicht entgangen war.

„Wahrscheinlich nimmt er gerade seinen allabendlichen Drink vor dem Essen", erwiderte er langsam. „Nein, stören Sie ihn nicht, Miss Hunt. Würden Sie ihm bitte ausrichten, dass ich zum Polowochenende nach Kimbara komme? Grant Cameron nimmt mich mit, falls mein Vater beschließen sollte, mich mit der Beech abholen zu lassen. Dad hängt sehr an mir, wissen Sie."

Sarkasmus, kein Zweifel. „Ich werde es ihm ausrichten, Mr. Kinross."

„Ich schätze, Sie werden bald Brod zu mir sagen können." Wieder dieser spöttische Unterton.

„Meine Freunde nennen mich Rebecca", erwiderte Rebecca schließlich.

„Der Name passt zu Ihnen."

„Warum sind Sie so ironisch?", fragte sie direkt.

„Sehr gut, Miss Hunt", meinte Broderick Kinross beifällig. „Die Zwischentöne entgehen Ihnen nicht."

„Sagen wir, Warnsignale entgehen mir nicht."

„Sind Sie sicher?", erkundigte er sich genauso kühl.

„Sie müssen mir nicht sagen, dass Sie mich nicht mögen." Nach ihrer ersten Begegnung konnte er das kaum leugnen.

„Warum sollte ich Sie nicht mögen?", fragte er und legte dann auf.

Rebecca atmete langsam aus, bevor sie ebenfalls einhängte. Ihre erste und bisher einzige Begegnung war kurz, aber beunruhigend gewesen. Sie erinnerte sich noch genau daran. Es war Ende letzten Monats, also vor etwa vier Wochen gewesen, und er war unerwartet auf Kimbara eingetroffen …

Da Fee leichte Kopfschmerzen gehabt hatte, hatten sie eine Pause eingelegt. Rebecca setzte ihren großen Strohhut auf und ging nach draußen, denn sie nutzte jede Gelegenheit, um Kimbara zu erkunden. Es war wunderschön mit den bizarren Bäumen, den Büschen und Felsen und den roten Dünen an der südsüdwestlichen Grenze. Es war wirklich eine andere Welt, denn die Entfernungen waren gewaltig, das Licht gleißend und die Farben wegen der intensiven Sonneneinstrahlung viel intensiver als anderswo. Sie liebte die Erdtöne und die tiefen Blau- und Violetttöne, die einen reizvollen Kontrast dazu bildeten.

Stewart hatte ihr einen Ausflug in die Wüste versprochen, wenn die schlimmste Hitze vorüber war, und darauf freute Rebecca sich sehr, denn dann würde sie die wilden Blumen blühen sehen. Es hatte seit Monaten nicht mehr geregnet, doch Stewart hatte ihr seine Fotos gezeigt, auf denen Kimbara von Blütenteppichen überzogen war. Dabei hatte er ihr erklärt, dass es nicht einmal in der Gegend regnen musste, damit die Wüste blühte. Sobald es im tropischen Norden zu regnen anfing, würden die Flüsse anschwellen und die Tausende von Quadratmeilen im Channel Country bewässern. Es war so ein faszinierendes Land und so ein faszinierendes Leben.

Sie hatte gerade die Ställe erreicht, in denen einige wunderschöne Pferde standen, als sie wütende Stimmen hörte. Männerstimmen, die sich ähnelten.

„Ich bin nicht hier, um Anweisungen von dir entgegenzunehmen“, sagte Stewart Kinross schroff.

„Doch, das wirst du, es sei denn, du willst das ganze Projekt vermasseln“, erwiderte die andere, jüngere Stimme. „Nicht jedem gefällt deine Vorgehensweise, Dad. Jack Knowles zum Beispiel, und wir brauchen Jack, wenn dieses Projekt Erfolg haben soll.“

„Das hast du im *Gefühl*, stimmt's?“, fragte Stewart Kinross so höhnisch, dass Rebecca zusammenzuckte.

„Dir könnte es jedenfalls nicht schaden“, erwiderte sein Sohn scharf.

„Halt mir keine Vorträge“, brauste Stewart Kinross auf. „Dein Tag ist noch nicht gekommen, vergiss das ja nicht.“

„Wie sollte ich das vergessen“, konterte sein Sohn. „Ein Streit ist die größte Belohnung, die ich je bekomme. Aber es ist mir egal, verdammt! Ich mache die meiste Arbeit, während du rumsitzt und die Früchte genießt.“

Daraufhin verlor Stewart Kinross die Beherrschung, und Rebecca wandte sich entsetzt ab. Sie hatte gehört, dass die beiden sich nicht besonders nahestanden, aber dass die Kluft so tief war, hätte sie nicht für möglich gehalten. Sie wusste auch, dass Broderick Kinross erst dreißig war und das Kinross-Imperium von Marlu aus leitete. Und seine Worte hatten das bestätigt. Es war alles sehr verwirrend. Selbst als Außenstehende hatte sie die Feindseligkeit zwischen den beiden gespürt. Und sie hatte Stewart Kinross von einer ganz anderen Seite erlebt. Fee hatte ihr erzählt, ihr Neffe und ihre Nichte wären wunderbare Menschen. Nicht dass Fee viel Kontakt zu ihnen gehabt hätte. Doch sie sprach sehr liebevoll von ihnen.

Zum ersten Mal fiel Rebecca auf, wie wenig Fee über ihren einzigen Bruder sprach, obwohl sie sonst so redselig war.

Sie, Rebecca, war entsetzt über seinen hasserfüllten Tonfall, zumal sie angenommen hatte, Stewart Kinross wäre sehr stolz auf seinen Sohn.

Verstört ging sie weg, da sie den beiden Männern auf keinen Fall begegnen wollte. Doch offenbar waren sie in ihre Richtung gegangen, denn kurz darauf hörte sie Stewart Kinross ihren Namen rufen.

Als sie sich umdrehte, sah sie die beiden Männer aus den Ställen kommen.

„Stewart!“ Trotz des Strohhuts musste sie ihre Augen mit der Hand beschatten, weil die Sonne so blendete.

Zuerst sah sie nur die Umrisse der beiden. Beide waren sehr groß, fast einen Meter neunzig, der eine sehr kräftig, der andere jungenhaft schlank, und beide trugen den obligatorischen Akubra. Der jüngere hatte einen beeindruckenden Gang, wie ein Schauspieler.

Ihre Augen tränten, und Rebecca fragte sich, warum sie ihre Sonnenbrille nicht mitgenommen hatte.

Schließlich standen Stewart Kinross und Broderick Kinross, der Erbe des Kinross-Imperiums, vor ihr.

Sie wusste nicht, wie sie ihn sich vorgestellt hatte. Auf jeden Fall attraktiv, aber nicht in dem Maße. Er sah einfach umwerfend aus, und seine blauen Augen funkelten so lebhaft, dass sie sich der Wirkung nicht entziehen konnte.

„Rebecca, darf ich Ihnen meinen Sohn Broderick vorstellen?“ Stewart Kinross blickte auf sie herunter, und sein Tonfall verriet, dass er ihr seinen Sohn lieber nicht vorgestellt hätte. „Er ist hier, um mir einen Zwischenbericht zu geben.“ Etwas forscher fuhr er fort: „Brod, das ist die junge Frau, die Fees Biografie schreibt, wie du sicher gehört hast. Rebecca Hunt.“

Verwirrt über die Gefühle, die sie durchfluteten, reichte Rebecca Broderick Kinross die Hand. Ihr wurde plötzlich ganz heiß, was erstaunlich war, denn normalerweise fiel es ihr nicht schwer, sich kühl zu geben.

„Guten Tag, Miss Hunt." Obwohl er sehr höflich war, spürte sie sein Entsetzen und seine Feindseligkeit. „Als ich das letzte Mal mit Fee gesprochen habe, hat sie mir erzählt, wie zufrieden sie mit Ihrer Arbeit ist. Offenbar vertraut sie Ihnen."

„Ich bin sehr dankbar, dass sie überhaupt an mich gedacht hat, denn ich bin nicht gerade bekannt."

„Nicht so bescheiden, meine Liebe", sagte Stewart Kinross schmeichelnd und legte ihr besitzergreifend den Arm um die Schultern, was er noch nie getan hatte. „Ich habe Ihre Biografie mit großem Vergnügen gelesen." Sanft drehte er sie zu sich. „Sie sollten in der Hitze nicht draußen herumlaufen, denn Sie könnten sich trotz des Hutes Ihre schöne Haut verbrennen."

Warum umarmst du sie nicht gleich, dachte Brod mit einem Anflug von Galgenhumor.

Dass es ihm noch einmal vergönnt sein würde, Bewunderung in den Augen seines Vaters zu sehen, hätte er nie für möglich gehalten, aber das hier kam dem ziemlich nahe. Fee hatte ihm einmal anvertraut, dass sein Vater von Rebecca ganz begeistert wäre. Aber er war wohl vielmehr vernarrt in sie.

Allerdings musste Brod sich eingestehen, dass er auch schwer beeindruckt war, obwohl er nicht gerade wenige Freundinnen gehabt hatte.

Eigentlich war Rebecca gar nicht sein Typ. Sie hatte eine gute Figur, war aber klein – höchstens einssechzig – und zerbrechlich. Sie hatte große graue Augen, seidiges, fast schwarzes Haar, das ihr beinahe bis zu den Schultern reichte, und zarte, helle Haut. Alle jungen Frauen, die er kannte, waren groß und athletisch, tief gebräunt und trugen keine ebenso schönen wie albernen Strohhüte. Miss Rebecca Hunt war keine wilde

Blume. Sie war wie eine exotische Orchidee. Eine Vision kühler Schönheit.

Sein Vater wandte sich ihm zu. „Ich schätze, für heute sind wir fertig, Brod."

Brod riss sich für einen Moment von Miss Hunts Anblick los. „Bitte, Dad, lass mich eine Pause machen. Ich kann nicht gehen, ohne mit Fee gesprochen zu haben."

Es klang ironisch, doch Rebecca merkte, dass er nicht die Absicht hatte zu gehen.

„Na, dann komm mit", erwiderte Stewart Kinross höflich, doch seine Augen funkelten vielsagend. „Mrs. Matthews ..." Damit meinte er die Haushälterin, die schon lange auf Kimbara tätig war. „... wird dir sicher Tee machen."

„Und, hatten Sie schon genug Zeit, um sich eine Meinung über unsere Welt zu bilden, Miss Hunt?", fragte Brod. Mit der zierlichen Miss Hunt in der Mitte gingen sie aufs Haus zu, und er war froh, dass sein Vater den Arm von ihren Schultern genommen hatte. Womöglich hätte er sonst nachgeholfen.

„Sie gefällt mir sehr." Ihre Stimme war bezaubernd, und es klang ehrlich. „Es ist vielleicht seltsam, aber ich kenne mein eigenes Land nicht so gut wie einige andere Länder."

„Australien ist eben sehr groß", bemerkte er trocken und machte eine ausholende Geste. „Und Ihre Studienzeit liegt sicher noch nicht so lange zurück." Er blickte vielsagend auf sie herunter.

„Ich bin siebenundzwanzig." Sie bedachte ihn mit einem kühlen Blick.

„Mit dem Hut sehen Sie wie siebzehn aus", sagte Stewart Kinross.

„Scarlett O'Hara", bemerkte Broderick Kinross leise, doch es klang nicht besonders beeindruckt. „Und Sie sind vorher noch nie im Outback gewesen?"

„Wie ich bereits sagte, nein. Beruflich war ich meistens an

Sydney gebunden. Ich habe zwei wundervolle Jahre in London verbracht, allerdings bin ich Fee dort nie begegnet. Ich bin in den Hauptstädten aller Bundesländer gewesen und oft im Norden von Queensland. Ich habe am Great Barrier Reef Urlaub gemacht, aber das hier ist eine ganz andere Welt im Gegensatz zur grünen Küste. Die weite Landschaft ist fast surreal mit den riesigen Felsen und den Farben, die sich ständig verändern. Stewart will mit mir einen Ausflug in die Wüste machen."

„Tatsächlich?" Broderick Kinross presste die Lippen zusammen und warf seinem Vater einen Blick zu. „Wann?"

„Wenn es nicht mehr so heiß ist", erwiderte dieser fast wütend.

„Magnolien welken in der Hitze." Broderick Kinross neigte den Kopf, um ihre Wange zu betrachten.

„Glauben Sie mir, Mr. Kinross ..." Rebecca blickte ihn kurz aus den Augenwinkeln an. „Ich welke nicht."

„Ich halte den Atem an, bis Sie mir mehr über sich erzählen", meinte er mit einem amüsierten Unterton. „Sicher hat eine so schöne junge Frau wie Sie irgendwo einen Freund."

„Nein, habe ich nicht." Am liebsten hätte sie ihm gesagt, er solle sie ihn Ruhe lassen.

„Was ist das, Brod, ein Verhör?", erkundigte sich sein Vater und zog die buschigen schwarzen Brauen zusammen.

„Überhaupt nicht. Wenn ich den Eindruck erweckt habe, entschuldige ich mich", erklärte Brod. „Ich interessiere mich immer für deine Gäste, Dad. Miss Hunt scheint interessanter zu sein als die meisten."

„Interessant" war nicht der richtige Ausdruck. Sie war eine echte Femme fatale.

Sie hatten gerade den Haupteingang erreicht, ein massives schmiedeeisernes Tor in der weißen Mauer, als eine Elster, die offenbar gerade brütete, aus einem der Bäume schoss und so tief flog, dass Rebecca aufschrie. Sie wusste, dass Elstern gefährlich werden konnten, wenn sie ihr Nest bedroht sahen. Angriffslustig kreiste der Vogel über ihnen, doch Broderick Kinross zog sie an sich und versuchte, ihn mit seinem schwarzen Akubra zu verjagen.

„Verschwinde, los!“, rief er.

Daraufhin ging der Vogel etwas auf Abstand.

Beschämt stellte Rebecca fest, dass ihr ganzer Körper auf seine Nähe reagierte. Es war eine Schwäche, die sie, wie sie geglaubt hatte, nie wieder empfinden würde.

„Sie kann Ihnen nichts tun.“ Broderick Kinross ließ sie los und blickte zum strahlend blauen Himmel. „Wenn sie brüten, können sie einem ganz schön auf die Nerven gehen.“

„Ist alles in Ordnung, Rebecca?“, erkundigte sich Stewart Kinross beflissen. „Sie sind ziemlich blass geworden.“

„Es war nichts“, wehrte Rebecca lachend ab. „Das war nicht das erste Mal, dass ich von einer Elster angegriffen wurde.“

„Und Sie haben uns erzählt, dass Sie tapfer sind.“ Broderick Kinross hielt ihren Blick fest.

„Ich habe gesagt, dass ich nicht welke“, verbesserte sie ihn. An ihrem Hals pochte eine Ader.

„Stimmt. War sie nicht großartig, Dad?“

„Sie müssen wissen, dass Broderick gern scherzt, Rebecca“, bemerkte Stewart Kinross, der plötzlich nicht mehr ganz so vornehm wirkte.

„Dann verzeihe ich ihm“, hatte sie zuckersüß erklärt, obwohl ihr das Atmen immer noch schwergefallen war.

Sie brauchte ihren Seelenfrieden und würde ihn mit allen Mitteln verteidigen. Und Broderick Kinross konnte den Seelenfrieden einer Frau ernsthaft gefährden.

An dem Samstag, an dem das Poloturnier stattfinden sollte, wachte Fee spät auf und war sehr müde, weil sie zu wenig geschlafen hatte. Sie drehte sich auf den Rücken und schob die Augenmaske hoch. Da sie so lange in England gelebt hatte, hatte sie fast vergessen, wie hell die Sonne in ihrem Heimatland schien. Jetzt benutzte sie die Schlafmaske, wenn das Licht zu hell in ihr Schlafzimmer fiel.

In letzter Zeit litt sie an chronischer Schlaflosigkeit, und nichts schien dagegen zu helfen. Sie hatte es mit starken Schlaftabletten versucht, aber sie verabscheute Medikamente und bevorzugte homöopathische Mittel oder Entspannungsmethoden – nicht dass sie sich je gut hatte entspannen können. Sie hatte zu viel Adrenalin im Blut. Sie war viel zu oft viel zu spät ins Bett gegangen. Sie hatte zu viele Liebhaber gehabt. Sie hatte nach den Aufführungen zu viele Partys gefeiert. Sie hatte an zu vielen gesellschaftlichen Ereignissen teilgenommen. Sie hatte gehofft, endlich abschalten zu können, wenn sie nach Hause zurückkehrte, doch das war nicht der Fall.

Natürlich hatte sie sich mit Stewart nie verstanden, weder als Kind noch jetzt. Stewart war schon immer so von sich eingenommen gewesen. Da sie es satt gehabt hatte, die zweite Geige zu spielen, war sie nach England gegangen. Natürlich hatte ihr geliebter Dad, Sir Andy, versucht, sie davon abzuhalten, weil er seine kleine Prinzessin nicht verlieren wollte, aber irgendwann hatte er ihre hysterischen Anfälle nicht mehr ertragen und sie weggeschickt. Er hatte sie finanziell unterstützt, sodass sie während ihres Schauspielstudiums ein standesgemäßes Leben hatte führen können. Und ihre steile Karriere hatte sie ihrer Schönheit, die sie sich selbst mit sechzig bewahrt hatte, viel Glück, dem Selbstvertrauen, das für die Familie Kinross typisch war, einer kräftigen Stimme und viel Talent zu verdanken.

Was ihr momentan zu schaffen machte, war die überaus heikle Situation mit Stewart und Rebecca. Sie, Fee, hatte zwar genug Männer kennengelernt, die sich mit wesentlich jüngeren Frauen schmückten, doch sie war alles andere als glücklich über sein Interesse an dieser jungen Frau, die sie so ins Herz geschlossen hatte. Von dem großen Altersunterschied einmal abgesehen, hätte sie Rebecca gern vor dem routinierten Charme ihres Bruders gewarnt. Wie konnte ein junger Mensch, noch dazu eine fast Fremde, wissen, was sich hinter seinem selbstsicheren Äußeren verbarg? Kein Wunder, dass die kleine Lucille, ihre mittlerweile verstorbene Schwägerin, weggelaufen war. Irgendwann hatte die sanftmütige Lucille sich nicht mehr gegen Stewart behaupten können.

Und dann war da die Art, wie Stewart seine Kinder behandelt hatte, vor allem Broderick, der die wunderschönen Augen seiner Mutter geerbt hatte, obwohl er eindeutig ein Kinross war. Sir Andy hatte ihr oft von seinen Sorgen geschrieben, und sie, Fee, hatte selbst erlebt, wie kalt Stewart seinen Kindern gegenüber war, wenn sie nach Hause gekommen war. Damals hatte ihr Liebling Sir Andy noch gelebt. Sie liebte Kimbara zwar sehr, doch sie war nur hier, weil Stewart sie zu überreden versuchte, ihre Anteile an diversen Familienunternehmen zu verkaufen. Es gab viele Familienangelegenheiten zu besprechen.

Seltsamerweise war Stewart derjenige gewesen, der angeregt hatte, eine Biografie zu schreiben. Er hatte sogar eine mögliche Autorin vorgeschlagen. Eine junge Journalistin namens Rebecca Hunt, Verfasserin einer erfolgreichen, preisgekrönten Biografie über eine Freundin der Familie, die Opernsängerin Judy Thomas – *Dame* Judy. Er hatte das Buch gelesen und war sehr beeindruckt gewesen. Er hatte sogar ein Interview mit der jungen Hunt im Kulturprogramm am Sonntagnachmittag gesehen.

„Lad sie hierher ein, Fee“, hatte er sie gedrängt und ihr die Hand auf die Schulter gelegt. „Und sei es nur, um herauszufinden, ob ihr beide euch versteht. Schließlich blickst du auf eine steile Karriere zurück, meine Liebe. Du hast etwas zu *sagen.*“

Und sie war darauf hereingefallen. Sie hatte die Augen vor der Vergangenheit verschlossen, denn sie hatte sich durch sein Interesse geschmeichelt gefühlt und gedacht, mit zunehmendem Alter würde er immer charmanter werden. Ja, Stewart war wirklich clever.

Sie hatte getan, was er wollte. Sie hatte Rebecca für ihn in die Falle gelockt. Stewart hatte sich offensichtlich in Rebecca verliebt. Auf den ersten Blick. Mit dem reinen Gesicht und dem gequälten Ausdruck in den Augen war sie genau sein Typ. O ja, der Ausdruck in ihren Augen war gequält. Rebecca hatte eine Vergangenheit. Hinter dem perfekten Äußeren verbarg sich jemand, der auch eine Geschichte zu erzählen hatte. Eine Geschichte, die viel Bitterkeit in sich barg.

Fee warf die Bettdecke zurück und setzte sich auf. So gern sie ihren Neffen bei sich hatte und sosehr sie sich insgeheim darüber freute, wenn er seinen Vater auf dem Polofeld ausstach, wusste sie, dass es an diesem Wochenende Spannungen und Kummer geben würde.

Warum hatte Stewart ihn überhaupt eingeladen? Mittlerweile musste er doch wissen, dass Brod viel besser Polo spielte als er. Und dann war da die schöne, ungewöhnliche Rebecca. Welcher Mann mittleren Alters, und sei er noch so reich, würde eine junge Frau umwerben und sie dann mit einem Mann wie Brod zusammenbringen? Es ergab überhaupt keinen Sinn, es sei denn, Stewart wollte Rebecca auf die Probe stellen.

Stewart war ganz groß darin, andere durch die Mangel zu drehen. Wenn die scheinbar perfekte Rebecca den Test nicht bestand, würde sie vielleicht in Ungnade fallen und gezwungen sein, Kimbara zu verlassen. Sie, Fee, war sich jetzt sicher, dass ihr Bruder heiraten wollte, und selbst nach all den Jahren war das nicht so abwegig. Er hatte von Zeit zu Zeit Affären gehabt, aber offenbar keine Frau gefunden, die er für sich behalten wollte. Lucille hatte für einige Zeit ihm gehört, allerdings irgendwie den Mut aufgebracht, ihn zu verlassen. Die Nächste würde dazu keine Gelegenheit haben.

Sie, Fee, hoffte, dass es nicht Rebecca sein würde. Möglicherweise war Rebecca einmal so tief verletzt worden, dass sie sich für Sicherheit entschied. Ein älterer Mann, reich, gesellschaftlich angesehen und den Konventionen verhaftet. Es war durchaus möglich, dass sie eine beeindruckende Fassade mit Sicherheit verwechselte.

3. KAPITEL

Stunden später, in der Nachmittagshitze, verfolgte Rebecca mit klopfendem Herzen das wichtigste Polomatch. Die Spiele am Vormittag hatten ihr auch sehr gefallen, aber das hier war noch um Klassen besser.

Alle Spieler waren außergewöhnlich schnell und konzentriert, die Ponys hervorragend ausgebildet.

Als Stewart einmal seinen Sohn anging, der aufs Tor zuhielt, dachte sie, er würde vom Pony fallen. Er schaffte es nicht, das Tor zu verhindern, und es war ihrer Meinung nach eine viel zu gefährliche Aktion, denn er war immerhin Mitte fünfzig, und wenn er noch so fit war. Broderick war der beste Spieler auf dem Feld, dicht gefolgt von den Cameron-Brüdern, und er und sein Vater verhielten sich, als würden sie einen Zweikampf austragen.

„Das war knapp", sagte Rebecca leise zu Fee, die es sich neben ihr in einem Liegestuhl bequem gemacht hatte. „Ich dachte, Stewart würde aus dem Sattel fallen."

Er wollte dich beeindrucken, meine Liebe, dachte Fee. „Es ist ein gefährliches Spiel, Schätzchen. Ein guter Freund von mir, Tommy Fairchild, ist beim Polo ums Leben gekommen. Es ist vor einigen Jahren in England passiert, aber ich denke fast jeden Tag an ihn. Brod ist ein Draufgänger. Ich glaube, für ihn ist es wichtig, einige Punkte wettzumachen."

„Das heißt?" Rebecca wandte sich zu Fee um, doch diese trug eine teure Sonnenbrille, sodass sie ihre Augen nicht sehen konnte.

„Ist Ihnen nicht aufgefallen, wie schlecht Stewart und Brod miteinander auskommen?"

„Schon möglich."

„Sie machen mir nichts vor, Schätzchen. Natürlich haben Sie es gemerkt. Sie waren beide schwierig."

„Aber Sie sagten, Brod müsste einige Punkte wettmachen." Allein wenn sie seinen Namen aussprach, verspürte Rebecca ein erregendes Prickeln.

„Brod musste lange Zeit alles einstecken", gestand Fee. „Ich hänge sehr an ihm, wie Sie wissen. Und an Alison. Nachdem die Mutter der beiden ihn verlassen hatte, wurde Stewart sehr verschlossen. Brod hat die Augen seiner Mutter geerbt. Vielleicht ist es für Stewart zu schmerzlich, ihm in die Augen zu sehen."

„Glauben Sie das wirklich?", fragte Rebecca skeptisch.

„Nein." Fee schnitt ein Gesicht. „Die Wahrheit ist, dass Stewart nie zum Vater geeignet war."

„Dann haben Brod und seine Schwester also sehr gelitten?" Rebecca lehnte sich in ihrem Stuhl zurück.

„Und ob. Geld ist eben nicht alles. Nicht dass es mir je daran gemangelt hätte. Aber Brod hat es nur stärker gemacht. Im Gegensatz zu seiner Mutter. Lucille war sehr zierlich, wie Sie, und bildhübsch." Unwillkürlich sah Fee Lucille an ihrem Hochzeitstag vor sich – jung, strahlend vor Glück und sehr verliebt. Sie, Fee, war nach Australien geflogen, um als Brautjungfer zu fungieren. Sie war schon in der Schule mit Lucille befreundet gewesen, war jedoch nie da gewesen, um sie zu unterstützen, weil sie viel zu sehr mit ihrer Karriere beschäftigt war.

„Sie hat es nicht lange ausgehalten", bemerkte Rebecca traurig.

„Nein. Es war furchtbar. Sie können sich nicht vorstellen, wie schockiert ich war, als ich davon gehört habe. Sir Andy hat mich angerufen. So nenne ich meinen Vater immer. Er wurde von der Queen für seine Verdienste um die Landwirtschaft geadelt."

Das war Rebecca nicht neu. „Und Stewart hat Sie nicht angerufen?"

„Nein, hat er nicht“, erwiderte Fee grimmig und schwieg dann eine Weile.

Taktvoll wechselte Rebecca das Thema. „Ich bin wirklich erleichtert, wenn das Spiel vorbei ist“, gestand sie lachend. Brods Mannschaft hatte gerade wieder ein Tor erzielt. „Ich kann es nicht genießen, wenn ich ständig Angst habe.“

„Sie sind ein zartfühlendes kleines Ding.“ Fee tätschelte ihr die Hand. „Allerdings muss ich zugeben, dass Stewart und Brod sich einen harten Kampf liefern. Gleich ist Halbzeit. Wenn Stewart Sie fragt, wie Sie es finden, sollten Sie ihm sagen, dass es sehr aufregend ist.“

„Das ist es ja auch.“ Rebecca lächelte Fee an und staunte insgeheim wieder einmal über ihr glamouröses Erscheinungsbild. „Ich möchte nur nicht, dass jemand verletzt wird.“

„Sehen Sie Brod an“, rief Fee vergnügt. „Ist er nicht ein Prachtkerl?“

Rebecca musste ihr recht geben. Auf der anderen Seite des Feldes zog Broderick Kinross sein Polohemd aus, um es gegen ein sauberes zu wechseln. Sein dichtes, welliges schwarzes Haar glänzte im Sonnenlicht, und das ebenfalls schwarze Haar auf seiner Brust verjüngte sich zum Bund seiner Reithose.

Er war ein unglaublich attraktiver Mann. Sein Anblick weckte Verlangen in ihr, und das alarmierte sie. Nicht dass Brod seinen prachtvollen Körper zur Schau stellte oder den begehrlichen Blicken der weiblichen Zuschauer Beachtung schenkte, denn er scherzte gerade mit seinem Freund Rafe Cameron.

Einen Moment lang wünschte Rebecca, dieses Bild mit einer Kamera festhalten zu können. Beide Männer ergänzten sich perfekt, denn sie waren beide groß, und im Gegensatz zu Brod mit seinem schwarzen Haar und den strahlend blauen Augen war Rafe goldblond. Grant, sein Bruder, der gerade mit einer hübschen jungen Frau plauderte, hatte dunkelblondes Haar. Als man sie ihr vorgestellt hatte, hatte sie gesehen, dass beide braune Augen mit goldfarbenen Sprenkeln hatten.

„Nicht schlecht, stimmt's?", rief Fee.

„Sie sind alle drei sehr attraktiv", bestätigte Rebecca. „Es überrascht mich, dass sie nicht verheiratet sind."

Fee schüttelte den Kopf. Bis vor einigen Jahren war sie so dunkelhaarig wie Rebecca gewesen. Nun war sie fast blond. „Sie wissen doch davon, oder?"

„Wovon?" Starr blickte Rebecca sie an.

„Ich dachte, Stewart hätte es vielleicht erwähnt." Er hatte jedenfalls oft genug mit Rebecca geplaudert. „Rafe und Alison waren sehr ineinander verliebt, aber irgendwie hat Alison kalte Füße bekommen. Vielleicht lag es an dem kaputten Elternhaus. Genau wie ich nach London geflohen bin, ist sie nach Sydney geflohen. Allerdings habe ich kein gebrochenes Herz zurückgelassen. Er hat sich nichts anmerken lassen, doch ich glaube, Rafe war am Boden zerstört. Jedenfalls will er nichts mehr von Alison wissen.

Brod hatte schon immer Schlag bei den Frauen, aber er wartet auf die Richtige. Grant ist ein paar Jahre jünger als die beiden. Er hat hart gearbeitet, um seinen Flugdienst aufzubauen. Sie sind alle drei eine gute Partie."

„Darauf wette ich!", meinte Rebecca lächelnd. „Stewart hat mir ein bisschen von Alisons gescheiterter Romanze erzählt."

„Und, sind Sie interessiert?" Fee setzte sich auf und sah ihr in die Augen.

„Mein Beruf ist mir wichtig, Fee", erwiderte Rebecca betont lässig.

„Eine Frau kann nicht ohne Liebe leben."

„Das habe ich aus Ihrer Lebensgeschichte gelernt", witzelte Rebecca.

„Ganz schön frech." Fee gab ihr einen spielerischen Klaps

auf den Arm. „Warten Sie nur nicht zu lange, Schätzchen.“ Sie streckte die Hand aus. „Da kommt Stewart. Na, wie läuft's, Stewie?“, rief sie mit einem spöttischen Unterton.

Stewart Kinross betrachtete seine Schwester eine Weile mit versteinerter Miene und erwiderte schließlich leicht verärgert: „Ganz gut. In der zweiten Halbzeit ist noch alles drin.“ Er ließ den Blick zu Rebecca schweifen, die wie Fee eine Seidenbluse und eine enge Leinenhose trug. Allerdings war ihr Outfit im Gegensatz zu Fees einfarbig. „Es gefällt Ihnen, stimmt's, Rebecca?“

„Ich mache mir ein wenig Sorgen um Sie, Stewart“, gestand Rebecca. „Es ist ein gefährliches Spiel.“

Er wirkte ein wenig beleidigt. „Ich hoffe, wir holen noch auf, meine Liebe.“

„O Stewart, Sie wissen doch, was ich meine“, protestierte sie sanft.

Stewart Kinross sah ihr tief in die Augen. „Brod ist derjenige, der zu viel riskiert. Vielleicht können Sie es ihm ja sagen.“ Er blickte zum Spielfeld. „Allerdings habe ich ihm alles beigebracht. Manchmal wünschte ich, ich hätte es nicht getan. Ah ja.“ Er wandte sich ihr wieder zu und lächelte. „Ich muss zurück.“

Rebecca winkte ihm aufmunternd nach, während Fee ein Lachen unterdrückte. „Wollten Sie damit wirklich sagen, dass Stewie seine besten Jahre hinter sich hat, Schätzchen?“

Rebecca griff nach einem kleinen Kissen und warf damit nach ihr, doch Fee fing es lachend auf.

Brods Mannschaft gewann schließlich, und Rebecca beobachtete, wie eine schlanke, attraktive Blondine in einem knappen blauen T-Shirt und hautengen Jeans zu ihm ging, ihn umarmte und ihn küsste.

„Liz Carrol“, bemerkte Fee lächelnd. „Sie mag ihn, wie man sieht.“

„Ist sie seine Freundin?“, platzte Rebecca heraus.

„Was glauben Sie? Brod geht auch mit anderen Frauen aus, aber meistens ist er viel zu beschäftigt. Er hat eine Lebensaufgabe. Wenn er sich eine Frau sucht, dann sollte er die Richtige nehmen.“

Als Rebecca der Siegermannschaft gratulierte und vor dem Kapitän stand, war sie völlig durcheinander. Hatte sie je jemand so angesehen? Sein Blick zog sie wie magisch an.

„Fee hat mir erzählt, dass das Spiel Sie ein wenig nervös gemacht hat.“ Brod lehnte sich ans Geländer und blickte auf Rebecca hinunter. O ja, sie war schön!

Sie nickte. „Ich habe heute zum ersten Mal ein Polospiel gesehen, und teilweise hat es mir Angst gemacht. In der ersten Halbzeit dachte ich einmal, Stewart würde vom Pferd fallen.“

„Sie haben sich Sorgen gemacht?“

„Warum auch nicht?“

Er zuckte mit den Schultern und legte den Arm aufs Geländer. „Er ist schon mal vom Pferd gefallen und hat es überlebt. Das ist uns allen schon mal passiert. Ich würde gern wissen, was Sie von meinem Vater halten.“

„Sicher wollen Sie nicht von mir hören, dass ich ihn hasse“, erwiderte sie kühl. „Ich glaube, er ist sehr vielschichtig. Wie Sie.“

„Und wie Sie, Miss Hunt? Selbst Fee weiß erstaunlich wenig über Sie.“

„Haben Sie sie gefragt?“

„Ja, habe ich.“

„Ich kann mir nicht vorstellen, warum Sie sich für mich interessieren sollten.“

Doch Brod presste die Lippen aufeinander. „Bestimmt haben Sie viele Geheimnisse. Und ich bin offen genug, um zu sagen, dass Sie meinem Vater den Kopf verdreht haben“, meinte er betont langsam.

„Ich glaube, Sie übertreiben."

Er lachte. „Und warum erröten Sie dann?"

„Möglicherweise, weil Sie so indiskret sind", konterte sie.

„Ich versuche nur, ehrlich zu sein. Sie sind erst kurze Zeit auf Kimbara, und trotzdem haben Sie meinen Vater und Fee sehr beeindruckt."

„Aber *Sie* offenbar nicht." Noch immer schaffte sie es, ruhig zu sprechen, obwohl sie innerlich aufgewühlt war.

Brod lächelte angespannt. „Ich bin nicht so leicht zu beeindrucken wie Dad oder so vertrauensselig wie Fee."

„Sie sollten sich als Privatdetektiv selbstständig machen."

„Ich will Sie doch nur dazu bringen, mir ein wenig von sich zu erzählen."

„Sie werden mein Gesicht jedenfalls auf keinem Steckbrief finden."

„Und in einer Kunstgalerie? Sie verkörpern einen sehr romantischen Stil. Man sollte eine Blume nach Ihnen benennen."

„Bis jetzt hat noch kein Künstler angeboten, mich zu malen", gestand Rebecca. „Wessen verdächtigen Sie mich, Mr. Kinross?"

Ihre Wangen waren immer noch gerötet, und ihre Augen schimmerten silbrig. „Sie sind wütend auf mich, und das zu Recht." Er ließ die Hand sinken und straffte sich. „Aber ich denke, Sie könnten versuchen, meinem Vater das Herz zu stehlen."

Sie war so vor den Kopf gestoßen, dass sie das Haar zurückwarf. „Vielleicht weil Sie einen Knacks haben."

Einen Moment lang blickte Brod sie starr an, dann warf er den Kopf zurück und lachte. Es klang verführerisch. „Das glaube ich nicht. Sie denken, *ich* hätte einen Knacks."

„Sicher ist es nicht einfach", erklärte sie ungerührt.

Wieder lachte er. „Vielleicht haben Sie sogar recht."

„Wir haben alle unsere Macken", sagte sie kühl.

„Ich kann es kaum erwarten, zu erfahren, was Ihre sind."

„Das werden Sie nicht erfahren, Mr. Kinross."

„Wenn wir über solche Themen reden, sollten Sie Brod zu mir sagen."

Es war ihr ein Rätsel, dass sie die Fassung bewahrte. „Vielen Dank. Ich würde mich freuen, wenn Sie Rebecca zu mir sagen. Ich bitte Sie nur darum, *Brod,* im Zweifelsfall zu meinen Gunsten zu entscheiden. Soweit ich es beurteilen kann, ist Ihr Vater zu allen Frauen nett."

„Er ist charmant, ja", bestätigte Brod trügerisch sanft. „Aber nicht besitzergreifend."

„So sehen Sie es?"

„Die meisten Frauen sind gern Objekt der Begierde."

Allmählich wurde sie wütend. „Das kann ich nicht beurteilen."

Ein Lächeln umspielte seine Lippen. „Selbst wenn Sie sich wie eine graue Maus kleiden und das Haar abschneiden würden, würden die Männer Sie noch begehren."

Rebecca hatte das beunruhigende Gefühl, dass Brod die Hand ausgestreckt hatte und sie berührte. „Ich glaube nicht, dass Sie in Betracht ziehen, ob ich sie überhaupt will", sagte sie scharf.

Seine blauen Augen funkelten spöttisch. „Worauf läuft unsere Unterhaltung hinaus?"

„Wahrscheinlich auf gar nichts." Sie zuckte mit den Schultern. „Sie haben damit angefangen."

„Nur weil ich so viel, wie ich kann, über Sie in Erfahrung bringen will."

„Ich hoffe, Sie kommen nicht auf die Idee, Nachforschungen über mich anzustellen. Das müsste ich Ihrem Vater erzählen."

Brod verspannte sich und kniff die Augen zusammen. „Ich

will verdammt sein, eine Drohung!"

Rebecca schüttelte den Kopf. „Das ist keine Drohung. Ich werde nur nicht zulassen, dass Sie mir alles verderben."

„Und das kann ich, indem ich Nachforschungen über Sie anstelle?"

„Das habe ich damit nicht gemeint", erwiderte sie leise. „Ich bin nur aus einem Grund hier – um die Biografie Ihrer Tante zu schreiben. Schade, dass Sie denken, ich hätte mehr im Sinn. Es ist fast, als wollten Sie mir den Krieg erklären."

„Stimmt", bestätigte er.

„Vielleicht haben Sie nichts zu gewinnen", sagte sie herausfordernd, um ihn genauso zu verletzen, wie er sie verletzte.

„Das kann man von Ihnen nicht gerade behaupten."

Sie waren so in ihren Schlagabtausch vertieft, dass sie Stewart Kinross erst kommen sahen, als er fast bei ihnen war. „Na, worüber unterhaltet ihr beiden euch?" Sein Lächeln wirkte nicht ganz echt.

„Das kann Rebecca dir sagen", erwiderte Brod langsam.

„Offenbar war es ein ernstes Thema", meinte sein Vater. „Alle anderen scheinen sich zu amüsieren."

„Brod hat mir die technischen Einzelheiten des Spiels erklärt." Erleichtert stellte Rebecca fest, dass ihre Stimme nicht bebte.

„Das hätte ich doch tun können, meine Liebe", versicherte Stewart Kinross herzlich. „Und es war wirklich nichts Interessanteres?"

Rebecca wandte sich an Brod. „Nein, wir haben nur noch ein bisschen über meine Arbeit gesprochen."

„Das Buch wird sicher ein Erfolg", sagte er. „So, ich mache jetzt mal die Runde. Einige von meinen Freunden habe ich schon lange nicht mehr gesehen."

Stewart runzelte die Stirn. „Wenn du willst, kannst du sie jederzeit sehen, Brod."

„Ich habe zu viel um die Ohren, Dad, vor allem seit du mich befördert hast. Bis später, Rebecca." Brod hob die Hand und ging, bevor sein Vater noch etwas sagen konnte.

Stewart Kinross wurde rot. „Ich muss mich für meinen Sohn entschuldigen, Rebecca."

„Wofür?" Sie wollte sich auf keinen Fall einmischen.

„Für sein Verhalten. Manchmal macht es mir Sorgen. Er betrachtet mich als Rivalen."

„Ich glaube, das ist nicht ungewöhnlich", versuchte sie ihn zu beschwichtigen. „Sie sind beide starke Persönlichkeiten. Da gibt es zwangsläufig Konflikte."

„Aber das ist nicht meine Schuld. Brod kommt nach meinem Vater. Der war von Natur aus aggressiv."

„Und galt allgemein als großer Mann?", fragte sie leise, um ihm zu verstehen zu geben, dass sie viel über Sir Andrew Kinross gelesen und ihn sehr sympathisch gefunden hatte.

„Ja", bestätigte er widerstrebend. „Er war ganz vernarrt in Fee und hat ihr jeden Wunsch erfüllt. Deswegen ist sie auch so verwöhnt. Aber von mir hat er eine Menge erwartet. Aber egal. Ich wollte Sie fragen, ob Ihnen der Tag gefallen hat."

„O ja. Er wird mir immer in Erinnerung bleiben." Allerdings aus einem ganz anderen Grund. Die meiste Zeit hatte sie Broderick Kinross beobachtet. Noch immer verspürte sie jenes erregende Prickeln.

„Wissen Sie, manchmal habe ich das Gefühl, Sie schon ewig zu kennen." Stewart Kinross legte ihr die Hand auf die Schulter und blickte ihr in die Augen. „Geht es Ihnen auch so?"

Was soll ich bloß sagen, dachte Rebecca, die peinlich berührt war. Offenbar versteht er sowieso alles falsch. Sie senkte den Blick. „Vielleicht sind wir seelenverwandt, Stewart. Das hat Fee auch gesagt."

Das war nicht die Antwort, die er erwartet hatte, doch er wusste genau, dass er niemals aufgeben würde. Vielleicht war

Rebecca ein bisschen jung – allerdings nicht *zu* jung. Wenn er sich mit ihr unterhielt, wirkte sie außergewöhnlich reif. Außerdem würde sie als seine Frau viel Geld haben, denn er war ein reicher Mann. Das hatte er vor allem Brod zu verdanken, was er jedoch nie zugeben würde.

Brod, der ein wenig entfernt stand, beobachtete die beiden. Sie könnten Vater und Tochter sein, dachte er aufgebracht. Allerdings konnte er die Körpersprache seines Vaters selbst aus einer Meile Entfernung deuten. Rebecca wirkte sehr zart in ihrem Outfit, fast jungenhaft. Sein Vater hatte ihr die Hand auf die Schulter gelegt und sah ihr in die Augen. Es war tatsächlich passiert. Sein Vater hatte sich verliebt. Es war ein Schock für ihn. Unvermittelt wandte Brod sich ab, erleichtert darüber, dass sein Freund Rafe gerade mit einer Dose Bier in der Hand auf ihn zukam.

Rebecca stand vor dem Spiegel und hielt sich abwechselnd zwei Kleider an. Eins war pinkfarben, das andere aus dunkelgrünem, mit Perlen besticktem Seidenchiffon. Beide waren teuer gewesen, hatten Spaghettiträger und endeten unter dem Knie – wie die Kleider aus den Dreißigerjahren. Es war ein Schnitt, der ihr gefiel und sehr gut stand. Fee hatte ihr geraten, einige elegante Abendkleider mitzubringen, und nun überlegte Rebecca, welches sie anziehen sollte.

„Stewart gibt gern Partys – wann immer er die Gelegenheit dazu hat“, hatte Fee ihr erzählt.

Daher das Polowochenende. Und alles für sie, Rebecca. Noch vor wenigen Wochen hätte sie sich sehr darüber gefreut. Doch jetzt machte sie sich Sorgen, weil Stewart Kinross sich in sie verliebt hatte. Und das hatte auch mit Broderick Kinross' Verhalten ihr gegenüber zu tun.

Da Brod seinen Vater besser kannte als jeder andere, hatte er den Grund für dessen Interesse an ihr sofort erraten. Und vermutlich nahm er an, dass sie seinen Vater noch ermutigt hatte.

Sich mit einem viel älteren Mann einzulassen war eine Sache. Sich mit einem *sehr reichen* älteren Mann einzulassen eine ganz andere. Viele Frauen taten es, und niemand nahm Anstoß daran.

Falls Stewart Kinross wieder heiratete, konnte er durchaus noch Kinder bekommen und somit weitere Erben. Für sie war es eine schreckliche Situation. Sie hatte nur gelitten, als es einen Mann in ihrem Leben gegeben hatte. Sie war so jung gewesen und hatte keine Ahnung gehabt, was krankhafte Eifersucht bedeutete. Doch sie hatte es gelernt.

Regungslos stand Rebecca vor dem Spiegel und hielt das grüne Kleid wie einen Schild vor sich. Es ist mir egal, was Broderick Kinross denkt, sagte sie sich. Sein Verdacht war vielleicht verständlich, aber völlig unbegründet. Bisher hatte sie Stewart Kinross für einen außergewöhnlich charmanten und großzügigen Mann gehalten. Nun wurde ihr klar, dass er es möglicherweise nicht war.

Abrupt wandte sie sich vom Spiegel ab. Sie würde das grüne Kleid anziehen. Sie hatte keine Angst vor Broderick Kinross, auch wenn ihr die Begegnung mit ihm, die ihr an diesem Abend bevorstand, ein wenig Kopfzerbrechen bereitete. Hätte sie es wirklich auf seinen Vater abgesehen, hätte sie keinen schlimmeren Feind haben können. In gewisser Weise verstand sie Brod. Eine neue Frau würde automatisch Anspruch auf einen Teil des Erbes und vielleicht sogar auf einen Mehrheitsanteil haben. Einige der weiblichen Gäste hatten keinen Hehl daraus gemacht, dass sie bereits Mutmaßungen anstellten. Zum Glück hatte sie Fee auf ihrer Seite. Sie war nach Kimbara gekommen, um eine Biografie zu schreiben, und hätte es nie für möglich gehalten, mit einer derart verfahrenen Situation konfrontiert zu werden.

Als Rebecca eine Stunde später nach unten gehen wollte, um sich unter die Gäste zu mischen, klopfte es an der Tür. In der Annahme, es wäre Fee, ging sie hin, um zu öffnen, doch es war Stewart, und er hatte eine schmale samtbezogene Schatulle in der Hand.

Unwillkürlich machte sie einen Schritt auf ihn zu, da sie ihn nicht hereinbitten wollte.

„Sie sehen bezaubernd aus, meine Liebe", sagte er und betrachtete sie bewundernd.

„Und Sie sehen sehr elegant aus, Stewart." Sie schob sich an dem Gemälde vorbei, das im Flur hing. Stewart wirkte in der Tat sehr beeindruckend und viel jünger, nur der Ausdruck in seinen Augen machte sie nervös. Bestürzt fragte sie sich, was in der Schatulle sein mochte. Hoffentlich kein Geschenk!

„Vielleicht könnten wir für einen Moment in Ihr Zimmer gehen, damit wir ungestört sind", schlug er vor. „Ich habe hier etwas, das Sie heute Abend möglicherweise gern tragen würden. Es ist ein Familienerbstück – natürlich nur eine Leihgabe –, aber mir ist aufgefallen, dass Sie kaum Schmuck mitgebracht haben."

Sie hatte nicht die Absicht, den Schmuck zu tragen. „Stewart, ich fühle mich wirklich …", begann sie und stellte fest, dass er eine Braue hochzog.

„Sie können mir die Bitte nicht abschlagen, meine Liebe. Ich möchte mit Ihnen angeben."

„Warum, Stewart?" Sie tat ganz unschuldig. „Die Gäste wissen doch genau, dass ich nur hier bin, weil ich an Fees Biografie arbeite."

„Ist Ihnen denn nicht klar, dass wir Sie ins Herz geschlossen haben, Rebecca? Sicher werden Sie mir dankbar sein, vor allem, wenn Sie das hier sehen."

Irgendwie hatte er es geschafft, sie zurück in ihr Schlafzimmer zu drängen. Es war ganz in Creme und Gold gehalten, mit antiken französischen Möbeln eingerichtet und exquisiten Gemälden und Porzellanfiguren dekoriert.

Schließlich drehte Rebecca sich zu ihrem Gastgeber um. Er trug ein weißes Smokingjackett, ein weißes Hemd mit einer schwarzen Fliege und eine schwarze Hose. Sein dichtes schwarzes Haar war von grauen Strähnen durchzogen. „Es ist eine ganze Weile unter Verschluss gewesen“, erklärte er und nahm eine exquisite Kette aus der Schatulle, bevor er diese auf eine Kommode legte.

„Sie sieht sehr kostbar aus, Stewart.“ Erleichtert stellte sie fest, dass ihre Stimme nicht bebte. An einer goldenen Kette hing ein großer ovaler Opal, der von kleinen Brillanten eingefasst war.

„Kostbar für unsere Familie, ja.“ Lächelnd öffnete Stewart den Verschluss. „Dieser Opal hat eine Geschichte. Bei Gelegenheit werde ich sie Ihnen einmal erzählen.“

„Ich kann ein so wertvolles Schmuckstück unmöglich tragen“, versuchte sie ihn erneut abzuwehren, wohl wissend, dass sie ihn damit womöglich kränkte. „Außerdem glaubt man in einigen Gegenden, dass Opale Unglück bringen.“

„Unsinn!“ Er schnaufte verächtlich. „Bei den Griechen und Römern galten Opale als sehr kostbar. Königin Viktoria liebte die Opale, die man ihr aus den australischen Kolonien schickte. Ein großer Opalfund hat unserer Familie und den Camerons ein Vermögen eingebracht. Also will ich davon nichts mehr hören, meine Liebe. Die Kette passt hervorragend zu Ihrem Kleid. Es ist fast, als hätten Sie gewusst, was ich vorhabe. Seien Sie ein braves Mädchen. Heben Sie Ihr Haar hoch.“

Da sie ihrer Meinung nach keine andere Wahl hatte, wenn sie nicht mit ihm streiten wollte, folgte Rebecca seiner Aufforderung.

„Na, was habe ich Ihnen gesagt?“ Ihr Anblick überwältigte ihn. Sie sah einfach perfekt aus.

Rebecca rechnete damit, dass ihre Wangen gerötet waren, als sie sich umdrehte, um sich im Spiegel zu betrachten. Gerade sie musste doch wissen, wie gefährlich es war, Besessenheit herauszufordern.

Aber die Kette war wunderschön.

„Meine Güte, sind Sie schön", hörte sie Stewart überraschend schroff sagen.

Warum hatte sie nicht gemerkt, wohin das führen konnte? War sie so naiv? Glaubte sie, der große Altersunterschied würde ihr Sicherheit geben?

„Ich glaube, ich nehme sie doch lieber ab", erklärte Rebecca energisch.

„Nein." Er spürte sofort, dass er zu viel von sich preisgab. Er musste vorsichtiger sein. Normalerweise nahm er sich, was er wollte, doch diese Frau war etwas Besonderes.

„Rebecca? Stewart?" Fee, jeder Zoll der Theaterstar, tauchte überraschend auf der Schwelle auf. „Gibt es ein Problem?"

„Nein, es gibt kein Problem", entgegnete ihr Bruder unwirsch. „Du trägst Schmuck, der Millionen wert ist. Ich dachte, es würde Rebecca gefallen, wenn ich ihr eine Kette leihe."

Als Rebecca sich zu ihr umwandte und ihr das Licht ins Gesicht fiel, sah Fee, dass ihre Augen verdächtig glänzten. Instinktiv umfasste sie den Türknauf, entsetzt und verblüfft zugleich. Sie hatte damit gerechnet, dass etwas passieren würde, denn es hatte untrügliche Anzeichen dafür gegeben – und nun war es passiert.

Rebecca trug Cecilias Kette. Als sie, Fee, die Kette das letzte Mal gesehen hatte, hatte Lucille sie getragen. Cecilias Kette war von Generation zu Generation an die jeweilige Herrin von Kimbara weitergereicht worden. Sie, Fee, erinnerte sich daran, dass ihre Mutter sie auch getragen hatte. Es dauerte einen Moment, bis sie sich wieder gefasst hatte.

„Findest du nicht, dass ich recht habe, Fee?“, hakte Stewart nach.

Was soll ich tun, überlegte sie, während sie ihren Bruder ansah. Sollte sie eine Szene machen? Im selben Moment wusste sie, dass sie es nicht tun konnte. Kimbara und sämtliche Gegenstände im Haus gehörten Stewart, solange er lebte. Rebecca schien zu zittern. Offensichtlich war sie genauso schockiert über seine Geste, auch wenn sie die Geschichte des Opals nicht kannte. Oder hatte er sie ihr erzählt?

„Ich habe sie schon lange nicht mehr gesehen“, brachte Fee schließlich hervor.

„Sie muss mal an die Luft.“ Unbehaglich stellte Stewart fest, dass Rebecca errötet war.

„Sie steht Ihnen hervorragend, Rebecca“, erklärte Fee. „Und sie passt sehr gut zu Ihrem Kleid.“ Rebecca würde zutiefst beschämt sein, wenn sie ihr sagte, sie solle die Kette abnehmen, und das konnte sie ihr nicht antun.

„Ich hatte befürchtet, sie wäre zu wertvoll“, erwiderte Rebecca, die unendlich erleichtert über Fees Erscheinen war. Sie wusste einfach, dass es nicht richtig war, die Kette zu tragen.

„Sie sind unter Familienmitgliedern und Freunden, meine Liebe“, versicherte Stewart onkelhaft. „Die Kette kann weder verloren gehen noch gestohlen werden.“

Nein, aber viele Leute werden überrascht sein, dachte Fee unglücklich. Vor allem Brod …

Unten im geräumigen Wohnzimmer, das mit orientalischen und europäischen Möbeln eingerichtet und mit gestreiften Seidentapeten und schweren Vorhängen vor den Verandatüren dekoriert war, hatten die Gäste sich zu einem Drink eingefunden. Anschließend würden alle in den großen Ballsaal gehen, wo ein reichhaltiges Büfett aufgebaut war und getanzt werden konnte. Sowohl die Band als auch der Conférencier, ein bekannter Fernsehshowmaster, waren eingeflogen worden, und die Leute vom Partyservice hatten über den ganzen Tag gearbeitet, damit der Abend ein Erfolg wurde. Stewart Kinross zahlte immer gut, erwartete dafür allerdings auch, dass alles erstklassig war. Sonst konnte er sehr unangenehm werden.

Da sie die meiste Zeit sehr isoliert lebten, besuchten die Bewohner des Outback gern derartige Feste, und als Rebecca mit Stewart und Fee die große Treppe hinunterging, drangen Stimmengewirr, Lachen und Musik zu ihnen herauf. Sie war sich überdeutlich bewusst, dass man sie wie ein Mitglied der Familie behandelte und nicht wie eine Journalistin, die man als Verfasserin von Fiona Kinross' Biografie engagiert hatte.

In der Eingangshalle kamen ihnen einige Gäste entgegen, unter anderem Broderick Kinross. Er betrachtete sie mit so glühenden Blicken, dass Rebecca das Gefühl hatte, wie Wachs zu schmelzen. Vielleicht nahm er Anstoß daran, dass sie ein Familienerbstück trug.

Die anderen, die sie gerade hatten begrüßen wollen, verstummten, und Fee überbrückte gewandt das peinliche Schweigen.

„So, meine Lieben, jetzt trinken wir alle noch ein Glas Champagner zusammen, und dann gehen wir in den Ballsaal", verkündete sie. „Schließlich soll die Band nicht untätig herumsitzen, oder?"

Liz Carrol, die Blondine, war ebenfalls dabei. Sie trug ein eng anliegendes rotes Designerkleid und flüsterte Broderick Kinross etwas ins Ohr. Sicher ging es um sie, wie Rebecca annahm.

Zusammen betraten sie das Wohnzimmer. Rebecca trank ihr erstes Glas Champagner an diesem Abend, während viele andere Gäste schon einen kleinen Schwips hatten. Ein junger Mann aus Stewarts Team, Stephen Mellor, wandte sich lächelnd an sie und machte ihr ein Kompliment über ihr Aussehen. Brod hätte ihm von ihr erzählt und ihm den Eindruck vermittelt, dass er sie nicht mochte, doch Rebecca Hunt wäre ja eine Berühmtheit. Er bat sie gerade, einige Tänze für ihn zu reservieren, als sie Broderick Kinross' Blick begegnete. Er prostete ihr zu – eine verächtliche Geste, wie sie fand – und wandte sich dann wieder zu seiner Begleiterin, Liz Carrol, um.

„Ich glaube, wir können jetzt in den Ballsaal gehen", verkündete Stewart nach etwa zehn Minuten und umfasste galant Rebeccas Arm. „Es wird Ihnen gefallen, Rebecca."

Tausende von Sternen funkelten am Nachthimmel, und die Brise, die von der Wüste her wehte, war erstaunlich kühl.

Brod ließ Liz bei ihren Freunden und gesellte sich zu seiner Tante, die er ein wenig beiseitezog. „Verdammt, Fee, was hat Dad vor?", fragte er unwirsch.

„So habe ich ihn noch nie erlebt", gestand sie. „Jedenfalls nicht seit damals, als er deiner Mutter den Hof gemacht hat."

„Und die Kette! Was zum Teufel hat das zu bedeuten?"

Fee hob anmutig die Hand. „Ich bin genauso wütend wie du, mein Lieber. Damit hatte ich wirklich nicht gerechnet."

„Aber warum? Und warum ausgerechnet heute Abend?", meinte er und stöhnte. „Du kannst darauf wetten, dass alle darüber reden werden. Und Rafe und Grant haben es sicher auch gemerkt."

„Ja, darauf wette ich!", bestätigte sie trocken. „Wir können jetzt nicht darüber reden." Ihr langes schwarzes Chiffonkleid flatterte in der Brise, und sie musste es festhalten. „Wir haben Gäste. Und die spitzen die Ohren."

„Sie beachten uns überhaupt nicht", erklärte Brod. „Die meisten sind schon vorausgegangen. Dad hat ihr die Geschichte bestimmt erzählt, oder?"

„Ich weiß es nicht." Besorgt schüttelte Fee den Kopf. „Ich bin ganz sicher, dass sie nicht damit gerechnet hatte. Es war wohl allein Stewarts Idee."

„Sie sieht aus wie Schneeweißchen, ist aber nur eine miese kleine Mitgiftjägerin!“, brauste er auf.

Noch nie hatte sie ihn so wütend erlebt. „Du irrst dich, mein Lieber. Rebecca ist ein guter Mensch. Und ich glaube, ich habe eine gute Menschenkenntnis.“

„Wie sollte ich mich irren? Es ist doch offensichtlich. Ich erinnere mich noch genau daran, wie meine Mutter den Opal getragen hat. Allmählich glaube ich, Dad will deine Miss Hunt heiraten.“

Fee seufzte tief. „Ich fürchte, ja, aber es wird nicht leicht sein, Rebecca dazu zu bringen.“

„Was weißt du wirklich über sie?“, fragte Brod. „Einige Frauen lieben Geld. Vielleicht ist sie völlig arglos hierhergekommen, vielleicht aber auch nicht.“ Er war nicht nur wütend, sondern fühlte sich auch doppelt hintergangen.

„So ist es nicht gewesen“, räumte sie ein. „Dein Vater hat alles eingefädelt.“

„Was?“, meinte er verblüfft.

„Stewart hat Rebecca im Fernsehen gesehen, als sie über Judys Buch interviewt wurde. Sie hat ihm gefallen, und er hat mich überredet, mich mit ihr in Verbindung zu setzen.“

„Tatsächlich?“ Er begann, nervös auf und ab zu gehen.

„Zu dem Zeitpunkt habe ich noch gar nicht mit dem Gedanken gespielt, eine Biografie zu schreiben.“ Beschwichtigend legte sie ihm die Hand auf den Arm. „Ich war zu Besuch hier. Dein Vater wollte mich dazu überreden, einen Großteil meiner Anteile zu verkaufen. Wie du weißt, hat er das Recht, mich auszuzahlen.“

„Tu es nicht, Fee“, warnte Brod.

„Ich habe dir doch gesagt, dass ich es nicht vorhabe.“ Wieder schüttelte sie den Kopf. „Stewart hat mich davon überzeugt, dass ich viel zu sagen habe. Und ich bin darauf hereingefallen, eitel, wie ich bin.“

„Das hat Dad getan?“, fragte er erstaunt.

„Er ist offenbar einsam, Brod.“

„Im Lauf der Jahre hat er oft genug die Gelegenheit gehabt, wieder zu heiraten. Roz Bennet war eine nette Frau.“

„Ja, das war sie. Und sie ist es immer noch. Aber sie ist kein Objekt der Begierde. Es fällt Stewart nicht leicht zu lieben, Brod. Das wissen wir alle – besonders Ally und du.“

„Das hier ist Vernarrtheit, Fee“, erklärte er grimmig, „oder Besessenheit. Diese Frau ist nur etwas älter als Ally. Mit anderen Worten, sie könnte seine Tochter sein.“

„So etwas kommt vor“, bemerkte Fee trocken.

„Ich bin schockiert.“

„Ich finde es auch unschicklich, und ich habe eine Menge erlebt.“

„Miss Hunt hält sich offenbar für eine Femme fatale.“

„Macht es dir sehr zu schaffen, mein Lieber?“ Sie umfasste seinen Arm und zog ihn zum Ballsaal.

„Und ob, das kannst du mir glauben.“

Rebecca schien es, als würden Broderick Kinross und sie den ganzen Abend vielsagende Blicke wechseln, doch bisher war er nicht in ihre Nähe gekommen. Worüber hätte er auch mit ihr reden sollen? Es war offensichtlich, dass er sie nicht mochte. Sein Vater hingegen widmete ihr viel zu viel Aufmerksamkeit und bat sie wiederholt, einen Tanz auszusetzen.

„Ich habe noch nie gern getanzt“, erklärte er.

„Dafür tanzen Sie aber sehr gut“, erwiderte sie lächelnd.

Stewart wirkte erfreut. „Danke, meine Liebe, aber ich würde lieber hier mit Ihnen sitzen und mich unterhalten. Oh, hallo, Michael.“ Er blickte auf, als ein rotblonder, sehr attraktiver junger Mann, der schon einige Male mit ihr hatte tanzen wollen, zu ihnen kam.

„Guten Abend, Sir.“ Michael deutete eine Verbeugung an.

„Tolle Party." Dann wandte er sich lächelnd an sie. „Wie wär's jetzt mit einem Tanz, Rebecca?"

„Rebecca ist ein bisschen müde …", begann Stewart, doch sie erwiderte Michaels Lächeln und stand auf.

„Überhaupt nicht, Stewart. Mir kommt es vor, als hätte ich fast den ganzen Abend gesessen."

Das hat er verdient, dachte sie, als sie wegging.

Michael, dessen Spitzname Sandy war, führte sie sichtlich begeistert auf die Tanzfläche. „Arroganter alter Teufel, nicht?", meinte er lachend.

„Er ist nicht alt", widersprach sie. „Er ist ein sehr attraktiver Mann."

„Das sind sie alle." Er schnaufte. „Fee ist immer noch eine Wucht. Ally ist ein Traum. Und Brod kann keine Frau widerstehen. Ich glaube, Liz hat es auf ihn abgesehen."

„Die beiden sind unzertrennlich, stimmt's?" Rebecca war sich nicht sicher, was sie davon halten sollte.

„Schon möglich, aber Brod ist schwer zu durchschauen. Und in letzter Zeit sieht man ihn kaum. Er hat viel Verantwortung. Sie halten ihn auf Trab. Eines Tages wird sein Dad zu weit gehen."

Flüchtig blickte sie zu ihm auf. „Das heißt?"

„Ich möchte nichts erklären, sondern Spaß haben, Rebecca. Und was machen Sie mit diesem tollen Klunker um den Hals?" Er betrachtete den Opal.

„Warum fragen Sie?"

„Weil er sehr großes Interesse hervorgerufen hat, Miss Rebecca."

„War er so teuer? Eigentlich will ich ihn gar nicht tragen", gestand sie, „aber Stewart hat darauf bestanden. Ich habe kaum Schmuck dabei, und er wollte mir einen Gefallen tun. Allerdings dachte ich, es würde sich um ein Familienerbstück handeln und nicht um die Kronjuwelen."

Sandy zog eine Braue hoch. „Ma'am, in diesem Teil der Welt ist er das fast. Kennen Sie seine Geschichte?"

Plötzlich fröstelte sie. „Leider nicht."

Er wirkte überrascht. „Es ist nicht so, als würde ich Ihnen ein großes Geheimnis verraten."

„Ich liebe Geheimnisse", erwiderte sie leichthin, obwohl sie bestürzt war.

„Dann können wir Sie nicht enttäuschen", ließ sich eine vertraute Stimme hinter ihr vernehmen.

„Verdammt, Brod, du willst Rebecca doch nicht entführen?", fragte Sandy verächtlich und resigniert zugleich.

„Ich muss mit ihr reden, Sandy. Du kannst später noch mit ihr tanzen."

Sandy blickte Rebecca in die Augen. „Versprochen?"

„Versprochen, Michael." Sie spürte, wie sie sich bei der Vorstellung, in Broderick Kinross' Armen zu liegen, verspannte.

Nachdem er sie Brod übergeben hatte, ging er weg und schnappte sich gleich die nächste Tanzpartnerin.

„Sie haben heute Abend für Aufsehen gesorgt." Brod war schockiert darüber, dass es ihm so natürlich erschien, Rebecca ihn den Armen zu halten.

„Scheint so", sagte sie trocken. Sie sah zu ihm auf und betrachtete sein Gesicht. Seine Augen funkelten gefährlich. Kein Mann sah so umwerfend aus wie er. So elegant. Man merkte ihm seine Herkunft an, selbst wenn er seine Arbeitskluft trug.

„Ihr Kleid ist sehr schön." Aufreizend ließ Brod den Blick langsam nach unten zu ihrem Ausschnitt schweifen.

„Danke", antwortete sie kühl, obwohl ihr das Atmen schwerfiel.

„Man braucht ein schönes Kleid, wenn man kostbaren Schmuck tragen will."

Rebecca nahm die Herausforderung nicht an. „Sie tanzen

aus einem bestimmten Grund mit mir?“

Brod nickte. „Ich glaube, wir verstehen uns.“

„Es ist also wegen der Kette?“

„Stimmt.“ Er kam näher, damit sie nicht mit einem anderen Paar zusammenstießen.

„Also, wollen Sie mir alles darüber erzählen?“

„Heißt das, Dad hat es nicht getan?“ Er lächelte schief.

Rebecca versuchte, sich ihre Verlegenheit nicht anmerken zu lassen. „Er meinte, er würde es irgendwann tun.“

Ihr ätherisches Äußeres täuscht, dachte er. „Es ist kein großes Geheimnis.“

„Sie würden mir einen großen Gefallen tun, wenn Sie es mir sagen würden“, erklärte sie wütend.

Brod betrachtete sie prüfend. „Die Kette, die Sie tragen, wurde seit Generationen an jede Braut in der Familie weitergegeben. *Niemand sonst* trägt sie. Weder Fee noch meine Schwester. Zuletzt habe ich sie um den Hals meiner Mutter gesehen. Sicher wissen Sie bereits, dass das Vermögen der Familien Kinross und Cameron zum großen Teil aus einem großen Opalfund im Jahr 1860 stammt?“

„Ja, das habe ich gelesen.“ Sie stand unter Schock. „Und Fee hat mir davon erzählt.“

„Aber Sie haben nicht von Cecilias Kette gehört?“

Sein Zynismus war unerträglich. „Das ist also Cecilias Kette? Ich wollte sie nicht tragen. Ihr Vater hat darauf bestanden, und ich wollte ihn nicht kränken.“

„Hätten Sie auch jedes Kleid angezogen, das er ausgesucht hätte?“

Die Band hörte auf zu spielen, und alle Gäste klatschten begeistert Beifall. Rebecca wollte fliehen, doch Brod hielt ihren Arm umfasst.

„Das muss ich mir wirklich nicht anhören“, erklärte sie schließlich. Ihr Herz raste förmlich.

Er blickte über ihren Kopf hinweg zu den tanzenden Paaren. „Sie können sich wieder zu Dad setzen, sobald ich mit Ihnen fertig bin."

„Ich kann auch jetzt gehen." Allerdings übte er eine unwiderstehliche Anziehungskraft aus.

„Versuchen Sie es doch", sagte er leise, und seine Augen funkelten herausfordernd.

„Ich mag keine Tyrannen."

„Es würde mir nicht im Traum einfallen, Sie zu tyrannisieren." Er lockerte seinen Griff. „Und ich mag den Typ Scarlett O'Hara nicht."

„Sie reden Unsinn."

„Nicht nach dem, was heute Abend passiert ist. Alle haben es gesehen und werden es weitererzählen."

„Was?" Ihr Herz klopfte so schnell, dass sie ihn hasste.

„Verdammt, Miss Hunt, mein Vater hätte Ihnen genauso gut einen Verlobungsring geben können. Meiner Mutter hat er einen Vierkaräter geschenkt. Er liegt immer noch im Safe."

Unvermittelt befreite Rebecca sich aus seinem Griff, doch er umfasste stattdessen ihr Handgelenk und zog sie zum Rand der Tanzfläche.

„Ich bin wirklich schockiert." Sie wirbelte zu ihm herum.

„Warum? Weil Sie Schuldgefühle haben?"

„Wie charmant Sie sind." Am liebsten hätte sie sich in seine Wut hineingesteigert, aber das war nicht ihre Art.

„Ich möchte, dass Sie mich ernst nehmen." Aus den Augenwinkeln sah er seinen Vater auf sich zukommen. Sein Vater. Fast war er sein Feind.

„Oh, das tue ich." Ihre schönen Augen wurden eine Nuance dunkler. „Offenbar haben Sie Angst davor, dass Ihr Vater wieder heiraten könnte. Es ist sogar möglich, dass Sie dann nicht mehr der Erbe sind", fügte sie hinzu, weil sie der Versuchung nicht widerstehen konnte.

Starr blickte Brod auf sie hinunter. Dabei wurde ihm so richtig bewusst, dass er sie gern geküsst hätte. „Tut mir leid, Sie enttäuschen zu müssen, aber mein Erbe ist gesichert. Daran kann selbst Dad nichts mehr ändern. Aber sprechen Sie weiter, Rebecca, ich möchte wissen, wie Ihre Pläne aussehen."

„Was hätte es für einen Sinn?", erwiderte sie spöttisch und zuckte mit den Schultern. „Sie haben sich doch schon eine Meinung über mich gebildet."

„Na ja, Sie haben etwas erreicht, was Ally und ich nie geschafft haben", bemerkte er ironisch. „Mein Vater frisst Ihnen aus der Hand." Er wandte den Kopf. „Ah, da kommt er ja. Dann entschuldigen Sie mich. Sicher wird er sich um Sie kümmern, Miss Hunt."

Rebecca glaubte nicht, dass sie den Abend überstehen würde, ließ sich jedoch nichts anmerken. Sie musste ihrer Angst mit innerer Gelassenheit begegnen. Und sie würde den Opal nicht länger tragen, sondern bei der erstbesten Gelegenheit abnehmen. Sie konnte es Broderick Kinross nicht verdenken, dass er sie derart herausgefordert hatte. Aber warum hatte Fee sie nicht gewarnt? Wenn sie jetzt darüber nachdachte, hatte Fee sich merkwürdig verhalten. Vermutlich hatte sie ihre Bedenken deshalb nicht geäußert, weil Stewart Kinross sehr arrogant und sein Sohn wahrscheinlich der Einzige war, der es wagte, ihm Vorschriften zu machten.

Das Büfett war genauso üppig, wie Stewart es versprochen hatte. Die langen Tische, auf denen bodenlange gestärkte Decken lagen, bogen sich förmlich unter den kulinarischen Köstlichkeiten – Schinken, Truthahn, verschiedene Hähnchengerichte, große Platten mit Räucherlachs, aus dem Norden von Queensland eingeflogene Meeresfrüchte wie Garnelen, Hummer und Baramundi sowie zahlreiche verschiedene Salate, Reis- und Nudelgerichte. Mehrere Barkeeper waren für die Getränke zuständig, zwei junge Ober gingen zwischen den Tischen hin und her, und die mitreißende Musik der Band, zu der viele Paare tanzten, übertönte zeitweilig jedes andere Geräusch.

Rebecca aß allerdings kaum etwas, weil sie zu aufgewühlt war. Stattdessen unterhielt sie sich eine Weile mit Rafe und Grant Cameron, die zu taktvoll waren, um sie auf die Kette anzusprechen. Ständig leuchteten irgendwo Blitze auf, weil die meisten Gäste nun fotografierten.

Auf der anderen Seite des Raumes sah Rebecca Brod Kinross inmitten einer kleinen Gruppe. Liz Carrol hielt seine Hand und lächelte ihn strahlend an. Auch Fee amüsierte sich sichtlich. Sie ging von einer Gruppe zur anderen und unterhielt die Gäste mit ihren Anekdoten.

Schließlich gesellte Fee sich zu ihr, als Michael sie, Rebecca, gerade allein ließ, um ihr ein Glas Mineralwasser zu holen. Auf keinen Fall würde sie zu viel trinken. Sie hatte immer alles unter Kontrolle.

„Na, wie läuft es?“, erkundigte Fee sich lächelnd.

Rebecca wandte sich zu ihr um und sah ihr in die Augen.

„Fee, warum haben Sie mir nicht gesagt, dass diese Kette nur von den Ehefrauen in der Familie getragen wird?“, fragte sie.

„Du meine Güte!“, sagte Fee leise und sank auf einen der mit Bändern geschmückten Stühle. „Ich dachte, Stewart hätte es Ihnen erzählt.“

„Kommen Sie, Fee. Glauben Sie, ich hätte die Kette getragen, wenn ich es gewusst hätte?“

„Nein.“ Traurig schüttelte Fee den Kopf. „Nicht eine nette junge Frau wie Sie.“

„Warum haben Sie mich nicht gewarnt? Ich komme mir so dumm vor.“

Fee zuckte zusammen. „Sie sind zu Recht wütend auf

mich. Aber ich muss Sie wohl nicht daran erinnern, dass Stewart hier das Sagen hat. Er hätte es nicht gern gesehen, wenn ich mich eingemischt hätte. Außerdem muss ich zugeben, dass ich überlegt habe, ob Sie es vielleicht doch wissen. Schließlich sind Sie beide sich sehr nahegekommen."

„Du meine Güte!" Rebecca konnte es nicht fassen. „Das Einzige, was ich für Stewart empfinde, ist Respekt. Ich bin halb so alt wie er, Fee!"

„Ich weiß, Schätzchen, aber ich habe schon eine Menge erlebt. Viele Frauen lassen sich von Geld beeindrucken."

„Ich nicht", sagte Rebecca ausdruckslos.

„Schon gut." Beschwichtigend tätschelte Fee ihr die Hand. „Aber mir ist klar, dass Sie schlechte Erfahrungen gemacht haben. Eine gescheiterte Romanze. Eine empfindsame junge Frau wie Sie könnte sich dann mit anderen Dingen zufriedengeben. Sicherheit. Geborgenheit. Wissen Sie, was ich meine?"

„Ich kann es immer noch nicht glauben. Ich bin glücklich, so wie ich bin." Zumindest wollte sie, Rebecca, das glauben.

„Wenn Stewart es Ihnen nicht erzählt hat, wer dann?", fragte Fee.

„Ihr Neffe natürlich. Und er hat sich nicht gerade zurückgehalten."

„Wahrscheinlich dürfen Sie ihm daraus keinen Vorwurf machen."

„Das tue ich auch nicht", erwiderte Rebecca trocken, „aber mir ist noch nie jemand begegnet, der so … so voller Hass ist."

„Er hat Sie durcheinandergebracht." Fees stark geschminkte grüne Augen blickten bedauernd.

„Ja, so ungern ich es zugebe. Er denkt, ich wäre hinter seinem Vater her."

„Ist das denn so abwegig, Schätzchen? Sehen Sie sich doch um. Die Hälfte der Frauen in diesem Raum würde Stewart sofort heiraten. Er ist immer noch ein sehr attraktiver Mann und obendrein schwerreich."

„Macht ist das größte Aphrodisiakum."

„Genau, Schätzchen."

„Aber für mich nicht." Rebecca zog ungeduldig an der Kette. „Sobald ich irgendwie kann, gehe ich ins Haus und schließe die Kette weg."

„Gut. Ich versuche, Sie zu begleiten", erwiderte Fee. „Allerdings kenne ich die Kombination vom Safe nicht. Vielleicht kennt Brod sie."

„Lassen Sie *ihn* aus dem Spiel." Rebeccas Augen funkelten, und Fee musste lachen.

„Zwischen Ihnen beiden sind richtig die Funken geflogen. Ich habe Sie noch nie so wütend erlebt."

„Ich möchte nicht wütend sein", erklärte Rebecca ernst. „Ich bin sehr gern hier auf Kimbara, und die Arbeit an Ihrem Buch macht mir viel Spaß. Aber ich bin nicht glücklich über ... diese Situation."

„Lassen Sie mich mit Brod reden", erbot sich Fee und blickte sie besorgt an. „Ich möchte Sie auf keinen Fall verlieren. Wir arbeiten so gut zusammen, und wenn ich Sie in der Nähe habe, fühle ich mich auch meiner Tochter näher."

„Natürlich vermissen Sie Francesca."

„Und ob." Fee seufzte.

„Lebt sie noch bei ihrem Vater?"

„Nein. Sie hat eine eigene Wohnung in London, die Rupert ihr gekauft hat. Aber sie ist oft in Ormond House und nimmt auch ihre Freunde mit. Durch die Arbeit an der Biografie ist alles wieder hochgekommen. Jetzt bin ich traurig darüber, dass ich nie für meine Kleine da war, wenn sie mich gebraucht hat. Irgendwie habe ich sie im Stich gelassen. Meine Karriere hat viele Opfer von mir erfordert, und sie hat mich meine Ehe gekostet. Kein Wunder, dass Fran ihren Vater vergöttert. Er war sowohl Vater als auch Mutter für sie."

„Aber jetzt haben Sie sich mit den beiden ausgesöhnt, oder?" Rebecca tätschelte ihr sanft die Hand.

„O ja, Schätzchen. Rupert hat längst wieder geheiratet und ist glücklich. Francesca ruft mich oft an. Ich wünschte, sie würde mich hier besuchen. Ich möchte Sie so gern mit ihr bekannt machen. Stewart mag Fran sehr. Er mag beherrschte, sanftmütige Frauen. Ich war immer ein sehr leidenschaftlicher Mensch."

„Und deswegen sind Sie wahrscheinlich eine so hervorragende Schauspielerin", tröstete Rebecca sie. „Sie brauchen nicht mitzukommen, Fee. Ich gehe allein ins Haus."

„Na gut, Schätzchen." Fee stand auf. „Sie können die Kette in Stewarts Schreibtisch legen. Schließen Sie die Schublade ab, und nehmen Sie den Schlüssel mit. Und sagen Sie Stewart, dass Sie sich damit nicht mehr wohl gefühlt haben, nachdem Sie von ihrer Geschichte erfahren hatten."

„Nicht mehr wohl gefühlt" ist gar kein Ausdruck, dachte Rebecca. Als sie aufblickte, sah sie Michael mit dem Mineralwasser zurückkommen.

4. KAPITEL

Als Rebecca die Eingangshalle betrat, blickte sie auf die Uhr an der mit Rosenholz getäfelten Wand. Es war zwanzig Minuten nach Mitternacht. Der Ball war immer noch in vollem Gange. Derartige Feste waren typisch fürs Outback, allerdings waren vermutlich nicht viele so feudal. Stewart hatte alles strategisch geplant und sogar die Blumen selbst ausgesucht. *Und das alles nur für sie.* Daran wollte sie nicht denken.

Einige Gäste würden bestimmt bis zum Morgen durchfeiern. Sie hätte sich auch amüsiert, wenn Stewart ihr die Kette nicht aufgenötigt und damit alles verdorben hätte. Warum hatte er das getan? Um seinen Gästen zu zeigen, dass er ein Auge auf eine attraktive junge Frau geworfen hatte, die er als potenzielle Ehefrau ansah?

Es war wirklich schade, dass er sich nicht die Mühe gemacht hatte, *sie* zu fragen! Er ging davon aus, dass er jede Frau haben konnte.

Wie anmaßend!

Im Haus war es ganz still, doch überall brannte Licht. Rebecca betrat Stewarts Arbeitszimmer, das mit einem massiven Schreibtisch und mehreren Schränken, in denen Hunderte von Büchern und zahlreiche Pokale standen, eingerichtet war. An den Wänden hingen Gemälde von Pferden und ein großes Porträt von Stewarts verstorbenem Vater und Brods Großvater, Sir Andrew Kinross, direkt über dem Kamin.

Rebecca blieb einen Moment stehen, um es zu betrachten. Sir Andrew war ein sehr imposanter Mann gewesen, groß, attraktiv und vornehm. Es war das typische Kinross-Gesicht. Doch die grünen Augen wirkten so freundlich. Freundlich und klug. Der Ausdruck in Stewarts Augen hingegen verriet Machtbewusstsein und den Wunsch, alle zu beherrschen.

In Broderick Kinross' strahlend blauen Augen schwelte ein Feuer. Ihr wurde bewusst, dass er Gefühle in ihr weckte, die leicht außer Kontrolle geraten konnten. Sie wollte sich nicht mit ihm einlassen, denn Broderick Kinross war zynisch, voreingenommen und gefährlich attraktiv, und sie fürchtete Männer wie ihn.

Rebecca ging um den großen Schreibtisch herum und lehnte sich kurz dagegen, während sie die Kette abnahm. Sie hätte sich Stewart widersetzen und sie nicht anlegen sollen. In gewisser Weise fühlte sie sich überwältigt, weil sie von einem Tag auf den anderen mit einer ganz anderen Welt konfrontiert worden war. Noch nie hatte sie so viel Reichtum erlebt, obwohl sie bereits zahlreiche prominente, reiche Persönlichkeiten interviewt hatte. Seufzend öffnete sie die oberste rechte Schublade und legte die Kette vorsichtig hinein, und dabei funkelten der Opal und die Brillanten im Licht.

In diesem Moment wurde ihr bewusst, wie naiv sie war. Im Wohnzimmer hing an der hinteren Wand das Porträt einer dunkelhaarigen Frau in einem tief ausgeschnittenen smaragdgrünen Ballkleid, das sie oft bewundert hatte. Es handelte sich um Cecilia Kinross, die erste Braut auf Kimbara, und war in den ersten Jahren ihrer Ehe mit Ewan Kinross entstanden. Nach dem großen Opalfund in Neusüdwales hatte er das große Anwesen gekauft. Die Kette, die Cecilia auf dem Bild trug, hatte sie, Rebecca, nicht weiter beachtet. Auf den ersten Blick hätte man annehmen können, dass es sich bei dem großen Stein um einen Saphir handelte. Sie hätte keinen größeren Fehler machen können. Kein Wunder, dass Liz Carrol ihr ständig diese vielsagenden Blicke zugeworfen hatte. Alle anderen Gäste mussten ebenfalls entsprechende Schlüsse gezogen haben.

Rebecca senkte den Kopf und drehte den Schlüssel im Schloss. Sie zuckte zusammen, als sie plötzlich eine Stimme von der Tür her hörte.

„Na, Miss Hunt, was ist so interessant am Schreibtisch meines Vaters?“

Broderick Kinross betrat das Arbeitszimmer und blickte sie starr an.

„Er erschien mir am besten“, erwiderte sie scharf. „Die Kombination für den Safe kenne ich nicht. Sie?“

Er zog eine Augenbraue hoch und kam weiter herein. „Schon möglich. Wollen Sie mir verraten, woher Sie wissen, wo der Safe ist?“

Rebecca zuckte mit den Schultern. „Ich bin einmal an diesem Zimmer vorbeigegangen, als Ihr Vater ihn gerade geöffnet hatte und mich hereingerufen hat.“

Brod lachte. „Und das soll ich Ihnen glauben?“

„Es ist offensichtlich, dass Sie mir nicht glauben“, sagte sie betont lässig.

Seine Augen funkelten. „Also, was machen Sie am Schreibtisch meines Vaters?“

„Das, was ich schon viel früher hätte tun sollen“, erklärte sie kühl. „Ich habe die berühmte Kette weggeschlossen.“

Er ließ den Blick zu ihrem nackten Hals schweifen. „Und Sie konnten damit nicht bis nach der Party warten?“

Spöttisch sah sie ihn an. „Es gibt wohl niemanden, der arroganter ist als Sie.“

„Wie wär’s mit meinem Vater?“

„Und Sie hören überhaupt nicht zu, wenn man Ihnen etwas erklärt. Ich hatte keine Ahnung, welchen Symbolcharakter die Kette hat. Und nun, da ich es weiß, werde ich sie auf keinen Fall weiter tragen.“ Am besten ergriff sie jetzt die Flucht, denn obwohl er sie nicht mochte, knisterte es förmlich zwischen ihnen.

„Dafür ist es zu spät, Rebecca“, erinnerte er sie sanft. „Und ich kaufe Ihnen die Geschichte nicht ab.“

„Welche Geschichte?“

„Mein Instinkt sagt mir, dass Sie sich zu reichen, älteren Männern hingezogen fühlen. Es könnte mit Ihrer Vergangenheit zu tun haben, über die wir erstaunlich wenig wissen. Vielleicht suchen Sie eine Vaterfigur. Ich habe Freud gelesen."

Rebecca wandte den Blick ab. „Sie reden Unsinn."

„Wohl kaum. Es ist doch offensichtlich."

„Ich gehe jetzt. Ich finde allein zurück." Hoffentlich kam sie an ihm vorbei!

Brod versperrte ihr den Weg. „Noch gehen Sie nicht. Geben Sie mir den Schlüssel."

Da sie ihn offenbar nicht berühren wollte, nahm er ihr den Schlüssel aus der zittrigen Hand. „Danke." Er ging zum Schreibtisch, öffnete die Schublade und sah die Kette darin liegen. „Ich habe Ihnen nicht vorgeworfen, dass Sie die Kette stehlen wollten, Rebecca."

„Es ist mir egal, was Sie denken", erwiderte sie verächtlich.

„Und warum zittern Sie dann?" Er lächelte schief. Plötzlich verspürte er das Bedürfnis, ihren weißen Hals zu streicheln und die Hand dann zum Ansatz ihrer Brüste gleiten zu lassen.

„Am liebsten würde ich Ihnen dieses Lächeln aus dem Gesicht wischen."

„Ist es so schlimm?", meinte er spöttisch. „Also, worauf warten Sie?"

Sie hätte ihn gerne angeschrien, dass er ihr nicht zu nahe kommen sollte. Stattdessen sagte sie mühsam beherrscht: „Sie sollten sich bei mir entschuldigen."

„Sie machen Witze, Rebecca. Warum legen wir die Kette nicht in den Safe?"

Rebecca lächelte boshaft. „Sind Sie sicher, dass Ihr Vater Ihnen die Kombination genannt hat?"

Brod wandte sich zu ihr um. „Sagen Sie mir, wo der Safe ist, dann werden Sie es sehen."

„Da hinten." Sie wich einige Schritte zurück und deutete in die entsprechende Richtung. „Hinter dem Bild ‚Die Jagd'."

„Stellen Sie sich ans Fenster."

Gehorsam ging sie zum Fenster. „Soll ich mir die Augen zuhalten?"

„Sehen Sie hinaus", sagte er sanft.

Rebecca lachte auf. „Jetzt gehen Sie wirklich zu weit."

„Ich glaube nicht", widersprach er. „Ich habe den ganzen Tag an Sie gedacht."

Seine Worte gingen ihr durch und durch. Unwillkürlich wirbelte sie herum, genau in dem Moment, als er die Safetür schloss. „Ich dachte, mein Vater wäre längst aus dem Alter heraus, in dem man sich verliebt."

Ironisch verzog sie den Mund. „Tatsächlich? Dann haben Sie sich geirrt. Menschen verlieben sich in jedem Alter. Liebe ist etwas Großartiges."

„Da stimme ich Ihnen zu." Brod kam auf sie zu. „Und wen lieben Sie, Rebecca?"

„Das geht Sie nichts an", sagte sie mit bebender Stimme. Ihr schien es, als würden sie beide gleich eine große Dummheit begehen. Im Licht des schweren Kronleuchters wirkte Brods Gesicht wie gemeißelt, und seine Augen funkelten und verrieten ungezügeltes Verlangen. Er war sehr attraktiv, mächtig, ein Mann, vor dem man sich fürchten musste. Er konnte sie nur verletzen.

„Verrückt, nicht?" Als er vor ihr stand, umfasste er ihr Kinn.

Sobald Brod die Lippen auf Rebeccas presste, konnte er keinen klaren Gedanken mehr fassen. Es war zu viel für ihn. Ihre perlmuttfarbene Haut, ihr schlanker Körper, ihr Anblick, ihr Duft. Voller Misstrauen war er ihr gefolgt, und nun lag sie in seinen Armen.

Ihre Lippen waren so voll und weich. Wie Samt. Bereitwillig öffnete Rebecca sie, als wäre sie genauso überwältigt wie er. Noch nie hatte er das Gefühl gehabt, dass eine Frau so perfekt für ihn war. Er küsste sie nicht nur, wie Brod in diesem Moment bewusst wurde. Entsetzt stellte er fest, dass er im Begriff war, sich in sie zu verlieben. In eine Fremde. In eine Frau, der er nicht traute.

Vielleicht war es das, was sie wollte. Den Vater und den Sohn.

Der Gedanke daran verlieh Brod die Kraft, sich von ihr zu lösen, obwohl er in Flammen stand.

Sie hatte so viel Macht über ihn. Sie war so süß! So geheimnisvoll! Plötzlich sträubte sich alles in ihm. Er hatte immer versucht, das Richtige zu tun, doch ihm war klar, dass sie fallen könnte, wenn er sie nicht festhielt. Warum verhielt sie sich so?

„Rebecca?“ Sein Zorn wuchs, als Brod bewusst wurde, dass er kämpfen musste, um sie gehen zu lassen.

„Was erwarten Sie von mir? Sagen Sie es mir“, bat Rebecca heiser. Sie hätte weinen mögen, weil sie nach all den Jahren doch schwach geworden war.

Starr blickte Brod sie an. In ihren Augen schimmerten Tränen. „Ich hätte das nicht tun sollen“, sagte er finster. „Ich muss den Verstand verloren haben.“

Vielleicht spielte sie eine Rolle, durchtrieben, wie sie war. Dennoch umfasste er ihre Taille und hob sie auf den Schreibtisch, während sie ihn beinahe hilflos ansah.

„Im Mittelalter mussten Frauen wie Sie damit rechnen, auf dem Scheiterhaufen verbrannt zu werden“, erklärte er höhnisch.

„Und was hätten *Sie* davon gehabt?“, konterte sie. Inzwischen hatten ihre Wangen wieder etwas Farbe bekommen.

„Ich wäre Ihnen natürlich zu Hilfe gekommen“, erwiderte er spöttisch. „Und wäre dabei wohl selbst umgekommen.“

Rebecca war völlig durcheinander. Einen Moment lang presste sie sich die Hände vors Gesicht. „Ich muss zurück“, sagte sie zweimal leise.

„Das glaube ich auch“, bestätigte Brod mit einem grausamen Unterton. „Sonst sucht mein Vater Sie. Und wenn er uns zusammen sieht, denkt er womöglich, ich würde versuchen, Sie ihm auszuspannen.“

„Es sei denn, Sie reden Unsinn.“

„Leider ist es das nicht. Sie haben wirklich Macht, Rebecca.“ Er streckte die Hand aus und ließ eine Strähne ihres Haars durch die Finger gleiten. „Sie faszinieren mich sogar. Aber ich kann Ihnen Ihre Unschuldsbekundungen nicht abnehmen. Dass mein Vater Ihnen aus der Hand frisst, ist für mich Beweis genug, denn ich kenne ihn. Hier.“ Unvermittelt hob er sie wieder hinunter. „Wir gehen jetzt besser zurück, aber Sie gehen vor, und ich folge Ihnen. Dad hat ein verdammt teures Feuerwerk für Sie organisiert.“

Plötzlich ertrug sie es nicht mehr, mit ihm in einem Raum zu sein. In gewisser Weise hatte sie schreckliche Angst vor ihm. Vor seinen verführerischen Händen und Lippen, seinen hinreißenden Augen. Noch nie hatte sie sich einem Mann so bereitwillig hingegeben.

„Und ich habe nichts davon gewusst.“ Mit einer Hand strich Rebecca sich das Haar aus dem Gesicht, mit der anderen bedeutete sie Brod, sich nicht von der Stelle zu rühren. „Ich gehöre nicht hierher“, sagte sie. Ihre Arbeit an Fees Buch würde beendet sein und auch ihr Aufenthalt auf Kimbara. Alles.

„Ich verstehe es leider auch nicht.“ Er lächelte ironisch. „Aber eins sage ich Ihnen. Keiner von uns beiden wird Sie gehen lassen.“

Am Sonntagmittag hatten alle Gäste die Rückreise angetreten. Rebecca hatte kaum geschlafen und war spät aufgestanden. Da Brod mit Rafe und Grant Cameron, mit denen er offenbar eng befreundet war, hatte zurückfliegen wollen, würde sie ihm vermutlich nicht mehr begegnen, und das war auch gut so. Als sie nach unten ging, sah sie, dass die Tür zu Stewarts Arbeitszimmer geschlossen war, und hörte Vater und Sohn drinnen lautstark debattieren. Sekundenlang spielte sie mit dem Gedanken, wieder in ihr Zimmer zu laufen und sich darin zu verbarrikadieren. Brod war also nicht, wie geplant, nach Marlu zurückgeflogen. Einen Moment lang stand sie regungslos da, bis Jean Matthews, die Haushälterin, in der Eingangshalle erschien.

„Guten Morgen, Rebecca", grüßte sie. „Wie wär's mit Frühstück?"

Rebecca lachte. „Nur Tee und Toast, aber lassen Sie mich es holen."

„Das Angebot nehme ich gern an", erwiderte Jean Matthews. „Ich habe alle Hände voll zu tun. Kommen Sie mit in die Küche. Ich trinke eine Tasse mit Ihnen."

„Ist Fee noch nicht auf?", fragte Rebecca, als sie zusammen in die große alte Küche gingen, die bestens ausgestattet war.

„Natürlich nicht!" Jean lächelte. „Ich schätze, sie hat einen Kater. Mr. Kinross und Broderick dagegen sind schon wieder zur Tagesordnung übergegangen."

„Ich dachte, Brod würde heute nach Marlu zurückkehren", bemerkte Rebecca betont beiläufig.

„Das dachte ich auch." Jean tat Brot in den Toaster, während Rebecca Tee machte. „Er bleibt leider nie lange. Aber soweit ich weiß, steht eine Besprechung mit Ted Holland, dem Vorarbeiter, an. Broderick ist an den Entscheidungen beteiligt, auch wenn er und sein Vater nie einer Meinung sind."

„Es ist keine glückliche Familie", sagte Rebecca seufzend und goss kochendes Wasser über die Teeblätter in der Kanne.

„Das haben Sie ja schnell gemerkt." Jean schnitt ein Gesicht. „Mr. Kinross hat die Liebe seiner Kinder zurückgewiesen. Ich bin schon lange hier, deswegen weiß ich es. Früher war ich Kindermädchen hier. Hat Fee Ihnen das erzählt? Ich habe als Hausangestellte hier angefangen, als ich kaum sechzehn war. Ich kann immer noch nicht glauben, dass Miss Lucille nicht mehr unter uns weilt. Sie war ein Engel. Ich habe sie sehr gemocht."

Der Ausdruck in ihren Augen bewies, dass sie es längst aufgegeben hatte, ihren Arbeitgeber zu mögen. „Ich bin wegen der Kinder geblieben. Es hat einem schier das Herz zerrissen. Ich habe unter Mrs. Harrington, meiner Vorgängerin, im Haus gearbeitet. Sie hat mich so nervös gemacht, aber sie war eine wundervolle Haushälterin und eine hervorragende Köchin. Hat mir alles beigebracht. Als sie aufgehört hat, hat Mr. Kinross mich gebeten, ihre Stelle zu übernehmen. Alles ist anders als damals. Broderick ist auf Marlu. Ally lebt in Sydney. Meine Güte, sie hätte Rafe Cameron haben können!" Jean, die untersetzt war, sank auf einen Küchenstuhl. „Aber ich fürchte, es ist zu spät. Sie können die Scherben nie wieder kitten."

Ihre Augen glänzten verräterisch, und sie nahm ihre Brille ab, um sie zu putzen. „Hab versucht, es ihr auszureden. Broderick hat es auch versucht. Rafe ist sein bester Freund. Sogar Mr. Kinross war außer sich."

„Halten Sie es nicht für möglich, dass die beiden wieder zusammenkommen?", fragte Rebecca.

„O nein, meine Liebe", erwiderte Jean seufzend. „Die Camerons sind sehr stolze Männer."

„Aber bisher hat keine Frau Rafe vor den Altar bekommen", wandte Rebecca ein.

Jeans Miene hellte sich auf. „Stimmt."

Unterdessen war im Arbeitszimmer der letzte Punkt auf der Tagesordnung geklärt, nämlich die Entscheidung über die Teilnahme an der Versteigerung einer bekannten Schaf- und Rinderzuchtfarm im Innern von Queensland. Brod stand auf und ordnete einen Stapel Papiere. Er hatte die ganze Zeit gemerkt, dass sein Vater etwas auf dem Herzen hatte. Nun sprach er es an.

„Bevor du gehst, Brod ..." Stewart Kinross nahm seine Lesebrille ab und rieb sich die Nase. „Ich würde gern mit dir über das reden, was gestern Abend vorgefallen ist."

„Der Ball war ein großer Erfolg", sagte Brod. „Alle haben sich ganz begeistert darüber geäußert."

„Das habe ich nicht gemeint." Sein Vater blickte ihn kalt an. „Rebecca hat mir zu verstehen gegeben, dass sie dich gebeten hat, die Kette in den Safe zu legen."

„Ja, das hat sie. Du warst beschäftigt, und sie konnte es gar nicht erwarten, das verdammte Ding abzunehmen. Allerdings hat man es ihr nicht angemerkt. Sie hat wirklich die Ruhe weg."

„Können wir nicht mal für einen Moment ernst bleiben?", fragte sein Vater scharf.

„Was willst du von mir hören, Dad?" Brod wandte sich wieder um. „Unter ihrem zarten Äußeren verbirgt sich ein harter Kern."

„Rebecca soll hart sein? Ich hoffe, du hast sie nicht beleidigt."

„Warum sollte ich sie beleidigen?", erkundigte Brod sich mühsam beherrscht.

„Weil du andere gern aufstachelst. Hast du dafür gesorgt, dass sie sich mit der Kette unwohl fühlt?"

„Ob *ich* dafür gesorgt habe?" Brod knallte den Stapel Papiere auf den Tisch. „Nein, das hast *du* getan, Dad. In Anbetracht der Tatsache, dass alle von der Kette und ihrer Geschichte wissen, hätte sich wohl jede Frau damit unwohl gefühlt. Sie ist, wie uns allen bekannt ist, für meine zukünftige Frau bestimmt."

Stewart Kinross schob seinen großen Drehsessel zurück. „Willst du damit andeuten, dass ich viel zu alt bin, um noch einmal zu heiraten?"

„Verdammt, Dad!" Brod schlug mit der Faust in die Handfläche. „Ich hätte keine Tränen vergossen, selbst wenn du ein halbes Dutzend deiner Freundinnen geheiratet hättest. Einige von ihnen waren wirklich nett. Aber Rebecca Hunt ist für dich tabu."

Sein Vater lächelte humorlos. „Du hast offenbar zu zurückgezogen gelebt, Brod. Spielst du auf ihr Alter an?"

„Dad, sie ist zu *jung* für dich. Sie ist nur etwas älter als Ally. Sie ist jünger als *ich.*"

„Und?" Die Miene seines Vaters war wie versteinert. „Ich sehe darin kein großes Hindernis."

Brod sank wieder auf seinen Stuhl. „Es ist dir also ernst?"

Sein Vater wurde rot. „Sie ist genau die Frau, die ich immer gesucht habe."

„Selbst wenn sie über vierzig wäre, würdest du mehr über sie wissen müssen", brauste Brod auf.

„Ich weiß genug", tobte Stewart Kinross. „Ich kann deine Ängste verstehen, Brod. Rebecca ist jung genug, um Kinder zu bekommen."

„Ja, natürlich! Hast du überhaupt mal mit ihr darüber gesprochen? Rebecca hat mir erzählt, sie hätte von der Bedeutung der Kette nichts gewusst, und sie hätte sie getragen, weil sie dich nicht kränken wollte und du sehr hartnäckig gewesen wärst."

Es dauerte eine ganze Weile, bis sein Vater antwortete. „Du warst nicht dabei, Brod."

Hat sie mich etwa belogen, überlegte Brod bitter.

„Natürlich habe ich Rebecca die ganze Geschichte erzählt“, fuhr sein Vater heftig fort. „Sonst hätte es bestimmt jemand anderes getan.“

„Du hast ihr tatsächlich erzählt, dass sie nur von den Ehefrauen in der Familie getragen wurde? Dass meine Mutter die letzte Frau war, die sie getragen hat?“

Stewart Kinross zuckte mit den Schultern. „Deine Mutter habe ich nie erwähnt. Ich habe seit Jahren nicht mehr über sie gesprochen. Sie hat mich und euch Kinder verlassen. Sie hat ihr Ehegelübde gebrochen und wurde dafür bestraft.“

Über Brods Gesicht huschte ein teils wütender, teils verächtlicher Ausdruck. „Was für ein kaltblütiger Mistkerl du doch bist. Bestraft! Meine arme Mutter! Sie hätte fast jeden Mann heiraten können. Irgendeinen normalen Mann, dann wäre sie heute noch am Leben.“

Die Augen seines Vaters funkelten kalt. „Dann wärst du nie mein Erbe gewesen.“

„Ich bin aber dein Erbe, Dad. Vergiss das nicht.“ Brod sah seinen Vater so grimmig an, dass dieser den Blick abwandte.

„Ich glaube, das war’s“, verkündete er ein wenig überstürzt. „Du denkst anscheinend, dass ich kein Recht auf ein eigenes Leben habe, Brod. Dass ich meine Erwartungen mit fünfundfünfzig runterschrauben soll.“

Brod stand auf und ging zur Tür. Er war völlig durcheinander. Rebecca hatte ihn tatsächlich belogen. „Soweit ich weiß, hast du deine Erwartungen noch nie runtergeschraubt, Dad. Du hältst dich für den Alleinherrscher. Geld spielt für dich keine Rolle. Wenn ich nicht so verdammt tüchtig wäre, würdest du vorsichtiger damit umgehen.“

Sofort ging Stewart Kinross in die Defensive. „Was glaubst du eigentlich, mit wem du es zu tun hast?“, tobte er. „Ich bin dein Vater.“

„Und ob du das bist“, bestätigte Brod grimmig. „Und ein

ziemlich schlechter obendrein."

„Du solltest jetzt lieber gehen", warnte ihn sein Vater. „Ich muss mir meine Sünden nicht vorhalten lassen. Tatsache ist, dass du eifersüchtig auf mich bist, Brod. Das warst du schon immer. Und jetzt ist Rebecca aufgetaucht ..." Er verstummte und blickte ihn starr an. „Als ihr gestern Abend miteinander getanzt habt, war euer Gesichtsausdruck sehr verräterisch."

Brod lachte unvermittelt und rieb sich das markante Kinn. „Du hast uns nicht aus den Augen gelassen, stimmt's, Dad?"

„Ich habe letztes Mal eine falsche Entscheidung getroffen. Den Fehler werde ich nicht noch einmal machen. Ich muss zugeben, dass ich von Rebecca ein bisschen enttäuscht war. Du scheinst sie durcheinanderzubringen. Hast du ihr gedroht?"

„Offen gesagt, Dad, habe ich ihr zu verstehen gegeben, dass sie sich besser nicht mit dir einlässt." Erst später wurde Brod klar, dass es nicht besonders klug gewesen war, das zu sagen. Er hätte seinen Vater in dem Glauben lassen sollen, dass Rebecca und er sich zueinander hingezogen fühlten. Jetzt musste er erst einmal von hier verschwinden, denn er würde Miss Rebecca Hunt vermutlich nicht gegenübertreten können, ohne in die Luft zu gehen. Grant würde ihn erst am Montagnachmittag abholen. Brod beschloss, zu Ted, dem Vorarbeiter von Kimbara, zu gehen und, wie besprochen, einen Rundgang mit ihm zu machen. Ted war ein guter Mann. Er hatte ihn selbst eingestellt.

Da Fee an diesem Tag nicht arbeiten, sondern sich lieber ausruhen wollte, fuhr Rebecca mit ihren Recherchen fort. Als sie bei Fee vorbeischaute und sie bat, ihr alles über Cecilias Kette zu erzählen, hielt diese sich die Hand an die schmerzenden Schläfen und sagte ihr, wo sie nachsehen sollte.

„In der Bibliothek, Schätzchen. In der Mitte des Regals links vom Kamin. Dort müsste alles sein."

„Soll ich Ihnen wirklich nichts holen, Fee?“, fragte Rebecca. Fee war leicht geschminkt, sah aber ziemlich übernächtigt aus.

„Geben Sie mir meine Jugend zurück, Schätzchen“, rief sie.

Die Bibliothek war sehr groß. Es war eine der größten Privatbibliotheken im Land, mit Tausenden von ledergebundenen Bänden und Aufzeichnungen, die bis in die ersten Jahre der Besiedlung zurückreichten. Rebecca betrachtete es als Privileg, sie benutzen zu dürfen, denn sie liebte Bücher über alles. Sie befolgte Fees Anweisungen und entdeckte schließlich ein schmales, ledergebundenes Werk mit Goldprägung, das in den frühen Siebzigerjahren des neunzehnten Jahrhunderts veröffentlicht worden war und den großen Opalfund beschrieb. Nachdem sie es sich auf dem Sofa bequem gemacht hatte, begann sie darin zu blättern.

Eine Stunde später war sie immer noch in das Buch vertieft. Der abenteuerlustige Ewan Kinross und sein ebenso wagemutiger Freund Charles Cameron, beide aus angesehenen Familien stammend, hatten Schottland in den Fünfzigerjahren des neunzehnten Jahrhunderts verlassen, um ihr Glück in den Goldminen in Australien zu machen. Beim Goldwaschen hatten sie kein Glück, weil sie zu wenig Ahnung davon hatten, doch sie arbeiteten weiter im Bergbau, bis sie schließlich ein großes Opalvorkommen südwestlich der Stadt Rinka in Neusüdwales entdeckten.

Obwohl man ihnen sagte, der Fund sei wertlos, pachteten sie das Land. Der Rest war Geschichte. Die Mine machte beide Männer reich – reich genug, sodass sie sich ihren Traum erfüllen und Land im Südwesten von Queensland kaufen konnten, um Rinder zu züchten.

Einen besonders schönen Stein behielten sie, um daraus einen Anhänger für Ewans Verwandte Cecilia Drummond machen zu lassen, denn sie waren beide in sie verliebt und wollten ihr damit ihre Ehrerbietung zeigen. Beide begannen nun, sie zu umwerben, und wurden dadurch auch zu Rivalen. Zeitweise schien es, als würde Cecilia Charles Cameron vorziehen. In einem Brief war sogar von ihrem „Ritter in schimmernder Rüstung" die Rede. Schließlich hatte sie jedoch Ewan Kinross geheiratet und ihm vier Kinder geschenkt.

Zwischen den Zeilen las Rebecca, dass die Ehe nicht glücklich gewesen war. Vielleicht hätte Cecilia lieber Charles heiraten sollen. Die Freundschaft zwischen den beiden Männern war daran fast zerbrochen, doch nach der Geburt des ersten Kindes hatte das Verhältnis zwischen ihnen sich wieder gebessert. Charles Cameron war sogar einer der Paten gewesen.

Rebecca schlug das Buch zu und lehnte sich zurück. Sie konnte einfach nicht glauben, dass Stewart ihr die Geschichte nicht erzählt hatte. Sie hatte nicht das Recht gehabt, die Kette zu tragen. Brod würde es ihr nie verzeihen, selbst wenn er einsah, dass sie von der Bedeutung der Kette nichts gewusst hatte.

Sie wusste, dass Brod mit Ted Holland weggegangen war. Da er kein Mittag gegessen hatte, würde sie ihn erst beim Abendessen wiedersehen. Fee hatte ihr erzählt, sie würde versuchen aufzustehen.

„Ich sehe meinen Neffen kaum", hatte sie erklärt. „Wegen dieser Carrol bin ich gestern Abend auch gar nicht richtig an ihn herangekommen. Ich glaube, sie hatte Angst davor, seinen Arm loszulassen."

Dennoch war es Liz Carrol nicht gelungen, Brod für sich allein zu haben, denn er hatte mit vielen anderen Frauen getanzt.

Als Rebecca aufstand, um das Buch wieder ins Regal zu stellen, betrat Stewart Kinross die Bibliothek. Er trug Reitsachen und sah sehr imposant aus.

„Ich habe Sie überall gesucht, Rebecca“, sagte er ein wenig vorwurfsvoll.

„Das Haus ist sehr groß, Stewart“, erinnerte sie ihn sanft. „Es ist das größte Wohnhaus, das ich kenne, abgesehen von den englischen Landsitzen.“

„Im Vergleich zu denen muss das hier eine bescheidene Hütte sein.“

„Das hier wäre nirgends eine bescheidene Hütte“, erwiderte sie trocken. „Ich muss etwas mit Ihnen besprechen, Stewart.“

„Ziehen Sie erst mal Ihre Reitsachen an. Ich brauche jetzt einen Galopp, um mich von den Feierlichkeiten zu erholen.“

„Glauben Sie nicht, dass es heute ein Gewitter geben könnte?“, wandte sie ein. „Es ist sehr heiß.“

„Schon möglich“, räumte er ein, „aber das ist kein Grund zur Sorge. Ich habe oft erlebt, dass sich große Wolken am Himmel aufgetürmt haben und nicht ein Tropfen gefallen ist. Bald kommt Wind auf und vertreibt die Wolken. Wenn Sie sich umziehen, gehe ich zu den Ställen und hole zwei Pferde. Und wenn Sie ein braves Mädchen sind, dürfen Sie Jeeba reiten.“

Dann verließ Stewart die Bibliothek, und Rebecca ging nach oben in ihr Zimmer. Obwohl es ganz still im Haus war, schien die Luft elektrisch geladen zu sein. Doch erst als Rebecca in ihren Reitsachen auf der vorderen Veranda stand und ihren Hut aufsetzte, nahm sie sich die Zeit, zum Himmel hochzublicken.

Noch war er blau, aber aus irgendeinem Grund musste sie an Blitze denken. Sie war einmal mit einem Freund beim Segeln von einem Gewitter überrascht worden. Sie waren meilenweit von der Küste entfernt gewesen, und es war eine der schlimmsten Erfahrungen ihres Lebens gewesen, obwohl ihnen nichts passiert war.

Stewart und Rebecca ritten in Richtung Süden an mehreren Wasserlöchern entlang, wo die Eukalyptusbäume mit ihren frischen grünen Blättern Schatten spendeten. Keines der Wasserlöcher war tief, doch man hatte ihr erzählt, dass die Flüsse nach starken Regenfällen meilenweit über die Ufer treten konnten, und Stewart hatte ihr gezeigt, wie hoch das Wasser gekommen war. Ein kleiner Tafelberg in einigen Meilen Entfernung hob sich in der Nachmittagssonne feuerrot gegen den blauen Himmel ab und ließ ihn an dieser Stelle violett erscheinen.

Die Luft war erfüllt vom Gesang und Gekreische der Wüstenvögel, die am frühen Morgen oder gegen Sonnenuntergang am aktivsten waren. Wellensittiche im Käfig hatten ihr immer leidgetan, und nun erfreute Rebecca sich an ihrem Anblick in freier Wildbahn. In Schwärmen flogen sie durch die Lüfte und zeichneten sich gegen den Himmel ab, der in immer intensiveren Farben glühte. Im Unterholz am Ufer nisteten große Ibiskolonien. Kimbara war eines der Hauptbrutgebiete für Wasserzugvögel wie Reiher, Enten und Wasserhühner. Die Pelikane hielten sich in den entfernteren Sumpfgebieten auf, während die bunten Papageien, die rosafarbenen und grauen Kakadus und die weißen Corellas das Mulga-Scrub zu bevorzugen schienen.

Als sie den Weg zu den grasbewachsenen Ebenen hinaufritten, auf denen unzählige winzige violette Blumen blühten, duckte Stewart sich im Sattel und forderte Rebecca zu einem Rennen heraus. Sie gab ihrer Stute Jeeba die Sporen und ritt hinter ihm her. Es war hoffnungslos, denn Stewart war ein viel besserer Reiter als sie und sein Wallach wesentlich kräftiger als Jeeba. Allmählich alarmierte der Anblick des Himmels Rebecca. Sie stoppte in der Nähe einiger Bauhinia-Sträucher und wandte sich besorgt zu Stewart um. „Sollten wir nicht lieber zurückreiten, Stewart?“

Er zügelte sein Pferd neben ihr und legte die Hand auf ihre. „Warum so nervös, meine Liebe?“

Langsam entzog sie ihm ihre Hand und tat so, als würde sie ihren Akubra zurechtrücken. „Normalerweise bin ich nicht nervös, aber das Gewitter scheint nicht mehr weit weg zu sein. Sehen Sie sich den Himmel an.“

„Ich habe schon Schlimmeres gesehen“, erklärte er angespannt und beobachtete, wie sie zusammenzuckte, als ein Kakadu in der Nähe einen schrillen Schrei ausstieß. „Ich kenne mich mit dem Wetter aus. Es wird nicht regnen.“

„Wenn Sie meinen“, sagte sie skeptisch.

„So, jetzt können wir über das reden, was Sie auf dem Herzen haben“, schlug Stewart vor.

Rebecca beschloss, nicht um den heißen Brei herumzureden. „Ich glaube, Sie wissen, worum es geht, Stewart. Ich hatte keine Ahnung, dass die Kette eine so große Bedeutung für Ihre Familie hat. Warum haben Sie es mir nicht gesagt?“

Er wirkte pikiert. „Normalerweise gebe ich für mein Verhalten keine Erklärungen ab.“

„In diesem Fall hätten Sie vielleicht mal eine Ausnahme machen können“, sagte sie ernst. „Soweit ich weiß, wurde die Kette zum letzten Mal von Ihrer Frau getragen.“

Ein angespannter Zug erschien um seinen Mund. „Das ist kein großes Geheimnis, Rebecca. Was macht Ihnen so zu schaffen? Hat Brod irgendetwas zu Ihnen gesagt, weil Sie die Kette getragen haben?“

„Nein.“ Sie hielt seinem Blick stand. Auf keinen Fall wollte sie die Kluft zwischen Vater und Sohn noch vergrößern.

„Bitte sagen Sie es mir“, drängte Stewart, als hätte er ihre Gedanken gelesen.

Rebecca sah einen Blitz am Horizont. „Es ist eine sehr schöne Kette“, erklärte sie, zunehmend ängstlicher, „aber ich war nicht gerade glücklich darüber, zu erfahren, dass sie für

Brods zukünftige Frau bestimmt ist."

Stewart Kinross lachte eisig. „Bis dahin gehört sie *mir*, meine Liebe. Ich könnte wieder heiraten. Ich habe eine Menge zu bieten."

„Das glaube ich Ihnen, Stewart. Es war nur nicht richtig, sie *mir* zu leihen."

Er zögerte, und sein grimmiger Gesichtsausdruck verschwand. „Sie sehen aus, als würden Sie gleich weinen."

„Bestimmt nicht. Es liegt an der Farbe meiner Augen. Sie ahnen gar nicht, wie oft ich das schon gehört habe."

„Sie funkeln wie Diamanten." Der Blick, den Stewart ihr zuwarf, verriet so viel Gefühl, dass sie sich außerstande fühlte, sich damit auseinanderzusetzen. Allerdings musste sie sich damit abfinden, dass seine Gefühle für sie alles ruiniert hatten. Wo würde es enden, wenn sie Kimbara nicht verließ?

„Wir sollten wirklich von hier verschwinden", drängte sie und sah ihn gequält an. „Das Gewitter scheint näher zu kommen."

Beinahe lässig blickte er zum Himmel empor. „Es ist noch meilenweit entfernt, meine Liebe. Aber wenn Sie Angst haben …"

„Wir sollten vernünftig sein."

Noch immer betrachtete er sie. „Sie empfinden nichts für mich, stimmt's?", fragte er schließlich mit ausdrucksloser Miene.

„Das ist nicht richtig, Stewart", rief sie. „Ich muss jetzt weg."

„Es ist wegen Broderick, nicht?", brachte er hervor.

„Das ist doch absurd, Stewart", protestierte sie und legte Jeeba beruhigend die Hand auf den Hals.

„Ach ja?"

Die Art, wie er das sagte, ließ Rebecca schaudern. „Und Sie haben kein Recht, mich das zu fragen."

„Ich werde auf keinen Fall zulassen, dass er Sie bekommt." Er griff nach ihren Zügeln, doch sie gab Jeeba die Sporen. Daraufhin riss die Stute, die ohnehin nervös war, sich los und galoppierte davon.

Wird das denn niemals aufhören, fragte Rebecca sich verzweifelt. Würde sie bei Männern immer Besessenheit wecken?

Sie ließ Jeeba durchs Tal galoppieren und lenkte sie auf eine große Senke am Fuß eines baumlosen Hügels zu, an der Stewart und sie auf dem Hinweg vorbeigekommen waren. Der Abstand zwischen Blitz und Donner war jetzt kürzer geworden. Das Gewitter kam näher. Warum hatte Stewart bloß auf dem Ausritt bestanden? Hier konnte man nirgends Zuflucht suchen. Hatte er bewusst das Risiko gesucht? Sie hoffte, dass es gleich anfangen würde zu regnen, denn wenn es blitzte, war man in nassen Sachen besser geschützt. Sie wusste nicht einmal, ob Stewart ihr folgte.

Wegen des herannahenden Unwetters kehrte Brod frühzeitig zum Haus zurück und parkte den Jeep in der Auffahrt. Nachdem er durch alle Räume gegangen war und niemanden angetroffen hatte, suchte er Fee auf und klopfte an ihre Tür.

„Fee, ich bin's", rief er. „Wo sind die anderen?"

Fee, die gerade ein Nickerchen gemacht hatte, stand auf und ging zur Tür. „Hallo, mein Lieber. Ich habe gerade meinen Schönheitsschlaf nachgeholt."

„Wo sind Dad und Rebecca?", fragte er angespannt.

Sie blinzelte. „Sind sie nicht da?"

„Niemand ist da."

„Ah, jetzt fällt es mir ein. Rebecca war hier und hat mir gesagt, sie würden einen Ausritt machen."

Brod runzelte die Stirn. „Wann war das?"

„Oh, vor ein paar Stunden, würde ich sagen. Was ist los?",

erkundigte sie sich besorgt.

„Sie sind noch nicht wieder zurück, es sei denn, sie sind in den Ställen. Es gibt gleich ein großes Unwetter, Fee. Es hat sich schon den ganzen Nachmittag angekündigt. Dad weiß genau, wie gefährlich es ist, unter solchen Bedingungen einen Ausritt zu machen."

Fee verzog den Mund. „Du kennst doch deinen Vater. Er spielt gern Gott."

„Er hat Rebecca mitgenommen. Wenigstens sie hätte merken müssen, was sich da zusammenbraut."

„Ich habe es auch nicht gemerkt." Fee eilte auf den Balkon. „Du meine Güte!", rief sie beim Anblick des dunklen Himmels. „Selbst für hiesige Verhältnisse sieht das gar nicht gut aus." Sie blickte zu Brod auf, der ihr gefolgt war. „Bestimmt sind sie in Sicherheit. Ich schätze, dass sie in den Höhlen Zuflucht gesucht haben."

Seine Miene verfinsterte sich. „Nur ein Idiot wäre an so einem Tag in diese Richtung geritten. Ich glaube vielmehr, dass sie den anderen Weg genommen haben. Ich fahre ihnen hinterher."

Fee legte ihm die Hand auf den Arm. „Pass auf dich auf, mein Lieber. Es wird deinem Vater nicht gefallen."

„Zu schade!", erwiderte er schroff. „Dad führt sich auf wie ein Idiot."

„Er ist auch nur ein Mensch, Brod", sagte sie leise, obwohl sie schon oft daran gezweifelt hatte.

„Er hat mir heute Morgen erzählt, dass er Rebecca alles über die Kette gesagt hat. Und trotzdem hat sie sie getragen."

Er klang so wütend und enttäuscht, dass sie mit ihrer Meinung nicht hinter dem Berg hielt. „Hast du mal überlegt, ob dein Vater gelogen haben könnte, Brod? Ich kenne Rebecca."

Abrupt wandte er sich ab. „Vielleicht hält sie uns alle zum Narren. Ich weiß es nicht. Zum ersten Mal in meinem Leben bin ich ratlos. Aber ich werde ihr folgen, denn ich kenne Dad. Wenn etwas schiefläuft, wird sie ihm nicht gewachsen sein."

In hohem Tempo fuhr Brod durchs Tal und fluchte leise, als die Blitze immer näher kamen, dicht gefolgt von ohrenbetäubendem Donnern. Das Gewitter konnte nur noch wenige Meilen entfernt sein. Was war bloß in seinen Vater gefahren, bei so einem Wetter einen Ausritt zu machen? Hatte er gehofft, Rebecca von der Ernsthaftigkeit seiner Gefühle überzeugen zu können, wenn er allein mit ihr war? Davon, dass auch sie irgendwann etwas für ihn empfinden würde? War er doch in Richtung der Höhlen geritten, wohl wissend, dass sie irgendwann dort Schutz suchen mussten? Dazu hat er kein Recht, überlegte Brod wütend. Oder hatte Rebecca die ganze Zeit darauf gewartet?

Er kannte die Wahrheit nicht. Er konnte nur raten.

Ein weiterer Blitz zuckte über den Himmel, und Brod schreckte zusammen. Als er die Augen wieder öffnete, sah er ein Pferd mit Reiter, dicht gefolgt von einem anderen Pferd mit Reiter, in hohem Tempo durchs Tal galoppieren. Bei dem ersten Reiter handelte es sich um eine Frau. Sie hatte ihren Hut verloren, und ihr langes Haar wehte im Wind.

Rebecca! Brod war erleichtert, ob sie nun schuldig war oder nicht. Er lenkte den Jeep in ihre Richtung. Sie schien auf die tiefe Senke zuzuhalten, die wie ein Graben um den nächsten Hügel verlief. Wenigstens hatte sie Grips, weil sie nicht unter einem Baum Schutz suchte. Die ersten Tropfen fielen jetzt. Dies war der gefährlichste Zeitpunkt.

Im selben Moment, in dem Brod das dachte, zuckte ein weiterer Blitz über den Himmel und traf den zweiten Reiter. Er war so grell, dass es in den Augen wehtat.

Vorübergehend fast blind, empfand Brod ein solches Entsetzen, einen solchen Schmerz, dass er das Gefühl hatte, ihm wäre das Herz stehen geblieben. Sein Vater war vor seinen Augen vom Blitz getroffen worden. Auch das Pferd war zu Boden gegangen. Jetzt folgte das Donnern, wie das Grollen eines übel wollenden Gottes. Brod sah, dass Rebecca hinuntergefallen war und auf dem Boden lag, während Jeeba sich aufzurappeln versuchte.

Er fühlte sich verpflichtet, zuerst zu Rebecca zu fahren und sie in den Jeep zu ziehen, wo sie sicher war. Dann musste er zu seinem Vater. Er wusste, dass der Blitz mehr als einmal an derselben Stelle einschlagen konnte, doch er musste zu ihm. Seine Augen brannten, und sein ganzes Leben schien wie ein Film vor ihm abzulaufen. In dem Moment wurde ihm bewusst, wie unwirklich dieser Tag war.

Rebecca war bei Bewusstsein und stöhnte leise. Nachdem Brod sich vergewissert hatte, dass sie sich nichts gebrochen hatte, hob er sie hoch und verfrachtete sie in den Wagen.

„Brod? Mein Gott, was ist passiert?“

„Der Blitz hat eingeschlagen“, rief er. „Bleiben Sie im Jeep. Rühren Sie sich nicht von der Stelle.“ Er knallte die Tür zu und stellte wütend und traurig zugleich fest, dass Jeeba taumelte. Wenn sie sich ein Bein gebrochen hatte, musste sie ruhig gestellt werden. Unerklärlicherweise hatte das Unwetter inzwischen nachgelassen und schien in Richtung der Hügel mit den Höhlen zu ziehen.

Er fand seinen Vater auf dem mittlerweile nassen Boden, den toten Wallach neben ihm. Verzweifelt versuchte er, seine Gefühle zu unterdrücken, und begann, ihn wiederzubeleben.

Irgendwann kam Rebecca zu ihm, aschfahl und völlig durchnässt. Sie sah sehr jung aus.

„Brod“, sagte sie nach einer Weile sanft, nahm seine Hand und barg das Gesicht an seiner Schulter. „Ihr Vater ist tot.“

„Wovon reden Sie?“, fragte er. „Er lebt, er atmet …“

„Nein, das tut er nicht.“

Trotzdem versuchte er es ein letztes Mal, während Rebecca neben ihm saß und weinte. „Er kann nicht tot sein", sagte er verzweifelt.

„Es tut mir so leid ...", brachte sie hervor. Dies war der schlimmste Tag ihres Lebens. Es war so schrecklich für Brod. Sie wollte ihn trösten, doch sie war zu erschöpft.

Jetzt kamen aus allen Richtungen Männer herbei. Brod hielt den Kopf seines toten Vaters im Schoß, während sie zusammengesunken dasaß und stumm betete.

„Was ist passiert?", rief Ted Holland außer sich. „Rede mit mir, Brod!"

Langsam blickte Brod auf. „Mein Vater hat eine große Dummheit begangen, Ted. Er ist im Gewitter ausgeritten. Ich habe gesehen, wie der Blitz ihn getroffen hat und wie sein Pferd mit ihm gestürzt ist. Sie wurden beide getroffen."

„Mein Gott ... Und die Lady?" Ted blickte zu Rebecca, die ziemlich ruhig, aber völlig durcheinander wirkte.

„Ich fürchte, sie steht unter Schock", erklärte Brod finster. „Wir müssen sie ins Haus bringen. Fee ist da, Ted. Nimm den Jeep, und komm dann wieder her. Ich muss meinen Vater nach Hause bringen."

5. KAPITEL

Alison Kinross erhielt die Nachricht vom Tod ihres Vaters auf einer Party, die zu Ehren des Besuches eines amerikanischen Filmstars stattfand.

„Du kannst im Arbeitszimmer sprechen", sagte die Gastgeberin leise, nachdem sie sie beiseitegenommen hatte. „Dein Bruder ist am Apparat."

Ally geriet sofort in Panik, weil sie wusste, dass Brod einen guten Grund haben musste, um ihr hinterherzutelefonieren. Sie telefonierte oft mit ihm, aber wenn sie nicht zu Hause war, hinterließ er immer eine Nachricht auf dem Anrufbeantworter. Ally eilte ins Arbeitszimmer der Sinclairs und schloss die Tür hinter sich. Sie war eine auffallend schöne junge Frau, denn sie hatte dunkles, lockiges Haar und mandelförmige grüne Augen – wie so viele in der Familie. Auch Fiona Kinross hatte grüne Augen, und sie schlug daraus Kapital.

„Er ist tot, Ally", sagte Brod ganz leise, nachdem Ally den Hörer in die Hand genommen und sich gemeldet hatte. „Unser Vater wurde heute Nachmittag vom Blitz getroffen."

Obwohl es sie schockierte, weinte sie nicht, denn ihr Vater hatte sie zu tief verletzt. Allerdings verspürte sie großen Kummer. „Wo, Brod? Wie ist es passiert?"

Angespannt hörte Ally zu, während er ihr berichtete, was geschehen war. Dabei ging er jedoch nicht zu sehr ins Detail. Er erzählte ihr, dass ihr Vater Rebecca zu einem Ausritt eingeladen hatte, obwohl er es eigentlich besser hätte wissen müssen – es sei denn, er hatte etwas vorgehabt. Schließlich hatte ihr Vater immer Geheimnisse vor ihnen gehabt. Dass er in Rebecca Hunt verliebt gewesen war, wusste Ally aber nicht, und er, Brod, würde es ihr jetzt auch nicht sagen. Früher oder später würde sie es natürlich erfahren.

„Ich komme", erklärte Ally schließlich. „Ich nehme morgen den ersten Flug."

„Buch dir hier einen Charterflug, und komm, so schnell du kannst", erwiderte er.

„Ich hab dich lieb, Brod", sagte sie. Brod, ihr starker großer Bruder. Er hatte immer auf sie aufgepasst und war immer nett zu ihr gewesen.

„Ich dich auch, Ally." Er klang bedrückt. „Ich weiß nicht, wie wir das durchstehen sollen, aber wir werden es schaffen."

Als sie kurz darauf auflegte, merkte sie, dass sie am ganzen Körper zitterte. Sie würde die Party sofort verlassen. Sie würde sich bei den Gastgebern entschuldigen und dann sofort nach Hause fahren und packen.

Das Ende einer Ära, dachte sie. Von nun an wird Brod das Sagen haben.

Als sie zu der hohen Flügeltür ging, schimmerte ihr trägerloses smaragdgrünes Kleid im Licht. Es wird viele Probleme geben, überlegte sie. Unter anderem würde sie Rafe wiedersehen. Es würde eine große Beerdigung werden. Ihr Vater war ein sehr bedeutender Mann gewesen. Die meisten Familien, die im Outback lebten, würden vertreten sein, Politiker, Juristen, Geschäftsleute. Rafe und Grant Cameron würden sich als enge Freunde der Familie aus der Masse hervorheben. Der alte Klatsch würde wieder aufblühen. Jeder wusste von ihrer Affäre mit Rafe. War sie nicht glücklich gewesen? Doch schließlich war sie aus Angst vor ihren Gefühlen davongelaufen. Wie ihre Mutter hatte sie die Flucht ergriffen, und Rafe, ihr geliebter Rafe, hatte nichts mehr von ihr wissen wollen. Allein beim Gedanken an ihn konnte die alte Sehnsucht wieder erwachen, doch Ally wusste, dass sie ihn für immer verloren hatte.

Als Fee ihre Tochter Francesca in London anrief, erklärte diese: „Ich komme, Fee. Ich werde gleich einen Flug buchen. Ich weiß, dass du und Onkel Stewart Differenzen hattet, und ich weiß auch, *warum,* aber zu mir war er immer sehr nett. Es ist das Mindeste, was ich tun kann. Außerdem möchte ich dich und Brod und Ally gern wiedersehen.“ Es erschien ihr unpassend, Grant Cameron zu erwähnen, auch wenn sie ständig an ihn denken musste.

„Die Beerdigung ist am Freitag“, sagte Fee. „Mein armer Bruder liegt in einem kalten Raum, aber so hat Brod genug Zeit, um alles in die Wege zu leiten. Wir stehen alle unter Schock. Es gibt nicht viele, die Stewart mochten. Viele haben ihn sogar gefürchtet. Aber er war so energiegeladen und vital. Es ist schwer zu glauben, dass er tot ist.“

„Ich kann es auch noch nicht fassen“, gestand Francesca traurig und strich sich das Haar aus der Stirn. „Jetzt ist Brod also Herr von Kimbara. Er hat sein Erbe angetreten.“

„Auf Kimbara wird sich vieles ändern“, erklärte Fee. „Ich sage es zwar nicht gern, aber Stewart hat nur an sich gedacht. Brod ist wie mein liebster Sir Andy. Er wird seinem Erbe dienen.“

„Ally und Brod tun mir so leid“, meinte Francesca.

„Glaubst du, mir ist nicht klar, was *dir* gefehlt hat, Francesca?“, erkundigte Fee sich schuldbewusst. „Ich war eine schreckliche Mutter.“

Francesca nickte unwillkürlich. „Ich weiß.“ Dann lachte sie und wurde wieder ernst. „Aber ich hab dich trotzdem lieb.“

„Ich weiß, und ich habe es nicht verdient.“ Fee räusperte sich. „Es ist ein großer Trost für mich, dass du kommst. Dieser lange Flug! Du musst unbedingt Rebecca kennenlernen. Sie ist mit Stewart ausgeritten, als er ums Leben gekommen ist, und es war ein schwerer Schlag für sie. Sie möchte abreisen.“

„Das verstehe ich“, erwiderte Francesca leise. „Es muss furchtbar für sie gewesen sein.“

„Es ist typisch für Stewart, auf so dramatische Weise ums Leben zu kommen“, jammerte Fee. „Lass mich wissen, wann du kommst, Liebes. Wir werden dir einen Anschlussflug chartern. Vielleicht kann Grant Cameron, dieser Teufelskerl, dich ja abholen. Bestimmt möchte er dich wiedersehen."

Das hoffe ich, dachte Francesca, bevor sie sich von ihr verabschiedete und auflegte. Sie saß auf dem Bett, und als sie aufsah, fiel ihr Blick in den Spiegel. Sie ähnelte ihrer Mutter überhaupt nicht, sondern kam vielmehr nach ihrer Familie väterlicherseits. Sie hatte eine Cousine, Alexandra, die genau wie sie tizianrotes Haar und kornblumenblaue Augen hatte. Man hielt sie oft für Schwestern.

„Eine typische englische Schönheit" hatte Grant Cameron sie teils amüsiert, teils bewundernd genannt und ihr damit zu verstehen gegeben, dass ihre Schönheit und Stärke in der unwirtlichen Umgebung des Outback schwinden würden.

Vielleicht kannte er sie nicht gut genug.

Rebecca, die auf einer Bank in einer schattigen Ecke des Gartens Zuflucht gesucht hatte, blickte auf, als sie Schritte auf dem Kiesweg hörte. Schnell versuchte sie, die Tränenspuren auf ihren Wangen zu beseitigen. Stewarts ebenso plötzlicher wie gewaltsamer Tod war ein schwerer Schock für sie gewesen, und sie hatte sich schuldig gefühlt, als hätte ihre Zurückweisung irgendwie zu seinem Tod geführt. Sie wusste, dass es absurd war, doch das nützte nichts. Stewart war derjenige gewesen, der den verhängnisvollen Fehler gemacht hatte, keinen Schutz zu suchen, aber trotzdem fühlte sie sich in gewisser Weise verantwortlich.

Fee hatte sie informiert, dass Ally und Francesca zur Beerdigung kommen und eine Weile auf Kimbara bleiben würden. Jetzt war hier kein Platz mehr für sie. Fee hatte sie allerdings gebeten zu bleiben. Die Schritte kamen näher. Es waren die Schritte eines Mannes.

Brods. Er kam auf sie zu. Er war förmlicher gekleidet als

sonst, denn ständig trafen Leute mit dem Flugzeug ein, um ihm ihr Beileid auszusprechen und ihre Hilfe anzubieten. Nun kam er unter dem Torbogen hindurch, der mit großen gelben Rosen berankt war. Gleich würde er bei ihr sein.

Rebecca atmete tief durch. Sie wusste nicht, warum sie so stark auf diesen Mann reagierte. Brod und sie waren sich ganz bewusst aus dem Weg gegangen. Jetzt suchte er sie auf. Warum? Um sie zu bitten abzureisen? Sie warf ein Kissen beiseite und stand auf.

„Gehen Sie nicht, Rebecca", bat er und verstellte ihr den Weg. Sein Ton war forsch, aber nicht unfreundlich.

„Was ist, Brod?", fragte sie, ohne zu zögern, und stellte bestürzt fest, dass ihre Stimme ganz heiser klang.

„Ich finde, wir müssen miteinander reden. Mir ist klar, dass Sie unter Schock stehen, aber ich muss wissen, was gestern vorgefallen ist."

Es war ganz still, man hörte nur die Vögel zwitschern. Rebecca hatte das Gefühl, in der Falle zu sitzen.

„Ich kann nicht darüber reden, Brod", sagte sie und wandte sich unvermittelt ab. Sie wollte Trost. Sie spürte, dass dieser Mann ihn ihr hätte geben können, doch er wollte nichts von ihr wissen.

„Sie werden es mir sagen, Rebecca", warnte Brod sie leise. „Sie sind es mir schuldig." Er streckte die Hand aus und zwang sie, ihn anzusehen. „Tränen. So viele Tränen. Wegen meines Vaters?" In diesem Moment sah sie aus wie ein Kind.

„Ich fühle mich irgendwie für seinen Tod verantwortlich."

Ihre Stimme klang so gequält, dass er das Bedürfnis verspürte, ihren Schmerz zu lindern. „Mein Vater wusste, dass er irgendwo Schutz suchen musste, Rebecca." Eindringlich sah er sie an und versuchte zu ergründen, was in ihr vorging. „Aber es überrascht mich, dass Sie mit ihm geritten sind. Ihnen muss doch klar gewesen sein, dass ein Gewitter aufzog."

Rebecca setzte sich wieder und rang die Hände. „Ich wollte ihn nicht begleiten, aber Ihr Vater hat behauptet, es würde keinen Regen geben."

Insgeheim verfluchte er seinen Vater. „Das *kann* passieren, aber mein Vater war genauso in der Lage, die unterschiedlichen Wolkenformationen zu interpretieren, wie ich es bin." Da er ihr nicht zu nahe kommen wollte, setzte er sich auf die niedrige Mauer, die ein Blumenbeet umgab. „Wohin sind Sie geritten?"

Flüchtig blickte sie auf. Ihre grauen Augen wirkten unnatürlich groß in ihrem blassen Gesicht. „Ihr Vater wollte mir die Zeichnungen der Aborigines in den Höhlen zeigen."

Genau das hatte er vermutet. „Das hat er gesagt, ja?"

„Ich wollte sie nicht sehen." Heftig schüttelte sie den Kopf. „Ich meine, ich möchte sie irgendwann mal sehen, aber ich war den ganzen Tag so nervös. Jetzt weiß ich, warum."

„Sie sind also nicht so weit gekommen?", hakte Brod nach.

Sie zuckte mit den Schultern. „Ich bin in eine andere Richtung geritten. An den Wasserlöchern entlang. Ich liebe die Vögel und die Seerosen dort."

„Was verschweigen Sie mir, Rebecca?", fragte er plötzlich.

„Was wollen Sie denn von mir hören? Ich muss schließlich damit leben."

Nur Gott weiß, was geschehen ist, dachte er, und auf einmal hatte er das alles so satt. „Sie machen einen verzweifelten Eindruck."

„Das bin ich auch." Ihre Augen funkelten. „Ich möchte nach Hause."

Ihm wurde bewusst, dass er sie auf keinen Fall gehen lassen wollte. „Sie sind kein Kind mehr. Sie sind eine Frau, und sie haben berufliche Verpflichtungen." Das war das Erste, was ihm eingefallen war.

Rebecca machte eine hilflose Geste. „Ihre Familie kommt. Ihre Freunde. Für mich ist hier kein Platz mehr."

„Sie haben sich hier einen Platz geschaffen, Rebecca. Hat mein Vater Ihnen gesagt, dass er Sie liebt?" Er musste unbedingt wissen, was passiert war.

Sie wandte das Gesicht ab. „Was spielt das noch für eine Rolle, Brod?"

„Er hat es also getan."

„Ich weiß nicht, was er gesagt hat", schwindelte sie.

„Erzählen Sie mir doch nichts. Rebecca, *bitte.* Sie haben ihm so viel bedeutet." Einige Sonnenstrahlen fielen durch die Blätter auf sein Gesicht, das sehr angespannt wirkte. „Sie wissen es."

„Ich habe es auf schmerzliche Weise erfahren." Jetzt hatte sie sich fast verraten.

„Wie?", fragte er schroff.

„Ihr Vater hat mich nie angefasst", flüsterte sie, ein wenig schockiert über seinen Gesichtsausdruck.

„Na gut", beschwichtigte er sie. „Beruhigen Sie sich. Aber er hat etwas zu Ihnen gesagt, das Sie veranlasst hat, wie der Teufel wegzureiten."

„Und dann hat sich die Tragödie ereignet." Rebecca seufzte tief. „Ich möchte nicht mehr darüber reden."

„Die Sache ist die, dass unser Verhalten nicht ohne Folgen bleibt, Rebecca. Sehen Sie mich an und sagen Sie mir, es war nicht Ihre Absicht, dass mein Vater sich in Sie verliebt."

Sein harter Unterton verletzte sie zutiefst. „Was würde das für einen Unterschied machen?" Sie sprang auf und stellte fest, dass die Luft sehr drückend war. „Sie glauben, was Sie glauben wollen."

Brod stand ebenfalls auf und umfasste ihre Schultern. „Das ist ein Ausweichmanöver, stimmt's?"

„Ich möchte nicht mit Ihnen streiten, Brod." Sie konnte

sich seinem Bann nicht entziehen.

„Dann sagen Sie mir, was Sie wollen“, befahl er schroff.

„Ich möchte vergessen, dass ich Ihnen je begegnet bin“, hörte Rebecca sich sagen. „Ich möchte all das vergessen.“

„Alles *was?*“, fragte er heftig. Ihm war klar, dass er die Beherrschung verlor. „Ich dachte, Sie wären darauf aus, einen Kinross zu heiraten. Ist es Ihnen egal, wen?“

Sie holte aus, um ihm eine Ohrfeige zu verpassen, doch er reagierte blitzschnell, indem er ihr Handgelenk umfasste. Seine Augen funkelten gefährlich. „Sagen Sie mir, warum Sie hergekommen sind, Rebecca. Die Biografie war nur der Anfang. Wann sind Sie zu dem Ergebnis gekommen, dass für Sie mehr drin ist?“

„Na los, lassen Sie Ihren Zorn an mir aus, wenn es Ihnen hilft“, rief sie und versuchte mit zittrigen Händen, ihn wegzustoßen. „Ich weiß, dass ich Sie hasse.“

„Ah ja.“ Er kniff die Augen zusammen. „Das haben wir bereits herausgefunden.“ Dann umfasste er ihr Kinn und neigte den Kopf, um die Lippen auf ihre zu pressen.

Hin- und hergerissen zwischen den widersprüchlichsten Gefühlen, versuchte sie, sich ihm zu widersetzen.

Flammen schienen um sie emporzuzüngeln und schlossen sie ein.

„Du bringst mich um den Verstand“, sagte Brod leise, nachdem er sich von ihr gelöst hatte.

„Ich fliege nach Hause, Brod.“ Rebecca stellte fest, dass ihr Kopf an seiner Brust lehnte. Sie musste verrückt sein. Allerdings war Brod körperlich so perfekt, dass sie nicht wusste, ob sie ihm widerstehen konnte.

„Wo ist dein Zuhause?“ Jetzt küsste er ihren Hals, und sie ließ es zu, von Verlangen überwältigt.

„Da, wo du nicht bist“, brachte sie mit bebender Stimme flüsternd hervor.

„Das glaube ich nicht.“ Er lachte leise, und es klang triumphierend. „Ich glaube selbst nicht, was ich tue. Ist es Schicksal? Du weißt, dass mein Vater dich hierhergebracht hat, oder?“

Rebecca war alarmiert. „Was soll das heißen, Brod?“

Brod hob den Kopf und sah ihr in die Augen. „Hat er es dir nicht gesagt?“

„Du tust mir leid, Brod“, erklärte sie heftig. „Du kannst niemandem vertrauen, stimmt's?“

„Ich vertraue vielen Menschen“, behauptete er. „Aber keiner Magnolie, die so weiß und rein ist. Dazu bist du einfach viel zu geheimnisvoll.“

„Ich gehe jetzt ins Haus, um zu packen“, sagte sie und blickte ihn verächtlich an.

„Ich verspreche dir, nicht zu viele Fragen zu stellen, aber du bleibst, Rebecca. Mach keinen Fehler. Niemand wird dich von hier wegfliegen, wenn ich es nicht erlaube, und du schuldest es meinem Vater, an seiner Beerdigung teilzunehmen. Das hast du selbst zugegeben.“

Alison traf am Nachmittag ein. Sie war müde von dem langen Flug, aber sehr aufgeregt, weil sie wieder auf Kimbara war.

Ihre Augen füllten sich mit Tränen, als sie ihrem Bruder gegenüberstand. Obwohl sie oft mit ihm telefoniert hatte, hatte sie ihn in den letzten Jahren kaum gesehen, und nun wurde ihr bewusst, wie erwachsen er war und wie sehr er sie an Sir Andy erinnerte. Ihr Vater hatte überhaupt keine Ähnlichkeit mit Sir Andy gehabt, doch Brod wirkte genauso stolz wie er.

„Ally, wie schön, dich zu sehen!“ Brod nahm seine Schwester in die Arme und unterdrückte den Impuls, ihr zu sagen, dass sie viel zu dünn sei. Dann nahm er sie bei der Hand und führte sie zum Jeep. „Steig ein. Ich kümmere mich um dein Gepäck. Hoffentlich bleibst du eine Weile hier.“

„Es ist schön, zu wissen, dass ich es kann“, rief sie.

Keine Auseinandersetzungen mehr mit ihrem Vater. Keine Vorwürfe mehr, weil sie Rafe nicht geheiratet hatte.

„Ich glaube sowieso nicht, dass du ihn verdient hattest.“ Noch immer klangen ihr seine verächtlichen Worte in den Ohren.

Nachdem Brod ihr Gepäck verstaut hatte, setzte er sich ans Steuer. „Fran kommt morgen. Ich habe mit Grant abgemacht, dass er sie in Longreach abholt. Ich würde sie ja selbst abholen, denn jetzt kann ich die Beech Baron wohl als mein Eigentum betrachten, aber es kommen ständig Leute, um mir ihr Beileid auszusprechen.“

„Wahrscheinlich kommen sie viel mehr, um dir ihre Hilfe anzubieten, als aus Trauer um Dad“, erwiderte Ally finster, während sie aus dem Fenster blickte. Kimbara war eine ganz andere Welt. „Dad hatte keine Ahnung, wie man sich Freunde macht.“

„Das war sein Pech“, bemerkte Brod ernst. „Ich wollte gern etwas mit dir besprechen, bevor wir nach Hause kommen.“ Er befürchtete, dass Ally es sonst von jemand anderem erfahren könnte. „Du weißt ja von Rebecca.“

Ally warf ihm einen scharfen Blick zu. „Was soll das heißen? Ich dachte, Rebecca wäre hier, um an Fees Biografie zu arbeiten. Fee hält sehr viel von ihr. Offenbar verstehen sie sich prächtig.“

„Das stimmt, aber es steckt mehr dahinter. Du bist bestimmt schockiert, aber Dad war völlig vernarrt in sie.“ Das musste in den Genen liegen.

Ally blinzelte verblüfft. „Was? Ich sage es zwar nicht gern, aber ich hatte immer das Gefühl, dass Dad Frauen nicht mag – zumindest nachdem unsere Mutter ihn verlassen hatte.“

„Es hat Frauen in seinem Leben gegeben. Das weißt du.“ Er warf ihr einen flüchtigen Seitenblick zu.

„Stimmt“, räumte sie ein. „Allerdings hat er keine von ihnen geheiratet.“

„Ich glaube, er wollte Rebecca heiraten“, erklärte er grimmig. „Sie war genau sein Typ – ruhig und beherrscht und wie geschaffen für die Rolle seiner Frau.“

„Du meine Güte!“ Sie wandte sich um und betrachtete sein Gesicht. „Ich dachte, sie wäre in meinem Alter.“

„Du müsstest eigentlich wissen, dass viele reiche Männer junge Frauen heiraten“, meinte er leise.

„Aber Fee hat kein Wort gesagt.“ Sie konnte es kaum glauben. Ihr Vater hatte mit dem Gedanken gespielt, wieder zu heiraten. Und nun war er tot!

„Fee möchte nicht darüber nachdenken“, sagte Brod. „Ich sage es dir auch nur, damit du es nicht von jemand anderem erfährst. Das Problem war, dass Dad Rebecca für die Party Cecilias Kette geliehen hatte.“

„Brod!“ Ally wirkte schockiert. „Vielleicht ist sie eine Mitgiftjägerin. Sie muss von der Bedeutung der Kette gewusst haben.“

Er presste die Lippen zusammen. „Da bin ich mir nicht so sicher. Rebecca behauptet, er hätte es ihr nicht gesagt. Fee glaubt ihr.“

„Und du?“

Brod fasste sich an die Schläfe. „Ich bin mir nicht sicher. Vielleicht liegt die Schuld bei mir. Jedenfalls hat sie die Kette im Lauf des Abends abgenommen. Ich habe sie selbst in den Safe gelegt.“

„Und das deutet darauf hin, dass Rebecca vielleicht auch eines seiner Opfer war.“

„Rede mit ihr und finde es heraus.“

„Das klingt, als wäre die Antwort dir wichtig.“ Ihre Gedanken überschlugen sich. Diese Rebecca Hunt schien nicht nur Eindruck auf ihren Vater, sondern auch auf Brod gemacht zu haben.

„Sie übt eine starke Wirkung auf Männer aus“, erwiderte Brod und bestätigte damit ihre Vermutung. „Das Problem ist, dass ich aus ihr nicht schlau werde.“

Als er sie ansah, stellte Ally fest, dass ein gequälter Ausdruck in seinen Augen lag.

Sie saßen zu viert an dem langen Mahagonitisch, aßen ohne Appetit, und die Unterhaltung verlief schleppend. Selbst Fee, sonst sehr extrovertiert, war bedrückt nach der Tragödie, die sich ereignet hatte. Sie, Ally, hatte nicht gewusst, was sie erwarten würde, wenn sie Rebecca Hunt begegnete. Rebecca hatte darauf bestanden, ihr erst beim Abendessen vorgestellt zu werden, weil sie sie nicht stören wollte.

Ally betrachtete die junge Frau, die schweigend neben Fee saß. Brod hatte recht: Sie war schlichtweg schön. Sie trug ein dunkelviolettes Shiftkleid, das ihre Figur vorteilhaft zur Geltung brachte, und ihr glattes schwarzes Haar und ihre zarte, helle Haut schimmerten im Licht des Kronleuchters. Sie war zwar ein ganzes Stück kleiner als sie, Ally, mit ihren einssiebzig, wirkte aufgrund ihrer Haltung allerdings größer. Ihre vollen Lippen und vor allem ihre Augen waren das auffälligste Merkmal an ihr. Sie hatte einen kräftigen Händedruck, eine wohlklingende Stimme und eine sehr angenehme Art.

Rebecca Hunt kam ihr überhaupt nicht wie eine Opportunistin oder eine Aufsteigerin vor, sondern vielmehr wie eine typische junge Karrierefrau, wie sie, Ally, es selbst war, die man oft verletzt hatte und die dies hinter einer kühlen Fassade verbarg.

Im Lauf des Abends fiel Ally außerdem auf, dass eine starke Spannung zwischen Rebecca und Brod herrschte, die ihren Höhepunkt erreichte, als Rebecca um halb neun aufstand und sich an die Anwesenden wandte.

„Ich lasse Sie jetzt allein, damit Sie sich ungestört unterhalten können“, erklärte sie mit einem traurigen Lächeln und wandte sich dann direkt an sie. „Ich bin so froh, dass ich Sie endlich kennengelernt habe, Ally. Jetzt werde ich mir Ihre Serie noch lieber ansehen. Gute Nacht, Fee“, fügte sie an Fee gewandt hinzu. „Es ist nett von Ihnen, dass Sie mich gebeten haben, noch länger zu bleiben, aber nach der … Beerdigung muss ich wirklich zurück nach Sydney. Bestimmt wird mich irgendjemand mitnehmen.“

„Ich dachte, das hätten wir bereits geklärt, Rebecca“, sagte Brod unfreundlich.

„Ja, das haben wir.“ Sie wirkte nervös. „Aber Francesca kommt morgen. Ally bleibt hier. Sie werden mich nicht brauchen. Wir können die Arbeit an der Biografie aufschieben, bis Sie bereit sind weiterzumachen, Fee.“ Ihr Gesichtsausdruck war gequält.

„Ich möchte die Arbeit nicht aufschieben, Schätzchen“, protestierte Fee und warf ihr seidenes Umhangtuch beiseite. „Sie haben einen großen Schock erlitten. Unsere Leben sind inzwischen untrennbar miteinander verbunden. Außerdem wird die Arbeit an der Biografie wie eine Therapie sein. Wir haben bisher kaum über meine Kindheit gesprochen. Stewart war noch am Leben, und die Dinge waren …“ Sie machte eine theatralische Geste.

„Du wirst jetzt, da er von uns gegangen ist, doch kein Geständnis ablegen, oder, Fee?“, fragte Brod ironisch und stöhnte.

„Was ist an der Wahrheit auszusetzen?“, meinte sie. „Du weißt gar nicht, wie ich als Kind unter Stewart gelitten habe. Er war ein ausgemachter Lügner und hat ständig mir die Schuld an allem gegeben.“

„Und das vielleicht zu Recht“, bemerkte Ally in demselben liebevollen Tonfall, in dem Brod immer mit seiner Tante sprach, und blickte dann zu Rebecca. „Bitte reisen Sie nicht meinetwegen ab, Rebecca. Wir werden uns sicher sehr gut verstehen. Fran ist ein reizender Mensch. Fee und ich möchten beide, dass Sie sie kennenlernen. Aber Sie haben ja gehört, was Fee gesagt hat. Sie möchte mit dem Buch weitermachen."

Rebecca wirkte gerührt, blieb jedoch hartnäckig. „Sie sind sehr nett, aber ich glaube ..."

„Ich bringe Sie in Ihr Zimmer, Rebecca", verkündete Brod und stand auf. „Unterwegs kann ich Sie dann umstimmen."

„Tu das, Brod", ermunterte Fee ihn. „Rebecca hat niemanden, zu dem sie gehen kann. Das hat sie mir selbst gesagt. Wir möchten wirklich, dass Sie hierbleiben, Rebecca."

„Was ist mit Rebecca und Brod?", fragte Ally ihre Tante, nachdem die beiden den Raum verlassen hatten. „Man braucht keine Antennen, um die Schwingungen zwischen ihnen wahrzunehmen."

„Ich glaube, Brod fühlt sich zu ihr hingezogen und kämpft dagegen an. Er geht wegen eures Vaters und dessen Behauptung, Rebecca hätte über Cecilias Kette Bescheid gewusst, durch die Hölle."

Ally blickte ihre Tante starr an. „Und du glaubst das nicht?"

„Ich weiß, was für ein Lügner dein Vater war, Schatz."

„Jetzt ruht er jedenfalls in Frieden", sagte Ally und seufzte.

„Ja, das hoffe ich", pflichtete Fee ihr bei.

Sie schwiegen, bis sie oben im Flur waren.

„Wie feige von Ihnen, zu warten, bis Fee und Ally Ihnen Rückendeckung gegeben haben", warf Brod Rebecca vor, obwohl er sie am liebsten in den Arm genommen hätte. Allerdings siezte er sie bewusst wieder.

„Warum wollen Sie, dass ich hierbleibe, Brod?“ Ihr eben noch blasses Gesicht war jetzt vor Zorn gerötet. „Damit Sie mich noch mehr bestrafen können?“

„Der Gedanke ist mir noch nicht gekommen. Außerdem bestrafen Sie sich selbst. Was versprechen Sie sich davon, wenn Sie weglaufen?“

Rebecca seufzte gequält. „Ich laufe nicht weg, verdammt! Ich möchte nur nicht stören.“

Nun verlor er die Beherrschung. „Das ist wirklich ein starkes Stück. Sie bringen hier alles durcheinander, mich eingeschlossen, und jetzt wollen Sie bei der erstbesten Gelegenheit abreisen. Das passt alles nicht zusammen.“

„Ich dachte, Sie wollen es.“ Starr blickte sie zu ihm auf. Sie hatte Angst vor seiner Macht, vor seiner überwältigenden Ausstrahlung.

Brod stöhnte. „Ich weiß überhaupt nicht mehr, was ich will, Vielleicht sollten Sie an Fee denken. Sie hat Sie engagiert, damit Sie ihre Biografie schreiben.“ Er lachte ironisch. „Sogar Ally möchte, dass Sie bleiben.“

Rebecca wich einige Schritte zurück. „Ich kann einfach nicht glauben, dass Ally Ihre Schwester ist.“

„Haben Sie etwa nicht gemerkt, dass wir uns sehr ähnlich sind?“

„Ally ist ein wundervoller Mensch.“ Bewusst ignorierte sie seinen spöttischen Unterton. „Und Sie nicht. An Ihrer Stelle würde ich mich schämen.“

Brod dachte einen Moment lang darüber nach. „Sagen Sie mir, wessen ich mich schämen soll, und ich werde daran arbeiten“, meinte er schließlich. „Ich möchte, dass Sie bleiben, Rebecca.“

„Sie möchten mich im Auge behalten?“, erwiderte sie mit bebender Stimme und hob das Kinn, als er näher kam. „Ich möchte keinen Ärger, Brod.“

„Wovor haben Sie Angst, Rebecca?"

„Dasselbe könnte ich Sie fragen."

Er streckte die Hand aus und streichelte mit einem Finger ihre Wange. „Ich weiß keine Antwort darauf. Jedenfalls muss ich mehr über Sie erfahren. Sie wissen schon eine Menge über mich, aber Sie reden nie über Ihre Familie, Ihre Freunde, Ihre Liebhaber."

„Das möchte ich auch nicht." Sie war unfähig, sich von der Stelle zu rühren.

„Fee hat gesagt, Sie hätten niemanden, zu dem Sie gehen können. Was hat sie damit gemeint?"

Ich sollte jetzt gehen, sagte sich Rebecca. Stattdessen wandte sie sich ihm jedoch noch mehr zu. „Meine Mutter ist gestorben, als ich vierzehn war", begann sie leise und verspürte selbst nach all den Jahren wieder den Schmerz. „Sie hatte einen Autounfall, den sie überlebt hat, aber nach einigen Jahren ist sie an den Folgen gestorben. Mein Vater hat wieder geheiratet. Ich sehe ihn und seine neue Familie, sooft ich kann, aber er lebt in Hongkong. Er war Pilot bei einer Airline. Der Beste. Jetzt ist er im Ruhestand." Sie befeuchtete sich die plötzlich trockenen Lippen mit der Zunge.

„Tun Sie das nicht", sagte Brod leise.

„Brod, ich kann hier nicht bleiben. In diesem schönen Haus, in dem so viel Trauer herrscht."

„Warum, glauben Sie, ist es so? Los, sagen Sie es mir." Brod umfasste ihre Handgelenke und zog sie an sich. Er neigte den Kopf und küsste sie leidenschaftlich auf den Mund.

Sie empfand mittlerweile so viel für ihn, dass es ihr Angst machte. Hör nicht auf, dachte sie. Hör niemals auf.

Doch schließlich hörte er auf. Er hob den Kopf und blickte sie wie gebannt an.

„Ich möchte dir nicht wehtun", sagte er leise und wusste nicht einmal, ob er es selbst glaubte.

„Aber es macht mir Angst." Da, sie hatte es zugegeben.

„Du bist doch diejenige, die die Macht hat." Nun klang er feindselig. „Diese letzten Tage waren dic Hölle für mich."

Das war ihr auch klar. „Ich hätte nie gedacht, dass dein Vater …" Sie verstummte, weil sie zu aufgewühlt war.

„Sich in dich verlieben könnte. Und dich würde heiraten wollen?" Brod hielt sie ein wenig von sich, um ihr ins Gesicht sehen zu können.

„Nein." Rebecca wandte den Kopf.

„Ich glaube nicht, dass es etwas bringt, darüber zu reden." Er ließ die Hände sinken und beobachtete, wie sie sich eine Strähne aus dem Gesicht strich. „Bring uns nicht in Verlegenheit, indem du jemanden bittest, dich von hier mitzunehmen, Rebecca", fügte er hinzu. „Tu Fee nicht weh. Wenn du bereit bist, mir alles über dich zu erzählen, dann bin ich für dich da."

Wie könnte ich es ihm sagen, dachte sie und sah ihm nach, bis er die Treppe erreichte und, ohne sich noch einmal umzublicken, hinunterging. Zurück zu seiner Familie.

Ich hatte auch mal eine Familie, dachte sie, als sie verzweifelt in ihr Zimmer ging und die Tür hinter sich schloss. Sie waren sogar eine sehr glückliche Familie gewesen, bis ihre Mutter verunglückt war. Sie hatte im Auto einer Freundin gesessen, als ihnen ein anderer Fahrer hineingefahren war. Ihre Freundin war dabei ums Leben gekommen. Ihre Mutter verbrachte den Rest ihres Lebens im Rollstuhl, liebevoll umsorgt von ihr, Rebecca, und ihrem Vater. Einige Jahre nach dem Tod ihrer Mutter heiratete ihr Vater wieder, eine schöne Eurasierin, die er in Hongkong kennenlernte. Während dieser Zeit flog er die Strecke Sydney-Hongkong, und sie, Rebecca, war im Internat. Dennoch hatten sie engen Kontakt zueinander, und Vivienne, ihre Stiefmutter, schickte ihr jedes Mal ein wunderschönes Geschenk zum Geburtstag. Die Ferien verbrachten sie zusammen an den exotischsten Orten wie Bangkok, Phuket, Bali und zweimal in Marrakesch, bis Vivienne ihr erstes Kind bekam, einen süßen kleinen Jungen namens Jean Phillipe. Zwei Jahre später wurde ein kleines Mädchen, Christina, geboren.

An der Universität lernte sie, Rebecca, dann Martyn kennen. Er war einige Jahre älter als sie und an der juristischen Fakultät. Sie studierte Publizistik. Schon bald wurden sie ein Paar. Martyn war überdurchschnittlich intelligent, gut aussehend und das einzige Kind wohlhabender Eltern. Meredith, seine Mutter, entpuppte sich bald als sehr besitzergreifend, akzeptierte sie jedoch.

Sie heirateten, als sie, Rebecca, zwanzig war und Martyn vierundzwanzig. Zuerst waren sie glücklich, obwohl Martyn der Ansicht war, sie bräuchte ihr Studium nicht zu beenden. Er war zu diesem Zeitpunkt ein aufstrebender junger Anwalt in einer renommierten Kanzlei, in der man ihn wegen seiner exzellenten Noten eingestellt hatte. Seine Mutter hatte nie gearbeitet, sondern sich der Aufgabe verschrieben, eine perfekte Ehefrau und Mutter zu werden. Von ihr, Rebecca, erwartete sie dasselbe. Außerdem wünschte sie sich zwei Enkelkinder, einen Jungen und ein Mädchen. Martyn hatte es allerdings nicht eilig damit, eine Familie zu gründen.

Sie, Rebecca, brauchte eine Weile, um zu merken, dass Martyn keine Freunde brauchte – jedenfalls nicht ihre Freunde. Er wollte sie nicht in ihr schönes Stadthaus, das seine Eltern ihnen zur Hochzeit geschenkt hatten, einladen und auch nicht auf ihre Partys gehen. Irgendwann kam niemand mehr vorbei, und eine ihrer Freundinnen sagte: „Martyn will dich ganz für sich haben, Becky. Merkst du das denn nicht?“

Ihre Ehe hielt genau drei Jahre. Sie, Rebecca, weigerte sich kategorisch, ihr Studium abzubrechen, zumal sie als überragende Studentin galt. „Journalismus? Was ist das?“, machte Martyn sich immer über sie lustig. „Bleib zu Hause und schreib einen Bestseller.“

Sie fühlte sich zunehmend von ihm eingeengt. So hatte sie sich ihr Leben nicht vorgestellt. Allmählich wurde ihr klar, dass Martyn trotz seiner Intelligenz für sie nicht mehr interessant genug war. Für ihn war nur wichtig, dass sie ihm ihre ungeteilte Aufmerksamkeit widmete.

Im letzten Jahr ihrer Ehe wurde Martyn gewalttätig. Zuerst verabreichte er ihr eine schallende Ohrfeige, bei der sie fast zu Boden ging. Natürlich war sie entsetzt darüber. Ihr Vater war immer so sanftmütig gewesen. Noch am selben Abend zog sie aus und ging zu Kim, ihrer besten Freundin. Martyn folgte ihr und bat sie unter Tränen um Verzeihung.

„Geh nicht zu ihm zurück, Becky“, warnte Kim sie. „Es wird wieder von vorn anfangen.“

Doch Martyn war ihr, Rebeccas, Ehemann, und sie nahm das Ehegelübde sehr ernst. Als er sie das letzte Mal schlug, landete sie mit gebrochenen Rippen im Krankenhaus.

Nun war es vorbei. Sie konnte wieder zu leben anfangen. So einfach war es allerdings nicht. Martyn schikanierte sie so lange, bis sie ihm damit drohte, zu seinem Vorgesetzten zu gehen, einem netten Mann, der sie mochte, und sich über ihn zu beschweren. Kurz darauf war sie nach London gegangen, fest entschlossen, sich nie wieder auf so etwas einzulassen. Erst lange danach hatte sie wieder eine Beziehung begonnen, aber nie wieder wirklich etwas für einen Mann empfunden.

Bis jetzt.

6. KAPITEL

So weit das Auge reichte, erstreckten sich die weiten Ebenen bis zum Horizont, und das goldfarbene Spinifex, das überall wuchs, zeichnete sich gegen den tiefroten Sand ab. Es war fünfzehn Uhr, und die Sonne stand noch hoch am strahlend blauen Himmel. Die Leute waren aus dem ganzen Outback angereist, um an Stewart Kinross' Beerdigung teilzunehmen. Und außer den Alten und Gebrechlichen hatten sich fast alle zu dem kleinen Hügel aufgemacht, auf dem die Familie Kinross traditionsgemäß ihre Toten beerdigte.

Der kleine Friedhof war von einer Steinmauer mit schmiedeeisernen Toren umgeben. Die Grabsteine waren unterschiedlich groß, und einige standen direkt nebeneinander. Männer, Frauen und Kinder lagen hier begraben. Ihre Augen füllten sich mit Tränen, als Rebecca versuchte, einige der Inschriften zu lesen, und dabei feststellte, dass auch Babys unter den Toten waren.

Keiner aus der Familie weinte. Brod hatte die Hände gefaltet und den Kopf gesenkt. Ally, ganz in Schwarz, stand neben Fee, die ähnlich gekleidet war wie ihre Tochter Francesca. Francesca war eine Schönheit, und ihre helle Haut und ihr tizianrotes Haar bildeten einen reizvollen Kontrast zu ihrem schwarzen Kleid.

Unter den Gästen waren zahlreiche entfernte Verwandte, Freunde, Prominente sowie Geschäftspartner und -freunde. Unter ihnen hoben sich besonders Rafe und Grant Cameron von der Menge ab.

Rebecca trug einen breitkrempigen dunkelgrauen Strohhut, eine Leihgabe von Ally, der gut zu ihrem anthrazitfarbenen Kostüm passte, und eine Sonnenbrille.

Als der Pfarrer die Ansprache beendet hatte und der Sarg

ins Grab gelassen wurde, wandte sie sich halb ab, da sie den Anblick nicht ertragen konnte. Sofort wurden die Erinnerungen an die Beerdigung ihrer Mutter wach. Bis zu dem Moment hatten ihr Vater und sie sich mühsam zusammengerissen, doch dann hatten sie die Tränen nicht mehr zurückhalten können. Wenigstens war ihr Vater wieder glücklich geworden.

Als sie Fiona Kinross' Auftrag angenommen hatte, hatte sie nicht ahnen können, was für eine Tragödie sich ereignen würde. Was machte sie hier? Wie hatte sie sich so weit mit der Familie Kinross einlassen können?

Noch immer konnte sie nicht fassen, dass Stewart tot war. Nur sie und Brod hatten ihn sterben sehen. Es war ein großer Schock gewesen.

Nach der Trauerfeier fanden sich die Gäste zu einem gemeinsamen Imbiss im Haus und auf den Veranden ein. Die meisten tranken Tee oder Kaffee, doch einige Männer konsumierten Whisky, als wäre es Mineralwasser. Obwohl sich alle leise miteinander unterhielten, herrschte ein konstanter Geräuschpegel, der Ally noch nervöser machte, als sie ohnehin schon war, und sie veranlasste, ans äußere Ende der seitlichen Veranda zu gehen. Irgendwann würde sie Rafe gegenübertreten müssen, und dabei wollte sie nicht noch beobachtet werden.

Wie die meisten anderen Frauen hatte sie ihren Hut inzwischen abgenommen. Das Haar hatte sie hochgesteckt, und nun klebten ihr einige feuchte Strähnen, die sich gelöst hatten, im Nacken. Sie wandte sich ab und blickte in die Ferne. In den Gärten blühten zahlreiche Blumen. In etwa einem Monat würde auch die Wüste zu blühen anfangen und ein einziges Blütenmeer sein. Als kleines Mädchen hatte es sie immer fasziniert, dass die Immortellen nicht welkten. Die *Sturt Peas,* nach dem Entdecker benannt, würden sich mit ihren purpurroten Blüten über die von Mulga-Scrub bewachsenen Ebenen ranken, die *parakeelyas* mit ihren fleischigen Blättern würden bunte Muster im Sand bilden, und der unglaublich widerstandsfähige Spinifex würde grün werden und das Landschaftsbild später so verändern, dass die Wüste an endlose Weizenfelder erinnerte.

Wie sie das alles vermisste! Obwohl sie viel von Tante Fees Talent geerbt hatte und eine sehr erfolgreiche Schauspielerin war, hatte sie sich in der Stadt nie richtig zu Hause gefühlt. Das hier war ihre Welt, diese Wüste, die voller Leben war, dieses von der Sonne verbrannte Land der intensiven Farben. Die grüne Küste hatte auch ihren Reiz, doch nichts sprach sie so an wie Kimbara. Ally war so in Gedanken versunken, dass sie zusammenzuckte, als ein Mann sie ansprach.

„Ally?“

Als sie sich von dem schmiedeeisernen Geländer abwandte, sah sie sich Rafe gegenüber, der sie aus zusammengekniffenen Augen betrachtete. Ihr schwirrte der Kopf. Rafe war ein großer Mann, und selbst jetzt, da sie hochhackige Pumps trug, musste sie zu ihm aufblicken. Wie immer war er ganz Gentleman, aber er wirkte distanziert. Wie die meisten Männer hatte er wegen der starken Hitze sein Jackett abgelegt und die Krawatte gelockert, und sein weißes Hemd betonte seine breiten Schultern. Er sah so atemberaubend aus wie eh und je mit der geraden, fein geschnittenen Nase, dem markanten Kinn, den vollen Lippen, dem gebräunten Teint und dem dichten blonden Haar.

„Und? Sehe ich besser oder schlechter aus?“, fragte er schließlich mit einem ironischen Unterton.

„Du siehst toll aus, Rafe“, erwiderte Ally. Das war stark untertrieben, denn genau wie Brod war er wesentlich reifer und imposanter als damals.

„Ich hatte noch nicht die Gelegenheit, dir zu sagen, wie schockiert Grant und ich über Stewarts Tod waren“, erklärte er ernst. „Herzliches Beileid. Grant wird auch noch mit dir reden. Er spricht gerade den anderen sein tiefes Mitgefühl aus."

„Danke, Rafe", sagte sie leise. Ihre Gefühle wurden immer stärker.

„Du bist zu dünn", verkündete Rafe dann unvermittelt.

„Das muss ich auch sein", antwortete sie betont forsch. „Vor der Kamera wirkt man immer dicker."

Wieder gestattete er es sich, sie zu betrachten. „Du siehst aus, als würdest du beim leichtesten Windstoß bereits umfallen." Er war bestürzt über die Gefühle, die Ally in ihm weckte. „Mit deiner Serie scheinst du das große Los gezogen zu haben."

Ally lehnte sich ans Geländer. „Darin steckt harte Arbeit. Nach dem Drehen fahre ich immer gleich nach Hause, um meinen Text zu lernen. Morgens muss ich sehr früh aufstehen."

„Trotzdem dürftest du nicht so mitgenommen aussehen."

„Sehe ich denn so aus?"

„Von dem Schock über den Tod deines Vaters einmal abgesehen, hast du dich verändert." Er würde ihr nicht sagen, dass sie wunderschön war, selbst wenn sie zu zerbrechlich wirkte. Die Ally, die er damals in den Armen gehalten hatte, war nicht so dünn gewesen. Wie wundervoll es damals gewesen war! Am selben Tag, als er um ihre Hand hatte anhalten wollen, hatte sie während eines gemeinsamen Ausritts einen heftigen Streit vom Zaun gebrochen, nachdem er völlig benommen gewesen war …

„Ich möchte, dass wir uns eine Zeit lang nicht sehen, Rafe", hatte sie unter Tränen gesagt. „Ich brauche Zeit für mich!" Nachdem es ihm endlich gelungen war, sie zu beruhigen, hatte sie behauptet, sie würde ihn zu sehr lieben. Daraufhin hatte er gelacht. Allerdings war ihm das Lachen bald vergangen. Sie war nach Sydney gegangen und hatte ihm das Herz gebrochen. Sobald er sich einigermaßen wieder gefangen hatte, hatte er sich vorgenommen, nie wieder einer Frau zu glauben.

Und was sollte er ihr jetzt sagen? Er wusste, dass er so gut wie jede Frau haben konnte. Gelegentlich hatte er flüchtige Affären gehabt. Und Ally hatte sicher auch nicht enthaltsam gelebt, denn sie war nicht nur schön, sondern auch reich und berühmt. Er hatte sogar einige Zeitschriften gekauft, deren Titel sie geziert hatte. Warum nur? Schließlich war er darüber hinweg. Die Ally, die er geliebt hatte, hatte nie wirklich existiert.

„Du siehst so ernst aus, Rafe." Aus smaragdgrünen Augen blickte sie zu ihm auf. „Richtig grimmig. Woran denkst du gerade?"

„Ich glaube nicht, dass du das wissen willst", erwiderte Rafe.

Sie konnte den Ausdruck in seinen Augen nicht ertragen. „Nicht, wenn es um mich geht. Ich weiß, dass du mich verachtest."

Er lachte. „Ally, du solltest wissen, dass ich jetzt gegen deine Reize immun bin, egal, wie schön, wie du bist. Tatsache ist, dass du nicht mehr das Mädchen bist, das ich mein Leben lang gekannt habe."

Regungslos stand sie da. „Du hast mich also abgeschrieben?"

Rafe nickte. „Das musste ich." Obwohl er alles für sie getan hätte. „Und was ist mit dir? Gibt es jemanden in deinem Leben?"

Ally strich sich einige Strähnen aus der Stirn. „Menschen kommen und gehen, Rafe." Aber keiner konnte mit dir mithalten, fügte sie im Stillen hinzu.

„Wie lange bleibst du hier?", erkundigte er sich vorsichtig.

„Eine Woche. Mehr Zeit habe ich nicht. Es ist wunderbar, zu Hause zu sein."

„Selbst unter diesen Umständen?“

Traurig sah sie ihn an. „Du weißt alles über unsere Familie, Rafe. Du weißt, warum ich nicht weine, obwohl ich um das trauere, was hätte sein können. Genau wie Brod. Ich habe Dad nie etwas bedeutet. Vergiss das nicht, Rafe. Er hat mir das Herz gebrochen.“

Er wollte es nicht sagen. Schließlich tat er es doch. „Hast du denn ein Herz?“ Ein Schritt. Ein Irrtum, und er würde sie in die Arme nehmen.

„Ich habe dich geliebt. Du hast mir alles bedeutet.“ Wegen der vielen Zuschauer schaffte sie es, äußerlich ruhig zu bleiben. Allerdings bebte ihre Stimme.

„Aber du hattest keine Ruhe, bevor du etwas anderes ausprobiert hattest, stimmt's?“

„Wenn das nur alles wäre!“, rief Ally. „Ich war zu jung, Rafe. Ich konnte mit dem, was zwischen uns war, nicht umgehen. Unsere Beziehung war zu stark.“

„Siehst du es so?“

„Wenn du so fragst, ja.“ Sie schaffte es, den Leuten zuzunicken, die in ihre Richtung blickten. Amanda Sowieso starrte sie geradezu an. Anscheinend war sie eifersüchtig.

„Na ja, jetzt spielt es sowieso keine Rolle mehr“, bemerkte Rafe.

Grant folgte Francesca nach draußen in den Flur. „Na, was macht der Jetlag?“, fragte er, und sein markantes Gesicht verriet echte Besorgnis.

„Ich habe mich blamiert, stimmt's?“

Er blickte auf sie hinab und lächelte. „Nach einer so langen, anstrengenden Reise wäre ich wahrscheinlich auch in Ohnmacht gefallen.“

Die Vorstellung amüsierte Francesca, denn er wirkte so stark. „Wenigstens hast du mich aufgefangen.“ Kaum hatte sie die Ankunftshalle im australischen Busch betreten, hatte sie, die sich für eine erfahrene Globetrotterin hielt, einen Schwächeanfall gehabt.

„Ich hatte das Gefühl, dass ich eine Blume auffange." Während er Francesca betrachtete, dachte er, dass sie das hübscheste Gesicht hatte, das er je gesehen hatte. Ally Kinross war auf ihre Art schön – temperamentvoll und herausfordernd. Rebecca war ebenfalls eine Schönheit, aber so kühl und beherrscht, als wäre sie aus Eis. Dieses bezaubernde Wesen hingegen war süß und unschuldig und übte eine sehr starke Wirkung auf ihn aus.

„Schreib mich nicht ab, Grant", neckte Francesca ihn. „In mir steckt mehr, als du glaubst."

Grant zog eine Augenbraue hoch. „Habe ich das denn getan?"

Sie lächelte ihn an und nickte. „Du denkst, ich passe nicht hierher."

Zeig mir eine Rose, die in der Wüste wächst, dachte er. Und Francesca erinnerte ihn an eine Rose – eine rosarote Rose in einer silbernen Vase. „Ja, das Gefühl habe ich", räumte er ein. „Zum Beispiel würde dir die Hitze zu schaffen machen." Allerdings entdeckte er nicht die winzigste Schweißperle in ihrem makellosen Gesicht.

Sie hätte schreien mögen. „Du wirst es mir nicht glauben, aber ich finde die Hitze toll. In England war es schrecklich kühl und feucht. Ich möchte dir noch mal dafür danken, dass du mich hergeflogen hast, Grant. Ich weiß, dass du sehr beschäftigt bist."

Das stimmte. „Für mich müsste der Tag mehr als vierundzwanzig Stunden haben. Ich habe Pläne. Große Pläne. Ich möchte …" Er verstummte und warf ihr einen zerknirschten Blick zu. „Entschuldigung. Du hast die weite Reise nicht gemacht, um dir Grant Camerons Visionen anzuhören."

„Nein, erzähl mir davon." Francesca umfasste seinen Arm. „Ich weiß natürlich, dass du einen Hubschrauber-Flugdienst hast. Aber du möchtest eine eigene Airline gründen, um das Landesinnere bedienen zu können, stimmt's? Und du willst sowohl Passagiere als auch Fracht befördern."

Grant blickte sie verblüfft an. „Wer hat dir das erzählt?" Da gerade ein älteres Ehepaar in den Flur kam, führte er Francesca nach draußen auf die Veranda.

„Brod hat es mir erzählt." Sie blieb stehen, um ihn anzusehen. Dabei fiel ihr einmal mehr auf, wie gebräunt er war und wie seine fast topasfarbenen Augen leuchteten. „Brod interessiert sich sehr für deine Pläne. Und ich mich auch."

„Das ist toll." Er lächelte jungenhaft. „Aber bist du sicher, dass du genug Zeit hast? Ich dachte, du würdest in weniger als einer Woche in deine glamouröse Welt zurückkehren."

Sie wusste, was er dachte. „Ich finde es hier viel aufregender, Grant Cameron."

Wo sonst konnte man ein so großes Herrenhaus inmitten der Einsamkeit und wilden Schönheit der australischen Wüste finden? Wo sonst konnte man einen so tollen Mann finden? Vielleicht würde sie sich Liebeskummer einhandeln, indem sie sich auf eine flüchtige Romanze ohne Zukunft einließ, aber eins war sicher: Grant Cameron zog sie magisch an.

Es war schon spät und alle schliefen, als Rebecca in ihr Bad ging, um nach Schmerztabletten zu suchen. So starke Kopfschmerzen hatte sie lange nicht mehr gehabt. Vielleicht hatte sie Fieber, denn sie glühte förmlich.

Da sie nur noch eine Tablette hatte, beschloss sie, nach unten in den großen Erste-Hilfe-Raum zu gehen. Sie war ganz durcheinander, weil ihr die Ereignisse des Tages immer wieder durch den Kopf gingen. Sie konnte Stewart Kinross' letzte Worte nicht vergessen.

„Ich werde auf keinen Fall zulassen, dass er Sie bekommt."

Das konnte sie Brod unmöglich sagen. Er würde den Verstand verlieren.

Sie erinnerte sich daran, wie sie Jeeba die Sporen gegeben hatte. Die arme Jeeba! Man hatte sie einschläfern müssen, und damit wurde sie, Rebecca, nicht fertig. Fee, Ally und Francesca hatten ihr den ganzen Nachmittag lang seelischen Beistand geleistet, doch Brod war nicht in ihre Nähe gekommen. Er hatte sie förmlich gemieden.

Und da war immer noch etwas, das er nicht wusste. Er wusste nicht, dass sie einmal verheiratet gewesen war. Er wusste nicht, dass ihre Ehe in die Brüche gegangen war. Er hatte sie ermuntert, mit ihm zu reden, aber sie bezweifelte, dass sie über jene schreckliche Zeit würde sprechen können.

Nein, sie wollte nicht daran erinnert werden. Sie wollte nicht an den fatalen Fehler erinnert werden, den sie gemacht hatte. An die vielen Male, die sie geweint hatte. An die Scham über Martyns Verhalten. Und auch nicht an den Besuch seiner Mutter.

Meredith hatte ihr vorgeworfen, sie hätte Martyn mit ihrem Freiheitsdrang und ihrem Wunsch zu arbeiten zu Gewalttätigkeit provoziert, und sie gedrängt, zu ihm zurückzukehren. Ob sie denn nicht wüsste, dass er sie liebte? Er würde ihr geben, was sie wollte, wenn sie zu ihm zurückginge.

Sicher war Meredith wieder mit dem Problem konfrontiert worden. Martyn liebte es, Frauen zu quälen. Vielleicht war es seine Art, sich an seiner krankhaft besitzergreifenden Mutter zu rächen.

Und wie sollte sie, Rebecca, Brod das alles erzählen? Andererseits war es für ihn und Ally bestimmt nicht einfach gewesen, in diesem Haus aufzuwachsen. Selbst Fee hatte von den destruktiven Eigenschaften ihres Bruders gesprochen.

Nun wurde ihr allmählich klar, dass Lucille Kinross genau wie sie gezwungen gewesen war, einer unglücklichen Ehe zu entfliehen.

Rebecca schlüpfte in ihren Morgenmantel und verknotete den Gürtel. Für sie gab es keine Hoffnung. Sie würde immer mit ihrer Schuld leben müssen, ob diese nun echt war oder eingebildet. Sie hatte Stewart Kinross niemals ermutigt. Bisher war ihr der Gedanke gar nicht gekommen, aber vielleicht war sie zu sehr auf seine Aufmerksamkeiten eingegangen?

Als sie unten war, glaubte sie, ein Geräusch gehört zu haben. Einen Moment lang stand sie regungslos da und lauschte. Beide Stockwerke waren schwach erleuchtet. Das Herz klopfte ihr bis zum Hals.

Nein, sie musste sich getäuscht haben. Da war niemand.

Rebecca eilte den Flur entlang, der zur Küche führte, und bog rechts zum Erste-Hilfe-Raum ab. Dieser war gut bestückt, denn auf Farmen im Outback ereigneten sich ständig große und kleine Unfälle. Als sie das Licht einschaltete, war sie im ersten Moment geblendet, dann sah sie ihr Gesicht in einem Spiegelschrank. Es war aschfahl.

Sie brauchte ein sehr starkes Schmerzmittel. Daher ging sie zu einem der Schränke, in dem sich, wie sie wusste, verschiedene Schmerzmittel befanden, und las die Aufschriften auf den Packungen.

„Ich wusste doch, dass ich es nicht geträumt habe“, ließ sich eine tiefe Stimme hinter ihr vernehmen.

„Brod!“ Rebecca wirbelte herum und ließ dabei aus Versehen eine Packung fallen. Sofort schoss ihr das Blut in den Kopf.

„Was ist los?“ Brod bückte sich, um die Packung aufzuheben, und betrachtete sie dann. „Hast du Kopfschmerzen?“

Rebecca fasste sich an die Schläfe. „Ich glaube, so schlimme Kopfschmerzen habe ich noch nie gehabt.“

„Die hier sind vielleicht nicht stark genug."

„Ich nehme sie trotzdem."

„Warum flüsterst du eigentlich?" Er ging zu einem anderen Schrank, nahm ein Glas heraus und ließ am Waschbecken Wasser hineinlaufen.

„Weil es schon sehr spät ist. Weil du mich erschreckt hast." Sie lachte heiser. „Wie soll ich mich noch rechtfertigen?"

„Lass uns nicht streiten." Brod drehte sich zu ihr um und betrachtete sie. „Du bist sehr blass. Ich weiß, wie dir zumute ist, Rebecca. Ich habe meinen Kummer in Whisky ertränkt."

Er drückte zwei Tabletten aus der Packung. „Hier", sagte er leise. „Ich hoffe, die helfen."

Als sie die Tabletten entgegennahm und er dabei ihre Hand berührte, fragte sie sich unwillkürlich, wie es wohl wäre, seine Hände auf ihrem Körper zu spüren. Sie nahm die Tabletten und trank einige Schluck Wasser.

„Komm und rede mit mir", sagte Brod leise. „Ich möchte nicht allein sein."

Obwohl sie auch nicht allein sein wollte, zögerte Rebecca. „Vielleicht …"

„Vielleicht was?" Brod blickte auf sie hinunter. In dem seidenen Morgenmantel sah sie wie ein blassgrünes Blumenblatt aus.

„Vielleicht ist das keine so gute Idee, Brod."

„Eine bessere habe ich nicht." Brod nahm ihre Hand. Sein attraktives Gesicht war angespannt. Er trug ein hellblaues Hemd, das er wegen der Hitze fast ganz aufgeknöpft hatte, und die obligatorischen Jeans.

„Wohin gehen wir?"

„Keine Panik. Ich gehe nicht mit dir ins Bett."

In ihrer Verwirrung hätte sie beinahe gerufen: „Nimm mich. Halt mich fest. Ich möchte mich in deinen Armen verlieren." Stattdessen ließ sie sich schweigend von ihm führen.

Am Arbeitszimmer blieben sie stehen, und Brod langte um sie herum, um das Licht einzuschalten. „Du kannst dich aufs Sofa legen“, sagte er und ließ ihre Hand los. „Du musst nicht reden, wenn du nicht willst. Ich möchte nur, dass du bei mir bist.“

Rebecca ging zu dem großen weinroten Chesterfieldsofa und kuschelte sich darauf. Brod nahm ein Kissen von einem Sessel und legte es ihr in den Nacken. „Entspann dich, Rebecca. Du brauchst keine Angst zu haben. Ich würde dir niemals wehtun.“

„Das hätte ich auch nie gedacht.“ Sie fürchtete sich vielmehr vor ihren Gefühlen. Sie lehnte sich zurück, und er strich ihr flüchtig durchs Haar.

„Was für ein schrecklicher Tag!“

„Ich weiß. Du tust mir leid, Brod.“

Brod stöhnte leise auf. „Es fällt mir schwer, um meinen Vater zu trauern, Rebecca. Und ich schäme mich dessen nicht einmal.“ Er setzte sich in einen großen Armsessel. „Mach die Augen zu, damit die Tabletten wirken.“ Nach kurzem Zögern fuhr er fort. „Eltern sollten die Liebe ihrer Kinder nicht zerstören, Rebecca. Kinder haben ein Recht darauf zu lieben. Warum setzt man sie sonst in die Welt? Dad wollte einen *Erben*“, fuhr er gequält fort. „Er hat immer so getan, als wäre ich eine große Enttäuschung für ihn. Ally auch. Kannst du dir das vorstellen? Meine schöne, begabte Schwester. Meine Mutter war auch eine große Enttäuschung für ihn. Sie konnte damit nicht leben. Sie ist weggelaufen.“

Sollte sie ihm jetzt von ihrer Ehe erzählen?

„Manchmal denke ich, dass ein Fluch auf diesem Haus lastet“, sagte Brod und seufzte. „Die erste Braut in der Familie hat den Falschen geheiratet und war gezwungen, damit zu leben. Sie hätte eine Cameron werden sollen. Bei meiner Mutter war es anders. Nachdem sie ums Leben gekommen war, rief mein Vater mich zu sich in dieses Arbeitszimmer und erzählte mir davon. ‚Niemand kommt von mir los', hat er gesagt."

Verblüfft sah Rebecca ihn an. „Das hat er zu seinem eigenen Sohn gesagt?"

Er nickte. „Er hat nie mit seiner Meinung hinter dem Berg gehalten. In unserer Ignoranz und unserem Kummer dachten Ally und ich, unsere Mutter hätte uns im Stich gelassen. Der einzige Elternteil, der uns liebte. Später wussten wir, warum sie es getan hatte. Es wäre mit dir und meinem Vater nicht gut gegangen, Rebecca."

„Vertrau mir", bat sie ihn, wohl wissend, dass es Zeit brauchen würde.

„Na ja, jetzt spielt es keine Rolle mehr." Wieder seufzte er. „Sind die Schmerzen besser geworden?"

„Ein bisschen."

„Mal sehen, ob das hilft." Brod stand auf, stellte sich hinter sie und begann, ihr sanft die Schläfen zu massieren.

Er musste ein Zauberkünstler sein, denn fast sofort spürte sie, wie eine angenehme Wärme sie durchflutete.

„Das tut gut. Du hast offenbar heilende Hände."

„Lass die Augen zu." Nun massierte er ihr das Gesicht. „Besser?", fragte er eine ganze Weile später.

„O ja!", erwiderte sie leise.

Dann hob er sie hoch und setzte sich mit ihr in den Armen aufs Sofa. „Ich möchte dich nur halten. Okay?"

Rebecca lehnte den Kopf an seine Schulter. „Ich möchte alles über dich wissen", flüsterte sie.

Einen Moment lang barg Brod das Gesicht in ihrem Haar, dann begann er: „Eigentlich hat mein Großvater uns großgezogen. Er war ein wunderbarer Mensch. Manche Leute behaupten, ich wäre wie er. Er hat Ally und mich gelehrt, an uns selbst zu glauben ..."

„Erzähl weiter." Rebecca machte es sich noch bequemer,

und er legte die Arme um sie. Ihre Kopfschmerzen waren weg. Sie war dort, wo sie sein wollte.

Als er geendet hatte, wusste sie mehr über ihn – und Ally – als jeder andere, wie sie vermutete.

Ihr Kopf lag jetzt an seiner Brust, sie hatte die Hand in sein Hemd gekrallt und atmete seinen Duft ein.

„Du bist eine gute Zuhörerin", bemerkte Brod mit einem amüsierten Unterton und fragte sich dabei, wie eine so zerbrechliche Frau gleichzeitig so weich und üppig sein konnte. Wenn doch nur …

Rebecca hob den Kopf und sah ihm in die Augen. „Ich wollte nicht, dass du aufhörst."

„Aber ich möchte wissen, wer *du* bist." Brod schob die Hand in ihr Haar und neigte den Kopf. Er wollte sie zu nichts zwingen, doch er verspürte starkes Verlangen. „Rebecca?", fragte er, den Mund an ihren Lippen.

Unwillkürlich legte sie ihm den Arm um den Nacken und schmiegte sich sehnsüchtig an ihn.

Brod ließ die Hände zu ihren Brüsten gleiten und streichelte sie durch den dünnen Stoff. Als er die Knospen mit den Daumen reizte, wurden sie hart. Wie wundervoll das war! Er hatte sich Hals über Kopf in Rebecca verliebt, ohne sich dessen bewusst zu sein. Plötzlich verspürte er das Bedürfnis, ihre nackte Haut zu berühren. Er schob die Hand unter ihren Morgenmantel, als sie den Kopf wandte.

„Wir sind verrückt", flüsterte sie, ließ es jedoch zu, dass er ihre Brüste streichelte. „Jemand könnte reinkommen."

„Ich glaube nicht. Die Tür ist nämlich abgeschlossen", erwiderte er leise, während er ihren Rücken streichelte und sie noch dichter an sich zog. An diesem Tag hatte er seinen Vater beerdigt, und nun saß er hier in leidenschaftlicher Umarmung mit Rebecca. Ihr Mund war ihr aufschlussreichstes Merkmal, denn er verriet, wie viel Leidenschaft in ihr steckte.

„Verbring die Nacht mit mir“, sagte Brod rau.

Rebecca schloss die Augen. „Danach wird nichts wieder so sein, wie es war.“

„Nichts ist mehr so, wie es war, seit dem Moment, in dem ich dich zum ersten Mal gesehen habe“, bemerkte er mit einem spöttischen Ton und küsste sie noch einmal – so leidenschaftlich, dass sie erschauerte. „Ich möchte neben dir aufwachen.“

„Ich kann nicht.“ Doch ihr Herz raste, und heftiges Verlangen durchflutete sie.

„Du hast doch keinen Mann, den du betrügen würdest, oder?“ Brod blickte ihr in die Augen.

„Nein“, erwiderte sie nach einer Weile.

„Dann brauchst du einen Mann, der dir sagt, wie schön du bist.“ Er stand mit ihr auf, entschlossen, die kleine Wendeltreppe am Ende der Eingangshalle zu benutzen. Nun gab es kein Zurück mehr. Sein Verlangen war zu stark.

7. KAPITEL

Nachdem Ally und Francesca wieder abgereist waren, fuhren Rebecca und Fee mit der Biografie fort. Sie arbeiteten im Durchschnitt vier bis fünf Stunden am Tag, doch diesmal beschäftigte Rebecca sich noch eingehender mit Fees bewegtem Leben. Obwohl sie in dem Buch nicht sämtliche dunklen Punkte in der Familiengeschichte enthüllen würde, wollte sie nach jener besonderen Nacht, in der Brod ihr von seinem Leben erzählt hatte, mehr von Fee erfahren als die beschönigten Versionen, die diese ihr bisher geliefert hatte.

„Finden Sie wirklich, dass wir das sagen sollten, Schätzchen?", erkundigte Fee sich oft skeptisch, nachdem sie wieder einmal etwas enthüllt hatte.

Und sie, Rebecca, erwiderte dann jedes Mal: „Wollen wir außergewöhnliche Memoiren schreiben, eine erstklassige Biografie oder seichte Lektüre?"

Und da Fee ein außergewöhnlicher Mensch war, wollte sie außergewöhnliche Memoiren. Deswegen fingen sie wieder von vorn an und gingen über Fees Kindheit auf Kimbara hinaus. Fee war die einzige Tochter des legendären Viehbarons Sir Andrew Kinross und der bekannten Reiterin Constance McQuillan Kinross gewesen, die mit zweiundvierzig bei einem Querfeldeinrennen vom Pferd gefallen und tödlich verunglückt war.

„Ich möchte, dass es viel mehr als eine Biografie Ihres Lebens wird, Fee", erklärte Rebecca. „Sie sollen darin etwas über Ihre *Familie* aussagen, eine bekannte Großgrundbesitzerfamilie. Über Ehen, angefangen mit Ewan Kinross und Cecilia. Über Einfluss, Erbschaftsangelegenheiten und Beziehungen."

„Du meine Güte, das sind ja fast hundertfünfzig Jahre",

bemerkte Fee trocken. „Das ist eine lange Zeit in diesem Teil der Welt."

„Ich stelle mir einen Überblick über die Familiengeschichte vor, Fee. Wenn Sie erzählen, kann man sich alles lebhaft vorstellen. Brod und Ally besitzen diese Fähigkeit auch. Ally hat mir während ihres Aufenthaltes so viel erzählt. Und von Brod habe ich noch mehr erfahren. Ich würde die Erinnerungen der beiden auch gern verwerten. Ich betrachte dieses Buch als Einblick in das typische Leben einer Familie, die sich als eine der ersten im Outback niedergelassen hat."

Fee lächelte über ihren jugendlichen Überschwang. „Einige der Geschichten würden für einen Skandal sorgen, Schätzchen."

„Bei mir sind Ihre Geschichten gut aufgehoben, Fee", versicherte Rebecca ernst. „Wir werden nur so viel preisgeben, wie Sie wollen. Sicher werden die Leser Ihre Offenheit und Ihren Sinn für Humor zu schätzen wissen."

„Wahrscheinlich muss ich auch mein Liebesleben erwähnen", sagte Fee.

„Na ja, das ist nicht unbedingt ein Geheimnis", neckte Rebecca sie. „Wir können die Namen der Personen ändern, um ihre Privatsphäre zu schützen."

Fee blickte traurig drein. „Die meisten sind inzwischen tot, mein Bruder eingeschlossen. Ich habe wunderschöne alte Fotos von uns beiden gefunden. Die können wir benutzen. Und viele von Lucille, die offenbar jemand versteckt hatte."

„Das war Brod."

„Du meine Güte!" Fee seufzte tief. „Sein Vater wäre außer sich gewesen, wenn er davon gewusst hätte." Sie betrachtete sie forschend. „Woher wussten Sie davon, Schätzchen? Brod hat mir nie erzählt, dass er die Fotos versteckt hatte."

Rebecca hielt ihrem Blick stand. „Wir haben uns neulich eine ganze Nacht lang unterhalten."

Fee neigte den Kopf. Natürlich wusste sie, dass zwischen Rebecca und Brod etwas war. „Warum auch nicht?“, meinte sie schließlich. „Es freut mich. Sie und Brod scheinen sich in letzter Zeit gut zu verstehen. Er und Ally mussten viel zu viel für sich behalten“, fügte sie hinzu. „So, nun lassen Sie uns eine Tasse Tee trinken, und dann fangen wir an. Diese Biografie nimmt eine ganz neue Dimension an.“

„Dank Brod“, bemerkte Rebecca. Egal, was passierte, sie würde sich immer an jene Nacht erinnern.

Brod kehrte gegen Mittag zurück und berichtete ihnen amüsiert von einem Streit zwischen Angestellten, den er hatte schlichten müssen. Er trank Kaffee und aß einige Sandwiches in Fees Wohnzimmer, während Fee eine weitere Geschichte zum Besten gab.

„Verdammt, Fee, du wirst all unsere Geheimnisse preisgeben“, erklärte er und legte das letzte Sandwich weg.

„Nur bedingt, mein Lieber“, verbesserte sie ihn. „Wenn ich mich in Schweigen hülle, wird das Buch sich nicht verkaufen. Außerdem möchte Rebecca, dass ich ihm mehr Gehalt verleihe.“

„Dann sollten wir Rebecca überreden, eine Autobiografie zu schreiben.“ Er warf Rebecca einen herausfordernden Blick zu. „Deinen Erzählungen nach zu urteilen, kommen viele Mitglieder unserer Familie nicht besonders gut weg. Ewan, der Cecilia mit einer List dazu gebracht hat, ihn zu heiraten. Alistair, der nach Paris gegangen ist, um zu malen, aber stattdessen ein Vermögen durchgebracht hat. Großtante Eloise, die mit sechzig einen fünfundzwanzig Jahre jüngeren Mann geheiratet hat.“

„Aber sie war schön und berühmt, mein Lieber.“ Fee wandte den Kopf, um sich in einem Spiegel mit Goldrahmen zu betrachten.

„Und sie war eine reiche Erbin.“ Brod stand auf und zog sein rotes Halstuch zurecht. Er ließ den Blick zu Rebecca schweifen. „Wenn Fee dich heute Nachmittag für eine Stunde oder so entbehren kann, würde ich dir gern die wilden Blumen zeigen. Ich hatte dir ja erzählt, dass sie nach den Regengüssen blühen würden. Möchtest du auch mitkommen, Fee?“

„Heute nicht, mein Lieber“, erwiderte Fee betont lässig, weil sie nicht das fünfte Rad am Wagen sein wollte. „Ich muss noch einen ganzen Stapel Post beantworten. Das Angebot, die Milton Theatre Company zu leiten, kam aus heiterem Himmel. Ich werde darüber nachdenken. Sie haben einige wunderbare Schauspieler und vielversprechende Talente.“

„Dann willst du also nicht nach England zurückkehren?“, fragte er.

Einen Moment lang blickte sie nachdenklich drein. „Du weißt ja, ich habe immer gesagt, ich würde nach Hause kommen, wenn meine Zeit im Rampenlicht abgelaufen ist. Ich bin immer noch bekannt, aber ich möchte jetzt etwas anderes machen. Wenn ich Fran doch nur überzeugen könnte, nach Australien zu kommen! Aber sie lebt ihr Leben in England, und sie braucht ihren Vater und ihre übrige Familie. Sie wird überall eingeladen. Sie ist sehr populär.“

„Ich hatte den Eindruck, dass sie mit ihrem Leben nicht so zufrieden ist“, meinte Brod nachdenklich. „Allerdings lag es vielleicht auch an Grant. Sie hat ihm sein Herz gestohlen, als sie sechzehn war und du sie mit hierhergebracht hattest.“

„Das stimmt!“, bestätigte sie lächelnd. „Aber Grant hat Probleme mit ihrem sozialen Status, wenn du weißt, was ich meine.“

„Absolut. Er weiß, was für ein Leben sie lebt. Sie hat einen Adelstitel, ist schön, reich und der Liebling der Klatschkolumnisten. Eine englische Schönheit, die man niemals hierher verpflanzen sollte.“

„Du vergisst, dass Cecilia auch aus einer privilegierten Familie kam und damals zur populärsten Pionierfrau wurde."

„Verflixt, ja." Er ging zur Tür und hob die Hand. „Ich hole dich gegen vier ab, Rebecca. Crem dich gut ein. Die Sonne ist immer noch sehr intensiv."

„Nehmen wir die Pferde?" Rebecca hob ein wenig das Kinn, als sie sprach. Seit jenem schicksalhaften Tag und nachdem man Jeeba hatte einschläfern müssen, mochte sie nicht mehr so gern reiten. Sie war erst dreimal wieder ausgeritten, und das nur, weil Ally sie gebeten hatte, sie zu begleiten.

Brod betrachtete sie eingehend. „Es ist ziemlich weit, deswegen nehmen wir den Jeep. Vielleicht können wir unterwegs über dein kleines Problem sprechen. Ich möchte es nicht aufbauschen."

„Das ist leicht untertrieben", sagte sie zuckersüß.

„Gut." Er nickte zustimmend. „Ich würde gern ab und zu mal mit dir ausreiten. Man hat nicht richtig gelebt, wenn man noch keine Nacht unter dem Wüstenhimmel verbracht hat."

„Du meine Güte, nein!", rief Fee. „Dann braucht ihr einen Anstandswauwau!"

Brod lächelte boshaft. „Ich betrachte das als Witz, Fee."

Die Landschaft war einfach traumhaft. Ein riesiger Blütenteppich überzog die Ebenen, sodass die rote Erde kaum noch zu sehen war – weiße, leuchtend gelbe, purpur- und rosafarbene Blumen, die kurzlebige Flora dieser Mulga-Region, die zwischen dem Channel Country und dem Herzen der Wüste lag.

„Genieße es, solange du kannst", sagte Brod und umfasste Rebeccas Schultern. „Es dauert nur einige Wochen, dann trocknet die Erde wieder aus."

Rebecca war entzückt. „Es ist ein fantastischer Anblick! Ich komme mir vor wie im Paradies."

„Und es ist umso atemberaubender, weil es nur nach

schweren Regenfällen eintritt, also höchstens zweimal im Jahr. Meistens gibt es nur blauen Himmel, eine brennende Sonne und heiße, trockene Winde."

„Einfach paradiesisch!", flüsterte sie. „Ich würde gern einige Blumen zur Erinnerung pflücken."

„Warum nicht?" Er lächelte nachsichtig. „Nimm die Immortellen. Sie halten wochenlang und brauchen darüber hinaus kein Wasser."

„Wie außergewöhnlich!" Sie wirbelte zu ihm herum. „Wie kann man so eine Landschaft nur als Wüste bezeichnen?"

„Du bist wundervoll." Plötzlich neigte er den Kopf und küsste sie auf den Mund. „Du bist wie die Samen schlafender wilder Blumen, die darauf warten, zum Leben erweckt zu werden."

„Das liegt daran, dass du mir den Kopf verdreht hast", gestand sie.

„Ich glaube, wir haben uns gegenseitig den Kopf verdreht." Er zog sie an sich und ließ die Lippen über ihr Gesicht gleiten, bis er ihre berührte. Als er sich schließlich von ihr löste, sagte keiner von ihnen etwas, um den Bann nicht zu brechen.

„Brod", sagte Rebecca nach einer Weile. „Broderick."

„Ja, das bin ich." Brod betrachtete sie verlangend. „Wie lautet dein zweiter Vorname? Du hast ihn mir nie gesagt."

„Er ist sehr brav."

„Obwohl dein Leben so turbulent ist? Amy? Emily? Oder Dorothy?"

„Ellen."

„‚Eve' hätte besser zu dir gepasst." In seinen Augen lag ein verlangender Ausdruck. Brod nahm ihre Hand und führte sie nach unten, mitten in die Blumen hinein. „Siehst du die Emus links? Sie haben jetzt genug zu fressen, aber sie vertragen auch große Trockenheit."

Rebecca folgte seinem Blick. Obwohl sie hier schon viele

Emus gesehen hatte, faszinierten diese Vögel, die nicht fliegen konnten, sie immer noch, besonders wenn sie liefen. Die Kängurus, die genauso interessant waren, tauchten erst in der Dämmerung auf. Tagsüber, wenn es heiß war, suchten sie Schutz in Höhlen oder im Unterholz. Doch wie immer waren Schwärme von Vögeln in den unterschiedlichsten Farben zu sehen. Selbst als Brod und sie sich ihnen näherten, ließen sich einige Papageien in der Höhlung einer der verkrüppelten Akazien nieder und flogen auch nicht weg.

Brod ging vor und pflückte ein Büschel weißer Immortellen. Geschickt flocht er daraus einen Kranz, den er Rebecca auf den Kopf setzte. „Lass mal sehen."

Rebecca straffte sich. Das Haar fiel ihr ins Gesicht, und sie hob die Hand, um es zurückzustreichen, doch er bat sie: „Nein, tu es nicht." Als sie den Ausdruck in seinen Augen sah, wurde sie schwach vor Verlangen.

„Ich stelle mir vor, wie du als Braut aussiehst."

Als Braut. Sie hätte weinen mögen.

Was er wohl denken würde, wenn sie ihm die Wahrheit sagen würde. Sie war einmal eine Braut gewesen. Sie hatte ein weißes Kleid und einen langen Schleier getragen. Sie hatte verträumt zu ihrem attraktiven Bräutigam aufgeblickt, der vor dem blumengeschmückten Altar gestanden hatte. Und sie hatte sich eingebildet, dass der Ausdruck in seinen Augen dieselben Träume verriet. Es war derselbe Mann gewesen, der ihr so viel Kummer und Schmerz bereitet hatte.

Plötzlich konnte sie diesen wunderschönen Tag nicht mehr genießen. Wie sollte sie Brod je davon erzählen? Sie konnte ihm nicht einmal sagen, dass sie bereits verheiratet gewesen war, obwohl er bestimmt wusste, dass sie keine Jungfrau mehr war.

„Keine Antwort?", fragte Brod schließlich. „Ich dachte, jede Frau möchte einmal eine Braut sein."

„Ja, natürlich!“, rief Rebecca. Vielleicht würde er erraten, was hinter ihr lag.

„Hast du Angst vor der Ehe, Rebecca?“ Er wollte sie unbedingt wieder aufmuntern.

„Die Ehe ist ein großes Risiko, Brod. Jeder weiß das“, erwiderte sie angespannt.

„Aber wenn sie funktioniert, dann ist sie sehr schön. Die meisten Leute versuchen es. Ich dachte, die Ehe deiner Eltern wäre glücklich gewesen.“

„Sie haben sich über alles geliebt“, flüsterte sie.

„Aber du bist über den Tod deiner Mutter nicht hinweggekommen, stimmt's?“

„Ich würde alles darum geben, sie zurückzubekommen.“ Sie blickte auf den bunten Strauß in ihrer Hand.

„Genauso ging es Ally und mir mit unserer Mutter“, gestand Brod. „Ich glaube, unsere Erfahrungen sind ein Beweis für unsere unglückliche Kindheit. Ally konnte den Gedanken, Rafe zu heiraten, offenbar nicht ertragen, obwohl sie Rafe sehr geliebt hat und immer noch liebt, wie ich glaube.“

„Und du?“ Nun sah sie zu ihm auf und betrachtete sein wundervolles Gesicht.

„Ich hatte flüchtige Affären.“ Er zuckte mit den Schultern. „Aber ich habe immer versucht, den Frauen gegenüber ehrlich zu sein. Die Ehe ist etwas ganz anderes als eine Romanze. Wenn ich mir eine Frau suche, dann muss es die Richtige sein. Ich werde nicht zulassen, dass mein Leben noch einmal auf den Kopf gestellt wird.“

Ihr ging es genauso.

Auf der Rückfahrt schwiegen sie zunächst. Brod war verblüfft darüber, dass die leidenschaftliche junge Frau, als die er Rebecca mittlerweile kennengelernt hatte, womöglich Angst vor der Ehe hatte. Vielleicht hatte jemand sie tief verletzt? Jemand, über den sie nicht reden wollte. Er, Brod, musste ihr

Zeit geben. Inzwischen war ihm auch klar, was hinter ihrer kühlen Fassade steckte. Es war reiner Selbstschutz.

„Wohin fahren wir?", erkundigte sich Rebecca nach einer Weile. Sie hatten bereits ein ganzes Stück zurückgelegt, doch es blühte immer noch rings um sie her – weißer Mohn und Hibiskus, *pussy tails,* violette *fan flowers,* flammend rote Feuerbüsche, Salz- und Baumwollbüsche und das sich überall ausbreitende Opomoea. Dies hier war nicht das legendäre Dead Heart, das Tote Herz der Wüste, das so viele Opfer forderte, sondern der größte Garten der Welt. Brod verließ jetzt die von Blütenteppichen überzogene Ebene und steuerte auf eine dichte Baumreihe zu, die an einem Tümpel liegen musste.

„Ich möchte dir meinen Lieblingsswimmingpool zeigen", erklärte er. „Wir müssen gleich anhalten und den restlichen Weg zu Fuß gehen. Es ist ein herrlicher Ort. Es gibt dort sogar einen kleinen Wasserfall."

„Ich glaube, ich höre ihn", erwiderte Rebecca, und als sie näher kamen, war sie ganz sicher. Es war das Geräusch von herabstürzendem Wasser. Brod parkte den Jeep im Schatten der Bäume und stellte den Motor ab.

„Es geht ein Stück abwärts. Schaffst du es?"

„Natürlich schaffe ich es!", rief Rebecca begeistert.

„Du wirst nicht enttäuscht sein, das verspreche ich dir."

Er nahm ihre Hand, hielt ihr Zweige aus dem Weg und blieb stehen, wenn sie ein wenig außer Atem war. Und als sie schon fast unten waren, hob er Rebecca hoch und trug sie das letzte Stück. Tausende von weißen *spider lilies* wuchsen hier. Schließlich ließ er sie hinunter.

„Das ist ... einfach atemberaubend", sagte sie, begeistert über die stille Schönheit des Tümpels und das angenehme Klima. Von oben zwischen den Bäumen stürzte das Wasser über die Felsen in den kleinen See, der in der Mitte smaragd- und am Rand jadegrün war. Ein Platz für Liebende, dachte sie.

Das Paradies vor dem Sündenfall. Ein wunderschöner, verschwiegener Ort, an dem der Duft wilder Blumen in der Luft lag.

„Ich wusste, dass es dir gefällt", bemerkte Brod erfreut.

„Ich finde es herrlich. Kommt außer dir noch jemand hierher?"

„Nein. Als wir klein waren, ist Ally auch hier gewesen. Auf Kimbara gibt es Dutzende kleiner seichter Stellen im Fluss, in denen man schwimmen kann. Das hier ist mein geheimer Ort. Nicht einmal das Vieh verirrt sich hierher. Wahrscheinlich weiß niemand davon, und ich werde es auch niemandem sagen."

„*Ich* weiß jetzt davon."

„Du kannst dich also geehrt fühlen."

Rebecca wandte sich ab, überwältigt von ihren Gefühlen. Sie bückte sich, um eine kleine Blume zu pflücken, die neben einem Felsen wuchs.

„Was ist das für eine Blume?" Rebecca spielte mit der zarten blasslila Blüte.

Brod betrachtete die Blume. „Keine Ahnung. Es gibt so viele schöne, namenlose Blumen, die im Verborgenen blühen."

„Benenne sie nach mir." Sie blickte zu ihm auf und sah ihm in die Augen.

„Rebecca Lily. Du bist genauso zart."

„Okay. Rebecca Lily. Von jetzt an wirst du sie so nennen. Versprochen?"

„Versprochen."

Rebecca bückte sich und öffnete ihre Schnürsenkel. „Ich werde jetzt durchs Wasser waten."

Brod beobachtete, wie sie über das sandige Ufer zum kristallklaren Wasser ging. Sie trug pinkfarbene Jeans und eine farblich dazu passende Bluse. Jetzt stand sie bis zu den Knöcheln im Wasser. „Wir hätten unsere Badesachen mitnehmen sollen“, rief sie.

Heftiges Verlangen flammte in ihm auf. Er hatte sie schon begehrt, bevor er ihren schönen Körper erkundet hatte. Nun wurde sein Verlangen mit jedem Tag stärker, und er musste sich beherrschen, um sie nicht zu berühren.

„Brod?“ Lachend kam sie wieder zu ihm gelaufen. Sie hatte sich Wasser ins Gesicht gespritzt, und die Tropfen rannen über ihren Hals und auf ihre Bluse. Sie trug keinen BH, und ihre Knospen zeichneten sich unter dem feuchten Stoff ab. Das war zu viel. Er hielt es nicht mehr aus.

„Wir können uns ausziehen“, schlug er leise vor. Dann zog er sie an sich und ließ die Hände zum obersten Knopf ihrer Bluse gleiten.

„Ich schäme mich.“ Trotzdem schmiegte sie sich an ihn. Ein erregendes Prickeln überlief sie.

„Und was war, als ich jeden Zentimeter deines wunderschönen Körpers geküsst habe?“ Daran würde er sich immer erinnern.

„Das war im Mondlicht“, flüsterte sie und begann zu beben.

„Aber später wurde es hell.“ Da hatte er sie schweigend genommen.

„Und da musste ich gehen.“

Brod sah ihr tief in die Augen. „Ich habe vorher noch nie eine schöne Frau in mein Schlafzimmer gelassen.“

„Bin ich die Einzige?“

„Ja.“ Er begann, die kleinen pinkfarbenen Knöpfe zu öffnen, und streifte ihr schließlich die Bluse ab. Als Rebecca aufstöhnte, zog er sie unvermittelt an sich und presste die Lippen auf ihre.

Rebecca genoss seine Umarmung. Fast schien es ihr, als würde dieser Ort über sie wachen – die Bäume ringsum, die vielen Blumen, die alten Felsen, der Wasserfall und der smaragdgrüne Tümpel und die schillernden Insekten, die über einem blühenden Busch schwirrten.

Es war der Geist des Busches. Sie musste jeden Moment auskosten.

Unvermittelt löste sie sich von Brod, warf den Kopf zurück und lachte vor Freude. „Ich möchte schwimmen", verkündete sie. „Ich möchte hineinspringen und den Sand am Boden berühren. Ich möchte einige Bahnen schwimmen, und dann werde ich auf den flachen Felsen da hinten klettern und mich sonnen, bis ich trocken bin." Ohne zu zögern, zog sie ihre restlichen Sachen aus und lief ins Wasser.

„Ich komme auch", rief Brod. Schnell zog er sein Jeanshemd aus und öffnete seine silberne Gürtelschnalle. Diese Frau, diese wunderschöne nackte Nymphe, veränderte sich ständig, und das Blut pulsierte in seinen Adern.

Kurz darauf war er ebenfalls nackt, und die Sonnenstrahlen, die durch die Blätter fielen, tanzten auf seinem muskulösen, gebräunten Körper. Er konnte sie rufen hören, so verlockend wie eine Sirene, die in den smaragdgrünen Tiefen wohnte.

„Es ist herrlich, einfach herrlich!", rief sie. „Und so kalt, dass ich es kaum aushalte."

Gleich wird ihr warm, schwor er sich, bevor er ins Wasser sprang. Er würde sie lieben, bis sie in Flammen stand und ganz und gar ihm gehörte.

Das Zusammentreiben der Rinder, die von der Herde getrennt werden sollten, ging mit atemberaubender Geschwindigkeit weiter. Einer der besten Farmarbeiter auf Kimbara, Curly Jenkins, wurde wie durch ein Wunder nur leicht verletzt, als bei Leura Creek einige Ochsen ausbrachen und ein eisernes Tor niedertrampelten. Brod, der im Haus war, als sich der Unfall ereignete, erfuhr von Curlys Gehilfen davon, der wie der Teufel angeritten kam, um Alarm zu schlagen. Brod informierte sofort den Fliegenden Arzt, der Curly dann ins Krankenhaus brachte. Dort wurden einige Rippenbrüche und schwere Prellungen diagnostiziert. Weniger als eine Woche später bat Grant Cameron Brod, ihm bei der Suche nach einem seiner Hubschrauberpiloten zu helfen, der auf einem der Vorposten begonnen hatte, Vieh zusammenzutreiben, und am Abend nicht zurückgekehrt war. Grant hatte ihn über Funk nicht erreichen können.

Zuerst machte sich niemand ernsthafte Sorgen, und Grant sagte selbst, dass Probleme mit dem Funk nicht ungewöhnlich seien. Der Pilot, ein erfahrener Mann, konnte irgendwo gelandet sein und dort sein Nachtlager aufgeschlagen haben.

Die Männer suchten den ganzen Tag ohne Erfolg. In der Morgendämmerung setzten sie die Suche mit Flugzeugen und Hubschraubern fort. Brod flog die Beech Baron, und Rebecca bat ihn, mitkommen zu dürfen, um Ausschau nach dem vermissten Piloten zu halten. Es war das erste Mal, dass sie mit ihm flog, doch es war alles andeıe als ein schöner Ausflug. Sie entdeckte das Hubschrauberwrack zuerst. Kurz darauf traf der Rettungshubschrauber ein, und der Pilot versuchte, in dem unwegsamen Gelände zu landen.

Der Todesfall war für alle ein Schock. Der Pilot war bekannt gewesen und hatte sie ständig auf die vielen Gefahren hingewiesen, die das Leben auf einer Farm im Outback mit sich brachte. Allmählich machte Rebecca sich auch Sorgen um Brods Sicherheit, denn es gab kaum einen Tag, an dem er und seine Mitarbeiter nicht in eine gefährliche Situation gerieten. So hatte sie zum Beispiel einmal mit klopfendem Herzen beobachtet, wie er eine Herde auf dem Moped zusammentrieb. Dann waren da die vielen Flüge, die er zu den Außenposten und anderen familieneigenen Farmen machen musste. Erst wenn er wieder zurück war, atmete sie erleichtert auf.

„Brod ist ein hervorragender Pilot, Schätzchen", versicherte Fee ihr. „Ein Naturtalent. Er hat seinen Flugschein schon seit Jahren, denn in seinem Job braucht man ihn."

Trotzdem betete Rebecca weiterhin für Brod.

8. KAPITEL

Es war eine Idylle, die nicht ewig andauern konnte. Rebecca sollte erfahren, dass die Vergangenheit einen irgendwann einholte.

Bevor er vor Sonnenaufgang das Haus verließ, hinterlegte Brod Fee eine Nachricht, in der er sie daran erinnerte, dass an diesem Nachmittag ihre Wirtschaftsprüfer und Anwälte zu einer Besprechung eintreffen würden, die sich vermutlich bis zum nächsten Tag hinziehen würde. Es waren insgesamt vier Personen – Barry Mattheson und sein Teilhaber, und Dermot Shields würde auch jemanden mitbringen. Brod hatte Jean gebeten, für alle Fälle die Gästezimmer herzurichten.

„Ich finde es schrecklich, über Geld zu reden“, beschwerte sich Fee, „aber ich bin ja daran beteiligt. Sir Andy hat mir sehr viel Macht verliehen. Er wollte nicht alles Stewart geben. Es wird eine Ewigkeit dauern, Stewarts Nachlass zu regeln.“

„Na, ich habe jedenfalls viel zu tun.“ Rebecca legte ihre Serviette zusammen und stand vom Frühstückstisch auf. „Wir kommen sehr gut voran, Fee. Das Buch wird ein großer Erfolg.“

„Ich werde alles andere als froh sein, wenn wir fertig sind.“ Fee, die gerade ihre Teetasse geleert hatte, nahm ihre Hand. „Ich bin sehr froh über Ihre Gesellschaft, Schätzchen, und Brod habe ich noch nie so glücklich erlebt. Und das ist allein Ihr Verdienst. Würden Sie bitte um den Tisch herumkommen, damit ich Sie ansehen kann?“

Rebecca errötete und deutete einen Knicks an. „Ja, M'lady.“ Es hatte fröhlich klingen sollen, doch die Kehle war ihr wie zugeschnürt.

„Sie lieben ihn, stimmt's?“, erkundigte Fee sich sanft und blickte zu ihr auf.

„Ich dachte, ich wüsste, was Liebe ist“, erwiderte Rebecca

verträumt. „Aber ich habe es erst jetzt erfahren. Immer wenn ich ihn sehe, bin ich überglücklich." Plötzlich füllten ihre Augen sich mit Tränen.

Fee war begeistert. „Haben Sie ihm das mal gesagt?"

„Nicht direkt", gestand Rebecca. „Ich konnte ihm nicht von meinem Leben erzählen."

„Das klingt ja entsetzlich, Schätzchen."

Rebeccas wunderschöne graue Augen wurden dunkler. „Ich würde alles darum geben, wenn ich vieles rückgängig machen könnte, Fee", sagte sie ernst.

„Möchten Sie darüber reden?", drängte Fee. „Du meine Güte, ich komme mir vor, als wäre ich Ihre Tante."

„Ich werde es Ihnen erzählen", erklärte Rebecca. „Aber erst muss ich mit Brod darüber sprechen."

„Natürlich", antwortete Fee leise. „Ich habe immer gespürt, dass Sie schlechte Erfahrungen gemacht haben müssen."

„Ich habe mich versteckt – im übertragenen Sinn, meine ich. Ich habe eine Menge gesehen und eine Menge gemacht. Ich war erfolgreich. Es ist nicht leicht gewesen, aber ich dachte, ich müsste es tun."

„Aber Sie haben mir von Ihrer Familie erzählt. Von Ihrer Liebe zu Ihren Eltern und Ihrer Familie in Hongkong." Noch immer blickte Fee besorgt zu ihr auf.

„Es ist etwas anderes, Fee. Jemand, den ich kennengelernt habe, als ich jung war."

„Ich kenne mich mit diesen Dingen aus", gestand Fee, und selbst nach vierzig Jahren klang ihre Stimme noch bitter. „Und ich kann Ihnen nur sagen, dass Sie darüber sprechen sollten, was immer es auch sein mag. Erzählen Sie es Brod. Je länger Sie damit warten, desto schwerer wird es."

„Ich weiß." Rebecca schauderte leicht.

Fee schüttelte den Kopf. „Seien Sie nicht nervös, Rebecca.

Bevor Ally abgereist ist, hat sie gesagt, Brod hätte sich Hals über Kopf in Sie verliebt. Und bedenken Sie die unangenehme Episode mit meinem armen Bruder. Brod hat sehr darunter gelitten. Und ich rate Ihnen, keine Geheimnisse vor ihm zu haben, Schätzchen.“

„Das werde ich auch nicht!“

Und wenn es mich umbringt, dachte Rebecca.

Bevor Barry Mattheson und die anderen drei Männer eintrafen, ging Brod ins Haus, um schnell zu duschen und sich umzuziehen.

„Ich werde mich rar machen“, sagte Rebecca, die auf der Treppe stand, als er zur Tür ging.

„Bleib hier, damit ich dich mit ihnen bekannt machen kann“, schlug er lächelnd vor.

„Nein, ich lasse euch mit ihnen allein. Ich habe viel zu tun.“

„Na, dann wirst du sie beim Abendessen kennenlernen.“ Brod zuckte mit den Schultern. „Wir müssen eine Menge klären. Heute Nachmittag werden wir damit sicher nicht fertig.“

„Mach's gut.“ Sie warf ihm eine Kusshand zu.

„Mach ich.“

Er wollte Rebecca zu nichts drängen, obwohl er verrückt nach ihr war und bereits mit dem Gedanken spielte, sich mit ihr zu verloben. Und bald darauf würde sie ihn heiraten. Er würde alles in seiner Macht Stehende tun, um sie glücklich zu machen.

Rebecca!

Beschwingt ging er zur Tür.

Rebecca hörte die Besucher eintreffen, ging jedoch nicht zum Fenster, sondern arbeitete weiter. Fee war ihr gegenüber immer sehr offen gewesen, und diese Offenheit spiegelte auch das

Buch wider. Es würde eine außergewöhnliche Chronik werden, eine Chronik der Geschichte der Familie Kinross, und genauso gut wie Dame Judys Memoiren, die ausgezeichnete Kritiken bekommen hatte. Ein Rezensent hatte von ihrer „eleganten, ja lyrischen Prosa" gesprochen. Sie, Rebecca, hoffte, dass dieses Buch ebenso realistisch sein würde. Es würde sogar noch besser werden als das Erste, weil es über so viele Menschen mehr zu sagen gab.

Gegen sechs klopfte Fee bei ihr an die Tür. Sie wirkte erschöpft.

„Wie läuft es?", erkundigte Rebecca sich besorgt. „Es war eine lange Sitzung."

„Das kann man wohl sagen!" Fee fasste sich an die Schläfe. „Zum Glück haben wir nicht so viele Anwälte wie Sir Andy, und zum Glück ist Brod so verdammt clever. Ihm entgeht nichts. Wir hatten ein ansehnliches Vermögen, wissen Sie. Es ist irrsinnig, wie viel Stewart durchgebracht hat. Er hat in Saus und Braus gelebt, während Brod sich um alles gekümmert hat."

„Möchten Sie reinkommen und sich setzen?", fragte Rebecca. „Sie sehen ein bisschen müde aus."

„Das bin ich auch, Schätzchen", gestand Fee, „aber ich werde Ihnen beim Abendessen Gesellschaft leisten."

„Gut. Ich möchte nicht die einzige Frau am Tisch sein. Wie sind Ihre Gäste denn so?"

Fee warf einen Blick auf ihre Armbanduhr. „Den guten alten Barry kennen wir schon ewig. Ich kannte sogar schon seinen Vater. Dermot habe ich heute zum ersten Mal gesehen, aber er scheint ein guter Mann zu sein. Die anderen beiden sind viel jünger, aber sehr intelligent. Anfang dreißig. Ich nehme jetzt erst mal ein ausgiebiges Bad."

„Das wird Ihnen guttun." Rebecca lächelte ihr liebevoll zu und setzte sich dann wieder an ihren Computer. Sie würde noch ungefähr eine halbe Stunde arbeiten und dann auch ein Bad nehmen.

Sonst konnte sie es gar nicht erwarten, nach unten zu gehen, doch diesmal ließ Rebecca sich Zeit. Sie entschied sich für ein zweiteiliges Jerseykleid in ihrer Lieblingsfarbe, Violett. Das Oberteil war hochgeschlossen und ärmellos, der Rock lang und fließend. Einige ihrer Freundinnen waren der Meinung, dass nur große Frauen lange Röcke tragen konnten, aber sie fand, dass es sie größer wirken ließ, und außerdem mochte sie das sinnliche Gefühl, wenn weiche Stoffe ihre Beine umschmeichelten.

Ihr Haar war sehr lang geworden, weil sie es seit Monaten nicht hatte schneiden lassen. Nachdem sie es gebürstet hatte, bis es glänzte, ließ sie es offen über die Schultern fallen. Zum Schluss steckte sie die Diamantstecker an, die sie sich gekauft hatte, als sie den Preis als beste Nachwuchsjournalistin des Jahres bekommen hatte. Einige Spritzer ihres Lieblingsparfüms, das sie immer benutzte, und sie war fertig.

Den ganzen Nachmittag lang, selbst bei der Arbeit, hatte sie an ihre Unterhaltung mit Fee gedacht. Natürlich war es ein guter Rat gewesen, keine Geheimnisse vor Brod zu haben, doch dass sie sich so dagegen sträubte, war ein Beweis dafür, wie traumatisch ihre Ehe für sie gewesen war.

Rebecca sank auf einen der mit Goldbrokat bezogenen Sessel und barg für einen Moment das Gesicht in den Händen. Wie sollte sie nur anfangen?

„Brod, es gibt da etwas, was ich dir sagen muss …“

„Brod, ich wollte es dir schon längst sagen, aber …“

„Brod, ich war schon einmal verheiratet. Vor Jahren. Mit einem gewalttätigen Mann. Na ja, zuerst war er nicht gewalttätig, sondern sehr nett …“

Es würde ein großer Schock für Brod sein. Ihre Beziehung

hatte sich in rasantem Tempo zu einer leidenschaftlichen Affäre entwickelt, und das war umso außergewöhnlicher, weil keiner von ihnen seine Gefühle in Worte gefasst hatte. Irgendwie hatten sie beide ein Problem damit, „Ich liebe dich" zu sagen, obwohl Brod ihr oft zu verstehen gegeben hatte, wie sehr er sie begehrte.

Es war so verfahren! Sie, Rebecca, musste ihm endlich reinen Wein einschenken, sonst würde sie ihn verlieren – den Mann, der ihr all ihre Träume wiedergegeben hatte. In gewisser Weise hatte sie ein Doppelleben geführt. Jetzt würde sie sich den Tatsachen stellen müssen.

Rebecca stand auf und ging zum Spiegel. „Na los, tu es. Erzähl Brod von deinem Ehemann. Deinem Exmann, dem es Spaß gemacht hat, dich zu verletzen. Erzähl ihm von der Mutter deines Exmannes, dem eigentlichen Oberhaupt der Familie, die ihren Sohn für perfekt gehalten hat. Los, erzähl es ihm. Und tu es bald."

Sie lächelte zerknirscht. Jetzt ging es ihr besser. Es war schließlich kein Verbrechen, einmal verheiratet gewesen zu sein. Ihr einziges Vergehen bestand lediglich darin, es dem Mann, den sie liebte, verschwiegen zu haben.

Wenige Minuten später, um halb sieben, kam Brod, um sie nach unten zu begleiten. Er trug ein blaues Hemd mit einem sommerlich leichten blauen Blazer und eine graue Hose. Sie hatte ihn schon immer für atemberaubend attraktiv und vital gehalten, doch nun konnte sie den Blick kaum von ihm abwenden.

„Hallo!", begrüßte sie ihn mit klopfendem Herzen.

„Hübsch", sagte er leise und musterte sie langsam. „Lila ist deine Farbe."

„Wie war dein Tag?", fragte sie.

„Nicht so befriedigend." Brod fuhr sich über den Nacken. „Aber wir arbeiten weiter daran." Wieder betrachtete er ihren Mund. „Ich würde dich gern küssen. Ich meine, eigentlich möchte ich dich immer küssen, aber wir müssen jetzt nach unten gehen." Er streckte die Hand aus und strich ihr übers Haar. „Ich mag es, wenn dein Haar so lang ist."

„Ich versuche, dir zu gefallen." Rebecca fühlte sich ein wenig berauscht.

„Wirklich?"

„Was glaubst du denn, Brod?" Sie hob das Kinn. „Ich drehe deinetwegen durch."

Brod lachte. „Ja, natürlich. Aber liebst du mich?"

„Glaubst du mir etwa nicht?"

„Doch. Allerdings würde ich gern wissen, was du von mir willst, Rebecca."

„Nichts. Alles", erwiderte sie.

Er schob sie an die Wand, neigte den Kopf und streifte ihre Lippen mit seinen. „Du ziehst mich an wie ein Magnet."

Rebecca sah ihm in die Augen. „Ich weiß so viel über dich und über deine Familie. Und du weißt kaum etwas von mir."

„Ich dachte, du würdest mir eines Tages alles erzählen", erklärte er herausfordernd.

Sie runzelte die Stirn. „Ich möchte es dir *heute Abend* erzählen."

Das Blau seiner Augen wurde noch intensiver, falls das überhaupt möglich war. „Rebecca, du kleine Sphinx, ich werde auf dich warten."

Als sie zur Treppe gingen, kam Fee, die unterdessen die Gäste unterhalten hatte, in die Eingangshalle. Sie sah sehr mondän aus. „Ah, da seid ihr ja, meine Lieben. Jean serviert um acht das Abendessen. Bestimmt möchtet ihr vorher einen Drink nehmen."

Die vier Männer, die im Wohnzimmer saßen, standen erwartungsvoll auf und fragten sich, wer die schöne junge Frau war, die Brod hereinführte.

Drei zerbrachen sich den Kopf darüber.

Einer tat es nicht. Er kannte Rebecca Hunt. Er wusste, dass sie den Auftrag erhalten hatte, Fiona Kinross' Biografie zu schreiben. Er hatte es in der Zeitung gelesen. Rebecca hatte mehr Erfolg, als er jemals für möglich gehalten hätte. Jetzt verkehrte sie mit diesen superreichen Leuten. Dieser berühmten Großgrundbesitzerfamilie. Wer konnte das überbieten?

Rebecca war so entsetzt, dass sie befürchtete, sie würde in Ohnmacht fallen. Diesen Mann hätte sie überall wiedererkannt. Martyn Osborne. Ihr Exmann.

Brod, der im Begriff war, sie miteinander bekannt zu machen, merkte, dass Rebecca plötzlich schauderte und schneller atmete. Doch als er ihr ins Gesicht sah, stellte er fest, dass sie zuversichtlich und gefasst wirkte. Sie trug wieder die Maske, die er fast vergessen hatte. Aber er wusste, dass irgendetwas nicht stimmte.

Rede mit ihm, als würdest du ihm zum ersten Mal begegnen, war ihr erster verzweifelter Gedanke. Spiel eine Rolle. Schließlich gab es nichts, dessen sie sich schämen musste. Martyn war derjenige, der sich für sein Verhalten hätte schämen müssen. Sie brauchte ihn nicht mehr zu fürchten.

Die anderen Männer nahm sie nur nebenbei wahr. Einer der beiden älteren hatte silbergraues Haar und wirkte sehr distinguiert, der andere war korpulent, und der andere junge Mann war wie Martyn blond, gut aussehend und elegant gekleidet. Martyn hatte offenbar bei seinem alten Arbeitgeber gekündigt, um bei Mattheson & Mattheson anzufangen. Ein weiterer Schritt auf der Karriereleiter. Es war eine äußerst bizarre Situation, die sie allerdings irgendwie durchstehen musste. Nachdem Rebecca diesen Entschluss gefasst hatte, ergriff sie das Wort. Sie konnte unmöglich so tun, als würde sie Martyn nicht kennen.

„Hallo, Martyn, was für eine Überraschung!", rief sie.

„Martyn und ich waren zusammen auf der Universität." Sie blickte zu Brod und Fee. „Die Welt ist wirklich klein!" *Das* stimmte wenigstens.

„Wie nett!" Fee betrachtete sie aufmerksam. Sie ließ sich nicht täuschen, auch wenn sie ihre Darstellung bewunderte.

Vermutlich hatte Martyn angenommen, es würde ihr vor Entsetzen die Sprache verschlagen. Doch sie reichte ihm die Hand und entzog sie ihm schnell wieder, bevor er seinen Griff verstärken konnte. „Wie geht es dir, Martyn?", fragte Rebecca und spürte dabei seinen starren Blick auf sich.

„Gut, Becky. Es ist mir noch nie besser gegangen. Meine Mutter hat übrigens neulich von dir gesprochen. Warum rufst du sie nicht mal an?"

Weil sie mich anwidert. Genau wie du. „Ich schaffe es einfach nicht, alle Leute anzurufen", erwiderte sie lässig und ließ sich von Brod zu Barry Mattheson führen. Dieser begrüßte sie herzlich und beglückwünschte sie zu ihrem Erfolg. „Ich hatte das Vergnügen, Ihre Biografie über Dame Judy Thomas zu lesen", sagte er. „Meine Frau hat sie zuerst gelesen und dann mir gegeben. Das Buch hat uns beiden sehr gefallen."

„Meine werden Sie nicht kaufen müssen, Barry." Fee tätschelte ihm den Arm. „Ich werde Ihnen und Dolly ein signiertes Exemplar schicken."

„Ich werde Sie daran erinnern, Fee."

Als Nächstes machte Brod Rebecca mit dem korpulenten Dermot Shields bekannt, der ausgesprochen nett und intelligent wirkte. Jonathan Reynolds, sein Berater, der sehr gepflegt war, schien tief von dem imposanten Ambiente beeindruckt, da es sein erster Besuch in einer der großen alten Heimstätten des Landes war.

Als sie ins Esszimmer gingen, war Rebecca klar, dass Martyn mitspielen würde – zumindest vorerst. Sie wusste, dass er durchaus in der Lage war, sie bei der erstbesten Gelegenheit schlechtzumachen. Soll ich sie vernichten und vielleicht einen großen Fehler machen, was meine Karriere betrifft, überlegte Martyn Osborne, als er an dem festlich gedeckten Esstisch Platz nahm. Die Familie Kinross stand ganz oben auf der Liste wohlhabender Klienten in seiner Kanzlei. Er hatte sogar schon den Verdacht gehabt, dass der alte Mattheson sie förmlich verehrte. Es wäre eine große Dummheit, diese Leute zu verärgern. Oder dabei beobachtet zu werden, wie er sie bewusst verärgerte.

Ihm war nicht entgangen, wie Kinross reagiert hatte. Der Kerl war verdammt attraktiv mit seinem blauschwarzen Haar und den auffallend blauen Augen. So ein arroganter Mistkerl! Für wen hielt er sich eigentlich? Für Mel Gibson? Natürlich war er in Becky verliebt. Und sie war schöner denn je und wirkte im Gegensatz zu früher selbstsicher und kühl. Er, Martyn, hatte ihr so viel gegeben, und ihr hatte es nichts bedeutet. Er hatte sie zu sehr geliebt, und sie hatte seine Gefühle nur ausgenutzt. Ihn zu jemand anderem gemacht. Es war alles ihre Schuld. Alles. Er hatte ihr nie verziehen. Er war nie darüber hinweggekommen.

Er hatte hart gearbeitet, um Mattheson auf dieser Reise begleiten zu können, und verschwiegen, dass seine Exfrau auf Kimbara war und dieser abgetakelten Schauspielerin Fiona Kinross dabei half, ihre albernen Memoiren zu schreiben.

Mattheson wusste natürlich, dass er geschieden war, aber nicht, dass seine Exfrau Rebecca Hunt war. Natürlich hatte Becky ihren Mädchennamen wieder angenommen, nur um ihm, Martyn, eins auszuwischen. Er würde es ihr schon zeigen, allerdings musste er sich noch überlegen, wie er es am besten anstellte. Das Schlimmste war, dass er sie immer noch begehrte. Hatte er sie nicht aus dem Grund in diese gottverlassene Gegend verfolgt?

Wie in Trance durchstand Rebecca das Abendessen und

beteiligte sich sogar an der Unterhaltung. Martyn ist verrückt, dachte sie, aber man merkt es ihm nicht an. Er war attraktiv, sein Benehmen tadellos. Zu Fee war er sehr charmant. Im Gespräch mit Brod und seinen älteren Kollegen bewies er angemessenen Respekt, und Jonathan Reynolds gegenüber, der lange nicht so selbstbewusst war wie er, verhielt er sich ein wenig herablassend. Zu ihr war er nett.

Der boshafte Ausdruck in seinen Augen entging ihr allerdings nicht. Sie versuchte zu verstehen, wie sie Martyn je hatte heiraten können. Doch damals hatte sie nicht gewusst, wie Männer wirklich sein konnten.

Brod beschloss, nichts zu sagen und Rebecca diese Farce weiterführen zu lassen. Er stand ihr mittlerweile so nahe, war so *eins* mit ihr, dass er merkte, wie aufgewühlt sie innerlich war. Ohne es ihn merken zu lassen, ließ er Osborne nicht aus den Augen. Osborne tat ebenfalls sein Bestes, um seine Gefühle zu überspielen, doch Brod wusste, dass sein Instinkt ihn nicht trog. Selbst während er sich an der Unterhaltung beteiligte, dachte er darüber nach. Allmählich hatte er den Eindruck, dass dieser aalglatte Anwalt, bei dem jede Geste einstudiert wirkte, der Mann war, der Rebecca so unglücklich gemacht hatte.

Er nannte sie Becky. Das klang hart und passte nicht zu ihrer zarten Erscheinung. Es musste mehr dahinterstecken. Brod beschloss, es herauszufinden. Osborne war ihm vom ersten Moment an unsympathisch gewesen, denn er erinnerte ihn an einen boshaften Schuljungen. Und er hatte eine gute Menschenkenntnis.

Ein boshafter Schuljunge. Einer, der den Schmetterlingen die Flügel ausriss.

Auf Fees Vorschlag hin tranken sie den Kaffee auf der Veranda, um die abendliche Kühle zu genießen und den Sternenhimmel zu betrachten. Nirgends funkelten sie so stark und in so großer Anzahl wie über der Wüste.

Schließlich schlug Barry Mattheson seinen Kollegen vor, wieder ins Haus zu gehen. Martyn wandte sich an Rebecca. „Wie wär's mit einer Runde im Garten, Becky, um der alten Zeiten willen? Ich bin noch gar nicht dazu gekommen, dir von unseren alten Freunden zu erzählen. Erinnerst du dich noch an Sally Griffiths und ihre Schwester Dinah Marshall? Sie haben eine Schule für Hochbegabte gegründet. Und erinnerst du dich noch an Gordon Clark? Er war verrückt nach dir. Waren sie das nicht alle?"

Dich eingeschlossen, dachte Brod, der Rebecca in diesem Moment am liebsten in die Arme genommen hätte, um sie zu beschützen. Doch sie wollte mit Osborne gehen.

Rebecca ging zu Martyn, denn nach der Unterhaltung beim Abendessen wusste er jetzt, dass sowohl Brod als auch Fee glaubten, sie wäre ledig. Fee hatte sogar bemerkt, eines Tages würde sie eine wunderbare Ehefrau abgeben. „Wir kommen in spätestens zehn Minuten zurück", sagte sie zu Brod. „Dann kannst du abschließen."

Er schloss niemals ab. Schließlich war das hier sein Reich.

Fee wandte sich an ihn und flüsterte ihm zu: „Behalte sie im Auge, mein Lieber. Irgendetwas an diesem jungen Mann gefällt mir nicht."

„Das werde ich", bestätigte er grimmig. „Ich merke es, wenn Gefahr droht."

„Arme kleine Rebecca!", sagte sie mitfühlend. „Sie verbirgt irgendetwas, Brod."

„Als ob ich das nicht wüsste!" Seine Miene war angespannt. „Ich kann dir zwar nicht sagen, was es ist, aber sie ist sehr durcheinander."

Während die anderen Gäste sich zurückzogen, behielt Brod Rebecca und Martyn im Auge. Leise ging er auf der seitlichen Veranda auf und ab und schließlich in den Garten, der im Dunkeln lag, wobei er die ganze Zeit angestrengt lauschte. Das hatte er noch nie getan, doch er hatte kein schlechtes Gewissen, denn er wusste, dass etwas faul war. Die beiden hatten eine Rolle gespielt.

Bis jetzt.

Als sie sich weiter vom Haus entfernten, umfasste Martyn ihren Arm, aber Rebecca befreite sich energisch aus seinem Griff. „Es wäre sicherlich nicht gut für dich, wenn ich schreien würde“, warnte sie ihn wütend. „Brod würde dich verprügeln.“

„Soll er's doch versuchen“, spottete er.

„Den Teufel würde er tun“, erklärte sie verächtlich. „Er ist dir weit überlegen – in jeder Hinsicht.“

„Du liebst ihn, stimmt's?“, höhnte er, und die alte Eifersucht flammte wieder in ihm auf.

„Das geht dich nichts an“, entgegnete sie leise.

„Und ob es mich etwas angeht!“

„Du brauchst Hilfe, Martyn. Das war schon immer der Fall.“

Das brauchte er sich nicht sagen zu lassen. Frauen verdrehten alles. „Es ist deine Schuld, dass es mit uns nicht geklappt hat“, zischte er.

Obwohl sie ganz leise sprachen, konnte Brod alles verstehen. Er war nicht überrascht. Dies war der Mann in Rebeccas Leben.

„Was willst du eigentlich von mir, Martyn?“, fragte Rebecca.

„Siehst du das denn nicht? Ich will dich zurückhaben. Alles, was vorgefallen ist, war deine Schuld.“

„Das musst du glauben“, bemerkte sie resigniert. „Wie ich bereits sagte, du brauchst Hilfe.“

„Ich habe die Reise hierher arrangiert“, sagte Martyn mit

einem triumphierenden Unterton. „Vor einiger Zeit hatte ich in der Zeitung gelesen, dass du an einer neuen Biografie arbeitest. Fiona Kinross. Ich habe nur ein bisschen nachgeholfen, und das Schicksal hat dich mir in die Hände gespielt. Ich wusste alles über die Familie Kinross. Es sind sehr wichtige Klienten. Dann wurde ein Flug nach Kimbara angesetzt. Eigentlich sollte ein anderer Kollege mitfliegen, aber ich bin sehr gut im Manipulieren."

Ja, das bist du, dachte Brod und ging noch näher an die beiden heran.

Wieder klang Rebeccas Stimme sehr resigniert. „Was erhoffst du dir davon? Und wenn du der letzte Mann auf der Welt wärst, würde ich nicht zu dir zurückkehren."

Und ich würde es nie zulassen, dachte er.

„Damit versetzt du mir wieder einen Dolchstoß mitten ins Herz", platzte Osborne heraus.

„Du hast gar kein Herz, Martyn. Du hast bloß ein aufgeblasenes Ego."

„Und was hast du vor?", fragte er. „Bist du hinter Kinross her? Du warst ja schon immer sehr ehrgeizig."

Brod ballte die Hände zu Fäusten.

„Du meinst, als ich mich für dich entschieden habe", sagte Rebecca eisig.

„Meine Familie ist keine gewöhnliche Familie", prahlte Osborne. „Wir haben sehr gute Verbindungen. Das war ein großer Anreiz für dich. Meinst du, ich hätte das nicht gewusst?"

„Martyn, ich gehe jetzt zurück ins Haus. Du redest immer noch mehr Unsinn, als ich je gehört habe."

Er umfasste ihre Schulter. „Dafür wirst du bezahlen, das schwöre ich."

„Nur zu", erwiderte sie und riss sich von ihm los.

Plötzlich erschien Brod vor ihnen auf dem Weg. Im schwachen Licht der Veranda wirkte er sehr groß und sehr kräftig, und vor allem schien er sehr wütend zu sein. „Sie sind hier zu Besuch, Osborne“, erklärte er schroff. „Ich habe den Eindruck, dass Sie Rebecca schikanieren, und ich möchte ihr helfen.“

Osborne schien nach Luft zu schnappen. „Schikanieren?“ Er klang verletzt. „Glauben Sie mir, Mr. Kinross, das ist das Letzte, was ich tun würde. Sie haben alles missverstanden.“

„So, habe ich das? Rebecca, komm her.“ Brod machte eine einladende Geste. „Dann schulden Sie mir wohl eine Erklärung. Sie haben Rebecca den ganzen Abend provoziert. Ich bin doch kein Idiot.“

„Das würde ich auch nie behaupten.“ Osbornes Stimme bebte. „Es war ein großer Schock für mich, Becky hier wieder zu begegnen. Woher hätte ich das wissen sollen?“

„Sagen Sie es mir.“ Brod tat ganz bewusst so, als würde er es noch nicht wissen.

„Er hatte in der Zeitung gelesen, dass ich hier bin.“ Rebecca wagte es nicht, ihn anzusehen. „Und er hat Mr. Mattheson davon überzeugt, dass er ihn mitnehmen soll.“

„Und warum?“, fragte er.

„Wenn Sie wüssten.“ Unvermittelt fasste Osborne sich an den Kopf und tat so, als würde er vor Kummer kaum ein Wort über die Lippen bringen. „Ist es ein Verbrechen, wenn man versucht, seine Frau zurückzugewinnen?“

„O nein!“, rief Rebecca, und Brod zuckte zurück, als hätte man ihm einen Schlag versetzt. Das Glück, das sie in den vergangenen Wochen erlebt hatte, war zerstört. Sein Vertrauen auch. Ein dummer Fehler konnte ein Leben für immer zerstören.

„Ich will sie nur zurückhaben“, bekräftigte Osborne leise. „Ich liebe sie. Ich habe nie aufgehört, sie zu lieben.“

Das hörte sich an, als würde es stimmen. Trotzdem – oder

gerade deswegen – packte Brod ihn am Kragen. „Moment mal. Wollen Sie damit sagen, dass Rebecca Ihre Frau ist? Sie sind hierhergekommen, um sich wieder mit ihr zu versöhnen?“

„Ich schwöre, dass es für mich der einzige Ausweg war.“ Vor Verzweiflung versagte Osborne fast die Stimme. „Sie hat sich all die Jahre geweigert, mich zu sehen, meine Briefe zu beantworten und mit meiner Mutter zu reden.“

„Jahre? Sie ist seit Jahren nicht mehr mit Ihnen zusammen?“, fragte Brod aufgebracht.

„Martyn und ich wurden schon vor Jahren geschieden“, erklärte Rebecca, obwohl ihr klar war, dass es ihm lieber gewesen wäre, wenn sie geschwiegen hätte. „Unsere Ehe war sehr unglücklich. Ich wollte ihn nie wiedersehen.“

Obwohl ihm das Blut in den Ohren rauschte, verstand er, was das bedeutete. „Das verstehe ich“, sagte er schroff.

„Was soll man als Mann denn tun, wenn die Frau sich nicht ans Ehegelübde hält?“ Osborne hielt die Hand vors Gesicht, als wollte er sich schützen.

Ja, ich würde dir gern einen Kinnhaken verpassen, dachte Brod, aber ich bin ja ein zivilisierter Mensch.

„Und ausgerechnet hier wollten Sie versuchen, sie zurückzugewinnen?“ Angewidert ließ er die Hände sinken. „Eins möchte ich gern wissen …“ Mit ernster Miene wandte er sich an Rebecca. „Besteht die Möglichkeit, dass du zu diesem Kerl zurückkehrst?“

Sie schüttelte den Kopf und schlang die Arme um sich. „Nein.“

„Haben Sie das gehört?“, erkundigte er sich angespannt, wieder an Osborne gewandt.

„Ich wollte es nur von ihr hören.“ Obwohl er sich gedemütigt fühlte, verspürte Martyn in diesem Moment ein Gefühl des Triumphes. Rache war süß. Wenn tatsächlich etwas zwischen Kinross und Becky lief – und davon war er überzeugt –, dann hatte die liebe Becky es sich jetzt verscherzt. Ein Mann wie Kinross würde keine Frau aus zweiter Hand wollen. Er konnte ihr einen Strich durch die Rechnung machen, doch es war besser, wenn er den armen Narren spielte. „Können Sie mir einen Vorwurf daraus machen, dass ich sie liebe?“, fragte er leise. „Ich würde mich bei Ihnen entschuldigen, wenn es mir nützen würde.“

„An Ihrer Stelle würde ich ins Haus gehen und meine Lage überdenken“, sagte Brod. „Sie sind unter Vorspiegelung falscher Tatsachen hierhergekommen. Glauben Sie nicht, dass ich Sie feuern lassen könnte?“

„Doch, das könnten Sie.“ Martyn senkte den Kopf und spielte den Reumütigen.

„Eigentlich sollte ich es tun.“ Brod musterte ihn verächtlich. „Und ich könnte mich sogar dazu durchringen, wenn Sie Ihre Geschichte weiterverbreiten. Rebecca hat Ihnen zu verstehen gegeben, dass sie nicht zu Ihnen zurückkehren wird. Damit sollten Sie sich abfinden. Ein für alle Mal.“

„Ich weiß, wann ich mich geschlagen geben muss“, erwiderte Martyn. Es freute ihn richtig, Becky so unglücklich zu sehen. Sie sollte begreifen, dass er ihr immer noch wehtun konnte. „Aber sicher können Sie mir verzeihen, dass ich hierhergekommen bin. Rebecca hat geschworen, mit mir zusammenzubleiben, bis dass der Tod uns scheidet. Das hat mir alles bedeutet. Ihr hat es zum Schluss anscheinend nichts mehr bedeutet.“

Regungslos standen Brod und Rebecca da, während Martyn ins Haus zurückkehrte.

„Er kann morgen in seinem Zimmer bleiben“, brach Brod schließlich das Schweigen, und seine Stimme klang immer noch wütend. „Soll er Barry sagen, dass er krank ist. Ich möchte jedenfalls nicht, dass er weiterhin seine Nase in meine Angelegenheiten steckt. Ich werde Barry mitteilen, dass jemand anderes Osbornes Aufgabe übernehmen soll. Von mir aus kann Barry denken, was er will."

„Es tut mir leid, Brod", sagte Rebecca leise.

Er umfasste ihr Kinn und blickte ihr ins Gesicht. „Tatsächlich? Du hattest nicht die Absicht, es mir zu erzählen, stimmt's?"

Sie zuckte unmerklich mit den Schultern. „Du verstehst das nicht. Ich war sehr unglücklich in meiner Ehe. Es fällt mir schwer, darüber nachzudenken, ganz zu schweigen davon, darüber zu sprechen."

„Mit *mir?*" Er war sehr verletzt. „Mit dem Mann, mit dem du in den letzten Wochen so intim gewesen bist? Mit dem Mann, der dich angeblich so glücklich gemacht hat?"

Ihre Augen füllten sich mit Tränen, und sie wandte sich beschämt ab. „Ich hatte Angst davor, es dir zu sagen."

„Warum?", fragte er ungläubig. „Bin ich denn ein Ungeheuer?"

„Du vertraust mir nicht, Brod", erklärte sie schlicht. „Im Grunde hast du mir *nie* vertraut. Du liebst mich nicht so, wie ich dich liebe."

Sein Herz pochte so heftig, dass er sie kaum verstehen konnte. „Erzähl mir doch nichts!", sagte er verächtlich. „Ich habe darauf gewartet, dass du dich mir anvertraust. Ich habe dir genug Zeit gegeben. Und normalerweise bin ich nicht besonders geduldig."

„Ich liebe dich." Sie blickte zu ihm auf, als wollte sie sich sein Gesicht für immer einprägen.

Brod lachte. Selbst jetzt verspürte er heftiges Verlangen. „Das sagst du *jetzt.* Wie lange wolltest du damit noch warten? Oder hast du darauf gewartet, dass ich dir einen Heiratsantrag mache?"

„Damit habe ich nie gerechnet", gestand sie.

Er packte sie bei den Schultern, um sie zu schütteln, doch

dann riss er sich zusammen. „Dachtest du etwa, du wärst dazu verdammt, meine Geliebte zu sein?"

„Ich bin zu dem Ergebnis gekommen, dass ich kein gutes Karma habe. Ich habe furchtbar darunter gelitten, dass es meiner Mutter so schlechtging, und habe gebetet, dass sie wieder gesund wird. Und dann meine Ehe mit Martyn. Im Nachhinein ist mir klar, dass ich mir nur meine eigene heile Welt schaffen wollte, weil ich kein Zuhause mehr hatte. Ich habe meinen Vater nur ein paarmal im Jahr besucht."

Der Ausdruck in seinen Augen bewies, wie verwirrt Brod war. „Und ist das alles so schrecklich, dass du es mir nicht erzählen konntest?"

Sie wusste, dass er sich ihr gegenüber zwar beherrschte, es Martyn gegenüber allerdings nicht konnte. Und Martyn war immer noch im Haus. Wenn sie Brod erzählte, dass Martyn gewalttätig gewesen war, würde er ihn damit auf jeden Fall konfrontieren, und es würde eine heftige Auseinandersetzung geben. Vielleicht würde Martyn bekommen, was er verdiente. Aber zu welchem Preis? Fee würde sich furchtbar aufregen, und Barry Mattheson und seine anderen Kollegen würden alles mitbekommen.

„Ich kann nur sagen, dass es mir leidtut", erklärte Rebecca schließlich.

Brod ließ die Hände sinken. „Das ist nicht genug, Rebecca. Die ganze Zeit hast du mich praktisch angelogen. Und Fee. Bist du ihr wirklich so nahegekommen, oder war alles nur Schau? Ich verstehe dich überhaupt nicht."

„Ich verstehe mich selbst nicht", gestand sie. „Vielleicht sollte ich zu einem Psychiater gehen."

„Hast du immer alles verschwiegen, Rebecca?" Er betrachtete ihr blasses Gesicht.

„Ich wollte dir heute Abend alles erzählen. Das musst du mir glauben."

Brod lachte auf. „Allerdings ist dein Exmann dir leider zuvorgekommen. Ich kann wirklich nicht behaupten, dass ich diesen Mistkerl sympathisch finde, aber ich kann ihn nicht verurteilen. Er sagt, dass er dich immer noch liebt, Rebecca, und ich glaube ihm."

„Weil du ihn nicht kennst. Er weiß überhaupt nicht, was wahre Liebe bedeutet. Für ihn bedeutet es, jemanden zu besitzen. Als könnte man einen Menschen besitzen."

„Und du möchtest niemandem gehören?", erkundigte er sich leise.

Jetzt war *sie* wütend. „Nein, möchte ich nicht!"

„Hast du Angst vor einer neuen Ehe? Glaubst du, dass alle Männer schlecht und besitzergreifend sind?"

„Nein, du nicht." Vor ihm hatte sie keine Angst.

„Und trotzdem dachtest du, ich hätte kein Mitgefühl", meinte er mit einem verwunderten Unterton. „Du dachtest, ich könnte mir deine Geschichte nicht anhören und dir nicht dabei helfen, die Schatten der Vergangenheit zu vergessen. Lass dir eins gesagt sein, Rebecca: Du weißt auch nicht, was Liebe bedeutet."

9. KAPITEL

Als sie wieder zurück in Sydney war, arbeitete Rebecca wie besessen weiter und war für ihre Freunde praktisch nicht zu erreichen. Es war der dritte und letzte Entwurf von Fees Biografie. Das Telefon klingelte ständig, doch sie nahm nicht ab. Wen hatte sie denn noch? Sie hatte Kontakt zu ihrem Vater, Vivienne und den Kindern. Vivienne hatte sie mehrfach eingeladen, sie in Hongkong zu besuchen, da sie sich schon so lange nicht mehr gesehen hätten, und Weihnachten vorgeschlagen.

„Ich gebe erst auf, wenn ich dich überredet habe", hatte Vivienne verkündet.

Rebecca schien es, als würde ein Meer sie von den Menschen trennen, die sie liebte. Ein Ozean. Und ein Meer von Wüstensand. Obwohl sie Kontakt zu Fee hatte, seit sie Kimbara vor einem Monat verlassen hatte, fühlte sie sich einsamer denn je. Selbst Fee hatte sie nicht dazu bewegen können, länger zu bleiben. Rebecca runzelte die Stirn, als sie sich daran erinnerte …

„Ich finde es unmöglich, dass dieser junge Mann hierhergekommen ist und versucht hat, Ihnen Probleme zu machen", hatte Fee scharf erklärt. „Warten Sie ab, bis Brod sich beruhigt hat, Rebecca. Allerdings war es ein großer Fehler von Ihnen, uns nichts zu sagen, Schätzchen. Ist Ihnen das klar?"

„Natürlich ist es das", hatte sie, Rebecca, erwidert. „Ich hatte Ihnen versprochen, es Brod an dem Abend zu sagen, und das wollte ich auch. Aber dazu ist es nicht mehr gekommen."

Fee betrachtete sie eine Weile. „Armes Mädchen! Hätten Sie mich doch bloß um Hilfe gebeten! Sie haben schließlich nichts Schlechtes getan. Ich bin selbst zweimal geschieden und habe nie ein Geheimnis daraus gemacht."

„Sie sind berühmt, Fee."

„Trotzdem hätte ich es nicht verschwiegen. Was hat dieser Osborne Ihnen angetan?"

„Er hat Probleme, Fee." Was hatte es für einen Sinn, es jetzt noch zu ergründen? Sie, Rebecca, hatte es so lange verdrängt. Ihr anderes Leben. Brod war zwar sehr höflich zu ihr, doch sie merkte, dass er auf Distanz gegangen war.

Und was hatte sie getan?

Sie hatte Kimbara mit dem Frachtflugzeug verlassen, während er eine ganze Woche im Viehcamp verbracht hatte.

Rebecca schaltete den Computer aus und saß dann eine Zeit lang da und hing ihren Gedanken nach. Das Buch war gut. Wenigstens das hatte sie Fee gegeben. Und der Familie Kinross. Zuletzt hatte sie Tag und Nacht daran gearbeitet, als könnte sie dadurch alles wiedergutmachen.

Brod!

Verzweifelt versuchte sie, nicht an ihn zu denken, doch sie sehnte sich schmerzlich nach ihm. Sie hatte sich in ihn verliebt, und nun bekam sie die Einsamkeit zu spüren. Kein Wunder, dass sie so angespannt war, nachdem sie die Freuden der Lust erfahren hatte. Ihre Arbeit hatte jedoch nicht darunter gelitten – im Gegenteil. Vielleicht war tatsächlich etwas dran an dem alten Sprichwort, dass ein Künstler erst leiden musste, um kreativ sein zu können. Hätte Brod sich nur nicht von ihr abgewandt! Allerdings hatte sie ihm auch zu wenig Zeit gegeben, weil sie sich mit Selbstvorwürfen gequält hatte.

Einen Moment lang verspürte Rebecca Selbstmitleid, aber sie verdrängte es schnell. Es war alles ihre Schuld. Sie hatte eine Rolle gespielt und den Preis dafür bezahlt.

Entschlossen stand Rebecca auf. Für heute hatte sie genug gearbeitet. Sie musste sich jetzt ablenken. Daher beschloss sie einzukaufen. Es war Freitag, und die Geschäfte würden bis 21

Uhr geöffnet sein. Da sie völlig verspannt war, dehnte sie die Arme. Sie brauchte nicht in den Spiegel zu blicken, um zu wissen, wie viel sie abgenommen hatte. Obwohl sie stets auf eine gesunde Ernährung achtete, hatte sie aus Kummer Gewicht verloren.

Sie würde zu Fuß zum Einkaufszentrum gehen und Räucherlachs, frisches Obst und Gemüse kaufen, die leckeren Brötchen aus der Bäckerei und Vollkornbrot zum Frühstück, vielleicht auch eine Flasche Riesling. Sie musste ihr gewohntes Leben weiterleben. Sie musste stark sein. Und dass sie stark sein konnte, hatte sie bereits nach ihrer Ehe mit Martyn bewiesen.

Wieder tauchte Brods Bild vor ihrem geistigen Auge auf, und der Kummer überwältigte sie.

Ally gab Gas, und ihr kleiner Sportwagen beschleunigte. Sie hatte fast einen Monat lang im Norden von Queensland gedreht, und als sie nach Hause gekommen war, hatten viele Nachrichten auf sie gewartet. Fee hatte sie um Rückruf gebeten, und sie hatte sich sofort bei ihr gemeldet und von den dramatischen Ereignissen auf Kimbara erfahren.

„Du machst Witze. Rebecca war mal verheiratet?“ Sie, Ally, war schockiert und auch ein wenig wütend gewesen. „Warum hat sie es uns nicht erzählt? Was ist schon dabei?“

„Für Rebecca war es offenbar schwer“, hatte Fee trocken erwidert. „Brod leidet sehr darunter. Er liebt sie wirklich.“

„Sie kann ihn jedenfalls nicht lieben, wenn sie sich ihm nicht anvertrauen kann“, erklärte Ally scharf und fügte dann versöhnlicher hinzu: „Aber es steht mir nicht zu, darüber zu urteilen. Schließlich habe ich mein Leben auch nicht im Griff.“

„Meinst du, du könntest Rebecca mal besuchen, mein Schatz?“, erkundigte Fee sich hoffnungsvoll. „Ich kann dir ihre Adresse geben.“

„Die habe ich." Geistesabwesend blätterte Ally in ihrem Adressbuch. „Brod hat sich bestimmt sehr zurückgezogen, oder?"

„Du kennst ihn doch. Du kennst doch die Männer."

„Nicht so viele wie du, liebste Fee."

„Wie gemein von dir!", rief Fee mit einem amüsierten Unterton. „Ich habe den Eindruck, dass Rebecca immer noch etwas verschweigt."

„Über ihren Mann."

„Ihren *Exmann*, mein Schatz. Im Gefängnis kann er jedenfalls nicht gesessen haben. Er arbeitet für Barry. Nein, das stimmt gar nicht. Er arbeitet nicht mehr für ihn. Ich glaube, Brod hat etwas damit zu tun."

„Hast du mal überlegt, ob Rebecca vielleicht Gewalt in der Ehe erfahren hat?"

„Wer würde einer so schönen und zarten Kreatur wie Rebecca wehtun?", hatte Fee entsetzt gefragt.

„Genau das werde ich herausfinden."

Als Ally das Apartmenthaus erreichte, in dem Rebecca wohnte, ließ sie den Blick über die Namensschilder am hell erleuchteten Eingang schweifen. Hunt, R. Dritter Stock. Apartment Nr. 20. Ally drückte auf die Klingel. Niemand antwortete. Sie hätte Rebecca vorher anrufen sollen, aber sie wollte sie überraschen. Sie hatte sie vom ersten Augenblick an gemocht und sich darüber gefreut, dass ihr geliebter Bruder sich endlich verliebt hatte. Nun wollte sie ergründen, warum die beiden nicht zueinander kommen konnten. War Rebecca so voller Geheimnisse? Eine Frau, in die man sich besser nicht verliebte? Alles war möglich.

Ally warf einen Blick auf ihre Armbanduhr und wollte gerade zu ihrem Wagen zurückkehren, als sie Rebecca die Straße entlangkommen sah, in jeder Hand eine Einkaufstüte. Sie war so elegant wie immer, wirkte jedoch sehr zerbrechlich.

„Rebecca!“, rief Ally fröhlich und winkte ihr zu. Dann eilte sie ihr entgegen, um ihr beim Tragen zu helfen.

Rebecca blieb stehen. Sie freute sich so darüber, Ally zu sehen. „Ich dachte, du steckst gerade mitten in den Dreharbeiten.“ Vor ihrer Abreise hatten sie beschlossen, sich zu duzen.

„Das ist vorbei.“ Ally lächelte strahlend. „Komm, gib mir eine Tüte.“

„Ist alles in Ordnung?“ Rebecca war plötzlich ganz blass.

„Du meine Güte, ich habe dir einen Schreck eingejagt!“, erwiderte Ally. „Nein, es ist alles in Ordnung, aber ich muss mit dir reden. Was hältst du davon, wenn wir die Tüten nach oben bringen und dann irgendwo essen? Hier in der Gegend gibt es bestimmt Dutzende von Restaurants.“

„Ich kann uns doch etwas zu essen machen“, erbot sich Rebecca. „Ich habe Hähnchen, Räucherlachs und Salatzutaten gekauft. Sogar frische Brötchen und eine Flasche Wein.“

„Prima!“, stimmte Ally fröhlich zu. „Ich habe seit heute Morgen nichts mehr gegessen.“

Rebecca genoss Allys Gesellschaft. So gut war es ihr schon lange nicht mehr gegangen. Ally ermunterte sie, mehr zu essen. „Du hast ganz schön abgenommen“, bemerkte sie.

„Und was ist mit dir?“, konterte Rebecca lächelnd.

„Ich esse genug …“ Ally füllte sich noch einmal Salat nach. „… aber ich stehe ständig unter Strom. Was macht eigentlich das Buch?“

„Ich bin stolz darauf, Ally.“ Rebecca betrachtete Ally. Sie ähnelte Brod so sehr. Nur ihre Augen waren wie Fees. „Fee wird begeistert sein.“

„Das werden wir alle sein“, meinte Ally lächelnd.

Nachdem sie alles weggeräumt hatten, tranken sie den Kaffee in der Sitzecke im Wohn- und Esszimmer.

„Du bist ein Rätsel, stimmt’s, Rebecca?“, erkundigte sich

Ally unvermittelt. „Und ich bin entschlossen, dieses Rätsel zu lösen. Ich liebe meinen Bruder über alles. Ich habe gemerkt, dass er dich liebt und du seine Gefühle erwiderst."

„Ja, ich liebe ihn", gestand Rebecca, „aber es gibt so viele Dinge ..."

„Was für Dinge?" Ally stellte ihre Kaffeetasse ab. „Los, erklär es mir. Ich bin hier, um dir zu helfen, Rebecca. Ich bin nicht nur Brods Schwester, sondern auch deine *Freundin.*"

„Ich brauche eine Freundin, Ally." Rebecca war den Tränen nahe.

„Dann rede mit mir." Ally beugte sich zu ihr hinüber und sah sie eindringlich an. „Erzähl mir von deinem Exmann, den du verlassen musstest."

Nach ungefähr einer Stunde verstummte Rebecca.

„Du meine Güte!" Ally stand auf und ging auf den Balkon, als bräuchte sie frische Luft. „Was für ein Unmensch!"

Rebecca strich sich das Haar über die Schultern. „Ich dachte, ich würde nie darüber hinwegkommen, bis ich Brod kennengelernt habe."

„Brod!" Ally hob die Arme. „Brod würde sich einer Frau gegenüber niemals so verhalten." Allein beim Gedanken daran schauderte sie. „Wahrscheinlich würde Brod diesen Kerl umbringen, wenn er es wüsste. Kein Wunder, dass es dir so schwergefallen ist, darüber zu sprechen. Es muss schrecklich für dich gewesen sein, Rebecca."

„Ja." Rebecca nickte. Sie fühlte sich seltsam erleichtert. „Aber ich bin abgereist." Über den Couchtisch hinweg blickte sie Ally an, die sich wieder setzte. „Ich glaube, das Image, das ich meiner Umwelt präsentieren wollte, resultierte aus meinem Kummer. Und wohl auch aus meiner Scham."

Allys lebhaftes Gesicht nahm wieder einen traurigen Ausdruck an. „Und du hast es Brod nicht erzählt, weil du dachtest, du würdest dann in seiner Achtung sinken. Als hätte die Brutalität deines Exmannes dich irgendwie verunreinigt."

„Genau das ist es, Ally. Als ein Kollege mir einmal sagte, ich wäre wie eine Kamelie, habe ich mich darüber gefreut. *Unberührbar.* So wollte ich wirken. Nicht wie eine geprügelte Frau."

Allys Miene war sehr ernst. „Aber du hast es geschafft, Rebecca. Alle respektieren dich. Der brutale Kerl, mit dem du verheiratet warst, ist der wahre Feigling. Was du mir erzählt hast, verursacht mir eine Gänsehaut."

„*Du* hättest es dir nicht gefallen lassen, Ally."

Ally atmete tief durch. „Ich hatte eine Familie, die mir geholfen hätte. Eine sehr einflussreiche Familie. Egal, was mein Vater getan hat, er hätte es niemals mit angesehen, wenn ich eine so unglückliche Ehe geführt hätte. Und Brod ... Ich hätte nicht mit dem Kerl tauschen mögen."

Rebecca nickte. „Deswegen habe ich es ihm an dem Abend auch nicht erzählt. Ich wollte keine Auseinandersetzung heraufbeschwören, obwohl ich mir gewünscht habe, dass Brod Martyn rauswirft."

„Aber du musst es ihm jetzt unbedingt sagen, Rebecca. Das weißt du."

„Ich kann ihm nicht sagen, was ich dir anvertraut habe, Ally. Wir sind Frauen. Fee hat mir erzählt, dass Brod schon etwas in die Wege geleitet hat. Martyn arbeitet nicht mehr bei Mattheson & Mattheson."

„Toll!" Ally klatschte in die Hände. „Vielleicht sollte er es in einem anderen Bundesland versuchen. Hör mal, du hast zu viel gearbeitet. Du brauchst jetzt eine Auszeit. Eine Freundin von mir hat ein wunderschönes Strandhaus in Coffs Harbour. Wir könnten morgen Abend hinfahren und dort ein paar Tage verbringen. Was hältst du davon?"

„Auf die Freundschaft." Rebecca hob ihre leere Kaffee-

tasse. „Aber was ist mit dir? Du hast doch sicher viel zu tun."
„Stimmt, aber ich fahre lieber mit dir. Es wird sich alles finden, Rebecca."

Das Wetter war perfekt und das Strandhaus von Allys Freundin groß und traumhaft schön. Es bestand aus mehreren Pavillons und war sehr geschmackvoll mit thailändischen Möbeln eingerichtet. Auf einem Hügel über dem Pazifik gelegen, hatte es einen herrlichen Ausblick, und eine lange Treppe führte direkt zum Sandstrand. Selbst der von einer Mauer eingefasste Garten auf der Vorderseite war wunderschön – Palmen, Farne, Orchideen und Seerosen schufen eine exotische Atmosphäre.

In dieser Umgebung, in Allys Gesellschaft und mit der heilenden Kraft des Meeres und der Sonne, entspannte Rebecca sich bald. Ally war so ein netter, großherziger Mensch, und Rebecca war ihr für ihre Hilfe sehr dankbar. Sie führten ernste Gespräche, und Ally vertraute ihr auch ihre Liebesgeschichte an. So lernten sie sich immer besser kennen. Tagsüber machten sie lange Spaziergänge am Strand, schwammen, sonnten sich ein bisschen oder erkundeten die Küste mit dem Wagen, indem sie die kleinen Galerien und Kunsthandwerkgeschäfte besuchten und im Freien aßen. Die Abende verbrachten sie zu Hause. Nachdem sie gegessen hatten, sahen sie fern oder hörten Musik und zogen sich dann in ihre Zimmer zurück.

Am Dienstagnachmittag, Rebecca entspannte sich gerade in einem der Pavillons, kam Ally die Treppe vom Garten hoch. Sie trug ein bauchfreies gelbes Top und weiße Shorts, die ihre schönen langen Beine vorteilhaft zur Geltung brachten, und sah fantastisch aus.

„Wir haben Besuch, Rebecca", rief sie fröhlich.

„Wirklich?" Rebecca schwang die Füße von der Liege und rechnete damit, nun die Besitzerin des Strandhauses kennenzulernen. Wie Ally trug sie Strandsachen – einen schwarzen, mit bunten tropischen Vögeln und Blumen bedruckten Sari, den sie in einer Boutique im Ort gekauft hatte.

Sie wartete einige Sekunden und hörte Schritte auf der Treppe.

„Überraschung!“, verkündete Ally, als der Besucher erschien, und stellte sich auf die Zehenspitzen, um ihn auf die Wange zu küssen.

„Brod!“ Rebecca atmete scharf ein und ließ das Buch, in dem sie gelesen hatte, fallen.

„Jetzt lasse ich euch beide allein“, meinte Ally lachend. „Ich weiß, dass ihr euch viel zu sagen habt. Wenn Brod hierbleibt, brauchen wir noch einige Sachen.“ Sie winkte ihnen zu und wandte sich ab. „Ich bin in ungefähr einer Stunde wieder zurück.“

Während Rebecca regungslos dastand, kam Brod langsam auf sie zu. Dabei betrachtete er sie mit funkelnden Augen.

„Hallo.“

„Hallo“, flüsterte sie, überglücklich, ihn wiederzusehen. „Wie bist du hergekommen?“

Er umfasste mit beiden Händen ihr Gesicht. „Ally und ich haben dieselben Freunde.“

„Oh.“

„Du siehst übrigens wunderschön aus.“

„Du auch.“

„Das glaube ich nicht.“

Einen Moment lang standen sie schweigend da und hörten, wie Ally hupend wegfuhr.

„Hast du mich vermisst?“ Brod zog Rebecca an sich und küsste sie leidenschaftlich und zärtlich zugleich.

Da ihre Gefühle sie überwältigten, dauerte es eine Weile, bis sie antworten konnte. „Überhaupt nicht!“

„Ich dich auch nicht“, neckte er sie. „Ich habe nicht ein einziges Mal an dich gedacht.“

„Wie reizend." Es knisterte förmlich vor Spannung. Er berührte eine Stofffalte an ihrer Brust und genoss das Gefühl ihrer seidigen Haut. „Na ja, fast gar nicht, nur in den Stunden vom Morgengrauen bis zum Nächsten. Die Nächte waren am schlimmsten."

Rebecca war überglücklich. „Für mich auch."

„Wenn ich daran denke, was du durchgemacht hast!", sagte er leise.

„Das ist vorbei." Sie stellte sich auf die Zehenspitzen und berührte seinen Mund. Sofort begann er, ihre Finger zu küssen. „Hat Ally es dir erzählt?"

„Sind Schwestern nicht dazu da? Ally ist erstaunlich intelligent und hat viel Feingefühl."

„Du bist mir also nicht böse?" Eindringlich sah sie ihn an.

„Rebecca!" Während er ihren Blick erwiderte, flammte heftige Leidenschaft in ihm auf. Dies war die Frau, die er von ganzem Herzen liebte. Nichts hätte ihn davon abgehalten, sie aufzusuchen. Mit oder ohne Allys Hilfe. Unvermittelt neigte er den Kopf und bedeckte erst Rebeccas Gesicht und anschließend ihren Hals mit heißen Küssen. „Es war richtig, mir an jenem Abend nicht von Osborne zu erzählen. Wahrscheinlich wäre ich durchgedreht, wenn ich erfahren hätte, was er dir angetan hat. Jetzt ist mir klar, warum du diesen Schutzwall um dich errichtet hast. Wir müssen diesen Schutzwall nun zerstören."

Rebecca seufzte auf. „Ich liebe dich, Brod. Ich liebe dich über alles."

Brod verspürte ein Hochgefühl. „Bist du dir ganz sicher?" Er sah ihr tief in die Augen.

„Ich werde sterben, wenn du mich verlässt", erwiderte sie.

„Meine geliebte Rebecca!" Stürmisch zog er sie an sich. „Ich möchte dir alles geben. Heirate mich."

Wieder begann Brod, sie zu küssen. Das Spiel seiner Zunge

war so erotisch, dass heiße Wellen der Lust sie durchfluteten.

„Wann kommt Ally wieder?“, fragte er schließlich an ihrem Mund und stöhnte.

„In einer Stunde. Oder in zwei“, flüsterte Rebecca. „Du kennst doch Ally.“

„O ja.“ Nachdem er einen Moment lang nachgedacht hatte, hob er sie hoch.

„Dann werden wir uns sehr viel Zeit lassen“, sagte er.

– *ENDE* –

Margaret Way

Der Preis des Ruhms

Roman

Aus dem Australischen von
Dorothea Ghasemi

1. KAPITEL

Brisbane im Juni. Das Meer glitzert im Sonnenschein und geht am Horizont in den strahlend blauen Himmel über. Schwärme bunter Loris bevölkern die Flaschenbäume und trinken Nektar, Rosakakadus suchen die Fußwege nach Grassamen ab und fliegen nicht einmal weg, wenn sich ihnen jemand nähert. Die siebenundzwanzig Larkspur Hills, die die Stadt umgeben und von Akazien bewachsen sind, erstrahlen in einem einzigen gelben, betörend duftenden Blütenmeer. In den Gärten und Parks blühen Eukalyptusbäume, Bauhinias und Tulpenbäume, in den Vororten Weihnachtssterne und Bougainvilleen.

An einem solchen herrlichen Juninachmittag heiratete Broderick Kinross, Herr der Rinderzuchtfarm Kimbara im Südwesten von Queensland, die sich seit Generationen im Besitz seiner Familie befand, seine geliebte Rebecca. Die Hochzeit fand im Garten der schönen Villa statt, die Rebeccas Vater, ein Flugkapitän im Ruhestand, gekauft hatte, als er mit seiner zweiten Frau und ihren gemeinsamen Kindern nach einem langjährigen Aufenthalt in Hongkong nach Australien zurückgekehrt war. Auf Wunsch des Brautpaares fanden die Trauzeremonie und der anschließende Empfang im engsten Familien- und Freundeskreis statt. Nach den Flitterwochen in Venedig sollte allerdings noch einmal groß im Outback gefeiert werden.

Im hinteren Garten, der an den breiten Fluss grenzte, warteten ungefähr siebzig Gäste gespannt auf das Brautpaar. Unter ihnen befand sich auch die Tante des Bräutigams, Fiona Kinross, eine international bekannte Theaterschauspielerin. Fiona, wie immer sehr elegant in einem gelben Seidenkleid und mit einem dazu passenden Hut, war überglücklich. Für sie war diese Hochzeit der Höhepunkt einer großen Romanze.

Alle blickten erwartungsvoll zum Haus, als die drei Brautjungfern und das Mädchen, das Blumen streute, Rebeccas reizende kleine Stiefschwester Christina, zur Musik von Händel zwischen Palmen den leicht abfallenden Rasen entlangkamen.

Alle Brautjungfern waren Naturschönheiten, denn sie hatten langes Haar – die eine schwarzes, die andere tizianrotes, die dritte blondes –, das sie offen trugen und das mit winzigen Perlen und kleinen Stoffrosen durchwoben war. Ihre schlanken Figuren kamen in den trägerlosen, knöchellangen Satinkleidern – eines rosafarben, das andere blau, das dritte hellgrün – besonders vorteilhaft zur Geltung. In den Händen hielten sie Sträuße aus Orchideen und Farn.

Christina trug ein lilafarbenes Organdykleid, lächelte engelsgleich und streute Rosenblätter. Alle vier waren unwiderstehlich in ihrer Jugend und Schönheit.

„Ach, wie schön es ist, jung zu sein!“, flüsterte Fee dem großen, distinguiert wirkenden Mann zu, der neben ihr stand. „Sie sind bildhübsch.“

Offenbar dachten die anderen Gäste genauso, denn hier und dort hörte man leise Rufe des Entzückens.

Nur ein Gast fühlte sich allein, fast einsam, auch wenn man es ihm nicht anmerkte. Es war Rafe Cameron, der Trauzeuge des Bräutigams. Er hatte dichtes blondes Haar und markante Züge und wirkte stolz und energisch. Die Gedanken, die ihm durch den Kopf gingen, weckten eine Bitterkeit in ihm, die nicht zu diesem wunderschönen Tag passte. Aber er war auch nur ein Mensch. Ein starker Mann mit starken Gefühlen, der Zurückweisung erfahren und Liebeskummer gehabt hatte und sich nie daran gewöhnt hatte.

Reglos stand Rafe da und betrachtete wie gebannt die Brautjungfer in dem rosafarbenen Kleid. Es war Ally Kinross, Brods jüngere Schwester. Die Frau, die ihm erst sein Herz gestohlen und dann eine große Leere in seinem Leben hinterlassen hatte. Schmerzlich wurde ihm bewusst, wie schön sie war, mit ihrem strahlenden Lächeln, dem lockigen dunklen Haar und den vor Aufregung geröteten Wangen.

O Ally, dachte er, hast du eine Ahnung, was du mir angetan hast? Doch sie hatten ganz unterschiedliche Maßstäbe angelegt. Allys Beteuerungen, sie würde ihn über alles lieben, waren wie Tränen gewesen, die schnell trockneten.

Brod und Rebecca. Eigentlich hätten es Ally und ich sein sollen, ging es Rafe durch den Kopf. Hatten sie nicht schon als Kinder vorgehabt, irgendwann zu heiraten? Fast war es selbstverständlich für sie gewesen. Hatte das Schicksal es nicht so gewollt, dass die Familien Kinross und Cameron, beide von Pionieren abstammend, irgendwann einmal verbunden würden? Selbst Stewart Kinross, Brods und Allys inzwischen verstorbener schwieriger, selbstherrlicher Vater, hatte es gewollt. Doch Ally hatte ihn, Rafe, verlassen und war nach Sydney gegangen, um als Schauspielerin Karriere zu machen – wie ihre Tante Fee, die jetzt glücklich lächelte und wesentlich jünger aussah, als sie war. Ally würde später einmal genauso aussehen. Beide hatten klassische Züge, waren lebhaft und fröhlich und hatten ein unerschütterliches Selbstvertrauen. Und beide wussten, wie man die Herzen der Männer eroberte und wieder brach. Es lag ihnen im Blut.

Entschlossen verdrängte Rafe diesen Gedanken, denn an einem Tag wie diesem wollte er nicht in Selbstmitleid schwelgen. Er freute sich für seinen Freund Brod, aber Allys Anblick hatte ihn aufgewühlt und machte es ihm schwer, die gewohnte kühle Fassade aufrechtzuerhalten. Er hoffte nur, dass niemand es bemerken würde. Schließlich hatte er gelernt, seine Gefühle zu verbergen. Von einem Cameron erwartete man jedoch auch eine gewisse Härte. Es war allerdings nicht das erste Mal, dass eine Frau aus der Familie Kinross einen Cameron sitzen gelassen hatte. Doch das waren alte Geschichten, die jeder Gast kannte.

Rafe verdrängte seinen Kummer, was ihm in diesem Moment auch nicht schwerfiel, da wie aufs Stichwort nun die Braut am Arm ihres stolzen Vaters oben auf der Terrasse erschien. Sie lächelte strahlend und blieb für einen Moment stehen, als wäre sie sich der Wirkung bewusst, die sie auf die Anwesenden ausübte.

Sofort hob sich seine Stimmung, und Rafe hörte, wie Fee „Zauberhaft!“ rief und die anderen Gäste spontan Beifall klatschten.

Die Braut blieb noch eine Weile auf der Terrasse stehen, damit alle sie bewundern konnten, den Strauß aus weißen Rosen, Tulpen und Orchideen locker in den Händen. Sie trug ein enges zweilagiges Kleid aus eisblauem Satin und silberfarbener Spitze darüber und farblich dazu passende Schuhe. Auf einen Schleier hatte sie verzichtet. Ihr dichtes, glänzendes schwarzes Haar war aufgesteckt und mit kleinen weißen Orchideen und Perlen geschmückt. Als Schmuck hatte sie lediglich Diamantohrstecker angelegt, ein Hochzeitsgeschenk ihres Bräutigams.

Beim Anblick der wunderschönen Braut überkam Fee Traurigkeit, und Erinnerungen, die sie bisher immer verdrängt hatte, stürmten auf sie ein. Ihre Ehen waren beide gescheitert, ja, von Anfang an dazu verurteilt gewesen. Aber sie hatte noch ihre Tochter, ihre wunderschöne Francesca, die ihr mit jedem Tag mehr ans Herz wuchs. Im Nachhinein schien es ihr, als wäre sie gescheitert, obwohl sie als Schauspielerin Karriere gemacht hatte. Zwölf Jahre lang war sie Gräfin gewesen, bis zur unangenehmen Scheidung, als sie aufgrund einer kurzlebigen Leidenschaft für ihren damaligen Liebhaber, einen amerikanischen Filmstar, den Verstand verloren hatte. Nun betrachtete sie diese Zeit als ihre verrückten Jahre. Aus Leidenschaft wurde niemals Liebe. Und sie hatte sich von ihrer geliebten kleinen Tochter trennen müssen, die bei ihrem Vater geblieben war.

„Fee, Schatz, du siehst so traurig aus“, bemerkte ihr Begleiter. „Ist was?“

„Erinnerungen, Davey, das ist alles.“ Fee wandte sich zu ihm um und drückte ihm den Arm. „Ich bin nun mal sehr gefühlsbetont.“

Das konnte man wohl sagen! David Westbury, Cousin von Fees Exmann Lord de Lyle, dem Earl of Moray, lächelte ironisch. Fee, verwegen und bezaubernd schön, hatte ihn schon immer fasziniert, obwohl die ganze Familie gegen die Heirat mit de Lyle gewesen war. Sie hatten das gefürchtet, was seine erzkonservative Mutter, die Schwester von de Lyles Mutter, als ihre „laute Art“ bezeichnet hatte, also sowohl ihr Selbstbewusstsein als auch ihren unverkennbaren Sex-Appeal. Seine Familie hatte recht behalten, doch er wusste, dass sein Cousin nur mit Fee glücklich gewesen war, obwohl er einen hohen Preis dafür bezahlt hatte.

„Da kommt die Braut.“ Fee begann zu summen. „Werdet glücklich, meine Lieben“, flüsterte sie.

„Amen!“, ergänzte David leise. Er war sehr stolz auf seine Francesca, die Brautjungfer mit dem tizianroten Haar und in dem wunderschönen blauen Kleid. Außerdem war er froh darüber, dass Fee den Kontakt zu seiner Familie aufrechterhalten hatte und ihn zur Hochzeit und einem anschließenden Urlaub nach Australien eingeladen hatte. Es war jetzt vier Jahre her, dass er seine geliebte Sybilla verloren hatte, die netteste Frau, die er je gekannt hatte. Vier traurige, einsame Jahre.

„Ich muss dich ein bisschen bemuttern“, hatte Fee am Telefon kokett zu ihm gesagt, und trotz seines Kummers hatte er lachen müssen, denn Fee hatte noch nie jemanden bemuttert, am allerwenigsten ihre Tochter.

Rebecca wurde nun von ihrem Vater die Treppe heruntergeführt. Es ist einfach perfekt, dachte Fee, während sie den mit Blumen geschmückten Torbogen betrachtete, den man extra für diesen Anlass errichtet hatte. Darunter standen ihr über alles geliebter Neffe Brod, neben ihm die beiden attraktiven Brüder Rafe und Grant Cameron sowie Mark Farrell, ein alter Freund von Brod. Alle vier waren groß und schlank und trugen blaugraue Anzüge mit weißen Hemden. Brods Krawatte war blau, die seiner Freunde waren silberfarben.

Nun würde die Trauzeremonie beginnen. Der Pfarrer wartete, sichtlich bewegt von der feierlichen Atmosphäre …

Als Rafe Brod den Ring reichte, war er zutiefst gerührt, weil dieser und seine Braut so glücklich wirkten. Rebecca hatte sich sehr verändert, denn zuerst war sie ausgesprochen reserviert gewesen. Brods Liebe hatte ihr wahres Ich wieder zum Vorschein gebracht, das Rebecca nach ihrer ersten unglücklichen Ehe hinter einer kühlen Fassade verborgen hatte.

Als der Pfarrer die beiden schließlich zu Mann und Frau erklärte, blickte Rafe unwillkürlich zu der jungen Frau, die ihn erst verzaubert und dann enttäuscht hatte. In ihren grünen Augen schimmerten Tränen.

Tränen?

Der Kiefer tat ihm schon weh, so angespannt war Rafe. Er würde keine Tränen in ihrer Gegenwart vergießen, obwohl sie seinen Blick erwiderte, als wollte sie ihn an damals erinnern. Es verwirrte ihn, dass er noch immer so viel Wut in sich verspürte. So tief hatte sie ihn verletzt. Doch das würde sie niemals erfahren. Wenigstens hegte er keine zärtlichen Gefühle mehr für sie. Ally mochte eine hervorragende Schauspielerin sein, aber er konnte durchaus auch eine Rolle spielen. Schließlich hatte er Übung darin.

Rafe setzte ein strahlendes Lächeln auf, als er seinem Freund und dessen Braut gratulierte und ihnen alles Glück der Welt wünschte. Nachdem er den Brautjungfern Francesca und Kim, Rebeccas bester Freundin, ein Kompliment über ihr Äußeres gemacht hatte, wandte er sich an Ally, die sich gerade die Tränen von den Wangen wischte.

„Es muss fantastisch sein, die Frau zu heiraten, die man liebt“, bemerkte er. „Ich habe Brod noch nie so glücklich erlebt.“

Obwohl sein Tonfall lässig war, zuckte Ally zusammen. Da sie Rafe so gut kannte, wusste sie, wie es wirklich in ihm aussah. Seine Worte bewiesen ihr, dass er sie niemals zurücknehmen würde. Am liebsten hätte sie sich an ihn geschmiegt. Ihn umarmt. Ihn um Verzeihung gebeten. Doch sie wusste, dass sie es nicht konnte.

Stattdessen erwiderte sie sanft: „Es war eine wunderschöne Trauung. Einfach perfekt. Ich werde meinen großen Bruder vermissen.“ Ihr Gesicht nahm einen wehmütigen Ausdruck an. „Du weißt ja, dass wir uns sehr nahegestanden haben, weil wir ohne Mutter aufgewachsen sind und kein gutes Verhältnis zu Dad hatten.“

Rafe verspürte einen Anflug von Mitgefühl. Am liebsten hätte er die Hand ausgestreckt. Ihr übers Haar gestrichen. Damit gespielt, wie er es früher getan hatte.

„Du hast ihn nicht verloren, Ally“, brachte er schließlich hervor.

„Ich weiß.“ Noch immer fühlte sie sich stark zu ihm hingezogen. „Aber jetzt ist Rebecca die Nummer eins in seinem Leben.“

„Und das zu Recht“, sagte er. „Du willst es doch so, oder?“ Er blickte zu dem Brautpaar, das nun von den anderen Gästen umringt war und deren Glückwünsche entgegennahm.

„Natürlich!“ Trotzig hob Ally das Kinn. „Ich freue mich für die beiden. Und ich habe Rebecca sehr gern. Es ist nur …“

Natürlich wusste er, was sie meinte. Er wollte sie nur ein bisschen aufmuntern. „Die Familie hat sich neu formiert.“ Als

Brods bester Freund und Allys ehemaliger Verlobter hatte er die Konflikte in der Familie Kinross miterlebt. Der verstorbene Stewart Kinross war ein harter, vielschichtiger Mann gewesen, der aus seiner Feindseligkeit gegenüber seinem charismatischen Sohn keinen Hehl gemacht hatte, und darunter hatte auch Ally gelitten. Brod und sie hatten einander umso mehr gebraucht. „Brod ist jetzt verheiratet“, fuhr Rafe fort, „und das Leben geht weiter. Aber du hast deinen Bruder nicht verloren, Ally. Du hast eine Schwägerin bekommen.“

„Sicher.“ Ally lächelte ihr bezauberndes Lächeln. „Es ist nur so, dass Hochzeiten auch immer etwas Trauriges an sich haben, stimmt’s? Keiner von uns kann seine Gefühle unterdrücken.“ Sie sah ihm in die Augen. Ihre Augen waren wunderschön – grün und mit goldenen Sprenkeln.

„Sollte das ein Seitenhieb auf mich sein?“, fragte Rafe herausfordernd.

Wenigstens reden wir miteinander, dachte Ally erleichtert. „Werden wir je wieder Freunde sein, Rafe?“

Ihm krampfte sich das Herz zusammen, doch er ignorierte es. Freunde, dachte er grimmig. Waren wir das denn? „Ich kann mich nicht entsinnen, dass wir irgendwann mal keine Freunde waren, Ally“, erwiderte er betont lässig.

Sie spürte, wie ihr die Wangen brannten. Wahrscheinlich hatte sie es nicht anders verdient. Sein markantes Gesicht mit dem für die Camerons typischen Grübchen im Kinn schimmerte golden im Sonnenlicht. Er wirkte kraftvoll und energiegeladen, richtig schön mit dem dichten blonden Haar, einem weiteren Merkmal der Camerons. Sein Gesichtsausdruck verriet eine gewisse Reserviertheit, gleichzeitig jedoch auch, dass Rafe sich immer noch zu ihr hingezogen fühlte.

Ich brauche dich, dachte Ally. Ich liebe dich. Es tut mir wahnsinnig leid, dass ich dich damals verlassen und mein Leben ruiniert habe. Traurig stellte sie fest, dass ihre Gefühle im

Lauf der Jahre nicht nachgelassen hatten, sondern noch intensiver geworden waren. Allerdings war Rafe wie alle Camerons ein stolzer Mann. Ein Mann, dem Loyalität viel bedeutete, und sie hatte ihn enttäuscht. Sie hatte einen Fehler gemacht, indem ihr Selbstverwirklichung – zumindest hatte sie es damals so gesehen – wichtiger gewesen war als eine Liebe, die fast völlig von ihr Besitz ergriffen hatte. Sie war knapp zwanzig gewesen, und es hatte ihr Angst gemacht. Daher hatte sie die Flucht ergriffen. Und nun würde Rafe immer ein Fremder für sie sein.

„Warum machst du so ein trauriges Gesicht?“ Er zog eine Augenbraue hoch.

„Du hast vergessen, wie gut ich dich kenne.“ Obwohl sie lächelte, war der Ausdruck in ihren Augen unergründlich. „Seit ich dich das letzte Mal gesehen habe, bist du noch distanzierter. Ich fürchte, dass du mich überhaupt nicht mehr an dich ranlässt.“

„Für immer, Schatz“, versicherte Rafe ungerührt. Als ihr eine Strähne ins Gesicht fiel, streckte er unwillkürlich die Hand aus und strich sie zurück. Nun fiel sein Blick auf ihren schön geformten Mund. Den Mund, den er unzählige Male geküsst hatte. Und er hatte nie genug bekommen können. „Ich habe mich arrangiert“, fuhr Rafe fort. „Und so soll es auch bleiben. Trotzdem weiß ich zu schätzen, was wir damals gemeinsam erlebt haben. Die Bindung zwischen uns wird weiterbestehen. Ich bin nur nicht mehr dein Gefangener.“

Ally lachte skeptisch. „Gefangener? Genauso gut könnte man einen Adler einfangen. Wenn ich mich recht entsinne, war es genau andersrum.“

„Wer hat mir denn mit vierzehn erzählt, sie würde mich lieben und mich mit achtzehn heiraten?“, fragte er mit seiner tiefen, verführerischen Stimme. „Du bist die geborene Verführerin, Ally. Erinnerst du dich daran, wie du gesagt hast, du würdest mir gehören? Erinnerst du dich daran, wie ich fast den Verstand verloren hätte, als ich geschworen habe, dass ich dich erst anfassen würde, wenn du alt genug wärst, um damit umzugehen? Ich Armer", fügte er spöttisch hinzu. „Es war meine Pflicht, deine Unschuld zu bewahren."

Sie blinzelte und wandte den Blick ab. „Du warst schon immer sehr galant, Rafe. Ein echter Gentleman."

Das strahlende Lächeln, das sie einem vorbeigehenden Gast schenkte, brachte Rafe auf die Palme. „Aber du hast das geändert, stimmt's? Und vielleicht war das der große Fehler. Das Feuer, das dich verzehrte, wie du glaubtest, war im Vergleich zu dem, das mich verzehrte, nur eine kleine Flamme. Du warst noch ein Kind und ich ein Mann. Hast du deswegen die Flucht ergriffen?"

Da er nicht ganz unrecht hatte, warf sie den Kopf zurück. „Als ich in deinen Armen lag, hattest du nichts an mir auszusetzen", konterte sie. In diesem Moment erinnerte sie sich intensiv an ihre leidenschaftliche Nacht mit ihm. Nie wieder hatte sie so etwas erlebt. Es war auf Opal Plains, seiner Farm, gewesen, in dem ehemaligen Schlafzimmer seiner Eltern. Seit Sarah und Douglas Cameron bei einem Flugzeugabsturz ums Leben gekommen waren, hatte niemand mehr in dem Zimmer geschlafen, doch Rafe hatte es so gewollt.

Rafe. Ihre erste große Liebe. Ihre einzige große Liebe. Es hatte danach einige andere Männer in ihrem Leben gegeben, aber für keinen von ihnen hatte sie so empfunden. Rafe war ihre Vergangenheit, ihre Gegenwart. Eine Zukunft ohne ihn konnte sie, Ally, sich nicht vorstellen. Er war das fehlende Teil in dem Puzzle, das ihr Leben ausmachte.

Sie hätte ihn heiraten sollen, als sie dazu die Gelegenheit gehabt hatte. Genau wie ihr Bruder Brod hatte Rafe einen großen Besitz und damit auch eine gewisse Macht und Verantwortung geerbt. Sie hatte gewusst, was es bedeutete, doch sie hätte seine Hingabe nicht teilen können. Nun wäre sie gern dazu bereit gewesen. Sie war eine bekannte Schauspielerin, aber sie fand keine Erfüllung in ihrem Beruf. Mittlerweile war sie ausgebrannt und hatte Ängste, die sie nie für möglich gehalten hätte. Man zahlte einen hohen Preis für Ruhm.

„Ach, das gehört alles der Vergangenheit an“, fuhr Rafe fort. „Ich finde es nur schade, dass du in deinem Beruf nicht glücklich geworden bist.“

Unvermittelt wich Ally einen Schritt zurück und hob das Kinn. „Wer hat dir das gesagt?“

Tadelnd drohte er ihr mit dem Finger. „Ich kenne dich, Ally. Du bist nicht glücklich in deiner Scheinwelt. Du hast selbst gesagt, in der Stadt würde dir die Luft zum Atmen fehlen. Und da ich dich so gemocht habe, wie du warst, muss ich dir leider sagen, dass du viel zu dünn bist.“ Er musterte sie von Kopf bis Fuß.

„Na toll! Ich sehe also schrecklich aus?“, erwiderte sie spöttisch. Natürlich wusste sie, dass sie gut aussah, auch wenn der Stress seinen Tribut forderte.

Rafe neigte den Kopf und dachte für einen Moment darüber nach. „Na ja, du siehst nicht mehr ganz so weiblich aus wie damals.“ Er betrachtete vielsagend ihr eng anliegendes Oberteil. „Aber du bist schön. Und sehr begehrenswert. Deswegen wundert es mich auch, dass man in den einschlägigen Frauenzeitschriften nie etwas über Affären von dir liest.“

„Weil ich großen Wert auf meine Privatsphäre lege. Seit wann hast du eigentlich ein Faible für Frauenzeitschriften?“, meinte sie, wohl wissend, dass viele Gäste sie verstohlen beobachteten.

„Hast du schon mal etwas von Freundinnen gehört?“, konterte er ironisch. „Ich war neulich auf Victoria Springs und habe mit Lainie in alten Ausgaben geblättert. Lainie war schon immer ein großer Fan von dir. In der *Vogue* war zum Beispiel ein Artikel, in dem du verführerische Mode präsentiert hast.

Meiner Meinung nach hättest du unter dem durchsichtigen Teil ruhig einen BH tragen können. Lainie fand natürlich, dass du fantastisch aussiehst. Wir haben auch Artikel gefunden, in denen du über deinen Beruf sprichst, aber von deinem Liebesleben war nirgends die Rede. Merkwürdig, denn wir werden alle nicht jünger."

Insgeheim musste sie ihm recht geben. „Vielleicht kannst du mir ja ein paar Tipps geben", sagte Ally mit einem ärgerlichen Unterton. „Du und Lainie habt denselben Geschmack." War sie etwa eifersüchtig? Auf Lainie, ihre gemeinsame Freundin?

Rafe stieß einen höhnischen Laut aus. „Red keinen Unsinn."

„Tue ich das? Ich habe den Eindruck, eure Freundschaft hat sich weiterentwickelt. Also behandle mich nicht so von oben herab – auch wenn du größer bist als ich." Genau wie Brod war Rafe fast einen Meter neunzig groß.

„Dass du zu mir aufblicken musst, dürfte wohl das kleinste deiner Probleme sein." Er grüßte einen vorbeigehenden Gast.

„Ich habe nicht gesagt, dass ich Probleme habe." Erst jetzt merkte sie, dass die anderen Gäste alle zum Festzelt gingen. Unter ihnen war auch eine attraktive junge Frau mit langem blondem Haar, die ein sehr hübsches Chiffonkleid mit Blumenmuster trug – Lainie Rhodes von der Farm Victoria Springs. Sie war schon seit ihrer Kindheit mit Rafe und ihr befreundet, obwohl sie einige Jahre jünger war als sie. „Du gibst also nicht zu, dass aus deiner Freundschaft mit Lainie mehr geworden ist?" Ally wünschte, es wäre nicht der Fall, aber sie musste es unbedingt wissen. Sie blickte Lainie nach, die Arm in Arm mit Mark Farrell ging.

„Das klingt so, als wäre es dir egal", konterte Rafe und versuchte, die widersprüchlichen Gefühle, die er verspürte, zu verdrängen. Lainie war ein nettes Mädchen. Er mochte sie, doch sie war für ihn nicht mehr als eine gute Freundin.

Noch. Tatsache war, dass er unbedingt heiraten musste, weil er einen Erben brauchte. Er musste eine Frau finden, die ihn Ally vergessen lassen würde.

Ally hatte seine Gedanken offenbar gelesen. „Lainie ist eine von uns", sagte sie, und es klang resigniert. „Wir waren beide Rivalinnen. Man hat viel Spaß mit ihr, und sie ist sehr loyal."

„Und sie ist ganz anders als du." Das war gemein, doch es war ihm so herausgerutscht.

Sie ließ sich nicht anmerken, wie tief seine Worte sie verletzten. „Du meinst, ich erinnere dich nicht an einen liebenswerten jungen Hund?", fragte sie betont forsch.

Auch Rafe hatte sich wieder gefangen. „Es sollte ein Kompliment sein." Er hatte Ally gegenüber einmal bemerkt, dass Lainie ihm eine Zeit lang bei jeder Gelegenheit praktisch auf den Schoß gesprungen war.

„Offensichtlich." Ally nickte. „Dürfen wir bald mit einer Bekanntmachung rechnen?" Sie musste ihre ganze Schauspielkunst aufbieten, um weiterhin unbekümmert zu wirken.

„Lass uns eins klarstellen, Ally", sagte er spöttisch. „Mein Privatleben geht dich nichts mehr an. Das ist nicht böse gemeint, nur eine Feststellung. Ich werde nie vergessen, was zwischen uns war, aber es ist vorbei. Ah, da kommen Grant und Francesca", rief er hörbar erleichtert. „Bestimmt ist dir aufgefallen, dass sie sich erstaunlich gut verstehen. Mach nur nicht den Fehler, zu viel hineinzuinterpretieren. Francesca führt in London ihr eigenes Leben."

„Vielleicht möchte sie ihr Leben ändern." Ally beobachtete ihre Cousine Francesca und seinen Bruder Grant, die Arm in Arm auf sie zukamen. Francesca, die Grant nicht einmal bis zur Schulter reichte, sah fantastisch aus in ihrem blauen Kleid, das einen reizvollen Kontrast zu ihrem roten Haar bildete. Und Grant war genauso attraktiv wie Rafe. Die beiden waren ein schönes Paar, und ihr gelöstes Lachen klang zu ihnen herüber. Sie, Ally, mochte Francesca sehr und hätte sie gern immer um sich gehabt.

Rafe schien es jedoch nicht so zu gehen.

„Sag das nicht!“, meinte er leise, amüsiert und alarmiert zugleich. „Ich möchte nicht, dass man meinem Bruder auch das Herz bricht.“

Ihr stockte der Atem. *Auch?* „Willst du damit andeuten, dass du noch etwas für mich empfindest?“ Sie sah ihm in die Augen und stellte dabei fest, dass sein Blick sie immer noch schwach machte.

„Nein, ich habe damit nur angedeutet, dass es damals der Fall war, bevor du dich gelangweilt hast und weggelaufen bist.“ Rafe entspannte sich. „Manchmal finde ich es richtig schade, dass du nicht mehr diese Wirkung auf mich ausübst, Ally. Vielleicht werde ich nie wieder so eine Leidenschaft erleben. Ja, die Jugend ist wirklich eine gefährliche Zeit.“

„Wenigstens hattest du so einen Vorwand, mich zu hassen.“

„Dich zu hassen?“ Gespielt entsetzt sah er sie an. „Ich könnte dich niemals hassen, Ally! Was sagt man noch über die erste Liebe? Na, ist auch egal.“ Er hielt ihr höflich den Arm hin. „Komm, gehen wir Grant und Francesca entgegen. Die meisten Gäste sind schon im Festzelt. Ich freue mich schon aufs Büfett, weil ich heute Mittag nichts gegessen habe. Ich liebe Hochzeiten. Und du?“

2. *KAPITEL*

Das Büfett war auf langen Tischen aufgebaut, auf denen weiße Leinendecken lagen, und bot eine große Auswahl – Räucherlachs, Platten mit Austern auf zerstoßenem Eis und anderen Meeresfrüchten wie Krabben, Hummer, Langusten und Jakobsmuscheln, außerdem Schinken, Truthahn, Roastbeef und Lammfleisch, Gerichte mit Huhn, Nudel- und Reisgerichte sowie verschiedene Salate. Die größte Attraktion war jedoch der Tisch mit den Desserts – Torten, Kuchen und Pasteten, Süßspeisen wie Pudding, Mousse und Trifle und als Krönung eine über einen Meter hohe Hochzeitstorte.

Das Festzelt war mit bunten Girlanden geschmückt, und während die Gäste sich begeistert über das Büfett und die Dekoration äußerten, gingen Ober herum und boten Champagner an.

Nach der bewegenden Trauzeremonie begann nun die eigentliche Feier.

Es herrschte eine entspannte Atmosphäre, denn die Gäste, die sich fast alle kannten, gingen von Tisch zu Tisch und unterhielten sich miteinander. Lediglich das Brautpaar blieb auf seinen Plätzen am oberen Ende.

Nachdem alle gegessen hatten, wurden einige Reden gehalten, und dann konnte getanzt werden. Im Konfettiregen drehte sich das Brautpaar zu Walzerklängen.

Es würde die Nacht in einem Luxushotel in Sydney verbringen, bevor es am nächsten Morgen zu seiner Europareise aufbrach. Als Rebecca sich umziehen musste, begleitete Ally sie in ihr Zimmer, um ihr dabei zu helfen.

„Es war der schönste Tag meines Lebens“, erklärte Rebecca und lächelte unter Tränen. „Ich liebe Brod über alles. Du warst sehr nett zu mir, Ally. Ich bin so dankbar für deine

Freundschaft und deine Unterstützung. Du hast viel dazu beigetragen, dass Brod und ich zueinandergefunden haben. Du bist sehr großmütig."

„Das muss ich auch sein." Ally nahm Rebecca das Brautkleid ab. „Ich habe die Rolle der Schwester übernommen."

„Das stimmt!" Rebecca lachte unsicher, während sie den Rock ihres fuchsiaroten Kostüms anzog. „Ich könnte mir keine bessere Schwester als dich vorstellen."

Das klang so herzlich, dass Ally ernst wurde. Sie ging zu Rebecca und gab ihr einen Kuss auf die Wange. „Danke, Rebecca", sagte sie. „Danke dafür, dass du jetzt zu unserer Familie gehörst. Du wirst für Brod eine große Bereicherung sein. Gib ihm all deine Liebe. Schenk ihm eine Familie. Genau das braucht er."

„Und du, Ally?" Mit Tränen in den Augen blickte Rebecca sie an. „Du solltest auch glücklich sein."

„Ich werde mir Mühe geben, Liebes." Ally wunderte sich selbst darüber, dass ihre Stimme so ruhig klang. „Aber ich glaube nicht, dass Rafe seine Meinung je ändern wird."

„Du liebst ihn immer noch." Das war keine Frage, sondern eine traurige Feststellung. Sie beide hatten keine Geheimnisse voreinander.

„Ich werde ihn immer lieben." Ally ging zum Kleiderschrank, um das Kleid hineinzuhängen. „Sogar wenn er eine andere heiratet." Gequält schloss sie die Augen.

„Du denkst doch nicht, dass eure Freundin Elaine …?", begann Rebecca zögernd. Ihr war aufgefallen, das Rafe einige Male mit Lainie Rhodes getanzt und diese verträumt zu ihm aufgesehen hatte.

„Alles ist möglich, Becky", musste Ally eingestehen. „Lainie ist sehr nett. Sie ist vielleicht nicht übermäßig intelligent, aber sehr patent. Und vor allem kennt sie das Farmleben und weiß, wie man Traditionen fortführt."

„Und du nicht?“ Rebecca wandte sich zu ihr um und betrachtete sie forschend.

„Ich glaube, Rafe redet sich ein, dass ich genauso bin wie Fee“, erwiderte Ally traurig. „Ich habe Fee sehr gern. Wir alle lieben sie. Aber für sie standen sie selbst und ihre Karriere immer an erster Stelle. Fran muss ein sehr einsames kleines Mädchen gewesen sein, auch wenn ihr Vater versucht hat, ihr die Mutter zu ersetzen. Ich glaube, Fees Leben ist jetzt genauso unerfüllt wie meins. Zu lieben und geliebt zu werden ist das größte Glück für eine Frau. Kinder zu bekommen ihr größter Verdienst. Und meine biologische Uhr tickt.“

„Meine auch.“ Rebecca klang, als wüsste sie, wie man die biologische Uhr aufhalten konnte. „Bei meinem Exmann Martyn musste ich aufpassen, dass ich nicht schwanger wurde, weil unsere Ehe so unglücklich war, aber Brod ist mein absoluter Traummann.“ Sie nahm ein Seidenkissen vom Sessel und hielt es sich vor die Brust. „Ich habe das Gefühl, dass mein Leben mit ihm erst richtig anfängt. Jetzt bin ich wieder ich selbst und habe meinen Kummer überwunden.“

„Das verstehe ich.“ Ally nickte. „Du machst ihn auch sehr glücklich. Du weißt ja, dass Brod und ich es nicht gerade leicht hatten.“ Sie machte eine Pause und überlegte, wie sie das Gespräch in andere Bahnen lenken konnte. „Was willst du mit deinem Haar machen?“ Rebecca hatte die Blumen und Perlen inzwischen herausgenommen.

„Ich dachte, ich trage es offen.“ Rebecca nahm eine Bürste und kämmte ihr langes schwarzes Haar. „Brod gefällt es so.“ Schließlich drehte sie sich zu ihr um. „Was meinst du?“

„Sehr schön“, meinte Ally lächelnd und reichte ihr die Kostümjacke.

„Ich darf meinen Strauß nicht vergessen.“ Rebecca blickte zu dem Strauß, der auf einem kleinen Tisch lag. „Ich möchte nämlich, dass du ihn fängst.“

Und tatsächlich fing Ally den Brautstrauß. Lainie hingegen war sehr enttäuscht. Sie hatte sich so hingestellt, dass sie ihn eigentlich gar nicht hätte verfehlen können, bekam ihn dann aber doch nicht zu fassen. Er traf Ally an der Brust, die ihn geistesgegenwärtig festhielt.

Fee klatschte triumphierend. „Ist das nicht toll?“, fragte sie ihren grauhaarigen Begleiter, der wie ein typischer Engländer aussah und ihr den ganzen Nachmittag nicht von der Seite gewichen war. „Du weißt, was das bedeutet, nicht, Ally? Du bist die Nächste.“

„Vergiss mich nicht, Mama“, meinte Francesca lachend und hielt eine weiße Orchidee hoch, die aus dem Strauß gefallen war. Sie war überglücklich und freute sich darauf, den Abend mit Grant zu verbringen. Er war ganz anders als die Männer, die sie in England kannte – so stark, offen, unabhängig und idealistisch. Einige Verwandte des Brautpaars und einige jüngere Gäste hatten abgemacht, nach dem Empfang ins Theater und anschließend in den Nachtclub „Infinity“ zu gehen.

„Herzlichen Glückwunsch, Schatz“, flüsterte Rafe Ally ins Ohr. Er lächelte spöttisch und zeigte dabei seine perfekten weißen Zähne. „Wahrscheinlich bist du deinem Zukünftigen noch nicht begegnet.“

„Ich bin wirklich sauer!“ Lainie hatte sich zu ihnen umgewandt. „Du hast es ja nicht einmal versucht, Ally. Ich dagegen bete jeden Tag, dass ich einen guten Ehemann finde. Ich meine es ernst, Rafe“, warnte sie Rafe. „Also lach nicht.“

„Tut mir leid, Schätzchen“, sagte er lässig. „Aber im Gegensatz zu Ally warst du noch nie besonders reaktionsschnell.“

„Sie ist so schön, dass sie es gar nicht nötig hat, einen Brautstrauß zu fangen“, erwiderte sie unwirsch und betrachtete ihn fasziniert und frustriert zugleich. Er war immer so nett zu ihr, doch sie konnte sich beim besten Willen nicht vorstellen, dass ein so begehrter Junggeselle wie Rafe Cameron sie attraktiv fand. Nicht nachdem er mit Ally zusammen gewesen war – aber jeder im Outback kannte die Geschichte. Wie ihre überdrehte Tante hatte Ally Schauspielerin werden wollen und daher den tollsten Mann der Welt sitzen lassen.

„Wie konnte sie nur?", hatte ihre, Lainies, Mutter oft schockiert gefragt. „Ich sollte es wohl lieber nicht sagen, aber das Durchbrennen scheint bei ihnen in der Familie zu liegen."

Jetzt war Ally ein Star, der den Goldenen Logie als beste Schauspielerin bekommen hatte. Sie, Lainie, liebte die Serie, in der sie spielte, und verpasste keine Folge. Ally würde einmal ganz groß rauskommen, wie die australische Schauspielerin Cate Blanchett. Rafe hatte sie für immer verloren, und das musste er akzeptieren. Außerdem war er in letzter Zeit oft auf Victoria Springs.

„Sei nicht so bescheiden, Lainie", hatte ihre Mutter sie ermuntert. „Du wirst jedem Mann eine wundervolle Ehefrau sein."

Schon möglich, dachte Lainie, aber ich will Rafe.

Daher hoffte sie weiter und ließ sich mit keinem Mann ein. Das Schlimmste war, dass sie beide liebte, Ally und Rafe. Sie musste so bald wie möglich mit Ally sprechen, um herauszufinden, wie die Dinge standen.

Lauter Jubel brach aus, als Rebecca und Brod in die Limousine stiegen, die sie zum Flughafen bringen sollte. Alle Gäste winkten ihnen nach. Ally lief mit Christina an der Hand zum Wagen, um Braut und Bräutigam ein letztes Mal zu küssen. „Passt auf euch auf, ihr zwei. Amüsiert euch gut! Und meldet euch mal", sagte sie.

Rebecca lächelte sie und ihre kleine Stiefschwester an. „Ich werde dich so vermissen, Christina. Und dich auch, Ally."

„Auch wenn ich bei dir bin?" Brod, der in dem perfekt sitzenden grauen Anzug einfach umwerfend aussah, lachte sie an.

„Du weißt, was ich meine, Schatz.“ Sie gab ihm einen Kuss.

„Zum Glück.“ Er wandte sich an Ally. „Pass du auch auf dich auf, Ally. Wir werden uns bei dir melden. Ich habe Rafe gebeten, ein Auge auf Kimbara zu haben, wenn er kann. Ted ist ein guter Mann, aber ich habe ein besseres Gefühl, wenn ich weiß, dass Rafe im Notfall auch da ist. Ich bin ihm sehr dankbar, weil er so viel für mich getan hat.“

„Das solltest du auch!“, rief Rafe, der seine Worte gehört hatte. „Ich wünsche euch wunderschöne Flitterwochen.“ Er gab dem Chauffeur ein Zeichen, und in diesem Moment warfen die umstehenden Gäste erneut Konfetti. Lachend klopfte Fee sich und David Westbury die Papierschnipsel von den Sachen. Dann nahm sie Christina an der Hand, während Rafe Ally den Arm um die Taille legte und sie wegzog, um die Wagentür schließen zu können.

Sobald er sie berührte, verspürte er ein erregendes Prickeln, und einen Moment lang verachtete er sich dafür. Es war wie ein Spuk. Es musste eine Möglichkeit geben, Ally auszutreiben. Er ließ sie los, bevor seine Reaktion noch heftiger wurde.

Sie alle blickten der Limousine nach, bis diese außer Sichtweite war, und kehrten dann ins Haus zurück. Die Gäste, die nicht mit ins Theater kamen, begannen sich zu verabschieden, obwohl Rebeccas Vater sie einlud, noch länger zu bleiben. Einige nahmen das Angebot an.

Lainie wartete, bis das Badezimmer sich geleert hatte, und beschloss dann, Ally auszufragen. Sie musste unbedingt herausfinden, ob Ally noch etwas für Rafe empfand. Ansonsten hätte sie ein ungutes Gefühl gehabt. Sie konnte von Frau zu Frau mit Ally reden, zumal sie sie schon lange kannte.

„Du siehst fantastisch aus, Ally“, begann sie und beobachtete bewundernd, wie Ally ihr Make-up auffrischte. Wie bekam sie nur den Lidschatten so gut hin? Ihre leicht schräg stehenden grünen Augen wirkten dadurch wie Smaragde.

„Danke, Lainie." Ally lächelte herzlich. „Es war so ein schöner Tag. Ich werde mich immer gern daran erinnern. Aber es war auch ein bisschen traurig." Sie begann, den Schmuck aus dem Haar zu nehmen, weil er fürs Theater zu viel gewesen wäre. Fran hatte es auch getan und ihr langes Haar zu einem eleganten Knoten aufgesteckt. Vielleicht schaffte sie es ja auch. Allerdings war Frans Haar im Gegensatz zu ihrem leicht frisierbar. Einen Moment lang mühte sie sich ab, dann bemerkte sie Lainies Gesichtsausdruck. „Du meine Güte, Lainie, warum starrst du mich so an?", meinte sie trocken. „Ist meine Wimperntusche verschmiert?"

Lainies Mund wurde plötzlich trocken. „Entschuldige, Ally, das wollte ich nicht. Aber sicher bist du es gewohnt, angestarrt zu werden. Du siehst toll aus."

„Du siehst auch nicht schlecht aus", erklärte Ally. „Das Kleid steht dir sehr gut."

„Ich musste mich erst reinhungern", gestand Lainie. „Ally, ich wollte dich etwas Persönliches fragen ... Ich würde es nicht tun, wenn ich nicht denken würde ... Ich meine, ich würde niemals ..."

„Du möchtest wissen, ob Rafe und ich einander noch etwas bedeuten, stimmt's?", erkundigte Ally sich unverblümt.

„Richtig." Lainie seufzte erleichtert. „Du brauchst es mir nicht zu sagen, wenn du nicht willst."

Ally beschloss, ihr Haar offen zu tragen, weil es sich einfach nicht bändigen ließ. „Lainie, Liebes", erwiderte sie geduldig, „du weißt doch genauso gut wie alle anderen, dass das mit Rafe und mir eine alte Geschichte ist."

„Aber ihr habt so gut zusammengepasst", wandte Lainie ein. „Mum dachte damals, du wärst völlig übergeschnappt."

„Das war ich leider auch", räumte Ally zerknirscht ein.

„Aber das ist schon lange her. Ich war jünger, als du es jetzt bist. Ich fühlte mich der Verantwortung einfach nicht gewachsen und dachte, ich bräuchte noch etwas Zeit. Wir wissen ja, wie die Camerons sind. Ich wollte mich selbst verwirklichen und der Welt zeigen, was *ich* kann."

„Oh, ich weiß, Ally", meinte Lainie verständnisvoll. „Du wolltest wie deine Tante sein. Sie war *sehr* berühmt, auch wenn es in letzter Zeit still um sie geworden ist. Allerdings hast du Rafe dadurch verloren."

„Das klingt, als würdest du dich darüber freuen", sagte Ally vorwurfsvoll.

„Ich freue mich nicht darüber", versicherte Lainie schnell, und es klang aufrichtig. „Ich bin traurig darüber, wie alle anderen auch. Wir dachten, wir würden eine große Hochzeit auf Kimbara feiern. Vielleicht hättest du mich sogar als Brautjungfer gewählt."

Ihre Worte trafen Ally. Das wäre tatsächlich denkbar gewesen. Jetzt betrachtete sie Lainie als mögliche Nachfolgerin.

„Liebst du ihn noch?", fragte Lainie ohne Umschweife.

„Was willst du jetzt von mir hören?" Ally war aufgestanden und streckte ihr die Hand entgegen. Es war Zeit, zu gehen. „Rafe wird immer einen Platz in meinem Herzen haben. Die Camerons und die Kinross sind fast eine Familie. Wir sind zusammen aufgewachsen. Aber die Dinge ändern sich nun mal. Rafe und ich haben uns verändert. Ich habe meinen Beruf. Es ist kein Geheimnis, dass man mir die Hauptrolle in einem Kinofilm angeboten hat."

„Was?"

„Rafe ist mit Opal Plains verheiratet", bekräftigte Ally. „Sein Erbe ist sein Leben, genau wie bei Brod. Wir haben uns weiterentwickelt."

Lainie errötete. Sie war unendlich erleichtert. Unwillkürlich verstärkte sie den Griff um Allys Hand. „Dann macht es dir also nichts aus, wenn …?“

„Du hast meinen Segen, Lainie.“ Sanft entzog Ally ihr die Hand. „Aber ich möchte dir einen Rat geben, weil ich nicht möchte, dass du auch verletzt wirst. Es gibt viele Frauen, die an Rafe interessiert sind. Mindestens vier warten gerade draußen auf uns.“

„Aber er hat sich mit *mir* amüsiert“, wandte Lainie ein.

„Auf Hochzeiten amüsiert man sich nun mal, Lainie“, gab Ally zu bedenken.

Lainie dachte für einen Moment darüber nach. „*Du* bist diejenige, die mir zu schaffen macht“, erklärte sie schließlich. „Mum hat mir vor Augen geführt, dass Rafe mich vielleicht gern zur Freundin hätte.“

„Dann viel Glück“, antwortete Ally in dem Bewusstsein, ihr Bestes getan zu haben. Sich auf einer Hochzeit zu amüsieren, lief nicht zwangsläufig auf eine Romanze hinaus. Oder etwa doch?

Das Musical war genauso hervorragend, wie die Kritiken versprochen hatten. Gut gelaunt verließen sie das Theater.

„Du kommst doch noch mit in den Nachtclub, oder, Ally?“, fragte Francesca, als sie im Foyer standen, wo großes Gedränge herrschte.

Sie, Ally, war es längst gewohnt, überall erkannt zu werden. Sicher würde gleich jemand auf sie zukommen und sie um ein Autogramm bitten. Nun lächelte sie ihre Cousine an, weil sie es kaum erwarten konnte, von hier wegzukommen – und von Rafe, der immer noch Lainie im Schlepptau hatte. „Ich muss morgen früh nach Sydney zurückfliegen, Fran“, erklärte sie. „Nächste Woche habe ich viele Termine.“

„Schade. Ich hätte dich gern dabeigehabt.“ Francesca konnte ihre Enttäuschung nicht verbergen.

„Und wie kommst du nach Hause?“ Grant, der Francesca untergehakt hatte, wandte den Kopf und sah sich nach seinem Bruder um. „Vielleicht kann Rafe dich mitnehmen.“

„Nein, schon gut“, entgegnete Ally lächelnd. Genau wie ihr Bruder hatte Grant nie die Hoffnung aufgegeben, dass Rafe und sie eines Tages wieder zusammenkommen würden. „Ich nehme mir ein Taxi.“

„Wir können uns zusammen eins nehmen“, sagte Francesca, die nicht wollte, dass Ally allein nach Hause fuhr.

„Ihr fahrt doch in die andere Richtung, Liebes“, erinnerte Ally sie.

„Das macht nichts.“ Francesca blickte zu Grant auf.

„Nein“, bestätigte er. „Wir können Ally irgendwo absetzen und dann zurück in die Stadt fahren. Wo musst du hin, Ally? Du schläfst bei einer Freundin, stimmt's?“

Ally nickte. „Pam macht für eine Woche Urlaub am Barrier Reef. Ich wollte lieber bei ihr übernachten, als in ein Hotel zu gehen, wo mich jeder erkennt.“

„Ah, da kommt Rafe. Rafe?“, rief Grant seinem Bruder zu, der gerade über etwas lachte, das Lainie zu ihm gesagt hatte.

„Komme schon.“ Rafe wandte sich kurz ab, um sich von einem Hochzeitsgast zu verabschieden.

„Tut mir leid, aber ich halte es für keine gute Idee, wenn Lainie sich in Rafe verliebt“, verkündete Grant unvermittelt.

„Hältst du das für wahrscheinlich?“ Fran machte den Eindruck, als hätte sie niemals damit gerechnet.

„Ich glaube, sie hat sich bereits in ihn verliebt“, erklärte Ally, bevor sie sich an einen Teenager wandte, der mit der Bitte um ein Autogramm an sie herangetreten war.

„Mensch, danke, Ally, das ist cool!“ Der Junge stieß einen anerkennenden Pfiff aus.

Grant blickte ihm hinterher. „Kennt er dich?“

„Nein. Er glaubt es nur." Sie lächelte. „Es passiert mir oft, dass Fremde mich ansprechen und so tun, als würden sie mich schon mein Leben lang kennen."

„Daran könnte ich mich wohl nie gewöhnen", meinte er stirnrunzelnd. „Aber um noch mal auf Lainie zurückzukommen … Rafe flirtet nicht mit ihr, er ist nur nett zu ihr."

„Na, sie schwebt jedenfalls im siebten Himmel", bemerkte Ally trocken. „Ich finde, Lainie hat ein Recht auf ihre Träume."

„Mal unter uns … Rafe braucht viel mehr, als Lainie ihm bieten kann." Grant lachte, und für eine Sekunde blitzte Zorn aus seinen braunen Augen. „Denkst du wirklich, sie ist seine Traumfrau?" Er hielt ihren Blick fest.

„Das darfst du mich nicht fragen. Ich bin nicht objektiv."

„Willst du damit andeuten, jemand sollte Lainie sagen, dass sie die Finger von Rafe lassen soll?", erkundigte sich Francesca.

„Es könnte ihr eine Menge Kummer ersparen." Seine Miene war ernst. „Niemand möchte, dass Lainie verletzt wird."

Lainie, die übers ganze Gesicht strahlte, kam jetzt auf sie zu, und Ally machte sich auf einiges gefasst.

„Ich versuche gerade, Rafe zu überreden, dass er mit in den Nachtclub kommt", verkündete Lainie. „Ihr müsst mir helfen", fügte sie an Ally und Fran gewandt hinzu.

„Rafe ist nicht der Typ, der in Nachtclubs geht", warnte Grant sie.

„Aber an einem Abend wie diesem …" Sie legte Francesca die Hand auf den Arm. „Wir sind doch so viele. Er kann ruhig mitkommen."

„Na, *ich* kann jedenfalls nicht mit", meinte Ally lässig. „Ich habe am Montagmorgen ganz früh Dreharbeiten."

„Ich würde gern eine Nebenrolle in deiner Serie spielen", gestand Lainie. „Aber ich schätze, ich bin zu klein."

„Ich glaube nicht, dass die Größe so wichtig ist“, gab Grant zu bedenken.

„Es war nur so eine Idee.“ Ein wenig argwöhnisch betrachtete Lainie Rafes jüngeren Bruder, denn sie wusste, dass er nicht so gutmütig war wie Rafe.

Schließlich gesellte Rafe sich zu ihnen. Er sah sehr elegant aus und wirkte völlig entspannt. Sein Lächeln war ausgesprochen sexy. „Dann brechen wir jetzt also alle auf?“

„Kommst du auch mit?“ Lainie schmiegte sich an ihn. „Es ist schön, zu wissen, dass ich dich überreden könnte.“

„Na ja …“ Er blickte auf sie herab. „Ich enttäusche dich nur ungern, Lainie, aber ich fliege morgen früh zurück. Grant bleibt noch hier, weil er einige geschäftliche Dinge erledigen muss, aber ich werde auf der Farm gebraucht. Außerdem habe ich Brod versprochen, ein Auge auf Kimbara zu haben. Du hast ja genug Leute, die dir Gesellschaft leisten“, tröstete er sie. „Fran und Grant kommen mit und Mark Farrell auch. Ich dachte, ihr beide versteht euch gut. Und Ally geht sicher ständig in irgendwelche Clubs.“

„Anscheinend hast du noch nicht von meinem Terminplan gehört“, bemerkte Ally trocken. „Ich brauche meinen Schönheitsschlaf, damit ich am nächsten Morgen nicht mit Ringen unter den Augen aufwache.“

„Augenringe? Du doch nicht“, protestierte Lainie.

„Kann ich dich an deinem Hotel absetzen?“ Rafe betrachtete Ally spöttisch. „Wohnst du in demselben wie Fee und Francesca?“

„Diesmal nicht.“ Sie schüttelte den Kopf. „Fee hat die beste Suite verlangt. Davey hat eine für sich. Und ich wohne bei einer Freundin, die gerade verreist ist.“

„Willst du wirklich nicht mitkommen, Rafe?“, beharrte Lainie.

„Tut mir leid, Schätzchen.“ Er lächelte nonchalant.

„Das wäre dann also geklärt“, meinte Grant zufrieden. „Wir wollten Ally nach Hause bringen, Rafe, aber sie freut sich bestimmt, wenn du das übernimmst.“

„Ich muss nicht unbedingt mit.“ Lainie blickte in die Runde. Sie wünschte, Rafe würde mit ihr ins Bett gehen.

„Und ob.“ Energisch hakte Grant sie unter, und Francesca tat es ihm gleich, wobei sie ihm verstohlen zuzwinkerte. „Auf die alten Zeiten.“

Bevor er ging, drehte er sich noch einmal zu seinem Bruder und Ally um und zog eine Augenbraue hoch.

3. KAPITEL

Während der Fahrt im Taxi schwiegen Ally und Rafe. Obwohl sie sich so weit wie möglich auseinander gesetzt hatten, knisterte es förmlich vor Spannung zwischen ihnen.

„Kommst du noch auf einen Drink mit rein?“, fragte Ally, als das Taxi vor dem Apartmenthaus hielt, in dem ihre Freundin Pam wohnte. „Du musst ja nicht fahren.“

Eigentlich wollte er ablehnen. Doch bevor Rafe den Kopf schütteln konnte, öffnete Ally die Tür und blickte zum Haus. Er sollte nicht merken, wie nervös sie war, und vor allem, warum sie es war. Sie stieg aus und ging zu dem hell erleuchteten Eingang, in der Annahme, dass Rafe den Fahrer bezahlte.

„Nette Gegend“, sagte dieser zu Rafe. „Schöne Frau. Ich glaube, ich kenne sie. Ihre Frau?“

„Sie wollte mich nicht“, hörte Rafe sich sagen.

„Nicht zu fassen!“ Der Fahrer, der offenbar italienischer Abstammung war, wirkte verblüfft. „So ein schönes Paar wie Sie beide habe ich schon lange nicht mehr gesehen.“

Rafe stieg ebenfalls aus und folgte Ally ins Haus. Der Aufzug war leer, und sie verfielen wieder in Schweigen, bis sie schließlich vor der Tür zu Pams Wohnung standen.

„Du bist nervös, Ally.“ Rafe nahm Ally den Schlüssel ab und steckte ihn ins Schloss. „Doch nicht etwa meinetwegen?“

Ally musste sich eingestehen, dass es nicht nur seinetwegen war, denn die letzten Monate hatten ihren Tribut gefordert. Allmählich verhielt sie sich, als hätte sie ein echtes Problem, was ja auch der Fall war. Aber wer konnte ihr schon wehtun, wenn Rafe bei ihr war?

„Ich könnte jetzt einen Kaffee gebrauchen“, sagte sie und lachte heiser.

Er schloss die Tür auf und ließ sie vorgehen. Wie immer in letzter Zeit hatte sie einige Lampen angelassen. Nun blickte sie automatisch zu der Schiebetür, die auf den Balkon führte. Von dort aus hatte man einen herrlichen Blick auf die Stadt.

Etwas bewegte sich. Sie erstarrte, und das Herz klopfte ihr bis zum Hals.

„Was ist los?“ Rafe hatte sofort gemerkt, dass sie in Panik geraten war. Er umfasste ihren Arm und betrachtete sie. „Ally? Was zum Teufel ist hier los?“

Als seine Stimme ihr ins Bewusstsein drang, atmete Ally erleichtert auf. Wahrscheinlich war sie nur etwas überspannt und hatte sich getäuscht. Sie wandte sich ihm zu, unendlich dankbar für seine Nähe.

„Rafe!“, brachte sie hervor und wartete darauf, dass ihr Herzschlag sich wieder normalisierte.

„Was hast du gesehen, verdammt?“ Rafe ließ Ally los und ging zur Schiebetür. Offenbar hatte sie geglaubt, jemand oder etwas wäre dort draußen. Doch alles, was er sah, waren die funkelnden Lichter der Großstadt.

Er wandte sich ihr wieder zu und schüttelte den Kopf. „Da draußen ist nichts. Nichts, wovor du Angst haben musst.“

„Gut.“ Sie seufzte leise.

Da er nun auch etwas beunruhigt war, öffnete er die Tür und ging nach draußen. Alles wirkte friedlich. Auf dem Balkon standen ein schmiedeeiserner Tisch mit zwei dazu passenden Stühlen sowie einige Kübel mit Pflanzen. Leise ging er zur Brüstung und blickte hinunter. Fünf Stockwerke unter ihm betrat gerade ein Pärchen das Gebäude. Die beiden jungen Leute gingen Hand in Hand und hatten nur Augen füreinander.

Als Rafe wieder hereinkam, schämte Ally sich, weil sie überreagiert hatte. „Es war nur eine optische Täuschung“, erklärte sie. „Ich dachte, etwas hätte sich bewegt.“

„Etwas oder jemand?“ Besorgt betrachtete er Ally. Sie erzählte ihm nicht die ganze Wahrheit, doch die würde er schon aus ihr herausbekommen. Noch immer wirkte sie verängstigt. Die Ally, die er kannte, war allerdings überhaupt nicht schreckhaft gewesen. Es machte ihn wütend, dass das Leben in der Stadt sie so verändert hatte. Gleichzeitig fühlte er sich hilflos, weil sie ihm nicht mehr gehörte.

„Es war nichts, Rafe“, versuchte Ally Rafe zu beschwichtigen. „Ich habe nur eine zu lebhafte Fantasie, das ist alles.“ Schnell ging sie zur Kochnische. „Ich mache mir Kaffee. Möchtest du einen Scotch?“

„Ich nehme auch einen Kaffee.“ Er begann, auf und ab zu gehen. Der Raum, eine Kombination aus Wohn- und Esszimmer, war dezent möbliert, wirkte jedoch sehr gemütlich. „Hier muss man sich ja wie ein Vogel im Käfig fühlen.“

„Nicht jeder kann sich ein großes Haus leisten“, wandte Ally ein. „Das hier ist sogar eine teure Wohngegend.“

„Das glaube ich – bei der Aussicht.“ Rafe blickte noch einmal auf die Lichter der Stadt und ging dann zu dem Tresen, der das Zimmer von der Küche trennte. Ally tat gerade Kaffee in den Filter. „Deine Hand zittert.“ Wie schön ihre Hände waren, so feingliedrig. Und sie trug keine Ringe. Den Verlobungsring, den er ihr damals hatte schenken wollen, besaß er immer noch.

„Stimmt“, bestätigte sie trocken. Sie wollte ihm alles sagen. Wie schrecklich es für sie gewesen war. Aber er würde es möglicherweise so verstehen, dass sie Mitleid heischen wollte. „Es war ein aufregender Tag.“

Er betrachtete sie forschend. „Irgendetwas macht dir offenbar zu schaffen.“

„Ich bin bloß müde, Rafe! Und ein bisschen überspannt. Setz dich, ich bringe dir deinen Kaffee.“

„Vielleicht solltest du es mir sagen.“ Seine Miene verriet

echte Besorgnis. „Macht es dir etwas aus, wenn ich mich hier schnell umsehe?“

„Tu dir keinen Zwang an“, erwiderte Ally matt. Das Herz klopfte ihr immer noch bis zum Hals. „Die Wohnung hat ein Schlafzimmer, ein Arbeitszimmer, zwei Bäder und einen Hauswirtschaftsraum.“

„Du meine Güte!“ Offenbar wunderte er sich darüber, dass jemand auf so engem Raum leben konnte. Der Viehbaron mit seinen großen Ländereien.

Rafe ging den schmalen Flur entlang und warf einen Blick in alle Räume. Sogar in den begehbaren Kleiderschränken sah er nach.

„Und?“, fragte Ally, als er zurückkam. Noch immer konnte sie nicht fassen, dass er bei ihr war.

„Alles in Ordnung.“ Er ging zu einem der hellgrünen Sofas und nahm einige der Kissen herunter. „Ich wette, diese Wohnung ist ganz anders als deine in Sydney.“ Ally hatte einen sehr guten Geschmack. Er war oft mit ihr durch sein Haus gegangen und hatte mit ihr Pläne geschmiedet, wie sie es nach ihrer Hochzeit einrichten würden. Opal Plains war wie Kimbara eine ehemalige Heimstätte, aber im Gegensatz zu Kimbara nie modernisiert worden. Seit der Zeit, in der sein Großvater gelebt hatte, hatte sich kaum etwas verändert. Seine Mutter hatte jedoch umfangreiche Renovierungsarbeiten geplant, bevor sie zusammen mit seinem Vater und sechs anderen Passagieren bei einem Flugzeugabsturz auf Neuguinea ums Leben gekommen war.

Der plötzliche Tod ihrer Eltern war ein furchtbarer Schock für Grant und ihn gewesen, und er, Rafe, konnte den Gedanken an die Zeit danach nicht ertragen.

„Ich habe meine Wohnung selbst eingerichtet. Du bist auf einmal so still“, bemerkte Ally, als sie das Tablett auf den Couchtisch stellte.

„Erinnerungen. Immer stürmen sie ohne Vorwarnung auf einen ein."

„Ja, das ist schlimm." Unwillkürlich dachte sie daran, wie oft sie die Erinnerungen an früher verdrängte. „Ich bin froh darüber, dass wir noch ein bisschen Zeit für uns haben, Rafe."

Sie war wie eine Sirene. Er nahm den Duft ihres Parfüms wahr, der eine anregende Wirkung auf ihn ausübte. Jahrelang hatte er fast wie ein Mönch gelebt. Ab und zu hatte er eine flüchtige Affäre gehabt. Doch es war etwas ganz anderes, Sex zu haben, als die Frau zu lieben, die all seine Sehnsüchte weckte. Ally gehörte zu den Frauen, die man nie vergaß. Es war verrückt, sie zu berühren. Aber er bewegte sich nicht, sondern sagte nur leise: „Deine Hand zittert nicht mehr."

„Du bist ja hier." Ihre Augen funkelten wie Smaragde. „Bleib noch ein bisschen."

„Brauchst du einen Beschützer?"

„Glaub es oder nicht." Sie lachte ein wenig schrill.

Rafe trank einen Schluck Kaffee und stellte den Becher dann wieder auf den Tisch. „Ich habe ein ungutes Gefühl, Ally. Du wirst mir jetzt doch nicht sagen, dass du von irgend so einem Verrückten verfolgt wirst, oder? Das Problem haben schließlich viele Prominente."

Ally spürte, wie sie errötete.

„Heißt das, es stimmt?", erkundigte er sich beinahe ungläubig.

„Ja. Ab und zu."

„Erzähl." Seine Miene wurde grimmig.

Ally sank auf das Sofa ihm gegenüber. Ihr Satinkleid schimmerte im Licht. „Ich habe Briefe und Anrufe bekommen. Die Anrufe müssen von öffentlichen Telefonen kommen, denn die Polizei kann sie nicht zurückverfolgen."

„Meldet sich denn jemand? Ein Mann?"

„Ja, aber seine Stimme ist verfremdet. Es ist ziemlich unheimlich."

„Unheimlich? Wenn ich den in die Finger bekomme ...", erklärte Rafe schroff. „Weiß Brod es?"

Energisch schüttelte sie den Kopf. „Glaubst du, ich würde ihm die Hochzeit oder die Flitterwochen verderben? Auf keinen Fall. Schließlich verfolgt dieser Kerl mich nicht – zumindest nehme ich es an." Ihr wurde klar, dass ihr Selbstvertrauen allmählich schwand.

Sekundenlang hatte er das Gefühl, er würde damit nicht fertig werden. „Wann hat es angefangen?", erkundigte er sich leise und betrachtete sie forschend.

„Vor vier Monaten. Die Leute vom Fernsehsender haben sofort Sicherheitsmaßnahmen ergriffen. Jemand kümmert sich um meinen Wagen."

Rafe atmete scharf aus. „Kein Wunder, dass du vorhin so erschrocken bist."

„Vielleicht bin ich nicht mehr ganz nüchtern", versuchte sie den Vorfall herunterzuspielen. „Ich habe keine Angst."

„Ich glaube doch. Und warum auch nicht? Hast du es Fee erzählt?"

Ally rieb sich die Arme. „Niemand aus der Familie weiß davon – außer dir. Es ist ein Berufsrisiko, Rafe. Damit muss ich leben."

Sein Gesichtsausdruck war furchteinflößend. „Das gefällt mir überhaupt nicht, Ally."

Ihre Lippen bebten. Sie bedeutete ihm also immer noch etwas. Plötzlich kam Wind auf, und die Pflanzen auf dem Balkon bewegten sich. „Ich dachte, hier wäre es besser als in einem Hotel, wo mich jeder erkennen könnte." Unvermittelt sprang sie auf. „Jetzt bin ich mir allerdings nicht mehr so sicher."

„Setz dich wieder", ordnete Rafe an. „Du brauchst keine

schlaflose Nacht zu verbringen, Ally. Nicht wenn ich bei dir bin. Was ich dir anbiete, ist die klassische Beschützerrolle." Er trank seinen Kaffee aus und beobachtete, wie sie sich wieder hinsetzte. „Also werde ich hier übernachten. Brod würde es bestimmt auch so wollen. Ich kann auf dem Sofa schlafen. Wir könnten die beiden Sofas zusammenschieben."

Sie wusste nicht, was sie sagen sollte, so gerührt war sie. Außerdem erinnerte sie sich an seine Zärtlichkeit. „Das möchte ich nicht, Rafe."

Rafe zog eine Augenbraue hoch. „Keine Widerrede. Ich bleibe. Wenn du es niemandem sagst, tue ich es auch nicht."

„Lainie würde es sicher nicht gutheißen." Als sie ihn ansah, stellte sie fest, dass seine Augen spöttisch funkelten.

„Ich weiß nicht, worauf du anspielst, und es ist mir auch egal. Du hast Angst, und ich verstehe das. Ist es vielleicht jemand, den du kennst?"

Dieselbe Frage hatte die Polizei ihr gestellt. „Du meinst, ein Kollege oder jemand aus der Crew?"

„Erzähl mir, was er so schreibt und was er am Telefon sagt."

Ally strich sich das Haar aus dem Gesicht. „Das möchtest du bestimmt nicht hören, Rafe."

„Dann sind es also schmutzige Dinge?"

„Ja, natürlich." Sie war errötet und wandte den Blick ab. „Er behauptet, er würde mich lieben und könnte mir alles geben, was ich brauche. Ich hatte schon drei verschiedene Geheimnummern, aber er findet sie immer heraus."

„Und die Briefe? Sind keine Fingerabdrücke darauf?"

„Doch. Eine Frau von einem anderen Sender hat schon gekündigt, weil man sie verdächtigt hatte. Mir gefällt die Vorstellung nicht, dass ein Verrückter über mein Leben bestimmt."

„Hast du die Briefe noch?"

„Sie sind bei der Polizei. Die Polizei glaubt auch, dass es

jemand ist, der mich kennt. Er weiß zum Beispiel immer genau, was ich anhabe.“

„Und du hast niemandem etwas davon gesagt“, stellte Rafe mühsam beherrscht fest.

„Ich habe versucht, tapfer zu sein, Rafe.“

„Es war dumm von dir. Brod und ich hätten uns darum kümmern können. Du hättest es wenigstens einem von uns sagen können.“

„Das habe ich jetzt ja auch“, erinnerte sie ihn. „Ich bin froh, dass du da bist.“ Sie seufzte leise.

„Das bin ich auch“, meinte er. „Aber ich werde Brods Rolle übernehmen, solange er weg ist. Wir sollten eine Frau bitten, hierherzukommen und bei dir zu bleiben, bis die Sache aufgeklärt ist. Ich denke da an Janet Massie.“ Janet Massie war eine alte Freundin von ihnen. „Du mochtest sie immer gern, und sie ist sehr patent. Außerdem fühlt sie sich seit Micks Tod sehr einsam. Es wird ihr guttun, wenn sie eine Aufgabe hat. Und das Geld könnte sie auch gut gebrauchen.“

Ally hielt den Blick gesenkt. „Janet möchte sicher nicht nach Sydney kommen, Rafe. Sie hat das Outback nie verlassen.“

„Wenn du es möchtest, wird sie auch kommen.“

„Ich weiß nicht. Meine Wohnung ist nicht viel größer als die hier. Ich bin es gewohnt, allein zu leben. Und Janet geht es seit Micks Tod genauso.“

„Lass es uns versuchen“, schlug Rafe vor. „Janet ist ein guter Kumpel. Sie wird dich nicht stören. Es ist ja nicht für ewig. Und sobald ich mehr Zeit habe, werde ich selbst einige Nachforschungen anstellen. Die Polizei hat sowieso zu wenig Leute.“

„Lass mich darüber nachdenken“, bat sie, obwohl sie sich keine bessere Aufpasserin vorstellen konnte als Janet. Janet hatte ein goldenes Herz. Und die Vorstellung, abends nicht allein in eine leere Wohnung zurückkehren zu müssen, solange man diesen Kerl nicht geschnappt hatte, war sehr verlockend.

Sie, Ally, hatte mit dem Gedanken gespielt, sich Fee anzuvertrauen, sich schließlich jedoch dagegen entschieden. Fee neigte dazu, alles zu dramatisieren, und hätte es jedem erzählt. Und Francesca, die in jeder Situation einen kühlen Kopf bewahrte, lebte am anderen Ende der Welt. Daher blieb ihr, Ally, nichts anderes übrig, als Rafes Vorschlag anzunehmen.

4. KAPITEL

Es war lächerlich zu glauben, dass Rafe mit seinen gut ein Meter neunzig eine angenehme Nacht auf dem Sofa würde verbringen können.

„Warum nimmst du nicht das Bett?", schlug Ally vor. „Mir ist es egal, wo ich schlafe."

„Wir können ja beide im Bett schlafen", sagte Rafe sarkastisch. „Dann wärst du im Dunkeln nicht allein."

„Das ist doch nicht dein Ernst." Allein bei dem Gedanken daran begann ihr Herz schneller zu klopfen. Unwillkürlich erinnerte sie sich daran, wie es zwischen ihnen gewesen war. Solche Gefühle konnten nicht völlig erlöschen, oder?

„Nein, ist es nicht", erwiderte er unverblümt. „Du bist nicht mehr die Frau in meinem Leben, Schatz." Aber welche Frau faszinierte ihn so wie Ally?

„Und wer ist das?" Unnötig heftig schüttelte sie die Laken auf.

„He, Lady, das ist privat." Er nahm ihr die Laken ab, drapierte eins über das Sofa und legte das andere auf den Sessel. „Ich muss mich wohl wie ein Igel einrollen."

„Ich weiß. Du bist viel zu groß."

„Ich habe schon viel unbequemer geschlafen. Ich habe sogar die Kunst, im Sattel einzuschlafen, perfektioniert. So, und nun weg mit dir." Sein Tonfall war erstaunlich lässig, wenn man bedachte, dass ihre Nähe die reinste Folter für ihn war.

Ally hatte bereits ihr Kleid ausgezogen und trug nun einen Morgenmantel aus Brokat, der farblich zu ihren Augen passte. Ihre dunkle Haut schimmerte golden im Licht, und das lockige Haar fiel ihr über die Schultern. Ihre Schönheit verblüffte ihn. Egal, was Ally ihm angetan hatte, er würde es nie überdrüssig sein, sie anzusehen.

„Du musst morgen nach Hause fliegen", fügte sie hinzu.

„Ally, sei ein braves Mädchen und geh ins Bett“, bat Rafe. „Die Decke kannst du hierlassen.“

„Aber du hast keinen Pyjama.“ Sie blieb stehen und überlegte, was sie ihm stattdessen geben konnte. Ihr fiel jedoch nichts ein.

„Verdammt, Mädchen, ich trage keinen Pyjama“, sagte er betont langsam. „Wenn es mal kalt wird, ziehe ich höchstens einen Jogginganzug an. Aber hier ist es nicht kalt.“

„Nachts kühlt es ziemlich ab“, meinte sie besorgt. „Schließlich haben wir Juni, also eigentlich Winter.“ Rafe hatte seine Anzugjacke ausgezogen, die Krawatte abgenommen und die obersten Hemdknöpfe geöffnet. Er sah so fantastisch, so vital aus, dass sie befürchtete, sich zum Narren zu machen.

„Geh, Ally.“ Demonstrativ deutete er auf die Schlafzimmertür. „Du hast mich nackt gesehen. Ich habe dich nackt gesehen. Weiter können wir also nicht gehen. Jedenfalls ist es sehr lange her. Aber keine Panik, die Unterhose behalte ich an.“

„Na gut.“ Ally zog ihren Morgenmantel fester um sich. Sie wusste, dass Rafe sie loswerden wollte, doch sie sehnte sich nach seiner Nähe, nach seinen Berührungen. „Gute Nacht, mein Lieber.“ Einen Moment lang spielte sie mit dem Gedanken, ihm einen freundschaftlichen Kuss auf die Wange zu geben, aber das wäre unmöglich.

„Verdammt, Ally, hör auf damit!“, brauste er auf. „Und vergiss das ‚mein Lieber‘. Ich glaube nicht, dass ich es ertragen kann.“

„Dann vertraust du mir also nicht mehr?“ Traurig sah sie ihn an.

Rafe straffte sich und erwiderte ihren Blick. „Kann ich ehrlich zu dir sein, Ally?“

„Natürlich.“ Unwillkürlich krallte sie die Finger in das Revers ihres Morgenmantels.

„Du wirst immer ein Teil von mir sein und einen Platz in meinem Herzen haben. Aber was ich für dich empfinde … empfunden habe, ist wie ein Gewicht, das mich nach unten zieht. Ich muss mein Leben weiterleben. Ich habe praktisch kein Leben gehabt, seit du mich verlassen hast. Es gab einige flüchtige Affären. Und ich weiß, dass Lainie glaubt, sie wäre in mich verliebt, aber ich habe nicht vor, ihr das Herz zu brechen. Ich tue anderen Menschen nicht gern weh."

Ally zuckte zusammen. „Willst du damit sagen, dass *ich* es tue?"

In seine Augen trat ein verächtlicher Ausdruck. „Ja, Ally, das will ich. Aber ich verzeihe dir. ‚Verzeihen, aber nicht vergessen' ist mein Motto. Ich habe den Schmerz fast überwunden, also steh nicht da und stell deinen tollen Körper zur Schau. Leg dich ins Bett und schlaf. Ich passe auf dich auf."

Ally atmete tief durch. Sie fühlte sich zutiefst getroffen, verdrängte es jedoch. „Also gut, Rafe." Schließlich hatte sie ihren Stolz. „Ich weiß es zu schätzen, dass du bleibst. Ich stehe morgen zeitig auf und mache dir Frühstück."

Rafe schüttelte den Kopf. „Mach dir um mich keine Sorgen. Eine Tasse Tee und ein paar Scheiben Toast reichen mir völlig."

„Dann gute Nacht", sagte sie leise und wandte sich ab.

Gute Nacht, mein Engel, dachte er.

Gute Nacht, Ally, meine Peinigerin.

Die Stunden vergingen. Unruhig wälzte Rafe sich auf dem Sofa hin und her, unfähig, eine bequeme Position zu finden, unfähig, einzuschlafen, sosehr er sich auch bemühte, unfähig, sein Verlangen und die Gedanken an Ally zu verdrängen. Schließlich legte er sich die Decke um die Schultern und setzte sich in den Sessel, wobei er die Füße auf den Hocker legte, den Ally im Arbeitszimmer gefunden hatte. Verdammt, dachte er verzweifelt und wünschte, die frische Brise, die durch die halb offen stehende Schiebetür hereinwehte, würde ihn etwas abkühlen.

Bei geschlossenem Fenster hatte er noch nie schlafen können. Daher hasste er es auch, in Hotels zu übernachten, weil er sich eingesperrt fühlte und die Luft aus der Klimaanlage nicht vertrug. Etwas weiter den Flur entlang schlief Ally den Schlaf der Gerechten. Manchmal hörte er, wie sie sich bewegte. Sie hatte die Tür also offen gelassen. Eine Einladung? Er traute es ihr durchaus zu. Fast glaubte er, ihren Herzschlag zu hören. Verzweifelt hielt er sich die Ohren zu.

Sieh den Tatsachen ins Auge, sagte er sich. Du liebst sie immer noch und kannst nichts dagegen tun. Du kannst höchstens versuchen, es dir nicht anmerken zu lassen. Schließlich hatte er seinen Kummer nicht überwunden, um Ally wieder Einblick in seine Gefühle zu gewähren. Und sie würde wieder mit seinen Gefühlen spielen. Sie war die perfekte Frau für ihn gewesen.

Lainie hatte ihm erzählt, dass man Ally die Hauptrolle in einem Kinofilm angeboten hatte. Warum auch nicht? Ally war eine hervorragende Schauspielerin. Ein Naturtalent. Und was sollte sie davon abhalten, ein Angebot aus Hollywood anzunehmen? Er wusste, dass sie mühelos mit amerikanischem Akzent sprechen konnte. Oder britisches Englisch wie Francesca. Das war Teil ihrer Ausbildung gewesen.

Er wünschte, der Kerl, der sie verfolgte, würde jetzt auf dem Balkon erscheinen. Er würde Ally sicher nie wieder belästigen, dafür würde er sorgen. Aus ihrem Zimmer drang ein leises Stöhnen. Offenbar hatte sie einen Albtraum. Rafe überlegte, ob er nach ihr sehen sollte, entschied sich aber dagegen, als keine weiteren Geräusche folgten. Du musst deine Gefühle unterdrücken und einen klaren Kopf bekommen, damit du schlafen kannst, dachte er ironisch. Doch sein Verlangen quälte ihn weiterhin.

Es war spätabends. Sie eilte in der Tiefgarage zu ihrem Wagen. Arnold, der Sicherheitsbeamte, war nicht bei ihr. Bei der spärlichen Beleuchtung konnte sie kaum etwas erkennen. Außerdem schien es dunstig zu sein. Sie glaubte, Zigarettenrauch zu riechen. Von Zigarettenrauch wurde ihr immer schlecht. Sie wandte den Kopf und blickte sich um. Sie war nervös. Eine ältere Kollegin hatte ihr geraten, immer eine kleine Dose Haarspray in der Handtasche mitzunehmen, um einen potenziellen Angreifer abzuwehren.

Warum mussten Frauen ständig in Angst leben? Es war nicht fair. Sie atmete stoßweise. Obwohl ihr Wagen nicht weit entfernt stand, hatte sie das Gefühl, dass der Abstand einfach nicht kleiner wurde. Fast schien es ihr, als würde sie durch Wasser waten. Sie versuchte, schneller zu gehen, und näherte sich jetzt einem Pfeiler, auf dem ein großes „H“ stand. Als sie daran vorbeikam, trat jemand dahinter hervor. Eine Gestalt wie aus einem Albtraum. Es war ein Mann. Er trug eine Strickmaske, die nur die Augen freiließ.

Sie wollte schreien, brachte jedoch kein Wort über die Lippen, denn sie war starr vor Angst. Nun sagte der Mann etwas. Obwohl seine Stimme wegen der Maske gedämpft war, erkannte sie sie sofort. Es war dieselbe Stimme, die ihr am Telefon Obszönitäten zuflüsterte. Sie machte einen Schritt auf den Mann zu. Holte aus. Wenn sie ihm doch nur die Maske herunterreißen könnte! Sie kam ihm so nahe, dass sie seinen Schweißgeruch wahrnahm. Kampflos würde sie sich nicht geschlagen geben. Der Mann versuchte, ihre Hand abzufangen, schaffte es aber nicht. Endlich konnte sie schreien.

„Du mieses Schwein! Du Feigling!“

Jetzt hielt er ihr den Mund zu, und sie versuchte hineinzubeißen. Irgendetwas hielt sie fest. In blinder Panik schlug sie um sich. Ich muss es schaffen, ging es ihr durch den Kopf. Ich bin jung. Ich muss Rafe wieder dazu bringen, mich zu lieben.

Es gibt so viel, für das es sich zu leben lohnt. Sie konnte den Angreifer kratzen. Ihre Fingernägel waren lang und scharf. Doch die Hände, die sie festhielten, waren zu stark. Zu stark für sie. Sie spürte, wie ihre Bewegungen langsamer wurden, als hätte man ihr ein Beruhigungsmittel verabreicht.

Das albtraumhafte Gesicht vor ihr schien verschwunden zu sein …

Sie hörte auf zu kämpfen. Sank in sich zusammen.

„Ally. Ally."

Das schreckliche Flüstern war auch nicht mehr zu hören. Diese Stimme war tief und kräftig. Und so herrlich vertraut.

Rafe.

Ally schlug die Augen auf.

Sie lag in einem Bett und konnte sich kaum bewegen, weil die Decke so fest um sie gezogen war. Rafe blickte starr auf sie herab. Sein blondes Haar war zerzaust. Er hatte ihre Arme umfasst.

„Du meine Güte, Ally, komm zu dir!", sagte er drängend. „Du hast mir eine wahnsinnige Angst eingejagt."

Allmählich kam sie zu Bewusstsein. Sie setzte sich auf und stöhnte. „Es tut mir leid. Es tut mir leid." Sie strich sich das Haar aus dem Gesicht. „Ich hatte einen Albtraum."

„Das kann man wohl sagen!", bemerkte Rafe sarkastisch. „Verdammt, du hast versucht, mich zu beißen, und aus Leibeskräften geschrien. Ich musste dich zum Schweigen bringen, bevor du das halbe Gebäude weckst."

„Es tut mir leid", wiederholte sie und stöhnte wieder. Frustriert zerrte sie an der Decke, um sich zu befreien.

„Lass mich das machen." Er befreite Ally, und sie rollte auf die Seite. Im Mondlicht, das durchs Fenster fiel, konnte er sie deutlich sehen. Sie trug ein Nachthemd mit langen Ärmeln und tiefem Ausschnitt.

„Glaubst du, jemand wird an die Tür klopfen?", fragte sie.

„Es überrascht mich, dass noch niemand die Polizei gerufen hat."

„So laut habe ich geschrien?" Sie versuchte, sich zusammenzureißen.

„Hättest du, wenn ich dir nicht den Mund zugehalten hätte. Wovon hast du denn bloß geträumt?"

„Von dem Psychopathen, der mich verfolgt", sagte sie und schlug aufs Kissen ein. „Ich habe mit ihm gekämpft."

„Du kannst wirklich gut beißen. Mich wundert, dass du mir nicht die Augen ausgekratzt hast."

„Ich habe dir doch nicht wehgetan, oder?" Ally drehte sich auf die andere Seite und nahm seine Hand.

Abrupt zog Rafe die Hand zurück. „Ich hatte keine Zeit mehr, mein Nachthemd überzuziehen", meinte er sarkastisch. Sein Verstand riet ihm, so schnell wie möglich die Flucht zu ergreifen.

„Das brauchst du auch nicht", erwiderte sie heiser. Fasziniert betrachtete sie seinen nackten Oberkörper. Rafe hatte breite Schultern, eine muskulöse, von dunkelblondem Haar bedeckte Brust und eine schmale Taille. Sie wollte die Hand ausstrecken und ihn streicheln, konnte sich aber gerade noch beherrschen. „Wahrscheinlich habe ich deswegen von dem Kerl geträumt, weil wir vorhin über ihn gesprochen haben."

„Das glaube ich auch." Verzweifelt fragte er sich, warum sie sich ausgerechnet so hatte drehen müssen, dass ihr Körper verführerisch im Mondlicht schimmerte.

„Er hatte irgendein auffälliges Merkmal", gestand sie ein wenig hysterisch, „aber ich kann mich nicht mehr daran erinnern." Sie atmete scharf aus, und der Ausschnitt ihres Nachthemdes verrutschte und gab den Ansatz ihrer Brüste frei.

„Komm ja nicht auf die Idee, etwas zu versuchen", warnte Rafe sie und betrachtete sie mit grimmiger Miene.

Gespielt empört setzte sie sich auf. Sie sehnte sich so verzweifelt nach ihm, dass sie zu allem bereit war. „Ich habe keine Ahnung, wovon du redest“, log sie. „Du weißt genau ...“

„Was? Was weiß ich genau?“, erkundigte er sich herausfordernd.

Plötzlich kapitulierte sie. „Ich will dich, Rafe.“ Sie zitterte am ganzen Körper vor Nervosität und Verlangen. „Manchmal wünschte ich, es wäre nicht so, aber ich kann es nicht ändern. Ich möchte, dass du mich festhältst. Ich möchte, dass du zu mir ins Bett kommst.“

Von wegen Albtraum, dachte er wütend. Ally war wirklich eine hervorragende Schauspielerin. „Ach so“, meinte er schroff. „Wir lieben uns bis zum Morgengrauen, und dann fliegst du nach Sydney, um deine Karriere voranzutreiben. Das mit dem Rollenangebot musste ich ja von Lainie erfahren.“

„Ich weiß nicht, ob ich diese Rolle überhaupt will.“ Sie nahm seine Hand und hielt sie fest, obwohl sie spürte, wie er sich verspannte. „Wie kannst du mir gegenüber so abweisend sein?“ Dann legte sie sie auf ihre Brust, damit er merkte, wie ihr Herz raste. „Ich weiß, dass ich etwas Schreckliches getan habe, aber kannst du nicht wenigstens versuchen, es zu verstehen?“

Demonstrativ entzog Rafe ihr seine Hand. „Hör bitte auf damit, Ally“, sagte er spöttisch. „Ich habe Jahre dafür gebraucht, um meine Gefühle zu überwinden. Dreh dich wieder auf die andere Seite, und schlaf weiter. Ich bin gegen deine Reize immun.“

Von wegen! Heißes Verlangen durchzuckte ihn. Er konnte sich kaum noch beherrschen.

Ally schüttelte den Kopf. „Du bist ein miserabler Lügner. Es macht dir genauso zu schaffen wie mir.“ Wieder nahm sie seine Hand.

Sie hatte wunderschöne Hände, und er dachte unwillkürlich daran, wie sie ihn damals gestreichelt hatte.

Ihr herrliches dunkles Haar umrahmte ihr Gesicht, ihre grünen Augen funkelten. In ihren Wimpern hing sogar eine Träne.

Es gab sie also immer noch. Ihre ungestüme Jugendliebe. Wie hatte er nur die Leidenschaft nicht bemerken können, die stets zwischen ihnen existiert hatte.

„Ich will dich, Rafe", sagte Ally mit bebenden Lippen.

„Und?", fragte Rafe zynisch. „Die Sinnesfreuden sind nicht von Dauer, Ally. Du hast immer getan, was du wolltest. Und jetzt bietest du dich mir an, weil es dir zufällig in den Kram passt."

Ihren Stolz hatte sie längst vergessen. Sie nahm nur Rafes Aura wahr. „Rafe, bitte bleib bei mir."

„Du bist verrückt!", sagte er bitter, während ihm das Herz bis zum Hals schlug. „Es ist verrückt, mich darum zu bitten."

„Ich brauche dich." Ally schluchzte auf. Sie musste ihm sagen, wie sehr sie ihn liebte. Wie sehr sie ihn immer geliebt hatte. Immer lieben würde. Sie musste ...

Beinahe grob stieß Rafe sie zurück, sodass sie mit dem Kopf gegen das Kopfteil des Bettes stieß.

„Du meine Güte, was mache ich nur?", meinte er voller Selbstverachtung.

Sie war auch ein wenig schockiert, doch ihre Aufregung überwog. Obwohl sie sich nicht wehgetan hatte, rieb sie sich den Kopf.

„Ich wusste gar nicht, dass du gewalttätig bist." Ally zwang sich, tief durchzuatmen. „Rafe?", flüsterte sie, als er die Decke zurückschlug.

„Welche Rolle spielst du jetzt?", erkundigte er sich spöttisch. „Die der unschuldigen Jungfrau? Das passt nicht zu dir.

Du solltest lieber bei der Rolle der Verführerin bleiben. Die beherrschst du perfekt.“

Sie konnte seine Verachtung nicht ertragen. „Mein Herz schlägt für dich.“

„Ally, du bist eine Hexe!“ Er musste an die unzähligen Male denken, als sie dies zu ihm gesagt hatte …

Ally erschrak fast, als Rafe sich plötzlich zu ihr legte. Er strahlte geballte männliche Kraft aus und wirkte gleichzeitig beängstigend frustriert. Verlangend zog er sie an sich.

„Rafe!“ Das Blut schoss ihr in den Kopf, und sie hatte das Gefühl, nach Hause zu kommen.

„Ally. Verdammt!“

Er presste die Lippen auf ihre. Eigentlich hatte er sie damit bestrafen wollen, doch sie öffnete bereitwillig die Lippen.

Ally. Er war besessen von ihr.

Sie küssten sich leidenschaftlich, und Ally wand sich unter ihm. Eine Hand hatte er in ihr Haar geschoben, mit der anderen streichelte er sie.

Ich habe so oft davon geträumt, ging es Rafe durch den Kopf. So oft daran gedacht. Und dagegen gekämpft.

Schließlich löste er sich von ihr, um ihre Lider, ihre Nase und ihre Wangen zu küssen. Ihre Haut war seidenweich. Als er eine ihrer Brüste umfasste und die empfindsame Knospe zu reizen begann, stöhnte Ally lustvoll auf. Genauso hatte sie damals auch gestöhnt.

Er hatte versucht, sie zu hassen. Es hatte nichts genützt.

„Hass mich nicht“, bat sie und bewies damit, dass sie immer noch seine Gedanken lesen konnte. Und sie machte es ihm immer noch leicht, ihren wunderschönen Körper zu liebkosen. Frauen wie sie wussten, wie man den Spieß umdrehte. Jetzt war sie das Opfer. Und er der Mann mit dem Herz aus Stein.

Rafe verspannte sich, und sofort schlang Ally die Beine um

ihn und legte ihm die Arme um den Nacken. „Verlass mich nicht, Rafe."

„Du bist eine Hexe", wiederholte er schroff. „Noch schlimmer."

Sie blickte ihm in die Augen. „Aber du kannst nicht ohne mich leben."

Er wollte ihr so wehtun, wie sie ihm wehgetan hatte. „Im Bett passen wir perfekt zusammen, schätze ich." Als er das Gesicht an ihrem Hals barg, flüsterte sie ihm Zauberworte ins Ohr, die ihr Lala Guli, eine alte Aborigine-Frau auf Kimbara, beigebracht hatte. Dieselben Zauberworte, die sie auch damals benutzt hatte.

Das Blut rauschte in seinen Adern. Rafe drehte sich auf den Rücken und hob Ally hoch, sodass ihr Haar wie ein Schleier auf ihn herabfiel. Dann ließ er sie langsam herunter, bis sie auf ihm lag.

Er war verrückt nach ihr.

Nun verteilte sie zarte Küsse auf seinem Gesicht. Küsse, so zart wie der Flügelschlag eines Schmetterlings. Küsse, die ihn noch mehr erregten. Verräterische Küsse, denen er Einhalt gebieten musste.

Er umfasste ihr Gesicht und küsste sie erneut, bis sie beide außer Atem waren. An seinen Stolz dachte er nicht mehr. Dies war Ally. Seine einzige Liebe. Sein Begehren war im Lauf der Jahre noch stärker geworden.

Es war so lange her. So lange.

Heiß loderten die Flammen zwischen ihnen auf. Rafe atmete scharf ein und zog Ally das Nachthemd bis zur Taille hinunter. Dann neigte er den Kopf, um ihre Brüste zu küssen und die rosigen Knospen mit den Lippen zu umschließen. Jetzt war es zu spät, um sich für seine Schwäche zu verfluchen. Und dennoch hatte er sich nie männlicher gefühlt als in diesem Moment.

„O Rafe … Liebster!“

Ihr Aufschrei brachte ihn vollends aus dem Gleichgewicht. Sie *wusste*, dass dies unvermeidlich gewesen war. Rafe lachte ärgerlich auf, und als er wenige Sekunden später in sie eindrang, stellte er fest, dass ihr Tränen über die Wangen liefen.

Ally schreckte aus dem Schlaf, sprang aus dem Bett und griff nach ihrem Nachthemd, um ihre Blöße zu bedecken. Rafes Duft haftete ihr immer noch an. Sie hatte geglaubt, sich noch genau daran zu erinnern, wie es früher gewesen war, doch nichts reichte an diese Nacht heran. Sie würde sich bis an ihr Lebensende daran erinnern.

Nach ihrem leidenschaftlichen Intermezzo hatte sie befürchtet, dass sie nicht würde einschlafen können, weil ihr Körper noch pulsierte. Doch Rafe hatte so ruhig und nachdenklich neben ihr gelegen, dass sie bereits nach kurzer Zeit in einen tiefen, traumlosen Schlaf gefallen war.

Ally band ihr Haar zu einem Pferdeschwanz zusammen und eilte in den Flur. In der Wohnung war es ganz still.

„Rafe?“, rief sie und stellte fest, dass ihre Stimme unnatürlich schrill klang.

„Ja, ich höre dich.“

Rafe stand auf dem Balkon und blickte auf die Schnellstraße, die über den Fluss führte und auf der dichter Verkehr herrschte. Er drehte sich um und kam ins Wohnzimmer. Bei seinem Anblick stockte ihr der Atem. Er sah überwältigend aus.

„Guten Morgen, Schatz.“ Er hatte einen spöttischen Zug um den Mund.

„Du hättest mich wecken sollen.“ Plötzlich war sie ganz durcheinander.

„Das hätte ich auch gleich gemacht.“ Lässig blickte er auf seine Armbanduhr. „Du hast genug Zeit.“

„Ich wollte dir Frühstück machen." Unsicher wandte sie sich zur Küche.

„Wie charmant!" Seine Augen funkelten. „Aber ich habe mich schon selbst versorgt. Ich habe geduscht und mir danach Tee und Toast gemacht."

Sie hatte so tief geschlafen, dass sie nichts mitbekommen hatte. „Wegen heute Nacht ...", begann sie zögernd. „Können wir darüber reden?"

„Nein, Schatz. Ich muss los. Aber es hat mir Spaß gemacht."

Nun wusste sie, wo sie stand. „Spaß? Ist das alles?" Gequält sah sie ihn an.

„Was willst du denn von mir hören, Ally? Dass ich mir die Kugel geben möchte, weil meine Liebe nicht erwidert wird?"

„Ich habe alles, was ich gesagt habe, ernst gemeint."

„Erstaunlich!" Rafe zog eine Augenbraue hoch. „Wir haben nämlich überhaupt nichts gesagt. Du hast mir nur Lalas Phrasen ins Ohr geflüstert."

„Das sind keine Phrasen, und das weißt du genau. Es ist ein Liebesritual."

Er lachte schroff. „Was es auch ist, es wirkt jedenfalls – für eine gewisse Zeit." Wieder blickte er auf seine Armbanduhr und streckte sich dann. „Du bist ein Schatz, Ally. Danke für deine Gastfreundschaft. Ich werde jetzt so lange bleiben, bis du zum Flughafen musst. Ich rufe dir ein Taxi und verfrachte dich hinein. Dann muss ich meine Sachen aus dem Hotel holen. Die Piper steht in Archerfield. Ich werde mich nur ein bisschen verspäten."

Ally wandte den Kopf, damit Rafe ihr nicht anmerkte, wie traurig sie war. „Du musst nicht auf mich warten." Fast schien es ihr, als hätte sie das alles nur geträumt. Oder hatten sie sich in einer anderen Dimension geliebt?

„Ich will es aber." Rafe hatte die Hemdsärmel hochgekrempelt und die obersten Knöpfe offen gelassen. Obwohl es sehr lässig wirkte, sah er in dem weißen Hemd und der perfekt sitzenden blaugrauen Hose viel mehr wie ein Filmstar als wie ein Viehbaron aus. „Weißt du, Ally …“ Er ging an ihr vorbei und kniff ihr dabei spielerisch in die Wange. „Ich nehme die Sache mit dem Kerl, der dich verfolgt, sehr ernst. Deswegen werde ich heute noch Janet um Hilfe bitten. Ich habe das Gefühl, dass sie sofort zusagt. Ich werde dafür sorgen, dass sie einen Flug nach Sydney bekommt, und ihr deine Adresse und deine Geheimnummer geben.“

„Das würdest du für mich tun?“

„Natürlich. Ich kann schließlich nicht vergessen, dass ich dich einmal sehr geliebt habe. Und du bist eine Kinross. Die Schwester meines besten Freundes. Brod und Rebecca würden sich große Sorgen machen, wenn sie wüssten, was los ist.“

„Du sagst es ihnen aber nicht, ja?“, drängte Ally. „Nicht solange sie in den Flitterwochen sind.“

Rafe nickte zögernd. „Ich bestehe allerdings darauf, dass du zu Fee gehst, während du dein Wohnungsschloss austauschen lässt. Ich finde, du solltest es ihr sagen. Wahrscheinlich wird sie auch außer sich vor Sorge sein, aber mach ihr klar, dass sie alles mir überlassen und Brod und Rebecca nicht einweihen soll.“

„Das ist alles so schrecklich“, meinte sie. „Ich werde einfach nicht damit fertig.“

„Es wird bald vorbei sein“, versprach er, und seine Miene wurde grimmig. „Ich muss einige wichtige Dinge erledigen und daher fast die ganze Woche auf Opal Plains bleiben, aber danach fliege ich nach Sydney und fange mit meinen Nachforschungen an. Erst mal werde ich mich mit dem zuständigen Polizeibeamten unterhalten und vielleicht auch mit deinen Chefs und deinem Produzenten. So, und nun schlage ich vor, dass du duschst. Ich koche dir in der Zwischenzeit Kaffee.“

„Ich ziehe dich da wirklich nicht gern mit rein, Rafe“, erklärte Ally. „Ich weiß, wie hart du arbeitest und wie viel Verantwortung du hast.“

„Mach dir darüber keine Sorgen, Ally. Ich kümmere mich gern darum, und es wird mir wesentlich besser gehen, wenn der Kerl gefasst ist. Bis dahin möchte ich, dass du sehr, sehr vorsichtig bist.“

„Wem sagst du das!“ Ihr Lächeln war nicht so strahlend wie sonst. „Wusstest du eigentlich, dass Francesca und David noch eine Weile bei Fee bleiben?“

„Ja, Fee hat es mir erzählt. Aber was spielt das für eine Rolle? Brod hat mir gesagt, dass sie sich ein großes Haus am Hafen gekauft hat.“

Ally lachte. „Es ist wirklich sehr beeindruckend. Viel zu groß für eine Person, aber du kennst Fee ja. Sie liebt den Luxus. Sie hat ein Ehepaar engagiert, das sich ums Haus kümmert, und sie möchte viele Gäste einladen. Es sind schon einige Leute an sie herangetreten, die sie gebeten haben, etwas von ihrem großen Erfahrungsschatz weiterzugeben.“

Rafe nickte. „Das wird ihr sicher Spaß machen. Eine Frau wie Fee sollte sich nicht aufs Altenteil zurückziehen. Da ich weiß, wie sehr Fee Brod und dich liebt, solltest du die Situation ausnutzen. Sie wird immer für dich da sein. Heute fliegt sie nach Hause, nicht?“ Er runzelte leicht die Stirn.

„Heute Nachmittag“, bestätigte sie. „Fee schläft gern lange. Und Fran möchte bestimmt so viel Zeit wie möglich mit Grant verbringen.“

Rafe presste die Lippen zusammen. „Fran ist sehr schön und charmant, aber du versuchst hoffentlich nicht, die beiden miteinander zu verkuppeln. Fran ist deine Cousine, und ihr mögt euch sehr, aber sie passt einfach nicht ins Outback. Sie ist eine Aristokratin und lebt auf der anderen Seite der Erde. Lady Francesca de Lyle. Der Titel passt sehr gut zu ihr.“

„Sicher“, sagte sie energisch, „aber ihre Mutter ist eine Kinross. Und ihr Vater hat nicht so viel Geld, wie du vielleicht glaubst. Sie und ihr Vater leben beide vom Geld der Familie Kinross.“

Er zog die Augenbrauen hoch. „Na, das ist eine Überraschung.“

„Viele Leute wären überrascht, wenn sie es wüssten. Fran eingeschlossen.“

„Heißt das, sie weiß es gar nicht?“ Er lachte ungläubig.

„Bestimmt nicht“, erwiderte Ally. „Fee wollte nicht, dass sie es erfährt. Vielleicht hatte sie Schuldgefühle wegen all der verlorenen Jahre und dachte, mit Geld allein könnte sie es nicht wiedergutmachen. Ich sage nur, dass es meine Familie ist, die das Geld hat, nicht der Earl. Ihm gehört zwar das Herrenhaus, aber es hat ihn fast in den Ruin getrieben.“

Rafe stieß einen Pfiff aus. „Und du glaubst, du kannst mir dieses Geheimnis anvertrauen?“ Seine Augen funkelten herausfordernd.

„Ich würde dir mein Leben anvertrauen.“

Es klang, als würde sie es ernst meinen.

5. KAPITEL

Fee war ganz in ihrem Element. Ihre Mutter gehörte zu jenen Frauen, die ihr Publikum stundenlang fesseln konnten, wie Francesca feststellte, hin- und hergerissen zwischen Liebe und Trauer um das, was hätte sein können.

Nach der Scheidung ihrer Eltern war sie, Lady Francesca de Lyle, zu ihrem Vater gekommen. „Eine Ehe, die von Anfang an zum Scheitern verurteilt gewesen war“, hatte ihr Vater immer gesagt. Sie hatte gelitten, und er hatte gelitten. Sie waren beide Opfer von Fees Ruhmsucht gewesen. Es war kein Wunder, dass ihre Geschichte sehr interessant war, denn Fee hatte als erfolgreiche Schauspielerin viele Jahre im Blickpunkt der Öffentlichkeit gestanden, ein Leben in Luxus geführt und zwei interessante Männer geheiratet, zuerst einen reservierten englischen Adligen, danach einen ebenso attraktiven wie extravaganten amerikanischen Filmstar, den Schwarm unzähliger Frauen.

„Sie kann wirklich gut erzählen“, bemerkte David leise. „Sie ist die faszinierendste Frau, der ich je begegnet bin.“

Francesca lächelte ironisch. Sie versuchte, die Erinnerung an die traurigen, einsamen Jahre zu verdrängen, in denen ihre Mutter viel zu sehr mit ihrer Karriere beschäftigt gewesen war, um sich um sie zu kümmern. Trotzdem liebe ich sie, dachte sie. Nun, da sie erwachsen war, war ihr auch klar, warum ihre Mutter und ihr Vater überhaupt nicht zusammengepasst hatten.

„Mit deinem Vater zusammenzuleben war, als würde man ohne Kommunikation leben“, hatte Fee einmal gesagt. „Die aufregendsten Themen waren der Farmbetrieb oder die Reparaturkosten für das Dach. Irgendein Teil des Daches war nämlich immer kaputt. Dein Vater ist zwar ein sehr anständiger

Mensch, aber nicht besonders intellektuell." Trotzdem war er lange Zeit ihr Gefangener gewesen.

Nach dem Abendessen dirigierte Fee sie alle zum Kaffeetrinken ins Wohnzimmer. Sie war sehr gern unter Menschen und konnte offenbar keine Stille vertragen. Von Tag zu Tag wurde Francesca deutlicher bewusst, wie unterschiedlich ihre Mutter und sie waren. Als einziges Kind hatte sie sich immer allein beschäftigen müssen und daher viel gelesen oder das weitläufige Anwesen ihres Vaters erkundet.

Wie alle de Lyles war sie ein echtes Landkind. Und ihre Liebe zum Landleben beschränkte sich nicht auf die grünen Weiden Englands. Für sie war Kimbara, die Heimat ihrer Mutter, der schönste Platz auf Erden – die fast beängstigende Einsamkeit, die wilde Schönheit und vor allem die vielen intensiven Farben der Landschaft, die mit dem strahlend blauen Himmel kontrastierten.

Sie war zehn Jahre alt gewesen, als Fee sie das erste Mal mit nach Australien genommen hatte, dem Land, in dem sich die alte Heimstätte, Fees Geburtsort, befand. Die Heimstätte war nicht weniger imposant als das Herrenhaus ihres Vaters, Ormond House, und hatte einen ganz eigenen Charakter. Sie wusste nur, dass sie Kimbara liebte. Sie konnte sich sogar vorstellen, dort zu leben.

Eine englische Schönheit, zart wie eine Rose, in der Wüste?

Grant Camerons spöttische Worte klangen ihr noch in den Ohren.

Hatte Grant denn vergessen, dass es Siedler von den Britischen Inseln gewesen waren, die Australien erschlossen hatten? In den Geschichtsbüchern wurde über viele englische, schottische oder irische Schönheiten berichtet – starke, furchtlose Frauen, die ihre eigenen Vorstellungen von Zivilisation verwirklicht hatten. Die Kinross und die Camerons stammten aus Schottland. In den Familien hatte es viele starke Frauen gegeben. Daran musste sie Grant erinnern, wenn sie ihn wiedersah. Dadurch, dass sie sich in einen Mann aus dem Outback verliebt hatte, hatte sie sich das Leben wirklich schwer gemacht.

„Kommt, meine Lieben!“ Fee führte sie mit ausgestreckten Armen von der Eingangshalle in das luxuriös ausgestattete Wohnzimmer, wo über dem stilvollen Kamin ein wunderschönes Porträt von ihr hing, entstanden in ihren besten Jahren.

Großartig, dachte David. Der Künstler hatte ihr Wesen genau getroffen. Fee war leidenschaftlich, theatralisch, eigensinnig und hatte eine schier unerschöpfliche Energie, der sie auch ihren beruflichen Erfolg verdankte. Sie trug ein exquisites Ballkleid aus smaragdgrüner Seide und saß auf einem kleinen, mit Seide bezogenen Sofa im Goldenen Salon seines Bruders. Ihre Haltung erinnerte an die Porträts des englischen Malers Singer Sargent. David erinnerte sich genau an das Kleid, obwohl er normalerweise kein Auge für solche Dinge hatte.

Francesca hatte weder ihr Äußeres noch ihr extravagantes Wesen geerbt. Sie war eine echte de Lyle. Diejenige, die Fiona Kinross am meisten ähnelte, war ihre Nichte Alison. Beide waren stark und verletzlich zugleich. Alison war auch dabei, sich als Schauspielerin einen Namen zu machen, wie Fee beim Abendessen stolz erzählt hatte. Man hatte Alison die Hauptrolle in einem Thriller angeboten. Wenn dieser erfolgreich war, würde sie vermutlich nach Hollywood gehen und nicht mehr zurückkehren. Den Frauen in der Familie Kinross schien die Karriere wichtiger zu sein als die Ehe.

Zum Glück arbeitete Fee inzwischen nicht mehr, obwohl sie nach wie vor ständig Rollenangebote erhielt. Ende des Jahres würde ihre Autobiografie erscheinen, die Brods Frau Rebecca geschrieben hatte. Unwillkürlich fragte sich David, wie viel Fee darin enthüllen würde. Was immer ihre Fehler auch sein mochten, sie würde nie jemandem bewusst wehtun. Er dachte an Lyle, der wieder geheiratet hatte und inzwischen auf seine Art glücklich war. Wie waren Fee und sein Cousin zusammengekommen? Die beiden hätten nicht verschiedener sein können. Jedenfalls hatte Fee ihn nicht geheiratet, um gesellschaftliches Ansehen zu erlangen, denn in Australien war sie ein Star, und außerdem hatte sie ein beträchtliches Vermögen mit in die Ehe gebracht. Plötzlich wurde David klar, dass er sie nicht wieder aus seinem Leben gehen lassen wollte. Für ihn war sie wie ein Sonnenstrahl, und er liebte die australische Sonne.

Ally wartete, bis alle Gäste gegangen waren und Francesca und David Gute Nacht gesagt hatten. Fee, die ein richtiger Nachtmensch war, saß noch auf dem Sofa und plauderte munter über den Abend.

„Ich war mir nicht ganz sicher, ob ich Miles und Sophie einladen sollte, aber es hat ganz gut geklappt, findest du nicht?“, fragte sie schalkhaft.

„Ja“, erwiderte Ally erstaunt. „Nicht jeder hätte den Ehemann und den Exmann gleichzeitig eingeladen.“

Fee lachte. „Also, ich werde nie begreifen, warum Miles und Sophie sich getrennt haben. Sie waren ein echtes Team!“

„Fee, ich muss dir etwas sagen“, sagte Ally schnell, bevor Fee eine Anekdote über ihre beiden Schauspielerkollegen zum Besten geben konnte.

„Komm her, mein Schatz.“ Fee klopfte neben sich aufs Sofa. „Du kannst mir alles erzählen. Ich habe gemerkt, dass dich etwas beschäftigt.“

„Es geht nicht um Rafe“, meinte Ally trocken. Sie setzte sich neben ihre Tante und nahm deren schmale Hand mit dem auffallenden Siebenkaräter, einem Geschenk ihres zweiten Mannes. „Ist dieses Ding eigentlich versichert?“ Sie drehte ihn so, dass der Stein sich wieder in der Mitte befand.

Fee schüttelte den Kopf. „Die Prämie wäre viel zu hoch."

Ally sah ihr in die Augen. „Fee, du bist eine sehr reiche Frau."

„Weil ich mein Geld nicht verschenke."

„Das ist mir neu." Liebevoll tätschelte Ally ihr die Wange.

„Ich weiß, worauf du hinauswillst, mein Schatz, aber das ist ein Familiengeheimnis. De Lyle wollte kein Geld von mir annehmen, aber ich habe darauf bestanden. Francesca sollte es an nichts fehlen."

„Sie wollte nur ihre Mum."

„Ich weiß." Fee rückte ein Stück näher. „Erinnere mich bitte nicht daran, wie egozentrisch ich war. So, und nun erzähl mir von deinem Problem. Und damit meine ich natürlich nicht Rafe. Er ist ein großes Problem."

„Ich werde verfolgt, Fee", verkündete Ally ohne große Umschweife.

Prompt blickte Fee sich nervös um, als könnte jeden Moment ein bewaffneter Eindringling durch die geöffnete Terrassentür hereinkommen. „Das ist ja schrecklich, mein Schatz", erwiderte sie besorgt. „Die Höchststrafe für so etwas liegt bei fünfzehn Jahren. Hast du schon die Polizei verständigst? Das musst du unbedingt."

„Wenn du mir versprichst, es für dich zu behalten, erzähle ich es dir." Fee neigte nämlich dazu, alles zu dramatisieren. Sie wandte sich ihr zu, und Ally schilderte ihr den Sachverhalt.

„Glaub ja nicht, ich wüsste nicht, was du durchmachst!", rief Fee schließlich und schob ein seidenes Kissen beiseite. „Es gab mal eine Zeit, an die ich lieber nicht denke ... Dieser miese Kerl ..." Sie verstummte und fügte schließlich hinzu: „Wir müssen Brod unbedingt informieren."

„Du hast mir versprochen, es für dich zu behalten", erinnerte Ally sie.

„Ich hatte ja auch keine Ahnung. So etwas ist wirklich

schrecklich für eine junge Frau. Für jede Frau. Kein Wunder, dass du zu mir gekommen bist. Du musst unbedingt hierbleiben. Verlass auf keinen Fall das Haus. Ich kann mich um alles kümmern – Leibwächter, Sicherheitsbeamte."

Ally legte die Hand auf ihre. „Fee, Liebes, ich werde morgen nach der Arbeit in meine Wohnung fahren. Du hast schließlich Fran und David zu Besuch und möchtest einiges mit ihnen unternehmen. Fran muss in einigen Tagen wieder nach England fliegen und soll die Zeit hier genießen. Ich möchte nicht, dass sie davon erfährt."

Fee lehnte sich zurück und seufzte tief. „Du bist ihr sehr wichtig, mein Schatz. Sie würde es wissen wollen."

„Sie kann überhaupt nichts tun, Fee, und ich möchte ihr den Aufenthalt hier nicht verderben. Auch David nicht. Er sieht viel besser aus als bei unserer letzten Begegnung."

„Ich habe den falschen Cousin geheiratet." Fee schnitt ein Gesicht.

„Das ist schon okay. David war damals ja schon verheiratet."

Fee dachte einen Moment lang nach. „Ja. Er mag mich sehr. Das ist Ironie des Schicksals. Seine Mutter – Gott hab sie selig – hat mich immer behandelt, als wäre ich ein Elefant im Porzellanladen. Du willst also alles Rafe überlassen?"

Ally nickte. „Janet Massie kommt morgen Abend zu mir."

„Wie soll eine Frau dir denn helfen, mein Schatz?", meinte Fee skeptisch.

„Du kennst Janet nicht." Ally lächelte. „Sie ist sehr nett und außerdem sehr kräftig. Nach dem Tod ihres Mannes hat sie die Farm allein geleitet."

Fee war beeindruckt. „Diese Janet wird also als deine Leibwächterin fungieren, bis Rafe kommt?"

„So ungefähr", bestätigte Ally.

„Wenn du mich fragst, liebt dieser Mann dich immer noch.“ Fee, Expertin in derartigen Angelegenheiten, klang völlig überzeugt.

„Selbst wenn es der Fall wäre, habe ich ihm unmissverständlich zu verstehen gegeben, dass ich mich nicht zur Ehefrau eigne. Er braucht eine Frau, die immer für ihn da ist.“

„Doch nicht etwa Lainie Rhodes?“, erkundigte Fee sich entgeistert. „Sie kann dir überhaupt nicht das Wasser reichen. Allerdings muss ich zugeben, dass sie viel besser aussieht als früher. Aber sie erinnert mich immer an einen aufgeregten …“

„Kleinen Hund.“ Ally stöhnte leise. „Genau das hat Rafe auch gesagt.“

„Ich brauche jetzt erst mal einen Drink.“ Fee zog die Beine hoch und rollte sich zusammen.

„Du willst morgen doch nicht mit einem Kater aufwachen, oder?“, fragte Ally ungerührt. „Schließlich wollt ihr in die Blue Mountains fahren.“

„Vergiss die Blue Mountains!“, rief Fee und setzte sich auf. „Ich kann dich nicht allein lassen.“

„Das ist nett von dir.“ Ally tätschelte ihr die Hand. „Aber dieser Kerl hat sich ja noch nie gezeigt. Er schickt mir nur obszöne Briefe und belästigt mich am Telefon. Ich würde mir erst ernsthafte Sorgen machen, wenn er mir sechs Dutzend Pizzas schicken würde. Nein, fahr auf jeden Fall, Fee. Rafe war nur der Meinung, du solltest es wissen.“

„Natürlich muss ich es wissen!“, rief Fee empört. „Schließlich bin ich jetzt, wo dein Vater nicht mehr lebt, das Familienoberhaupt.“

„Rafe war auch der Meinung, dass wir es niemandem sonst erzählen sollen“, erklärte Ally.

„Na gut“, antwortete Fee widerstrebend. „Aber ich werde Berty sagen, dass er dich zum Studio fährt.“ Berty war der

Mann, der für sie arbeitete. „Ich könnte es mir nie verzeihen, wenn dir etwas zustoßen würde."

Das klang so melodramatisch, dass Ally sich zu ihr hinüberbeugte und ihr einen Kuss auf die Wange gab.

„Mir wird schon nichts passieren, altes Mädchen."

Fee lachte. „Du wirst auch irgendwann ein altes Mädchen sein."

„Das hoffe ich doch." Ein Schauer überlief Ally. „Janet wird auf mich und meine Wohnung aufpassen, und Rafe möchte auf eigene Faust Nachforschungen anstellen. Er kommt in ein paar Tagen."

„Wie gut, dass es die Camerons gibt!", sagte Fee leise. „Sie zu ärgern wäre dasselbe, wie Crocodile Dundee zu verärgern. Du weißt ja, dass deine Vorfahrin Cecilia Kinross Charlie Cameron geliebt hat und nicht Ewan Kinross, den Mann, den sie geheiratet hatte."

„Vielleicht waren sie alle ein bisschen durcheinander", bemerkte Ally. „Immerhin trinken die Schotten gern Whisky."

„Stimmt", bestätigte Fee leidenschaftlich. „Weißt du, mein Schatz, du bist wirklich eine gute Schauspielerin – sogar etwas besser als ich in deinem Alter –, aber ich finde, es war ein Fehler, damals auf Rafe Cameron zu verzichten. Daher würde ich dir raten, mit ihm ins Bett zu gehen. Es gibt keine bessere Methode, um eine Beziehung zu festigen. Meine liebe Tochter wird der beste Beweis dafür sein."

In dieser Nacht hatte Ally wilde Träume. Sie befand sich immer an einem unheimlichen Ort und wartete hilflos und am Ende ihrer Kräfte darauf, dass der mysteriöse Verfolger zu ihr kam. Wenn sie dann aus dem Schlaf schreckte und wieder einnickte, hatte sie denselben Albtraum. Erst gegen Morgengrauen wurde es besser, und sie träumte von der Zeit, in der Rafe und sie unzertrennlich gewesen waren. Als seine Eltern noch gelebt und sie auf Opal Plains willkommen geheißen hatten, als wäre es ihr Zuhause. Und das war es tatsächlich gewesen. Sie war auf Kimbara nie mehr glücklich gewesen, nachdem ihre Mutter ihren Vater verlassen und geschworen hatte, um das Sorgerecht für sie und Brod zu kämpfen. Allerdings hatte ihre Mutter nicht dieselben Mittel zur Verfügung gehabt wie ihr Vater, und daher hatten sie sie nie wiedergesehen. Und ihr Vater war wie ein Fremder für sie gewesen.

Während ihrer Kindheit und Jugend waren Brod und Rafe ihre Helden. Und da Rafe fünf Jahre älter war als sie, spielte sie gern die Rolle der kleinen Schwester. Bis Rafe und sie sich ineinander verliebten. Von da an wurde alles anders. Aus freundschaftlicher Zuneigung entwickelte sich eine tiefe Liebe, die ihr Angst machte. Nicht, dass Rafe mehr von ihr verlangte, als sie zu geben bereit war. Selbst als Teenager war er schon sehr beherrscht und hatte ein ausgeprägtes Ehrgefühl, und sie wusste, dass sie ihm sehr viel bedeutete. Sie hatten sich leidenschaftlich geliebt.

Ally war in eine Art Halbschlaf gefallen und träumte nun von dem Sommerhaus, das ihr Großvater am Ufer des Flusses im weitläufigen Garten von Kimbara errichtet hatte. Dort hatte Rafe sie zum ersten Mal richtig geküsst …

Auf Kimbara fand eine Party statt, die nach Mitternacht in vollem Gange war. Ihr Vater hatte einen Prinzen aus Asien eingeladen, der ein leidenschaftlicher Polospieler war und ihm einige Poloponys abgekauft hatte. Das Haus war hell erleuchtet. Ally hörte Musik und Lachen und roch den berauschenden Duft des Jasmins, der am Sommerhaus hochrankte. Es war eine wunderschöne Nacht, und der Mond tauchte den Garten und die Wüste dahinter in silbriges Licht.

Sie war sechzehn und an diesem Abend ein wenig beschwipst. Rafe war weggegangen, um ihr ein kühles Getränk zu holen, doch sie hatte einem Ober ein Glas Champagner vom Tablett stibitzt und es schnell geleert.

„He, Ally!“ Als Rafe zurückkam und das Sektglas in ihrer Hand sah, machte er ein Gesicht wie ein großer Bruder.

„Sei kein Spielverderber!“, erwiderte sie übermütig. Sie war wie berauscht von ihrer Liebe zu ihm. Sie ging auf die Terrasse und lief dann in den Garten, wohl wissend, dass Rafe ihr folgte. Als sie das Sommerhaus erreichte, war sie ganz außer Atem und freute sich, weil er es nicht geschafft hatte, sie einzuholen. Lachend hielt sie sich an einem Pfeiler fest, und ein Jasminzweig verfing sich in ihrem Haar. Sie trug ein grünes Seidenkleid, passend zu ihrer Augenfarbe. Es war ganz neu, ein Geschenk ihrer Tante Fee, die in England lebte und stets an sie dachte.

Rafe lachte auch. Es war ein verführerisches Lachen, das sie niemals vergessen würde.

„Du müsstest dich jetzt sehen“, meinte er neckend.

„Was siehst du denn?“ Überwältigt von einem unbestimmten Gefühl, wurde Ally ernst. Sie fühlte sich plötzlich anders. Älter.

„Ich sehe einen albernen sechzehnjährigen Teenager“, erwiderte er scherzhaft, doch diesmal hatte seine Stimme einen ganz besonderen Unterton.

„Ich habe nur ein Glas getrunken!“, verteidigte Ally sich.

„Ich weiß, aber das reicht auch“, verkündete er. Mit einundzwanzig fühlte er sich bereits erwachsen. „Wir sollten jetzt zu den anderen zurückkehren, Ally.“

„Warum?“, fragte sie aufreizend.

„Weil ich nicht möchte, dass du in Schwierigkeiten gerätst. Du kennst deinen Vater ja.“

„Sehr gut sogar.“ Tränen brannten ihr in den Augen. „Mich zu lieben und mit mir anzugeben sind zwei verschiedene Dinge. Für meinen Vater bin ich doch nur ein weiterer Besitz, Rafe.“

Rafe seufzte und streckte ihr die Hand entgegen. „Lass uns zurückgehen, Ally."

„Ich will aber nicht. Und du kannst mich nicht dazu zwingen." Trotzig hob sie das Kinn.

Ein Lächeln umspielte seine Lippen. „Und ob ich das kann, Ally Kinross. Ich kann dich hochheben und überallhin tragen. Jederzeit."

„Und warum tust du es dann nicht, liebster Rafe?", erkundigte sie sich herausfordernd, als sie das Funkeln in seinen Augen sah.

„Ich mache nur Witze, Ally", erklärte er streng. „Mach es mir nicht zu schwer."

„Komm schon, Rafe. Niemand kann besser auf mich aufpassen als du." Etwas, das süßer war als der Duft von Jasmin und wirkungsvoller als das Mondlicht, rauschte in ihren Adern. Schweigend ging sie einen Schritt auf Rafe zu, direkt in seine Arme.

„Ich liebe dich, Rafe", sagte sie glücklich.

„Ally!" Er wandte den Kopf, doch sie hatte seinen gequälten Gesichtsausdruck bemerkt.

„Ich liebe dich", wiederholte sie, und ehe sie sich's versah, zog er sie an sich. Es war genauso romantisch, wie sie es sich immer erträumt hatte. Er hielt sie fest und presste die Lippen auf ihre, um sie verlangend zu küssen. Es war ... eine Offenbarung. Einfach himmlisch.

Danach hatten sie beide geschwiegen, als wäre ihnen bewusst geworden, dass nichts wieder so sein würde wie vorher. Sie, Ally, war nicht mehr Rafes „kleiner Spatz" gewesen. Der kleine Spatz war flügge geworden ...

Ally schreckte aus dem Schlaf. Noch immer glaubte sie Rafes Lippen auf ihren zu spüren. Sie glaubte sogar, sein Duft würde ihr noch anhaften. Sie sehnte sich genauso schmerzlich nach Rafe wie damals. In ihrem Bemühen, auf Distanz zu ihm zu gehen, um sich über ihre Beziehung zueinander klar zu werden, hatte sie sich allerdings völlig von ihm entfremdet. Hätte sie doch nur eine Mutter gehabt, die sie um Rat hätte fragen können, um ihre widerstreitenden Gefühle in den Griff zu bekommen. Jetzt war ihr bewusst, dass Rafe sein Verlangen damals unterdrückt hatte. Aber schließlich war er auch fünf Jahre älter als sie, Erbe einer großen Rinderzuchtfarm und es von Kindesbeinen an gewohnt, Verantwortung zu tragen. Allein in dieser Hinsicht hatten sie überhaupt nicht zusammengepasst.

Erst nachdem seine Eltern auf so tragische Weise ums Leben gekommen waren, hatten Rafe und sie das erste Mal miteinander geschlafen. Ihr, Ally, war es tatsächlich gelungen, ihn seinen Kummer für kurze Zeit vergessen zu lassen. Nicht nur für ihn war es ein schwerer Verlust gewesen, denn seine Eltern hatten ihr viel Zuneigung entgegengebracht. Wenn Sarah Cameron nicht so früh gestorben wäre, dann wäre sie, Ally, inzwischen vielleicht mit Rafe verheiratet. Aber in ihrem Leben gab es keine mütterliche Bezugsperson, an die sie sich hätte wenden können, und auch sie vermisste seine Eltern schmerzlich.

Es war wirklich kein Wunder, dass sie damals so viele Fehler gemacht hatte.

Ally stand früh auf, um Fee, David und Francesca zu verabschieden. Die Blue Mountains, von den ersten Siedlern nach dem blauen Dunst benannt, in den ihre Gipfel gehüllt waren, waren ungefähr eine Stunde Fahrt von Sydney entfernt und eine echte Touristenattraktion. Die Hänge waren dicht mit Eukalyptusbäumen bewachsen, deren ätherisches Öl den Dunst verursachte. Ein weiterer Anreiz für die drei, dorthin zu fahren, war die Tatsache, dass eine sehr gute Freundin von Fee in Leura lebte und dort ein Haus mit einem großen Garten hatte.

Polly, Bertys Frau, hatte Frühstück gemacht, und Ally hatte sich gerade an den Tisch gesetzt, als Francesca ins Zimmer kam. Als Francesca sie sah, lächelte sie.

„Wusstest du, dass Mama diesen Raum wie unsere Orangerie in Ormond House eingerichtet hat?"

„Das weiß ich, Liebes." Ally legte den Kopf zurück, um die mit Stoff bespannte Decke zu betrachten. „Schade, dass du das ehrwürdige Gemäuer nicht erben wirst."

„Stimmt, es ist ein altes Gemäuer." Francesca küsste sie auf die Wange und setzte sich dann ihr gegenüber an den Tisch. „Es wundert mich, dass es Papa noch nicht in den Ruin getrieben hat. Es geht an meinen Cousin Edward, es sei denn, ich bringe einen Erben zur Welt. Aber es macht mir wirklich nichts aus. Die laufenden Kosten sind astronomisch hoch, und es ist schrecklich kalt in dem Haus. Hier gefällt es mir viel besser." Sie blickte durch die geöffnete Tür auf die Terrasse und den dahinter liegenden Hafen von Sydney. Das Wasser glitzerte blau in der Sonne. „Ich wünschte, ich könnte noch länger bleiben."

„Ich auch", pflichtete Ally ihr bei. „Wir wären ein tolles Team und könnten viel unternehmen. Es wäre schön, dich in der Nähe zu haben."

„Ja, aber in London wartet meine Arbeit auf mich."

„Hier würdest du doch auch sofort einen Job in der PR-Branche finden." Ally schenkte ihrer Cousine Kaffee ein. „Mit deinen aristokratischen Zügen und deiner eleganten Sprechweise. Und ‚Lady Francesca de Lyle' klingt auch nicht schlecht", witzelte sie. „Außerdem weiß ich, dass du gern bleiben würdest."

„Ist es so offensichtlich?"

„Eine Frau merkt so etwas sofort. Die Liebe … Ich habe sogar schon einen Plan ausgeheckt."

Francesca warf ihr einen vielsagenden Blick zu. „Das

Problem ist nur, dass Grant ihn bestimmt durchschauen würde."

„Wie kommst du denn darauf?", fragte Ally gespielt schockiert. „Du weißt schließlich noch gar nicht, worum es geht."

Francesca legte die Hand auf ihre. „Ich finde es rührend, dass du immer so an mich denkst, aber Grant weiß, wie sehr sein Bruder gelitten hat, nachdem du ihn verlassen hattest. Und er hat sich geschworen, nie denselben Fehler zu machen wie er."

Ally wandte den Blick ab und biss sich auf die Lippe. „Ich war diejenige, die einen Fehler gemacht hat, Fran."

„Und warum sagst du es Rafe nicht?", drängte Francesca.

Ally schüttelte den Kopf. „Er hat sich meinetwegen zum Narren gemacht, und das kann und wird er mir niemals verzeihen. Du kennst die Camerons nicht. Sie haben ihren Stolz."

„Vielleicht ist das nur Fassade?", meinte Francesca hoffnungsvoll. „Ich weiß, dass ich Grant dazu bringen könnte, sich in mich zu verlieben."

„Jeder Mann könnte sich in dich verlieben, Francesca", meinte Ally lakonisch. „Ich bin sicher, dass Grant dich schön findet und auch sehr mag, aber da er sehr realistisch ist, weiß er, dass du in einer ganz anderen Welt lebst. Vielleicht glaubt er, du würdest es auf einer abgelegenen Farm im Outback nicht lange aushalten. Und wenn man es richtig bedenkt, wäre es ja auch viel verlangt."

„Aber ich bin ein Naturmensch, Ally", wandte Francesca ein.

Ally verdrehte die Augen. „Es ist ein großer Unterschied, ob du auf dem grünen Anwesen deines Vaters umherstreifst oder dich in der Wildnis verirrst. Und genau das ist die Wüste, da darf man sich nichts vormachen. Sie hat schon viele Todesopfer gefordert."

„*Du* liebst sie ja auch", beharrte Francesca. „Du bist auf

Kimbara aufgewachsen. Ich habe mich schon mit zehn ins Outback verliebt. Ich bin auch eine Kinross – mütterlicherseits."

„Sicher bist du das." Ally hob ihre Kaffeetasse. „Dann musst du Grant eben davon überzeugen, dass du dich durchaus zur Frau eines Farmers im Outback eignest. Es hängt einzig und allein von dir ab."

„Stimmt", bestätigte Francesca lächelnd.

6. KAPITEL

Janet Massie traf noch am selben Tag in Sydney ein und fühlte sich auf Anhieb bei ihr wohl. Obwohl sie mindestens dreißig Jahre älter war als sie, hatte Ally das Gefühl, mit ihr auf gleicher Wellenlänge zu liegen.

„Überlassen Sie alles mir, meine Liebe", verkündete Janet entschlossen. „Niemand wird Sie belästigen, wenn ich in der Nähe bin. Wo soll das alles bloß noch hinführen? Wer eine junge Frau verfolgt, ist kein Mann, sondern ein Feigling. Rafe macht sich Sorgen um Sie. Erinnern Sie sich noch daran, wie er vor vier Jahren den Kopf dieser Bande von Viehdieben enttarnt hat? Mit etwas Glück wird er auch diesen Dreckskerl finden, der Sie belästigt. Wenn er den in die Finger bekommt ..."

Und genau das wird das Problem sein, dachte Ally.

Als Janet am nächsten Morgen Allys Post aus dem Briefkasten nahm, erregte ein langer gelber Umschlag, auf dem in Druckschrift Allys Adresse stand, ihre Aufmerksamkeit. Er wirkte irgendwie bedrohlich. Am liebsten hätte sie ihn gleich aufgerissen und den Inhalt gelesen. Sie konnte die Vorstellung nicht ertragen, dass Miss Alison von Kimbara, eine echte Lady, so in Schwierigkeiten steckte. Es musste eine große Belastung sein, doch es stand ihr, Janet, nicht zu, ihre Post zu lesen.

Zum Glück würde Rafe am Spätnachmittag in Sydney eintreffen. Er würde wissen, was zu tun war. Denn obwohl er ein echter Gentleman war, konnte er auch sehr hart sein.

„Wie viele Szenen müssen wir heute noch drehen?", fragte Ally Bart Morcombe, ihren Regisseur, gereizt, und normalerweise war sie nicht gereizt. „Warum muss Matt immer seinen Text vergessen?"

„Vielleicht weil sein Gehirn zu klein ist?“, meinte Zoe Bates, die in der Serie die Frau des Pubinhabers spielte.

Morcombe, der ziemlich erschöpft wirkte, versuchte seinen Star zu beruhigen. Ally war sonst nur sehr selten so angespannt, aber in letzter Zeit hatte sie es ja auch nicht leicht. Die Geschichte mit diesem mysteriösen Verfolger nahm das ganze Team mit – alle außer Matt Harper, der in einem Problemviertel aufgewachsen war. „Matt ist eben nicht so ein Profi wie du, Ally, und er hat nicht dein fotografisches Gedächtnis.“

„Er ist ein Idiot, das ist alles“, mischte Zoe sich ein, die fürchterliche Kopfschmerzen hatte. „Das liegt an dem übermäßigen Kaffeekonsum.“

Morcombe betrachtete sie nachdenklich und kratzte sich am Kopf. „Ich dachte, in Maßen wäre Kaffee gesund. Jedenfalls bringt es nichts, sich aufzuregen, Zoe. Wir dürfen nicht vergessen, dass Matt beim Publikum gut ankommt und wir traumhafte Einschaltquoten haben. Zwischen Ally und Matt funkt es auf dem Bildschirm gewaltig.“

„Und ich dachte, er würde auf Männer stehen!“, bemerkte Zoe verächtlich, obwohl es dafür überhaupt keine Anhaltspunkte gab. Allerdings hielt sich das Gerücht hartnäckig, weil Matt Harper außergewöhnlich attraktiv war und nur selten Freundinnen hatte. Da er ein wenig verwegen und gefährlich wirkte, hatte er eine Hauptrolle in der Serie bekommen. Obwohl er nie Schauspielunterricht genommen hatte, kam er auf dem Bildschirm sehr gut rüber.

Sie, Ally, mochte ihn nicht besonders, half ihm jedoch, wo sie konnte, was er offenbar auch zu schätzen wusste. An diesem Tag hätte sie ihm allerdings am liebsten das Manuskript um die Ohren gehauen. Ihrer Meinung nach war Bart ihm gegenüber viel zu nachsichtig.

Es war fast fünf Uhr nachmittags, und sie drehten bereits seit dem frühen Morgen.

Schließlich kam Matt aus der Garderobe und blickte in die Runde, als würde er nicht verstehen, warum ihn alle so entnervt ansahen.

„Warum hast du so lange gebraucht?“, fuhr Bart ihn an.

„Ich hab mir das Haar toupiert“, erwiderte Matt frech.

Ally atmete scharf aus. „Meinst du, wir können diese Szene jetzt abdrehen, Matt? Ich bin wirklich müde.“

„Klar, Prinzessin.“ Er schenkte ihr ein Lächeln, das seine perfekten Jacketkronen entblößte. „Wenn alle schön locker bleiben, erinnere ich mich vielleicht an meinen Text.“

„Bitte tu das, Matt“, flehte sie.

Matt musterte sie von Kopf bis Fuß. Er war nicht besonders groß, aber sehr muskulös. „Ich liebe es, wenn du mich so bittest.“

In der Szene sollte Matt in seiner Rolle als Stadtrowdy in ihre Praxis kommen, und zwar angetrunken und leicht aggressiv.

Matt schaffte es mit einer Einstellung.

Sie waren gerade dabei, die Szene unter Dach und Fach zu bringen, als Sue Rogers, die Regieassistentin, hereingestürmt kam. „Draußen steht der aufregendste Mann, den ich je gesehen habe, und spricht mit dem Boss. Ich sage euch, er ist besser als Robert Redford in den besten Jahren.“

„Ach, das glaube ich nicht.“ Zoe winkte ab. „Du hast deine Brille nicht auf. Redford kann niemand das Wasser reichen.“

„Na, wart’s ab!“ Sue klang ein wenig hysterisch. „Er ist groß, schlank und muskulös und hat wundervolles Haar. Es sieht aus wie Gold!“

„Könnte eine optische Täuschung sein“, sagte Zoe, während sie ihre Sachen zusammensammelte. „Es war ein anstrengender Tag.“

Ally war die Einzige, die genau wusste, um wen es sich handelte. Der Beschreibung nach konnte es nur Rafe sein. Er war also in Sydney. Allerdings hätte sie nie damit gerechnet, dass er sie im Studio abholen könnte. Ihr Herz klopfte sofort schneller, denn sie konnte es gar nicht erwarten, ihn zu sehen.

„Ich glaube, es ist ein Freund von mir." Sie lächelte Sue an. „Rafe Cameron."

„Du meine Güte, ich glaube, ich falle gleich in Ohnmacht." Sue tat so, als würde sie das Gleichgewicht verlieren. „*Der* Cameron, der Viehbaron?"

„Genau der."

„Siehst du!" Sue drehte sich zu Zoe um. „Was habe ich dir gesagt? Ich wusste, dass er etwas Besonderes ist. Dieser Gang! Junge, Junge!"

„Den würde ich gern kennenlernen." Bart klang fasziniert.

„Vielen Dank, aber ich bin schon weg", erklärte Matt schroff und blickte Ally starr an. „Du stehst auf ihn, oder?"

„Rafe ist so etwas wie ein großer Bruder für mich." Sie bemühte sich, ihren Ärger zu überspielen. Es ging Matt wirklich nichts an. „Und da mein richtiger Bruder gerade in den Flitterwochen ist, stellt Rafe jetzt Nachforschungen an."

„Du findest also, dass die Polizei nicht genug unternimmt?", fragte Matt mit einem höhnischen Unterton. „Mich hat sie jedenfalls ganz schön in die Zange genommen."

„Na, umso besser, dass du nicht schreiben kannst", warf Zoe unfreundlich ein. Sie konnte Matt Harper nicht ausstehen, doch dass er der geheimnisvolle Unbekannte war, glaubte sie auch nicht.

„Was soll das denn heißen?" Matt ging auf sie zu. Zorn blitzte aus seinen dunklen Augen.

„Nichts, Matt, es war nur eine dumme Bemerkung." Ally hielt ihn zurück, indem sie seinen Arm umfasste.

Zoe erschauerte leicht. „Ich nehme es zurück."

Matt schien sich wieder zu beruhigen. Er betrachtete Allys Hand. „Du bist eine echte Lady, Ally. Die *einzige,* die mir je begegnet ist."

„Wolltest du nicht gehen, Matt?", erkundigte sich Bart, der jeden Ärger vermeiden wollte. Er versuchte, Matt gegenüber, der fast wie ein Straßenkind aufgewachsen war, nachsichtig zu sein, aber es fiel ihm nicht leicht.

Im nächsten Moment kam Rafe mit dem Chef des Fernsehsenders, Guy Reynolds, herein.

„Jetzt weiß ich, was du gemeint hast", flüsterte Zoe Sue zu. Sie war tief beeindruckt, während Matts Miene sich noch mehr verfinsterte.

„Ah, der Viehbaron, der mit einem goldenen Löffel im Mund geboren wurde", bemerkte Matt spöttisch. „Ich wette, er hat einen kräftigen Händedruck."

Ally zuckte mit den Schultern. „Warum findest du es nicht heraus?"

Alle blickten Rafe Cameron entgegen. Er war einen Kopf größer als Guy Reynolds und lässig gekleidet – Jackett, Hemd und beigefarbene Hose. Seine Größe, seine Statur, sein Gang, seine sonnengebräunte Haut und sein dichtes blondes Haar ließen ihn jedoch sehr imposant erscheinen.

Erst auf den zweiten Blick bemerkte man den intelligenten Ausdruck in seinen braunen Augen und die feinen Fältchen in den Augenwinkeln. Eine Aura der Macht umgab ihn. Er war jeder Zoll der Viehbaron.

Alle am Set konnten sich gut vorstellen, wie er auf dem Pferd saß, und es dauerte einen Moment, bis sie sich bewusst wurden, dass sie ihn förmlich anstarrten. Selbst Ally konnte den Blick nicht von ihm abwenden.

Matt bekam keine Gelegenheit mehr zu gehen, denn Guy Reynolds begann, Rafe mit den anderen bekannt zu machen. Rafe war so charmant wie eh und je und schlug alle in seinen

Bann. Selbst Matt wirkte nicht mehr so aggressiv wie zuvor und zollte ihm Respekt.

Der ganze Frust des anstrengenden Tages schien von der Crew abzufallen. Man merkte Rafe Cameron an, dass er sehr furchteinflößend sein konnte, aber auch sehr nett, wenn er einen mochte und man Alison Kinross nicht zu nahetrat. Als er Matt die Hand schüttelte, hatte man den Eindruck, dass dieser sich richtig geschmeichelt fühlte.

Zwanzig Minuten später saßen Rafe und Ally in ihrem kleinen Sportwagen und waren unterwegs zu ihrem Apartment.

„Na, wie hast du meine Kollegen gefunden?", fragte sie und warf ihm einen flüchtigen Blick zu.

„Die meisten haben einen sympathischen Eindruck gemacht", erwiderte er. „Aber man kann nie wissen."

Ally seufzte tief. „Die Polizei hat alle befragt, wie du ja weißt. Matt haben sie richtig ausgequetscht. Ich glaube, es gibt eine Akte über ihn. Es waren nur kleine Vergehen, Jugendstrafen, aber so etwas bleibt an einem haften."

„Ich würde sagen, der Junge hat kein leichtes Leben gehabt." Rafe sprach aus Erfahrung.

„Stimmt!", bestätigte sie. „Er war ständig in irgendwelchen Heimen. Ich versuche ja, ihn zu mögen, aber er macht es uns allen sehr schwer."

„Er muss erst einmal lernen, sich selbst zu mögen, bevor er jemand anderen mögen kann", meinte Rafe. „Beinahe hätte ich ihm einen Job angeboten. Ich habe schon erlebt, dass Jugendliche, die aus der Gosse kamen, sich völlig verändert haben, wenn man ihnen Verantwortung übertragen hat."

Sie wusste, dass er sich bereit erklärt hatte, ein Projekt für hilfsbedürftige Jugendliche zu fördern, als man damit an ihn herangetreten war. Ihr Vater hatte sofort abgelehnt.

„Das Land und der Umgang mit den Pferden wirken Wunder“, fuhr Rafe fort. „Ich glaube nicht, dass Harper sich in der Filmbranche wohlfühlt.“

„Für ihn ist es nur eine Verdienstmöglichkeit“, erwiderte sie. Das hatte Matt ihr unzählige Male gesagt. „Das Merkwürdige ist nur, dass er auf dem Bildschirm so gut rüberkommt. Es kursiert das Gerücht, dass er homosexuell ist.“

Rafe sah sie an. „Nein, bestimmt nicht, Ally. Ich bin sicher, dass er glaubt, er wäre in dich verliebt.“

Wegen des dichten Verkehrs musste sie nach vorn blicken. „*Was?*“, rief sie entgeistert. „Matt interessiert sich überhaupt nicht für mich. Wir spielen eine Rolle.“

„Offenbar sieht die Kamera Dinge, die du nicht siehst“, sagte er forsch.

„Das glaube ich nicht.“ Ally schüttelte den Kopf. „Matt hat keine Freundin ...“

„Vielleicht weil er auf *dich* fixiert ist“, überlegte er laut. Er hatte Ally ganz bewusst im Studio abgeholt, um ihre Kollegen unter die Lupe zu nehmen. „Mal angenommen, er dementiert die Gerüchte ganz bewusst nicht, weil es ihm in den Kram passt. Vielleicht weiß er nicht, wohin mit seiner Leidenschaft. Immerhin bist du die berühmte Ally Kinross. Du bist privilegiert. In gewisser Weise bist du eine Heldin für ihn, aber gleichzeitig hat er Angst vor dir. Und wie überwindet er diese Angst? Seine Schamgefühle wegen seiner Herkunft? Er belästigt dich.“

Unwillkürlich verstärkte sie den Griff ums Lenkrad. „Das ist unmöglich, Rafe. Wir arbeiten schon eine ganze Weile zusammen. Ich sehe ihn ständig. Die Polizei hat ihn einen halben Tag lang befragt.“

„Glaubst du, die Polizei wüsste nicht, was sie tut?“, konterte er. „Die meisten Verbrechen gegen Frauen werden von Männern aus ihrem Umfeld begangen – Exmännern, Exlovern, eifersüchtigen Freunden oder Kollegen. Männern, die von ihnen besessen sind. Und leider gibt es eine Akte über Harper. Er tut uns allen leid, weil er so aufgewachsen ist, aber vielleicht hat er einen Dämon in sich. Vergiss das nicht."

Er wartete, bis sie vom Parkplatz fuhren. Die Frau saß am Steuer. Merkwürdig. Der große Viehbaron ließ eine Frau ans Steuer! Er machte das nie. Frauen hatten überhaupt kein Gespür für Technik und waren verdammt schlechte Fahrer. Die Männer beherrschten die Welt.

Nur eine Frau war etwas Besonderes. Ally Kinross. Reich, aus gutem Hause, sexy und sehr schön. Er würde alles darum geben, wenn sie sich für ihn interessieren würde, doch das würde niemals passieren. Nicht wenn Typen wie dieser Millionär um sie herumscharwenzelten. Woher hatten diese Leute eigentlich so viel Geld? So viel Macht. Er hatte kein Geld, und seine Herkunft war auch sehr fragwürdig. Seine Schlampe von Mutter hatte schon früh zu ihm gesagt: „Du bist nicht Dannys Kind." Damals war er zu jung gewesen, um es zu verstehen, aber mit sieben hatte er es getan, und da war er schon kriminell gewesen. Jedenfalls war Dannys richtige Brut nicht hübsch. Mit seinem Aussehen hatte er gutes Geld verdient. Irgendeine dumme Tussi hatte ihn eines Tages in einem Einkaufszentrum angesprochen und ihn gefragt, ob er Lust hätte, als Model zu arbeiten und vielleicht sogar in einer Fernsehserie aufzutreten. Er hatte ihr kein Wort geglaubt.

„Unterschreiben Sie, und überlassen Sie alles mir!"

Das hatte er getan. Und seitdem er sich die Zähne hatte machen lassen, sah er noch viel besser aus. Jetzt hatte er das perfekte Lächeln. Womit er nicht gerechnet hatte, war, dass diese dumme Tussi sich in ihn verlieben würde. Sie musste fast vierzig sein, und er hasste ihr gefärbtes blondes Haar. Doch als er Ally Kinross das erste Mal gesehen hatte, hatte es ihn umgehauen! Ally, die Unberührbare. In dem Moment hatte er beschlossen, sie zu bestrafen.

Er hatte beschlossen, ihr Briefe zu schicken. Sie anzurufen. Es verschaffte ihm einen unglaublichen Kick. Das Gefühl, Macht über sie zu haben. Er war wirklich clever. Die Polizei verdächtigte ihn nicht.

Er wusste, wo Ally wohnte. Er hatte ihre neuste Geheimnummer. Allerdings würde es schwierig werden, die Nächste zu bekommen, wenn sie sie wieder wechselte. Er wusste alles über die Hochzeit ihres Bruders, obwohl er ihr nicht nach Brisbane gefolgt war. Er wusste alles über die Tante in der großen Villa am Hafen. Und jetzt kannte er auch ihren Freund. Den Viehbaron, der wie ein griechischer Gott aussah.

Er musste erfahren, was zwischen Ally und ihrem alten Freund lief. Irgendwie spürte er, dass Cameron Gefahr bedeutete. Aber die Gefahr hatte ihn schon immer gereizt.

Als sie den Apartmentblock erreichten, in dem sie wohnte, fuhr Ally in die Tiefgarage und stoppte einen Moment, um die Tür zu öffnen. Da Rafe bei ihr war, hatte sie auch keine Angst mehr. Sie wusste, dass er sich in Matt Harper täuschte. Allerdings überraschte es sie, denn er hatte eine ausgezeichnete Menschenkenntnis. Offenbar verdächtigte er zunächst jeden.

Während der Fahrt hatte er ihr erzählt, dass er bereits mit dem zuständigen Polizeibeamten gesprochen hatte. Leider hatte die Polizei überhaupt keine Anhaltspunkte. Sie wartete darauf, dass der geheimnisvolle Unbekannte einen Fehler machte.

Als sie das Apartment betraten, erwartete Janet sie mit dem gelben Umschlag in der Hand. Rafe nahm ihn ihr ab und schlitzte ihn vorsichtig mit dem Brieföffner auf, den sie ihm reichte.

„Heißt du Ally Kinross?“, fragte Ally trocken.

„Ja." Er betrachtete den weißen Briefbogen, der mit ungelenken Blockbuchstaben beschrieben war.

„Was steht da?" Ally sank aufs Sofa. Sie zitterte am ganzen Körper.

Rafe wartete einen Moment, bevor er antwortete. „Das dürfte für einen Experten interessant sein. Ein merkwürdiges Sprachmuster. Es könnte allerdings vorgetäuscht sein, genauso wie die falsche Rechtschreibung."

Janets Miene hellte sich auf. „Das heißt, Sie haben schon jemanden!"

„Rafe verdächtigt jeden", sagte Ally.

„Das würdest du auch, wenn du vernünftig wärst." Er zog die Brauen zusammen.

„Also, was steht drin?", hakte sie nach.

Rafe lachte humorlos. „Es ist nicht so interessant." Er faltete den Bogen zusammen, um ihn wieder in den Umschlag zu stecken, verharrte dann jedoch mitten in der Bewegung. „Soso." Er betrachtete den Umschlag. Offenbar hatte er nicht richtig geklebt, sodass der Absender zusätzlich Klebeband benutzt hatte. „Vielleicht hat unser Freund doch seine Visitenkarte hinterlassen."

„Sag's mir, Rafe", bat sie. „Mir ist ganz schlecht."

Rafe reichte ihr den Umschlag. „Siehst du etwas unter dem Klebeband?"

Plötzlich war ihr nicht mehr übel. „Wenn ich mich nicht irre, ist das ein dünnes Haar – zum Beispiel vom Handgelenk eines Mannes."

„Genau." Er nahm ihr den Umschlag wieder ab. „Den gebe ich gleich morgen früh der Polizei. Vielleicht rufe ich sogar Detective Mead an."

„Wegen eines Gentests, meinst du?"

Rafe nickte. „Das bringt uns bestimmt weiter."

„Wunderbar!" Janet strahlte übers ganze Gesicht. „So, und

jetzt müsst ihr beide etwas essen. Bleibst du zum Abendessen, Rafe?“

„Wenn du mir keine Erdnussbuttersandwiches servierst.“ Er spielte auf die Zeit an, in der sie genau das getan hatte. „Oder sollen wir essen gehen?“, fügte er an Ally gewandt hinzu, als er ihren nachdenklichen Gesichtsausdruck bemerkte.

„Das ist eine tolle Idee“, meinte Janet begeistert, „aber ich komme nicht mit. Im Fernsehen läuft ein alter Film mit Robert Mitchum, den ich sehen möchte. Vornehme Restaurants sind etwas für junge und schicke Leute.“

„Dann sollte ich mich wohl umziehen“, erklärte er.

Ally schüttelte den Kopf. „Du siehst gut aus.“

„Weißt du was? Ich fahre jetzt ins Hotel und hole dich gegen halb acht ab. So hast du genug Zeit, um dich in der Badewanne zu entspannen.“ Sofort sah er ihren wunderschönen Körper inmitten von glitzerndem Schaum vor sich. „Ich muss noch einige Anrufe erledigen. Ist dir das ‚Victoria's‘ recht?“

„Es wird schwer sein, da einen Tisch zu bekommen.“

„Ich schaffe das schon“, erwiderte er lässig.

Janet lachte, und ihre hellblauen Augen funkelten amüsiert. „Darauf wette ich.“

Ally befolgte Rafes Rat und nahm ein ausgedehntes Bad. Während sie im warmen Wasser lag, verspürte sie ein erregendes Prickeln.

Noch immer erinnerte sie sich an jeden Moment ihrer leidenschaftlichen Nacht an Brods und Rebeccas Hochzeitstag, an das ungezügelte Verlangen, das sie beide verzehrt hatte. Danach hatte sie einen tiefen inneren Frieden empfunden. Rafe hingegen hatte reglos dagelegen, die Hände hinter dem Kopf gefaltet. Deutlicher hätte er es ihr nicht zeigen können. Ihre Begierde beruhte auf Gegenseitigkeit. Was in ihm vorging, entfremdete sie einander.

Warum hat Lainie ihm bloß von dem Rollenangebot erzählt, das man mir gemacht hat, fragte Ally sich gequält. Sie hatte noch nicht einmal das Drehbuch gelesen, aber Lainie hatte es so dargestellt, dass sie im Begriff war, das Angebot anzunehmen. Dass ihr Ruhm ihr wichtiger wäre als die Liebe. Selbst Fee war davon überzeugt, dass sie die Rolle annehmen würde. Alle in der Branche waren der Meinung, dass sie bald ein Filmstar sein würde.

„Du hast das ideale Gesicht dafür“, sagte Bart immer. Er wusste jedoch nicht, dass ihre sogenannte Karriere sie nicht ausfüllte. Bei Fee war das Gegenteil der Fall gewesen. Sie hatte sogar ihre Familie für ihre Karriere geopfert.

Obwohl sie, Ally, Francescas Vater, Lord de Lyle, nur zweimal begegnet war, hatte sie gemerkt, dass er ganz anders war als Fee, sogar anders als sein Cousin David. Aber er hatte sich sehr bemüht, Francesca ein guter Vater zu sein.

Niemand konnte einem Kind die Mutter ersetzen. Brod und sie, Ally, hatten mit diesem Verlust leben müssen. Fee hatte Glück gehabt, denn sie hatte die Gelegenheit bekommen, ihre Tochter neu kennenzulernen. Alle Leute betonten, wie sehr Fee und sie sich ähnelten. Daher war es wohl kein Wunder, dass Rafe glaubte, es würde mit ihnen nicht gut gehen.

Um halb acht kehrte Rafe mit einer Schachtel Pralinen für Janet zurück, und sie verabschiedeten sich von Janet, die es sich vor dem Fernseher gemütlich gemacht hatte.

Rafe hatte sich umgezogen und trug nun einen perfekt sitzenden dunkelgrauen Anzug mit einem weißen Hemd und einer weinroten Krawatte. Wenn man bedachte, dass er sonst fast immer Reitsachen trug, hatte er einen ausgezeichneten Geschmack. Und er sah einfach umwerfend aus. Ally war erleichtert, dass sie sich auch schick gemacht hatte. Sie hatte sich für ein neues Kleid aus schwarzem Seidenjersey entschieden, das elegant und sexy war. Und an diesem Abend würde sie auf ihren Sex-Appeal bauen müssen, wenn sie Rafe davon überzeugen wollte, dass er sie brauchte.

Eine halbe Stunde später führte der Maître d'hôtel sie zu ihrem Tisch, dem besten im ganzen Restaurant. Die anderen Gäste betrachteten sie neugierig und fragten sich offenbar, wer der Mann an ihrer Seite war. Er sah aus wie ein Filmstar, hatte jedoch eine ganz andere Ausstrahlung.

„Möchtest du einen Martini?", erkundigte Rafe sich lässig.

„Gern. Es war ein furchtbar anstrengender Tag."

„Du machst aber keinen müden Eindruck", erklärte er. Er hätte ihr sagen können, dass sie fantastisch aussah, tat es aber nicht.

„Das liegt an meinem Make-up", wehrte sie ab.

„Ich habe dich auch schon ohne Make-up gesehen ..."

Der Ausdruck in seinen Augen war so sinnlich, dass sie herausplatzte: „Du hast mich ..."

„Lass das, Ally", unterbrach Rafe sie und nahm die Weinkarte zur Hand.

„Na gut, Rafe. Aber wir hatten schöne Zeiten miteinander."

„Früher, ja." Er wirkte angespannt.

Ally seufzte. „In den letzten Tagen denke ich oft an früher."

Rafe blickte auf. „Das solltest du lieber nicht tun, Ally. Mein Weg führt nach vorn."

„Ich kann mir dich und Lainie schlecht als Ehepaar vorstellen", bemerkte sie trocken.

„Ich auch nicht. Ich bin noch auf der Suche nach der richtigen Frau."

„Und ich bin es nicht?"

„Ganz bestimmt nicht, Ally." Er lächelte. „Hollywood ruft."

„Ich werde wohl nicht nach Hollywood gehen."

Im nächsten Moment kam der Ober an ihren Tisch. Rafe gab die Bestellung auf, und sie nickte, als er einen bestimmten Wein vorschlug.

„Ich habe schon wieder eine Karte von Brod und Rebecca bekommen", erzählte Ally, nachdem der Ober wieder gegangen war. „Und sie haben mich von ihrem Hotel in Venedig aus angerufen."

„Ich habe einen Brief bekommen", berichtete Rafe. „Brod scheint der Meinung zu sein, dass die Ehe das Risiko wert ist."

Ihre Augen funkelten. „Musst du so zynisch klingen?"

„*Ich* habe keine andere Wahl, Ally. Aber es freut mich, dass Brod seine Traumfrau geheiratet hat. Er hat es verdient, glücklich zu werden."

Ally nickte. „Rebecca liebt ihn über alles, und sie ist eine sehr intelligente Frau. Kimbara ist der ideale Ort zum Schreiben. Sie hat mir erzählt, dass sie gern einen Roman schreiben würde. Wahrscheinlich schwebt ihr eine Geschichte vor, die im Outback angesiedelt ist."

Er wirkte amüsiert. „Allein eure Familiengeschichte würde genug Anregungen bieten. Sex und Familiengeheimnisse."

„Schon gut. Die Kinross waren schon immer eher für Skandale gut als die Camerons. Jedenfalls soll es ein Thriller werden."

„Toll! Ich wüsste auch schon einen Titel: *Die verschwundene Braut.*"

„Ich war einmal Teil deines Lebens", erinnerte sie ihn.

„Du warst ein Teil von *mir*, Schatz." Auf keinen Fall würde er ihr sagen, dass sie sein Leben zerstört und eine große Leere hinterlassen hatte.

Eine tiefe Traurigkeit überkam Ally, das Gefühl, ihrer beider Leben zerstört zu haben. „Und jetzt sind wir Kontrahenten."

Rafe zuckte mit den Schultern. „Das ist besser, als verlassen zu werden, glaub mir. Du kannst nicht loslassen. Es gibt bestimmt viele Frauen, die einen Mann gern besitzen würden."

Starr blickte sie ihn an. „Ich dachte, ich könnte zu dir zurückkommen."

„Du dachtest, du könntest dich mit mir arrangieren." Er runzelte die Stirn. „Tut mir leid, Schatz, für mich gibt es nur alles oder nichts. Es ist offensichtlich, dass ich mich noch zu dir hingezogen fühle. Neulich konnte ich dir nicht widerstehen. Wahrscheinlich habe ich den Kopf verloren."

„Sag das nicht." Sie nahm seine Hand und drückte sie.

„Du benutzt Sex wie eine Waffe, Ally." Er versuchte, beim Anblick des flehenden Ausdrucks in ihren schönen Augen nicht weich zu werden. „Du bist eine sehr gefährliche Frau."

Schockiert lehnte Ally sich zurück. Sie hatte sich in Rafe Cameron nicht getäuscht. Er war sehr stolz. „Ich habe dieselben Bedürfnisse wie andere Frauen auch."

„Nur dass andere Frauen lange nicht so attraktiv sind wie du. Außerdem bist du Schauspielerin." Seine Augen funkelten spöttisch. „Du brauchst einfach Feedback."

„Willst du damit sagen, dass du noch mit keiner Frau geschlafen hast, die dir mehr bieten konnte?" Das Blut schoss ihr in den Kopf, und ihr wurde heiß.

„Bis jetzt noch nicht." Rafe lächelte schief. „Obwohl wir etwas Wichtiges verloren haben, besteht immer noch eine starke Bindung zwischen uns."

„O ja!" Ally senkte den Kopf und spielte mit ihrem Weinglas. „Das ist mir auch sehr wichtig, Rafe."

„Ich weiß." Am liebsten hätte er sie an sich gezogen und die Lippen auf ihre gepresst. „Es ist ein Beweis für das Göttinensyndrom. Du lässt einen Mann unter der Bedingung gehen, dass er immer wieder zu dir zurückkommt."

Als sie in Allys Apartment zurückkehrten, war es bereits Mitternacht. Im Taxi war die Atmosphäre äußerst spannungsgeladen gewesen, weil sie beide wussten, dass sie nicht bekommen konnten, wonach sie sich körperlich sehnten.

Rafe wird mich bestimmt nicht küssen, dachte Ally, die sich ihres starken Verlangens überdeutlich bewusst war.

Nachdem Rafe den Taxifahrer bezahlt hatte, kam er zu ihr und blickte sich um.

„Du hättest das Taxi nicht wegfahren lassen sollen. Vielleicht bekommst du keins mehr."

„Warum flüsterst du?" Er hakte sie unter.

„Keine Ahnung." Vor Anspannung hatte sie ganz weiche Knie. Sie fühlte sich sogar schuldig, weil sie ihn so begehrte.

Rafe führte sie zum Eingang und nahm sich die Zeit, die Büsche dort in Augenschein zu nehmen. „Vielleicht rede ich morgen mit dem Hausmeister. Mach dir meinetwegen keine Sorgen, Ally, ich bringe dich noch zur Tür. Und wenn ich kein Taxi mehr bekomme, gehe ich zu Fuß zum Hotel."

Warum auch nicht? Er war groß und kräftig und konnte sich verteidigen, wenn es sein musste. Immerhin hatte er eigenhändig ein halbes Dutzend Viehdiebe geschnappt.

Die Türen glitten auf, und sie betraten den Aufzug. Ally wurde immer nervöser.

„Warum siehst du mich so an?", fragte Rafe leise.

Sie zuckte mit den Schultern und presste die Hände auf die Wangen. „Ich möchte doch nur, dass du mich liebst."

„Dass ich mit dir ins Bett gehe, meinst du wohl?" Den ganzen Abend hatte er dem übermächtigen Drang widerstanden, sie zu berühren, und nun stand sie nur wenige Zentimeter von ihm entfernt und sah ihn mit diesen smaragdgrünen Augen an. Ihre sonnengebräunte Haut war makellos. Ihr kurzes Kleid brachte ihre langen Beine perfekt zur Geltung. Es war ärmellos, aber hochgeschlossen, sodass man den Ansatz ihrer Brüste nicht sah. Doch er wusste genau, wie sie aussahen. Wussten die Frauen eigentlich, wie wundervoll Männer ihre Brüste fanden?

„Rafe?“, flüsterte Ally.

Spielte sie nur eine Rolle? Er wusste es nicht. Aufstöhnend zog Rafe sie an sich.

Ihre Lippen waren so exquisit!

„Rafe!“

„Sag nichts“, erwiderte er leise.

Als sie bereitwillig die Lippen öffnete, begann er ein erotisches Spiel mit der Zunge. Sie hatte die Augen geschlossen und den Kopf zurückgelehnt. Am liebsten hätte er sie ausgezogen und aufs Bett gelegt. Heftiges Verlangen und tiefer Schmerz erfüllten ihn.

Nur nebenbei nahm Rafe wahr, dass sie oben angelangt waren und die Aufzugtüren aufglitten. Ally hatte ihm die Arme um den Nacken gelegt und presste sich an ihn.

Er zog sie einige Meter den Flur entlang, bevor er die Lippen wieder auf ihre presste. Niemand war zu sehen, obwohl es drei weitere Apartments auf dieser Etage gab. Rafe spürte, wie Ally erschauerte, und ließ die Hand zu ihren Brüsten gleiten. Er erinnerte sich genau daran, wie es damals gewesen war. Das erste Mal in dem großen Schlafzimmer auf Opal Plains. Damals hatte sie sich nach ihm verzehrt. Seine kleine Jungfrau.

Und sie verzehrte sich auch jetzt nach ihm.

Ich muss etwas unternehmen, ging es ihm durch den Kopf. Er war wütend auf sich, weil er mit Ally in den Armen keinen klaren Gedanken fassen konnte. Wenn Janet nicht da gewesen wäre, hätte er Ally sofort aufs Bett geworfen. Eine so starke Leidenschaft für eine Frau war verblüffend, verwirrend. Sein Verstand und sein Körper sprachen zwei völlig verschiedene Sprachen. Was er oft verzweifelt gedacht hatte, stimmte. Ally gehörte zu ihm. Aber er durfte nicht vergessen, dass er hier war, um sie zu beschützen. Irgendetwas stimmte mit diesem Harper nicht. Vielleicht war er ein Psychopath.

Schließlich löste Rafe sich von ihr. „Du musst jetzt reingehen, Ally." Seine Stimme klang jetzt nicht mehr zärtlich, sondern autoritär.

Ally blickte zu ihm auf und stellte fest, dass das Verlangen in seinen Augen einem entschlossenen Ausdruck wich. „Ein Rudel Löwen", sagten die Leute immer über die Camerons. Douglas Cameron und seine beiden Söhne. Im Licht schimmerte Rafes Haar wie das eines Engels.

Rafe bemerkte die dunkle Gestalt, die sich in Richtung Treppenhaus bewegte, früher als Ally. Sie schien eine Art Umhang zu tragen. Trotzdem hatte er das Gefühl, dass es sich um einen Mann handelte.

„He, Sie!", rief er. „Kommen Sie zurück!" Er umfasste ihre Schultern und schob Ally zu ihrer Wohnungstür. „Geh rein, und bleib da, Ally. Und ruf die Polizei."

„Nein, Rafe! Vielleicht ist er bewaffnet."

„Wenn es der ist, den ich meine, werde ich mit bloßen Händen gegen ihn kämpfen."

Ohne an seine eigene Sicherheit zu denken, lief er los. Im Treppenhaus hörte er Schritte, und er spürte instinktiv, dass er hinter dem Mann her war, der Ally verfolgte. Es war still im ganzen Haus, denn alle schienen zu schlafen. Auch im Treppenhaus war sonst niemand.

Nur wir beide, dachte Rafe. Und selbst wenn er sich geirrt hatte, dann hatte dieser Fremde hier im Haus nichts zu suchen. Es war keine Frau, sondern ein Mann, und er war sportlich. Als Rafe ihn sich vorzustellen versuchte, sah er Matt Harper vor sich. Er musste es sein. Es passte alles zusammen. Mead hatte ihm selbst gesagt, man würde ihn verdächtigen, könnte ihm aber nichts nachweisen.

Diesmal hatte Harper jedoch einen Fehler gemacht.

Der Fremde warf den Umhang weg, und Rafe sprang darüber. Kurz darauf hatte er den Mann eingeholt. Er packte ihn am Kragen und schüttelte ihn, außer sich vor Wut. Doch statt sich zu wehren und sich einen erbitterten Kampf mit ihm zu liefern, spielte dieser nun das Opfer und rief laut um Hilfe. Er hielt sich sogar den Kopf, als rechnete er damit, geschlagen zu werden. Allerdings hatte er, Rafe, keinen Killerinstinkt. Er drehte den Mann zu sich um.

„Was zum Teufel soll das?“, fragte er.

Matt Harper lachte unsicher und fuhr sich über den Nacken. „Seid ihr Viehbarone alle so verrückt?“ Wieder lachte er.

„Wenn jemand unsere Frauen verfolgt, schon“, erklärte Rafe verächtlich.

„Sie ist also *Ihre* Frau, ja?“ Harper lächelte schief. „Sie hätten mir wehtun können, Mr. Cameron.“

„Das kann ich immer noch“, warnte Rafe. „Was haben Sie hier zu suchen, und warum sind Sie vor mir geflohen?“

„Ich hab was Dummes getan“, gestand Harper. „Aber nichts Schlimmes, verdammt! Seit dieser Kerl sie verfolgt, hab ich das Gefühl, dass ich Ally beschützen muss.“

„Ja, sicher … Mir wird gleich schlecht.“

„He, Mister, das ist die Wahrheit!“ Stolz hob Harper den Kopf. „Zufällig bedeutet Ally mir etwas. Sie ist die Einzige, die je nett zu mir gewesen ist.“

Rafe nickte grimmig. „Dann ist das eine miese Art, sich bei ihr zu revanchieren. Sie sind es, Harper. Das sehe ich Ihnen an. Aber nur zu Ihrer Information, ich werde Sie gleich der Polizei übergeben. Dann können Sie versuchen, denen Ihre Lügengeschichte aufzutischen.“

Harpers dunkle Augen flackerten. „Sie werden auch nicht so einfach davonkommen, Cameron. Schließlich gibt es Gesetze gegen Nötigung.“

„Wollen wir wetten, dass Sie damit nicht durchkommen? Ich wollte Sie dingfest machen, Harper, und das habe ich auch getan. So, und jetzt gehen wir nach oben, und Sie werden warten, bis die Polizei kommt."

„Oh, Sie sind ja so groß und stark!" Harper verfiel nun in einen tuntenhaften Tonfall.

„Vergessen Sie das!", sagte Rafe verächtlich. „Das war doch nur eine Tarnung." Er drehte ihm den Arm auf den Rücken. „Los. Und vergessen Sie nicht, dass ich Ihnen zu gern wehtun würde."

Sie waren fast oben angelangt, als Ally auf der Treppe erschien. Als sie Harper sah, sank sie gegen die Wand.

„O nein, Rafe", sagte sie und stöhnte. „Du hattest doch recht."

Daraufhin verzog Matt Harper das Gesicht. „Wie meinst du das, Ally?", rief er und schluchzte auf, als er ihren gequälten Gesichtsausdruck sah. „Ich hab nichts getan, das schwör ich. Dein Muskelprotz von einem Freund hat mich von hinten überwältigt. Und warum? Weil ich auf dich aufgepasst hab. Das mach ich, seit dieser Kerl dich verfolgt."

„Geh wieder in deine Wohnung, Ally", befahl Rafe, den Harpers Erklärung nicht im Mindesten beeindruckte.

Ally wurde wütend. Matt log. Natürlich log er, dieser Dreckskerl. Warum hatte sie es nicht früher gemerkt? Das hier war der Mann, der ihr monatelang das Leben zur Hölle gemacht hatte. Matt in seinem schwarzen Sweatshirt, den schwarzen Jeans und dem albernen Umhang.

„Du Mistkerl!" Tränen schimmerten in ihren Augen. „Und ich habe mich noch für dich eingesetzt!"

„Geh zurück, Ally", warnte Rafe sie, weil er wusste, wie impulsiv sie sein konnte.

Doch sie hatte nur noch Augen für Harper. „Das wirst du mir bezahlen, Matt. Ich habe die Polizei gerufen."

„Ihr habt euch gegen mich verschworen!“, rief Harper.

Zornentbrannt stürmte Ally die Treppe hinunter auf ihn zu. Dieser Widerling sollte hinter Gittern schmoren für das, was er ihr angetan hatte!

„Ally!“, brüllte Rafe.

Sie zuckte zusammen, und im selben Moment verfing sich ihr Absatz in dem schwarzen Umhang, der immer noch auf der Erde lag. Sekundenlang verspürte sie nackte Panik, dann fiel sie vornüber.

Nein, das ist nicht wahr, war ihr letzter Gedanke.

Beide Männer riefen ihren Namen und stürzten nach vorn. Rafe war der Meinung, dass er sie hätte auffangen können, doch Harper, der jetzt offenbar Gewissensbisse hatte, kam ihm in die Quere. Ally schlug hart auf dem Boden auf.

Ein eiskalter Schauer überlief ihn. Er musste Harper, der wie ein verletztes Tier aufheulte, buchstäblich aus dem Weg hieven. „Weg da, Sie Idiot!“

„O nein, es tut mir so leid!“

Harpers Gejammer machte ihn noch wütender. Rafe packte ihn an der Schulter und schob ihn zur Treppe. Harper setzte sich hin, barg das Gesicht in den Händen und begann, leise mit sich selbst zu sprechen.

Als Rafe sich über Ally beugte und fieberhaft überlegte, wie er Erste Hilfe leisten konnte, wurde die Tür zum Treppenhaus aufgerissen, und zwei Männer stürmten herein. Es waren Mead und ein uniformierter Streifenpolizist.

Rafe sah auf. „Rufen Sie sofort einen Krankenwagen. Wir müssen sie ins Krankenhaus bringen. Sie ist gestürzt.“

Der Streifenpolizist reagierte sofort. Er nahm sein Funkgerät aus der Tasche und forderte einen Krankenwagen an.

„Haben Sie ihn?“, rief Mead, den Blick auf Harper gerichtet, der vor sich hin weinte.

„Ja, ich habe ihn“, bestätigte Rafe finster. Er musste sich

beherrschen, um Harper nicht mit Gewalt zum Schweigen zu bringen – vielleicht sogar für immer. Er hielt Allys schmale Hand und betrachtete ihr Gesicht. Es war kreidebleich. Wenn ihr etwas Schlimmes passiert war, würde sein Leben nie wieder so sein wie vorher.

7. KAPITEL

Angespannt und aschfahl kam Fee ins Krankenhaus. David Westbury, der ebenfalls sehr besorgt wirkte, war bei ihr.

„Rafe, mein Lieber!“

Rafe stand auf, als Allys Tante unter Tränen auf ihn zukam. Dann warf sie sich ihm in die Arme. „So einen Schock habe ich in meinem ganzen Leben noch nicht erlitten. Das ist so furchtbar! Meine schöne Ally! Wo ist sie? Wohin haben sie sie gebracht?“

„Sie untersuchen sie noch.“ Rafe versuchte, zuversichtlich zu klingen, und nickte David über ihren Kopf hinweg zu. „Sie hat sich das Handgelenk gebrochen, aber ich weiß nicht genau, wie schlimm es ist. Die Kopfverletzung macht den Ärzten am meisten Sorgen.“

„O nein, hoffentlich ist es nichts Ernstes“, sagte Fee ängstlich.

„Ich bete zu Gott, dass es nicht der Fall ist, Fee.“ Seine braunen Augen blickten ernst. „Ally hat ziemlich schnell das Bewusstsein wiedererlangt. Sie hat auf meine Stimme reagiert. Und sie hat mich erkannt, obwohl sie Probleme hatte, sich an das zu erinnern, was passiert war. Der Krankenwagen ist sofort gekommen. Sie ist hier in guten Händen.“

„Wir müssen Brod informieren.“ Sie wirkte sehr deprimiert. „Die beiden sind zwar in den Flitterwochen, aber sie müssen es wissen.“

„Ja, Fee“, bestätigte Rafe. „Irgendwie fühle ich mich dafür verantwortlich. Dass ich aufgetaucht bin, hat Harper offenbar in Panik versetzt.“

„Jedenfalls haben Sie ihn enttarnt“, erinnerte David ihn. Seiner Meinung nach hatte dieser junge Mann sich nichts vorzuwerfen – im Gegenteil.

„Es ist nicht deine Schuld, mein Lieber." Fee schüttelte den Kopf. „Wir kennen Ally. Sie würde nicht tatenlos zusehen, wenn du in Gefahr wärst. Dieser Psychopath Harper ist an allem schuld. Streitet er immer noch alles ab?"

Rafe nickte grimmig. „Er behauptet, er hätte nur auf Ally aufgepasst, aber die Polizei glaubt ihm nicht. Man hat ihn vorläufig festgenommen, und zwar wegen Hausfriedensbruchs und Belästigung durch anonyme Briefe und Anrufe. Wahrscheinlich wird man ihn auf Kaution entlassen, unter der Bedingung, dass er in einem Monat oder so vor Gericht erscheint."

„Muss Ally dann dabei sein? Das wäre schrecklich für sie." Fee schauderte.

„Nicht wenn er sich schuldig bekennt. Wenn nicht, wird sie als Zeugin vorgeladen und von seinem Verteidiger ins Kreuzverhör genommen. Allerdings glaube ich nicht, dass es dazu kommt, Fee. Man wird ihn zu einer Bewährungsstrafe verurteilen und eine einstweilige Verfügung erlassen, dass er sich Ally nicht nähern darf. Seine Fernsehrolle ist er also los."

„Wen kümmert das?" Ihre Augen funkelten vor Zorn.

Rafe streckte den Arm aus. „Ich schlage vor, dass wir uns jetzt setzen. Der Arzt kommt erst später."

Kurz darauf erschien eine Schwester mit einem freundlichen Gesicht und fragte sie, ob sie Tee oder Kaffee wollten, doch sie lehnten alle drei dankend ab.

Schließlich kam der Neurologe, mit dem Rafe gesprochen hatte, den Flur entlang. Obwohl seine Miene ausdruckslos war, gefror Rafe das Blut in den Adern. Er stand auf, während Fee die Finger in Davids Arm krallte.

„O Davey, ich habe solche Angst. Ich muss immer an die Zeit denken, als Ally noch klein war und ihre Mutter weggegangen war."

David rang sich ein Lächeln ab. „Ally ist sehr stark, Fee.

Eine richtige Kämpfernatur. Sie wird es schon schaffen."

Nachdem Rafe dem Arzt Fee und David vorgestellt hatte, klärte dieser sie über Allys Zustand auf. Das Mondbein in ihrer linken Hand wäre gebrochen, doch darin sah er kein Problem, denn Ally wäre jung und gesund. Das Schädeltrauma? Er erklärte, ihr Gehirn wäre nicht verletzt. Dennoch hätte sie eine Kopfverletzung, die sofort hätte versorgt werden müssen.

Er wartete noch auf die Ergebnisse der Kernspintomografie, die ihm alle Informationen geben würde, die er bräuchte. Die Patientin hätte eine schwere Gehirnerschütterung, doch es gäbe keine signifikante Beeinträchtigung der Körperfunktionen. Außerdem hätte sie starke Kopfschmerzen, was nicht verwunderlich wäre, aber keine Sehstörungen.

Ihr Kurzzeitgedächtnis hingegen wäre zurzeit beeinträchtigt, fuhr der Arzt fort. Man müsste sie noch einige Tage zur Beobachtung dabehalten. Unter den gegebenen Umständen wäre aber mit einer schnellen Genesung zu rechnen, zumal die Patientin innerhalb weniger Minuten das Bewusstsein wiedererlangt hätte.

„Können wir sie sehen?", fragte Fee und stand so plötzlich auf, als würde sie keine abschlägige Antwort hinnehmen.

Der Arzt zögerte für einen Moment. „Aber nur kurz", erwiderte er schließlich.

„Ich möchte ihr nur einen Kuss geben." Starr blickte sie ihn an.

Sofort wandte er sich um und gab einer Schwester, die gerade in der Nähe war, ein Zeichen. „Schwester Richards wird Sie zu ihr bringen."

„Vielen Dank, Doktor." Fee sah David an, der sich allerdings nicht einmischen wollte.

Erleichtert setzte Rafe sich wieder, als Fee mit der Schwester wegging.

Der Arzt sah mitfühlend auf ihn hinab. „Natürlich dürfen Sie Miss Kinross auch kurz sehen, Mr. Cameron.“ Offenbar waren die beiden liiert, denn der junge Mann wirkte sehr mitgenommen.

„Ich würde gern die ganze Nacht hierbleiben“, erwiderte Rafe und hoffte, der Arzt würde keine Einwände erheben.

„Das brauchen Sie nicht“, versicherte dieser. „Man wird Sie anrufen, wenn etwas ist.“

„Ich bleibe trotzdem hier.“

Der Arzt nickte. „Also gut. Wenn die Untersuchungsergebnisse vorliegen, werde ich Sie sofort informieren. So, jetzt muss ich mich um einen anderen Patienten kümmern. Wenn Mrs. Kinross zurückkommt, wird Schwester Richards Sie zu Miss Kinross’ Zimmer begleiten.“

„Es sieht besser aus, als wir dachten, nicht?“, fragte David, nachdem der Arzt gegangen war, und blickte Rafe freundlich an.

„Ich bin erst beruhigt, wenn ich weiß, dass sie keine ernsthaften Verletzungen hat.“ Rafe rang die Hände. „Das war der reinste Albtraum.“

„Aber ein großer Schritt nach vorn, Rafe. Ally hat Glück gehabt, dass Sie bei ihr waren. Man sollte Harper einsperren und den Schlüssel wegwerfen. Man neigt ja dazu, seine Herkunft zu berücksichtigen, aber er scheint echter Abschaum zu sein.“

Rafe nickte. „Er ist stark vorbelastet. Ich setze meine Hoffnungen auf den Gentest. Mead hat mir gesagt, dass er mir einen guten Anwalt besorgen kann.“

„Da kommt Fee.“ David blickte den Flur entlang. „Bilde ich es mir nur ein, oder wirkt sie tatsächlich so zerbrechlich?“

„Das ist der Schock“, meinte Rafe. „Sie und Ally stehen sich sehr nahe.“

Ally ist ihr näher als ihre eigene Tochter, dachte David, brachte es jedoch nicht übers Herz, es auszusprechen.

Da Fee immer noch sehr verstört war, überredeten sie sie, wieder nach Hause zu fahren.

„Ich bleibe heute Nacht hier, Fee", informierte Rafe sie. „Vielleicht erlauben Sie mir ja sogar, dass ich mich in ihr Zimmer setze."

„Sie hat mich erkannt, aber sie konnte nicht reden." Sie ging zu ihm und umarmte ihn. „Danke, Rafe. Der Bruch ist in demselben Arm, den sie sich auch als Kind gebrochen hatte."

„Damals war sie zehn." Rafe dachte an jenen Tag zurück. Ally, die ein richtiger Wildfang gewesen war, war Brod und ihm zu ihrem neuen geheimen Wasserloch ungefähr drei Meilen nordwestlich von ihrem Haus gefolgt. Es war ein wunderschönes Fleckchen Erde, ein ziemlich großer Tümpel, gespeist von einem Wasserfall und von hohen Felsen umgeben.

Sie hatten eine Menge Spaß beim Baden. Das Wasser war erstaunlich kalt und tief, aber Brod und er waren gute Schwimmer. Plötzlich tauchte Ally auf. Selbst als Kind hatte sie schon gut Spuren lesen können. Sie stand oben auf den Felsen und winkte ihnen zu. Sie trug ein T-Shirt und Jeans und hatte einen Kranz aus Gänseblümchen im Haar.

„He, ihr beide!", rief sie. „Ich zieh mich jetzt aus und komm rein."

Brod und er reagierten sofort. Zusammen nackt zu baden war in Ordnung gewesen, als sie noch kleine Kinder gewesen waren, doch nun waren Brod und er fünfzehn, fast erwachsen, und Ally bedeutete ihnen beiden sehr viel.

Sofort schwamm Brod zum Ufer und protestierte, als Ally weglief und über die Felsen sprang. Wahrscheinlich hätte sie es zum Fluss geschafft, doch in diesem Moment war ein kleiner Kakadu kreischend aufgeflattert und dann in die Äste eines

Baumes am Fluss geflogen. Rafe konnte ihren Schrei förmlich hören, einen Schrei, der so ähnlich gewesen war wie der, den sie an diesem Abend ausgestoßen hatte.

Sie hatten ihren Arm mit einem dicken Ast und seinem Halstuch bandagiert und sie auf einer behelfsmäßigen Trage, die sie in Windeseile gebaut hatten, den ganzen Weg nach Hause getragen. Ihre Pferde fanden den Weg allein. Ally war sehr tapfer, selbst als sie Stewart Kinross gegenübertreten mussten.

Dieser hielt ihnen eine Strafpredigt. Am liebsten hätte er Brod wohl übers Knie gelegt, doch selbst mit fünfzehn waren Brod und er bereits gut einen Meter achtzig groß gewesen. Im Gegensatz zu Grant und ihm hatten Brod und Ally wenig Zuneigung von ihrem Vater erfahren.

Als Rafe nun ihr Krankenzimmer betrat, krampfte sich ihm das Herz zusammen. Ally lag auf dem Rücken, aschfahl und mit schweren Lidern, das linke Handgelenk in Gips. Sie sah nicht im Entferntesten wie eine junge Frau Mitte zwanzig aus, sondern vielmehr wie das Kind von damals. Man hatte ihr das dichte, seidige Haar zurückgestrichen und ihr einen Kopfverband angelegt.

Dennoch versuchte sie zu lächeln. „Hätte schlimmer sein können!“, flüsterte sie.

Das hatten sie immer zueinander gesagt, wenn etwas passiert war.

„Ally.“ Rafe ging zum Bett und küsste Ally vorsichtig auf die Schläfe. „Meine arme kleine Ally.“

Sie blickte auf ihr verletztes Handgelenk. „Kannst du dir vorstellen, dass es derselbe Arm ist, den ich mir damals gebrochen habe, als Brod und du mich nach Hause tragen musstet?“

„Ja, ich erinnere mich daran.“ Er lächelte schief.

Beinahe verträumt sah sie ihn an. „Ich weiß noch, wie du

Dad Kontra gegeben hast, als er uns angeschrien hat. Er hätte Brod am liebsten k. o. geschlagen."

„Er war sehr angespannt." Das sagte er nur wegen der Schwester, die noch im Zimmer war.

„Nein, war er nicht", entgegnete Ally.

„Zerbrechen wir uns jetzt nicht den Kopf darüber, Ally", versuchte er sie zu beschwichtigen.

„Ich habe eine nette Wunde am Kopf", berichtete sie heiser. „Sie mussten sie nähen. Und sie mussten mir das Haar an der Stelle abrasieren."

„Das wird niemand merken, Ally. Dein Haar ist so dicht."

„Rafe." Sie bekämpfte die aufsteigende Panik. „Ich weiß nicht mehr, was passiert ist. Du musst es mir unbedingt erzählen. Fee hatte keine Gelegenheit mehr dazu, weil sie gleich wieder gehen musste."

„Man hat ihr gesagt, sie dürfe nur kurz bleiben."

Ihre Augen funkelten. „Es ist auch schön, dich zu sehen."

Rafe nahm ihre gesunde Hand. „Wir können morgen darüber reden. Bis dahin wirst du dich von selbst daran erinnern."

„Genau, meine Liebe", mischte die Schwester sich ein. „Sie haben einiges durchgemacht. Der Arzt möchte, dass Sie sich schonen."

Ally hob den Kopf und zuckte zusammen. „Rafe wird die volle Verantwortung übernehmen", sagte sie. „Das ist er gewohnt. Er ist der berühmte Cameron von Opal Plains. Der Auserwählte."

„Na, das ist wirklich eine wichtige Information." Rafe musste ein Lachen unterdrücken. „Erinnerst du dich noch daran, dass wir essen gegangen sind?" Er zog sich einen Stuhl ans Bett und setzte sich darauf.

Sie runzelte die Stirn und dachte angestrengt nach. „Ja, daran erinnere ich mich. Und daran, dass wir im Aufzug waren. Danach wird es schwierig ..."

„Und deswegen sollten wir damit lieber bis morgen warten. Ich bleibe hier. Der Arzt hat es mir erlaubt."

„Bleib bei mir", protestierte sie, als er wieder aufstehen wollte. „Wegen der Gehirnerschütterung konnten sie mir kein starkes Schmerzmittel geben. Ich möchte, dass du hier im Zimmer bleibst."

„Kommt nicht infrage", verkündete die Schwester.

„Ich bin die Patientin", widersprach Ally, plötzlich ganz ihre Tante. „Und ich sage, dass er hierbleibt." Jetzt wirkte sie verärgert.

„Na gut", meinte die Schwester fröhlich und nickte Rafe zu. „Wenn Sie sich ein wenig weiter vom Bett hinsetzen könnten, Sir."

„Ich möchte ihn in meiner Nähe haben." Ally winkte ihn wieder zurück. „Wo er ist, möchte ich auch sein."

Er hatte keine Ahnung, warum sie das sagte. Schließlich hatte sie ihn damals verlassen.

Es war das erste Mal, dass er eine Nacht in einem Krankenhaus verbrachte. Wie die Patienten bei der Beleuchtung und dem ganzen Lärm schlafen konnten, war ihm ein Rätsel. Die Schwestern sahen in regelmäßigen Abständen nach Ally, kontrollierten ihre Pupillen, machten sich Notizen und lächelten ihm freundlich zu. Als es hell wurde, bat man ihn, das Zimmer zu verlassen. Eine Frau, eine Ärztin, wie er später erfuhr, gab ihm Kaffee und einige von ihren Muffins. Nachdem er gefrühstückt hatte, ging er in den Waschraum und betrachtete sich im Spiegel. Er sah abgespannt und übernächtigt aus. Er brauchte unbedingt gute Nachrichten.

Und die bekam er auch, nachdem er bei Fee angerufen hatte. David war am Apparat gewesen und hatte ihm erzählt, dass Fee in der Nacht kaum geschlafen hätte. Erst gegen sechs wäre sie in einem Sessel eingenickt. Auch er hätte eine schlaflose Nacht hinter sich.

Als der Neurologe ihn informierte, dass alles in Ordnung wäre, wurde Rafe bewusst, was Dankbarkeit bedeutete. Ihm fiel eine große Last von der Seele. Er griff wieder zum Telefon und rief erneut bei Fee an. Diesmal meldete sie sich selbst. Ihre Stimme klang ungewöhnlich schwach, doch das änderte sich sofort, als er ihr die guten Neuigkeiten mitteilte.

„Oh, Gott sei Dank!", rief Fee erleichtert. „Ich hatte solche Angst. In unserer Familie hat es schon genug Tragödien gegeben. Und in deiner auch, Rafe. Ich weiß, dass Ally dich liebt."

Rafe schaltete sein Handy aus und schüttelte den Kopf. Ja, Ally liebte ihn auf ihre Art. Keiner von ihnen würde je ihre gemeinsame Kindheit vergessen oder ihre romantische Jugendliebe, aber sobald Ally wieder genesen war, würde sie sich wieder ihrer Karriere widmen und das Filmangebot annehmen. Und diesmal würde es keinen Matt Harper geben. Selbst wenn das Härchen auf dem Umschlag nicht von Harper stammte, würde er Probleme haben, seine Geschichte glaubhaft erscheinen zu lassen.

„Ich möchte nach Hause", erklärte Ally, kaum dass Rafe ihr Zimmer betreten hatte. „Es geht mir prima. Ich erinnere mich an alles." Sie sah schon ein wenig besser aus, wirkte jedoch immer noch ziemlich mitgenommen.

„Das ist wundervoll", erwiderte er erleichtert, „aber du musst Geduld haben. Die Ärzte wollen dich noch einige Tage hierbehalten."

„Ich verlasse das Krankenhaus heute Nachmittag." Sie gestikulierte lebhaft mit der unversehrten Hand. „Ich hoffe, du kannst mir helfen, Rafe. Schließlich bist du mein Freund und Beschützer."

„Ja, das bin ich", bestätigte er leise, traurig und wütend zugleich, weil sie das hatte durchmachen müssen. „Aber denk darüber nach, Mädchen. Die Ärzte wollen dich im Auge behalten. Das ist sicher sinnvoll."

„Wahrscheinlich schon", räumte Ally ein. „Ich bin eben unvernünftig. Erinnerst du dich noch daran, was für ein Wildfang ich früher war?" Der Ausdruck in ihren Augen wurde sanfter. „Ich wollte immer wie ihr Jungen sein."

„Ja, Schatz, ich erinnere mich daran." Ihre Verletzlichkeit und ihre körperliche Schwäche weckten in Rafe wieder den alten Beschützerinstinkt.

„Es freut mich, dass du immer noch ‚Schatz' zu mir sagst." Ally legte die Hand auf seine. Sie zitterte leicht.

„Schon gut, Kleines." Spontan führte er ihre Hand an die Lippen und küsste sie.

„Ich habe dich und Brod abgöttisch geliebt", sagte sie ein wenig wehmütig. „Du warst damals auch wie ein großer Bruder für mich. Fee hat euch immer ‚die Zwillinge' genannt, obwohl ihr euch äußerlich überhaupt nicht ähnelt."

„Und du wolltest bei allem mitmachen." Er lächelte, als die Erinnerungen auf ihn einstürmten.

„Ihr wart nie böse mit mir, obwohl ihr mich sicher nie dabeihaben wolltet. Ich habe mich immer so gefreut, wenn du bei uns warst. Und ich war so gern bei euch." Ihre Augen begannen zu funkeln. „Deine Eltern waren sehr nett zu uns. Und wenn wir bei euch geschlafen haben, hat deine Mutter mir immer einen Gutenachtkuss und zum Abschied ein kleines Geschenk gegeben. Sie war ein wundervoller Mensch. Ich denke oft an sie."

Die Kehle war ihm wie zugeschnürt. „Sie mochte dich sehr gern", erklärte er schroff. „Du warst wie eine Tochter für sie."

Sie schwiegen eine Weile. Schließlich sagte Ally: „Sie hat wirklich geglaubt, wir würden eines Tages heiraten."

Ihre Trennung hatte seine Mutter nicht mehr miterlebt.

„Tja, Ally, wir haben es vermasselt", meinte Rafe ruhig, und der Ausdruck in seinen Augen war kühl. „Aber ich bin immer noch für dich da, wenn irgendetwas ist."

Sie spürte, wie Rafe sich innerlich von ihr distanzierte. Sah es an seinen Augen. „Das weiß ich zu schätzen, Rafe." Nachdenklich betrachtete Ally ihr eingegipstes Handgelenk. „Ich habe Glück gehabt, was?"

„Du meine Güte, ja!" Er fasste sich an die Schläfe. „Ich mag gar nicht daran denken, was hätte passieren können. Du bist so verdammt impulsiv."

„Entschuldige", sagte sie pikiert. „Ich hatte Angst um *dich.* Ich dachte, er hätte eine Waffe."

„Er hatte keine", erwiderte er. „Das wird man als mildernden Umstand berücksichtigen. Ich glaube nicht, dass er dir etwas antun wollte. Wahrscheinlich wollte er nur herausfinden, was wir für ein Verhältnis zueinander haben."

Plötzlich wurde ihr heiß. „Na, das weiß er jetzt bestimmt. All die leidenschaftlichen Küsse!"

Obwohl sein Herz sich bei der Erinnerung daran zusammenkrampfte, schaffte er es, einen lässigen Tonfall anzuschlagen. „Wir haben ja nicht vor, es wieder zu tun."

„Zumindest nicht, bis ich wiederhergestellt bin." Ally ließ sich ins Kissen zurücksinken. „Dieses schwarze Sweatshirt ..." Sie schauderte, als die Erinnerung zurückkehrte. „Der Ausdruck in seinen Augen. Wie bei einem Hund, dem es leidtut, dass er einen gebissen hat. Dem hätte ich es gern gezeigt."

Rafe musste lächeln. „Ich habe dir doch gesagt, dass du eine gefährliche Frau bist, Ally Kinross. Übrigens habe ich ein Fax an das Hotel Cipriani in Venedig geschickt, weil ich Brod und Rebecca telefonisch nicht erreichen konnte. Ich habe sie gebeten, mich oder Fee anzurufen. Allerdings habe ich nur angedeutet, was passiert ist, weil ich sie nicht erschrecken wollte. Jetzt haben wir ja auch erfreuliche Nachrichten für sie."

„Ich möchte nicht, dass sie nach Hause kommen", erklärte Ally nachdrücklich.

„Vielleicht wollen sie es." Er wusste, wie sehr Brod seine Schwester liebte, und Rebecca hatte sie auch ins Herz geschlossen.

„Ich möchte ihnen nicht die Flitterwochen verderben", beharrte Ally. „Ich werde ihnen sagen, dass es mir gut geht."

„Reg dich nicht auf", beruhigte Rafe sie. „Ich bin zwar ganz deiner Meinung, aber wenn du nach Hause kommst, wirst du Hilfe brauchen. Janet bleibt sicher noch eine Weile."

„Du hast bestimmt mit ihr gesprochen, oder?"

Er nickte. „Sie lässt dich herzlich grüßen. Sie hat sich auch schreckliche Sorgen gemacht."

„Die arme Janet. Ich möchte aber nicht in meine Wohnung, sondern *nach Hause.*"

„Nach Kimbara?"

Sie hob das Kinn. „An den Ort, an dem ich geboren wurde. An den Ort, den ich von ganzem Herzen liebe. An den Ort, von dem mein Vater mich ferngehalten hat."

Rafe zuckte zusammen. „Er war kein besonders guter Vater, stimmt's?"

Ally seufzte tief. „Er hat sich einfach nicht für den Job geeignet." Plötzlich runzelte sie die Stirn. „O Rafe, ich habe solche Angst."

„Wovor?" Er beugte sich zu ihr hinunter. „Du bist doch sonst nicht ängstlich."

Ihre Augen füllten sich mit Tränen, die sie ungeduldig abwischte. „Ich habe Angst davor, dass Matt sich aus der Sache herausredet. Er kann sehr überzeugend sein. Mir hat er schließlich auch weisgemacht, er wäre mein Freund. Ich könnte es nicht ertragen, ihn in meiner Nähe zu haben. Eher würde ich aus der Serie aussteigen."

Bei der Vorstellung, dass sie weiterhin als Schauspielerin

arbeitete, wurde Rafe traurig. Allerdings hatte er es auch nicht anders erwartet. „Dann geh für eine Weile nach Kimbara, Ally. Wir werden uns um dich kümmern. Selbst wenn das Härchen auf dem Briefumschlag nicht von Harper ist, wird die Polizei ihn überführen. Ein Unschuldiger ergreift nicht die Flucht. Und er trägt keinen albernen Umhang."

„Vielleicht hat er sich für Batman gehalten", witzelte Ally. „Aber mir hat er alles vermasselt."

„Verfolgt zu werden würde jeden an den Rand des Nervenzusammenbruchs bringen. Entscheidend ist, dass er dir nichts angetan hat. Jetzt kümmert sich die Polizei darum. Konzentriere du dich auf deine Zukunft, Ally." Er sprach sanft, um sie zu beruhigen, doch das Herz war ihm schwer. „Und wenn man den Kritikern glauben darf, liegt eine glänzende Zukunft vor dir. Ich bin sicher, dass du die Rolle bekommst."

8. KAPITEL

Ein vertrautes Wahrzeichen an der südwestlichen Grenze von Opal Plains kam jetzt in Sicht – Manarulla, ein großer, nackter Felsen, der seine Farbe mit den Lichtverhältnissen ständig änderte. Aufregung erfasste Ally. Der Felsen erhob sich blau aus der weiten roten Ebene und wurde dann violett, bevor sie darüber hinwegflogen. Als sie nach unten blickte, sah sie die verschiedenfarbigen Streifen, die sein Alter erkennen ließen.

An den unzähligen Wasserläufen und Reihen von Wasserlöchern, die im Channel Country vorherrschten, standen dicht belaubte Flusseukalypten und Geistereukalypten. Selbst das von Akazien beherrschte Mulga-Scrub war zu dieser Jahreszeit grün, während das Spinifex mit seinen langen Halmen so dick war, dass es aus der Luft wie verdorrtes Getreide aussah. Diese Mulga-Ebenen, die sich bis zum Horizont erstreckten, verwandelten sich bei Regenfällen innerhalb weniger Wochen in den üppigsten Garten auf Erden, der in allen Farben blühte. Niemand, der diese Landschaft einmal gesehen hatte, würde sie je vergessen.

Hinter Opal Plains und damit auch dichter an der Wüste mit ihren roten Dünen und Salzseen lag Kimbara, das Anwesen der Familie Kinross. Ally war überglücklich, wieder hier zu sein, so sehr liebte sie dieses Land. Als Kind war sie es nicht müde geworden, von den großen Taten ihrer Vorfahren, den legendären Helden des Outback, zu hören. Die Kinross und die Camerons hatten sich hervorgetan und sich über die Generationen hinweg miteinander verbunden.

Noch wichtiger war jedoch, dass sie hier ihren Frieden finden würde. Auch wenn sie um das trauerte, was hätte sein können, war sie doch erleichtert, dass ihr Vater nicht mehr über Kimbara herrschte. Niemand würde sie mehr verletzen.

Niemand würde seine Launen an ihr auslassen. Sie würde nicht mehr traurig und frustriert sein, weil er sie nicht verstand und nicht mit ihr kommunizieren konnte. Sie würde nicht mehr um seine Liebe buhlen. Ihr Vater war so schwierig gewesen.

Ihr Bruder Brod hingegen war ganz anders und ähnelte vielmehr ihrem verstorbenen Großvater Sir Andrew, Fees geliebtem Sir Andy. Brod liebte sie und legte Wert auf ein gutes Verhältnis zu ihr. Und ihre Schwägerin Rebecca war ein liebenswerter Mensch.

Jetzt konnte man schon die Start- und Landebahn von Opal Plains mit ihren großen silberfarbenen Hangars sehen. Drei Cessnas standen auf dem Boden. In einiger Entfernung standen die Hubschrauber, vier an der Zahl.

„Wie viele Hubschrauber hat Grant mittlerweile?“, erkundigte Ally sich bewundernd.

„Sechs“, erwiderte Rafe stolz. „Mein kleiner Bruder ist ein cleverer Geschäftsmann und obendrein ein hervorragender Pilot. Er hat inzwischen acht Mitarbeiter – drei Piloten, alles erfahrene, ältere Männer, und außerdem Mechaniker und Büromitarbeiter. Sein Flugdienst läuft gut – besser, als wir beide erwartet hatten.“

„Das macht euer Name.“

„Sicher, aber Grant ist noch sehr jung, wenn man bedenkt, dass er eine Firma leitet, die ständig expandiert.“

„Er ist eben sehr optimistisch. Genau wie du“, erwiderte sie lächelnd.

Er nickte und lächelte ebenfalls. „Ihm schwebt vor, eine eigene Airline zu gründen.“

Ally lachte. „Was will er denn machen, wenn er mal heiratet?“ Damit meinte sie, wo Grant dann leben wollte. Würde er die Airline von Opal Plains aus betreiben? Und würde er sich auf dem Anwesen auch ein Haus bauen?

Rafe schüttelte den Kopf. „Mir wäre es lieber, wenn er noch eine Weile allein bleiben würde."

„Du kannst aber nicht über sein Leben bestimmen."

„Trotzdem würde ich ihm gern eine Chance geben." Er warf ihr einen vielsagenden Blick zu.

„Die richtige Frau könnte ihm dabei helfen." Es machte ihr Spaß, ihn aufzuziehen.

„Und die richtige Frau ist natürlich deine Cousine Francesca."

„Francesca ist jedenfalls eine Frau vom Land."

„Sieh dich um, Ally", drängte er. „Das Land ist schön, wild und sehr weitläufig. Es ist einzigartig. Und hier lebt niemand, außer einer Handvoll Leute und den Rindern. Es ist ganz anders als England. Hier regnet es manchmal jahrelang nicht. Du liebst es. Ich liebe es. Wir wurden hier geboren. Wir sind ein Teil der Wüste. Francesca ist eine schöne junge Frau. Sie ist nett und intelligent, aber auch sehr vornehm. An deiner Stelle würde ich nicht versuchen, die beiden miteinander zu verkuppeln."

„Von wegen verkuppeln!", meinte sie. „Grant mochte sie schon immer sehr gern. Und sie ihn auch."

„Es ist nicht das richtige Leben für sie", warnte Rafe.

„Darf ich dich daran erinnern, dass unsere Vorfahren aus Großbritannien stammen?"

Er stöhnte. „Du bist wirklich eine Ehestifterin, Ally."

„Schon möglich."

Nun warf er ihr einen spöttischen Blick zu. „Aber du selbst hast für die Ehe nicht viel übrig."

„Schon möglich."

„Soll dein Mann zu Hause sitzen, während du weg bist und drehst?"

Ally runzelte die Stirn. „Ich bin keine Bindung eingegangen, Rafe."

„Das wirst du aber." Es klang lässig, als wäre es ihm längst egal.

„Bist du sicher, dass du nicht auf Opal Plains landen willst?", fragte sie einen Moment später.

Rafe nickte. „Ich bringe dich nach Hause. Du brauchst Ruhe. Aber du kannst jederzeit nach Opal Plains kommen."

„Ich werde dich beim Wort nehmen."

Es war ein wunderschöner, wolkenloser Tag. Rafe setzte zur Landung an. Unten erstreckte sich die alte Heimstätte, eine architektonische Meisterleistung aus der Kolonialzeit inmitten der Wildnis. Das Hauptgebäude war von zahlreichen Nebengebäuden umgeben, und aus der Luft sah das Anwesen aus wie eine kleine Stadt. Und tatsächlich war es eine autarke Gemeinschaft. Es gab sogar eine kleine Schule für die Kinder der Angestellten. Und dank des hervorragenden Managements und des großen Vermögens – Kimbara war das Flaggschiff der Rinderfarmen, die sich im Besitz der Familie befanden – hatte es sogar in schweren Zeiten kaum Einschränkungen gegeben.

Das Wasser des Barella Creek, der sich durch die weitläufigen Gärten schlängelte, glitzerte in der Sonne und blendete fast genauso stark wie das Wellblechdach des Hangars, auf dem in riesigen kobaltblauen Lettern „Kimbara Station" stand.

Ally war außer sich vor Freude. Hier im Busch fühlte sie sich sicherer als in Sydney. Natürlich hatte die Geschichte mit Matt Harper sie mitgenommen, und aufgrund ihrer Verletzungen würde sie sich noch schonen müssen. Sie war eine leidenschaftliche Reiterin und fragte sich nun, wie sie mit dem eingegipsten Handgelenk reiten sollte. Jedenfalls hatte sie nicht vor, herumzusitzen und Däumchen zu drehen.

Wenige Minuten später landeten sie und wurden bereits von Ted Holland, dem Vorarbeiter, und seiner Frau Cheryl erwartet. Cheryl, eine kleine Frau mit grau melierten Locken, scharf blickenden dunklen Augen und feinen Fältchen im Gesicht, hatte bereits das Haus aufgeschlossen und den Kühlschrank bestückt, weil die Haushälterin gerade ihre Schwester in Neuseeland besuchte. Daher würde sie, Ally, das Haus ganz für sich allein haben. Fee und David würden in der nächsten Woche nachkommen. Fee hatte sie begleiten wollen, doch sie, Ally, hatte ihr klargemacht, dass sie etwas Zeit für sich brauchte.

Während Rafe sich mit Ted Holland unterhielt, begleitete Cheryl sie ins Haus, wo es nach frischen Blumen und Möbelpolitur duftete. Cheryl hatte einen großen Strauß bunter Zinnien auf den Tisch in der Eingangshalle gestellt, und Ally blieb stehen und ließ die Fingerspitzen über eine rote Blüte gleiten. Die ganze Zeit rechnete sie halbwegs damit, dass ihr Vater hereinkam, groß und muskulös, in Reitsachen und mit seiner Gerte in der Hand. *Am Leben.* Bereit, beim geringsten Anlass einen Streit vom Zaun zu brechen.

„Danke, Cheryl. Das war sehr aufmerksam von dir“, sagte sie gerührt.

„Ich würde alles tun, um es dir schön zu machen, Ally. Brod hat uns übrigens eine Karte geschickt.“ Cheryl lächelte. „Venedig sieht wunderschön aus. Es ist eine ganz andere Welt. Wir haben uns sehr darüber gefreut. Die beiden scheinen eine schöne Zeit zu verleben.“

Ally nickte. „Es hat mich einige Überredungskunst gekostet, sie zum Bleiben zu bewegen. Sie waren richtig schockiert.“

„Du und Brod steht euch sehr nahe. Es ist bestimmt unangenehm, so im Blickpunkt der Öffentlichkeit zu stehen“, sagte Cheryl, die Kimbara nur selten verließ, bewundernd. „Rafe hat Ted erzählt, dass der Typ, der dich verfolgt hat, inzwischen gestanden hat.“

Rafe tauchte hinter ihnen auf. „Nachdem er erfahren hatte,

dass er eine Visitenkarte hinterlassen hatte, hat er sich schuldig bekannt", verkündete er zufrieden. „Die Polizei informiert uns, wenn die Sache vor Gericht kommt, aber Ally muss nicht selbst erscheinen."

„Was für eine schreckliche Geschichte!" Bestürzt betrachtete Cheryl Allys eingegipstes Handgelenk. „Und den Arm hast du dir doch schon mal gebrochen. So ..." Sie ging in den hinteren Teil des Hauses, und Ally und Rafe folgten ihr. „Ich habe heute Morgen einen leckeren Kuchen und Kekse gebacken. Dazu könnt ihr eine Tasse Tee trinken."

„Das ist nett von dir, Cheryl." Sie betraten die große, blitzsaubere Küche, und Ally klopfte Cheryl auf die Schulter. „Aber ich bin keine Invalidin, und ich möchte dir keine Umstände machen. Es ist schön, zu wissen, dass du da bist, wenn ich dich brauche. Zum Glück ist es nur die linke Hand."

„Nun übertreib mal nicht, meine Liebe", warnte Cheryl sie. „Vergiss nicht, dass ich dich schon dein Leben lang kenne."

„Willst du damit sagen, dass ich kein artiges Kind war?"

Cheryl schnalzte mit der Zunge. „War es nicht Rafe, der dich immer das frechste Mädchen auf der ganzen Welt genannt hat?"

Ally lächelte traurig. „Ich habe meistens nur versucht, meinen Vater auf mich aufmerksam zu machen."

Rafe kochte dann Kaffee und schnitt einige dicke Scheiben von Cheryls Kirschkuchen ab.

„Gehen wir auf die Veranda", schlug Ally vor. „Ich möchte an die frische Luft."

„Hast du keine Angst davor, hier allein zu sein?", erkundigte sich Rafe, nachdem sie es sich auf der Veranda gemütlich gemacht hatten. Er war damit nicht einverstanden, doch Ally war sehr dickköpfig.

Sie schüttelte den Kopf. Die dunklen Locken hatte sie aufgesteckt. „Das hier ist mein Zuhause, Rafe, und es kann gut sein, dass es hier spukt. Ich habe mal die kleine Mary Louise Kinross im Garten spielen sehen, obwohl sie vor über einem Jahrhundert mit sechs gestorben ist. Kimbaras Geister und ich kommen gut miteinander aus."

Rafe seufzte. „Ich weiß, was du meinst. Aber ich dachte vielmehr daran, wie du mit einer Hand klarkommen willst."

„Du kennst mich doch, Schatz", erklärte sie forsch.

Er lächelte schief. „Du musst sentimental sein, wenn du ‚Schatz' zu mir sagst."

Ally zuckte mit den Schultern und stellte ihre Tasse ab. „Das habe ich millionenmal zu dir gesagt."

Sein Gesichtsausdruck war spöttisch. „Komisch, ich habe es nicht mehr gehört, seit du ein Teenager warst."

„Ich dachte, du hättest ein gutes Gedächtnis, Rafe."

„Du meinst in der Nacht von Brods Hochzeit? Da habe ich nicht alles verstanden, was du gesagt hast."

„Bist du nicht neugierig?" Sie lehnte sich in dem weißen Korbstuhl zurück.

„Von wegen", erwiderte Rafe betont langsam. „Ich erinnere mich noch genau an den letzten Zauber, mit dem du mich belegt hast."

„Jetzt ist dir dein Stolz im Weg." Das Sonnenlicht ließ sein dichtes blondes Haar schimmern und vergoldete seine markanten Züge. Fasziniert betrachtete sie seine breiten Schultern und seine muskulöse Brust. Er sah fantastisch aus. Sie spürte, wie ihre Gefühle verrückt spielten.

„Versuch nicht, einen Streit mit mir anzufangen, Ally", warnte er sie und beobachtete, wie die sanfte Brise ihr Haar zerzauste. Sie trug eine pinkfarbene Bluse und einen farblich dazu passenden Rock. Unwillkürlich stellte er fest, dass sie keinen BH unter der Bluse trug. Allerdings wäre es mit der eingegipsten Hand auch schwierig gewesen, einen anzuziehen. Wieder verspürte er dieses heftige Verlangen und hätte sie am liebsten an sich gezogen. In den letzten Tagen hatten sie sich so gut verstanden, doch er wusste, wie gefährlich das war. „Hoffentlich haben wir eine schöne Zeit", fuhr er leise fort. „Wenn du Lust hast, können wir nachher einen Spaziergang machen. Erst würde ich mich gern mal umsehen."

„Ja, das wäre nett." *Nett?* Es grenzte an ein Wunder, dass sie hier mit Rafe saß. Ally wandte den Kopf und ließ den Blick über den weitläufigen Garten schweifen, in dem gerade drei Männer arbeiteten und der einen herrlichen Anblick bot – große Rasenflächen, gesäumt von Gummibäumen, Teebäumen und Palmen, unzähligen blauen und weißen Schmucklilien und Hortensien, die im Schatten dieser Bäume blühten, Hunderten von Blumenbeeten und einem Rosengarten auf der Rückseite des Hauses. Auf dem Barella Creek, der ebenfalls von Lilien und anderen Wasserpflanzen wie dem tropischen Blauen Lotus gesäumt war, schwammen Schwäne und Enten.

Wegen der vielen blühenden Büsche gab es auch unzählige Vögel, deren Zwitschern den Garten erfüllte. Als Kind war sie immer durch den Garten gelaufen und hatte ihre Rufe nachgeahmt. Das konnte sie immer noch.

Rafe folgte ihrem Blick und ließ ebenfalls die Schönheit und paradiesische Ruhe des Gartens auf sich wirken. „Immer wenn ich hier bin, wird mir klar, wie es um unseren Garten steht", meinte er. „Ihm fehlt die Hand meiner Mutter. Einige meiner Männer kümmern sich zwar darum, aber sie machen nur das Nötigste."

„Du brauchst eine Frau, Rafe", sagte Ally sanft.

Ich möchte dich zurückhaben, dachte er und verspürte dabei einen schmerzhaften Stich. Er nickte. „Ich muss mir ernsthaft Gedanken darüber machen. Bisher habe ich die Dinge einfach treiben lassen. Unsere Beziehung war die Hölle, Ally.

Manchmal verstehe ich sogar, dass du die Flucht ergriffen hast."

„Tatsächlich?" Starr blickte sie ihn an.

„Es hat dir Angst gemacht. Wir sind immer gut miteinander ausgekommen. Der Sex hat dann alles auf den Kopf gestellt."

Sie wandte den Kopf. „Ich wollte dich nie verlassen, Rafe. Ich wollte dich nie unglücklich machen. Du warst so erwachsen und stark, dass ich mir neben dir wohl wie ein Kind vorkam. Ich war so glücklich darüber, dass du ausgerechnet mich wolltest."

Die alte Wut stieg wieder in ihm auf, und er versuchte, sie zu unterdrücken. „Ally, Schatz, du warst kein schüchternes, unbeholfenes Kind und auch keine prüde Jungfrau. Und du warst auch keine junge Frau, die gerade ihre Sexualität entdeckte. Ich habe dich nicht verführt. Du warst wild entschlossen, mit mir ins Bett zu gehen."

Ally lachte humorlos. Sie musste ihm recht geben. „Das kann man wohl sagen. Du warst alles, was ich wollte. Ich konnte es nicht erwarten, endlich deinen Körper zu entdecken."

„Und dann hast du eine andere Leidenschaft entwickelt. Du wolltest als Schauspielerin Karriere machen. Du konntest dich schon immer schnell für etwas begeistern. Die Vorstellung, Rafe zu heiraten und Farmerin zu werden, erschien dir plötzlich doch nicht mehr so reizvoll."

„Du hast mir genauso wehgetan, wie ich dir wehgetan habe." Sie drehte sich wieder zu ihm um.

„Aber jetzt sind wir älter und klüger, Ally. Und ungebunden." Er machte nur Spaß, doch sie reagierte wütend.

„Rede nicht so, als wäre es zu spät!"

„Nein, es gibt ja noch Lainie", erklärte Rafe herausfordernd. „Ah, da wird jemand rot. Ein gesundes Mädchen mit dem Körper einer Frau."

„Eine gute Gebärmaschine?“, fragte sie ironisch.

„Ein Mann braucht Kinder, Ally.“ Er wurde wieder ernst. „Sie geben dem Leben einen Sinn.“

„Na, dann solltest du dich beeilen“, erwiderte sie scharf.

„Ich brauche nur deinen Segen, Ally.“ Unvermittelt wechselte er das Thema. „Wundere dich nicht, wenn Lainie dich besucht. Die Geschichte mit Harper stand in allen Zeitungen. Daher möchte sie dich bestimmt sehen.“

Als Rafe sich nach einer Stunde von ihr verabschiedete, gab sie ihm Cheryls Kuchen und Kekse mit.

„Möchtest du die Sachen nicht lieber behalten?“, erkundigte er sich, als sie sie ihm einpackte.

„Nein. Ich mag Kuchen, aber ich muss auf meine Linie achten.“

„Welche Linie?“

Es war nur ein Witz, doch Ally verspürte einen schmerzhaften Stich und wandte sich abrupt ab.

„Ally?“, fragte Rafe besorgt.

Sie schüttelte den Kopf, aber er sah, dass sie den Tränen nahe war.

„Ally, ich habe es nicht so gemeint.“ Sanft umfasste er ihre Schulter und drehte sie zu sich um. „Du hast eine tolle Figur. Du bist nur ein bisschen zu dünn.“

„Oh, zur Hölle mit meiner Figur!“, rief sie lachend. „Muss ich dich eigentlich um einen Abschiedskuss bitten, Rafe Cameron?“

„Ach, Ally, was soll ich sagen?“ Heftiges Verlangen quälte ihn. Trotzdem wollte er ihr nur einen Kuss auf die Wange geben und dann schnell die Flucht ergreifen.

Als er sich jedoch zu ihr herunterbeugte, wandte sie den Kopf, sodass seine Lippen ihre streiften. Sie stand regungslos da, öffnete bereitwillig die Lippen und ließ es zu, dass er die Hand in ihren Ausschnitt schob und ihre Brust umfasste. Es knisterte förmlich zwischen ihnen, und Ally war sehr erregt. Sie war einfach perfekt für ihn.

Ally stöhnte lustvoll auf, während er sie streichelte, und es fiel ihm immer schwerer, sich zurückzuziehen. Er spürte, wie sie zu zittern begann.

Frustriert warf Rafe den Kopf zurück. „Wenn ich jetzt nicht gehe …" Sie war die einzige Frau auf der Welt, die ihm das antun konnte. Es machte ihn wütend. Und dennoch …

„Vielleicht sollten wir eine Therapie machen", schlug Ally ironisch vor. Sie sehnte sich so nach Rafe. Die Trennung von ihm war schrecklich gewesen.

„Vielleicht sollten wir lieber nicht allein sein", bemerkte er schroff.

Ally atmete scharf ein. „Sag das nicht! Ich möchte so gern nach Opal Plains kommen. Ich habe es so lange nicht gesehen."

„Hast du das denn erwartet?" Er betrachtete sie streng. „Ich wollte dich heiraten. Und du wolltest nicht."

„Ich möchte dich aber besuchen." Sie barg den Kopf an seiner Brust und war unendlich dankbar, als er die Arme um sie legte.

„Dann kann ich es dir wohl kaum abschlagen." Rafe lächelte grimmig. Ally, die geborene Verführerin. Er kannte jeden Zentimeter ihres Körpers. Den Duft ihrer Haut. Ihren Geschmack. Würde es je funktionieren? „Eins möchte ich allerdings klarstellen. Du wirst nicht bei mir übernachten."

Sie wusste, was er meinte. „Wie könnte ich? Schließlich ist Grant ja da", witzelte sie.

Nun musste er lachen. „Du würdest schon eine Möglichkeit finden, Ally."

Zwei Tage lang fuhr Ally mit dem Jeep auf Kimbara umher, von frühmorgens, wenn der Himmel langsam heller wurde, bis zum Sonnenuntergang, wenn er förmlich in Flammen stand. Es gab keinen Platz auf Erden, dem sie sich so zugehörig fühlte und der sie so mit innerem Frieden erfüllte. So abgelegen es auch sein mochte und so beängstigend einsam es manchem auch erscheinen mochte, sie sah überall nur Schönheit – die Sandwüste mit Dünen und ebenen Flächen, die alten, erodierten Hügel und die versteckten Täler, die geradezu magischen Höhlen mit ihren außergewöhnlichen Malereien und die endlosen Ketten von Wasserlöchern, die Hauptbrutgebiet für Wasserzugvögel waren.

Ihre Lieblingsvögel waren die einheimischen, die Kakadus, die weißen Corellas, die Galas und die in allen Farben schillernden Papageien, außerdem die unzähligen kleinen Arten wie Zaunkönige, Finken, Wachteln und die farbenprächtigen Wellensittiche.

Sie wurde traurig, wenn sie beobachtete, wie sich ein Habicht auf die Zebrafinken stürzte, die auf der Erde saßen und pickten. Die Falken und großen Adler fingen ihre Beute gern im Flug. Doch das war das Gesetz der Natur.

Ted, der sich für sie verantwortlich fühlte, war zuerst dagegen gewesen, dass sie mit dem Jeep durch die Gegend fuhr, obwohl sie ihm versprochen hatte, nicht zu viel Gas zu geben.

„Was ist, wenn du durch ein Schlagloch fährst?“, hatte er sie gefragt. „Oder wenn du einem dieser verdammten Kamele begegnest? Draußen in den Hügeln sind zwei brünstige Männchen. Wir haben erst neulich gesehen, wie sie miteinander gekämpft haben.“

„Ihr habt sie nicht erschossen?“ Sie wusste, dass die Wildkamele großen Schaden anrichteten, besonders an den Zäunen.

Ted schüttelte bedauernd den Kopf. „Wir versuchen, uns mit ihnen zu arrangieren. Aber sie machen uns noch mehr Ärger als die Esel.“

„Ich werde die Pisten nicht verlassen“, versprach sie.

„Das darfst du auch nicht, Ally.“ Er drehte seine Akubra in den Händen. „Rafe würde mich in Stücke reißen, wenn du einen Unfall hättest.“

„Und wer soll es ihm denn sagen?“, meinte sie lässig. „Ich habe seit Jahren nichts Unvernünftiges mehr gemacht. Außerdem bin ich schon mit zwölf im Jeep durch die Gegend gefahren. Und wann hast du dich von einem gebrochenen Arm oder Bein von etwas abhalten lassen?“

Ted kratzte sich am Kopf. „Ich bin ja auch ein zäher alter Fuchs, Ally.“

„Ich auch“, hatte sie lachend erwidert. „Keine Angst, Partner, mir wird schon nichts passieren.“

Und sie hielt ihr Versprechen und passte auf, indem sie nicht die Pisten verließ und nicht zu schnell fuhr. Einmal sprang ein Känguru hinter einem Felsen hervor und blieb mitten auf dem Weg stehen, sodass sie einen Bogen um es machen musste. Sie besuchte die Camps, wo die Rinder zusammengetrieben wurden, und sah zu, wie einige Wildpferde von Wally, einem ihrer Mitarbeiter, der Halbaborigine war, gezähmt wurden.

Die Männer waren ihr gegenüber zuerst ein wenig schüchtern, selbst die, die sie von klein auf kannten. Sie gehörte jetzt nicht mehr zu ihnen. Sie war Miss Kinross, die Kimbara verlassen hatte, um berühmt zu werden. Allerdings war das Eis schnell gebrochen, als sie sich in der Pause zu ihnen als Lagerfeuer setzte und mit ihnen Kaffee trank.

Es war ihr schon immer leichtgefallen, Freunde zu finden. Ihr Vater hingegen hatte sich stets von seinen Mitarbeitern distanziert. Ted Holland war der Einzige, der das Haus je hatte betreten dürfen, und dann auch nur, um geschäftliche Dinge mit ihm zu besprechen.

Nachts schlief Ally schlecht und wurde von Albträumen

geplagt. Sie würde eine Weile brauchen, um sich von dem Trauma zu erholen. Tagsüber war sie jedoch ständig unterwegs.

„Ich dachte, nach dieser Geschichte mit Harper würdest du Erholung brauchen“, rief Cheryl einmal von der Veranda ihres Bungalows herüber.

„Ich erhole mich doch“, erwiderte Ally. „Ich genieße es, wieder zu Hause zu sein. Hier ist meine größte Angst, dass ein Emu oder ein Känguru auf mich losgehen könnte.“

Da ihr Apartment in Sydney nicht besonders groß war, kam ihr das Haus riesig vor. Die Abende verbrachte sie damit, den Inhalt der Schränke zu inspizieren. Dabei entdeckte sie viele Baby- und Kinderfotos von sich. Sie hatte gar nicht gewusst, wie niedlich sie gewesen war. Schon damals hatte sie Locken gehabt. Allerdings konnte sie sich nicht vorstellen, dass ihr Vater die Aufnahmen gemacht hatte. Vermutlich war es ihre Mutter oder Grandpa Andy gewesen.

Ihre Mutter! Allein das Wort machte sie traurig. *Mutter.* Ob sie sich damals in ihrer Beziehung mit Rafe von der katastrophalen Ehe ihrer Eltern hatte beeinflussen lassen? Sie war noch so jung gewesen, dass sie Angst vor der Ehe gehabt hatte. Und ihre Gefühle hatten sie überwältigt. Während ihrer Kindheit und frühen Jugend hatte eine beinahe mystische Verbindung zwischen Rafe und ihr bestanden. Es war ein rein platonisches Verhältnis gewesen, doch das hatte sich sozusagen über Nacht geändert.

Ally errötete, als sie daran dachte, wie ihre Hormone damals verrückt gespielt hatten. In gewisser Weise war das Erwachsenwerden eine traumatische Erfahrung für sie gewesen. Sie hatte sich Hals über Kopf verliebt, und das zu einem Zeitpunkt, als Liebe für sie gleichbedeutend mit Schmerz gewesen war, denn ihre Mutter hatte sie verlassen. Als sie ihren Vater geheiratet hatte, war sie sehr in ihn verliebt gewesen, aber schließlich war sie gezwungen gewesen, ihn zu verlassen. Vielleicht hatte sie, Ally, sich unbewusst dagegen geschützt, indem sie vor Rafe geflohen war.

Allerdings war Rafe ganz anders, als ihr Vater es gewesen war. Er brauchte seine Minderwertigkeitskomplexe nicht mit übertriebener Herrschsucht zu kompensieren. Er brauchte eine Frau als Lebenspartner und würde ihr Geborgenheit geben und sie nach Kräften unterstützen. Ally musste sich eingestehen, dass es nicht ihr Lebenstraum war, Karriere als Schauspielerin zu machen. Ihr Traum war immer noch derselbe wie früher. Es war Rafe.

9. KAPITEL

Am dritten Morgen hörte sie das schönste Geräusch der Welt – Rafes Piper, die über dem Haus kreiste. Jetzt würde sie endlich nach Opal Plains kommen, der alten Heimstätte, in die sie damals als Braut hatte ziehen und wo sie als Alison Kinross Cameron hatte leben wollen. Beide Familien waren für die Heirat gewesen, sogar ihr Vater, der zu Rafe ein besseres Verhältnis gehabt hatte als zu seinem eigenen Sohn. Vielleicht hatte es daran gelegen, dass Rafe ein Cameron war und somit einer anderen Dynastie angehörte. Brod war der Kinross-Erbe, der das Unternehmen seit Jahren leitete. Genau wie Rafe war er Farmer mit Leib und Seele.

Ally erwartete Rafe an der Start- und Landebahn. Den Jeep hatte sie im Schatten der Bäume geparkt. Wenige Minuten später befanden sie sich in der Luft, und Ally war sehr aufgeregt.

„Hätte ich Nachthemd und Zahnbürste mitnehmen sollen?“, hatte sie im Scherz gefragt, als Rafe sie angerufen und eingeladen hatte.

„Ich bringe dich noch vor Sonnenuntergang nach Hause“, hatte er erwidert.

„Früher durfte ich immer bei dir übernachten“, hatte sie ihn wehmütig erinnert.

„Tut mir leid, Schatz, aber du bist bis an dein Lebensende gesperrt.“

Trotzdem hatte sie eine Zahnbürste eingepackt. Ihr war klar, dass sie sich ihm förmlich an den Hals warf, doch es war ihr egal.

Als Opal Plains in Sicht kam, stürmten die Erinnerungen auf sie ein. Rafes Mutter hatte immer auf der Veranda gestanden und ihnen entgegengeblickt.

„Woran denkst du gerade?“, erkundigte sich Rafe.

„Daran, dass deine Mutter immer auf der Veranda gestanden hat, wenn du gekommen bist."

Der dumpfe Schmerz schien nie zu vergehen. „Ihr beide hattet immer so viel zu bereden. Selbst Dad musste euch manchmal bremsen."

„Tja, das waren typische Frauenthemen – Mode und Tratsch, Romane, die wir gelesen hatten. Wir haben uns über alles unterhalten. Deine Mutter wollte zum Beispiel immer wissen, was Fee gerade machte. Sie fand es sehr spannend, obwohl sie nie mit ihr hätte tauschen mögen."

Rafe lächelte. „Ich weiß. Damit haben wir sie ständig aufgezogen. Es sieht wohl so aus, als würden ihr zwei Ehemänner nicht reichen, oder?" Er warf ihr einen amüsierten Blick zu. „David und sie scheinen sich prächtig zu verstehen."

Ally nickte. „Ich glaube, er hat schon früher für sie geschwärmt. Nicht, dass er seine Frau nicht geliebt hätte."

„Du versuchst doch nicht etwa, die beiden miteinander zu verkuppeln?"

„Fee bedeutet mir sehr viel", erwiderte sie. „Ich glaube, sie und David könnten sehr glücklich miteinander werden. David ist ein kultivierter und vielseitig interessierter Mann. Und Fee ist jetzt so weit, dass sie gern sesshaft werden möchte."

Ein Lächeln umspielte seine Lippen. „Irgendwie rührt mich das. Aber Francescas Vater würde es wahrscheinlich nicht so gern sehen, stimmt's?"

„Hm." Sie dachte einen Moment lang darüber nach. „Was sollte er dagegen haben? Fee und er sind seit Jahren geschieden, und er ist glücklich verheiratet."

„Nur warum sucht sie sich ausgerechnet seinen Cousin aus?"

„Weil David eben der ideale Mann für sie ist. Nun sei kein Spielverderber, Rafe Cameron."

„Tut mir leid", entschuldigte er sich, doch seine braunen

Augen mit den goldenen Sprenkeln funkelten vielsagend. „Ich finde deine Tante toll."

Sie waren inzwischen in den Jeep umgestiegen, und Rafe hielt vor der Steintreppe, die zur Veranda hinaufführte.

Die Heimstätte hatte nur ein Stockwerk und wirkte nicht so prachtvoll wie Kimbara, das an die klassischen englischen Herrenhäuser erinnerte. Auch der Garten sah genauso traurig aus, wie Rafe ihn beschrieben hatte. Dennoch erfreute Ally sich an dem Anblick, weil er irgendwie tröstlich auf sie wirkte und sie an die schönen Zeiten erinnerte.

Das Haus war ein schönes architektonisches Beispiel für den Regencystil, angepasst an die wilde Landschaft des Outback. Es hatte auf drei Seiten eine Veranda, und die Holzbalustraden, die Verzierungen und die klassischen Säulen waren weiß und die Fensterläden grün gestrichen.

Die Mauern bestanden aus besonders schönen, ehemals rosenfarbenen Ziegelsteinen, die von der Sonne ausgeblichen und nun altrosa waren. Das grüne Schieferdach verlieh dem Gebäude ebenfalls eine elegante Note und fügte sich harmonisch in die Umgebung ein. Das Haus war zur selben Zeit entstanden wie Kimbara, und Charles Cameron und Ewan Kinross hatten darum gewetteifert, wer zuerst fertig sein würde.

Charles Cameron, der nicht so viel Wert auf Prunk gelegt hatte, war Monate vorher fertig geworden. Ewan Kinross hatte nach Beendigung der Bauarbeiten seine Verwandte Cecilia geheiratet, die sie beide liebten. Als Brods Frau würde Rebecca nun die berühmte Kette tragen, die einst Cecilia gehört hatte. Ihr Vater hatte Rebecca einmal förmlich dazu genötigt, sie zu einem Ball anzulegen. Schnell verdrängte Ally die Erinnerung an diese unerfreuliche Geschichte. Jetzt waren Brod und Rebecca glücklich verheiratet.

„Ich finde, wir sollten dieses Ereignis in aller Form begehen", schlug Rafe vor, als er ihr aus dem Geländewagen half.

Ally funkelte ihn herausfordernd an. „Du willst mich doch nicht etwa über die Schwelle tragen?"

„Wohl kaum. Du bist viel zu schwer."

„Na hör mal, du hast immer gesagt, ich sei zu dünn." Sie ließ seine Hand los und atmete tief durch. „Es ist so ein schöner Tag. Grant ist bestimmt nicht da, oder?"

Rafe nickte. „Er ist in Victoria Springs."

„Was?" Starr blickte sie ihn an. „Hoffentlich sagt er Lainie nicht, dass ich hier bin. Also, wie willst du das Ereignis begehen? Ich bin für alle Vorschläge offen." Sie schüttelte den Kopf. Das Haar hatte sie an diesem Tag zu einem Pferdeschwanz gebunden.

„Ich habe dir zu Ehren eine neue Fußmatte hingelegt. Darauf steht ‚Herzlich willkommen'."

„Bin ich hier denn willkommen?"

„Ich weiß es nicht. Bis vor Kurzem wärst du es nicht gewesen." Es klang viel schroffer, als er beabsichtigt hatte, doch er war nervös, weil Ally bei ihm zu Hause war – dort, wo er zum ersten Mal mit ihr geschlafen hatte. Die alten Wunden waren zwar verheilt, aber er spürte den Schmerz immer noch.

Natürlich würde er mit ihr im Bett landen. Daran hatte sich nichts geändert, doch er wollte nicht, dass sein Leben noch mehr aus den Fugen geriet. Sie würde wieder nach Sydney zurückkehren und weiterhin als Schauspielerin arbeiten. Er würde es akzeptieren und sich eine nette Frau suchen müssen. Es gab genug schöne, begehrenswerte, intelligente Frauen hier draußen. Und er tauchte in der Liste der begehrtesten Junggesellen ganz oben auf.

„Du findest also, dass es keine gute Idee war?", erkundigte Ally sich herausfordernd.

Rafe schüttelte den Kopf. „Opal Plains heißt dich wieder willkommen, Alison Kinross. Ich glaube, dein Geist wird immer hier sein."

„Stimmt!“ Ihre grünen Augen funkelten wie Smaragde. „Als ich klein war, habe ich dir gesagt, dass ich dich lieber mag als alle anderen. Lieber, als jemand anderes dich je mögen wird. Vergiss das nicht.“ Sie schluckte, denn die Kehle war ihr plötzlich wie zugeschnürt.

Er lächelte angespannt und betrachtete sie. „Erinnere mich bei meiner Hochzeit daran. Sosehr ich dich auch liebe, Ally, ich kann nicht mein Leben lang an dich denken.“

Ally zuckte zusammen. „Du willst mich also nicht zurückhaben?“

Sein Herz setzte für einen Schlag aus. „Bist du denn bereit, deinen Beruf aufzugeben?“ Er nahm ihre Hand und führte sie zur Treppe. „Ich glaube nicht, Ally. Es macht mich sehr traurig, aber so ist das Leben nun mal.“

„Manchmal macht es mir Angst, dass alle denken, ich würde in Fees Fußstapfen treten. Ich wollte beweisen, dass ich Talent habe. Oder dass ich in einer anderen Welt etwas erreichen kann. Ich glaube, ich wollte eine *Wahl* haben.“

Rafe verzog ironisch den Mund. „Stimmt, und du hast deine Wahl getroffen. Du hast viel Arbeit investiert, und es hat sich ausgezahlt. Ich sehe kaum fern, aber ich habe deine Serie gesehen. Du bist wirklich eine tolle Schauspielerin und hast eine ganz besondere Ausstrahlung. Daher überrascht es mich nicht, dass du jetzt Filmangebote bekommst.“

Sie ging zur Balustrade und legte den gesunden Arm um eine Säule. „Alle sind enttäuscht, weil ich aus der Serie aussteige. Sie wollen mich sterben lassen. Und Matt hat seine Karriere natürlich verpfuscht.“

„Das war klar“, erwiderte er schroff. „Musst du noch einige Szenen drehen?“

„Nein. Ich habe immer noch Albträume. Sogar das Telefonieren fällt mir schwer.“

Er gesellte sich zu ihr und legte ihr die Hände auf die

Schultern. „Das geht vorbei. Gib dir etwas Zeit, Ally. Du bist so stark. Du wirst wieder zu dir selbst finden."

Er rechnete offenbar nicht damit, dass sie ihren Beruf aufgab.

Dann betraten sie das Haus, und Ally ging langsam durch alle Räume. Links und rechts von der großen Eingangshalle lagen das alte Wohnzimmer und der Speisesaal mit den identischen Kaminen. Die kunstvollen Stuckarbeiten an den Decken stammten sicher von denselben Handwerkern, die auch auf Kimbara gearbeitet hatten, und die exquisiten Kristallleuchter verliehen ihnen zusätzlichen Glanz. Vom Speisesaal gelangte man durch breite Falttüren in die Bibliothek. Dahinter lag das große Arbeitszimmer, das Rafe von seinem Vater übernommen hatte, und auf der anderen Seite des Flurs ein kleineres, das Grant benutzte.

Die Möbel stammten hauptsächlich aus dem viktorianischen Zeitalter, es gab jedoch auch einige prunkvolle orientalische Stücke, und alle waren sehr gut erhalten. Trotzdem hätte Ally am liebsten einige der Sitzmöbel ausgetauscht, wie Rafes Mutter es vorgehabt hatte.

Seit sie das letzte Mal hier gewesen war, hatte sich praktisch nichts verändert. Und es war offensichtlich, dass Rafe und Grant fast ausschließlich die weniger prunkvollen Räume nutzten. Sie aßen im Frühstückszimmer, das an die Küche grenzte, und entspannten sich in dem anderen Wohnzimmer, von dem aus man auf den hinteren Teil des Gartens blickte.

Rafe begleitete Ally durch alle Räume und beobachtete sie schweigend. Wenn sie keine Schauspielerin wäre, könnte sie Tänzerin sein, dachte er. Ihre Bewegungen waren so anmutig und fließend. Er erinnerte sich an die Bälle, die sie zusammen besucht hatten. Die Leute, die im Outback lebten, besuchten gern solche Veranstaltungen.

Die Bälle auf Kimbara waren unvergesslich gewesen. Mit

seinem attraktiven Äußeren und seiner unnahbaren, spöttischen Art hatte Stewart Kinross seinem Image als Gutsherr alle Ehre gemacht. Ally sah ihrem Vater sehr ähnlich, genau wie Brod – abgesehen von seinen blauen Augen –, doch wenn man sie sah, dachte man automatisch an Fee. Es musste Sir Andrew das Herz gebrochen haben, als sie nach England gegangen war.

Er hatte seine einzige Tochter über alles geliebt. Sie hatte ihm einen Strich durch seine Pläne gemacht, denn er hatte sich natürlich gewünscht, dass sie einen Mann wie seinen Vater heiratete und auf Kimbara blieb. Und er hatte sich viele Enkelkinder gewünscht. Drei hatte er schließlich bekommen. In Brod und Ally war er vernarrt gewesen, Francesca hingegen hatte er kaum gekannt.

Es war ganz still in dem alten Ballsaal, der seit vielen Jahren nicht mehr benutzt worden war. Die Kinross hatten ihren großen Saal gebaut, um dort Viehzüchterkonferenzen und Galaveranstaltungen abzuhalten. Die Tanzveranstaltungen bei den Camerons waren immer eine Hommage an ihre schottischen Vorfahren gewesen.

Ally blieb vor einem beeindruckenden Porträt von Charles Cameron in schottischer Tracht stehen, das im Ballsaal über vergoldeten Stühlen an der Wand hing. Etwa zwei Meter daneben hing ein Porträt seiner Frau, die ein weißes Ballkleid und darüber eine Schärpe mit dem Clanmuster der Camerons trug. Sie war hübsch und hatte eine üppige Figur, rotblondes Haar, große braune Augen und gerötete Wangen. Und sie lächelte strahlend, obwohl sie für Charles Cameron nur zweite Wahl gewesen war, nachdem Ewan Kinross Cecilia geheiratet hatte.

„Ich frage mich, was bei unseren Vorfahren schiefgelaufen ist", bemerkte Ally. Es gab viele Theorien, aber niemand wusste es genau. „Ich kann mir nicht vorstellen, einen Mann zu heiraten, obwohl ich einen anderen liebe."

Rafe verspürte einen schmerzhaften Stich, versuchte jedoch, es sich nicht anmerken zu lassen. „Die Menschen machen ständig Kompromisse, Ally. Die Frau, die ich einmal heirate, bist vielleicht nicht du, aber ich werde sicher lernen, sie zu lieben."

Sie drehte sich zu ihm um und musterte ihn scharf. „So leicht kannst du dich in jemand anders verlieben?"

Er nickte ruhig. „Ich will mein Dasein nicht als Junggeselle fristen. Ich möchte eine Familie. Kinder. Ich mag Kinder."

Wie hatte sie diesen Mann nur verlassen können? „Ich weiß, dass du ein wundervoller Vater sein wirst." Ally ging zu dem Porträt von Charles Camerons Frau, um es zu betrachten. „Von ihr hast du also das schöne Haar. Und die braunen Augen mit den goldenen Sprenkeln. Grants Haarfarbe ist dunkler als deine." Sie seufzte. „Sie wirkt sehr offen und nett. Ich mag sie."

„Sie ist nicht Cecilia, die Verführerin", bemerkte er trocken.

„Cecilia sollte nie glücklich werden. Diese Frau schon."

Er verzog den Mund. „Charles Cameron dachte wohl genau wie ich, dass das Leben weitergehen muss. Seine Ehe mit ihr war sehr glücklich."

„Das freut mich." Sie drehte sich um und lächelte ihn an. „Ihr Camerons seid so eine nette Familie. Mein Großvater hatte gehofft, Fee und dein Vater würden sich ineinander verlieben."

„Ja, ich weiß. Aber ich bin froh, dass es nicht dazu gekommen ist. Dad hat einmal zugegeben, dass er für sie geschwärmt hat. Aber ihm war klar, dass sie nie eine gute Farmersfrau abgeben würde." Ihm krampfte sich das Herz zusammen. Wie die Tante, so die Nichte.

„Tanzt du mit mir?", fragte Ally unvermittelt. „Tun wir so, als wäre alles wie früher. Ich erinnere mich noch, wie ich als

Kind in diesen Raum geschaut und die Erwachsenen beobachtet habe.“ Sie schloss die Augen und begann, sich im Kreis zu drehen. „Ist es nicht romantisch?“

Ally drehte und drehte sich. Sie trug ein ärmelloses, tief ausgeschnittenes weites Sommerkleid aus weißer Baumwolle mit einer großen aufgedruckten Hibiskusblüte. Es war ein Kinderkleid, nur war sie kein kleines Mädchen mehr, sondern eine Frau.

Alle Jungen hatten mit ihr tanzen wollen. Sie hatte eine schöne Singstimme, aber den Text brachte sie durcheinander. Er musste an sich halten, um nicht einzustimmen. Sie sollte damit aufhören, denn er wollte sein Herz nicht wieder an sie verlieren. Doch er wollte ihre Lippen schmecken. Er wollte sie hochheben, mit ihr ins Schlafzimmer gehen und sie auf das große Himmelbett legen. Unwillkürlich erinnerte er sich daran, wie er das erste Mal mit ihr geschlafen hatte. Er würde es niemals vergessen.

„Tanz mit mir, Rafe“, rief Ally. „Bitte komm. Manche Erinnerungen erlöschen nie. Ich weiß noch, wie du mich angesehen hast, als du mich zu Corrie Gordons Geburtstagsball abgeholt hast.“

Damals war sie sechzehn gewesen. Praktisch über Nacht hatte sie sich von einem anmutigen, dünnen Wildfang in eine verführerische Frau verwandelt. Wie war das möglich gewesen? Sie hatte ein ausgestelltes dunkelgrünes Samtkleid mit langen, engen Ärmeln und einem tiefen Ausschnitt getragen, der den Ansatz ihrer Brüste freigab. Statt der üblichen Reitstiefel hatte sie elegante Abendschuhe getragen, und das lange Haar, das sie sonst immer zu einem Zopf geflochten hatte, hatte sie aufgesteckt.

„Seht sie euch an!“, hatte Brod gerufen. „Sie sieht aus wie Tante Fee!“

Brods Bemerkung hatte ihn wie ein Faustschlag getroffen. Fiona Kinross hatte Kimbara verlassen, als sie nur wenige Jahre älter gewesen war als Ally.

Jetzt kam Ally zu ihm. „Du bist ein richtiger Spielverderber", warf sie ihm vor.

„Ich tanze nicht mehr so gern", erwiderte Rafe.

„Du warst ein toller Tänzer", erinnerte sie ihn. „Alle haben uns beobachtet. Wenn du älter bist, wirst du wahrscheinlich wie John Wayne herumstapfen. Bitte, Rafe, mein Engel."

Er spürte, wie Verlangen in ihm erwachte. „Kein Mann, der bei Verstand ist, sollte dir so nahe kommen, Ally."

„Erinnerst du dich noch daran, dass ich dich immer so genannt habe? Mein Engel. Du mit dem goldenen Haar, der goldenen Haut und den funkelnden Augen."

„Hör auf damit, Ally." Feindselig sah er sie an.

Ally hob das Kinn und seufzte tief. „Verdammt, Rafe, du wirst dich doch nicht etwa in einen *Frosch* verwandeln?"

Daraufhin zog er sie an sich und hielt sie fest. „Was willst du von mir?", fragte er schroff.

Sie legte den Kopf zurück, um Rafe ins Gesicht sehen zu können. „Ich möchte, dass du mich heiratest." Nun, da sie es gesagt hatte, fiel ihr das Atmen schwer.

„Was?", fuhr Rafe sie an.

„Ich möchte, dass du mich heiratest, habe ich gesagt." In ihren Augen schimmerten Tränen.

Er wusste, dass er gleich schwach werden würde. „Meinst du das ernst, oder ist es ein schlechter Witz?"

„Nein." Ally schüttelte den Kopf. „Ich will dich. Ich brauche dich. Ich liebe dich."

Rafe musterte sie verächtlich. „Du meinst, du willst mich ruinieren."

„Wie könnte ich?" Sie versuchte alles, was sie für ihn empfand, in ihren Blick zu legen.

„Ich könnte es nicht ertragen, wenn du fortgehen würdest, Ally“, erklärte er schroff. „Damals habe ich es nicht ertragen, und jetzt könnte ich es nicht. Meine Frau muss bei mir sein. Ich muss wissen, wo sie ist. Ich muss wissen, dass sie Kinder mit mir haben will und für sie da sein wird. Sieh dir doch Fee an. Francesca hat eine traurige Kindheit gehabt.“

Obwohl sie ihm recht geben musste, konterte sie: „Schließ nicht von Fee auf mich, Rafe. Ich bin nicht Fiona Kinross. Ich bin Ally.“

„Und du möchtest, dass ich dich zurücknehme?“, erkundigte er sich ungläubig.

„Du wirst mich zurücknehmen“, brauste sie auf.

Rafe lachte humorlos. „Du hast recht, Ally. Ich werde dich nehmen. Du willst, dass ich mit dir schlafe, stimmt’s? Als würde wilder Sex alle Wunden heilen.“

„Nicht *wilder* Sex“, entgegnete sie sanft und berührte seine Lippen mit den Fingerspitzen. „Du musst ganz vorsichtig sein. Schließlich sind meine Wunden noch nicht verheilt, und mir tut alles weh.“

„Du weißt, wie man einen Mann verführt, nicht?“ Er umfasste ihr Gesicht, neigte den Kopf und zog die Konturen ihrer Lippen mit der Zunge nach.

Ally schloss die Augen. „Ja, und ich schäme mich dessen nicht.“

Obwohl es lediglich eine Feststellung war, brachte es das Fass zum Überlaufen.

„Kommt nicht infrage, Ally.“ Langsam löste er sich von ihr, erleichtert, dass seine Stimme kühl und sachlich klang. „Du bist genauso faszinierend wie eh und je, aber ich bin jetzt älter und auch klüger. Ich weiß nicht, was heute mit dir los ist. Wahrscheinlich hat dich die Sache mit Harper stark mitgenommen. Aber bald wirst du wieder gesund sein und dein Leben weiterleben.“

Ally war verzweifelt. „Und was muss ich tun, um dir zu beweisen, dass ich es ehrlich meine?"

„Ich weiß nicht, ob du das kannst. Vielleicht meinst du es ehrlich, vielleicht auch nicht. Wer weiß das schon bei einer Frau? Vor allem bei einer Frau wie dir." Er umfasste ihren Arm. „Warum belassen wir es nicht dabei, bis du wieder du selbst bist? Ich dachte, wir könnten früh zu Mittag essen und dann einen Ausritt machen. Ich suche dir ein langsames Pferd aus, und wir reiten zum Pink Lady Creek. Dort gibt es wunderschöne Wasserlilien. Es wird dir bestimmt gefallen."

„Danke, Rafe", erwiderte sie leise, wohl wissend, dass er sie ausmanövriert hatte.

Doch so schnell würde sie nicht aufgeben!

Es war später Nachmittag. Rafe und Ally ritten gerade nach Hause zurück, als plötzlich das Geräusch eines Hubschraubers die Stille durchbrach, der immer näher kam.

„Das muss Grant sein." Rafe beschirmte die Augen mit der Hand und blickte nach oben. „Ich hatte ihn erst gegen Abend erwartet."

„Ich freue mich darauf, ihn zu sehen", sagte Ally. Es wäre zwar wunderschön gewesen, den restlichen Tag allein mit Rafe zu verbringen, doch sie hatte Grant schon immer sehr gern gehabt. „Du machst dir bestimmt Sorgen um ihn, weil er so ein leidenschaftlicher Pilot ist, oder?" Nachdem seine Eltern ums Leben gekommen waren, hatten sie alle etwas Angst vorm Fliegen.

„Ich versuche, es nicht zu tun." Rafe seufzte. „Aber es fällt mir nicht leicht. Grant ist alles, was ich habe."

„Und ich. Und Brod." Sie blickte ihn an.

„Und Lainie", fügte er hinzu. „Du wirst sie sicher demnächst sehen."

Sie sahen Lainie früher, als sie erwartet hatten. Inzwischen hatten sie das Haus erreicht, und von der Veranda aus beobachteten sie, wie Grant landete.

„Es ist jemand bei ihm.“ Ally kniff die Augen zusammen, weil die Sonne sie blendete. Nun würde sie Rafe nicht mehr für sich allein haben.

„Sieht so aus. Die Party ist vorbei.“

Die Rotoren drehten sich langsamer und blieben schließlich ganz stehen. Grant sprang zuerst heraus und half dann seinem Passagier.

Lainie.

Ally stöhnte. „Wenn man vom Teufel spricht …“

„Lächeln, Ally. Sie sind schon unterwegs.“

„Hallo, ihr beiden!“, rief Lainie und winkte ihnen zu. „Grant hat mich mitgenommen.“

„Wie schrecklich!“ Ally warf Rafe einen ironischen Blick zu. „Musste Grant ihr denn unbedingt sagen, dass ich hier bin?“

Seine braunen Augen funkelten amüsiert. „Du möchtest dich doch bestimmt mit deinem größten Fan unterhalten, oder?“

„Mir bleibt wohl nichts anderes übrig. Ach, ich mag sie ja. Es gab eine Zeit, da haben wir nur rumgealbert.“

„Und inzwischen ist dir das Lachen vergangen, stimmt's?“

„Besonders seit sie sich für dich interessiert“, erwiderte sie scharf. „Vermutlich ist sie deinetwegen hier.“

„Finden wir es heraus.“

Inzwischen hatten Lainie und Grant die Treppe erreicht. Grant sah in seiner Khakihose sehr verwegen aus. Lainie trug eine aparte Folklorebluse und Designerjeans, und ihr perfekt frisiertes dichtes blondes Haar wehte in der Brise.

„Ally, schön, dich zu sehen!“ Lainie lachte ihr ansteckendes Lachen. „Als Grant mir erzählt hat, dass du hier bist, konnte ich es gar nicht erwarten.“ Sie ließ den Blick zu Rafe schweifen. „Warum hast du es mir nicht gesagt, Rafe Cameron?"

„Das hätte ich noch getan", meinte er betont langsam. „Ich habe nur eine Ewigkeit gebraucht, um das Haus auf Vordermann zu bringen."

Lainie kam auf die Veranda und umarmte Ally. Als sie ihr eingegipstes Handgelenk sah, rief sie: „Oh, du Arme! Wir waren alle schockiert, als wir in der Zeitung gelesen haben, was passiert ist. Mum sagte, es sei ein großer Fehler von dir gewesen, Kimbara zu verlassen."

Bevor Ally reagieren konnte, kam Grant auf sie zu und gab ihr einen Kuss auf die Wange. „Hallo, Ally. Stimmt, wir haben uns alle Sorgen um dich gemacht."

„Und du bist so dünn geworden", sagte Lainie. „Das Kleid hängt ja an dir wie ein Sack."

„Das soll es auch", konterte Ally. „Ich brauche Sachen, die ich mit einer Hand anziehen kann."

„Und es steht dir ausgezeichnet." Rafe lächelte anerkennend.

„Danke." Sie wandte sich ihm zu.

„Jedenfalls war der Anblick deiner Beine bei unserem Ausritt sehr reizvoll."

Lainie atmete scharf aus und begann dann zu husten. „Darin bist du geritten?"

„Ich habe nichts zu verbergen. Und in Jeans komme ich einfach nicht hinein", erklärte Ally.

„Ja, aber …"

„Halt den Mund, Lainie", befahl Grant ruhig.

„Ich habe Neuigkeiten von Fran, die dich vielleicht interessieren, Grant", wechselte Ally das Thema. „Sie hat ihren Job gekündigt."

„Frauen wie sie brauchen doch keinen Job", bemerkte Lainie. „Lady Francesca de Lyle. Ich dachte, sie würde sich nur die Zeit vertreiben, bis sie irgendeinen alten Lord heiratet."

„Und was macht sie jetzt?“, fragte Grant, ohne Lainie zu beachten.

„Ich glaube, sie möchte mehr Zeit mit ihrer Mutter verbringen. Sie kann hier sofort einen neuen Job finden.“

Vergeblich versuchte Lainie, sich zu beherrschen. „Das ist alles deine Schuld, Grant. Du hast ihr auf Brods Hochzeit schöne Augen gemacht“, neckte sie ihn.

„Von wegen!“, entgegnete er, allerdings nur eine Spur entrüstet. „Bring mich nicht auf die Palme, Lainie, sonst fliege ich dich nachher nicht zurück.“

„Hast du keinen Humor?“ Spielerisch boxte sie ihn in die Seite. „Ich verstehe sehr gut, warum du Francesca so anhimmelst.“

„Wie wär's mit einem Kaffee oder einem kalten Drink?“, schlug Rafe vor. „Willst du gleich wieder weg?“, fügte er an seinen Bruder gewandt hinzu.

„Ich warte auf Lainie“, meinte dieser, „und entspann mich eine Weile. Was hat Fran noch erzählt?“, fragte er Ally, als sie alle ins Haus gingen. „Und wann will sie kommen?“

„Ich schätze, sie ist hinter ihm her“, flüsterte Lainie Rafe zu. „Einige dieser alten Adelsfamilien sind völlig abgebrannt.“

Als sie das Kaffeekochen übernahm, verließen die beiden Männer die Küche. „Hast du keine Angst, wenn du ganz allein auf Kimbara bist?“, erkundigte sie sich, und Ally fiel auf, dass sie genau wusste, wo alles stand.

„Ich bin nicht allein, Lainie.“ Sie ging zum Fenster und blickte hinaus. „Ted und Cheryl sind auch noch da. Und unsere anderen Mitarbeiter. Jeder würde mir im Notfall sofort zu Hilfe kommen.“

„Ich weiß. Allein im Haus, meinte ich.“ Lainie sprach lauter, um das Geräusch der Kaffeemühle zu übertönen. „Ich habe mich darin immer verirrt. Es ist so riesig.“

„Für mich nicht. Also, was hast du so gemacht?“, fragte

Ally, um Lainie vom Thema abzulenken.

„Wir haben einen neuen Hund, Kaiser“, verkündete Lainie stolz. „Er ist toll.“

„Etwa ein Deutscher Schäferhund?“

Lachend tat Lainie das Kaffeepulver in den Filter. „Wir lieben die Rasse. Und, wie lange bleibst du?“ Sie bemühte sich nach Kräften, ihre Eifersucht zu verbergen.

„Gib mir Zeit, Lainie“, erwiderte Ally trocken. „Was soll das Ganze eigentlich?“

Lainie biss sich auf die Lippe. „Du hast gesagt, Rafe und du wärt nur gute Freunde.“

„Ach ja?“

„Ich frage das nicht gern, aber hast du vor, hier zu übernachten?“ Lainie schoss das Blut in den Kopf.

Ally seufzte. „Ich habe meine Zahnbürste eingepackt.“

„Das ist nicht wahr!“ Entsetzt sah Lainie sie an und ließ dann den Blick zu Rafe schweifen, als dieser die Küche betrat.

„Soll ich was mitnehmen?“ Sofort bemerkte er ihren Gesichtsausdruck. „Was ist los?“

Nur mit Mühe konnte sie die Tränen zurückhalten. „*Mich* hast du nie gebeten, hier zu übernachten.“

„Was soll das heißen?“ Er blickte zwischen ihnen hin und her.

„Wenn Ally bleibt, möchte ich auch bleiben“, erklärte sie. „Wir könnten zu viert Karten spielen.“

„Bist du verrückt?“

„Der Haken ist nur, dass Ally nicht hier schläft, Lainie. Und du auch nicht. Ich weiß, wie ich meinen Ruf wahren muss.“

Nun wirkte Lainie erleichtert. „Ach, du mit deiner Zahnbürste, Ally! Du hast andere schon immer gern aufgezogen. Ich hatte Ally nämlich gerade gefragt, wie lange sie hierbleibt.

Wann fliegst du wieder nach Sydney, Ally?"

„Wenn ich mich sicher fühle", antwortete Ally lakonisch.

„Man weiß nie, ob du Spaß machst oder nicht", beschwerte sich Lainie. „Dieser verdammte Harper! Aber wenn du erst mal ein Filmstar bist, wirst du ständig von Sicherheitsbeamten umgeben sein. Es ist so aufregend, wenn du hier zu Besuch bist."

Sie ist eifersüchtig auf mich, dachte Ally.

„Wo bleibt der Kaffee?", rief Grant von draußen.

Lainie schenkte Rafe ein strahlendes Lächeln. „Kommt sofort!"

10. KAPITEL

Cheryl half Ally dabei, das Haus für Fees und Davids Besuch herzurichten. Die beiden wollten am Wochenende kommen und hatten einen Inlandflug zum nächsten Outback-Flugplatz gebucht, wo Grant sie abholen würde.

Cheryl und Ally lüfteten die Schlafzimmer, bezogen die Betten mit frischer Wäsche, legten Bücher auf die Nachttische und frische Handtücher, Badematten und Kosmetika in die Bäder. Am Samstagmorgen wollten sie auch frische Blumen in die Zimmer stellen.

Cheryl fand es richtig aufregend, Mitglieder der Familie auf Kimbara zu empfangen. Brod und Rebecca würden am Monatsende zurückkehren. Auf Kimbara würde wieder Leben einkehren.

Stewart Kinross war im Gegensatz zu seinen Kindern kein besonders liebenswerter Mensch gewesen.

Am Nachmittag beschloss Ally, noch einen Ausflug mit dem Jeep zu machen, um in Ruhe nachdenken zu können. Sie hatte einen Brief von Bart, ihrem Regisseur, bekommen, zusammen mit dem Drehbuch für einen Film, den die aufstrebende neuseeländische Jungregisseurin Ngaire Bell drehen wollte. Es war die Verfilmung eines neuen, preisgekrönten australischen Romans, der in der Kolonialzeit spielte und eine sehr interessante Protagonistin hatte.

„Mit der Rolle würdest du ganz groß rauskommen", hatte Bart geschrieben. „Habe ich dir nicht immer gesagt, dass du das Zeug zum Star hast?"

Sie, Ally, war nicht die einzige Schauspielerin, die Ngaire für die Rolle vorschwebte, doch offenbar war diese sehr von ihr beeindruckt gewesen, wie Bart weiter schrieb. „Ich finde, du solltest das andere Projekt vergessen und dich darauf konzentrieren, diese Rolle zu bekommen. Es könnte dein Sprungbrett sein. Außerdem würdest du dich aufgrund deiner Herkunft bestens dafür eignen."

Ally las das Drehbuch in einem Rutsch durch, da sie es nicht mehr aus der Hand legen konnte. Genau genommen war ihr Interesse jedoch nicht beruflicher Natur. Was war bloß aus ihrem Ehrgeiz geworden? Wenn Ngaire Bell sich für sie entschied, würden andere, weitaus bekanntere Schauspielerinnen leer ausgehen. Und es war ziemlich riskant, eine solche Rolle mit einer relativ unbekannten Darstellerin zu besetzen. Über das Budget hatte Bart in seinem Brief überhaupt nicht gesprochen. Die Außenaufnahmen würden in und um Sydney und anschließend im Outback stattfinden, wo genau, stand noch nicht fest.

Ally schwirrte der Kopf, als sie über die Piste an den Rand der Wüste fuhr. Sie wollte nur einen kurzen Abstecher zum Moorak Hill machen, einem weiteren Monolithen im Nordwesten. Sie liebte diesen Ort. Am Fuß des Felsens befand sich ein Wasserloch, an dessen Ufer viele Vogelarten brüteten.

Nahe dem rostroten erodierten Gipfel des Moorak mit seinen kleinen Höhlen und pyramidenförmigen Felsen wuchs ein wunderschöner Geistereukalyptus, dessen weißer Stamm und grüne Krone sich gegen den blauen Himmel abzeichneten. Er stand dort, solange sie sich erinnern konnte, ein Anblick, der die Fantasie beflügelte.

Sie parkte den Jeep im Schatten einiger knorriger alter Bäume, die nur noch wenige Blätter trugen. Diese knorrigen Mulgas waren ein Zeichen für Dürre, doch im Winter hatte es viel geregnet, und, was noch besser war, der weit entfernte tropische Norden rechnete mit einem niederschlagsreichen Weihnachtsfest. Der Monsunregen ließ die Flüsse im Norden anschwellen, sodass das Channel Country, das Land der Kanäle, ausreichend bewässert wurde. Und wenn die Niederschläge besonders stark waren, füllte sich sogar der Lake Eyre, der größte Salzsee auf dem Kontinent. Das geschah allerdings nur etwa zweimal in hundert Jahren.

Ally streckte die Hand aus, um ein Blatt zu berühren, aber es zerfiel sofort. Über ihr kreisten Falken und Habichte, immer auf der Suche nach Beute. Sie nahm die Thermoskanne aus dem Jeep und schenkte sich einen Eiskaffee ein. Inzwischen war es nicht mehr so heiß, und die Schatten wurden länger. Dennoch verlor die Sonne nie ihre Kraft, und man musste aufpassen, dass man ständig Flüssigkeit zu sich nahm. Während sie langsam trank, ließ sie die Umgebung auf sich wirken. Wie friedlich es hier war!

Und wie anders es war, zu Hause zu sein! Dies war der Ort, an dem sie aufgewachsen war, der Ort, dem sie sich verbunden fühlte. Sie hatte genug von der Welt gesehen, um zu wissen, dass sie hierher gehörte. Sie hatte sich mit sich selbst und ihren Bedürfnissen auseinandergesetzt, und nun hatte sie die Wahl. Sie konnte hart arbeiten und es zu Weltruhm bringen oder wieder die einzige Frau in Rafes Leben werden. Das ist vielleicht schwieriger, als eine Hauptrolle in einem Film von Ngaire Bell zu bekommen, dachte sie. Rafe und sie hatten eine so wundervolle Beziehung gehabt, die über das rein Körperliche weit hinausging. Das wollte sie wieder. Sie wollte sein Vertrauen. Jetzt, mit Mitte zwanzig, war sie bereit, sich für immer zu binden. Eine Familie zu gründen. Viele ihrer Freundinnen, allesamt Karrierefrauen, hatten eine Sinnkrise gehabt, als sie auf die dreißig zusteuerten, und hatten sich gefragt, ob sie nicht doch heiraten und Kinder bekommen sollten. Ihnen war bewusst geworden, dass sie im Gegensatz zu den Männern Beruf und Familie nicht miteinander vereinbaren konnten.

Ohne Rafe hatte ihr Leben keinen Sinn, das war ihr mittlerweile klar. Das Wichtigste war für sie nun, wieder eine Beziehung zu ihm aufzubauen. Daher würde es für sie auch kein Opfer sein, auf eine Schauspielkarriere zu verzichten. Es war ihre Entscheidung.

Glücklich stieg Ally wieder in den Jeep, wendete und fuhr dann zurück. Die untergehende Sonne färbte den Himmel rosa und gelb. Hunderte von Vögeln kamen angeflogen und landeten in den Sümpfen. Sonnenaufgang und Sonnenuntergang im Outback waren geradezu magische Tageszeiten. Ally beobachtete gerade, wie ein großer Vogelschwarm über sie hinwegflog, als sie feststellte, dass Rauch aus der Motorhaube aufstieg. Als sie auf die Temperaturanzeige blickte, sah sie, dass die Nadel im roten Bereich war. Wie hatte das passieren können? Sie vergewisserte sich immer, dass genug Wasser im Kühler war. Außerdem wurde der Jeep wie alle anderen Fahrzeuge auf Kimbara regelmäßig gewartet.

„O verdammt!“, fluchte Ally leise. Sekundenlang passte sie nicht auf und fuhr daher prompt gegen einen großen Ast, den sie im hohen Gras nicht gesehen hatte. Ein wenig unbeholfen kletterte sie aus dem Wagen, öffnete die Motorhaube und inspizierte den Motor.

Verdammt! Der Kühlerschlauch hatte sich gelöst. Es dauerte jedoch nur wenige Minuten, bis sie ihn wieder befestigt hatte und weiterfahren konnte. Im Hellen würde sie Kimbara nicht mehr erreichen. Sicher würde Cheryl es Ted erzählen, wenn er nach Hause kam, und beide würden sich Sorgen um sie machen. Vermutlich würde Ted sogar nach ihr suchen. Wenigstens wusste Cheryl, wo sie war, denn sie, Ally, verließ Kimbara nie, ohne ihr ihr Ziel zu nennen.

Zehn Minuten später, die Sonne versank gerade hinter dem Horizont, musste Ally wieder anhalten. Der Kühlerschlauch hatte sich erneut gelöst, und diesmal konnte sie ihn auch nicht mehr befestigen, wie ihr klar wurde.

„Und was jetzt?“, sagte sie laut. Angst hatte sie nicht. Im Busch gab es keine wilden Tiere. Nachts wurde es kalt, aber sie hatte eine Wolldecke dabei, außerdem einen Schokoriegel, einen Apfel und die Thermoskanne mit dem restlichen Eiskaffee.

Sie konnte ein Feuer machen. Und wenn die anderen sie in der Dunkelheit nicht finden konnten, würde jemand in der Morgendämmerung kommen.

Ted blickte dem Hubschrauber entgegen. Dieser war hellgelb und trug das Cameron-Logo, die Initialen „GC“ in einem dunkelblauen Kreis. Er nahm an, dass es Grant war, der noch etwas mit ihm besprechen wollte, doch es war Rafe, wie sich herausstellte. Er war bereits gelandet, bevor Ted die Start- und Landebahn erreichte.

„Das ist ja eine Überraschung“, sagte Ted strahlend und sprang aus seinem Geländewagen. „Ich dachte, es wäre Grant, der das Zusammentreiben der Herde mit mir besprechen will.“

Rafe schüttelte ihm die Hand. „Grant ist gerade im Stress, Ted, aber er setzt sich bald mit dir in Verbindung. Ich war gerade bei McGrath, als ein neuer Stapel Post kam. Es war ziemlich viel für Brod dabei. Ich will Ally noch kurz begrüßen, wenn du mich mitnimmst, dann fliege ich nach Hause, bevor es dunkel wird.“

Auf der Veranda stand Cheryl, die ein wenig nervös wirkte. „Ich glaube zwar nicht, dass Grund zur Sorge besteht, aber Ally ist noch nicht zurück“, rief sie ihnen zu, sobald sie ausgestiegen waren.

„Wohin ist sie gefahren?“ Rafe blickte zum Himmel. Am liebsten hätte er laut geflucht.

„Ally fährt am Nachmittag immer noch mal weg. Sie liebt die Sonnenuntergänge.“

„Also, wohin ist sie gefahren, Schatz?“, erkundigte Ted sich geduldig.

„Nach Nordwesten. Richtung Moorak Hill, würde ich sagen. Ich sitze hier und warte auf sie.“

„Am besten fahren wir ihr entgegen.“ Ted kehrte zum Wagen zurück, und Rafe folgte ihm. „Ich weiß wirklich nicht, warum Ally ständig in diesem Jeep durch die Gegend kurven muss.“

Ted seufzte tief.

Rafe fasste einen spontanen Entschluss. „Wenn du mir deinen Geländewagen leihst, fahre ich ihr entgegen, Ted. Sie müsste eigentlich schon unterwegs sein, weil es gleich dunkel wird.“

„Und das mit nur einem gesunden Arm“, bemerkte Ted.

„Die Schlüssel, Ted.“ Rafe streckte die Hand aus.

Keiner von ihnen wollte daran denken, dass Ally vielleicht einen Unfall gehabt hatte.

„Ich hole dir etwas zu essen, falls es länger dauert“, rief Cheryl. „Bin gleich wieder da.“

„Gut.“ Rafe wandte sich an Ted, der offenbar genauso besorgt war wie er. „Wenn sie mir nicht entgegenkommt, hatte sie vielleicht eine Panne. Jedenfalls werde ich sie finden. Wenn wir bei Anbruch der Dunkelheit noch nicht zurück sind, könntest du Grant benachrichtigen. Es wäre nicht das erste Mal, dass wir eine Nacht im Busch verbringen würden. Du könntest uns im Morgengrauen entgegenkommen.“

„Worauf du dich verlassen kannst, Rafe. Ich habe Birdy gebeten, den Jeep zu warten, weil Ally immer damit unterwegs ist.“ Ted wirkte sehr betroffen.

„Einen Reifen wird sie mit der eingegipsten Hand wohl kaum wechseln können“, erwiderte Rafe grimmig. „Keine Angst, Ted, es ist nicht deine Schuld. Ich weiß, wie stur Ally sein kann. Ich werde sie finden.“ Ein wenig ungeduldig blickte er zum Haus, als Cheryl mit einem Picknickkorb herausgeeilt kam.

„Da ist etwas zu essen und zu trinken drin“, rief sie. „Vielleicht brauchst du es ja. Und wenn Ally auf dem Rückweg ist, kann es auch nicht schaden.“

Das wird sie sicher nicht sein, dachte Rafe.

Er war jetzt seit einer halben Stunde unterwegs und hatte weder Ally noch den Jeep gesehen. Nun verließ Rafe die Piste und fuhr durch das hohe Gras. Wahrscheinlich würden sie bei Tagesanbruch eine groß angelegte Suchaktion starten müssen.

Vielleicht war Ally das Wasser ausgegangen. Vielleicht hatte sie Durst und fuhr zu einem Fluss. Die Sonne versank bereits als roter Feuerball hinter dem Horizont. Gleich würde es dunkel werden, und dann würde man die Hand nicht vor den Augen sehen.

Plötzlich fielen ihm all die alten Horrorgeschichten ein. Dieses Land war gefährlich, wenn man es nicht kannte. Aber Ally kannte es. Das ließ ihn hoffen. Sie würde sich nicht im Busch verirren. Sie würde bei ihrem Wagen bleiben, selbst wenn ihr das Benzin oder das Wasser ausging oder sie eine Panne hatte.

Im Dämmerlicht erkannte Rafe die pyramidenförmige Silhouette des Moorak in der Ferne. Und wieder tauchten furchtbare Bilder vor seinem geistigen Auge auf. Ally lag mit dem Gesicht nach unten auf dem Boden. Ally lag mit dem Kopf auf dem Lenkrad, weil sie in eine Erdspalte gefahren war. Sie war noch nicht kräftig genug, um allein in der Wildnis herumzufahren.

Rafe unterdrückte die aufsteigende Panik und begann zu hupen. Er würde langsamer fahren müssen, damit er nicht womöglich gegen einen Ast oder Stein fuhr. Wenigstens würde

Ally nicht so verängstigt sein, wie es eine Frau aus der Stadt wäre. Er hatte schon erlebt, dass Touristen unter Schock gestanden hatten, wenn man sie aus der Wildnis gerettet hatte – und das aus gutem Grund.

Im Scheinwerferlicht wirkten die Büsche und knorrigen Äste der Bäume geradezu gespenstisch. Kurz darauf hörte er etwas.

„Ally!" Sofort hellte seine Miene sich auf. Das war die Hupe des Jeeps. „Hup weiter, Ally." Er wagte zu hoffen, dass es Ally gut ging. „Und jetzt langsamer", sagte er zu sich selbst, obwohl er am liebsten Vollgas gegeben hätte. Das hier war jedoch keine asphaltierte Straße, nicht einmal eine Piste voller Schlaglöcher. Das hier war die Wildnis. Ein abgestorbener Baum, der an eine Vogelscheuche erinnerte, ragte im Scheinwerferlicht auf.

Rafe fluchte leise und fuhr um den Baum herum. „Ich komme, Ally. Vertrau mir. Alles wird gut."

Aber würde tatsächlich alles gut werden? Würde die Frau, die er über alles liebte, immer unerreichbar für ihn sein? In einem schwachen Moment hatte sie ihm gesagt, dass sie wieder in sein Leben zurückkehren wollte. Der Geländewagen holperte über die Mulga-Ebene, über dichtes Spinifex und heruntergefallene Äste und durch schmale Erdspalten und ausgetrocknete Wasserrinnen.

Schließlich entdeckte Rafe Ally im Scheinwerferlicht. Sie stand da und stützte den linken Arm mit der rechten Hand. Erschrocken fragte er sich, ob sie verletzt war. Mit dem Jeep schien alles in Ordnung zu sein.

„Ally?", brüllte er, und seine Erleichterung und zärtlichen Gefühle wichen unbändigem Zorn, denn sie sah aus, als würde ihr das Ganze Spaß machen.

Daher überraschte es ihn nicht, dass sie lachte, als er sie wenige Minuten später in die Arme schloss.

„Ich wusste, dass du kommen würdest, Rafe Cameron“, sagte sie glücklich.

„Tatsächlich? Dir ist hoffentlich klar, dass wir uns alle große Sorgen um dich gemacht haben, oder?“

Jetzt wirkte sie zerknirscht. „Tut mir leid. Aber es ist nicht meine Schuld, Rafe.“ Sie deutete auf den Jeep. „Der Kühlerschlauch hat sich gelöst.“

„Verdammt!“, fluchte er. „Hat Birdy den Wagen nicht gewartet?“

„Doch, hat er“, verteidigte sie Birdy. „Ist das nicht klasse? Jetzt müssen wir zusammen eine Nacht im Busch verbringen.“

„Wie kommst du darauf, dass ich nicht mehr zurückfahre? Schließlich habe ich es auch hierher geschafft.“ Ihm war klar, dass er ziemlich kurz angebunden war.

„Ja, das hast du.“ Ally streichelte seinen Arm. „Mein Held. Bitte sei nicht böse, Rafe. Ende gut, alles gut. Mir ist nichts passiert. Ich hatte zum ersten Mal seit Jahren wieder die Gelegenheit, mit dem Busch Zwiesprache zu halten. Da, man sieht schon die Sterne.“ Sie blickte nach oben. „So einen Himmel sieht man in der Stadt nie.“

Rafe schnalzte mit der Zunge und blickte sich um. „Trotzdem wären ein paar Straßenlaternen nicht schlecht.“ Sie standen im Scheinwerferlicht von Teds Wagen.

„Wir bleiben doch hier, oder, Rafie?“

Ihre Stimme klang verführerisch. Ally sagte nie „Rafie“ zu ihm, es sei denn, sie wollte ihn ärgern. Er betrachtete sie und stellte fest, dass sie eine ärmellose Jeansbluse, einen langen Jeansrock und Turnschuhe trug. „Du frierst“, erklärte er. „Im Jeep ist eine Wolldecke. Die hättest du dir umlegen sollen.“

„Die brauche ich jetzt nicht mehr. Ich habe ja dich.“ Sie hielt seinem durchdringenden Blick stand.

Abrupt wandte er sich ab, ging zum Jeep und nahm die

Wolldecke vom Vordersitz. „Hier, Ally, das ist nicht witzig. Leg sie dir um."

Ally gehorchte. „Warum so offiziell?", meinte sie ironisch.

„Was hattest du denn erwartet? Eine Party?"

„Eine Party wäre toll." Wieder sah sie zum Himmel. „Eine Party für zwei. Du hast nicht zufällig etwas zu essen dabei, oder? Ich bin halb verhungert. Ich habe nur einen Schokoriegel und einen Apfel gegessen."

„Ja, Cheryl hat mir etwas mitgegeben. Wir müssen uns ein Nachtlager machen. Wolltest du hierbleiben?"

Sie nickte. „Ich wollte hier auf dich warten. Ich besitze übernatürliche Kräfte, was dich angeht."

Rafe stöhnte. „O Ally, du weißt auf alles eine Antwort. Steig in den Wagen. Ich muss einen besseren Platz finden als diesen. Du weißt selbst, wie kalt es nachts wird."

„Das heißt, wir müssen uns aneinanderkuscheln, um uns gegenseitig zu wärmen."

Ihr dunkles Haar umschmeichelte ihr Gesicht, und ihre grünen Augen funkelten wie die einer Katze. „Du bist heute wohl zum Scherzen aufgelegt, stimmt's?"

Ally umfasste seinen Arm. Sie versuchte verzweifelt, ihm zu vermitteln, wie ernst es ihr war. „Ach, ich bin einfach nur glücklich, dass du hier bist, Rafe."

„Gut." Sanft, aber bestimmt drehte er sie um. „Fahren wir. Meinst du, wir schaffen es bis zum Moorak?"

„Sicher." Sie begleitete ihn zu Teds Geländewagen.

„Vielleicht finden wir eine kleine Höhle."

„Wenn es dir nichts ausmacht, sie mit einem halben Dutzend Felsenwallabys zu teilen."

„Heute Abend nicht." Nachdem er ihr auf den Beifahrersitz geholfen hatte, stieg er auch ein und fuhr los.

Ally lachte wieder. „Ich bin in so guter Stimmung."

„Das sehe ich. Du hast doch nicht etwa von dem Brandy getrunken, der für Notfälle gedacht ist?“, erkundigte er sich ironisch.

„Nur einen kleinen Schluck, damit mir warm wird. Was hast du eigentlich auf Kimbara gemacht?“

„Ich habe Brods und unsere Post bei McGrath abgeholt und wollte sie vorbeibringen.“

„Und mich wolltest du hoffentlich auch sehen.“

„Ja, das wollte ich. Du hattest aber keine Post.“

„Ich habe meine Post schon bekommen.“

„Wer hat dir denn geschrieben?“

„Oh, Bart Morcombe“, erwiderte Ally betont lässig. „Er hat mir ein Drehbuch geschickt.“

„Und du hast es gelesen?“

„In einem Rutsch. Es ist sehr gut. Es gibt auch eine Nebenrolle für Fee, falls sie interessiert ist. Verdammt, was war das?“, rief sie, als der Wagen sich plötzlich gefährlich zur Seite neigte.

„Ein Felsen“, sagte Rafe leise. „Zum Glück sind wir gleich da.“

Da Rafe keine Höhle finden konnte, schlugen sie ihr Nachtlager am Wasserloch auf.

Nachdem er ein Feuer entfacht hatte, baute er aus dicken Ästen und einer Plane einen Windschutz. Eine andere Plane diente zusammen mit einer Wolldecke als Unterlage. Diese Ausrüstungsgegenstände befanden sich für Notfälle in allen Fahrzeugen auf Kimbara.

„Und nun zum Essen.“ Ally hatte sich hingekniet und packte den alten Picknickkorb aus, den Brod und sie als Kinder immer benutzt hatten. „Mal sehen … Mh, frische Brötchen. Die muss Cheryl heute Nachmittag gebacken haben. Schade, die Butter hat sie vergessen! Ein Stück Käse, Hähnchen, Obst. Kein Wein. Das ist schrecklich. Eine Flasche Wein hätten wir gut gebrauchen können. Und ein halber Obstkuchen, toll!"

Rafe lächelte jungenhaft. „Das ist ja ein richtiges Festessen."

„Wir könnten die Brötchen rösten."

„Nein, danke, Ally. Es wundert mich, dass du so gut drauf bist. So toll kann es nicht gewesen sein, im Dunkeln zu warten."

„Ich bin eben eine Frohnatur", erklärte sie. „Hattest du das vergessen? Komm, setz dich zu mir." Sie nahm seine Hand und zog ihn zu sich herunter. „Tu einfach so, als wären wir wieder Kinder."

„Bis du wieder eins deiner primitiven Bedürfnisse verspürst", bemerkte er trocken.

Ally lachte auf. „Seit wann muss man dich ermutigen?"

Rafe ignorierte ihre Frage. „Dann erzähl mir mal von dem Drehbuch." Er nahm das mit Schinken und Käse belegte Brötchen entgegen, das sie ihm reichte.

„Es ist sehr gut." Sie biss von ihrem Brötchen ab und sprach mit vollem Mund weiter. „Es ist eine Adaption von Bruce Templetons Roman *Der Einwanderer.*"

„Ich habe es gelesen." Er betrachtete ihr Profil, das von den Flammen erhellt wurde. „Man hat dir sicher die Rolle der Constance angeboten, oder?"

„Nein, man hat mir erst das Drehbuch zu lesen gegeben. Offenbar mag Ngaire Bell, die Regisseurin, meine Arbeit. Oder *mich.*"

Reglos saß er da. „Selbst ich kann mir dich in der Rolle vorstellen, Ally. Sie ist dir auf den Leib geschrieben."

Jetzt war ihm klar, welche Zukunft vor ihr lag. Und hätte er es ihr verweigern sollen, ihr Talent zu nutzen? Sie war nicht Lainie Rhodes, die irgendeinem Mann aus dem Outback einmal eine sehr gute Ehefrau sein würde. Sie war Ally, und sie konnte der Welt etwas bieten. Er liebte sie. Daran konnte er nichts ändern, er konnte sie nur fortschicken. Eine Ehe mit ihr würde niemals funktionieren und spätestens nach einigen Jahren auseinandergehen. Vielleicht würden sie ein Kind bekommen, und dann würden dieselben alten Probleme ihre Liebe zerstören. Und seine Kinder sollten nicht so leiden, wie Francesca gelitten hatte.

„Möchtest du eine Hähnchenkeule?", fragte Ally, die offenbar nicht merkte, welchen Gedanken er nachhing.

„Nein, danke." Rafe rang sich ein Lächeln ab.

„Komm schon, du bist doch groß und stark." Sie drückte ihm die Hähnchenkeule in die Hand. „Ich wünschte, wir hätten eine Flasche Wein."

„Ich auch." Plötzlich war ihm danach, sich zu betrinken. Aber eine Flasche Wein würde nicht reichen, um seinen Schmerz zu betäuben.

Als Nachtisch aßen sie etwas Obst, er einen Apfel und Ally eine Mandarine. „Ist es nicht schön hier?", meinte sie verträumt. „Die Luft ist so frisch. Ich mag den Duft des Busches. Er ist einzigartig. Und ich liebe die Geräusche in der Nacht, die die Tiere machen, sogar das Heulen der Dingos." Sie legte sich hin, und er schob ihr ein Kissen unter den Kopf.

„Verdammt, Ally", sagte er und betrachtete ihr schönes Gesicht.

„Warum klingst du so reumütig?" Sie hob die Hand und berührte sein Kinn.

„Reumütig!" Er wandte den Kopf. „Ich bereue vieles. Du nicht?"

„Natürlich", erklärte sie nachdrücklich. „Man bereut einiges im Leben."

„Es ist wahrscheinlich sinnlos, dich zu fragen, ob du die Rolle annimmst, wenn man sie dir anbietet, oder?" Rafe stützte sich auf den Ellbogen.

Starr blickte sie zu ihm auf. „Selbst wenn man mir die Rolle anbieten würde, würde ich sie ablehnen."

„Den Teufel würdest du tun", entgegnete er angespannt.

Ally seufzte. „Es ist wirklich schwer, dein Vertrauen wiederzugewinnen." Ihr war bewusst, dass Worte nicht genügten.

„Ich weiß, dass du es auch so meinst, wenn wir allein sind, Ally, aber ist dir denn nicht klar ...?"

„Mir ist klar, dass ich dich liebe", unterbrach sie ihn leidenschaftlich. „Ich werde dich immer lieben. Du willst nicht auf mich hören, weil du einen Schutzwall um dich errichtet hast. Aber irgendwann musst du mir glauben."

„Na ja, vielleicht glaube ich dir." Er seufzte tief. „Wir lieben uns, aber was passiert, wenn wir heiraten? Machen wir uns dann gegenseitig das Leben zur Hölle?"

„Leg dich neben mich, Rafe", bat sie. „Lass mich dir zeigen, wie sehr ich dich liebe." Flehend sah sie ihn an.

Sein Herz klopfte schneller. „Nein, lass es mich dir zeigen", erwiderte er rau. Warum musste das Leben so kompliziert sein? Warum hatte man solche Angst, den Menschen, den man liebte, zu verlieren? Vorsichtig schob er einen Arm unter sie und zog sie an sich. So war es nun mal mit Ally und ihm. Egal, wie frustriert er war, er konnte sie nicht verletzen.

Rafe presste die Lippen auf ihre, als sie sie bereitwillig öffnete und leise aufstöhnte. Er berührte ihre Brüste, ließ die Hand immer tiefer gleiten und schob ihren Rock hoch, um ihre Schenkel zu spüren. Der Duft der Wildnis vermischte sich mit ihrem, der unglaublich erotisch war.

„Ich tue dir nicht weh", sagte Rafe unvermittelt, nachdem er ihr die Bluse aufgeknöpft und ihre nackte Brust umfasst hatte.

„Schon gut. Es gefällt mir." Ally barg das Gesicht an seinem Hals und presste die Lippen darauf. Dabei verfluchte sie einmal mehr ihren Gips. Sie sehnte sich so danach, Rafe auch zu streicheln. Langsam zog er ihr die Sachen aus, bis ihr nackter Körper im Feuerschein schimmerte und sie so erregt war, dass sie die Kälte nicht mehr spürte.

„Bist du sicher, dass du nicht schwanger werden kannst?“, fragte Rafe, die Hand in ihrem Haar.

„Ich möchte von dir schwanger werden, Rafe“, erwiderte sie eindringlich.

Fasziniert betrachtete er sie. „Du machst mir Angst. Du könntest alles in einem kurzen Augenblick verlieren. Deine Karriere zerstören.“

„Nein, ich möchte ein Kind von dir“, versicherte sie. „Mehrere Kinder sogar. Und meine Karriere ... Im Nachhinein ist mir klar, dass sie mir nie so wichtig war, wie es bei Fee der Fall war.“ Sie nahm seine Hand und schob sie tiefer. „Für mich gibt es etwas viel Wichtigeres.“

Er hätte es so gern geglaubt. „Du kannst das nicht tun, Ally. Ich werde dich niemals gehen lassen.“

Sie spürte die Hitze seiner Haut, sein pulsierendes Verlangen. Es war fantastisch!

„Wie kannst du es wagen, an mir zu zweifeln, Rafe Cameron?“, erkundigte Ally sich leidenschaftlich. „Meine Karriere ist mir schon längst nicht mehr wichtig. Ich habe so oft versucht, es dir klarzumachen, aber du wolltest mir nicht zuhören, weil du so verletzt warst.“

Rafe musste sich eingestehen, dass sie recht hatte. „Ich muss völlig verrückt gewesen sein.“

Ally nickte. „Du warst so verdammt stolz“, bestätigte sie ernst. Und dann lächelte sie ihr strahlendes Lächeln, das er so liebte.

„Du meinst es wirklich ernst, Ally?“

„Wie oft soll ich es dir denn noch sagen? Ich würde mein

Leben für dich geben."

Nun wagte er wieder zu hoffen. „Und du bist mein Leben."

Ein intensives Hochgefühl erfasste ihn und vertrieb auch die letzten Zweifel. Er umfasste ihr Gesicht und presste erneut die Lippen auf ihre.

Um sie her war es ganz still, und am Himmel funkelten die Sterne.

EPILOG

Am Morgen ihres Hochzeitstages stand Ally früh auf, weil sie viel zu aufgedreht war, um noch länger im Bett liegen zu können. Sie zog ihre Reitsachen an, ging leise durchs Haus, weil ihre Gäste noch schliefen, und zu den Ställen, wo sie ihr Lieblingspferd Aurora sattelte, eine wunderschöne Fuchsstute. Sie war ein ehemaliges Rennpferd, das viele Preise gewonnen hatte, und ein Geschenk von Brod.

Zwanzig Minuten später galoppierte Ally über die grasbewachsene Ebene und blickte zum Horizont, wo sich der Himmel langsam heller färbte. Die aufgehende Sonne tauchte die Landschaft, die sich durch ihre unterschiedlichen intensiven Farben auszeichnete, in warmes Licht. Tausende von Vögeln begannen zu zwitschern, und ihr Gesang verschmolz zu einer einzigen Sinfonie.

Reiten gehört zu den schönsten Dingen im Leben, dachte Ally. Sie war so beschwingt, dass sie das Gefühl hatte, Aurora könnte plötzlich Flügel wie Pegasus bekommen. Zwischen ihr und ihrem Pferd herrschte eine einzigartige Harmonie. Im Sattel zu sitzen war viel besser, als mit ihrem Sportwagen durch die Gegend zu flitzen, auch wenn beides ihr ein Gefühl der Macht und der Kontrolle verlieh.

Sie erinnerte sich noch daran, wie Ernie Eaglehawk, Kimbaras bester Fährtenleser und Zureiter, ihr das Reiten beigebracht hatte. Die Farmen schuldeten ihren Aborigine-Arbeitern sehr viel, denn sie waren die Ureinwohner und Hüter dieses Landes. Ernie war vor einigen Jahren in einem gesegneten Alter gestorben, doch sie würde ihn niemals vergessen, weil er so liebenswürdig und weise gewesen war. Und da er ein so hervorragender Lehrer gewesen war, konnten Brod und sie reiten wie der Teufel.

Ally durchquerte gerade einen flachen Fluss, als sie einen Reiter auf sich zugaloppieren sah. Kurz darauf nahmen er und das Pferd Gestalt an – es war Brod auf seinem Hengst Raj. Sie blieb am Ufer stehen und wartete, bis er neben ihr hielt.

„Hallo, großer Bruder!"

Er schenkte ihr ein strahlendes Lächeln. „Ich dachte, ich traue meinen Augen nicht. Solltest du dich nicht für deinen großen Tag schonen?"

„Mich schonen? Wovon redest du?", erwiderte sie lachend. „Ich werde jede einzelne Minute auskosten." Ihre grünen Augen funkelten. „Ich hätte nie gedacht ..."

„Ich weiß." Noch immer lächelte er.

„Ja. Du und Rebecca seid euch so nahe, dass es eine Freude ist, euch zu beobachten."

Nun wurde seine Miene ernst. „Sie war genauso für mich bestimmt, wie Rafe für dich bestimmt ist. Bisher waren wir beide nicht besonders glücklich, Ally, aber dafür ist unser Leben jetzt umso schöner, stimmt's?"

„Ich habe dich sehr lieb, Brod", erklärte Ally. „Und ich bin dir und Rebecca sehr dankbar dafür, dass ihr euch so viel Mühe gegeben habt, um mir eine wundervolle Hochzeit zu bereiten."

„Du hast es verdient, Ally. Und ich freue mich darauf, dich zum Altar zu führen und Trauzeuge zu sein. Ich war so glücklich, als ich gehört habe, dass du und Rafe endlich wieder zusammen seid. Er liebt dich über alles. Das weißt du, oder?"

„Er ist mein Mann", erwiderte sie, „in jeder Beziehung. Also, haben wir deinen Segen?"

Wieder lächelte Brod strahlend. „Für mich geht mit eurer Hochzeit ein Traum in Erfüllung, Ally." Er straffte die Zügel. „Los, reiten wir um die Wette, und zwar bis zum Tor."

„Aber wag es ja nicht zu gewinnen!", rief sie.

„Doch nicht an deinem Hochzeitstag."

So schnell sollte man die Hochzeit von Rafe Cameron und Alison Kinross auf Kimbara, dem Flaggschiff der Rinderzuchtfarmen der Familie Kinross, nicht vergessen. Es war die lange erwartete Verbindung zweier großer Pionierfamilien, und daher waren alle tief bewegt. Es waren ungefähr dreihundert Gäste, die aus allen Teilen Australiens und sogar aus Texas sowie aus London und Edinburgh kamen.

Wie die führende Frauenzeitschrift berichtete, würde die ehemalige Fernsehschauspielerin Ally Kinross vier Brautjungfern haben, und zwar Lady Francesca de Lyle, ihre Cousine und einzige Tochter der weltbekannten Bühnenschauspielerin Fiona Kinross und des Earl of Moray, zwei alte Freundinnen aus Sydney sowie ihre Schwägerin Rebecca Kinross, die erst vor Kurzem aus ihren Flitterwochen in Europa zurückgekehrt war.

Weiter stand in der Zeitschrift, dass man die Exklusivrechte an der Hochzeit hätte. Ihre bekannte Gesellschaftskolumnistin Rosemary Roberts wäre ebenfalls geladener Gast. Tatsächlich handelte es sich um eine der größten Hochzeiten des Jahres. Daher würde sich die Geschichte bestens verkaufen. Später berichtete man dann, dass die Summe, die man für die Exklusivrechte gezahlt hätte, an das Kinderkrankenhaus in Sydney ginge, das Mrs. Cameron besonders am Herzen lag.

Ihre Brautjungfern betrachteten sie wie gebannt, als Ally ihnen schließlich gegenübertrat.

„Starrt mich nicht so an, als wäre ich ein Wesen von einem anderen Stern“, meinte sie lachend.

„Du siehst ... fantastisch aus!“ Francesca ging um sie herum, um sie von allen Seiten zu betrachten. „Wie eine junge Königin.“

„Das liegt an Fees Diadem.“ Ally berührte das Schmuckstück. „Etwas Geborgtes. Es ist wunderschön.“

„Das bist du auch.“ Rebecca kam auf sie zu und gab ihr

einen Kuss auf die Wange, ganz vorsichtig, um ihr Make-up nicht zu ruinieren.

Ally stand still, während ihre Brautjungfern ihr Hochzeitskleid aus champagnerfarbenem Seidensatin und Tüll bewunderten. Es war traumhaft schön – trägerlos, mit einem bauschigen Rock, dessen mittlere Bahn aus Tüll und mit Hunderten von Blüten aus winzigen bunten Perlen bestickt war. Das eng anliegende Oberteil aus gerafftem Tüll modellierte ihre Büste und betonte ihre schmale Taille. Es war ein wirklich atemberaubendes Kleid, das nur eine Frau mit der Figur und der Haltung eines Models tragen konnte. Eine Frau wie Ally. Der ebenfalls champagnerfarbene Tüllschleier war mit Fees Diadem in ihrem Haar befestigt. Eine Diamantkette, Rafes Hochzeitsgeschenk, zierte ihren schlanken Hals, an ihren Ohren funkelten Diamantstecker.

„Jetzt könnt ihr euch aufstellen, damit ich euch ansehen kann", verkündete Ally. Sie war wie berauscht, weil all ihre Träume in Erfüllung gegangen waren.

„Moment mal!" Francesca eilte zum Spiegel, um ihren Ausschnitt zurechtzuzupfen. „So, fertig." Zufrieden stellte sie sich neben die anderen, eine rothaarige Schönheit mit einer zarten, makellosen Haut.

Sie trug ein pinkfarbenes Kleid, das einen aufregenden Kontrast zu ihrem tizianfarbenen Haar bildete. Jo Anne, die brünett war, trug Gelb, Diane, eine Blondine, silbriges Grün, und Rebecca hatte ein goldfarbenes Kleid.

Alle Kleider waren ähnlich geschnitten, und im Haar trugen die vier unterschiedliche Kränze aus Papierblumen mit Seidenblättern, passend zu ihren Sträußen. Jede hatte eine Kette mit einem goldgefassten Edelstein in der Farbe ihres Kleides angelegt, ein Geschenk des Bräutigams.

„Ihr seht alle wunderschön aus." Begeistert klatschte Ally in die Hände. „Vielen Dank, dass ihr meine Brautjungfern seid."

„Hört sie euch an", meinte Jo Anne lachend. „Wir fühlen uns geehrt."

„Jetzt hast du auch etwas Altes", sagte Francesca.

„Ja, meine Liebe." Ally nickte. „Das wunderschöne alte Taschentuch, das du mir gegeben hast."

„Und was ist mit etwas Blauem?" Rebecca ging um sie herum.

„Ich trage es schon." Ally lachte heiser. „Aber wo, sage ich nicht."

„Und etwas Neues?", erkundigte sich Diane.

Ally raffte ihr Kleid. „Es ist brandneu", erwiderte sie strahlend.

„Na, dann kann es ja losgehen." Francesca rang nervös die Hände. „Ich bin so aufgeregt. Ich liebe Hochzeiten!"

„Dann werden wir dafür sorgen, dass du die Nächste bist", neckte Ally sie.

„Wenn Mama mir nicht zuvorkommt", sagte Francesca, teils scherzhaft, teils ernst. „Vergiss nicht, dass ich auch einen Teil von Rebeccas Brautstrauß gefangen habe."

Pünktlich um drei begann die Trauzeremonie. Brod führte seine Schwester zwischen den Stuhlreihen hindurch zu dem mit Blumen geschmückten Podium im Ballsaal, vor dem der Geistliche wartete.

„Werde glücklich, Ally", flüsterte Brod ihr zu, von Liebe überwältigt.

Ja, ich werde glücklich, dachte Ally.

Die Hand auf Brods Arm, ging sie auf ihren Bräutigam zu. Nach all den Jahren werde ich endlich den Mann heiraten, den ich schon immer geliebt habe, ging es ihr durch den Kopf.

Rafe und Ally. Mr. und Mrs. Cameron.

– ENDE –

Margaret Way

Die englische Rose

Roman

Aus dem Australischen von
Dorothea Ghasemi

1. KAPITEL

Es war bereits Spätnachmittag, als Grant Cameron auf Kimbara vorsichtig mit dem Hubschrauber auf der Rückseite des Hauses aufsetzte. Die Rotoren wirbelten Sand, Gras und heruntergefallene Blütenblätter der nahe stehenden Bauhinia-Sträucher auf und blieben stehen. Nachdem Grant einen letzten Blick auf das Instrumentenbrett geworfen hatte, nahm er den Kopfhörer ab und stieg aus.

Das hier war die historische Rinderzuchtfarm Kimbara, die wie eine Festung in der Wüste lag und sich seit der frühen Besiedlung Australiens im Besitz der Familie Kinross befand. Sie befand sich gleich neben seiner Farm, Opal Plains, die etwa hundert Meilen nordöstlich lag.

Sein älterer Bruder Rafe, den er über alles liebte und sehr schätzte, verbrachte gerade mit seiner frisch angetrauten Braut und großen Liebe Alison Cameron, geborene Kinross, die Flitterwochen in den USA. Rafe leitete die Farm. Er, Grant, hatte einen eigenen Hubschrauber-Flugdienst aufgebaut, den er von Opal Plains aus mit großem Erfolg betrieb. Ihre Berufe entsprachen auch ihren Neigungen. Rafe war der Farmer. Er, Grant, war der Pilot.

Schon als Kind war er ganz verrückt nach Flugzeugen gewesen. Selbst der Schmerz über den tragischen Tod ihrer Eltern, die bei einem Flugzeugabsturz ums Leben gekommen waren, hatte seiner Liebe zum Fliegen keinen Abbruch getan. Im australischen Outback gehörte das Fliegen zum Leben dazu.

Grant nahm seinen Akubra und setzte ihn unbewusst so schief auf, dass er ihm etwas Verwegenes verlieh. Die Sonne hatte immer noch viel Kraft, und er musste an seinen ohnehin dunklen Teint denken, das Markenzeichen der Camerons. „Ein Rudel Löwen“ hatte man seinen Dad, Douglas Cameron, Rafe und ihn immer genannt.

Ein Rudel Löwen!

Einen Moment lang war ihm die Kehle wie zugeschnürt. Er wünschte, sein Dad wäre noch am Leben. Mum und Dad. Sie wären stolz auf ihn gewesen. Er war immer ein Wildfang gewesen und hatte etwas im Schatten seines Bruders gestanden. Dass Rafe einmal die Farm übernehmen würde, hatte von Anfang an festgestanden.

Grant ging um den Hubschrauber herum, um sich zu vergewissern, ob alles in Ordnung war. Der gelbe Rumpf mit dem breiten braunen Streifen und dem Firmenlogo in Blau und Gold knackte, als das Metall abkühlte. Zufrieden tätschelte Grant das Logo, bevor er sich auf den Weg zum Haus machte.

Es war ein anstrengender Tag gewesen, denn er hatte eine Herde besonders widerspenstiger Tiere von dem abgelegenen Sixty Mile in der Nähe von Jarajara, einem riesigen Monolithen, der die westliche Grenze von Kimbara kennzeichnete, zu dem Lager getrieben, das Brods Männer in der Nähe von Mareeba Waters mit seinen gewundenen Wasserläufen errichtet hatten. Das Lager würde wieder verlegt werden, solange das Zusammentreiben der Rinder andauerte. Vermutlich würden sie drei Wochen dafür brauchen. Was er jetzt brauchte, waren ein kühles Bier und der Anblick einer schönen Frau.

Francesca.

Nicht unbedingt in der Reihenfolge, dachte Grant amüsiert. In letzter Zeit dachte er zu oft an Francesca. Lady Francesca de Lyle, die Cousine von Brod Kinross, dem Besitzer von Kimbara und Bruder von Ally, seiner neuen Schwägerin. Die Namen Cameron und Kinross waren legendär in diesem Teil der Erde.

Mit der Hochzeit von Rafe und Alison waren die Familien zur Zufriedenheit aller endlich vereint worden – mit Ausnahme vielleicht von Lainie Rhodes von der Farm Victoria Springs, die schon seit ihrer Pubertät für Rafe schwärmte. Lainie wäre keine schlechte Ehefrau gewesen, doch für ihn hatte es immer nur Ally gegeben.

Bereits als Kinder waren sie unzertrennlich gewesen. Nun waren sie Mann und Frau und überglücklich.

Ihm, Grant, war allerdings klar, dass er sich etwas überlegen musste. Er hatte nicht die Absicht, seinen Bruder und Ally zu stören, auch wenn Opal Plains groß genug war und sie ihm ständig versicherten, es gäbe Platz für sie alle. Er hatte Anspruch auf seinen Anteil, mit dem er auch seine Firma finanziert hatte, aber das Haus wollte er den beiden überlassen. Außerdem wollte Ally es renovieren lassen.

Wie es wohl ist, verheiratet zu sein, überlegte er, während er an dem Flügel mit den ehemaligen Küchen und Dienstbotenunterkünften vorbeiging, den man wegen seines historischen Wertes erhalten hatte und der von Bäumen und Büschen umgeben war. Er war durch einen überdachten Weg mit dem Hauptgebäude verbunden, den er nun entlangschritt.

Wie es wohl war, jeden Abend zu der Frau, die man liebte, nach Hause zu kommen? Zu der Frau, die dieselben Hoffnungen und Träume hatte wie er und die genauso zu ihm gehörte wie er zu ihr.

Als er Francesca de Lyle als Teenager das erste Mal begegnet war, hatte er sich ihr gleich zutiefst verbunden gefühlt, und nun, Jahre später, träumte er von ihr. Warum war er dann überzeugt davon, dass eine intime Beziehung für sie beide gefährlich gewesen wäre? Möglicherweise war er noch nicht bereit, sich zu binden. Verdammt, eigentlich durfte er nur an seine Arbeit denken!

Neuerdings transportierte Cameron Airways auch Post und Frachtgut, und er hatte vor Kurzem mit Drew Forsythe von Trans Continental Resources im etwa tausend Meilen entfernten Brisbane über den Aufbau einer Hubschrauberflotte verhandelt, die für die Erforschung von Mineralien-, Öl- und Gasvorkommen eingesetzt werden sollte.

Er war Forsythe, der in Brisbane sehr bekannt war, und dessen schöner Frau Eve vorher mehrmals begegnet, doch es war das erste Mal gewesen, dass sie über geschäftliche Dinge gesprochen hatten. Und das hatte er ausgerechnet Francesca zu verdanken.

Francesca, die PR-Beraterin war und offenbar keine Gelegenheit ausließ, ihre Fähigkeiten unter Beweis zu stellen, hatte den Vorschlag während einer Wohltätigkeitsveranstaltung gemacht, als sie alle zusammen an einem Tisch saßen.

Ihre wundervollen blauen Augen hatten gefunkelt, als sie sich an Forsythe wandte: „Klingt das nicht gut? Grant kennt das Outback wie seine Westentasche und denkt in großen Dimensionen, stimmt's, Grant?" Daraufhin hatte sie sich zu ihm, Grant, herübergebeugt. In ihrem trägerlosen Satinkleid hatte sie so bezaubernd ausgesehen, und ihre liebliche, kühle Stimme hatte so ermutigend geklungen. Alles an ihr verriet ihre privilegierte Herkunft!

Und sie war klug. Falls es zu einem Vertragsabschluss kam, schuldete er ihr etwas. Ein romantisches Wochenende zu zweit, überlegte er. In einem Bungalow am Strand auf einer der wunderschönen Inseln am Great Barrier Reef. Allerdings würde er aufpassen müssen, dass sie sich nicht zu lange in der Sonne aufhielt, denn sie hatte den Porzellanteint vieler Rothaariger. Umso seltsamer war es, dass sie sich durchaus vorstellen konnte, am Rand der Wüste zu leben. Es war fast, als würde man versuchen, einen Rosenbusch in unfruchtbarem Boden zu ziehen. Sosehr er sich auch zu ihr hingezogen fühlte, sie passten einfach nicht zusammen. Und das durfte er nicht vergessen.

Er vergaß es weniger als zwei Minuten später, als Francesca

erschien. Sie lief die Veranda an der Seite des Hauses entlang und beugte sich über das weiße schmiedeeiserne Geländer, eine Blüte in der Hand, die einen betörenden Duft verströmte.

„Grant!“, rief sie und winkte ihm fröhlich zu. „Wie schön, dich zu sehen! Ich habe den Hubschrauber gehört.“

„Komm her“, befahl Grant sanft und streckte den Arm aus, um ihren Kopf zu sich herunterzuziehen. Allen guten Vorsätzen zum Trotz konnte er an nichts anderes denken als daran, sie zu küssen. Unwillkürlich flüsterte er sogar ihren Namen, bevor er die Lippen auf ihre presste. Die intensivsten Gefühle durchfluteten ihn. Was war bloß in ihn gefahren?

Als er sie losließ, war sie außer Atem, ihre Wangen waren gerötet, und ihr Haar hatte sich gelöst und fiel ihr über die Schultern. „Das ist ja eine Begrüßung!“, sagte sie leise.

„Du solltest mich nicht so ansehen“, warnte er sie.

„Wie?“ Sie lachte unsicher und ging auf der Veranda neben ihm her zum Eingang.

„Das weißt du genau, Francesca“, brachte Grant hervor. Seine braunen Augen, die, seiner Stimmung entsprechend, auch grau oder grün wirken konnten, schimmerten jetzt grün unter dem Rand seines schwarzen Akubra, als er den Blick bewundernd über ihre Figur schweifen ließ.

Francesca war wunderschön und unwiderstehlich. Sie trug Reitsachen und war der Inbegriff der jungen aristokratischen englischen Gutsherrin.

Ihre kleinen Brüste zeichneten sich unter der kurzärmeligen cremefarbenen Seidenbluse ab, zu der sie eine gleichfarbige Reithose und auf Hochglanz polierte teure braune Reitstiefel trug. Sie war gertenschlank, hatte einen hübschen Po und lange, wohlgeformte Beine. Fasziniert betrachtete er sie, und es schien ihm, als würde sie schweben.

„Hattest du einen harten Tag?“, fragte sie ungewohnt aufgeregt, als er die Verandatreppe hochging.

Lässig lehnte Grant sich ans Geländer und blickte sie mit funkelnden Augen an. „Jetzt, wo ich dich sehe, bin ich überhaupt nicht mehr müde", gestand er. „Und was hast du heute gemacht?"

„Komm, dann erzähle ich es dir." Francesca deutete auf die bequemen weißen Korbmöbel. „Bestimmt möchtest du ein kühles Bier, oder?"

Er nickte, nahm seinen Hut ab und warf ihn so geschickt, dass er auf einer Holzskulptur landete.

„Rebecca kommt gleich." Sie setzte sich auf den Stuhl, den er ihr zurechtrückte. Rebecca war Brods Frau und die Herrin von Kimbara. „Wir waren heute fast den ganzen Tag damit beschäftigt, ein Rennen mit Picknick zu organisieren. Wir dachten, es wäre mal eine Abwechslung zu dem üblichen Poloturnier. Rebecca hat immer Angst um Brod, wenn er spielt. Er ist so ein Draufgänger. Du auch." Francesca schauderte bei der Erinnerung daran.

Grant blickte sie eindringlich an. „Du machst dir also Sorgen um mich?"

„Ich mache mir um euch *alle* Sorgen", erwiderte sie lässig und betrachtete ihn. Mehr denn je fiel ihr auf, wie ähnlich Grant und Rafe sich waren. Beide waren groß und schlank und sehr attraktiv. Allerdings war Grant dunkelblond und hatte einen dunkleren Teint.

Beide hatten Charisma. Beide wirkten sehr erfolgreich. Falls es überhaupt einen Unterschied gab, dann den, dass Rafe ausgesprochen höflich war, während Grant entschlossen und energiegeladen, ja manchmal unbeherrscht war. Kurz gesagt, Grant Cameron konnte sehr schwierig sein. Außerdem sagte er immer, was er dachte. Und er hatte etwas Machohaftes, das typisch für die Männer im Outback war. In gewisser Hinsicht erschien er ihr wie ein Wesen aus einer anderen Welt, in der es keine Grenzen gab. Er erinnerte an einen jungen Löwen. Sie wusste, dass ihre Gefühle für Grant Cameron außer Kontrolle gerieten.

Jetzt zog er die Brauen zusammen und blickte sie starr an. Die muskulösen, gebräunten Arme hatte er auf die Glasplatte des Tisches gestützt. Er trug einen khakifarbenen Firmenoverall mit dem blauen und goldfarbenen Logo auf der Brusttasche. Sein dichtes dunkelblondes Haar wehte in der leichten Brise. Er sah toll aus.

„Und, wie lautet das Urteil, Lady?“ Grant beugte sich vor und nahm ihre Hand.

Francesca lachte und errötete gleichzeitig. „Habe ich dich angestarrt? Tut mir leid. Ich habe gerade überlegt, wie ähnlich Rafe und du euch seid. Und ihr werdet euch immer ähnlicher, je …“

„Je reifer wir werden?“ Sein Tonfall war nun nicht mehr ganz so lässig.

„O Grant“, tadelte sie ihn sanft. Sie wusste, wie sehr er und Rafe aneinander hingen, doch Grant musste unter der Autorität seines älteren Bruders gelitten haben. Da ihre Eltern tot waren, hatte Rafe vermutlich in jungen Jahren fast die Elternrolle übernommen. Grant war sehr ehrgeizig und versuchte ständig, sich etwas zu beweisen. „Je älter ihr werdet, wollte ich eigentlich sagen“, erwiderte sie und beobachtete, wie er sich entspannte.

„Natürlich.“ Er lächelte schief, und seine perfekten weißen Zähne blitzten. „Manchmal bin ich vom Teufel geritten, Francesca.“

„Ja, ich weiß“, bestätigte sie sanft.

„Ich liebe Rafe, wie man einen Bruder nur lieben kann.“

„Das weiß ich“, sagte sie verständnisvoll, „und ich weiß auch, was du meinst.“ Spannungen gab es in den besten Beziehungen. So auch in denen zwischen Müttern und Töchtern. Sie wandte den Kopf, als Schritte in der Eingangshalle erklangen. „Das ist bestimmt Rebecca.“

Einen Moment später erschien Rebecca. Sie strahlte förmlich und berührte Francesca an der Schulter, bevor sie sich an Grant wandte, der sofort aufstand. „Bleib ruhig sitzen, Grant. Hast du jetzt Feierabend?“

„Zum Glück.“ Er lächelte ironisch.

„Wie wär's dann mit einem kühlen Bier?“

Lachend setzte er sich wieder. „Brod hat seine Frauen ja gut erzogen. Francesca hat mir auch schon eins angeboten. Ja, gern, Rebecca. Ich bin völlig ausgetrocknet.“ Einmal mehr fiel ihm auf, wie sehr Rebecca sich verändert hatte. Als sie nach Kimbara gekommen war, um Fees Biografie zu schreiben, war sie eine ausgesprochen rätselhafte junge Frau gewesen. Fee Kinross, Francescas Mutter, war eine ehemalige berühmte Bühnenschauspielerin, und ihre Biografie sollte in diesen Tagen erscheinen.

Seit ihrer Heirat mit Brod war Rebecca nett und warmherzig und wirkte überglücklich. Diese Ehe wird funktionieren, überlegte Grant zufrieden. Er wusste, wie schwer Brod und Ally es mit ihrem Vater gehabt hatten. Gegen Rafe hatte Stewart Kinross nichts gehabt, doch er hatte die Heirat seiner einzigen Tochter mit ihm nicht mehr miterlebt.

Ihn, Grant, hätte Stewart Kinross niemals gutgeheißen. Er hatte ihn als Hitzkopf bezeichnet und von seiner „unerträglichen Gewohnheit, seine unreifen Ansichten kundzutun“ gesprochen.

Nachdem Rebecca mit seinem Bier und zwei Eistee für sich und Francesca zurückgekehrt war, plauderten sie über den neusten Klatsch und Familienangelegenheiten, so auch über Fee und David Westbury, den Cousin von Francescas Vater, der gerade zu Besuch in Australien war. Die beiden waren mittlerweile unzertrennlich, und Francesca gestand, es würde sie nicht überraschen, wenn sie spontan heiraten würden. Es wäre Fees dritter Versuch gewesen.

Sie unterhielten sich immer noch über Fee und ihren geplanten Gastauftritt in einem neuen australischen Film, als das Klingeln des Telefons sie unterbrach. Rebecca ging hin und nahm ab. Als sie zurückkehrte, war das fröhliche Funkeln aus ihren grauen Augen verschwunden. „Es ist für dich, Grant. Bob Carlton." Bob Carlton war sein Vertreter. „Einer der Piloten ist nicht ins Basislager zurückgekehrt und hat sich auch nicht gemeldet. Bob klang ein bisschen besorgt. Du kannst den Anruf in Brods Arbeitszimmer entgegennehmen."

„Danke, Rebecca." Grant stand auf. „Hat er gesagt, um welche Farm es sich handelt?"

„Oh, tut mir leid! Ich hätte es dir gleich sagen sollen. Es ist Bunnerong."

Die Farm lag etwa sechzig Meilen nordwestlich von Kimbara. Er ging durch das Haus, das ihm seit seiner Kindheit vertraut war. Im Gegensatz zu dem der Camerons war es sehr prachtvoll ausgestattet.

Bob war Mitte fünfzig und ein prima Kerl. Er hatte großes Organisationstalent, war ein hervorragender Mechaniker und bei allen beliebt. Er, Grant, konnte sich voll und ganz auf ihn verlassen, doch Bob war ein Pessimist und glaubte fest an Murphy's Law, das Gesetz, demzufolge alles, was schiefgehen konnte, auch schiefging. Gleichzeitig war er aber davon überzeugt, dass „seinen Jungs" nichts zustoßen würde.

Am Telefon versicherte er ihm, dass der Hubschrauber routinemäßig gewartet worden sei und der Pilot gegen vier auf Bunnerong hätte landen müssen. Man habe ihm von dort aus per Funk Bescheid gesagt, doch er habe den Piloten über Funk nicht erreichen können.

„Ich würde mir keine allzu großen Sorgen machen", erwiderte Grant.

„Du kennst mich, Grant, ich kann nicht anders", sagte Bob. „Charly ist sonst immer überpünktlich."

„Stimmt", bestätigte Grant, „aber es ist nicht ungewöhnlich, wenn das Funkgerät mal ausfällt. Außerdem wird es bald dunkel. Charly ist bestimmt irgendwo runtergegangen und hat sein Lager aufgeschlagen. Er hat alles dabei, was er braucht, und wird im Morgengrauen weiterfliegen. Wahrscheinlich ist er genauso kaputt wie ich. Es ist noch etwa eine Stunde hell", fuhr er schließlich fort. „Ich fliege jetzt los und sehe mich ein bisschen um. Allerdings komme ich aus einer anderen Richtung und muss hier auftanken, wenn ich Bunnerong erreichen will."

„Wir sollten wohl bis morgen warten", räumte Bob seufzend ein. „Vielleicht taucht Charly ja noch auf. Wenn ich etwas Neues erfahre, sage ich dir Bescheid."

Obwohl er darauf vertraute, dass Charly sich zu helfen wusste, fühlte Grant sich für ihn verantwortlich, denn er wusste immer gern ganz genau, wo seine Piloten und seine Hubschrauber sich befanden.

Schnell kehrte er auf die Veranda zurück und erzählte Francesca und Rebecca, was er vorhatte.

„Warum lässt du mich nicht mitfliegen?", fragte Francesca schnell, da sie ihm gern helfen wollte. „Vier Augen sehen schließlich mehr als zwei."

Rebecca nickte zustimmend. „Ich konnte Brod auch mal bei einer Suchaktion helfen. Erinnerst du dich?"

„Da wart ihr mit der Beech Baron unterwegs", gab Grant zu bedenken. „Francesca ist es nicht gewohnt, im Hubschrauber zu fliegen. Es ist laut, warm, und es stinkt. Sie könnte luftkrank werden."

Francesca, die aufgestanden war, machte einen Schritt auf ihn zu. „Mir wird nie schlecht, Grant – weder in der Luft noch auf dem Wasser. Bitte nimm mich mit. Ich möchte dir gern helfen."

Leider reagierte er nicht so, wie sie gehofft hatte. Der Ausdruck in seinen Augen verriet, dass Grant befürchtete, sie könnte ihm zur Last fallen. Schließlich nickte er jedoch lakonisch. „Also gut, Lady. Gehen wir."

Wenige Minuten später drehten sich die Rotoren, und sie hoben ab und flogen zum Rand der Wüste. Francesca saß, ebenfalls angeschnallt und mit einem Kopfhörer, auf dem Kopilotensitz und fand es sehr aufregend, die endlose Wildnis mit den unterschiedlichsten Felsformationen aus der Vogelperspektive zu betrachten. Selbst als sie über der Wüste in thermische Winde gerieten und der Hubschrauber geschüttelt wurde und absackte, bewahrte sie die Ruhe.

„Alles in Ordnung?", fragte Grant über das Mikrofon und warf ihr einen besorgten Blick zu.

„Aye, aye, Skipper!" Francesca salutierte zum Spaß. Glaubte er wirklich, sie würde in Ohnmacht fallen? Auch in ihren Adern floss Pionierblut. Ihr Vorfahre mütterlicherseits, Ewan Kinross, war ein legendärer Viehbaron gewesen. Sie war zwar auf einem beschaulichen Landsitz in England aufgewachsen und hatte ein exklusives Internat besucht, aber das bedeutete nicht, dass sie einem Leben in einer gefährlicheren Umgebung nicht gewachsen gewesen wäre. Sie wollte sein Leben kennenlernen. Sie wollte alles über das Leben erfahren, das Grant Cameron führte.

Sie suchten so lange, bis sie zurückkehren mussten. Als sie landeten, wartete Brod auf sie. In wenigen Minuten würde es stockdunkel sein.

„Kein Glück gehabt?", erkundigte sich Brod, als Grant heraussprang und sich umdrehte, um Francesca aus dem Hubschrauber zu heben.

„Wenn Charly nicht morgen auf Bunnerong auftaucht, werden wir weitersuchen. Hat Bob sich gemeldet?"

„Nein." Brod schüttelte den Kopf. „Du bleibst über Nacht

hier." Das war keine Frage, sondern eine Feststellung. „Es ist sowieso besser, weil es von hier nach Bunnerong nicht so weit ist. Charly hat jetzt bestimmt den Gaskocher angeworfen."

„Das würde mich nicht überraschen", ging Grant auf Brods Scherz ein. „Wer mich viel mehr überrascht, ist Francesca."

„Wieso?" Brod wandte sich lächelnd an seine englische Cousine. Im Gegensatz zu ihm war er dunkelhaarig.

„Er dachte wohl, ich würde in Panik ausbrechen, als wir in thermische Winde geraten sind", meinte Francesca und versetzte Grant einen Knuff.

„Ich hätte es dir jedenfalls nicht verdenken können", erwiderte er neckend. „Ich habe schon immer gesagt, du hättest mehr als nur ein hübsches Gesicht."

„Wir haben im Lauf der Jahre die Erfahrung gemacht, dass dieses zarte Persönchen eine Menge Courage hat", meinte Brod liebevoll.

Rebecca wies Grant ein Gästezimmer auf der Rückseite des Hauses zu. Von dort aus hatte man einen herrlichen Blick auf den Fluss, der sich durch den Garten schlängelte und im Mondlicht silbern schimmerte. Wenige Minuten später kam Brod mit einem Stapel frisch duftender Sachen aus seinem Kleiderschrank herein.

„Hier, die müssten dir passen", verkündete er und legte den Stapel aufs Bett. Es handelte sich um ein blauweiß gestreiftes Baumwollhemd, eine beigefarbene Baumwollhose und Unterwäsche, die unbenutzt aussah. Sie waren beide um die einsneunzig und sehr muskulös.

„Vielen Dank", erwiderte Grant und wandte sich lächelnd an den besten Freund seines Bruders. Da beide einige Jahre älter waren als er, hatte er immer versucht, ihnen nachzueifern – mit Erfolg, wie er fand.

„Kein Problem." Brods Augen funkelten. „Du hast mich auch schon oft gerettet. Ich brauche jetzt eine Dusche. Du sicher auch. Es war ein anstrengender Tag.“ Brod wandte sich zum Gehen, blieb an der Tür jedoch noch einmal stehen. „Ich glaube, ich habe mich noch gar nicht richtig dafür bedankt, dass du so großartige Arbeit geleistet hast. Du bist nicht nur ein brillanter Pilot, sondern auch ein guter Farmarbeiter.“

„Danke, Kumpel.“ Grant lächelte jungenhaft. „Ich möchte den besten Service bieten. Und der ist nicht billig, wie du bald feststellen wirst. Wann müssen wir morgen los – vorausgesetzt, Charly meldet sich, und es geht ihm gut?“

Brod runzelte die Stirn. „Jedenfalls nicht so früh wie heute. Die Männer wissen, was sie zu tun haben. Warten wir mal ab, was morgen ist. Ich würde gern warten, bis wir wissen, was mit Charly ist.“

„Das wäre mir lieb, Brod. Eine Suchaktion mit Fahrzeugen kommt nicht infrage. Falls er in Schwierigkeiten ist, können wir ihn nur aus der Luft suchen.“

„Probleme mit dem Funkgerät wären nichts Außergewöhnliches.“ Brods Miene hellte sich auf. „Wie wär's mit einem Barbecue? Meine Steaks sind nicht zu verachten. Dazu könnten wir Kartoffeln grillen, und die Frauen könnten einen Salat machen. Was könnte ein Mann sich mehr wünschen?“

Grant strahlte. „Nur zu! Gegen das beste Steak, das Kimbara zu bieten hat, hätte ich nichts einzuwenden.“

„Das wirst du auch bekommen“, versicherte Brod.

Unter der Dusche zu stehen war der reinste Luxus nach einem Tag wie diesem. Die nächsten beiden Tage würden genauso anstrengend werden. Doch er, Grant, hatte vor, sich mehr auf die Expansion seines Unternehmens zu konzentrieren. Er würde die Flotte und das Team vergrößern, vor allem jedoch mehr Dienstleistungen anbieten.

Grant nahm etwas von dem Shampoo, das er in dem Schrank unter dem Waschbecken gefunden hatte. Die Kinross wissen, wie sie ihre Gäste verwöhnen, dachte er. Es gab eine ansehnliche Reihe von Dingen, die einem Gast den Aufenthalt angenehmer machten – duftende Seifen, Badezusätze, Duschgels, Bodylotion, Puder, Zahnbürsten, Zahnpasta, sogar einen Föhn und einen Elektrorasierer. Und jede Menge großer Badetücher.

Er trat aus der Dusche und wickelte sich eines der Tücher um. Allmählich fiel der Stress von ihm ab. Wie immer musste sein Haar dringend geschnitten werden, aber in der Wüste waren Friseure rar. Um sich sehen lassen zu können, beschloss er, es zu föhnen.

Ihm war klar, wie stark er sich zu Francesca hingezogen fühlte – und wie unklug es war. Die Camerons und die Kinross hatten immer wie Wüstenbarone gelebt, doch ihre Welt war jenseits der Zivilisation, wie Lady Francesca de Lyle sie kannte. Zweifellos hatte der Ruf der Wildnis sie erreicht. Schließlich hatte sie eine australische Mutter, die in diesem Haus zur Welt gekommen war. Doch Francesca war im Urlaub und sah daher alles durch eine rosarote Brille. Daher war ihr nicht bewusst, wie einsam das Leben hier wirklich war, wie hart der Kampf gegen Dürre, Überschwemmungen und die unerträgliche Hitze sein konnte, dass es Unfälle und auch tragische Todesfälle gab. Ein Mann konnte all das ertragen. Eine englische Schönheit wie Francesca hingegen, zart wie eine Rose, würde es unerträglich finden, auch wenn sie behauptete, sich anpassen zu können.

Grant legte den Föhn weg und überlegte, dass es besser gewesen wäre, ihn nicht zu benutzen, denn sein Haar sah jetzt richtig wild aus. Dann zog er die Sachen an, die perfekt passten. Wenn er gewusst hätte, dass es Charly gut ging, hätte er sich sogar auf den Abend gefreut.

Ohne Rafe hatte er sich zu Hause einsam gefühlt. Er freute sich auf den nächsten Brief oder Anruf von den beiden. Ally hatte ganz begeistert von ihrem Aufenthalt in New York erzählt. „Und wir haben tolle Geschenke für dich gekauft“, hatte sie hinzugefügt. Das war typisch Ally, und sie hatte auch das Geld.

Die Camerons waren nie so reich wie die Kinross gewesen, obwohl Opal Plains zu den größten Rinderzuchtfarmen des Landes gehörte und Rafe fest entschlossen war, zu expandieren und eine Kette aufzubauen.

Ein Rudel Löwen! Rafe und er hatten genau wie Brod und Ally schwere Schicksalsschläge hinnehmen müssen. Aber wenigstens einiges wendete sich jetzt zum Guten. Brod hatte die wahre Liebe gefunden. Und Rafe und Ally waren wie geschaffen füreinander. Und dass er, Grant, sich gestattet hatte, sich in Francesca zu verlieben, bedeutete, dass er verrückt sein musste. Es würde sehr schwer sein, da wieder herauszufinden.

Francesca durchquerte gerade die Eingangshalle, als Grant die Treppe herunterkam. Sie blickte auf und spürte, wie sie errötete. Er sah fantastisch aus. Seine braunen Augen funkelten, und sein dichtes Haar war offenbar frisch gewaschen, weil es sich leicht wellte. Sie war verblüfft über das Verlangen, das sie empfand.

„Hallo!" Seine Stimme war aufregend leise und erregte sie noch mehr.

Francesca musste sich zwingen, einen forschen Tonfall anzuschlagen. „Du siehst *cool* aus."

„Dank Brod." Grant lächelte jungenhaft. „Er hat ein paar Klamotten für mich aufgetrieben."

„Sie stehen dir." Es klang bewundernd und neckend zugleich.

„Du siehst auch toll aus." Sie trug ein knappes saphirblaues Top, das mit weißen Hibiskusblüten bedruckt war, einen dazu passenden weiten Rock und Sandaletten in dem gleichen Blau. Das tizianrote Haar hatte sie hochgesteckt, und ihre Wangen waren leicht gerötet, wie er feststellte, als er näher auf sie zuging.

Wie war das nur passiert? Warum empfand er dieses starke Verlangen, das ihn völlig aus dem Gleichgewicht brachte? Seit einiger Zeit schlief er in seiner Fantasie mindestens dreimal pro Woche mit ihr, in der Annahme, dass es einfach passieren *musste,* entsetzt, weil er nicht wieder zur Vernunft kam. Doch was hatte Vernunft mit Anziehungskraft zu tun? Er überraschte sie und sich selbst gleichermaßen, indem er sie an sich zog und spontan Tango mit ihr tanzte, so wie sie es erst auf Brods und dann auf Rafes Hochzeit getan hatten.

Er hat Musik im Blut, dachte Francesca und spürte, wie sie schwach wurde.

„Jetzt bin ich in perfekter Gesellschaft“, flüsterte Grant ihr ins Ohr. Gerade noch konnte er der Versuchung widerstehen, ihr Ohrläppchen mit den Lippen zu liebkosen.

„Ich auch.“ Die Worte waren ihr so herausgerutscht. Natürlich hatte sie sich nicht bewusst dazu entschieden, sich in ihn zu verlieben, aber er übte eine so starke Wirkung auf sie aus, dass sie gar nicht an ihre Abreise denken mochte.

Rebecca, die offenbar nach ihnen gesucht hatte, kam in die Eingangshalle und applaudierte spontan, als sie sie tanzen sah. „Ihr seid Naturtalente“, rief sie. „Ich wusste gar nicht, dass man hier so gut tanzen kann.“ Sie blickte sich in der großen Eingangshalle um.

„Ihr habt doch den alten Ballsaal“, meinte Francesca und holte Luft, als Grant den Tanz beendete.

„Brod und ich, meinte ich“, erwiderte Rebecca lächelnd. „Kommt, trinken wir etwas. Ich habe einen wunderbaren Riesling kalt gestellt. Auf der hinteren Veranda ist es wunderschön. Es duftet nach Blumen, und Tausende von Sternen funkeln am Himmel.“ Sie kam zu Francesca und hakte sie unter. Ihr glänzendes, langes dunkles Haar fiel ihr über die Schultern, und sie trug ein weißes Kleid, das in der hereinwehenden Brise flatterte.

Brod, der sich eine Schürze umgebunden hatte, stand draußen am Grill. Die Folienkartoffeln garten bereits auf den glühenden Kohlen, und die Kebabs, die Rebecca vorbereitet hatte, lagen auf einem Teller. Der grüne Salat mit Pilzen und Walnüssen, Francescas Werk, musste nur noch angemacht werden.

Grant fiel die Aufgabe zu, den Wein einzuschenken. Er öffnete die Flasche und goss ihn in die Gläser auf dem langen Tisch, während Francesca die Cracker mit selbst gemachter Lachspastete herumreichte. Angeregt begannen sie miteinander zu plaudern. Brod legte die Steaks auf den Grill, und Rebecca ging in die Küche, um die Estragonsauce zu holen, auf die sie plötzlich Appetit hatte. Unterdessen führte Grant Francesca zum Verandageländer, um den Mond zu betrachten, der sich im Fluss spiegelte.

„Was für eine herrliche Nacht", flüsterte sie und blickte zum Himmel. „Das Kreuz des Südens steht immer über dem Dach. Es ist leicht zu finden."

Grant nickte. „Rafe und Ally können es jetzt nicht sehen. Es bewegt sich langsam südwärts."

„Tatsächlich?" Sie sah zu ihm auf. Dass er so groß war, faszinierte sie.

„Tatsächlich, Lady. Die Babylonier und Griechen kannten es schon. Sie dachten, es würde zum Sternbild Centaurus gehören. Siehst du den südlichsten Stern?" Er deutete in die entsprechende Richtung.

„Den hellsten?"

Wieder nickte er. „Ein Stern erster Größenklasse. Er zeigt zum Südpol. Die Aborigines kennen wunderschöne Legenden über die Milchstraße und andere Sterne. Ich werde dir demnächst einige erzählen. Vielleicht wenn wir mal im Freien übernachten."

„Ist das dein Ernst?"

Grant schwieg für einen Moment. „Das müsste sich machen lassen“, erwiderte er schließlich spöttisch. „Meinst du, es wäre eine gute Idee, wenn wir beide unter dem Sternenhimmel übernachten würden?“

„Und ob.“

„Und was ist, wenn die Dingos anfangen zu heulen?“

„Es klingt unheimlich, ich weiß …“ Francesca schauderte leicht. „Aber du wirst mich beschützen.“

„Und wer beschützt mich?“ Unvermittelt umfasste er ihr Kinn.

„Bereite ich dir denn so viel Kopfzerbrechen?“, fragte sie direkt.

„Ich glaube schon“, antwortete er langsam. „Du bist unerreichbar, Francesca.“

„Und ich dachte, du wärst ein Mann, der nach den Sternen greift“, neckte sie ihn sanft.

„Flugzeuge sind nicht so gefährlich wie Frauen“, konterte er trocken. „Ein Mann muss nicht ständig daran denken.“

„Das macht mich also zu einer großen Gefahr?“, erkundigte sie sich leise, aber eindringlich.

„Außer in meinen geheimsten Träumen“, gestand er zu seiner eigenen Überraschung.

Francesca erschauerte heftig. „Das ist sehr aufschlussreich, Grant. Warum bist du eigentlich so offen zu mir?“

„Weil wir in vieler Hinsicht perfekt zueinanderpassen. Ich glaube, das wussten wir schon sehr früh.“

„Als wir noch Teenager waren?“ Sie konnte es einfach nicht leugnen. „Und jetzt sollen wir eine andere Beziehung zueinander aufbauen?“

„Nicht aufbauen, Lady.“ Sein Tonfall war jetzt kämpferisch. „Du wurdest als Adlige geboren. Als Tochter eines Earls. Ins Outback zu reisen ist in vieler Hinsicht eine Flucht für dich, vielleicht sogar eine Flucht vor der Realität. Ein Versuch, dem Druck zu entgehen, den deine gesellschaftliche

Stellung mit sich bringt. Dein Vater erwartet sicher, dass du einen Mann aus euren Kreisen heiratest. Einen englischen Adligen. Zumindest aber jemanden aus einer angesehenen Familie."

Das stimmte tatsächlich. Ihr Vater hatte sogar schon zwei mögliche Heiratskandidaten im Auge. „Ich bin auch Fees Tochter und somit Halbaustralierin. Fee möchte nur, dass ich glücklich werde."

„Ich habe also recht. Dein Vater hat hohe Erwartungen in dich gesetzt. Er möchte dich sicher nicht verlieren."

Beinahe flehentlich schüttelte Francesca den Kopf. „Daddy wird mich niemals verlieren. Ich liebe ihn. Aber er lebt sein eigenes Leben."

„Allerdings hat er keine Enkelkinder", erklärte Grant. „Du musst ihm welche schenken. Einen männlichen Erben. Den zukünftigen Earl of Moray."

„Ach, lass uns jetzt nicht darüber sprechen, Grant", platzte sie heraus, denn sie wollte nicht mit ihm streiten.

Doch er ließ sich nicht beirren. „Ich muss aber. Du weißt genauso gut wie ich, dass unsere Beziehung immer intensiver wird. Verdammt, was steht für mich auf dem Spiel? Ich könnte mich in dich verlieben, und dann könntest du nach Hause zu Daddy zurückkehren, in deine Welt, und ich wäre am Boden zerstört."

Sie konnte sich beim besten Willen nicht vorstellen, dass er das Opfer einer Frau wurde. Dazu war er viel zu unabhängig. „Ich glaube, du kannst mir sehr wohl widerstehen."

„Verdammt richtig!" Abrupt neigte er den Kopf und küsste sie hart.

Francesca klammerte sich an ihn. „Und was schlägst du vor?"

„Dass wir es auf keinen Fall weiter kommen lassen", erwiderte er schroff.

„Und warum küsst du mich dann?"

Grant lachte. „Das ist ja das Schlimme daran. Das Problem, Verlangen und gesunden Menschenverstand miteinander zu vereinbaren."

„Dann gibt es also keine Küsse mehr?", fragte sie mit einem skeptischen Unterton.

Er blickte ihr in die Augen und war sich dabei der Vielschichtigkeit seiner Gefühle bewusst. Sie sah so bezaubernd aus, zart wie eine Porzellanpuppe, eine Frau, die man beschützen musste. „Was kann ich denn dafür, dass ich ständig mit mir kämpfe?", meinte er ironisch. „Du bist so schön, stimmt's? Ich kenne Dutzende lediger Frauen, die mich heiraten würden. Wäre ich nicht der größte Idiot, wenn ich ausgerechnet dich nehmen würde? Und ich glaube auch nicht, dass dein Vater begeistert wäre, wenn er erfahren würde, dass du mit einem rauen Kerl aus dem Outback flirtest."

„Du bist kein rauer Kerl, Grant. Du fährst leichter aus der Haut als Rafe, aber er ist dir sehr ähnlich und einer der höflichsten Männer, denen ich je begegnet bin."

„Nicht aggressiv, meinst du." Grant nickte amüsiert. „Das hat er von unserem Vater geerbt. Ich bin lange nicht so liebenswert."

„*Ich* mag dich jedenfalls so, wie du bist. Deine aufbrausende Art. Wie du dich für etwas begeistern kannst und deine Ziele verfolgst. Deine Träume. Ich mag sogar deinen Ehrgeiz. Was ich allerdings nicht mag, ist die Tatsache, dass du mich als Bedrohung ansiehst."

Er bemerkte den verletzten Ausdruck in ihren Augen, konnte jedoch nicht anders. „Weil du eine Bedrohung *bist,* Francesca. Eine echte Bedrohung. Für uns beide."

„Das ist schrecklich." Unvermittelt wandte sie den Blick ab.

„Ich weiß", bestätigte er ernst, „aber es ist so."

Anders als bei vielen anderen Männern, die auf einen Grill losgelassen werden, gerieten Brods Steaks perfekt. Trotz ihres Gefühlschaos' genoss Francesca den Abend. Das Essen schmeckte köstlich und verlief in gemütlicher Runde, und anschließend bot sie an, Kaffee zu kochen.

„Ich helfe dir." Grant schob seinen Stuhl zurück und stand auf. Brod und Rebecca hatten die Plätze gewechselt und hielten jetzt Händchen, und daher konnten sie sie ruhig allein lassen.

Während Grant in der großen, hervorragend ausgestatteten Küche den Kaffee mahlte, stellte Francesca Tassen, Untertassen und Teller für die Schokoladentorte auf ein Tablett. Alles ging ihr flott von der Hand, wie er feststellte.

„Das machst du gut", bemerkte er.

„Was soll das heißen?" Im Deckenlicht schimmerte ihr Haar feuerrot.

„Hast du schon mal gekocht?", fragte er lächelnd.

„Ich habe den Salat gemacht", erinnerte sie ihn.

„Der war auch sehr gut. Aber ich kann mir nicht vorstellen, dass du je in die Küche gehen und Abendessen machen musst."

Tatsächlich konnte sie sich kaum entsinnen, je in die Küche gelassen worden zu sein, außer zu Weihnachten. „In Ormond House nicht." Ormond House war das Herrenhaus ihres Vaters. „Wir hatten immer eine Haushälterin, Mrs. Lincoln. Sie war ein echter Drachen. Und sie hatte einige Mitarbeiter, genau wie Brods Vater. Aber als ich angefangen habe zu arbeiten und nach London gezogen bin, habe ich selbst für mich gekocht. So schwer ist es gar nicht", fügte sie trocken hinzu.

„Wenn du nicht ausgegangen bist?" Grant goss kochendes Wasser in den Filter. „Sicher bekommst du jede Menge Einladungen von feschen Kavalieren."

„Ich habe ein reges gesellschaftliches Leben." Francesca warf ihm einen funkelnden Blick zu.

„Keine Affären?" Er konnte den Gedanken, dass sie mit einem anderen Mann zusammen war, nicht ertragen.

„Einige gab es schon. Genau wie bei *dir.*"

„Nichts Ernstes?", beharrte er.

„Meinem Traummann bin ich noch nicht begegnet", erwiderte sie zuckersüß.

„Dann frage ich mich, warum du dich für mich interessierst."

Seine Unverschämtheit verschlug ihr den Atem. „Du kannst ja einen Rückzieher machen, wenn es ernst wird. Denn ich folge nur meinem Instinkt. Du hast das gewisse Etwas."

Grant deutete eine Verbeugung an. „Danke, Francesca. Das geht mir zu Herzen."

„Solange es dir nicht zu Kopf steigt", konterte Francesca forsch.

„Der Abend war sehr schön", sagte er langsam. „Ich bin gern mit Brod und Rebecca zusammen, und du bist *du.*"

Sein überraschendes Eingeständnis beunruhigte sie. Vielleicht war es ein Beweis dafür, dass das Band zwischen ihnen sehr stark war, auch wenn Grant dagegen ankämpfte.

„Freut mich, dass ich etwas richtig gemacht habe", meinte sie und stellte dann bestürzt fest, dass ihre Augen sich mit Tränen füllten. Mit ihm zusammen zu sein machte sie empfindsamer, verletzlicher.

Er blickte auf und sah gerade noch rechtzeitig die Tränen in ihren Augen, obwohl sie schnell blinzelte.

„Francesca!" Sein Herz klopfte plötzlicher schneller, und er zog sie an sich. „Habe ich dir wehgetan? Ich bin ein ungehobelter Klotz. Es tut mir leid. Ich versuche nur, herauszufinden, was das Beste für uns beide ist. Das verstehst du doch, oder?"

„Natürlich“, antwortete sie heiser und wischte sich mit dem Handrücken die Tränen ab. In diesem Moment wirkte sie wie ein kleines Mädchen.

Tiefes Mitleid überkam ihn, und er hatte das Bedürfnis, sie zu beschützen. Unwillkürlich presste er sie an sich und war sich dabei schmerzlich des Gefühls ihrer Brüste an seiner Brust bewusst. Er konnte sich kaum noch beherrschen. Es war schrecklich. Und wundervoll.

Francesca wollte etwas sagen, doch er presste die Lippen auf ihre und begann ein erotisches Spiel mit der Zunge. Noch nie hatte er bei einer Frau so empfunden. Er wollte sie. Er brauchte sie.

Sein verlangender Kuss erfüllte sie mit einem Hochgefühl, weil er ihr bewies, dass sie Grant mehr bedeutete, als er einzugestehen wagte. Er umfasste ihren Nacken und hielt ihren Kopf fest. Sie lehnte sich in seinen Armen zurück, und während sie sich seinen Zärtlichkeiten hingab, begann etwas in ihrem tiefsten Inneren zu schmelzen. Die Empfindungen, die auf sie einstürmten, und ihre leidenschaftliche Reaktion machten sie schwindelig. Noch nie hatte sie eine solche Intimität erlebt, noch nie hatte sie einen Kuss so genossen. Und obwohl ihr bewusst war, dass es großen Kummer nach sich ziehen konnte, kümmerte es sie in diesem Moment nicht.

Als sie sich schließlich voneinander lösten, dauerte es eine Weile, bis sie in die Wirklichkeit zurückfanden. Grant war klar, dass seine Gefühle für diese Frau mit ihm durchzugehen drohten. Francesca brachte sein Blut in Wallung, was ihre Beziehung noch komplizierter machte. Wie sollte er logisch denken, wenn er sich ständig danach sehnte, mit ihr zu schlafen? Möglicherweise empfand sie sein Verlangen sogar als eine Art männliche Aggression. Sie war so klein und zierlich, so zerbrechlich, und der Duft ihrer Haut brachte ihn allmählich komplett um den Verstand.

Sie hingegen wirkte völlig durcheinander und war unnatürlich blass.

„Es tut mir leid, Francesca“, erklärte er reuig. „Ich wollte nicht grob zu dir sein. Meine Gefühle sind mit mir durchgegangen. Verzeih mir.“

Sie hätte ihm sagen können, was sie empfand, dass sie sich nach seinen Zärtlichkeiten sehnte, doch sie hatte Angst vor ihren Gefühlen. Francesca wich einen Schritt zurück und strich sich mit zittriger Hand durchs Haar. Dabei stellte sie fest, dass einige Strähnen sich aus ihrer Hochfrisur gelöst hatten. „Du hast mir nicht wehgetan, Grant“, brachte sie hervor. „Der Schein kann trügen. Ich bin tougher, als ich aussehe.“

Grant lachte auf. „Tatsächlich?“ Er beobachtete, wie sie ihre Frisur richtete. Am liebsten hätte er die Nadeln herausgezogen. Wie faszinierend so schönes langes Haar für einen Mann doch sein konnte! Unwillkürlich stellte er sich vor, wie er die Hände hindurchgleiten ließ. Verdammt, er musste den Verstand verloren haben! Grant rang sich ein Lächeln ab. „Wir sollten den Kaffee nach draußen bringen, sonst wird er kalt. Ich nehme das Tablett. Und du entspann dich und sieh zu, dass dein Gesicht wieder Farbe bekommt.“

2. KAPITEL

Francesca schreckte aus dem Schlaf hoch, und noch bevor sie einen Blick auf den Wecker warf, wusste sie, dass sie das Klingeln nicht gehört hatte. Sie hatte ihn auf fünf gestellt, und nun war es zehn nach sechs.

„So ein Mist!", schimpfte sie. Sie wollte Grant doch begleiten. Schnell sprang sie aus dem Bett und warf einen Blick durch die geöffneten Balkontüren nach draußen. Um halb fünf ging die Sonne auf. Jetzt war der Himmel strahlend blau und die Luft warm. Sie hatte sogar das Vogelkonzert verpasst, das sie sonst jeden Morgen weckte. Manchmal war der einzigartige Ruf der Kookaburras schon vor Anbruch der Dämmerung zu hören, und sie lag da und lauschte fasziniert. Diesmal hatte sie allerdings ganz tief geschlafen, vermutlich vor Erschöpfung wegen des Gefühlschaos', das in ihr tobte.

Trotzdem wollte sie mit Grant fliegen, und er hatte sich bereit erklärt, sie mitzunehmen, wenn auch widerstrebend. Bevor er ins Bett gegangen war, hatte er gesagt, er würde am Morgen eine Stunde warten, für den Fall, dass eine Nachricht von Bunnerong eintraf. So war es im Busch üblich.

Schnell wusch Francesca sich das Gesicht mit kaltem Wasser, um wach zu werden, putzte sich die Zähne und schlüpfte in die Sachen, die sie bereits am Abend herausgesucht hatte, um Zeit zu sparen – eine Baumwollbluse, Jeans und Turnschuhe. Nachdem sie sich gekämmt und sich ein Band fürs Haar von der Kommode genommen hatte, eilte sie in den Flur und zur Treppe. Sie war fast unten angelangt, als Brod zur Haustür hereinkam und sie überrascht ansah. „Fran? Wir wollten dich nicht wecken."

Ärgerlich funkelte sie ihn an. „Willst du damit etwa sagen, dass Grant ohne mich losgeflogen ist?" Sie schaffte es nicht, ihre Gefühle zu verbergen.

„Ich glaube, er *will* ohne dich fliegen“, gestand er trocken. „Er ist davon überzeugt, dass es nichts für dich ist. Jemand hat von Bunnerong angerufen. Charly ist immer noch nicht da. Grant hat so lange gewartet, wie es ging. Er ist unten an der Start- und Landebahn und tankt gerade.“

„Dann ist er also noch nicht weg?“, fragte sie hoffnungsvoll.

„Nein.“ Brod seufzte. Allmählich glaubte er, dass Grant recht hatte. Das hier war seine kleine Cousine aus England. Er hielt eine Menge von ihr, aber sie war es nicht gewohnt, mit potenziell gefährlichen Situationen konfrontiert zu werden. Ungeschminkt, mit offenem Haar und mit geröteten Wangen sah sie fast wie ein kleines Mädchen aus.

„Bring mich zu ihm.“ Sie eilte zu ihm und umfasste drängend seinen Arm.

Brod blieb stehen, doch seine Miene war verständnisvoll. „Überleg es dir gut, Fran. Es ist möglich, dass dem Piloten etwas passiert ist. Es könnte ein Schock für dich sein. Glaub mir, ich spreche aus Erfahrung.“

Francesca sah zu ihm auf. „Ich verspreche dir, dass ich Grant nicht zur Last fallen werde, Brod. Ich möchte ihm helfen. Ich habe sogar einen Erste-Hilfe-Kurs besucht.“

Er seufzte und strich sich durchs schwarze Haar. „Ich will den Teufel nicht an die Wand malen, aber hier im Outback gehören Unfälle zum täglichen Leben, Fran. Charly kann vielleicht auch keine Erste Hilfe mehr retten. Egal, wie couragiert du bist und wie gern du helfen möchtest, du hast ein sehr behütetes Leben geführt.“

„Das tun die meisten Menschen. Aber ich bin bereit zu *lernen,* Brod.“ Sie hielt seinem Blick stand. „Hör auf, mich wie ein verwöhntes kleines Mädchen zu behandeln. Ich habe auch harte Zeiten durchgemacht. So, und nun bring mich zu Grant.“ Bevor er sie zurückhalten konnte, eilte sie nach draußen zu seinem Jeep. „Grant hat mir versprochen, mich mitzunehmen“, rief sie ihm über die Schulter zu. „Ich werde stark sein. Schließlich bin ich eine halbe Kinross.“

Ja, das ist sie, dachte er anerkennend. Nachdem die Ehe ihrer Eltern gescheitert war, hatte Francesca immer zwischen den Fronten gestanden. „Ich habe den Eindruck, dass du etwas beweisen willst, Liebes“, bemerkte er, nachdem er am Steuer Platz genommen hatte, und ließ den Motor an.

„Stimmt.“ Was sie an Brod und Ally besonders schätzte, war, dass die beiden zuhören konnten.

„Und wem? Grant?“ Er sah sie eindringlich an.

„Wem sonst?“, erwiderte Francesca lächelnd.

Brod nickte. „Grant ist ein prima Kerl, Fran. Er wird es weit bringen, aber er ist verdammt stur. Wenn er sich einmal entschieden hat, kann ihn keiner davon abbringen. Auch du wirst ihn nicht um den kleinen Finger wickeln, das lass dir gesagt sein. Er hat feste Ansichten. Und er hat seinen Stolz. Er ist stark und strotzt nur so vor Energie. Allerdings muss er wie wir alle noch eine Menge lernen. Wir wissen, dass er sich sehr zu dir hingezogen fühlt, aber du könntest verletzt werden. Und das möchten Rebecca und ich nicht, weil du uns wichtig bist.“

Sie krauste die Stirn. „Ich weiß, und dafür liebe ich euch. Aber ich muss mein Leben selbst in die Hand nehmen, Brod. Ich muss meine eigenen Fehler machen. Ja, meine Freundschaft zu Grant hat sich weiterentwickelt. Alle haben es gemerkt. Wir sind uns nähergekommen, und deswegen gibt es auch mehr Konflikte zwischen uns.“

„Das Leben ist nun mal schwer. Ich sehe es kommen, Fran.“ Sie hatten das Anwesen verlassen, und Brod gab mehr Gas. „Grant hat noch nie die Macht einer Frau gespürt. Er hat Affären gehabt, aber es war nichts Ernstes. Was ist, wenn du nach Sydney zurückkehrst? Hast du daran mal gedacht?“

„Natürlich habe ich das!“, rief sie. „Ich möchte nicht, dass mein Aufenthalt hier endet. Ich möchte Ally sehen, wenn sie nach Hause kommt. Und Rafe auch, obwohl ich weiß, dass er Vorbehalte gegen meine Freundschaft mit seinem ‚kleinen Bruder‘ hat.“

Er überlegte genau, was er sagte, weil er ihr recht geben musste. „Verantwortung ist Rafes zweiter Vorname, Fran. Nachdem ihre Eltern ums Leben gekommen waren, musste er Grant quasi großziehen. In seinem Kummer hat Grant etwas über die Stränge geschlagen. Er hat sich immer in Schwierigkeiten gebracht, indem er waghalsige Streiche gespielt hat. Diese Tragödie hat ihn geprägt. Sie hat ihm Angst gemacht und ihm gezeigt, was Verlust bedeutet. Das darf man nicht vergessen. Es kann sein, dass er eine Frau nicht zu nahe an sich heranlässt. Der Tod seiner Eltern hat ihn tief getroffen. Besonders seiner Mutter hat er sehr nahegestanden.

Die Camerons waren wundervolle Menschen. Sie haben Ally und mich unter ihre Fittiche genommen, weil es bei uns zu Hause drunter und drüber ging. Sie waren wie Pflegeeltern für uns. Rafe ist wie ein Bruder für mich. Und wenn ich darüber nachdenke, dann war Grant auch immer wie ein jüngerer Bruder für mich. Jemanden zu lieben bedeutet, ihn auch irgendwann zu verlieren. Die Erfahrung musste er schon sehr früh machen.“

Grant wollte gerade starten, als er Brod und Francesca kommen sah. Er sprang wieder aus dem Hubschrauber. Francesca trug das Haar offen und sah aus wie ein Mädchen, das auf einer Hochzeit Blumen streute. Wut flammte in ihm auf, und er versuchte sie zu unterdrücken und fragte sich, warum er überhaupt so empfand. Er wollte nicht, dass sie verletzt wurde, das war’s. Er wollte nicht, dass sie in Gefahr geriet. Kurz gesagt, er wollte nicht, dass sie ihn begleitete.

Sie kam auf ihn zugelaufen und rief vorwurfsvoll: „Du

wolltest doch nicht etwa ohne mich fliegen, oder?“

Grant nickte. „Ich habe kein gutes Gefühl dabei, Francesca. Es wäre vielleicht besser, wenn du zu Hause bleiben würdest.“

„Aber du hast es mir gestern Abend versprochen.“ Ihr Tonfall verriet, wie aufgewühlt sie war.

„Du bist doch meiner Meinung, oder, Brod?“ Grant warf seinem Freund einen beinahe flehentlichen Blick zu.

Brod dachte einen Moment lang nach. „Ich schätze, bei dir wird ihr nichts passieren, Grant. Sie wird vielleicht etwas sehen, worauf sie nicht gefasst ist, aber so wie ich sie kenne, glaube ich, dass sie damit umgehen kann. Und vielleicht ist ja auch nichts Ernstes passiert – eine verstopfte Treibstoffleitung, oder ihm ist der Treibstoff ausgegangen.“

„Womit er in einer schwierigen Lage wäre“, wandte Grant ein. „Die Sonne hat viel Kraft.“ Sie beide wussten, dass man bei diesem Klima schnell austrocknete und innerhalb von achtundvierzig Stunden starb.

„Wir beten alle, Grant“, sagte Brod.

„Ich weiß.“ Der Zusammenhalt im Busch war enorm. Als Grant Francesca ansah, stellte er fest, dass sie ihr Haar gerade zu einem Pferdeschwanz band. Sie sah geradezu anrührend jung aus. Geschminkt war sie nicht. Das hatte sie auch gar nicht nötig. Was sollte er nur mit diesem überirdischen Wesen anfangen?

Wenige Minuten später befanden sie sich in der Luft und folgten dem Weg, den Charly geflogen war. Grant wies Francesca auf mehrere Sehenswürdigkeiten hin, und wegen der niedrigen Flughöhe konnte sie genug erkennen, um die zeitlose Schönheit des Landes zu bewundern.

Unter ihnen erstreckte sich endloses Weideland, auf dem Teile von Kimbaras großer Herde grasten. Die miteinander verbundenen Wasserläufe, die dem Channel Country seinen

Namen gaben, glitzerten silbern im Sonnenlicht. Die rostroten Ebenen waren von grünen Streifen durchzogen. Monolithen aus orangefarbenem Stein erhoben sich aus dem Wüstenboden, der von goldfarbenem Spinifex bedeckt war.

Farmarbeiter von Kimbara, die im Schatten der Flusseukalypten an einem halbmondförmigen Wasserloch ihren Durst stillten, winkten ihnen zu. Vom Hubschrauber aus hatte man eine fantastische Aussicht.

Während Grant mit Bob Carlton auf Opal Plains sprach, blickte Francesca zu einer Reihe von Wasserlöchern in der Ferne, die von dichtem Grün umgebeben waren. Der Himmel war strahlend blau, und allmählich spürte sie die Hitze.

Das hier war keiner der Jets, in denen sie immer von London nach Sydney flog, sondern ein kleiner Hubschrauber. Doch ein Hubschrauber konnte vieles, was Flugzeuge nicht schafften, und Grant war ein hervorragender Pilot. Das machte ihr Mut.

Die Zeit verging, und sie sahen nichts Ungewöhnliches. Francesca richtete den Blick ständig in die Ferne und versuchte, sich nicht auf die surrealistische Schönheit der Wildnis zu konzentrieren, sondern nach einem gelben Hubschrauber Ausschau zu halten. Große Schwärme von Wellensittichen flogen unter ihnen vorbei, und sie entdeckte wilde Kamele unter ihnen im roten Sand.

Jetzt befanden sie sich innerhalb der Grenzen von Bunnerong, und einige große Lagunen kamen in Sicht. Fünfzehn Minuten später hatten sie sie erreicht.

Sie bemerkten den Firmenhubschrauber gleichzeitig. Er stand in einer Tonmulde, in der der Boden völlig ausgetrocknet und vermutlich hart wie Zement war. Die Mulde war von abgestorbenen Bäumen umgeben, in denen unzählige weiße Corellas saßen. In einiger Entfernung wuchs eine Kasuarine, eine der schönsten Wüstenpflanzen. Darunter lag ein Mann.

Sein Gesicht war von seiner breiten Hutkrempe bedeckt. Er bewegte sich nicht, sondern lag reglos da, als wäre er tot.

Francesca war entsetzt. Sie war noch nie mit dem Tod konfrontiert worden.

Kurz darauf landeten sie. Grant informierte Bob Carlton über Funk, dass er Charly gefunden habe und der Hubschrauber offenbar unbeschädigt sei. Er würde sich bald mit neuen Nachrichten melden.

Nachdem sie ausgestiegen waren, sah Francesca ihn fragend an.

„Bleib hier", ordnete er an. „Und setz den hier auf." Er reichte ihr seinen Akubra. „Ohne Hut wirst du nirgendwo hingehen."

Sie erwiderte nichts, weil er zu Recht verärgert war. Wenn sie nicht verschlafen hätte, hätte sie einen ihrer Akubras mitgenommen. „Und nun tu, was ich dir sage", fuhr Grant fort. „Bleib hier, bis ich weiß, was los ist."

Das schien auch ihr das Vernünftigste zu sein. Die Vögel, die der Lärm der Rotoren aufgeschreckt hatte, waren kreischend aufgeflattert und suchten nun das Weite.

Sie blickte Grant nach. Den Moment, als er „Er lebt!" rief, sollte sie nie vergessen. Ohne nachzudenken, lief sie zu den beiden, obwohl er warnend die Hand hob.

Sie hatte das Blut auf dem Hemd des Piloten nicht gesehen. Es war getrocknet und dunkelbraun.

„Was ist passiert?", erkundigte sie sich alarmiert.

„Ich weiß es nicht. Es sieht so aus, als hätte etwas ihn angegriffen." Grant kehrte zum Hubschrauber zurück und holte für alle Fälle ein Gewehr. Vielleicht war es ein wilder Eber gewesen. Davon gab es hier viele. Oder ein Dingo. Das war allerdings unwahrscheinlich. „Armer alter Knabe! Armer Charly!", sagte er.

Francesca ging zu dem bewusstlosen Piloten und kniete

sich neben ihn. „Er muss unbedingt versorgt werden. Woher hat er das bloß?" Ganz vorsichtig begann sie, sein blutgetränktes Hemd aufzuknöpfen. In dem Moment stöhnte er auf und kam wieder zu sich.

„Lass mich mal", drängte Grant und betrachtete ihn verwirrt. „Er hat den Hubschrauber ordnungsgemäß gelandet. Offenbar ist er krank geworden. Vielleicht hatte er einen Herzinfarkt. Aber was ist mit den Wunden? Du meine Güte!", rief er, als sie das Hemd auseinanderzog. „Das sieht aus wie Krallenspuren von Wildkatzen."

„Können die einen Menschen so verletzen?", fragte sie zweifelnd.

„Sie können einen Menschen in Stücke reißen", erwiderte er grimmig. „Es gibt so viele Tiere, die hier ursprünglich nicht beheimatet waren und der Flora und Fauna großen Schaden zufügen – Kamele, Wildpferde, Füchse, Wildschweine, Kaninchen. Ich habe erlebt, wie ein Mann von einem wilden Eber aufgespießt wurde. Wildkatzen sind richtig gefährlich, wie kleine Löwen."

„Das müssen sie sein, wenn sie Charly so verletzt haben." Francesca wandte kurz den Kopf. „Warum holst du nicht den Erste-Hilfe-Kasten aus dem Hubschrauber? Ich komme schon zurecht. Die Wunden müssen gereinigt werden. Die meisten scheinen oberflächlich zu sein, obwohl er stark geblutet hat. Ein paar sind ziemlich tief."

„Sie könnten wieder anfangen zu bluten", warnte er und betrachtete sie eingehend. Im Schatten der Kasuarine hatte sie seinen Hut abgenommen, der ihr ohnehin ins Gesicht gerutscht wäre. Sie war blass geworden, aber ihre Hände zitterten nicht.

„Ich passe auf. Und ich werde schon nicht ohnmächtig, falls du davor Angst hast." Tatsächlich musste sie sich zusammenreißen. „Hallo", fuhr sie erstaunt an Charly gewandt fort, als dieser die Augen öffnete. „Bleiben Sie ruhig liegen. Es ist alles gut."

Sein beängstigend aschfahles Gesicht bekam wieder etwas Farbe. „Bin ich tot und im Himmel?", brachte er hervor.

Grant beugte sich vor, damit Charly ihn sah. „Hallo, Charly. Ich bezahle dich nicht dafür, dass du unter einem Baum liegst."

Diesmal versuchte Charly zu lächeln. „Hallo, Boss. Seit wann bist du hier?"

„Versuch nicht zu sprechen, Charly. Du musst dich schonen", sagte Grant eindringlich. Er würde sich sofort mit dem fliegenden Arzt in Verbindung setzen. Charly konnte nach Bunnerong geflogen werden, das eine eigene Start- und Landebahn hatte. Dort konnte die Cessna des fliegenden Arztes landen.

„Diese verdammten Wildkatzen", fluchte Charly leise. „Verfluchte Viecher. Ein ganzes Rudel ist plötzlich aus dem Nichts aufgetaucht und hat mich angegriffen, als ich mich vor Schmerzen gekrümmt hab. So was hab ich noch nie erlebt. Muss ihnen irgendwie Angst gemacht haben. Schätze, ein Gallenstein hat sich gelöst, weil ich solche Schmerzen hatte. Das Funkgerät ist ausgefallen. Ich musste landen. Hab es gerade noch geschafft, bevor ich das Bewusstsein verloren hab. War die Hölle! Und jetzt mach ich die Augen auf, und mir erscheint ein Engel."

„Reden Sie nicht, Charly", sagte Francesca lächelnd, weil sie wusste, dass es ihn zu viel Kraft kostete. „Sie haben viel durchgemacht. Ich versuche, Ihnen nicht wehzutun, aber Ihre Wunden müssen versorgt werden."

Er lächelte schwach. „Was Sie auch mit mir machen, es wird mir gefallen."

Sie könnte tatsächlich als himmlisches Wesen durchgehen, dachte Grant, als er zum Hubschrauber zurückkehrte, um alle über Funk zu informieren. Außerdem konnte man sich darauf verlassen, dass sie in einem Notfall einen kühlen Kopf bewahrte. Er musste zugeben, dass er ihr Verhalten bewunderte.

Einen Tag später lag Charly im Krankenhaus. Er war seine Gallenblase los und beklagte die Tatsache, dass sich jetzt kein „Engel", sondern ein Pfleger um ihn kümmerte.

In der darauffolgenden Woche kehrten Fee und David Westbury zurück, die Arme voller Geschenke und sichtlich erholt nach vierzehn Tagen auf einer kleinen, exklusiven Insel am Great Barrier Reef. Beide schienen einander noch mehr zugetan und hatten eine gesunde Bräune. Fee erklärte, sie hätte keine Angst vor der Sonne, und tatsächlich hatte sie von Natur aus einen dunklen Teint.

„Ich bin nicht wie du, mein Schatz!" Besorgt blickte sie zu Francesca. „Mit dem roten Haar und der de Lyle'schen Haut musst du unbedingt aufpassen. Du würdest verschrumpeln, wenn du hier leben würdest."

Danke, Mama, dachte Francesca und seufzte insgeheim. Danke dafür, dass du Grants schlimmste Befürchtungen bestätigst.

Sie aßen zusammen in Kimbaras prächtigem Speisesaal zu Abend. Brod, ihr Gastgeber, saß am Kopfende des langen Mahagonitisches, Rebecca, die ein Etuikleid aus aquamarinblauer Seide trug, ihm gegenüber. Fee saß rechts von ihm und links von David und sah in dem getigerten Ensemble wie immer sehr elegant aus. Francesca, die man zusammen mit Grant ihnen gegenüber platziert hatte, trug ebenfalls ein Etuikleid, das allerdings tiefblau war.

„Fee macht nur Spaß", verkündete Brod, der ihr Unbehagen spürte und sich Grants Bedenken, was sie betraf, bewusst war. „Man muss einfach nur aufpassen. Rebecca hat eine makellose Haut." Er prostete seiner schönen Frau zu und blickte sie bewundernd an.

„Natürlich hat sie das, mein Lieber." Fee tätschelte ihm die Hand. „Aber Francescas Haut ist dünn wie Eierschale."

Francesca spürte, wie sie errötete. „Eierschale ist vielleicht dünn, aber sehr robust."

„Brod hat recht", erklärte Rebecca sanft. „Man braucht nur eine gute Sonnencreme, schützende Kleidung und einen breitkrempigen Hut. Ich glaube, Fran würde hier nicht nur überleben, sondern prächtig gedeihen."

„Becky, Schatz." Erstaunlich schnell leerte Fee ihr Weinglas. „Setz Francesca keine Flausen in den Kopf. Sie ist Jimmy Waddington so gut wie versprochen. Das ist der Abgeordnete James Waddington. Sein Vater Peregrine ist de Lyles bester Freund. Jimmy war verzweifelt, als Francesca ihren Job gekündigt hat, um nach Australien zu kommen. Er rechnet fest damit, dass sie nach England zurückkehrt. Und ihr Vater auch. Ich weiß, dass es ihr hier sehr gefällt, aber sie gehört nach England."

„Schade, dass niemand es mir gesagt hat." Francesca rang sich ein Lächeln ab und wünschte zum unzähligsten Mal, ihre Mutter wäre nicht so redselig.

„Ich wusste nur, dass sie einen Freund hatte." Grant wandte sich ihr zu und sah ihr in die Augen. „Jimmy Waddington. Der Abgeordnete James Waddington. Er scheint genau der Richtige für dich zu sein."

„Ganz schön indiskret, Fee." Brod tätschelte seiner Tante die Hand. „Und nun lass uns Frans Version hören."

Danke, Brod, dachte Francesca. „Jimmy ist nur ein Freund. Ich kenne ihn schon mein ganzes Leben lang. Und ich mag ihn, weil er ein liebenswerter Mensch ist. Er ist anständig, nett und sehr intelligent."

„Kurz gesagt, jemand, den du heiraten solltest", warf Grant trügerisch sanft ein.

„Ich liebe ihn aber nicht." Sie hielt seinem durchdringenden Blick stand.

„Glaub mir, Schatz, jemanden zu mögen ist viel besser", behauptete Fee, die zahlreiche stürmische Affären gehabt hatte. „Ihr müsst einfach nur Gemeinsamkeiten haben – dieselben Freunde, denselben Geschmack, dieselbe Herkunft. Leidenschaft ist ja schön und gut; nur wenn ein Mann und eine Frau unterschiedliche Lebensauffassungen haben, kann eine Ehe schnell scheitern. Dein Vater zum Beispiel hat mich über alles geliebt, aber er hätte mich nie heiraten dürfen."

„Das kann ich mir kaum vorstellen, Fee." Brod lachte auf. „Offenbar warst du unwiderstehlich – und kaum zu bändigen."

„Ich möchte jedenfalls, dass meine Tochter glücklich wird", erwiderte sie. „Sie soll nicht denselben Fehler machen wie ich. Man sollte immer mit Vernunft an eine Ehe herangehen."

„Und deswegen hast du genau das Gegenteil getan", erinnerte Francesca sie, und David lachte laut auf.

„Fee sagt oft Dinge, die sie nicht so meint", beschwichtigte er sie. „Verliebt zu sein ist das schönste Gefühl überhaupt. Man hat das Gefühl zu leben. Und damit komme ich zu der Ankündigung, die ich heute Abend machen wollte." Er klopfte mit einem Löffel an sein Weinglas und blickte in die Runde. „Fee und ich wollen euch etwas sagen, und wir hoffen, dass ihr darüber genauso glücklich seid wie wir. Wir haben beschlossen zu heiraten."

Brod war der Erste, der antwortete. „Warum überrascht mich das nicht?", meinte er. Dann standen alle gleichzeitig auf. Francesca lief um den Tisch herum, um ihrer Mutter einen Kuss zu geben, gefolgt von Rebecca, während die Männer Hände schüttelten.

„Herzlichen Glückwunsch!"

„Wir sind so glücklich." Fee errötete, und es stand ihr ausnehmend gut. „Das Leben ist wunderschön, wenn David bei mir ist. Er ist der Mann, den ich hätte heiraten sollen."

Brod, der Davids Blick auffing, lächelte spöttisch, erinnerte sie jedoch nicht daran, dass David damals verheiratet gewesen war. „Darauf müssen wir mit Champagner anstoßen." Er sah seine Frau an, die er über alles liebte und die ihn auch sehr glücklich machte. „Könnte es sein, dass wir etwas im Kühlschrank haben?"

Sie lächelte ihn an. „Ich habe Champagner kalt gestellt, weil ich mir schon gedacht hatte, dass wir etwas zu feiern haben werden."

Nachdem sie alle miteinander auf die Verlobten angestoßen hatten, machten Francesca und Grant einen Spaziergang. Die Luft war klar und kühl, und am Himmel funkelten die Sterne. Eigentlich hätte es aufregend sein müssen, aber sie waren beide befangen.

„Man hatte Fee doch eine Filmrolle angeboten. Wird jetzt nichts mehr daraus, wenn sie heiratet?", fragte Grant, um das Schweigen zu brechen.

„Bestimmt haben Mama und David darüber gesprochen", erwiderte Francesca. „Es ist nur eine Nebenrolle – ein Gastauftritt. Mama betrachtet es als ihren Abschied."

„Ihren Schwanengesang?" Seine tiefe Stimme klang skeptisch.

„Sie steckt voller Energie und hat eine Menge zu bieten. Jedenfalls kennt David sie gut", sagte Francesca. „In einer Hinsicht hat sie recht. David und sie passen wirklich gut zusammen. Als Theater- und Kunstfan hat er immer ein äußerst reges gesellschaftliches Leben geführt. Er ist ganz anders als Daddy. Mein Vater hatte immer nur wenige gute Freunde und lebt sehr zurückgezogen in Ormond. Selbst für einen Tag verlässt er es nur ungern."

„Es ist sicher sehr schön."

„Einer der schönste Plätze auf der Erde", bestätigte sie stolz.

„Aber du wirst es nicht erben?", meinte Grant ungläubig.

Francesca pflückte eine wächserne Blume und roch daran. „Nein."

„Du meine Güte!" Er blickte zum Himmel. „Stört es dich nicht, dass immer nur die Männer erben?"

„Schon möglich." Sie nickte. „Aber ich habe immer gewusst, dass ich Ormond House nie erben werde, genauso wie Ally gewusst hat, dass Kimbara an Brod gehen würde."

„Das ist nicht dasselbe. Eine Rinderzuchtfarm zu leiten ist harte Arbeit, und man hat sehr viel Verantwortung. Das würde ich keiner Frau zumuten. Das Outback ist eine Männerwelt, Francesca, auch wenn wir die Liebe unserer Frauen brauchen. Dein Zuhause dagegen würde perfekt zu dir passen."

Sie hatte damit gerechnet, dass er das sagen würde. „Es ist aber nicht meins", entgegnete sie trocken. Schließlich war sie unter anderem deswegen ausgezogen, weil sie sich mit der zweiten Frau ihres Vaters nicht besonders gut verstanden hatte.

„Das ist verdammt schade", meinte Grant. „Wenn ich dein Vater wäre, hätte ich das geändert."

„Ich bin froh, dass du nicht mein Vater bist", bemerkte sie ironisch.

Er lachte und begann dann zu ihrer Überraschung zu singen.

„Ich wusste gar nicht, dass du singen kannst", sagte sie entzückt.

„Natürlich kann ich singen." Grant zog sie an sich und legte ihr den Arm um die Taille. „Du solltest mich mal hören, wenn ich auf dem Pferd unterwegs bin. Als ich klein war, habe ich immer den Rindern vorgesungen. Es hat sie beruhigt."

„Ist das dein Ernst?“, fragte sie lachend.

„Frag Rafe.“ Er stimmte ein anderes Lied an.

Francesca klatschte begeistert Beifall. „Von jetzt an musst du *mir* immer Ständchen bringen.“

„Ach ja?“ Er drehte sie zu sich um. „Wie war das noch mit diesem Jimmy?“

Sie neigte den Kopf. „Dad hat ihn für mich ausgesucht, Grant. Nicht ich.“

„Du läufst doch nicht vor ihm weg, oder?“ Verlangen flammte in ihm auf.

„Inwiefern?“

„Vielleicht weil du dich nicht binden willst. Dein Vater möchte dich gut verheiraten. In der Hinsicht vertraut er deiner Mutter nicht.“

„Er vertraut Fee überhaupt nicht“, gestand sie trocken. „Er hat sie wohl mal über alles geliebt, aber ich erinnere mich nur daran, dass er sie ständig kritisiert hat. Es war nicht besonders toll, als Kind zwischen den Fronten zu stehen. Die räumliche Trennung von Mama. Der Schauspieler, mit dem Fee eine Affäre hatte und den sie später geheiratet hat, war sehr attraktiv, und wenn er nicht betrunken war, konnte er richtig nett sein, aber Daddy hat ihn *gehasst.* Ich durfte Fee nicht besuchen, wenn ihr ‚neuer Mann‘ in der Nähe war.“

„Na, zum Glück war er nicht lange in der Nähe.“ Grant seufzte tief. Sie alle wussten, welche Männer Fee im Lauf der Jahre gehabt hatte. Und er konnte sich lebhaft vorstellen, wie es für ein einsames kleines Mädchen gewesen sein musste.

„Fee kann nicht ohne Mann sein“, bemerkte Francesca.

„Jetzt hat sie ja David, also sei nicht traurig.“ Sanft zog er sie mit sich.

„Und David wird aufpassen, dass Mama nicht über die Stränge schlägt. Er wirkt vielleicht wie der perfekte Gentleman, aber er ist knallhart. Wenn er Fee damals geheiratet hätte, wäre sie nie mit einem anderen Mann ins Bett gegangen."

„Die Zeit mit deinem Vater war nicht vergeudet", erinnerte er sie. „Schließlich hat sie *dich* bekommen. Sie liebt dich über alles."

„Ich weiß." Da sie nicht nachtragend war, hatte sie ihren Zorn auf ihre Mutter längst überwunden.

„Und wenn ihr Buch erscheint, kehrst du nach Sydney zurück." Das war keine Frage, sondern eine Feststellung.

„Ja, ich muss, und ich möchte es auch. Rebecca wird natürlich auch hinfliegen. Nur schade, dass Ally dann noch nicht da ist. Ich möchte hier sein, wenn sie zurückkommt."

„Und ich möchte *weg* sein", erklärte Grant.

„Was soll das heißen?", erkundigte Francesca sich besorgt.

Er stieß einen amüsierten Laut aus. „Drei sind einer zu viel. Vor allem wenn man frisch verheiratet ist."

Francesca blieb stehen und blickte starr zu ihm auf. „Euer Haus ist doch groß genug!"

„Was ist los, Schatz? Rafe und Ally wollen bestimmt allein sein."

Sie war davon überzeugt, dass die beiden außer sich sein würden, wenn Grant wegging. „Wo willst du denn hin?", fragte sie. „Ich hätte nie gedacht, dass du Opal Plains verlassen könntest. Abgesehen davon, dass es dein Zuhause ist, ist es auch der Standort für Cameron Airways."

„Das kann man ändern." Er klang, als hätte er bereits alles geplant.

„Dann ist es also dein Ernst?" Sie war völlig außer sich.

„Absolut."

„Wissen Rafe und Ally von deinen Plänen?"

„Noch nicht. Natürlich versichern sie mir ständig, dass Opal Plains auch mein Zuhause ist."

Francesca fühlte sich wie in Trance. „Wohin willst du gehen?", wollte sie wissen.

Grant nahm ihre Hand und ging weiter. „Weiter ins Landesinnere. Oder nach Darwin."

„Nach Darwin?", wiederholte sie entsetzt. Das war mindestens tausend Meilen entfernt.

Er nickte. „Ich kenne dort ein schönes Anwesen, das möglicherweise bald verkauft wird."

Sie warf ihm einen bestürzten Blick zu, ohne sich dessen bewusst zu sein, dass er es im Mondlicht sah. „Alle werden dich schrecklich vermissen." Vor allem *ich,* fügte sie im Stillen hinzu.

Eine Weile war er fast verrückt vor Verlangen. Am liebsten hätte er sie an sich gepresst, um ihren weichen Körper zu spüren und ihren Duft einzuatmen. Doch er beherrschte sich und streichelte stattdessen mit dem Daumen ihre Handfläche. Was hielt ihn davon ab, mit ihr zu schlafen? Bei anderen Frauen hatte er sich in der Hinsicht nie so gequält. Die Antwort war, dass sie ihm zu viel bedeutete. Sie war Lady Francesca de Lyle, Tochter eines englischen Earls und der international bekannten Bühnenschauspielerin Fiona Kinross. Wenn sie eine Frau aus seinen Kreisen gewesen wäre, hätte er sie sofort zum Altar geschleppt. Francesca jedoch kam aus einer Familie mit jahrhundertealter Tradition. Selbst Fee hatte erklärt, dass Francesca zu Höherem bestimmt war.

„So weit gehe ich nicht weg", sagte Grant schließlich. „Nur so weit, wie ein Flugzeug kommt. Ich möchte nicht bei Hubschraubern bleiben. Dad hat mir einen Teil von Opal Plains hinterlassen, auch wenn ich nicht die Nummer eins bin."

Für mich bist du es, dachte Francesca und wandte das Gesicht ab. „Warum baust du dir nicht ein eigenes Haus auf Opal Plains? Dort ist doch genug Platz."

Plötzlich verspürte er ein unbeschreibliches Hochgefühl. Warum war er nicht selbst auf die Idee gekommen? „Auf Opal Plains hat es immer nur eine Heimstätte gegeben."

Francesca warf ihm einen flüchtigen Blick zu. Sie hatte seinen Stimmungsumschwung bemerkt. „Zwei Cameron-Brüder, die einander lieben und nicht getrennt werden möchten? Selbst wenn sie nicht in einem Haus wohnen wollen, wäre ein zweites Haus doch die ideale Lösung. Und ich werde dir genau sagen, wo du es bauen solltest."

Fast musste er lachen. „Los, sag es mir." Er schlug den Pfad ein, der zu dem von Mauern umgebenen Garten führte. Dort gab es einen Teich mit einer Nymphe aus Stein und zwei Bänke, und es duftete nach Rosen, Jasmin und Boronien.

Tagsüber war es hier ruhig und friedlich, abends ausgesprochen romantisch. Vielleicht hatte er sich so große Sorgen gemacht, dass er plötzlich an den Punkt gekommen war, an dem ihm alles egal war. Jedenfalls führte er Francesca zu einer Bank und wischte die wenigen heruntergefallenen Blätter und Blütenblätter mit einem Taschentuch weg, damit ihr hübsches blaues Kleid nicht schmutzig wurde. Es war kurz und betonte ihre langen, schlanken Beine. Der tiefe Ausschnitt gab den Ansatz ihrer Brüste frei – ein verführerischer Anblick. Er wusste, dass die rosigen Knospen wie köstliche kleine Beeren schmecken würden.

Das Atmen fiel ihm schwer. Verlangen machte einen Mann lächerlich.

„Ich dachte, du wüsstest es." Francesca rutschte zur Seite, um ihm Platz zu machen. Zum Glück merkte sie nicht, wie es um ihn stand. „Es ist ein herrliches Fleckchen Erde, und es ist nur ungefähr eine Meile von der Heimstätte entfernt. Grasbewachsene Ebenen, an die das Mulga-Scrub grenzt, und in der Ferne die Sanddünen der Wüste. Aber was es so faszinierend macht, ist der seltsame Hügel, der oben ganz flach ist und nur drei kleine Erhebungen am Rand hat, sodass er wie eine Krone aussieht. Er ist magisch. Aus der Ferne oder aus der Luft sieht er wie eine Fata Morgana aus."

Natürlich wusste er sofort, was sie meinte. Francesca hatte recht. Der Hügel hatte etwas Magisches. „Du redest von Myora“, erwiderte Grant. „Es gibt viele Legenden darüber.“

„Das macht ihn noch faszinierender. Besonders hoch ist er ja nicht. Vielleicht hundert Meter? Aber er hat eine ganz besondere *Aura!*“ Unvermittelt fragte sie: „Es ist doch kein heiliger Ort, oder?“ Sie wusste, dass die Aborigines sich dafür engagierten, ihre ehemaligen heiligen Stätten zurückzugewinnen.

„Nein ...“ Er schüttelte den Kopf. „Aber es sind Traumzeit-Legenden.“

„Heißt das, du kannst dort nicht bauen?“ Unerklärlicherweise war sie enttäuscht.

„Ich kann bauen, wo ich will“, erwiderte er entschlossen. „Das Land gehört den Camerons. Wir fühlen uns ihm genauso verbunden wie die Aborigines. Die Camerons haben die Aborigines immer gut behandelt. Und ich bin auch bereit, meine Pläne mit den Ältesten zu besprechen. Aber Myora ist noch abgelegener als die Heimstätte, Francesca.“

„Du meinst, es ist schwierig, Baumaterial dorthin zu transportieren?“

„Nein, das nicht“, sagte Grant zu ihrer Überraschung. „Ich meine ...“ Er verstummte und fuhr sich über den Nacken. „Verdammt, ich weiß nicht, was ich meine!“

Francesca blickte zu ihm auf. „Du könntest darüber nachdenken.“

„Hättest du allein dort draußen nicht schreckliche Angst?“

„Wovor sollte ich Angst haben?“ Sie zwang sich, ruhig zu sprechen. „Es gibt keine Banditen mehr. Und kein Farmarbeiter würde auf die Idee kommen, mir etwas zu tun.“

„Du hast keine Ahnung, was völlige Abgeschiedenheit bedeutet.“ Er beugte sich ein wenig zurück. „Wenn du hier bist, wohnst du auf Kimbara. Du bist in Sicherheit, und es ist komfortabel. Ich liebe den Busch, Francesca, und ich habe großen Respekt vor ihm, aber selbst hartgesottene Farmarbeiter gruseln sich hier manchmal. Es gibt hier Gegenden oder Orte, die einem richtig Angst machen. Das haben wir alle erlebt. Das Land hier ist sehr alt."

Ein wohliger Schauer überlief sie. „Redest du von Geistern?"

Grant zupfte an ihrem Haar. „Ich mache keine Witze, Lady. Es gibt hier Orte, an die nicht einmal die Aborigines gehen."

„Auf Opal Plains?", fragte sie fasziniert.

„Natürlich auf Opal Plains", erwiderte er sachlich. „Auf Kimbara auch. Das Land ist in vieler Hinsicht seltsam. Unser Land, nicht dein Land. Es ist nicht das Land des weißen Mannes, wenn du weißt, was ich meine. Unsere Vorfahren kamen von woanders. Die Camerons und die Kinross stammen ursprünglich aus Schottland. Das Landesinnere ist an bestimmten Orten nicht direkt feindlich, aber auch nicht gerade einladend."

„Du redest doch nicht von Myora, oder?" Sie hatte sich hier immer wohlgefühlt.

„*Ich* habe es dort nie gespürt", sagte er ruhig. „Aber *du* bist noch nie da gewesen, stimmt's?"

Francesca zog eine Braue hoch. „Ich würde gern mal hinfahren."

„Dann solltest du die Gelegenheit nutzen", erklärte er zu ihrer Verblüffung. „In den nächsten Tagen habe ich nichts vor. Ich kann morgen mit dir hinreiten, obwohl ich bestimmt nie dort bauen werde."

„Vielleicht änderst du deine Meinung ja."

Er sah ihr in die Augen. „Wunschdenken, Francesca."

„Was denke ich denn?" Plötzlich konnte sie kaum noch

atmen. Aus seiner Stimme klang Belustigung, aber auch noch etwas anderes, das ihren Puls beschleunigte.

„Du träumst von etwas Unmöglichem."

„Wovon denn?"

Grant neigte den Kopf und küsste ihren Hals.

„Grant!", rief sie erschrocken.

„Du hast keine Ahnung, worauf du dich einlässt", sagte er etwas schroff.

„Merkst du denn nicht, dass du mich überrascht hast?" Tatsächlich hatte sie mehr Angst vor ihrer Reaktion als vor ihm. Er war der schönste Mann überhaupt. Und er übte eine überwältigende Wirkung auf sie aus. Allein die Berührung seiner Lippen machte sie schwindelig.

„Bei mir bist du sicher, Francesca", bemerkte er trocken und stand auf.

Francesca erhob sich ebenfalls. Sie war sehr angespannt. „Jetzt bist du böse auf mich. Warum?"

„Ich bin nicht böse auf dich", entgegnete er, obwohl er es nicht so meinte. „Ich möchte nur nicht, dass du vergisst, wer *du* bist und wer *ich* bin."

„Warum willst du nicht begreifen, dass ich eine *Frau* bin und keine Porzellanpuppe?", fuhr sie ihn an.

Das stachelte ihn noch mehr an. Ihm sollte nicht klar sein, dass sie eine Frau war? Wie konnte Francesca nur so etwas Lächerliches sagen?

Grant umfasste ihr Gesicht und küsste sie verlangend. Er sehnte sich danach, die Hand in ihren Ausschnitt zu schieben und ihre Brüste zu umfassen. Allein die Vorstellung machte ihn verrückt, doch das konnte er Francesca nicht antun. Es war alles so verdammt verwirrend. Er hätte ihr von Anfang an aus dem Weg gehen sollen. Sie war unerreichbar für ihn.

Francesca war genauso verwirrt. Grant atmete schwer. Sie auch. Sie beide empfanden heftiges Verlangen. Mehr als das.

Liebe. Sie war sicher, dass er sie liebte, doch er schien deswegen Schuldgefühle zu haben. Sie hätte weinen mögen.

„Grant, du bist mir wirklich sehr wichtig." Sie umfasste seinen Arm. „Warum stößt du mich weg?"

„Das weißt du genau. Du bist mir auch sehr wichtig, Francesca. So wichtig, dass ich dich nicht unglücklich machen will. Ist dir denn nicht klar, worauf es hinauslaufen würde?"

Er machte sich tatsächlich Sorgen. „Du glaubst also, dass ich irgendwann nach England zurückkehren werde?"

„Du wirst mich verlassen, bevor ich dich verlassen werde. England ist deine Heimat. Du bist eine Adelige und eignest dich nicht zur Frau eines Viehzüchters im Outback. Schon die Hitze hier kann tödlich sein."

Beinahe hätte sie geweint, so frustriert war sie. „Aber Rebecca wird damit fertig. Und Ally und meine Mutter auch. Alle anderen Frauen außer mir scheinen es zu schaffen."

Grant blickte auf sie herab. Sie war so bezaubernd. „Es ist dein Äußeres."

Francesca stieß einen verzweifelten Laut aus. „Du denkst, ich bin wie Eiscreme, die schmelzen könnte."

„Verdammt, genau davor habe ich Angst! Hör mal, Francesca, ich will dich nicht beleidigen ..." Er streichelte ihre Wange. „Ich versuche nur, zu ergründen, was das Beste für uns beide ist."

„Und das heißt, dass ich *dumm* bin."

„Überhaupt nicht." Ihre Augen funkelten so wütend, dass er lachen musste.

„Und warum kann ich dann nicht entscheiden, was *ich* will?", fragte sie herausfordernd.

„Weil es zu gefährlich ist." Wieder neigte er den Kopf, streifte ihre Lippen diesmal jedoch nur mit seinen. „Du bist versessen auf einen Urlaubsflirt."

Obwohl sein neckender Unterton ihr nicht entgangen war,

zuckte sie zusammen. „Dann wundert es mich, dass du mich ständig küsst."

Grant lächelte jungenhaft. „Das nennt man ‚den Spieß umdrehen'. Ich möchte dir nicht wehtun, Francesca. Ich möchte dich beschützen wie ein großer Bruder."

„Du meine Güte!" Sie atmete tief durch. „Dann reiten wir morgen also nicht nach Myora?"

„Natürlich reiten wir. Ich würde um keinen Preis darauf verzichten wollen. Du wirst mir zeigen, wo ich mein Traumhaus bauen soll."

„Warum sollte ich?", konterte sie und blickte zu ihm auf. Ja, warum? Schließlich würde er dort mit einer anderen Frau einziehen.

„Weil du Lady Francesca de Lyle bist", antwortete er in verführerischem Tonfall. „Und weil es dein Geschenk an mich ist."

3. KAPITEL

„Was willst du machen?“ Fee kehrte vom Balkon in Francescas Zimmer zurück.

„Du hast richtig gehört, Mama“, erwiderte Francesca, die vor dem Spiegel stand und sich kämmte, bis ihr Haar knisterte. „Ich fliege mit Grant nach Opal Plains. Ich helfe ihm dabei, einen Platz zu finden, an dem er ein Haus bauen kann.“

„Das glaube ich nicht.“ Fee runzelte besorgt die Stirn und sank in einen bequemen Sessel. „Hältst du das wirklich für klug, Schatz?“

„Natürlich ist es klug“, erklärte Francesca entschlossen.

„Du weißt doch, dass dein Vater Großes mit dir vorhat, Schatz“, erinnerte Fee sie. „Ich bin vielleicht sein größter Albtraum gewesen, aber du bist sein Ein und Alles. Er liebt dich. Er möchte, dass du in England glücklich wirst und einen deiner alten Freunde heiratest.“

„Wie den guten alten Jimmy, meinen Exfreund?“, erkundigte Francesca sich trocken, während sie darauf wartete, dass ihr Haar nicht mehr elektrisch geladen war, um es flechten zu können.

„Nicht Jimmy, wenn du dir nicht vorstellen kannst, ihn irgendwann mal zu lieben“, entgegnete Fee. „Aber es gibt noch andere Männer, Schatz. Zum Beispiel Roger und Sebastian.“

„Die ich auch nicht liebe. Daddy hat mich auch nicht um Erlaubnis gefragt, als er Holly geheiratet hat. Er hat mir gegenüber nur erwähnt, dass er mit dem Gedanken spielt, wieder zu heiraten.“

„Wie ungewöhnlich, wenn man bedenkt, wie ungern er mit mir verheiratet war.“ Zärtlich betrachtete Fee ihre Tochter.

„Nein, das stimmt nicht, Mama“, verbesserte diese sie. „Er

hat dich geliebt. Und er wäre mit dir verheiratet geblieben, wenn du nicht weggelaufen wärst."

„Das müssen die Frühlingsgefühle gewesen sein." Fee machte ein nachdenkliches Gesicht. „Es war ein großer Fehler, aber ich war immer sehr begehrt."

„Vor David wirst du nicht weglaufen", warnte Francesca sie.

„Als ob ich das wollte, Schatz!", protestierte Fee und errötete. „Endlich habe ich den Richtigen gefunden. Es war das Beste, was ich je getan habe. Allerdings reden wir nicht über mich, sondern über dich. Glaub ja nicht, ich hätte etwas gegen Grant. Er ist ein toller junger Mann, so sexy, dass sogar deine liebe Mama gewisse Gefühle bekommt, aber er hat ganz andere Vorstellungen vom Leben als du. Erst gestern Abend hat er uns von seinen Plänen erzählt. Er gehört *hierher.* Ins Outback."

„Findest du nicht, dass du zu weit vorgreifst?", meinte Francesca, während sie ihr Haar zu einem Zopf flocht.

Fee schnaufte. „Komm, Schatz, ich weiß alles, was man über Affären wissen muss. Es knistert förmlich zwischen euch."

„Ein Urlaubsflirt?"

„Ich kann mir euch zwei nicht zusammen vorstellen, mein Schatz. Ich sehe nur Trennung und Kummer. Ich weiß, dass es nicht leicht ist, aber man muss versuchen, vernünftig zu sein."

Francesca zog eine Braue hoch. „Ja, natürlich, Mama, aber ich fliege ja nur mit ihm, um einen möglichen Bauplatz für ein neues Haus zu finden. Grant möchte Rafe und Ally nicht stören."

„Wie rücksichtsvoll von ihm", bemerkte Fee. „Aber das Haus ist *riesig.* Und warum kauft er sich nicht etwas? Douglas hat seinen Söhnen sicher einiges hinterlassen."

„Rafe möchte seinen Bruder sicher nicht verlieren", sagte Francesca. „Die beiden stehen sich sehr nahe, weil sie ihre Eltern so früh verloren haben. Warum sollte Grant sich etwas kaufen, wenn er auf Opal Plains ein Haus bauen kann? Genau wie Brod haben sie doch ihr eigenes Reich."

„Ein Königreich", bestätigte Fee selbstzufrieden. „Meine Freunde fanden es immer faszinierend, wenn ich ihnen Geschichten aus meiner Kindheit auf Kimbara erzählt habe. Aber versuch nicht, vom Thema abzulenken. Ich tue mein Bestes, um Mutter zu spielen. Kurz gesagt, ich will dich warnen, Schatz. Du könntest sehr verletzt werden. Grant auch. Außerdem musst du wissen, dass die Camerons sehr leidenschaftlich sind. Und stolz. Damit wirst du leben müssen."

„Ich finde es gut." Francesca blickte verträumt drein.

Fee konnte ihre Besorgnis nicht länger verbergen. „Schatz, normalerweise würde ich mich da nicht einmischen, aber ich habe das Gefühl, dass es sehr ernst werden könnte. Was hast du wirklich vor? Als deine Mutter habe ich doch ein Recht darauf, es zu erfahren, oder?"

Francesca setzte sich auf den Sessel gegenüber. „Ich habe noch nie so empfunden, Mama", erklärte sie. „Ich fühle mich, als würde ich innerlich leuchten."

„Du bist verliebt." Fee nickte. „Es ist nur Pech, dass du dich ausgerechnet in Grant verlieben musstest."

Wütend sprang Francesca auf. „Das ist nicht komisch, Mama."

Fee stand auch auf. „Ich mache auch keine Witze, Schatz. Ich habe nur Bedenken. Zu Hause in England hast du *alles.*"

„Außer Grant", sagte Francesca heftig.

„Schon möglich." Fee klang jetzt skeptisch. „Aber das Leben hier könnte nicht gegensätzlicher sein, Fran. Du warst nie während einer Dürre auf Kimbara. Oder bei einer Überflutung. Du hast keine Ahnung, wie es ist. Und du bist nie da gewesen, wenn sich eine Tragödie ereignet hat. Willst du dieses Leben wirklich, Schatz? Kannst du damit fertig werden?“

„Rebecca ist richtig aufgeblüht“, erklärte Francesca.

„Rebecca ist nicht *du*, und ich schätze, dass sie bald wieder mit Schreiben anfängt, um eine Aufgabe zu haben. Sie und Brod werden eine Familie gründen. Kimbara braucht Erben.“

„Und was ist mit Ally?“, erkundigte Francesca sich herausfordernd, weil sie das Gefühl hatte, dass alle gegen sie waren. „Ally hätte Karriere beim Film machen können. Sie hat für Rafe alles aufgegeben.“

„Oh, Schatz.“ Fee setzte sich wieder und betrachtete sie mitleidig. „Ally ist ein bisschen älter als du, und sie wusste bereits, was sie vom Leben erwartet. Außerdem fehlte ihr die Leidenschaft, auch wenn sie eine gute Schauspielerin war. Das Theater hat mir *alles* bedeutet.“

Das hatte auch seine Schattenseiten, dachte Francesca, sprach es jedoch nicht aus. Fee war eine wunderbare Schauspielerin gewesen, aber keine besonders gute Mutter.

„Eine Karriere ist nicht der einzige Weg zu Glück und Erfüllung, Mama“, sagte Francesca leise und setzte sich auf die Kante des Himmelbetts. „Ich wünsche mir Kinder. Ich möchte lieber den Richtigen finden, als Karriere zu machen, auch wenn ich in meinem Job erfolgreich bin.“

„Und einen Earl zum Vater zu haben hat dir auch nicht geschadet“, bemerkte Fee trocken.

„Für dich bin ich immer noch ein Kind“, erwiderte Francesca mit einem scharfen Unterton.

Das stimmte. „Du bist ja auch noch sehr jung, Schatz.“ Fee seufzte. „Außerdem hat dein Vater große Erwartungen in dich gesetzt. Du bist klug, schön und charmant, also zu Höherem bestimmt. Und dir ist doch sicher klar, dass dein Sohn deinen Vater beerben könnte."

Francesca blickte ihre Mutter ruhig an. „Das hat sogar Grant mir gesagt."

Fee nickte. „Sicher ist er sich der Situation bewusst, was immer er auch für dich empfindet."

„Was für eine Situation?", rief Francesca frustriert. „Man sollte meinen, ich wäre ein Mitglied der königlichen Familie. Außerdem hattest du immer mehr Geld als Daddy. Ich weiß, dass du ihn finanziell unterstützt hast."

„Das kann man wohl sagen!", flüsterte Fee. „Aber ich bin deswegen nicht verbittert. Wie ich schon sagte, eines Tages könnte mein Enkel auf Ormond wohnen. Ich möchte dich nicht aufregen, Schatz. Ich weiß, wie man fühlt, wenn man meint, man wäre verliebt. Aber du musst an deine Zukunft denken. Ich mag die Camerons sehr gern. Grant ist ein bewundernswerter junger Mann. Er ist bestimmt, aggressiv, selbstbewusst und manchmal sehr hitzköpfig. Jetzt findest du es vielleicht aufregend, doch mit der Zeit könnte er sich zu einem echten Draufgänger entwickeln."

„Ich habe vor nichts Angst, was Grant betrifft, Mama", sagte Francesca ernst und legte die Arme um den polierten Mahagonipfosten. „Ich glaube, er würde eher sterben, als mir wehzutun. Wovor ich Angst habe, ist, dass er mich zurückweisen könnte, weil er denkt, es wäre zu meinem Besten."

Fee lachte unbehaglich. „Schatz, hast du schon mal darüber nachgedacht, ob er womöglich recht hat?"

Die zierliche Figur ihrer Tochter verriet nicht nur ihre vornehme Herkunft, sondern auch eine gewisse Zerbrechlichkeit.

Ihr Herz krampfte sich zusammen, und Francesca sprang vom Bett auf. „Aber wenn ich ihn verlieren sollte, würde ich es bis an mein Lebensende bedauern."

Als sie auf Opal Plains landeten, wirbelten die Rotoren vertrocknetes Gras und gelbe Blätter auf. Schließlich stiegen sie aus, und Francesca betrachtete erfreut das große, lang gestreckte alte Haus mit seinen zahlreichen Giebeln und Erkern und der überdachten Veranda mit dem schmiedeeisernen weißen Geländer, das zu den Holzverzierungen passte. Opal Plains war zwar nicht so prachtvoll wie Kimbara, aber dennoch ein besonders schönes Beispiel für die Architektur der Kolonialzeit. Vom Schieferdach des Ostflügels rankte eine üppige hellrote Bougainvillea, auf der Vorderseite des Hauses ein Agapanthus die weißen Pfeiler herunter bis zum Boden. Der Garten wirkte ein wenig vernachlässigt. Der Rasen, der von einem großen Magnolienbaum und vielen Eukalyptusbäumen gesäumt war, lag in der prallen Sonne und war verdorrt, und der dreistöckige Brunnen in der Mitte ausgetrocknet und staubig. Trotzdem war es ein herrliches Anwesen, und Francesca wusste, dass es Ally viel Spaß machen würde, das Haus und den Garten wieder herzurichten.

„Komm und sieh dich um." Als er Francescas Arm umfasste und ihre seidige Haut spürte, überlief Grant ein Prickeln. „Es ist sehr ruhig, weil niemand da ist. Wie du siehst, existieren die Gärten meiner Mutter nicht mehr, weil weder Rafe noch ich die Zeit hatten, uns darum zu kümmern. Nicht, dass wir viel Ahnung von Gartenarbeit hätten, aber dieser weibliche Touch fehlt uns. Ally wird ihn wieder hineinbringen."

Francesca blickte zu ihm auf. Sie war überglücklich. „Und viel Freude dabei haben. Ich finde das Haus wundervoll. Es ist so malerisch. Wäre es nicht der ideale Drehort für Mamas Film?"

„Was?" Er zog eine Braue hoch. „Ich dachte, die Regisseurin würde nach Kimbara kommen, um es sich anzusehen. Jedenfalls hat Fee das gestern Abend beim Essen gesagt."

„Mama hat sie eingeladen, ohne vorher zu fragen", gestand sie. „Brod würde es ihr bestimmt nicht abschlagen, und Rebecca wäre begeistert, aber ich habe das Drehbuch gelesen, und Kimbara ist zu ... zu ..." Sie suchte nach dem richtigen Wort.

„Zu prachtvoll?", ergänzte er trocken.

„In jeder Hinsicht. Onkel Stewart hat ein Vermögen in die Erhaltung gesteckt, und das sieht man."

„Und die Camerons haben es nicht getan." Als er ihr Gesicht betrachtete, stellte er fest, dass sie errötete.

„Das habe ich nicht gemeint." Francesca schüttelte den Kopf. „Ich meine, Opal hat einen gewissen ..."

„Verblichenen Charme?"

„Willst du jetzt alle Sätze für mich beenden?", fragte sie.

„Wenn wir zur Sache kommen wollen." Grant lächelte jungenhaft und führte sie in den Schatten der Veranda.

„Wenn du das Drehbuch gelesen hättest, wüsstest du, was ich meine."

„Ich habe das Drehbuch gelesen."

„Tatsächlich?" Sie klang entzückt.

„Die Leute im Outback lesen viel", erwiderte er. „Wusstest du das nicht?"

„Doch. Euer Haus ist genau das, was sie suchen."

„Vielleicht, aber wer kann diese Leute vom Film hier schon gebrauchen?" Grant öffnete die Haustür und drehte sich dann zu Francesca um. Sie trug ein schlichtes T-Shirt und Jeans. Wer hatte behauptet, Rothaarige könnten kein Pink tragen? Das pinkfarbene T-Shirt sah toll an ihr aus.

„Du hast selbst gesagt, dass man sich hier allein sehr einsam fühlt." Ihre Augen funkelten. „Die Szenen, die im Outback spielen, könnte man in einem Monat drehen. Der größte Teil spielt in Riversleigh, dem Herrenhaus in Sydney. Na ja, es war nur so eine Idee."

„Und warum funkeln deine blauen Augen dann so?", konterte er amüsiert. „Als sie das letzte Mal so gefunkelt haben, warst du in deinem Element und hast mit Drew Forsythe von TCR gesprochen."

„Ich sprühe nur so vor Ideen." Francesca betrat die große Eingangshalle und blickte sich um.

„Das sehe ich."

„Dann darf ich also mit Mama darüber sprechen?" Sie drehte sich um. „Die Regisseurin und der Drehbuchautor kommen in einigen Tagen."

„Machst du Witze?" Er war völlig perplex.

„Nein. Es wäre schön, Opal Plains auf der Leinwand zu sehen. Du würdest dich bestimmt auch darüber freuen."

„Schon möglich", räumte er ein, „aber ich bin tagsüber kaum hier, Francesca. Ich habe eine Firma."

„Umso besser. Dann stört dich niemand. Und abends hättest du beim Essen Gesellschaft. Möchtest du mit Rafe und Ally darüber sprechen?"

Grant lachte. „Willst du mich an meine Verpflichtungen erinnern, Schatz?"

Die Art, wie er sie „Schatz" nannte, raubte Francesca beinah den Atem.

„Ich mache doch nur Spaß."

„Nein", meinte er nachsichtig. „Du möchtest, dass ich es ernst nehme."

„Ich schwöre, dass ich bis vor fünf Minuten überhaupt nicht daran gedacht habe", sagte sie ernst. „Ich habe das Haus gesehen, und in dem Moment kam mir die Idee."

„Sie zahlen bestimmt gut, oder?"

„Bestimmt."

„Rafe unterstützt ein Hilfsprojekt für Jugendliche, die in Schwierigkeiten geraten sind, eine Art Buschtherapie. Ich bin auch daran interessiert, aber da er die Farm leitet, kümmert hauptsächlich er sich darum. Die Stiftung könnte das Geld gebrauchen."

„Was für eine gute Idee!", sagte sie begeistert. „Ally hat mir von dem Projekt erzählt. Ich habe schon gemerkt, dass der Busch heilende Kräfte hat."

„Gott ist einem hier sehr nah", bestätigte Grant. „Aber deine Mutter hat andere Vorstellungen, Francesca."

„Nicht, wenn ich mit ihr gesprochen habe." Francesca lächelte ihr bezauberndes Lächeln.

„Aber du musst warten, bis ich mit Rafe und Ally geredet habe. Vielleicht sind sie damit nicht einverstanden."

Sie hob das Kinn. „Bei Rafe bin ich mir nicht sicher, aber Ally wird begeistert sein. Wahrscheinlich möchte sie sogar bei den Dreharbeiten dabei sein. Wir sehen Fee alle gern zu. Sie findet sich so gut in ihre Rollen hinein, dass es schon fast unheimlich ist."

Das konnte er sich gut vorstellen. Er hatte oft miterlebt, wie Fee sich in eine andere Person verwandelte, wenn sie eine Geschichte erzählte. „Hast du nie mit dem Gedanken gespielt, auch Schauspielerin zu werden?"

„Ob du es glaubst oder nicht, aber in der Schule hat man mich für ziemlich gut gehalten."

„Und hat Fee dich spielen sehen? Und dir gesagt, wie wunderbar du bist?"

Ihr Lächeln wurde ein wenig unsicher. „Sie war damals so beschäftigt, dass sie keinen meiner Auftritte gesehen hat. Daddy dagegen ist immer gekommen."

„Verdammt, ich bin ins Fettnäpfchen getreten!", meinte Grant mitfühlend.

„Es tut nicht mehr weh."

„Sicher?" Er sehnte sich danach, sie zu küssen, in den Armen zu halten und zu trösten, doch er war sich überdeutlich bewusst, dass die Dinge außer Kontrolle geraten könnten.

Francesca brachte sein Blut zum Sieden. Und sie war keine Porzellanpuppe. Dafür war sie viel zu intelligent und humorvoll und besaß eine zu starke Ausstrahlung.

„Ich glaube nicht, dass ich Mama mehr lieben könnte, aber sie hat mir oft gefehlt."

Viele Jahre lang, dachte sie, hätte es jedoch nie ausgesprochen, nun da ihre Mutter und sie sich wieder nähergekommen waren.

„Es hätte eure Beziehung für immer zerstören können, wenn du nicht so mitfühlend wärst", sagte Grant nachdenklich. „Fee war vorhin sehr charmant zu mir, aber ich habe das Gefühl, dass sie vor irgendetwas Angst hat."

„O Grant, rede nicht davon." Francesca kam zu ihm und nahm seine Hand. „Ich könnte einen Kaffee vertragen, und ich möchte mir das Haus ansehen."

„Du weißt doch, dass du bei mir in Sicherheit bist?" Das war keine Frage, sondern eine Feststellung.

Francesca blickte ihm in die Augen. „Für mich bist du der beste Mann der Welt."

„Francesca!" Er konnte nicht anders, er zog sie an sich. „Und dafür büße ich auch."

„Was ist falsch daran, sich zu verlieben?", flüsterte sie, überglücklich, weil sie in seinen Armen lag.

„Sich zu verlieben ist wundervoll, Francesca", bestätigte er leise. „Aber sich in den falschen Menschen zu verlieben kann ein Leben zerstören."

„Und warum lässt du mich dann nicht gehen?", neckte sie ihn sanft und blickte zu ihm auf.

Grant verzog das Gesicht. „Meine Arme scheinen ein Eigenleben zu entwickeln."

„Du hältst mich also gern in den Armen?"

„Und ob", gestand er. „Ich könnte dich ewig so halten. Ich könnte dir ewig in die Augen sehen. Ich könnte deinen

Hals küssen. Ich könnte dein T-Shirt hochschieben und deine Brüste streicheln. Ich könnte dich in mein Bett schleifen. Allerdings bekommen wir dann keinen Kaffee." Entschlossen neigte er den Kopf, küsste sie auf die Wange und drehte sie um. „Trinkst du ihn schwarz oder mit Milch?"

„Du bist ein Teufel", erwiderte sie. Und das war er auch, denn er führte sie in Versuchung.

„In jedem Mann steckt ein Teufel", warnte er sie mit funkelnden Augen, „aber in deiner Nähe werde ich ihn unterdrücken."

Sie ritten den langen, gewundenen Pfad entlang an Schluchten und Wasserlöchern zu dem alten Hügel, den die Aborigines Myora getauft hatten. Zwischendurch trafen sie Farmarbeiter, die Gruppen von Rindern ins Lager brachten, blieben einmal kurz stehen, um zu beobachten, wie ein Aborigine, der auch zu den Angestellten gehörte, ein silbergraues Wildpferd zuritt. Seine geschmeidigen Bewegungen erinnerten Francesca daran, dass die Aborigines wunderschöne Tänze aufführten. Über ihnen flogen Tausende von Vögeln, und aus den Bäumen erklang ihr Gesang.

Überall sah man Kängurus in den unterschiedlichsten Größen. Es war ein faszinierender Anblick, wenn sie über die Ebenen hüpften oder regungslos am Wasser standen und mit gespitzten Ohren Witterung aufnahmen. Grant achtete darauf, dass sie die ganze Zeit im Schatten ritten, und folgte den baumgesäumten Bächen, wo es nach Akazien und Lilien duftete. An einem der vielen Wasserlöcher entdeckten sie unzählige Wasservögel in zum Teil bund schillernden Farben, darunter einige Kraniche, die zwischen den Seerosen nach Fischen suchten. Francesca, die die Natur über alles liebte, war verzaubert und dachte einmal mehr, dass der Busch voller Magie war. In ihr floss das Blut ihrer Mutter.

Als sie Myora erreichten, herrschte eine knisternde Spannung, wie es Francesca schien. Da die Landschaft so flach war, wirkte selbst die kleinste Erhebung umso beeindruckender. Als sie Myora heute aus der Luft gesehen hatte, hatte der untere Teil des Hügels in blauem Dunst gelegen. In alle Himmelsrichtungen erstreckte sich die endlose Ebene. In fruchtbaren Jahren blühten dort Tausende von wilden Blumen, doch selbst in Trockenzeiten war es ein überwältigender Anblick.

„Du genießt es, nicht?“, fragte Grant zufrieden, während er Ausschau nach allem hielt, das Francesca Angst machen könnte – ein großer Goanna, die größte Echsenart in Australien, ein Dingo auf Beutezug, Echsen, die wie der Blitz aus dem Nichts auftauchten, aber harmlos waren, oder gar eine Schlange an einem Busch.

„Das ist ein ganz besonderer Ort“, flüsterte Francesca und beobachtete, wie Grant die Pferde an einem großen umgestürzten Baumstamm festband, der wie eine Skulptur aussah. „Hier solltest du dein Haus bauen. Mitten in der Ebene, mit dem Myora im Hintergrund. Es muss ein überwältigender Anblick sein, wenn hier alles blüht. Bis jetzt habe ich es immer verpasst.“

„Du musst mal zum richtigen Zeitpunkt kommen.“ Er schaffte es, einen lässigen Tonfall anzuschlagen, obwohl er einen schmerzhaften Stich verspürte. „Blumen, so weit das Auge reicht. Auf den Gräbern der Pioniere. Auf den Gräbern der verschollenen Entdecker. Der Duft ist betörend. Letztes Jahr nach den Regenfällen im Winter hat es hier in allen Farben geblüht. Zur Trockenzeit kann man sich nicht vorstellen, dass die Blumen je wieder zum Vorschein kommen. Aber das werden sie.“

„Ein Wunder“, meinte sie leise, noch immer mitgenommen, weil er ganz selbstverständlich davon ausging, dass sie wieder abreisen würde.

Grant kam auf sie zu. Er war groß und beeindruckend. „Ja, so sieht es aus. Man hat das Phänomen erforscht. Offenbar enthalten die Samen der Wüstenblumen chemische Substanzen, die sie erst zum optimalen Zeitpunkt keimen lassen. Das heißt, ein kurzer Regenschauer reicht noch nicht." Grant deutete auf den Hügel.

„Auch auf Myora sieht man dann wunderschöne Blumen, deren Samen der Wind dorthin geweht hat. Komm." Er nahm ihre Hand. „Ich will dir etwas zeigen. Etwas, worüber wir auf Opal Plains kaum reden."

„Das klingt ja aufregend. Was ist es denn?" Sie blickte in sein gebräuntes Gesicht. Seine blauen Augen waren vom Rand seines Akubra beschattet.

„Alles zu seiner Zeit." Grant blieb stehen und umfasste ihr Kinn. „Verdammt, bist du schön!" Das hatte er nicht sagen wollen, es war ihm so herausgerutscht.

„Ich bin glücklich", erklärte Francesca.

„Ich möchte auch, dass du glücklich bist", sagte er leise, allerdings mit einem harten Unterton. „Lass uns nach oben gehen." Er zog sie mit. „Es ist nicht weit, und man hat eine fantastische Aussicht."

Trotz allem verspürte sie plötzlich ein Hochgefühl, das ihr Flügel verlieh. Leichtfüßig kletterte sie den felsigen Abhang hoch.

„Ist das schön!", rief sie, als sie oben angekommen waren.

„Atme langsam durch", riet er, wohl wissend, dass er übertrieben fürsorglich war.

„Ich bin nicht außer Atem." Francesca schenkte ihm ein strahlendes Lächeln.

„Stimmt", räumte er ein.

„Es ist alles so weitläufig." Sie wandte sich ab und hob die Arme. „Einfach überwältigend. Ich liebe die Farben im Outback. Obwohl sie so gedämpft sind, scheinen sie zu flimmern. Und der Himmel ist so blau. Keine einzige Wolke in Sicht. Und die roten Sanddünen am Horizont ... Die europäischen Entdecker müssen gedacht haben, sie wären auf einem anderen Planeten."

Grant ging zu ihr und passte auf, dass sie nicht zu weit an den Rand ging. „Wüsten sind sehr beeindruckende Landschaftsformen. Und sie sind Todesfallen, vergiss das nicht. Man muss sich auskennen und die richtige Ausrüstung haben. Und selbst dann kann es schiefgehen."

„He, du kannst mich nicht abschrecken", warnte sie ihn sanft.

„Das ist mir klar."

„Außerdem ist das Channel Country von Flüssen und Bächen durchzogen. Und es gibt die vielen Wasserlöcher."

„Während der Trockenzeit führen sie kein Wasser. Nur die Wasserlöcher trocknen nicht aus. Bei starken Regenfällen führen sie Wasser und überfluten das Umland. Das Channel Country ist eine riesige Ebene, die überflutet wird. Es bedeckt gut fünf Prozent des Kontinents. In der Monsunzeit können die Wüsten im Norden und hier von schweren Gewittern heimgesucht werden. Du weißt ja, dass Stewart Kinross in einem dieser Gewitter ums Leben gekommen ist. Das Donnern ist ziemlich beängstigend, und gewaltige Blitze zucken über den Himmel. Wenn ein Blitz einschlägt und das Spinifex Feuer fängt, haben wir tagelang Grasbrände."

„Du willst damit also sagen, dass es ein schönes, aber wildes Land ist."

„Das darf man nie vergessen."

„Und trotzdem ist es so unglaublich friedlich." Francesca blickte in die Ferne. „Der Mensch braucht die Wildnis. Diese endlosen Ebenen. Das Outback hat etwas Erhabenes. Wenn man das Stadtleben liebt, ist die Stadt das einzig Wahre.

Ich bin im Grunde meines Herzens immer ein Mädchen vom Lande gewesen. Ich bin wie mein Vater. Ich liebe das Landleben."

„Das hier hat nichts mit dem zu tun, was du gewohnt bist, Francesca", erinnerte Grant sie.

„Natürlich", bestätigte sie. „Allein die Dimensionen. Es ist eine seltsame Schönheit. So urzeitlich. Man ist sich ständig des Alters des Landes bewusst, und trotzdem ist es mir nicht fremd. Siehst du das denn nicht?"

„Du bist eine typische Engländerin, Francesca."

„Und du könntest ein typischer Schotte sein, stur wie du bist", erwiderte sie heftig.

Er neigte den Kopf. „Jedenfalls bin ich sehr gern mit dir zusammen. Ich mag deine Gelassenheit, deine Anmut und dein Temperament, das ab und zu durchbricht."

„Aber du wehrst dich gegen alles, was über eine enge Freundschaft hinausgeht, stimmt's?"

„Eigentlich finde ich, dass ich mich tadellos benehme, während wir versuchen, einige Dinge zu klären."

„Ich werde dich daran erinnern, wenn du verheiratet bist und eine Familie gegründet hast." Francesca rang sich ein Lächeln ab. „Aber du hast mir noch nicht gesagt, was du von Myora als Platz für ein Haus hältst."

„Findest du nicht, dass ich das lieber meine zukünftige Frau fragen sollte?", erkundigte er sich mit einem spöttischen Unterton.

„Nicht unbedingt. Ich bin hier auch zu Hause. Ich stamme von Cecilia Kinross ab, die ihren Verwandten Ewan Kinross geheiratet hat, obwohl sie eigentlich Charles Cameron geliebt hat."

Grant stöhnte auf. „Die Geschichte kursiert schon lange."

„Und bestimmt ist sie wahr. Was meinst du? Es muss doch einen Grund dafür gegeben haben, dass Cecilia sich von dem

Mann, den sie geliebt hat, abgewandt hat. Dann war da noch die berühmte Kette. Cecilias Kette. Beide Männer haben sie ihr geschenkt."

„Ich mag deinen Akzent", wechselte er das Thema, weil er wusste, wohin das führte.

„Ich deinen auch." Nach einer kurzen Pause fuhr sie fort. „Aber um wieder aufs Thema zurückzukommen, vielleicht hat Charles Cameron sich von Ewan Kinross ausbooten lassen. Vielleicht hat er Cecilia auszureden versucht, in Australien zu bleiben. Damals muss das Leben hier sehr hart gewesen sein. Vermutlich fühlte er sich dazu verpflichtet, sie zu warnen. Vielleicht hat er sie sogar dazu gedrängt, nach Schottland zurückzukehren."

„Komischerweise überrascht es mich nicht, dass du das sagst", bemerkte er mit einem scharfen Unterton.

„Ich frage mich, was passiert ist." Sie trat einige Schritte zurück und blickte starr auf die mit Spinifex bewachsenen Ebenen.

„Meine Familie glaubt, dass Kinross Cameron ausgetrickst hat", erklärte Grant nach einer Weile. „Kinross hat Cecilia davon überzeugt, dass sein Freund einer anderen Frau versprochen war, einer Frau, die viel besser zu ihm passte. Es war die Frau, die Charles Cameron dann auch geheiratet hat. Aber was spielt das jetzt für eine Rolle? Die Familien wurden wieder vereint, doch mit der Freundschaft zwischen den beiden Männern war es vorbei. So ist es bei Verrat. Ein Mann wie Stewart Kinross hätte diese Rolle auch spielen können."

„Aber mein Großvater war nicht so", protestierte Francesca, der klar war, dass er ihren verstorbenen Onkel richtig einschätzte. „Sir Andrew wurde von allen geliebt und respektiert."

Das stimmte. „Tut mir leid, Francesca", entschuldigte er sich. „Sir Andy war ein feiner Kerl. Lass uns jetzt nicht mehr über die Vergangenheit sprechen."

„Mir scheint es, als würde sie sich immer noch auf heute auswirken." Sie seufzte. „Alle sind aufgewühlt, wenn sie über die Liebesgeschichte von damals reden."

„Eine Liebesgeschichte, die kein gutes Ende genommen hat", meinte er forsch. „Geh nicht so dicht an die Kante, da liegt eine Menge loser Schiefer."

Francesca gehorchte sofort. „Ich bin nicht lebensmüde. Aber es ist sehr faszinierend."

„Hast du genug gesehen?" Dass sie von ihrem Ausflug so begeistert war, rührte ihn.

„Vorerst ja. Aber du hattest mir eine Überraschung versprochen."

„Und ich werde mein Versprechen halten." Er nahm ihre Hand. Sie war so zart. „Wir nehmen einen anderen Weg nach unten."

Wenn sie allein gewesen wäre, hätte sie den kuppelförmigen Eingang zu der Höhle nicht gesehen, weil er von einer blühenden Grevillea verdeckt war.

„Wir sind da." Grant stützte sie, obwohl der Felsvorsprung ziemlich breit war.

„Du meine Güte!" Francesca verspürte ein Hochgefühl. „Sag nicht, dass es Höhlenmalereien sind!" Beinahe flehentlich blickte sie ihn an, damit er Ja sagte.

„Die hier sind nicht schriftlich belegt", erwiderte er lächelnd. „Es muss Tausende im ganzen Land geben. Wir möchten nicht, dass jemand von unseren erfährt. Sie sind historisch nicht bedeutend. Die Aborigines verleihen all ihren Unterschlupfen und Höhlen gern Leben und Farbe. Sehr viele sind an unzugänglichen Orten. Auch dieser hier ist nicht leicht zu finden. Wir haben erst vor Kurzem davon erfahren. Die Aborigines aus dieser Gegend kennen ihn natürlich. Offenbar haben sie zu Lebzeiten meines Großvaters beschlossen, dass die

Camerons genug Respekt vor ihrer Kultur haben, um davon unterrichtet zu werden."

Ihre Miene verriet Ehrfurcht und Begeisterung. „Warum wusste ich nichts davon?"

„Vielleicht hättest du es jemandem erzählt." Er bog einen Ast zurück, damit sie die Höhle betreten konnten.

Francesca warf einen Blick hinein. „Du hättest mir vertrauen können."

„Ich vertraue dir jetzt", bemerkte er trocken. „Ich brauche dein Haarband."

„Wirklich?" Überrascht drehte sie sich um und hielt still, als er das Band abnahm.

Als ihr Zopf sich löste, lächelte Grant. Sie hatte das schönste Haar, das er je gesehen hatte. „Keine Angst, Francesca, du bekommst es zurück. Ich möchte nur den Ast zurückbinden, damit etwas Licht in die Höhle fällt."

„Du kannst es behalten. Als Erinnerung", sagte sie lässig, erschauerte jedoch, als sie den verlangenden Ausdruck in seinen Augen sah. Sie konnte den Blick nicht abwenden. Und sie war unfähig, sich zu bewegen. Nachdem er den Ast zurückgebunden hatte, umfasste er ihren Arm und führte sie ein Stück zur Seite.

„Bleib einen Moment hier stehen, bis ich mich vergewissert habe, dass kein Tier in der Höhle ist."

Francesca schauderte leicht. „Solange es keine Fledermäuse sind."

Kurz darauf kehrte Grant zurück. Er wirkte so männlich, dass sie ein heftiges Prickeln verspürte. „Alles in Ordnung. Ich hatte ganz vergessen, wie schön die Malereien sind."

Sobald sie die Höhle, deren Boden mit Sand bedeckt war, betreten hatten, richtete Francesca sich auf. Staunend betrachtete sie die Wände, die über und über mit Zeichnungen bedeckt waren. An der hinteren Wand waren stark stilisierte

Muster in Ocker, Rot, Gelb, Grau, Schwarz und Weiß, die sie nicht verstand, aber sehr interessant fand. An der Decke, die ungefähr drei Meter hoch war, waren Menschen zu erkennen – Männer und Frauen beim Liebesakt in verschiedenen Positionen, beobachtet von Totemfiguren oder Geistern. Die Seitenwände zeigten Zeichnungen von Kängurus, Emus, Reptilien, Fischen, Vögeln und Tieren, die wie gigantische Insekten aussahen. Die Darstellungen waren stark vereinfacht, aber akkurat und bezaubernd, und das Ganze war eingerahmt von Handabdrücken.

„Das kann ich mir unmöglich alles an einem Tag ansehen." Instinktiv sprach Francesca ganz leise, denn von diesen Höhlenmalereien ging eine mystische Kraft aus. Und die Darstellungen der Paare beim Liebesakt ließen sie sogar erröten.

„Und was schlägst du vor?" Grant sprach ebenfalls leise, und seine Stimme hallte in der Höhle wider.

„Ich weiß es nicht! Diese Zeichnungen sind wunderschön. Wen hast du sonst noch hierhergebracht?" Sie sehnte sich danach, dass er sie berührte. Handelte es sich bei diesen Höhlenmalereien um Liebeszauber? Jetzt wehte eine leichte Brise herein, und das Geräusch, das sie in der Höhle erzeugte, erinnerte an das eines Didgeridoo. Erst jetzt bemerkte Francesca die winzigen Spuren auf dem sandigen Boden, die offenbar von Spinnen oder Echsen stammten. Auch Grants und ihre Fußabdrücke waren zu sehen. Ihre waren viel kleiner.

„Ungefähr hundert Frauen", sagte Grant mit einem schroffen Unterton.

„Waren die alle in dich verliebt?" Schnell drehte sie sich zu ihm um. Ihr war klar, dass sie – außer ihrer Cousine Ally – die erste Frau war, die nicht zur Familie gehörte, die er mit hierhergenommen hatte.

„Ich war noch nie richtig verliebt, außer in *dich* – leider", gestand er beinahe rau, und seine Züge wirkten plötzlich angespannt.

Francesca räusperte sich. „Und das ist tabu?"

„Ja, das ist es, Francesca."

Unwillkürlich legte sie sich die Hand auf die Brust. „Du meinst, mein Titel ist ein großes Hindernis?"

„Dein Titel ist das kleinste Hindernis", erwiderte er. „Das, was dein Titel mit sich bringt, ist schon eher eins, aber das größte Problem ist, dass du in diesem Klima nur durch ein Wunder überleben könntest."

Dass er sie so zurückwies, erschütterte sie. „Sich zu verlieben reicht also nicht?"

Grant stöhnte auf. „Denk darüber nach, Francesca. Bitte. Sich zu verlieben ist die reinste Qual. Sich einer Frau mit Leib und Seele hinzugeben würde bedeuten, dass man ihr alle Macht der Welt verleiht."

Aus funkelnden Augen blickte sie ihn an. „Es ist also noch nicht passiert?"

„Ich werde mich weiterhin dagegen wehren", warnte er sie.

Ihr Herz klopfte so schnell, dass es wehtat. „Du meinst also, du willst nicht gegen deine selbst auferlegten Regeln verstoßen?"

Abwehrend hob er die Hände. „Sieh mich nicht so an."

„Glaubst du etwa, ich wollte, dass es passiert? Oder dass ich es forciert habe?"

„Nein." Er schüttelte den Kopf. „Es ist von selbst passiert. Damals, als du noch ein Teenager warst."

„Damals standen wir uns sehr nahe", sagte sie wehmütig.

„Sind wir uns jetzt denn nicht nähergekommen?" Sein Tonfall war bedauernd.

„Du willst doch, dass ich gehe."

„In Anbetracht der Umstände ..." Grant verstummte verwirrt. Einerseits versuchte er, das Richtige zu tun, andererseits sehnte er sich wie verrückt danach, diese Frau zu seiner zu machen. Mittlerweile konnte er sich ein Leben ohne sie überhaupt nicht mehr vorstellen. Es hätte nicht so weit kommen dürfen.

Er zuckte zusammen, als Francesca aufschrie und zurücksprang. Eine kleine, bunt gemusterte Drachenechse tauchte aus dem Sand auf, die Rückenstacheln aufgerichtet. Sie war harmlos, sah aber furchterregend genug aus, um ahnungslosen Menschen einen Schrecken einzujagen. Blitzschnell huschte sie über Francescas Fuß und aus der Höhle.

„O Fran." Grant hielt Francesca fest, als sie das Gleichgewicht verlor und zu Boden sank. „Es ist nur eine Echse. Sie tut dir nichts." Doch er konnte ihr wehtun. Ihr Duft, dieser einzigartige Rosenduft, schien den Raum zu erfüllen. Er dachte ständig daran, mit ihr zu schlafen. Und nun lag sie in seinen Armen, federleicht und wunderschön.

„Es tut mir leid." Sie lachte auf, aber es klang vielmehr wie ein Schluchzer, denn alles war so traurig, so lächerlich.

Grant konnte sich nicht länger beherrschen. Er zog sie hoch und presste die Lippen auf ihre, von Leidenschaft überwältigt. Als sie das erotische Spiel seiner Zunge erwiderte, war es endgültig um ihn geschehen. Heftiges Verlangen flammte in ihm auf, und er legte sich mit ihr in den weichen Sand, als hätte er sein Leben lang auf diesen Moment gewartet.

„Francesca!", stieß er hervor.

Francesca legte ihm einen Finger auf die Lippen. „Sag nichts."

Sie protestierte nicht, als er ihr T-Shirt hochschob und es ihr über den Kopf streifte. Noch nie hatte er etwas so entgegengefiebert. Zärtlich streichelte er ihre Brüste, deren Knospen sich bereits aufgerichtet hatten. Sie waren perfekt, klein und fest, die Haut seidenweich. Er neigte den Kopf und nahm erst die eine, dann die andere Knospe in den Mund. Dabei hörte er, wie Francesca leise aufstöhnte.

Genau das, wovor er Angst gehabt hatte, war eingetreten. Er konnte sie schwängern. Dieses wunderschöne Wesen. Trotzdem öffnete er den Reißverschluss ihrer Jeans, um ihren flachen Bauch zu streicheln und die Hand dann tiefer gleiten zu lassen. Ihm war klar, wie gefährlich es war, doch er konnte nicht mehr zurück.

Es war wundervoll. Und nun wusste er auch genau, was er bisher lediglich vermutet hatte.

Während er sie streichelte und sie sich unter ihm wand, betrachtete er ihr bezauberndes Gesicht. Sie hatte die Augen geschlossen und den Kopf zur Seite gedreht. Ihr Haar lag ausgebreitet im Sand.

Nimm sie, dachte er. Nimm sie einfach. Gib deinem Verlangen nach. Ihr seid beide jung und liebt euch. Ja, er konnte es nicht leugnen. Und sie war zu ehrlich, um es überhaupt zu versuchen.

„Francesca, Francesca", flüsterte er, außer sich vor Leidenschaft, bevor er ihre Lippen wieder mit einem Kuss verschloss. Sie war außergewöhnlich. Er hätte nie gedacht, dass eine Frau so schön sein konnte. Er wollte sie überall küssen.

Zärtlich streichelte Grant ihren flachen Bauch. Dabei stellte er sich vor, dass Francesca ein Kind von ihm bekam. Ob es ein Mädchen oder ein Junge war, spielte für ihn keine Rolle. Sicher würde es rotgoldenes Haar haben. Und sehr unschuldig sein.

Dieses Kind so deutlich vor seinem geistigen Auge zu sehen brachte ihn sofort zur Vernunft. Francesca warf die Arme zurück und grub die Finger in den Sand. Immer wieder stöhnte sie lustvoll auf, während er mit den Lippen ihren Körper erkundete.

Grant zögerte nur einen Moment lang und verspürte dabei

einen schmerzhaften Stich, doch dann nahm er sich zusammen und griff nach dem T-Shirt.

„Francesca. Bitte. Komm", drängte er, aber sie öffnete die Augen nicht und reagierte auch sonst nicht. Daraufhin streifte er ihr das T-Shirt über und zog den Reißverschluss ihrer Jeans hoch.

Sie half ihm nicht dabei, als hätte sie es genossen, ihm so ausgeliefert zu sein.

„Du glaubst doch nicht, dass es leicht für mich ist, oder?", fragte er eindringlich. „Es ist viel schwerer, als du dir vorstellen kannst. Aber ich muss aufhören, Francesca."

Schließlich schüttelte sie den Kopf. „Warum?"

„Woher soll ich wissen, ob der Zeitpunkt für dich günstig ist?", meinte er angespannt. „Nimmst du die Pille, oder ist es dir egal, ob du schwanger werden könntest?"

Unvermittelt setzte sie sich auf. „Ich werde mir sofort ein Rezept besorgen." Sie war völlig frustriert.

„Du bist noch Jungfrau und kannst dich für einen Mann aufsparen", sagte er leise.

„Darauf pfeife ich!"

Er lachte, doch es klang hohl. „Ich finde es schön, dass du noch Jungfrau bist. So was ist heutzutage selten."

Francesca wandte das Gesicht ab. „Ich habe es mir so ausgesucht. Mir hat noch nie ein Mann so viel bedeutet, dass ich so weit gegangen bin."

Grant umfasste ihr Gesicht und küsste sie. „Also wird ein Teil von dir immer mir gehören, egal, was passiert. Hätte ich dich denn heute schwängern können?"

Francesca errötete tief. Sie sah sich in der Höhle um, und schließlich fiel ihr Blick auf die Zeichnungen der Paare beim Liebesakt. „Ich habe mir keine Notizen gemacht", versuchte sie zu scherzen. „Du hast wahrscheinlich mehr von mir erwartet, stimmt's?"

„Es war *meine* Schuld, Francesca“, erklärte er heftig, als er ihren wehmütigen Gesichtsausdruck bemerkte. „Ich hätte dich beinahe verführt.“

„Beinahe. Aber dein Wille war stärker.“

„In einem Jahr wirst du mir vielleicht dafür danken.“ Er betrachtete ihr Gesicht, als wollte er es sich für immer einprägen.

„Ich glaube nicht.“ Sie schüttelte den Kopf. „Ich bedauere gar nichts, Grant Cameron.“

4. KAPITEL

Vier Tage, nachdem Grant sich so viel abverlangt hatte, begann Brod, der sich immer als eine Art großer Bruder gesehen hatte, sich Sorgen um ihn zu machen. Es stand außer Frage, dass Grant körperlich fit war und Nerven wie Drahtseile hatte, doch er mutete sich zu viel zu. Cameron Airways verfügte mittlerweile über genügend Piloten, die in der Lage und erfahren genug waren, auch größere Herden zusammenzutreiben, aber Grant machte zu viel selbst. Es war harte Arbeit, die viele Gefahren barg, besonders für den Hubschrauberpiloten.

Es steckte etwas dahinter, und er, Brod, wusste auch, was es war. *Francesca.* Grant hatte sich in sie verliebt, und für jeden, der ihn gut kannte, war offensichtlich, dass er sich damit schwertat. Und es lag nicht nur daran, dass ein junger Mann, der seine Freiheit gewohnt war, sich nicht einfangen lassen wollte. Grant schien echte Angst davor haben, Francesca und sich zu verletzen, indem er zuließ, dass sich aus ihrer Beziehung mehr entwickelte.

Beide hatten ihm erzählt, dass sie sich die Höhle angesehen hatten, die er, Brod, als Rafes bester Freund natürlich auch kannte. Und was immer an dem Tag passiert war, hatte ihre Beziehung maßgeblich beeinflusst. Francesca hatte nach wie vor etwas Unschuldiges, ja Reines an sich, doch es musste sich etwas Traumatisches ereignet haben.

Als sie sich am Spätnachmittag am Lagerfeuer ausruhten, nahm Brod Grant beiseite.

„Lass uns da hinten hingehen.“ Er deutete auf einen umgestürzten Baumstamm, der am sandigen Ufer des Baches lag.

Grant folgte ihm dankbar. Obwohl er selten müde war, fühlte er sich jetzt richtig erschöpft. „Ist es dir recht, wenn Jock McFadden morgen weitermacht?“, fragte er, sobald sie sich, jeder einen Becher Tee in der Hand, gesetzt hatten. Bluey und Rusty, zwei der Hütehunde, hatten sich ihnen zu Füßen gelegt.

„Kein Problem." Brod schob seinen Akubra zurück und sah seinen Freund an. „Ist alles in Ordnung?"

Grant lächelte ironisch. „Komisch, du klingst jetzt wie Rafe."

„Tatsächlich?" Brod lächelte breit. „Na ja, Rafe ist nicht da."

„Dann vertrittst du ihn also. Ach, das wollte ich dir noch erzählen ..." Grant trank einen Schluck Tee. „Heute Nacht haben sie angerufen – oder vielmehr heute Morgen."

„Geht es ihnen gut?" Brod blickte ihn erwartungsvoll an.

„Und ob. Sie sind inzwischen an der Westküste. Los Angeles. Und rate mal, wen sie auf der Straße getroffen haben?" Grants braune Augen funkelten amüsiert.

„Gib mir mal einen Tipp."

„Als wir Kinder waren, hat man ihn für einen noch größeren Rebellen gehalten als mich."

Brod lachte. „Dann muss es dein Cousin Rory sein."

„Richtig geraten." Grant trank noch einen Schluck und merkte erst jetzt, was er für einen Durst hatte. „Rory Cameron."

„Er ist nicht zu Rafes Hochzeit gekommen, weil er gerade eine kleine Klettertour auf dem Everest gemacht hat, stimmt's?", meinte Brod.

Grant nickte. „Angst ist für Rory ein Fremdwort. Ich würde es auch gern mal machen. Er ist mit einer Gruppe aus Neuseeland unterwegs gewesen. Rory ist ein echter Abenteurer. Es gibt keinen Ort, an dem er noch nicht war. Sein Dad ist davon überzeugt, dass er nie eine Familie gründen wird."

Sammy Lee, der halb Aborigine und halb Chinese war, brachte ihnen Fladenbrot mit Marmelade, das sie dankbar von ihm entgegennahmen.

„Dann ist es ja gut, dass Rory einen älteren Bruder hat, der Rivoli mal übernimmt“, bemerkte Brod trocken, nachdem Sammy wieder gegangen war. Rivoli war eine der größten Rinderzuchtfarmen im Nordterritorium und gehörte Grants Onkel, dem Stiefbruder seines verstorbenen Vaters.

„Josh ist ein prima Kerl“, bestätigte Grant, „aber er hat nicht Rorys übersprudelnde Lebensfreude. Und weißt du was? Rory kommt nach Hause.“

„Du meine Güte, er ist Jahre weg gewesen. Sicher wird er es langweilig finden, an einem Ort sesshaft zu werden, falls er das vorhat.“

„Sag es nicht weiter, aber ich möchte ihn überreden, in die Firma einzusteigen“, vertraute Grant ihm an. „Die Idee ist mir heute Morgen nach dem Anruf gekommen. Rory ist ein toller Pilot. Einen Mann wie ihn könnte ich gut gebrauchen.“

Brod schüttelte zweifelnd den Kopf. „Auf so was würde er sich nur einlassen, wenn er gleichberechtigter Partner wäre.“

„Stimmt. Aber es kann nicht schaden, mal darüber zu sprechen. Rory ist mein Cousin, ein Cameron. Und ich weiß, dass er das ganze Geld vom alten Digby Cameron geerbt hat. Also ist er reich. Na ja, wir werden sehen. Rafe und Ally lassen dich und Rebecca natürlich herzlich grüßen. Ich habe mit Rafe auch über Francescas Idee gesprochen, Opal Plains für die Dreharbeiten zur Verfügung zu stellen.“

Brod leerte seine Tasse und gab dem Koch ein Zeichen, er möge ihm noch Tee bringen. „Und was hat er gesagt?“

„Er hat nichts dagegen. Er hat mir sogar seine Unterstützung zugesagt, wenn ich einen guten Preis ausmache und das Geld in den Bush Rescue Trust geht.“

Brod nickte beifällig. „Rafe leistet da hervorragende Arbeit. Nun, da Dad tot ist, werden wir uns auch dafür engagieren. Rafe und ich haben schon darüber gesprochen. Selbst wenn wir nur ein Kind retten und ihm dabei helfen, wieder auf den richtigen Weg zu finden, ist es die Sache wert."

„Es läuft wirklich gut." Grant machte eine Pause und bedankte sich bei Sammy, der gekommen war, um ihnen frischen Tee einzuschenken.

„Und was machst du morgen?", erkundigte sich Brod. „Nimm mal einen Tag frei. Du musst mal ausspannen."

„Francesca habe ich nicht eingeladen, falls du das meinst." Grant warf ihm einen Seitenblick zu.

„Was ist das Problem?", meinte Brod genauso direkt. „Liebt ihr euch nicht?"

„Liebe! Was ist das überhaupt?", erwiderte Grant mit einem gequälten Unterton.

„Ich würde sagen, das, was man *empfindet.* Du bist nicht nur in meine Cousine verliebt. Du liebst sie. Und du quälst dich mit dem, was du für richtig hältst."

„Merkt man mir das an?"

„Verdammt, Grant, ich kenne dich schon mein ganzes Leben lang! Ich weiß, wie einem Mann zumute ist, wenn er eine wichtige gefühlsmäßige Entscheidung treffen muss. Ich weiß, dass du ein integrer Mann bist. Ich weiß, dass du Francesca nie bewusst wehtun würdest."

Grant machte eine resignierte Geste. „Ich bin nicht der Richtige für sie, Brod."

„Warum?", fuhr Brod auf. „Alle sind sich darin einig, dass du ein außergewöhnlicher junger Mann bist. Du giltst hier etwas."

„Hier mache ich mir Sorgen." Grant klopfte sich auf die Brust. „Ich will sie, sosehr man eine Frau nur wollen kann, aber sie ist wie ein Wesen von einem anderen Stern. Selbst ihre helle Haut und ihr rotes Haar machen mir Angst."

Erneut schüttelte Brod den Kopf. „Nun mach mal halblang, Grant. Dein eigener Vater hatte rotes Haar. Deine Mutter war blond. Sieh dich und Rafe an. Nennt man euch nicht die Goldjungen?“

Grant betrachtete die dunkelblonden Härchen auf seinen Unterarmen. „Wir leben seit Generationen hier und sind abgehärtet. Wir sind *Einheimische.* Francesca ist wie eine exotische Pflanze. Sie kann hier nicht überleben. Bald haben wir Sommer. Du weißt genauso gut wie ich, dass es achtundvierzig Grad heiß werden kann.“

Brod blickte zum wolkenlosen blauen Himmel. „Wir erwarten ja auch nicht von unseren Frauen, dass sie in der Mittagshitze rausgehen. Und es gibt genug Mittel, um sich gegen die Sonne zu schützen.“

„Schon möglich. Aber die Wüste bleibt Wüste.“

„Unter uns gesagt, möchte ich es auch nicht ändern“, meinte Brod trocken. „Ich liebe meine Heimat wie keinen anderen Ort auf der Welt.“

Grant reagierte unerwartet leidenschaftlich. „Versteh mich nicht falsch. Ich liebe sie auch. Wir haben gelernt, sie zu lieben. Aber Francesca ist ein ganz besonderer Mensch. Ich möchte sie beschützen.“

„Verdammt, Grant, wenn du so weitermachst, dann vergraulst du sie“, warnte Brod. „Du wirst sie verlieren. Willst du das riskieren?“

Grants Züge waren plötzlich angespannt. „Ich würde sie lieber jetzt verlieren als später. Das würde mich umbringen. Was ist, wenn wir erst verheiratet sind und sie eines Tages feststellt, dass sie sich nach einem anderen Leben sehnt? Sie ist keine gewöhnliche Frau.“

„Eine gewöhnliche Frau würde auch nicht zu dir passen, Grant. Hast du daran schon mal gedacht?“, erkundigte Brod sich ironisch.

Grant schüttelte den Kopf. „Ich kenne keine andere Frau ihrer Herkunft.“

„Du glaubst also nicht, dass sie alt genug ist, um selbst zu entscheiden, was sie will?“

„Ist dir eigentlich klar, dass ihr zukünftiger Sohn ihren Vater beerben könnte?“

Brod lächelte schwach. „Na und? Soweit ich weiß, schafft Francescas Vater es ohne Fees Geld überhaupt nicht, Ormond House instand zu halten. Deshalb müsste Fee ihn eigentlich beerben.“

„Dann siehst du also nichts Bedrohliches an unserer Beziehung?“, fragte Grant, dem klar wurde, dass diese Unterhaltung ihm ein wenig half.

Es dauerte eine Weile, bis Brod antwortete. Schließlich erwiderte er sehr ernst: „Ich glaube, wenn man jemanden findet, den man wirklich liebt, lässt man ihn niemals gehen.“

Obwohl er zurzeit viel im Kopf hatte – zum Beispiel die bevorstehende Besprechung mit Drew Forsythe von Trans Continental Resources –, malte Grant sich weiterhin aus, wie sein Traumhaus aussehen sollte. Natürlich würde er einen Architekten brauchen, um den geeigneten Bauplatz zu finden. Er wollte, dass es wie Opal Plains auf niedrigen Pfeilern erbaut wurde, doch damit endeten die Gemeinsamkeiten schon, abgesehen von der obligatorischen breiten Veranda, die die Hitze ein wenig abhielt und Schatten spendete.

Er wollte, dass sein Haus ganz anders aussah. Es sollte ein modernes Gebäude aus verschiedenen Baumaterialien werden: Stein, Glas – sehr viel Glas – und Stahl als Träger für die Veranda. Am schwierigsten würde der Entwurf sein, denn das Haus musste sich harmonisch in die Umgebung einfügen. Wie viele Menschen hatten schon einen geschichtsträchtigen Hügel wie Myora im Hinterhof? Einem Hinterhof, der schier endlos war.

Er war oft auf Bali gewesen, das ihm sehr gut gefallen hatte, und spielte daher mit dem Gedanken, Elemente von dort zu übernehmen, obwohl die Dschungellandschaft nicht unterschiedlicher hätte sein können. Die Architektur war jedoch ähnlich, denn auch dort wurde viel mit Holz gebaut, und die Räume waren groß und hatten hohe Decken. Und wie auf Bali konnten die Nächte hier ungewöhnlich kühl werden. Daher würde er einige Kamine einbauen lassen. In jedem Raum sah er Francesca, sosehr er auch versuchte, sich eine andere Frau vorzustellen.

Er kannte genug attraktive Frauen. Eine Zeit lang war er mit Jennie Irvine zusammen gewesen und hatte gedacht, er wäre glücklich. Ihr Vater Tom Irvine, ein bekannter Farmer, war mit seinem Vater befreundet gewesen. Jennie sah gut aus, war gebildet und unkompliziert. Er wusste, dass er sie dazu bringen konnte, ihn zu heiraten. Er wusste, dass ihre Eltern glücklich darüber gewesen wären, aber jemand namens Francesca de Lyle hatte es verhindert. Auf Brods Hochzeit war ihm endgültig klar geworden, dass sie ihm sein Herz gestohlen hatte.

Sie war wie ein unwiderstehlicher Duft. All die albernen Anzeigen, in denen für Parfüm geworben wurde, waren gar nicht so albern. Francesca war eine Rose, für ihn die schönste und wohlriechendste aller Blumen.

Deutlich sah er Francesca vor sich, wie sie mit ihm am Frühstückstisch saß und eine Tasse Kaffee mit ihm trank. Im holzgetäfelten Speisesaal, wie sie seine Familie und Freunde bewirtete. Im Arbeitszimmer, wie sie sich über ihn beugte, während er einen wichtigen Brief aufsetzte. Vor allem jedoch sah er sie im Schlafzimmer, wie sie auf ihrem großen Himmelbett lag, über dem ein Moskitonetz hing. Aus irgendeinem Grund war sie dabei niemals nackt. Sie trug immer ein verführerisches Nachthemd aus apricotfarbener Seide, das er ihr nur zu gern abgestreift hätte.

Wie dumm er doch war! An diesem Punkt riss er sich stets zusammen. Sich in Francesca zu verlieben, machte ihn glücklich und verzweifelt zugleich. Ihr Schicksal war genauso wie seins vorherbestimmt. Träume hatten mit dem wirklichen Leben wenig zu tun. Tatsache war, dass er eine Fantasie durchspielte und in sein Verderben lief. Liebe allein war keine ausreichende Basis für eine Ehe.

Er würde ihrer niemals überdrüssig werden, aber was war, wenn sie sich hier einsam fühlte und ihr früheres Leben vermisste? Trotz seines Gesprächs mit Brod konnte er seine Bedenken nicht beiseiteschieben. Schließlich würde er eine Entscheidung treffen, die sein ganzes weiteres Leben beeinflusste.

Und ihm war durchaus klar, dass Francescas Vater gegen eine solche Ehe wäre. Warum auch nicht? Er würde sein über alles geliebtes einziges Kind verlieren, mit dem er andere Pläne gehabt hatte. Letzteres hatte Fee indirekt zugegeben. Frauen schienen von Natur aus dazu bestimmt zu sein, den Sprung ins Ungewisse zu wagen. Bei Männern war es anders. Es war die Pflicht eines Mannes, auf dem Boden der Tatsachen zu bleiben.

Die Leute vom Film trafen am Wochenende ein und wohnten auf Kimbara, weil es dort wesentlich mehr Gästezimmer gab, die bereits hergerichtet waren. Ngaire Bell, die neuseeländische Regisseurin, die sich gerade international einen Namen machte, wurde von dem Drehbuchautor Glenn Richards begleitet, mit dem sie schon seit Jahren zusammenarbeitete. Grant war den ganzen Samstag damit beschäftigt, Flugpläne für eingehende Aufträge zu erstellen, die Wartungsarbeiten zu überprüfen und Frachttransporte zu organisieren. Gegen Sonnenuntergang landete er jedoch auf Kimbara, um Brods und Rebeccas Gäste beim Abendessen kennenzulernen.

Francesca holte ihn mit dem Jeep ab. Sie trug ein gelbes T-Shirt und Jeans, und ihr Haar loderte wie eine Flamme im Dämmerlicht.

„Das ist ja eine nette Überraschung!“ Grant neigte den Kopf und küsste sie auf die Wange. Dabei überlegte er, dass „nett“ ein lächerliches Wort war. Er war überglücklich, sie zu sehen.

„Es ist auch schön, dich zu sehen“, erwiderte sie. „Es war eine sehr lange Woche.“

„Hatte viel zu tun“, meinte er lässig, während er seine Reisetasche auf den Rücksitz des Jeeps warf. Dass es ihm wie eine Ewigkeit erschienen war, erwähnte er wohlweislich nicht. „Und, wie sind die Gäste?“, fragte er, als Francesca losfuhr.

„Du wirst sie mögen.“ Sie wandte sich ihm zu und lächelte ihn an. „Ngaire ist eine wahnsinnig interessante Frau. Sie und Fee verstehen sich blendend. Glenn ist auch sehr nett. Rebecca und er haben viel gemeinsam.“

„Und was ist mit dir?“

„Ich bin glücklich. Ich bin richtig glücklich.“ Ihre Augen funkelten. „Wir verstehen uns alle prima, aber die anderen haben natürlich mehr gemeinsame Interessen.“

„Und wie alt sind die beiden?“ Er sehnte sich danach, sie in die Arme zu nehmen.

„Ngaire ist Ende dreißig, Anfang vierzig, schätze ich. Glenn müsste Mitte dreißig sein.“

„Verheiratet?“ Er wollte, dass dieser Typ verheiratet war. Warum, wollte er lieber nicht näher ergründen.

„Sie sind beide nicht verheiratet“, erklärte Francesca. „Sie sind nicht nur Kollegen, sondern auch Freunde, aber ich glaube nicht, dass sie liiert sind. Vielleicht irre ich mich auch. Wolltest du mich nicht küssen?“

„Ich habe dir doch einen Kuss auf die Wange gegeben, oder nicht?“

„Stimmt. Das war auch schön. Wie toll die Sonnenuntergänge hier sind!“, fügte sie hinzu und blickte zum Himmel empor.

„Wie dein Haar.“ Grant widerstand der Versuchung, es zu berühren. „Wenn du etwas besonders Schönes sehen willst, verlass jetzt den Weg, und fahr ungefähr eine Meile in Richtung Nordwesten. Die Trauerschwäne müssten jetzt zu ihren Schlafplätzen fliegen.“

„Also, wohin fahren wir?“ Wo zum Teufel ist Nordwesten, überlegte Francesca. Sie würde Grant fragen müssen.

„Komm, lass mich ans Steuer.“

Nachdem sie die Plätze getauscht hatten, lenkte Grant den offenen Jeep, und Francesca saß auf dem Beifahrersitz. „Kingurra. Du kennst es bestimmt“, erwiderte er einen Moment später.

„Lake Kingurra?“ Sie betrachtete sein Profil. Genau wie Rafe hatte er ein Grübchen im Kinn.

„Genau der“, bestätigte er neckend. „‚Kingurra‘ heißt ‚Schwarzer Schwan‘. Wusstest du das nicht?“

Francesca schüttelte den Kopf. „Nein. Es gibt so vieles, das ich nicht weiß. Man braucht ein ganzes Leben, um es zu lernen. Allein die Aborigine-Namen.“

„Die mag ich am liebsten. Die Aborigines leben schon seit über sechzigtausend Jahren hier. Kingurra ist ein sehr alter See.“

„Natürlich kenne ich ihn“, erwiderte sie. „Er ist erstaunlich schön, vor allem wenn man bedenkt, dass die Umgebung so trocken ist.“

„Hör mal.“ Er beugte sich zu ihr herüber.

Sie hörten die Vögel, bevor sie sie sahen. Dann tauchten dunkle Schatten auf, Hunderte von Trauerschwänen, die sich gegen den rosafarbenen und gelben Himmel abzeichneten.

„Was für ein Anblick!“ Fasziniert blickte Francesca nach

oben. Die schwarzen Vögel hatten rote Schnäbel mit weißen Binden, und die Unterseite ihrer Flügel war weiß.

„Wir haben noch Zeit, um einen Spaziergang ans Wasser zu machen." Grant beschleunigte wieder und fuhr zum See.

„Es klingt vielleicht komisch, aber um diese Zeit bin ich meistens im Haus." Ihre Wangen hatten sich gerötet. „Brod möchte, dass ich immer vor Sonnenuntergang zurückkehre, wenn ich ausreite oder mit dem Jeep unterwegs bin."

„Das würde ich auch wollen, wenn du allein unterwegs wärst. Es wird hier nämlich sehr schnell dunkel. Aber ich bin ja bei dir."

Er hielt ihre Hand, während sie den Sandweg zum Wasser hinuntergingen, auf dem zahlreiche Spuren von Kängurus und anderen Tieren zu sehen waren. Ganz leise gingen sie im Schatten der Bäume entlang, um die Vögel nicht zu stören.

Es waren Hunderte! Viele landeten bereits auf dem silbernen Wasser, während andere noch in der Luft kreisten. Am Ende des Sees hatten sich ungefähr zweihundert Pelikane versammelt, in gebührendem Abstand zu den gewöhnlichen Enten, Kormoranen, Reihern und zahlreichen anderen Arten, die Francesca nicht kannte.

Das Outback war ein Paradies für Vögel. Aber noch nie hatte sie so viele Wasservögel an einem Fleck gesehen.

„Das ist wundervoll!", flüsterte sie.

„Stimmt." Grant war ihr so nahe, dass sein Atem ihre Wange fächelte.

„Danke, dass du mich hierhergebracht hast."

„Es wundert mich, dass du noch nie hier gewesen bist."

So oft war ich ja auch noch nicht auf Kimbara, dachte sie bedauernd. Bei ihrem ersten Besuch war sie zehn gewesen. Ihr Vater war gegen die Reise gewesen. Er hatte ihr erzählt, Australien wäre weit weg und ein seltsames Land. Die Familie ihrer

Mutter würde in der Wüste leben und wäre nicht besonders kultiviert.

Als sie auf Kimbara eingetroffen war, war es gewesen, als würde sie nach Hause kommen. Sie hatte es auf Anhieb geliebt. Sie war ein sehr einsames Kind gewesen. Obwohl ihr Vater sich große Mühe gegeben hatte, war sie oft auf sich allein gestellt gewesen, wenn sie nicht im Internat war.

„Nach Australien zu kommen war das größte Abenteuer meines Lebens", sagte Francesca. „Und das ist es immer noch."

„Und was ist mit der Hitze, kleiner Rotschopf?", neckte Grant sie.

„Die Hitze hat mich nie gestört, weder jetzt noch damals. Schließlich ist es trockene Hitze."

Das stimmte. Sie hatte immer kühl wie eine Lilie gewirkt. „Es freut mich, dass du unseren kleinen Ausflug genossen hast", meinte er lässig, „aber wir sollten jetzt lieber zurückfahren." Bevor ich der Versuchung nachgebe, dich zu küssen, fügte er in Gedanken hinzu.

Sie waren fast wieder oben angelangt, als Francesca plötzlich merkte, wie Grant ihr von hinten den Arm um die Taille legte, damit sie stehen blieb.

„Was ist?" Nun hob er sie hoch.

Er schwieg eine Weile und setzte sie dann wieder ab. „Nichts", sagte er lässig.

Sie musste sich für einen Moment an ihn lehnen, weil sie ganz weiche Knie hatte. „Du hast mir einen Riesenschrecken eingejagt."

„Sonst wärst du auf eine Schlange getreten. Da verschwindet sie gerade. Hinter den Felsen."

„Du meine Güte!" Ihre Miene war ängstlich.

„Die war harmlos. Normalerweise fürchten Schlangen sich vor Menschen und suchen das Weite. Trotzdem ist es besser, wenn man nicht drauftritt."

Francesca drehte sich in seinem Arm um und hieb ihm mit der Faust auf die Brust. „Du hältst mich bestimmt für hysterisch, oder?"

Grant umfasste ihr Handgelenk. „Nein, ich finde dich sehr tapfer." Er sah ihr in die Augen, Augen, die auf den Grund seiner Seele zu blicken schienen. „Tut mir leid, dass ich dir Angst gemacht habe."

„Ich habe keine Angst", flüsterte sie. „Du bist ja bei mir."

Grant focht einen inneren Kampf mit sich aus, den er jedoch verlor. Er neigte den Kopf und presste die Lippen auf ihre, um sie verlangend zu küssen.

Verdammt, ich liebe sie, dachte er und gab sich ganz seinen Gefühlen hin. Warum klammerte er sich nicht daran, statt sich ständig den Kopf darüber zu zermartern, wie verschieden sie waren?

„Wenigstens eins haben wir gemeinsam", sagte er leise, nachdem er es geschafft hatte, sich von Francesca zu lösen.

„Eine Menge!", brachte sie hervor. Das Herz klopfte ihr bis zum Hals, und das Atmen fiel ihr schwer.

Schließlich gelang es ihr, die Augen zu öffnen. „Wir haben viele Dinge gemeinsam", protestierte sie. „Weise mich nicht zurück, Grant. Ich bin mein ganzes Leben lang zurückgewiesen worden."

Im nächsten Moment wandte sie sich ab, zog das T-Shirt hinunter, das er offenbar hochgeschoben hatte, und eilte davon. Ernüchtert blickte er ihr nach.

Sie war ihr ganzes Leben lang zurückgewiesen worden? Wie war das möglich?

Ihr Vater liebte sie doch über alles. Und Fee war zwar kein besonders mütterlicher Typ, aber es war offensichtlich, dass sie ihre schöne Tochter ebenfalls über alles liebte. Dass Francesca sich abgelehnt fühlen konnte, war ein Schock für Grant.

Im Salon versammelten sie sich alle, um vor dem Abendessen einen Drink zu nehmen. Brod stellte Grant seinen Gästen vor.

Du meine Güte, dachte Ngaire Bell, als sie Grant die Hand schüttelte. Diese Viehbarone sind etwas ganz Besonderes. Sie wirkten so männlich, dass eine Frau sich in ihrer Gegenwart auch wie eine Frau fühlte. Außerdem sahen sie einem direkt in die Augen. Broderick Kinross war ein außergewöhnlich attraktiver Mann. Daher hatte sie nicht damit gerechnet, noch einem Mann zu begegnen, der genauso überwältigend aussah.

Allein wegen ihres Äußeren könnte ich Stars aus ihnen machen, überlegte sie. Und obwohl sie Männer des Outback waren, lebten sie in Luxus.

Kimbara war sehr beeindruckend, aber zu prachtvoll für die Heimstätte in ihrem neuen Film. Francesca, Fee Kinross' schöne Tochter, hatte ihr gesagt, dass die Heimstätte Opal Plains viel eher der der Romanvorlage entspräche, weil die Möbel aus dem viktorianischen Zeitalter zum größten Teil noch erhalten wären und die richtige Atmosphäre schaffen würden. Sie, Ngaire, konnte es gar nicht erwarten, Opal Plains zu sehen. Dies war nicht das erste alte Herrenhaus, in das man sie eingeladen hatte, doch es lag viel weiter im Landesinneren als die vorherigen. Es regte ihre ohnehin blühende Fantasie noch mehr an.

Glenn Richards, der ebenfalls einen Drink in der Hand hatte, hing ähnlichen Gedanken nach wie seine Freundin und Kollegin. Die Kinross und die Camerons waren ein ungewöhnlich gut aussehender Haufen. Das musste an der Wüstenluft liegen. Selbst Fiona Kinross, die über sechzig sein musste, sah fantastisch aus – bei diesem Licht nicht älter als fünfundvierzig. Vielleicht war sie schon bei einem Schönheitschirurgen gewesen, aber das glaubte er nicht. Sie hatte keine Falten und eine tolle Figur, die in dem knielangen jadegrünen

Kleid hervorragend zur Geltung kam. Ihr Verlobter David Westbury war nicht minder beeindruckend – groß, grauhaarig und distinguiert, ein typisches Mitglied der englischen Oberschicht.

Wer ihn jedoch am meisten faszinierte, war Lady Francesca. Er, Glenn, fand sie ganz reizend. Er mochte ihre sanften Züge, die natürliche Sinnlichkeit, die einen Mann ins Schwärmen geraten ließ. Und er konnte sich keine schönere Kombination vorstellen als rotes Haar und himmelblaue Augen. Und sie hatte keine einzige Sommersprosse.

In der Rolle der ersten Frau des Helden im Film wäre sie perfekt gewesen. Noch dazu hatte sie einen echten englischen Akzent. Es war nur eine kleine Rolle. Sie hatten sich zwar bereits mehr oder weniger auf Paige Macauly geeinigt, aber falls Lady Francesca überhaupt spielen konnte, wäre sie die bessere Besetzung. Sicher hatte sie Talent mit einer Mutter wie Fiona Kinross und einer Cousine wie Ally, die allerdings mit ihrer Heirat bewiesen hatte, dass sie doch nicht das Zeug zum Star hatte. Was für eine Verschwendung!

Ihre Hauptdarstellerin, Caro Halliday, die zweite Frau des Helden, die in den im Outback gedrehten Szenen noch nicht auftrat, war schön, begabt und fast genauso charismatisch. Als sie zum Essen gingen, überschlugen sich Glenns Gedanken. Er hatte viel Arbeit in das Drehbuch gesteckt und war finanziell an dem Film beteiligt. Daher musste dieser auch kommerziell erfolgreich sein. Die englische Schönheit Francesca war einfach bezaubernd, schön, aber nicht bedrohlich. Sie besaß eine ebenso starke Anziehungskraft wie ihre weitaus exotischere Mutter.

Grant merkte sofort, dass Richards sich für Francesca interessierte. Richards war ihr gegenüber zwar sehr charmant, konnte den Blick jedoch nicht von ihr abwenden. Nicht dass er, Grant es ihm verdenken konnte. In dem apricotfarbenen

Spitzenkleid, das sie trug, dem Kleid seiner Träume, und mit offenem Haar sah sie beinahe ätherisch aus.

Es war nicht das erste Mal, dass er miterlebte, wie sie die Aufmerksamkeit anderer Männer erregte, aber das erste Mal, dass es ihn wütend machte. Francesca gehörte *ihm.* Doch noch während er das dachte, wurde ihm klar, wie widersprüchlich sein Verhalten war. Er hatte keinen Besitzanspruch auf sie. Sie war ein freier Mensch. Genau wie er und offenbar auch Glenn Richards. Trotzdem empfand er eine seltsame Feindseligkeit, die er zu unterdrücken versuchte.

Richards war ein attraktiver Mann. Er hatte dunkles, welliges Haar, dunkelbraune Augen und war mittelgroß, gut gekleidet, intelligent und redegewandt. Eigentlich sprach nichts gegen ihn, außer der Tatsache, dass er sich zu stark für Francesca interessierte. Grant verspürte den Drang, mit sich ins Reine zu kommen, bevor seine Gefühle außer Kontrolle gerieten. Er wusste, dass er zu Aggressionen neigte.

Sie gingen in den Speisesaal, der mit edlen Möbeln und exquisiten Gemälden ausgestattet war. Ngaire äußerte sich anerkennend über das wunderschöne Blumenarrangement in der Mitte des Esstisches und streckte die Hand aus, um über eine Blüte zu streichen. Rebecca lächelte erfreut. „Die Ehre gebührt Francesca. Wir haben einige Zeit auf die Gestecke verwendet und verschiedene Behälter und Arrangements ausprobiert."

„Ja, das habe ich gemerkt", bestätigte Ngaire. „Das Gesteck in der Eingangshalle ist wirklich beeindruckend."

„Leider haben wir die Kassia ziemlich gerupft", meinte Francesca. „Es hat großen Spaß gemacht."

„Das ist Ikebana, stimmt's?", fragte Ngaire.

„Ja, ich habe vor einigen Jahren einen Kurs belegt", erklärte Rebecca. „Ich muss sagen, dass Francesca eine begabte Schülerin ist. Der Tischschmuck ist sehr kreativ."

„Stimmt." Brod schien der Meinung zu sein, dass seine Frau und seine Cousine eine Begabung für alles hatten.

„Eine Mangrovenwurzel, Drachenbaum, einige Orchideen und etwas Draht", sagte Francesca. „Es hat auch eine Bedeutung. Ich zitiere: ‚Das Glück ist wie ein Schmetterling. Je mehr man hinter ihm herjagt, desto weniger lässt es sich fassen. Aber wenn man seine Aufmerksamkeit anderen Dingen zuwendet, kommt es und setzt sich auf deine Schulter.' Von wem das Zitat stammt, weiß ich nicht." Irgendwie erschienen ihr diese Worte passend. Sie begegnete Grants Blick. „Natürlich ist es auch eine Willkommensgeste."

„Ja. Willkommen auf Kimbara, Ngaire und Glenn." Brod erhob sein Weinglas zum Toast, und die anderen folgten seinem Beispiel. „Morgen werden Sie Opal Plains sehen, das neue Zuhause meiner Schwester. Es hat seinen ganz eigenen Reiz, wie Sie feststellen werden. Als Ally und ich klein waren, war Opal Plains unser zweites Zuhause."

„Wir alle stehen uns so nahe, als wären wir eine Familie." Grant lächelte strahlend. „Und jetzt sind wir es auch. Endlich wurden die Camerons und die Kinross wiedervereinigt."

„Ihre Familiengeschichten sind so faszinierend", bemerkte Ngaire. „Zwei große Pionierdynastien. Ich kann es kaum erwarten, Ihre Biografie zu lesen, Fee."

„Keine Angst, Schätzchen", erwiderte Fee mit ihrer tiefen, verführerischen Stimme. „Sie und Glenn sind zu unserer Feier am Tag vor der Veröffentlichung eingeladen. Es war Frans Idee, die Outback-Szenen auf Opal Plains zu drehen. Ich habe *Der Einwanderer* gestern Abend wieder gelesen. Opal Plains wäre perfekt für das Haus in Bruce Templetons Buch."

Grant nickte. „Ich habe den Roman auch gelesen und fand ihn sehr gut. Wenn man einige geringfügige Veränderungen vornehmen würde, wäre Opal Plains tatsächlich ideal. Sie haben Glück, dass Ally noch nicht mit den Renovierungsarbeiten angefangen hat. Meine Mutter wollte auch vieles erneuern lassen, ist aber nicht mehr dazu gekommen.“

„Das tut mir so leid, Grant“, erwiderte Ngaire leise, denn sie wusste, dass seine Eltern bei einem Flugzeugabsturz ums Leben gekommen waren. „Ich kann es kaum erwarten, Opal Plains zu sehen“, fügte sie sanft hinzu.

Das Menü, das Rebecca und Francesca tagelang vorbereitet hatten und das nun mit Hilfe aus der Küche serviert wurde, war köstlich. Als Vorspeise gab es Krabbencreme, anschließend gebratene Suppennudeln und als Hauptgericht Rinderfilet mit gebratenen Pastinaken und Kartoffeln, frischen grünen Bohnen und zwei verschiedenen Saucen, Madeira und Béarnaise. Die Unterhaltung drehte sich um verschiedene Themen – den Film und Fees Rolle, Fees und Davids Hochzeit, Grants Pläne für Cameron Airways, das Leben im Outback, Rafes und Allys Flitterwochen in Übersee, Politik, Klatsch und Tratsch und Bücher, die verfilmt worden waren.

Alle beteiligten sich lebhaft daran, und die Weingläser mussten regelmäßig nachgeschenkt werden. Francesca trank wie immer nicht mehr als zwei Gläser. Sie bemerkte, dass Rebecca sich auch zurückhielt, doch Fee leerte eins nach dem anderen und wirkte überhaupt nicht beschwipst, sondern nur noch lebhafter als sonst. Sie war eine großartige Gesellschafterin, und David betrachtete sie stolz.

Als Dessert standen drei Gerichte zur Auswahl – Schokoladensorbet, Orangeneis und ein traditioneller englischer Apfelkuchen mit Schlagsahne. Das war Davids Beitrag nach einem alten Familienrezept. Er kannte alle Zutaten, jedoch nicht die Mengenangaben. Er hatte sogar neben ihr, Francesca, gestanden, als sie den Teig angerührt hatte.

Beim Nachtisch ergriff Glenn die Gelegenheit, das auszusprechen, was ihm in den letzten beiden Stunden durch den Kopf gegangen war.

„Es war eine großartige Idee, Sie für einen Gastauftritt zu gewinnen, Fiona“, sagte er. „Sie werden die Rolle sehr glaubhaft verkörpern, aber ich finde, dass Ihre schöne Tochter Francesca eine wunderbare Lucinda abgeben würde.“

„He, das ist erstaunlich!“, rief Ngaire, doch Fee, die gerade den Löffel zum Mund führen wollte, verharrte mitten in der Bewegung und blickte ihn verblüfft an.

„Fran ist keine Schauspielerin, Glenn“, erwiderte sie, als wäre die Vorstellung völlig absurd. „Sie hat überhaupt keine Ausbildung. Ally ist die einzige andere Schauspielerin in der Familie.“

„Eine ganz hervorragende sogar.“ Noch immer hatte er die Enttäuschung nicht verwunden, dass Ally Kinross die Hauptrolle abgelehnt hatte.

Ngaire winkte ab. „Eine Ausbildung ist natürlich wichtig, Fee, aber ich weiß, dass manche Menschen Naturtalente sind. Die Vierzehnjährige, die in meinem letzten Film mitgespielt hat, war sensationell. Sie kam direkt von der Schule, obwohl sie Schauspielunterricht und Sprecherziehung hatte.“

„Aber Fran interessiert sich nicht für Schauspielerei, oder, Fran?“ Fee blickte ihre Tochter an. Sie konnte sie sich beim besten Willen nicht als Schauspielerin vorstellen. „Sie ist mit ihrer Malerei und ihrer Musik viel glücklicher. Und sie ist auf beiden Gebieten sehr gut. Sie hat eine hervorragende Ausbildung genossen.“

Grant sah Francesca ebenfalls an. „Das wusste ich ja gar nicht.“

„Ich werde ein gutes Klavier kaufen“, erklärte Brod.

„Am besten einen Steinway-Flügel.“ Francesca lächelte ihn an.

„Also gut, einen Steinway-Flügel“, erwiderte er ernst. „Ich weiß, dass du sehr gut malst.“

„Und was ist mit Schauspielern?“ Glenn spielte mit seinem

Weinglas. „Bestimmt gab es auf Ihrer hervorragenden Schule auch eine Theatergruppe."

Francesca nickte. „Natürlich. Mama wird sich wundern, aber ich war sehr gefragt. Wir haben viel von Shakespeare aufgeführt. Meine Julia war sehr überzeugend für meine Freundin Dinah Phillip, die den Romeo gespielt hat", scherzte sie. „Schade, dass du uns nicht gesehen hast."

„*Warum* habe ich dich nicht gesehen?", fragte Fee.

„Ach, Mama." Francesca verdrehte die Augen.

„Du meinst, ich war nicht da?" Fee blickte in die Ferne.

„Du hast in London auf der Bühne gestanden", erinnerte Francesca sie.

„Also, ich finde, du könntest die Lucinda spielen", verkündete Grant.

„Das finde ich auch", pflichtete Ngaire ihm bei.

„Sie glauben wirklich, Francesca könnte die Rolle übernehmen?" Fee betrachtete Ngaire entgeistert.

„Ich würde es gern machen", sagte Francesca.

„Ich weiß, dass du es könntest." Grant sah sie über den Tisch hinweg an. „Es würde dir guttun. Es würde dir sicher Spaß machen, und du könntest deinen Horizont erweitern."

„Aber du würdest nicht auf die Idee kommen, Karriere als Schauspielerin zu machen, oder, Schatz?"

„Nein, Mama." Francesca schüttelte den Kopf. „Es ist eher so, wie Grant sagt."

„Eine Herausforderung", meinte Grant lächelnd, der auch die Herausforderung liebte. „Du steckst voller Überraschungen, Francesca. Ich würde dich gern Klavier spielen hören." Kein Wunder, dass er in ihrer Nähe immer Musik zu hören geglaubt hatte.

„Das wirst du auch", versprach Brod. „Als meine Mutter noch lebte, stand hier ein Flügel. Sie hat wunderschön gespielt, aber mein Vater hat ihn später abgeschafft. Und er wollte auch nicht, dass Ally spielt“, fügte er ein wenig traurig hinzu, „obwohl sie es gern gelernt hätte.“

„Wahrscheinlich war es zu schmerzlich für ihn“, sagte Ngaire, die die Hintergründe nicht kannte.

„Sie wollten die Rolle doch mit dieser Paige Sowieso besetzen“, wandte Fee ein.

„Paige Macauly“, ergänzte Glenn. „Ja, aber wir haben uns noch nicht entschieden, stimmt's, Ngaire?“

„Ich dachte, ja“, antwortete Ngaire trocken. „Allerdings kann ich mir Francesca auch gut als Lucinda vorstellen.“

„Man lässt mich früh sterben“, erklärte Francesca. „Ich könnte sehr überzeugend dahinsiechen. Erwartet man das nicht von mir? Dass ich in einem fremden Land dahinsieche?“

Glenn lächelte. „Lucinda ist keine besonders starke Persönlichkeit. Und dein Äußeres lässt darauf schließen, dass du zerbrechlich und sensibel bist.“

„Ballerinas sehen auch zerbrechlich aus“, erinnerte sie ihn, „obwohl sie ausgesprochen kräftig sind. Ich spiele übrigens sehr gut Tennis. Früher war ich mal gut im Bogenschießen. Und ich bin eine gute Reiterin, stimmt's, Brod?“, fügte sie an ihren Cousin gewandt hinzu, der immer auf ihrer Seite war.

„Stimmt“, bestätigte dieser.

„Also, wann wollen Sie mit dem Einstudieren der Rolle beginnen?“, drängte Glenn, der Francesca besser kennenlernen und sie unbedingt für die Rolle gewinnen wollte, um sie jeden Tag sehen zu können.

„Nicht so voreilig, Glenn“, protestierte Fee. „Francescas Vater wäre nicht besonders glücklich darüber, noch eine Schauspielerin in der Familie zu haben. Eine hat ihm gereicht.“

„Es ist doch nur eine kleine Rolle“, beruhigte Francesca sie.

„Ja, aber vielleicht kommst du auf den Geschmack.“

Schwer zu sagen, was Fee wirklich zu schaffen macht, dachte David. Hatte sie Angst davor, dass Francesca sich womöglich blamierte? Das konnte er sich nicht vorstellen. Oder fürchtete sie sich vor de Lyles Zorn? Er war jedenfalls der Meinung, dass Francesca alt genug war und tun und lassen konnte, was sie wollte.

Grant hatte Francesca erst für sich allein, nachdem Brod sich entschuldigt hatte, weil er am nächsten Morgen früh aufstehen musste. Auf Kimbara wurde an sieben Tagen in der Woche gearbeitet, und im Gegensatz zu seinen Mitarbeitern hatte er keinen Dienstplan. Auch Rebecca verabschiedete sich mit einem charmanten Lächeln und überließ es Fee, die Unterhaltung weiterzuführen. Das Gespräch drehte sich nun wieder um den geplanten Film.

Höchste Zeit, mit Francesca die Flucht zu ergreifen, dachte Grant und merkte, wie enttäuscht Richards war, als Francesca sich ebenfalls entschuldigte.

„Ich glaube, du hast eine Eroberung gemacht“, stellte er trocken fest, als sie das Haus verließen, um einen kurzen Spaziergang zu machen.

Francesca ging nicht darauf ein. „Mama schien nicht gerade begeistert über Glenns Vorschlag“, sagte sie stattdessen, denn die Reaktion ihrer Mutter hatte ihr einen Dämpfer aufgesetzt.

„Ich glaube, du wirst brillant sein“, erklärte Grant, den Fees Worte genauso aus der Fassung gebracht hatten. „Du bist künstlerisch begabt. Ich sage es nicht gern, aber Fee ist manchmal nicht besonders feinfühlig.“

„Ja“, gestand Francesca. „Vielleicht fürchtet sie, dass ich mich blamieren könnte. Oder sie, was noch schlimmer für sie wäre.“

Er legte ihr den Arm um die Taille und zog sie an sich. „Du

möchtest die Rolle spielen, nicht?"

In seiner Nähe fühlte sie sich viel besser. „Ja, aber nicht, wenn Mama dagegen ist."

„Du bist jetzt ein großes Mädchen, Francesca", sagte er mit einem merkwürdig zärtlichen Unterton.

„Und was soll ich deiner Meinung nach tun?", fragte sie leise, doch es klang gequält.

„Das habe ich dir bereits gesagt. Tu es. Es wird dir Spaß machen." Grant verstärkte seinen Griff.

„Und was ist, wenn ich tatsächlich auf den Geschmack komme?" Sie war sicher, dass es nicht der Fall sein würde, denn sie wusste schon lange, was sie wollte.

„Dann lässt es sich nicht ändern", erwiderte er lässig, weil er es für unwahrscheinlich hielt. „Es ist dein Leben. Geh nur nicht zu weit weg. Ich würde dich schrecklich vermissen."

Francesca blieb stehen und drehte sich zu ihm um. „Es wäre dir also egal, wenn ich mich in eine zweite Fee verwandeln würde?"

„Das wirst du nicht, Francesca." Er konnte der Versuchung nicht widerstehen. Er neigte den Kopf und streifte ihre samtigen Lippen mit seinen. „Denk an die Gespräche, die wir früher geführt haben. Du möchtest ein Haus und eine Familie. Einen Mann, der dich liebt. Einen Mann, der dein Leben mit dir teilt. Du wolltest vier Kinder. Das ist ein Full-Time-Job", fügte er hinzu und lachte mitfühlend.

„Das kommt davon, wenn man ein Einzelkind ist", sagte sie, als er sie weiterführte. „Ich war immer unglücklich. Und ich werde nicht zulassen, dass meine Kinder es auch sind."

„Aber trotzdem brauchst du immer noch die Zustimmung deiner Mutter?"

„Das ist doch normal, oder? Sehnen wir uns nicht alle nach Anerkennung von unseren Eltern?"

Grant nickte ernst. „Unsere Eltern haben hundertprozentig hinter Rafe und mir gestanden. Brod und Ally dagegen sind durch die Hölle gegangen. Mir ist erst vor Kurzem klar geworden, wie sehr du unter der Trennung deiner Eltern gelitten hast. Wo wir gerade beim Thema sind … Was ist mit deinem Vater? Wäre er tatsächlich dagegen, dass du Schauspielerin wirst, falls du auf den Geschmack kommen solltest?“

„Er wäre *schockiert*, darauf kannst du dich verlassen.“

„Weil er Großes mit dir vorhat?“

„Wenn seine Pläne nicht mit meinen übereinstimmen, hat er Pech gehabt“, meinte sie leise, denn sie verspürte heftiges Verlangen. „Ich möchte meine Eltern beide nicht enttäuschen, aber wie du gerade sagtest, lebe ich mein eigenes Leben. Deswegen ist es ja auch so seltsam, dass du mich zurückweist.“

„Verdammt, Francesca! Das habe ich nicht gemeint.“ Er betrachtete ihr schönes Gesicht, dass im Mondlicht silbern schimmerte.

„Und trotzdem gestehst du mir keine eigene Meinung zu, stimmt’s?“, konterte sie schnell.

„Was ist denn deine Meinung?“ Er umfasste ihre Schultern und drehte sie zu sich um.

„Darf ich das Wort Liebe benutzen?“ Selbst im Mondlicht konnte er erkennen, dass Francesca errötet war. „Du unterdrückst deine Gefühle.“

„Ich würde dir niemals wehtun, Francesca. Ich liebe dich“, gestand er. „Das weißt du. Ich denke ständig an dich, und nachts träume ich von dir.“ Wie erotisch diese Träume waren, erzählte er ihr lieber nicht.

„Ja, aber du nimmst mich nicht ernst.“ Sie konnte den aufsteigenden Ärger nicht unterdrücken.

„Das ist lächerlich, und das weißt du auch.“

Trotzig hob sie das Kinn. „Dann möchtest du vielleicht nicht alles mit mir teilen. Ein Mann wie du möchte seine Freiheit nicht verlieren.“

Dass sie so dachte, schockierte ihn. „Und was erwartest du von mir? Dass ich dich *heirate?*“

„Es tut mir leid.“ Francesca wandte sich ab. Sie fühlte sich zutiefst gedemütigt. Was war mit ihrem Stolz?

„Francesca.“ Grant legte ihr von hinten die Arme um die Taille. „So habe ich noch nie für eine Frau empfunden. Ich bin verrückt nach dir. Als wir in der Höhle waren, hätte ich am liebsten mit dir geschlafen. Beinahe hätte ich mein ganzes Leben auf den Kopf gestellt. Es ist nicht so einfach, wie du sagst. Du hast ja keine Ahnung, was alles davon abhängt.“

„Und du willst es mich auch nicht wissen lassen?“, fragte sie genauso leidenschaftlich.

„Ich versuche nur herauszufinden, was das Beste für uns ist. Hältst du mich wirklich für so egoistisch, dass ich dich in einem Käfig gefangen halten würde?“

Wieder löste sie sich von ihm und ging weiter – ein Schatten unter den Bäumen, die sich im Wind wiegten. „Ich will es nicht hören.“

Grant folgte ihr und umfasste erneut ihre Schultern. „Das musst du aber. Ich nehme die Ehe sehr ernst. Ich bin wie die Trauerschwäne, denn ich suche einen Partner fürs Leben. Wenn du aus meinen Kreisen kommen würdest, würde ich nicht einen Moment lang zögern. Glaubst du wirklich, ich würde dich je gehen lassen? Glaubst du, ich würde dich je einem anderen überlassen?“

Ihre Augen füllten sich mit Tränen. Wusste er denn nicht, dass sie ihn liebte? „Ich weiß nicht, wovon du redest“, erwiderte sie aufgewühlt.

„Aber es passiert, Francesca.“ Er stöhnte auf, verzweifelt bemüht, die Situation in den Griff zu bekommen. „Es passiert ständig. Nicht alle Frauen halten diese Einsamkeit aus. Ich muss es dir sagen. Wenn ich es nicht tun würde, dann würde ich dir ein ganz falsches Bild vermitteln.“

Selbst während er sprach, sie zu warnen versuchte, verspürte er heftiges Verlangen. Und er hatte Angst davor, sie damit zu erschrecken. „Verdammt, ich würde es ja riskieren, wenn du den Preis dafür zahlst. Wenn ich dich heiraten würde, würde ich dich niemals wieder gehen lassen“, rief er wütend. „Verstehst du denn nicht, dass diese Liebe, diese Leidenschaft gefährlich ist?“

Francesca erschauerte bei seiner Berührung. Sie liebte seine Hände.

Schließlich neigte sie den Kopf. Sie wusste, dass ihre Gefühle für ihn ihr Leben nicht nur bereichert, sondern auch auf den Kopf gestellt hatten. Es gab ein Vorher und ein Nachher. Trotzdem wandte sie sich ab und sagte scharf: „Ich werde dich nicht mehr belästigen.“

„Francesca!“, rief Grant frustriert, hin- und hergerissen zwischen dem Bedürfnis, ihren Mund mit Küssen zu bedecken, und dem, seine Leidenschaft zu unterdrücken. Diese Art von Liebe war dasselbe, als würde man von einer Klippe springen.

„Es ist deprimierend, wenn man so abrupt auf den Boden der Tatsachen zurückkommt“, versuchte Francesca zu scherzen, als hätte sie seine Gedanken gelesen. „Du hast recht, Grant. Wir haben nicht genug Gemeinsamkeiten.“

Ohne eine solide Basis von Liebe und Vertrauen würde nichts funktionieren.

5. KAPITEL

In der Woche, als die Filmcrew auf Opal Plains eintraf, musste Grant wegen einer Besprechung mit Drew Forsythe, die sie bereits vor einiger Zeit anberaumt hatten, nach Brisbane fliegen. Die Besprechung lief so gut, dass sie sich über drei Tage erstreckte. Er verstand sich auf Anhieb mit Drew, denn dieser entstammte ebenfalls einer Dynastie, war genauso energiegeladen und ehrgeizig wie er und hatte dieselben Visionen. Tagsüber arbeiteten sie also Verträge aus, und er setzte sich mit seinen Finanzberatern in Verbindung, und abends sorgten Drew und seine schöne Frau Eve dafür, dass er sich amüsierte.

An einem Abend gaben sie eine Dinnerparty, am nächsten luden sie ihn zu einer Gala mit Luciano Pavarotti ein. Sie brachten sogar eine Begleiterin für ihn mit, eine sehr attraktive junge Frau namens Annabel mit dunkelbraunem Haar und großen braunen Augen. Er musste jedoch ständig an Francesca denken, so stark waren seine Gefühle für sie. Bevor er abgereist war, hatte man sie für die Rolle der Lucinda verpflichtet. Ngaire Bell und Glenn Richards hatten mit Fee gesprochen, nachdem sie mit Francesca geprobt hatten.

„In dieser Familie gibt es viele Talente“, bemerkte Ngaire und lächelte strahlend. „Mit ihrem Aussehen und der Stimme wäre Francesca nie arbeitslos. Sie findet sich hervorragend in die Rolle hinein, obwohl sie überhaupt keine Schauspielerfahrung hat.“

„Sie wird das Publikum zu Tränen rühren“, sagte Glenn Richards, der völlig verzaubert wirkte.

Für ihn, Grant, war es eine Ironie des Schicksals, dass Francesca eine Rolle spielte, die an ihre Situation erinnerte. Die Figur in dem Buch, Lucinda, eine wohlerzogene englische junge Frau, wanderte mit ihrem attraktiven, vitalen, abenteuerlustigen Mann nach Australien aus, weil sie ihn so sehr liebte, dass sie bereit war, alles für ihn aufzugeben. Doch schließlich war sie ihrem neuen Leben in einem fremden, unwirtlichen Land, in dem sie keine andere Bezugsperson als ihren Mann hatte, nicht mehr gewachsen. Dieser fühlte sich in Australien sehr wohl, und sie war sich schmerzlich der Tatsache bewusst, dass er von ihr enttäuscht war, weil sie seine Erwartungen nicht erfüllen konnte, zumal sie kein Kind bekommen hatte. Sie verfiel in Depressionen und kam auf tragische Weise ums Leben.

„Kommen Sie nicht ohne Taschentücher", warnte Ngaire, die selbst zu Tränen gerührt war. Sie war zutiefst beeindruckt von Francescas Fähigkeit, Mitgefühl zu erregen, ohne Lucinda als verweichlicht darzustellen. Ihre Interpretation der Rolle übertraf sogar die von Paige Macauly, die außerordentlich begabt war.

Selbst Fee war tief beeindruckt, zugleich aber auch gekränkt gewesen. Francesca hatte sie nicht gebeten, ihren Text mit ihr durchzugehen, oder sie um Rat gefragt.

„Das hast du dir selbst zuzuschreiben, Fifi", hatte David gesagt. „Francesca möchte ihren Teil dazu beitragen. Also lass sie."

Grant beschloss, die Gelegenheit zu ergreifen und mit einem Architekten über sein geplantes Haus zu sprechen, solange er in Brisbane war. Drew empfahl ihm einen hervorragenden Mann, und seine Sekretärin vereinbarte einen Termin bei ihm. Opal Plains und Kimbara wurden in zahlreichen Ausgaben von *Historische Heimstätten in Australien* erwähnt, und als Grant im Büro des Architekten eintraf, lag der schönste Bildband aufgeschlagen auf dessen Schreibtisch. Sie unterhielten sich eine Weile über den Einfluss der Familie und die Verbindung von Architektur und Umgebung, während Grant seine

Vorstellungen darlegte.

Er hatte damit gerechnet, dass Hugh Madison, ein attraktiver, intelligent wirkender Mann Ende vierzig, sich dabei Notizen machte, doch stattdessen setzte dieser sich an den Computer und begann gleich mit den Entwürfen. Es war faszinierend, die vielen verschiedenen Grafiken zu betrachten, aber ihm, Grant, waren Zeichnungen wie die gerahmten Entwürfe, die an den Wänden von Opal Plains hingen, immer noch lieber. Sie einigten sich darauf, dass Madison den geplanten Bauplatz besichtigte, und vereinbarten einen vorläufigen Termin am Monatsende. Madison würde zum nächsten Flugplatz im Outback fliegen, wo er, Grant, ihn abholen würde.

„Ich finde das Ganze sehr spannend", erklärte der Architekt, als sie sich voneinander verabschiedeten. „Man bekommt nicht oft die Chance, so ein Haus zu entwerfen. Das Geheimnisvolle des Outback wird mich bestimmt inspirieren. Ich muss meine ganzen Fähigkeiten unter Beweis stellen." Und das würde er auch, dachte Madison. Dieser junge Mann wusste, was er wollte. Er würde ein anspruchsvoller Kunde sein, es jedoch auch zu schätzen wissen, wenn er, Madison, seinen Traum verwirklichte. Und das würde er schaffen.

Unterdessen stellte Francesca auf Opal Plains fest, dass die Schauspielerei doch nicht so einfach war, wie sie geglaubt hatte. Als Anfängerin musste sie noch viel lernen, doch Ngaire war sehr geduldig mit ihr und ging die einzelnen Szenen so oft wie nötig mit ihr durch. Es waren nicht viele, da Lucinda früh starb –, aber sie waren entscheidend für die Geschichte. Es waren überraschend wenige Einstellungen erforderlich, manchmal nur vier oder fünf, denn Francesca legte großen Wert darauf, immer gut vorbereitet zu erscheinen – so gut wie Fee, die aus dem Staunen nicht mehr herauskam.

Ngaire schien von ihnen beiden begeistert zu sein. Sie,

Francesca, durfte sogar ihre eigenen Vorstellungen in die Rolle mit einbringen und stellte erfreut fest, wie nett und unkompliziert die Regisseurin war. Sie verlor nie die Geduld, wenn mal etwas schiefging.

Die Scheinwerfer erzeugten eine unerträgliche Hitze, und überall lagen Kabel. Das Make-up war schrecklich. Es dauerte eine Ewigkeit, bis sie fertig geschminkt und später wieder abgeschminkt war. Und die Kostüme waren alles andere als luftig. Trotzdem machte es Francesca großen Spaß. Der Trick bestand darin, Francesca de Lyle völlig zu vergessen. Sie war Lucinda, die ihren Mann verzweifelt liebte und ständig in dem Bewusstsein lebte, dass sie ihn an Kräfte verlor, über die sie keine Kontrolle hatte. Als sie eine besonders ergreifende Szene abgedreht hatte, bemerkte sie verblüfft, wie ihrer Mutter und Ngaire die Tränen über die Wangen liefen.

„O Schatz, du könntest dir einen Namen machen!", rief Fee gerührt und kam auf sie zu, um sie in die Arme zu nehmen. „Du hast doch sehr viel von deiner Mutter geerbt."

Wenn sie sich abends die abgedrehten Szenen ansahen, konnte Francesca nicht glauben, dass sie es war, die sie auf dem Bildschirm sah. Ein Schauer lief ihr über den Rücken, denn so hatte sie sich noch nie gesehen. Obwohl sie bereits wusste, dass sie überdurchschnittlich hübsch war, stellte sie fest, dass die junge Frau im Film ungewöhnlich bezaubernd und die Sprache ihrer Augen und Hände sehr ausdrucksvoll war. Dass sie ihre Sache so gut machte, heiterte sie ungemein auf und stärkte ihr Selbstbewusstsein.

„Und das ohne jegliche Erfahrung!", rief Fee, die sich noch immer nicht an diese neue Seite an ihrer Tochter gewöhnt hatte. „Aber das zeigt die Macht der Gene. Ally wird aus dem Staunen nicht herauskommen, wenn sie das sieht."

Aber Ally hat immer gewusst, dass ich schauspielern kann,

dachte Francesca. Ihre Mutter hingegen betrachtete sie viel mehr als eine de Lyle als eine Kinross.

Glenn wich ihr kaum von der Seite, half ihr, wenn sie Hilfe brauchte, erklärte ihr vieles, gab ihr Anweisungen und bewunderte sie. Er war maßgeblich an dem Film beteiligt, und Ngaire legte großen Wert auf seine Meinung. In der Mittagspause steckten die beiden die Köpfe zusammen und sprachen über den Film. Abends machte Glenn nach dem Essen einen Spaziergang mit ihr, Francesca. Sie wusste nicht, wie es passiert war. Ermutigt hatte sie ihn jedenfalls nicht, doch sie fand ihn attraktiv, unkompliziert und trotzdem alles andere als oberflächlich. Außerdem hatten sie das Interesse am Film gemeinsam.

„Und, wann kommt Grant nach Hause?“, fragte Glenn am dritten Abend.

Francesca schüttelte den Kopf. „Ich weiß es nicht.“ Sie sehnte sich verzweifelt nach Grant.

„Wirklich nicht? Ich dachte, Sie beiden stehen sich sehr nahe.“ Glenn betrachtete sie starr. Er fühlte sich stark zu ihr hingezogen, wusste aber nicht, was er tun sollte. Natürlich hatte er gemerkt, dass Cameron und Francesca etwas miteinander verband, obwohl es nicht greifbar war.

Francesca erschrak über die Frage. Waren Grant und sie so leicht zu durchschauen? „Sie haben uns doch kaum zusammen gesehen“, erwiderte sie.

Glenn lachte auf. „Vergessen Sie nicht, dass ich Autor bin, Francesca. Ich nehme meine Umwelt sehr bewusst wahr.“

„Und was haben Sie wahrgenommen?“, erkundigte sie sich betont lässig.

„Ich würde sagen, Sie beide verbindet etwas ganz Besonderes.“

Sie blieb stehen, um einen winzigen Stein aus ihrer Sandalette zu schütteln. „Ich habe keine Ahnung, worauf Sie hinauswollen, Glenn.“

„Ich schätze, was ich wirklich wissen möchte, ist, ob Sie schon vergeben sind“, meinte er trocken.

Francesca spürte, wie sie errötete. Sie war froh, dass er es nicht sehen konnte. „Ein Autor kommt wohl auch sonst immer schnell zur Sache.“

„Es passiert nicht jeden Tag, dass ich einer Frau wie Ihnen begegne, Francesca. Und es ist sicher auch kein Geheimnis, dass ich Sie attraktiv finde. Ich würde Sie gern besser kennenlernen. Aber vielleicht ist es nicht möglich.“

Was sollte sie darauf antworten? „Grant und ich sind sehr gute Freunde.“ Francesca blickte zum Sternenhimmel. Freunde? Wenn Grant in ihr das Gefühl weckte, sie wäre nach Hause gekommen?

Glenn war offenbar nicht beeindruckt. „Was Sie nicht sagen. Sehr gute Freunde.“

„Weiter möchte ich mich dazu nicht äußern.“

„Ich komme schnell zur Sache, ich weiß“, entschuldigte er sich und schüttelte bedauernd den Kopf. „Aber ich wäre ein Idiot, wenn ich die Gelegenheit nicht ergreifen würde. Sie sind schön, Francesca. Und außergewöhnlich begabt.“

„Mama ist sicher überrascht“, erwiderte sie, um das Thema zu wechseln. Obwohl sie Glenn attraktiv fand, gab es nur einen Mann, den sie wollte, und der versuchte sie abzuweisen.

„Hätten Sie Lust, das zu wiederholen?“

„Sie meinen, ob ich an einer Schauspielkarriere interessiert wäre?“

„Sie müssten noch viel lernen, Francesca, aber Sie sind ein Naturtalent und sehr telegen. Das ist nicht bei allen Leuten der Fall, auch wenn sie noch so gut aussehen.“

„Merkwürdig, nicht?“, meinte sie nachdenklich. „Das hängt wohl damit zusammen, ob man fotogen ist. Das war ich schon immer. Aber um Ihre Frage zu beantworten – ich möchte kein Filmstar werden, Glenn. Das ist nicht mein Traum.“

Es war absurd, dass er so enttäuscht war. „Und was ist dann Ihr Traum?“ Er blickte auf sie hinab.

„In gewisser Weise das Schwerste überhaupt. Eine glückliche Ehe zu führen. Eine Familie zu gründen. Meine Kinder mit den richtigen Wertvorstellungen großzuziehen. Ich möchte sie *lieben.* Und sie sollen mich lieben. Und ich möchte keinen Streit oder Entfremdung. Ich habe Angst vor Konflikten.“

Man hat sie sehr verletzt, dachte Glenn.

„Das wird nicht einfach sein“, bemerkte er.

„Ich weiß.“ Wieder sah sie zum Himmel. „Aber ich möchte meine ganze Energie darauf verwenden. Ehefrau und Mutter zu sein ist ein Fulltime-Job, wenn man es sich finanziell leisten kann.“

„Fee hat Sie wohl oft allein gelassen, oder?“

„Ja.“ Francesca nickte. Sie wollte nicht darüber sprechen, dass die Ehe ihrer Eltern gescheitert und sie bei ihrem Vater aufgewachsen war, denn Glenn wusste nichts davon.

„Aber Rebecca hat mir erzählt, dass Sie in London einen sehr guten Job in einer PR-Agentur hatten.“

„Das stimmt. Ich war gut in meinem Job, aber er hat mich nicht ausgefüllt. Ich wollte mal Karriere als Musikerin machen, doch mein Vater war dagegen.“

„Ich schätze, Ihr Vater möchte, was Sie auch wollen. Dass Sie eine gute Partie machen und glücklich sind.“

Ihr Lachen klang ein wenig hohl. „Er hat meinen zukünftigen Ehemann schon ausgesucht.“

„Das werden Sie doch nicht zulassen, oder?“ Es würde alles ruinieren, dachte Glenn.

„Natürlich nicht“, erwiderte Francesca ruhig. „Aber meine Familie übt in dieser Hinsicht Druck auf mich aus. Als Australier verstehen Sie es vielleicht nicht. Ich bin ein moderner Mensch, mein Vater nicht. Immerhin ist er ein Earl.“

„Das kann ich mir vorstellen“, bestätigte er trocken und zog die Brauen hoch. „Und als Tochter eines Earls hat man gewisse Verpflichtungen, oder?“

Sie erinnerte sich an die Zeiten, in denen sie gelitten hatte, weil sie von den Plänen ihres Vaters gewusst hatte. „Ich kann sie nicht außer Acht lassen, aber meine Eltern haben immer ihr eigenes Leben geführt. Und ich habe auch ein Recht darauf.“

„Das finde ich auch“, pflichtete Glenn ihr bei. „Diesem Typen ist hoffentlich klar, dass Sie ihn nicht lieben, oder?“

Ihre Stimme klang sanft, fast resigniert. „Ich liebe ihn. Ich kenne ihn schon mein ganzes Leben lang. Aber es ist eine andere Art von Liebe.“

Es hörte sich so an, als hätte sie die wahre Liebe bereits gefunden. „Weiß Cameron davon?“ Er war sich ganz sicher, dass Cameron sie liebte.

„Grant scheint mit meinem Vater einer Meinung zu sein“, bemerkte Francesca ironisch.

Glenn betrachtete sie. „Das kann ich mir nicht vorstellen. Für mich ist Grant Cameron ein Mann, der sich von niemandem reinreden lässt.“

„Außer von sich selbst vielleicht“, sagte sie.

Sein Vater hatte ihm immer gesagt, er sollte erst gründlich über etwas nachdenken, bevor er handelte. Verdammt, hatte er, Grant, denn nicht daraus gelernt? Trotzdem konnte er es nicht erwarten, zu ihr zurückzukommen, und mit jedem Tag spielte er mehr mit dem Gedanken, sie zu heiraten und auf alles andere zu pfeifen. Warum sollte er seinen Gefühlen nicht freien Lauf lassen? Ihr genau sagen, was er für sie empfand. Warum rief er nicht einfach: „Nun, da ich dich gefunden habe, werde ich dich nie wieder gehen lassen?“ Warum? Opferte man sich auf, wenn man jemanden liebte? Stellte man das Wohlergehen desjenigen, den man liebte, über das eigene?

Als Geschäftsmann hatte er es sich angewöhnt, sich über seine Sorgen klar zu werden, indem er sie aufschrieb, und dann nach Lösungen zu suchen. Selbst während er einen Architekten mit Entwürfen für sein geplantes Haus betraute, sann er nach anderen Möglichkeiten und überlegte, wohin er seine Firma verlegen konnte.

Orte, an denen Francesca sich nicht so einsam fühlen würde und das Klima angenehmer war. Vielleicht waren die meisten Camerons ursprünglich blond oder rothaarig gewesen. Sie hatten Zeit gehabt, sich zu akklimatisieren. Er hatte große Angst um Francescas zarte Haut. Francesca beschäftigte ihn so sehr, dass er das Gefühl hatte, sie wäre immer bei ihm.

Als Grant an einem heißen, klaren Tag mit dem Hubschrauber über Opal Plains flog, betrachtete er die miteinander verbundenen Wasserlöcher und Bäche, die an den grünen Ufern zu erkennen waren. Das Mulga, das große Gebiet, in dem vornehmlich Akazien wuchsen, erstreckte sich bis zum Horizont und verband das Gebiet der Eukalypten mit der Wüste.

Seine Heimat. Wie er sie liebte! Es wurde ihm umso mehr bewusst, wenn er sie verließ und dann wieder zurückkehrte. Das „Dead Heart", das „tote Herz". Es war allerdings nicht tot. Es war voller Leben und die Flora einzigartig, weil sie sich an eine solche Umgebung angepasst hatte. Selbst die Geistereukalypten wuchsen auf Felsen, wo es gelegentlich Überflutungen gab und der karge Boden sich für kurze Zeit in ein Meer wilder Blumen verwandelte.

In einer derart kargen Landschaft hatte keine Blume Dornen. Auch nicht die Bäume und Büsche, die in der Wüste wuchsen. Die exquisiten Rosen hatten Dornen, um sich zu schützen. In anderen Teilen der Welt waren Dornen eher die Regel als die Ausnahme ... Während Grant seinen Gedanken nachhing, sah er immer wieder Francesca vor sich. Sie hätte die einzige Frau auf der Welt sein können, weil er ständig an sie dachte.

Die schöne Francesca! Eine pinkfarbene Rose mit seidenweichen Blütenblättern. Eine Rose in der Wildnis. Vor zwanzigtausend Jahren hatte im Landesinneren üppige Vegetation vorgeherrscht, und Krokodile hatten dort gelebt, wie es nördlich von Capricorn immer noch der Fall war. Viele Höhlenmalereien der Aborigines im und am Rande des Wilden Herzens zeigten Krokodile. Einer der seltensten Bäume der Welt, die Livistona, eine große, schlanke Palme, hatte er vereinzelt mitten in der Wüste wachsen sehen.

Eine Oase in der Wüste. Farne, Palmen und Zykadeen, deren Smaragdgrün mit den roten Felsen und dem tiefblauen Himmel kontrastierte.

Es war zwar nicht die natürliche Umgebung für eine Rose, doch Rosen gediehen auch in Kimbaras geschütztem Garten. Es hatte Generationen gedauert und viel Zeit und Geld gekostet, den Boden der Gärten auf Kimbara urbar zu machen. Für die Frauen auf Kimbara war es eine Lebensaufgabe gewesen.

Zu Zeiten seines Großvaters waren die Gärten auf Opal Plains ebenfalls sehr schön gewesen. Er, Grant, erinnerte sich daran, wie hart seine Mutter gearbeitet hatte, um alles in Schuss zu halten. Und nachdem sie so grausam aus dem Leben gerissen worden war, waren auch die Gärten nach kurzer Zeit verwildert. Aber Ally würde sie wieder herrichten. Ally war sehr tatkräftig. Ally und Francesca. Sie waren nicht nur Cousinen, sondern auch die besten Freundinnen.

Er stellte sich vor, wie Francesca durch die Gärten ging. Francesca in einem Mikroklima. In einer Oase duftender Blumen. Wenn er eine Oase für sie schaffen könnte, würde sie nicht nur überleben, sondern sich prächtig entwickeln. Nur zu, sagte ihm eine innere Stimme. Du kannst nur vorwärtsgehen. Du kannst nicht mehr zurück.

Als Grant am Nachmittag auf Opal Plains eintraf, machten die Schauspieler und die Filmcrew gerade eine Pause. All die Fremden in seinem Haus ... Doch sie zahlten gut, und Bush Rescue würde davon profitieren. Fee sah ihn als Erste, als er den Jeep von der Auffahrt lenkte und im Schatten der Bäume stoppte. Sie erwartete ihn oben auf der Treppe.

„Hallo, Grant, Schatz", rief sie. Es war typisch für sie, dass ihr die Hitze trotz des dicken Kostüms, das sie trug, nichts anhaben konnte. „Wir haben dich vermisst. Wie war's?"

Grant neigte den Kopf und gab ihr einen Kuss auf die geschminkte Wange. Dabei blieb etwas Make-up an seinen Lippen haften.

„Oh, Entschuldigung, Schatz." Sie förderte ein Taschentuch zutage und tupfte ihm den Mund ab.

„Schon gut, Fee", meinte er lässig. „Das geht von allein ab. Um deine Frage zu beantworten, es ist gut gelaufen. TCR und Cameron Airways werden bald einen Vertrag unterzeichnen. Die Anwälte müssen ihn nur noch ausarbeiten. Wo sind die anderen?"

Fee deutete zum Haus. „Sie machen eine Pause. Es ist ziemlich warm, wie du dir sicher vorstellen kannst, und daher sind alle leicht reizbar. Ich wollte ein bisschen frische Luft schnappen. Ansonsten läuft hier auch alles bestens. Francesca hat uns alle überrascht. Sie ist erstaunlich gut."

„Warum auch nicht? Schließlich ist sie deine Tochter."

Da die anderen sich im Wohnzimmer aufhielten, beschloss er, gleich in sein Zimmer zu gehen, um sich umzuziehen, und dann Francesca und Ngaire zu suchen. Trotzdem sah er ins Wohnzimmer, in der Hoffnung, einen Blick auf Francesca zu erhaschen. Er fragte sich, wie sie in einem historischen Kostüm aussehen mochte. Es war schade, dass er noch vor Beginn der Dreharbeiten hatte abreisen müssen, aber er hatte seine Besprechung mit Drew nicht verlegen können, weil sie zu wichtig gewesen war.

Sie saßen nebeneinander auf dem alten Sofa. Richards verspürte offenbar das Bedürfnis, Francescas Hände zu halten. Er hatte sich zu ihr hinübergebeugt und redete eindringlich auf sie ein, und Francesca hörte ihm aufmerksam zu. In dem dunkelgrauen Kleid, das aus einem eng anliegenden, durchgeknöpften Oberteil und einem weiten Rock bestand, war sie die Lucinda schlechthin. Das wunderschöne rote Haar hatte man ihr streng aus dem Gesicht frisiert und hinten zu einer Rolle aufgesteckt. Ihre Aufmachung erinnerte Grant daran, wie man vergeblich versucht hatte, Olivia de Havilland für die Rolle der Melanie in *Vom Winde verweht* in eine unscheinbare junge Frau zu verwandeln. Sowohl Olivia de Havilland als auch Francesca hatten einen so bezaubernden Gesichtsausdruck.

Und nur weil er der Drehbuchautor war, nahm Richards sich das Recht heraus, mit Francesca die Köpfe zusammenzustecken? Er, Grant, hatte geglaubt, überglücklich über das Wiedersehen mit Francesca zu sein und dass sie sich begrüßen würden, als hätten sie sich Jahre nicht gesehen. Stattdessen blickte sie Richards seelenvoll an, der ganz offenkundig verzaubert von ihr war.

Was zum Teufel ist hier los, dachte Grant wütend. Was immer es war, ihm schien es, als würde ihm das Herz aus der Brust gerissen. Er wandte den Blick ab und ging in sein Schlafzimmer. Sein Hochgefühl war einer Empfindung gewichen, die nichts anderes sein konnte als Eifersucht. Nicht dass ich Zeit für so etwas hätte, überlegte er grimmig. Er hatte eine Menge zu tun. Bob Carlton war eine große Unterstützung für ihn, doch er konnte ihm nicht alles aufbürden. Außerdem würde Bob wissen wollen, was die Besprechung mit Forsythe ergeben hatte.

Nachdem er seine Uniform, bestehend aus Khakihemd

und Khakihose, angezogen hatte, verließ er sein Zimmer und ging nach unten. Aus dem Salon, den Rafe und er nie benutzten, wenn sie allein waren, drangen Stimmen. Offenbar arbeiteten die anderen wieder, und er wollte sie nicht stören. Nicht jetzt. Bevor er abgereist war, hatte er einen seiner Mitarbeiter damit betraut, Francesca, Fee, Ngaire und Richards sowie den Hauptdarsteller, sobald dieser eingetroffen war, jeden Tag nach Beendigung der Dreharbeiten zurück nach Kimbara zu fliegen. Die männliche Filmcrew zog es vor, bei der Ausrüstung auf Opal Plains zu bleiben, und war in den Quartieren der Farmarbeiter untergebracht, wo sie auch aß.

Die vier Frauen bewohnten einen Bungalow, den einige Ehefrauen der Arbeiter so wohnlich wie möglich hergerichtet hatten. Diese Ehefrauen unterstützten während der Dreharbeiten auch den Koch, der den Chefs aus der Großstadt in nichts nachstand. Die Arbeit auf Opal Plains war sehr hart, und daher verdienten die Angestellten auch gutes Essen. Und genauso legte er, Grant, großen Wert darauf, dass es seinen Gästen an nichts fehlte.

Als er das Haus verließ, war ihm klar, dass er vor Sonnenuntergang zurückkehren musste, wenn er Francesca noch sehen wollte. Eigentlich hatte er vorgehabt, sie und die anderen selbst nach Kimbara zu bringen, doch Richards' besitzergreifendes Verhalten und Francescas Reaktion darauf hielten ihn davon ab. Dass er so eifersüchtig sein konnte, beschämte ihn und machte ihn wütend. Er kannte dieses Gefühl nicht und wollte es sich auch nicht eingestehen. Verzweifelt stellte er fest, dass es noch etwas war, was Leidenschaft mit sich brachte. Es gefiel ihm nicht, wenn Richards mit *seiner* Frau so vertraut war!

Fee wartete, bis sie und Francesca ihre schweren Kostüme ausgezogen und sie Liz Forbes, der Garderobiere, ausgehändigt hatten, bevor sie ihr erzählte, dass Grant wieder zu Hause war.

„Du meinst, er ist überhaupt nicht reingekommen, um mich zu begrüßen?", erwiderte Francesca scharf. Sie war aus zwei Gründen ärgerlich: Fee hatte es ihr nicht erzählt, und Grant hatte sich nicht zurückgemeldet.

„Ich dachte, er würde es noch tun." Fee nahm ihre Perücke ab und setzte sie vorsichtig auf den Styroporkopf.

„Vielleicht wollte er uns nicht stören", meinte Francesca. Offenbar hatte Grant sie nicht so vermisst wie sie ihn.

„Wir haben gerade eine Pause gemacht", wandte Fee ein. „Reg dich nicht auf, Schatz." Sie begann ihr Haar auszubürsten. „Wahrscheinlich hatte er nur viel zu tun. Die Besprechung in Brisbane ist gut gelaufen."

„Hättest du es mir nicht eher sagen können, Mama?", fragte Francesca vorwurfsvoll, weil Fee anscheinend einen Keil zwischen Grant und sie treiben wollte.

Fee schüttelte den Kopf. „Schatz, beim Drehen sollte man alle Ablenkungen vermeiden. Ich bin sehr stolz auf dich. Du spielst hervorragend."

Francesca ließ sich jedoch nicht ablenken. „Ich glaube, du hast es mir absichtlich verschwiegen, Mama." Sie sah ihre Mutter, die keine Miene verzog, eindringlich an. „Du magst Grant. Zumindest dachte ich, du würdest ihn mögen, aber du tust dein Bestes, um uns auseinanderzubringen."

„Ich bin hier nicht der Feind, Schatz", rief Fee. „Ich möchte dein Leben nicht zerstören." Plötzlich füllten ihre Augen sich mit Tränen, und sie versuchte nicht, sie wegzublinzeln. „Ich mag Grant. Er ist ein bewundernswerter junger Mann, aber ihr passt einfach nicht zusammen."

„Und wer passt dann zu mir?", erkundigte Francesca sich herausfordernd, weil sie genau wusste, dass ihre Mutter auf Kommando weinen konnte.

„Jimmy“, antwortete Fee prompt. „Jimmy Waddington. Du hast ihn doch nicht etwa vergessen, oder? Jimmy wird dich glücklich machen.“

Francesca musste an sich halten. „Ach ja?“

„Er kennt dich so gut, Schatz“, rief Fee theatralisch. „Er *versteht* dich. Ihr seid seit eurer Kindheit befreundet. Sei ehrlich – warst du nicht in ihn verliebt?“

„Ich wusste nicht, was Liebe ist.“ Francesca schüttelte den Kopf. „Ich mag Jimmy sehr gern, aber jemanden gern zu haben verändert nicht dein Leben.“

„Vielleicht nicht“, räumte Fee ein. „Verliebt zu sein ist wundervoll, aber nicht von Dauer. Ich weiß, wovon ich rede.“

„Ich bin nicht so flatterhaft wie du, Mama.“ Es musste endlich einmal ausgesprochen werden.

Fee sah sie entgeistert an. Jetzt klang Francesca wie ihr Vater. „Könntest du nicht etwas mehr Respekt zeigen, Schatz?“

„Es überrascht mich, dass du mir nicht zustimmst. Jedenfalls versteht Jimmy mich *nicht.* Er meint, ich hätte nur Flausen im Kopf.“

„Was für ein Unsinn!“ Fee tat schockiert. „Du weißt genau, dass er dich wundervoll findet. Und, was noch wichtiger ist, ihr kommt aus denselben Kreisen. Dein Vater hat Jimmy für dich ausgesucht.“

„Vater ist auch kein Experte, was die Ehe betrifft“, erklärte Francesca. „Außerdem haben Väter nicht das Recht dazu.“

Fee hielt ihren Blick fest. „Kannst du ihm das ins Gesicht sagen?“

„Ja, auch wenn es nicht einfach ist.“ Francesca seufzte tief. „Was willst du eigentlich andeuten, Mama? Dass ich Verrat an Vater begehe, wenn ich Jimmy nicht heirate?“

„Bitte sprich nicht so laut, Schatz. Ngaire und Glenn sind noch in der Nähe. Ich möchte dich nicht aufregen. Ich liebe dich, aber ich muss dir klarmachen, dass Grant in vieler Hinsicht ein unbekanntes Wesen ist."

„Nach all den Jahren?" Francesca lachte ironisch.

„Schatz, du hast ihn nur bei deinen Besuchen gesehen. Ihr habt euch erst vor Kurzem näher kennengelernt."

„Du empfiehlst ihn mir also nicht als Ehemann?", fragte Francesca. „Sei ehrlich."

Fee nahm ihr Eau de Cologne aus der Handtasche. „Er würde sicher einen tollen Ehemann abgeben, aber vielleicht auch einen schwierigen. Er ist sehr ehrgeizig. Erfolgshungrig."

„Er hat bereits Erfolg", erwiderte Francesca gequält. „Grant hat mir erzählt, dass er seinem Land etwas geben will. Ich glaube ihm. Die Camerons sind bereits wohlhabend. Er tut es nicht für Geld."

„Mach dich nicht lächerlich, Schatz", sagte Fee ironisch.

„Ich mache mich nicht lächerlich." Francesca schüttelte den Kopf. „Geld ist schön und gut. Jeder hat es gern. Aber ich weiß, dass Grant es ernst meint. Er möchte etwas bewirken. Er hat Visionen. Und erzähl mir bitte nicht, dass Jimmy auch welche hat."

„Wenigstens wirst du ihn zu nehmen wissen", belehrte Fee sie in einem Tonfall, der besagte, dass sie Grant nicht zu nehmen wissen würde. „Komm, Schatz", fügte sie hinzu, als Francesca sich abwandte. „Es tut mir leid, wenn ich dich aus der Fassung gebracht habe, aber ich versuche doch nur, das Richtige zu tun. Gib dir wenigstens Zeit. Ich kenne Männer wie Grant. Man verliebt sich Hals über Kopf in sie, aber ehe man sich's versieht ..."

„Bitte, Mama." Francesca gab ihr mit einer Geste zu verstehen, dass es ihr reichte. „Du willst einfach nicht begreifen, dass ich erwachsen bin. Ich muss meine eigenen Entscheidungen treffen."

„Auch wenn so viel auf dem Spiel steht?“, drängte Fee. „Dein Glück? Dein Wohlergehen?“

„Ja, selbst dann. Es war mir noch nie in meinem Leben etwas so ernst wie die Sache mit Grant. Grant zerbricht sich übrigens auch den Kopf darüber, ob eine Beziehung ein Fehler wäre, falls es dich beruhigt.“

Fee runzelte die Stirn. „Siehst du denn nicht, dass ihr beide euch wegen jeder Kleinigkeit streiten könntet? Ihr seid so grundverschieden.“

„Dann kennst du Grant und mich nicht so gut, wie du glaubst“, erwiderte Francesca.

Grant kehrte rechtzeitig zurück, um Francesca und die anderen nach Kimbara zu bringen, doch er konnte erst unter vier Augen mit ihr reden, als sie dort eingetroffen und die anderen ins Haus gegangen waren.

„Kannst du nicht bleiben, Grant?“, fragte Rebecca, die noch mit ihnen auf der Veranda stand. „Musst du gleich wieder los?“

„Ja, ich muss“, antwortete er lächelnd. „Morgen wartet auf Laura viel Arbeit auf mich. Aber vielen Dank. Grüß Brod von mir und sag ihm, es ist gut gelaufen.“

„Das ist schön. Er wird sich für dich freuen.“ Sie lächelte ebenfalls, und ihre Augen funkelten. „Du kommst doch zu Fees Feier, oder?“

„Hm, ich überlege es mir.“

„Du *musst* kommen!“, beharrte Rebecca. „Dann könnten wir vier in Sydney ausgehen – du und Fran, Brod und ich.“

„Mal sehen.“ Grant hob zum Abschied die Hand. „Rebecca sieht toll aus“, fügte er hinzu, sobald Francesca und er allein waren.

Francesca zog eine Braue hoch. „Überrascht dich das? Sie ist bis über beide Ohren in ihren Mann verliebt.“

„Dann hat sie einen sehr guten Geschmack." Er betrachtete ihr Gesicht – die blauen Augen, die hohen Wangenknochen, die sinnlichen Lippen. Jetzt war sie ungeschminkt, und ihre Haut schimmerte samten. „Wie geht es dir?" Am liebsten hätte er sie geküsst.

„Ich bin ziemlich deprimiert", gestand Francesca. „Warum bist du heute nicht reingekommen und hast mich begrüßt?"

Grant zog spöttisch eine Braue hoch. „Weil ich dein trautes Beisammensein mit Richards nicht unterbrechen wollte."

„Du machst Witze!"

„Nein, ich meine es ernst. Als ich einen Blick ins Wohnzimmer geworfen habe, habt ihr auf dem Sofa gesessen und Händchen gehalten."

„Haben deine Augen dich vielleicht getäuscht?"

„Nein."

Forschend sah sie ihn an. „Wenn ich es nicht besser wüsste, würde ich denken, du bist eifersüchtig."

„Nicht übermäßig. Du glaubst also nicht, dass ich eifersüchtig sein kann?" Er kniff die Augen zusammen.

„Du würdest es nicht zulassen. Also, wir haben auf dem Sofa gesessen. Und dann?"

„Ihr habt völlig abwesend gewirkt", ergänzte er. „Richards hat sich zu dir rübergebeugt. Und du hast ihm fasziniert in die Augen gesehen."

„Jetzt erinnere ich mich, Grant", erklärte Francesca geduldig. „Ich bin eine blutige Anfängerin und muss noch so viel lernen. Glenn ist sehr nett zu mir."

„Netter als Ngaire?", erkundigte er sich trügerisch sanft. „Ich dachte, sie wäre die Regisseurin. Ist es nicht ihre Aufgabe, deine Fehler zu korrigieren?"

„Ngaire hilft mir auch", erwiderte sie forsch. „Alle tun es. Sie geben mir die Unterstützung, die ich brauche."

„Dann macht es dir also Spaß?"

„Ich glaube, es ist eine wertvolle Erfahrung für mich", sagte sie. „Aber ich nehme es nicht allzu ernst. Und was ist mit dir? Ich möchte alles über deine Besprechungen mit Drew erfahren. Wie geht es Eve? Hast du sie auch gesehen?"

Grant nickte. „Es geht ihr gut. Sie lässt dich herzlich grüßen. Die beiden haben sich rührend um mich gekümmert. Am ersten Abend haben sie mir zu Ehren eine Dinnerparty gegeben. Am nächsten haben sie mich zu einer Gala mit Luciano Pavarotti eingeladen. Unsere Besprechungen sind sehr gut gelaufen. Drew und ich liegen auf derselben Wellenlänge. Wollen wir zu Fuß zum Hubschrauber gehen?" Er hakte sie unter und fragte sich, warum die Dinge so leicht schieflaufen konnten, wenn er sich so verzweifelt danach sehnte, sie in die Arme zu nehmen. „Und ich habe mich mit einem Architekten in Verbindung gesetzt. Drew hatte ihn mir empfohlen."

Sie war überglücklich. „Wirklich? Weißt du, was komisch ist? Ich habe es geträumt."

Grant verstärkte seinen Griff. „Du schauspielerst doch nicht etwa?"

„Nein, ehrlich. Ich habe geträumt, dass w... dass du mit einem Architekten gesprochen hast. Der Traum war ziemlich realistisch. Ich habe viel darüber nachgedacht. Und ich habe selbst einige Entwürfe gemacht. Vielleicht zeige ich sie dir irgendwann mal."

„Hol sie jetzt", sagte er. „Ich warte so lange."

Francesca errötete vor Aufregung. „Ich möchte, dass wir sie uns *zusammen* ansehen."

„Dann komm heute mit nach Opal Plains", drängte er. „Ich möchte bei dir sein. Ich möchte mit dir schlafen, wenn das Mondlicht ins Zimmer fällt."

Sie zögerte. „Manchmal bist du verrückt."

Er warf ihr einen ironischen Blick zu. „Willst du denn nicht mitkommen, mein Schatz?"

„Doch, und das weißt du“, flüsterte sie. „Ich habe dich schrecklich vermisst.“

„Tatsächlich?“

„Ja.“

Grant umfasste ihr Kinn. „Arme Francesca“, meinte er sanft. „Mir ist es genauso ergangen.“

Regungslos stand sie da, während er sie küsste, und spürte, wie schwer es ihm fiel, sein Verlangen zu zügeln. „Was willst du?“, fragte sie, die Augen halb geschlossen.

Er wollte die Hand über ihren Schwanenhals gleiten lassen, ihre Brüste umfassen und spüren, wie die Knospen sich aufrichteten. Er wollte die Hand tiefer gleiten lassen …

„*Dich,* Francesca“, antwortete er rau. „Ich habe dir so viel zu sagen.“

„Und ich möchte es hören.“

Im nächsten Moment hätte alles passieren können, wenn nicht Fee auf die Veranda gekommen wäre. „Ngaire möchte uns die ersten Kopien von heute zeigen, Schatz. Willst du sie auch sehen, Grant?“

Grant lächelte spöttisch. „Ich muss wirklich los, Fee.“ Und das wusste sie natürlich, denn sonst würde er nicht vor Einbruch der Dunkelheit auf Opal Plains eintreffen. „Geh lieber rein, Francesca“, fügte er trocken an Francesca gewandt hinzu. „Fee steckt voller Überraschungen. Jetzt übt sie gerade etwas mütterlichen Druck aus.“

Verdammt, ja, dachte Francesca erstaunt. Die Phantommutter ihrer Kindheit ergriff jetzt ausgerechnet Partei für den Exmann, den sie aus ihrem Leben ausgeschlossen hatte. Trotzdem verteidigte Francesca ihre Mutter aus Gewohnheit sofort: „Mama will doch nur …“

„Sag nichts“, warnte Grant, dessen Miene verriet, wie viel Feuer in ihm steckte. „Ich glaube, Fee könnte eine rücksichtslose Gegnerin sein. Sie möchte nicht, dass du dich in der Wildnis vergräbst. Und ich kann es ihr nicht verdenken, denn ich sehe beide Seiten."

Sanft berührte Francesca seine Hand. „Ich bringe meinen Skizzenblock morgen mit. Du musst ihn unbedingt sehen. Ich habe außerdem davon geträumt, dass wir eine Oase planen. Man könnte eine Art Gartenlandschaft entwerfen, die sich harmonisch in die Umgebung einfügt und auch durch Dürre nicht zerstört wird. Es ist wahrscheinlich viel zu hoch gegriffen, aber man könnte sogar Wasserläufe anlegen – und ein Polofeld. Es wäre eine große Herausforderung. Wir könnten unsere eigene Vision verwirklichen, statt …"

„Wir?", unterbrach er sie heftig. „Du hast ‚wir' gesagt, stimmt's?"

Obwohl ihre Mutter dabei war, zögerte Francesca nicht. „Ja", bestätigte sie und sah ihn liebevoll an.

6. KAPITEL

Am nächsten Tag kam Grant erst nachmittags von Laura weg. Er hatte einen neuen Mitarbeiter auf dem Dienstplan, einen Mann in seinem Alter, Rick Wallace. Wallace war ein hervorragender Hubschrauberpilot mit mehr Qualifikationen und Flugstunden, als er normalerweise verlangte, aber wenig praktischer Erfahrung im Zusammentreiben von Rindern mit dem Hubschrauber. Und als Teamchef war es seine oberste Priorität, Wallace gründlich einzuweisen. Vor jedem Einsatz hielt er eine kurze Besprechung ab und wies anhand der Luftaufnahmen, die er gemacht hatte, auf mögliche Gefahren hin. Manchmal fungierte er sogar als Kopilot. Für heute überließ er Rick die restliche Arbeit, denn dieser würde bald über dieselben Fähigkeiten verfügen wie er und war auch verrückt aufs Fliegen. Sie würden gute Freunde werden.

Als Grant zurück nach Opal Plains kam, stellte er fest, dass der Hauptdarsteller inzwischen eingetroffen war. Ngaire machte sie miteinander bekannt. Ihr Held war ein aufstrebender junger englischer Schauspieler, der auf eine unkonventionelle Art sehr attraktiv war. Er hatte dunkles Haar und helle Augen und begeisterte das weibliche und männliche Publikum gleichermaßen. Grant wusste, dass die Rolle sowohl einen echten englischen Akzent als auch einen international bekannten Darsteller erforderte. Dieser hieß Marc Fordham. Er hatte eine nette Art und einen festen Händedruck. Grant mochte ihn.

Marc war bereits umgezogen und trug ein schmutziges weißes Hemd, das ziemlich weit war, und eine enge braune Hose mit einem Gürtel mit Silberschnalle. Sein welliges dunkles Haar war schulterlang und zerzaust, und er hatte einen Dreitagebart. Er sah toll aus, ganz der dynamische Romanheld.

Die Frauen werden den Blick nicht von ihm abwenden können, dachte Grant, amüsiert darüber, dass Marcs dunkler Teint das Werk der Visagistin war. Jemand würde Marc vor den Gefahren der Sonne hier warnen müssen. Grant versuchte zwar, es sich nicht anmerken zu lassen, hielt jedoch nach Francesca Ausschau. Als sie nicht erschien, musste er Ngaire fragen, wo sie war.

„Sie macht einen Ausritt“, erwiderte Ngaire. „Da Marc hier ist, wollten wir heute seine Szenen mit Fee drehen.“ Fee spielte die entfernte Verwandte des Helden, die Frau eines einflussreichen Großgrundbesitzers aus Sydney, die den Helden für ihren Mann einspannen wollte. „Francesca hat frei. Deswegen haben sie und Glenn beschlossen auszureiten. Glenn reitet nicht besonders gut.“ Ngaire lachte. „Aber Francesca ist eine hervorragende Reiterin, glaube ich. Sie hat die Rolle unter anderem deswegen bekommen. Den Ritt, mit dem sie sich das Leben nimmt, haben wir für den letzten Drehtag aufgehoben. Wir wollten Sie sogar fragen, ob Sie für die Totalen jemanden auftreiben könnten, der Marc doubelt. Marc musste natürlich reiten können, aber er ist kein Experte. Meinen Sie, das ginge?“ Sie lächelte gewinnend, offenbar in der Hoffnung, dass entweder Brod oder er es tun würden. Doch er konnte weder für ihn noch für sich selbst sprechen.

Stattdessen nickte er unverbindlich. „Haben Sie eine Ahnung, wohin die beiden geritten sind?“

„Oh, ich glaube, nicht so weit weg.“ Allmählich verlor sie das Interesse. Anscheinend wollte sie weiterdrehen. „Francesca sagte, dass sie sich nicht zu weit vom Haus entfernen will. Sie hat Ihnen eine Nachricht hinterlassen.“ Sie blickte sich um und machte dann eine unbestimmte Geste. „Sie hat auf der seitlichen Veranda gesessen und Skizzen gemacht, wenn ich mich richtig entsinne. Vielleicht liegt der Zettel da.“

Grant fand allerdings keinen Zettel. Auf dem runden

Tisch lagen lediglich Francescas Zeichensachen. Es war absurd, auf Richards eifersüchtig zu sein, denn Francesca war keine Femme fatale. Sie war sehr ehrlich. Sie machte einen Ausritt und würde bald wieder zurück sein. Er setzte sich an den Tisch, nahm den obersten Skizzenblock vom Stapel und schlug ihn auf.

Sein Blick fiel auf eine Zeichnung von ihm. Grant betrachtete sie eine ganze Weile und dachte dabei, dass Francesca ihn attraktiver gemacht hatte, als er es war. Seine Haltung ließ ihn vielleicht ein wenig arrogant erscheinen. Aber er war sehr gut getroffen. Er blätterte weiter und staunte über die Zeichnungen. Immer wieder hatte sie ihn skizziert. Und Mitglieder ihrer Familie.

Einige Blöcke enthielten Skizzen von Tieren – Pferde, Rinder, Kängurus, Emus, Brolgas, Schwäne, Adler. Francesca verstand es hervorragend, Tiere in Bewegung einzufangen. Andere Blöcke enthielten Landschaftszeichnungen und Darstellungen wilder Blumen.

Außerdem gab es welche mit Anatomiestudien. Offenbar hatte Francesca zahlreiche Kurse besucht. Er hatte gar nicht gewusst, dass sie künstlerisch so begabt war, und fragte sich, ob sie auch andere Techniken wie Aquarell, Kreide oder Öl anwandte. Er wollte es gern sehen.

Der letzte Skizzenblock enthielt Francescas Vorstellungen von seinem Traumhaus. Die erste Zeichnung zeigte es von vorn. Sie war so realistisch, dass er, Grant, das Gefühl hatte, die Hand ausstrecken und die Haustür öffnen zu können.

Er war begeistert. Die Fassade war sehr modern, mit großen Glasflächen. Es gab eine umlaufende Veranda, die statt massiver Holzpfeiler schmale Stahlträger hatte. Ein Zugeständnis an die traditionelle Bauweise war der hohe Eingang. Was ihn jedoch am meisten überraschte, war der hohe, offene Glockenturm hinter dem Haus nach spanischen Vorbildern, von dem aus man einen herrlichen Ausblick auf die Umgebung haben würde.

Andere Skizzen zeigten das Haus und den Turm aus unterschiedlichen Perspektiven oder Ausschnitte davon, einen Aufriss, die einzelnen Räume und einen Innenhof mit einer modernen Skulptur, an der das Wasser hinunterlief, statt eines Brunnens. Was ihn aber am meisten faszinierte, waren die Farben, die Francesca an den Rand gemalt hatte und denen sie die einzelnen Baumaterialien zugeordnet hatte.

Offenbar hatten sie ganz ähnliche Vorstellungen. Unabhängig von ihm hatte Francesca ein Gebäude entworfen, das seinem Traumhaus entsprach – bis auf den Glockenturm.

Es war richtig unheimlich. Ihre Vorstellung spiegelte seine wider. Francesca hatte sogar ein Tor zur Auffahrt skizziert. Es war nicht besonders hoch, damit der Blick auf die Landschaft nicht versperrt wurde, dafür aber umso eindrucksvoller. Zwei Pfeiler aus Naturstein hielten zwei Tore aus Bronze, die zwei sich aufbäumende Pferde darstellten. Darüber befand sich ein Dach, von dem ein Schild mit der Aufschrift „Myora-Opal Station" hing.

Grant konnte seine Gefühle nicht in Worte fassen. Er wusste nur, dass er dort leben wollte. Mit der Frau seiner Träume. Francesca.

Genau das war es, was er von dem Architekten erwartet hatte, allerdings wurde ihm klar, dass er es zu einfach gesehen hatte. Madison hatte seine Vorstellungen von einer zeitgenössischen Version der traditionellen Heimstätte festgehalten. Francesca hingegen, die den Bauplatz gesehen hatte, hatte ihrer Fantasie freien Lauf gelassen.

Da Grant auf der Veranda saß, war er der Erste, der den grauen Wallach ohne Reiter und mit schleifenden Zügeln kommen sah.

O nein, dachte er.

Er sprang auf und mit einem Satz die Veranda hinunter und lief dem Pferd entgegen. Schließlich hörte es sein wiederholtes Pfeifen, spitzte die Ohren und lief direkt auf ihn zu. Wenige Minuten später hielt er es am Zügel. Sein Fell war schweißbedeckt. Es war offensichtlich, dass es durchgegangen war und erst das Tempo verlangsamt hatte, als es in Sichtweite des Hauses gekommen war. Die Tatsache, dass Francesca eine hervorragende Reiterin war, tröstete ihn. Richards hatte Ngaires Worten zufolge jedoch wenig Erfahrung im Umgang mit Pferden. Er, Grant, hoffte nur, dass es Richards war, der abgeworfen worden war, und dass er eine Reitkappe getragen hatte.

Ein junger Aborigine eilte ihm entgegen, als er sich den Ställen näherte, und nahm die Zügel des Wallachs. „Was is' los, Boss?" Bunny, der wegen seiner leicht vorstehenden, aber strahlend weißen Zähne, so genannt wurde, blickte aus großen braunen Augen zu ihm auf. „Woher kommt das Pferd?"

„Das wollte ich von dir wissen, Bunny", erwiderte Grant grimmig. „Warst du da, als Miss Francesca und ihr Freund losgeritten sind?"

„Klar, Boss", bestätigte Bunny fröhlich. „Ich hab die Pferde gesattelt. Miss Francesca hat Gypsy genommen. Er ist ein bisschen verspielt, aber sie wird bestimmt mit ihm fertig. Der Typ hat sich Spook ausgesucht. Ein ruhiges Tier." Bunny streichelte Spooks Flanke. „Aber bei Pferden weiß man ja nie. Schätze, er ist ziemlich weit gelaufen. Er schwitzt."

Grant sah aus, als hätte er am liebsten geflucht, aber er tat es nicht. „Dann hat er ihn wohl abgeworfen. Du hast ihm doch eine Reitkappe gegeben, oder?"

Bunny blickte ihm in die Augen. „Ich wollte es, aber Miss Francesca hat selbst drauf bestanden. Sie hat einen Akubra getragen."

„Du weißt ja, sie ist Halbaustralierin. Nimm ihm den Sattel ab, Bunny“, forderte Grant ihn auf. „Hast du eine Ahnung, wohin sie geritten sind?“

Bunny machte eine abwehrende Geste. „Miss Francesca hat es mir nicht gesagt, und ich dachte, es steht mir nicht zu, sie zu fragen.“

„Schon gut“, erwiderte Grant. „Bis später, Junge. Von nun an hast du meine Erlaubnis, jeden zu fragen, wohin er reitet. Ich gehe jetzt ins Haus. Miss Francesca soll mir eine Nachricht hinterlassen haben.“

Wie sich herausstellte, hatte Francesca die Nachricht Fee gegeben, was er merkwürdig fand. Fee entschuldigte sich bei ihm, als er ihr sagte, sie hätte sie ihm gleich geben sollen.

„Eins der Pferde ist ohne Reiter zurückgekommen“, informierte er sie, und seine braunen Augen funkelten. Er nahm die Nachricht aus dem Umschlag. „Keine Panik, es ist nicht Francescas Pferd“, fügte er hinzu. „Sie hat Gypsy genommen. Richards hat den Wallach genommen. Spook ist ein friedfertiges Tier, aber wie bei allen Pferden weiß man nie, was passieren kann.“ Während er sprach, überflog er die Nachricht. „Sie sind nach Blue Lady Lagoon geritten. Es ist kein gefährlicher Weg. Ich fahre ihnen hinterher.“

„Ich hoffe, es ist nichts Ernstes.“ Fee wirkte ungewohnt nachdenklich. „Soweit ich weiß, ist Glenn ein blutiger Anfänger.“

„Ich hoffe nur, dass sich niemand die Knochen gebrochen hat. Für alle Fälle werde ich den fliegenden Arzt informieren.“

„Glenn wüsste sich im Notfall sicher nicht zu helfen“, bemerkte Fee.

„Und Francesca?“, erkundigte er sich forsch. „Jedenfalls muss ich jetzt los. Es wird bald dunkel.“

Grant nahm den Jeep mit Allradantrieb und fuhr über die grasbewachsenen Ebenen nach Blue Lady Lagoon, einem beliebten Ausflugsziel aller Bewohner von Opal Plains. Auf allen Farmen im Channel Country gab es ähnliche Wasserlöcher mit üppiger Vegetation – wunderschönen Seerosen, hohen Bäumen, unzähligen Grevilleas und Hibiskus, Moosen, Efeu und Orchideen. Egal, wie heiß es war, dort war es immer angenehm kühl. Er konnte verstehen, warum Francesca dorthin geritten war. Erst jetzt merkte er, wie angespannt er war. Erst wenn er sie sah, würde er glauben, dass ihr nichts passiert war. Wenigstens konnten die beiden sich nicht verirren. Sie mussten nur der Reihe von Wasserlöchern folgen, um nach Hause zu gelangen.

Zehn Minuten später bot sich ihm ein außergewöhnlicher Anblick. Im flimmernden Licht kam ihm eine schmale Gestalt aus dem Mulga-Scrub entgegen. Sie war zu Fuß und führte ein schwarzes Pferd am Zügel, bei dem es sich nur um Gypsy handeln konnte. Darauf saß in gebückter Haltung eine kräftigere Gestalt. Richards.

Wütend trat Grant das Gaspedal durch. Francesca ging bei der Hitze zu Fuß! Vielleicht hatte sie schon einige Meilen zurückgelegt. Wenn ja, würde sie völlig ausgedörrt sein. In seine große Erleichterung mischte sich Feindseligkeit Richards gegenüber. Richards musste in einem schlimmen Zustand sein, wenn er sich bereit erklärt hatte zu reiten, während Francesca zu Fuß ging.

Als er näher kam, sah Grant, dass Francesca stehen geblieben war. Sie hatte die Zügel straff angezogen und blickte zu Richards auf. Vermutlich fragte sie ihn, wie es ihm gehe. Kurz darauf stoppte Grant den Jeep, sprang heraus und eilte auf die beiden zu.

„Was ist passiert?" Er musterte Francesca von Kopf bis Fuß, um sich zu vergewissern, dass ihr nichts passiert war. Erst dann ließ er den Blick zu Richards schweifen, bemüht, seinen Zorn zu unterdrücken. „Ist alles in Ordnung mit Ihnen, Glenn?" Er ging zu Gypsy und tätschelte ihn, um ihn zu beruhigen.

Richards rang sich ein Lächeln ab und versuchte sich aufzurichten. „Bin leider vom Pferd gefallen." Die Schramme in seinem Gesicht und der Zustand seiner Sachen waren nicht zu verkennen.

„Er hat sich nichts gebrochen." Francesca trat neben Grant. „Ich glaube, er hat eine Gehirnerschütterung."

„Also hast du ihm dein Pferd überlassen?", erkundigte er sich beinahe vorwurfsvoll.

„Mir ist ja nichts anderes übrig geblieben", erwiderte sie sanft. „Er konnte nicht mehr laufen."

„Aber du, ja?" Starr blickte er in ihr schönes Gesicht. Sie trug ihren breitkrempigen Akubra und ein hellblaues Halstuch, doch ihre Wangen waren gerötet, und auf ihren Schläfen standen feine Schweißperlen. Vernünftigerweise trug sie das Haar offen, aber auch zwischen ihren Brüsten rann ihr der Schweiß hinunter, und ihre langärmelige Bluse hatte überall nasse Flecken. „Zuerst müsst ihr etwas trinken", erklärte er schroff und ging zum Jeep zurück.

„Schon gut." Francesca folgte ihm und legte ihm die Hand auf den Arm. „Ich hatte Wasser mitgenommen, und wir haben beide getrunken, bevor wir das Mulga-Scrub verlassen haben."

„Dann könnt ihr jetzt noch etwas trinken." Er schenkte ihr Wasser aus dem Kanister ein.

„Willst du etwa auch aufpassen, dass ich es trinke?", fragte sie ironisch.

„Allerdings", bestätigte er energisch. „Und leg dir dieses Handtuch über Gesicht und Hals, während ich Richards hole." Er tränkte ein kleines Handtuch mit Wasser, nahm ihr den Akubra ab und tupfte ihr Gesicht und Hals dann selbst damit ab. „Was für Stiefel hast du an?", erkundigte er sich als

Nächstes mit gerunzelter Stirn.

„Es sind gute", antwortete sie etwas atemlos, als er aufhörte. Aber sie fühlte sich schon wesentlich besser.

„Steig ein. Ich kümmere mich um Richards."

Dankbar befolgte Francesca seine Anweisung. Sie bemühte sich, munter zu wirken, doch es fiel ihr schwer. Glenn mochte ein hervorragender Drehbuchautor sein, ein Mann der Tat war er allerdings nicht. Es war nicht einfach gewesen, aus dem unebenen Gelände, wo das Pferd stehen geblieben war, herauszukommen, und einen Weg durch das Mulga-Scrub zu finden. Spook hatte auch nicht gescheut, sondern Glenn hatte einfach keinen Zugang zu ihm gefunden und war nicht besonders sanft mit ihm umgegangen. Sie hatte ihm unterwegs ständig Anweisungen gegeben, nachdem sie gemerkt hatte, dass er nie Reitunterricht gehabt hatte. Als sie sich trotz ihrer Bedenken dem Wasserloch genähert hatten, hatte er dem Tier die Sporen gegeben, um es in eine andere Richtung zu lenken.

Das hatte Spook sich natürlich nicht gefallen lassen, und sie konnte es ihm nicht verdenken. Und da Glenn ohnehin eine schlechte Haltung gehabt hatte, war er sofort hinuntergefallen. Zu allem Überfluss hatte er sich von Anfang an über die Reitkappe beklagt und sie dann trotz ihrer Bitten abgenommen, sobald sie sich im Schatten der Flusseukalypten befanden.

Dass er sich nicht ernsthaft verletzt hatte, grenzte an ein Wunder. Er hatte eine große Beule am Kopf und wies die typischen Symptome einer Gehirnerschütterung auf – Kreislaufstörungen und Übelkeit. Es war verdammt schwer gewesen, ihn aufs Pferd zu hieven. Zuerst hatte sie einen geeigneten Felsen zum Aufsteigen für ihn finden und sich dann auf der anderen Seite gegen das Tier stemmen müssen. Schließlich hatten sie es geschafft, ohne dieses zu sehr zu belasten. Gypsy, ein ehemaliges Rennpferd, war sehr geduldig gewesen, während Spook die Gelegenheit ergriffen hatte und weggelaufen war.

Ihre Sachen waren feucht, und ihr Haar musste dringend gewaschen werden. Francesca krempelte die Ärmel ihrer Bluse hoch und nahm das nasse Halstuch ab. Ihr Herz klopfte von der Anstrengung immer noch schneller, doch sie musste nur die Zähne zusammenbeißen, denn bald würde sie unter der Dusche stehen. Ursprünglich hatte sie zum Haus reiten wollen, um Hilfe zu holen, doch Glenn hatte darauf bestanden, dass sie bei ihm blieb. Sie konnte sich vielleicht an das Leben in der Wildnis gewöhnen, aber er schien Angst vor dem Busch zu haben. In diesem Zustand erweckte er den Eindruck, dass er glaubte, man würde ihn nie finden oder er würde verdursten, wenn sie ihn allein ließ.

Nachdem er Glenn auf den Rücksitz des Jeeps geholfen hatte, warf Grant Francesca einen wütenden Blick zu. „Warum bist du nicht zurückgeritten, um Hilfe zu holen, Francesca? Du hast es dir unnötig schwer gemacht." Erleichtert stellte er fest, dass ihre Wangen nicht mehr so stark gerötet waren und sie erstaunlich gefasst wirkte.

„Das war meine Schuld", ließ Glenn sich undeutlich vom Rücksitz vernehmen. „Ich wollte sie nicht gehen lassen. Ehrlich gesagt, finde ich den Busch sehr furchteinflößend. Er ist so groß! Das merkt man erst, wenn man mitten in der Wildnis ist."

„Sie klingen schon besser, Glenn", bemerkte Francesca zufrieden und wandte den Kopf.

„Sie halten mich bestimmt für einen Idioten."

Kein Wunder, dachte Grant missbilligend.

„Sie hatten mir den Eindruck vermittelt, dass Sie ein besserer Reiter sind", erklärte sie ironisch.

„Das dachte ich ja auch. Es beweist nur, wie wenig ich hierher passe. Ich bin schon auf Reitwegen geritten. Aber eigentlich ging es immer nur geradeaus, und ich war immer mit einer Gruppe unterwegs."

„Und was ist mit Ihrer Reitkappe passiert?", fragte Grant schroff, bemüht, seinen Zorn auf Richards zu verdrängen. Richards hatte nicht nur erwartet, dass Francesca bei ihm blieb und Händchen hielt, sondern auch, dass sie ihn in der Hitze zu Pferde durch den Spinifexgürtel führte. Er, Grant, hätte so etwas niemals zugelassen.

„Der ist beim Sturz heruntergefallen", schwindelte Francesca, um ihn nicht noch mehr aufzuregen. „Der Kinnriemen muss aufgegangen sein."

Grant seufzte. „Erzähl mehr."

„Tut mir leid. Es ist mir ja selbst peinlich. Glenn war so warm. Er hat die Reitkappe kurz abgenommen, um sich etwas abzukühlen."

„Und warum hat der Wallach gescheut?" Seine Augen funkelten. „Ich will eine ehrliche Antwort."

„Ich habe ihm ein bisschen die Sporen gegeben, damit er die Richtung ändert, und dann ist er durchgegangen, und ich bin im Scrub gelandet. Ein Ast muss mich am Kopf getroffen haben."

„Sie hatten ja auch keine Reitkappe auf", sagte Grant trocken. „Sicher sind Sie nicht scharf darauf, wieder auszureiten." Obwohl er es nicht aussprach, ließ er keinen Zweifel daran, dass er damit meinte: jedenfalls nicht mit Francesca.

Als Grant den Jeep vor dem Haus stoppte, eilten alle auf die Veranda, und Francesca und Glenn wurden umarmt und geküsst. Da Glenn verletzt war, bekam er die meiste Aufmerksamkeit, doch als Fee ihre Tochter beiseitenahm, verriet ihre Miene, wie angespannt sie gewesen war.

„Mein Schatz!" Ein Blick genügte ihr. Francescas Ausritt mit Glenn Richards hatte sich für sie nicht gelohnt. Ihre gelbe

Bluse trocknete schnell in der Hitze, ansonsten sah Francesca aus, als hätte man sie unter Wasser getaucht. Ihr wunderschönes langes Haar war richtig strähnig. Und ihr Gesichtsausdruck erinnerte an den von damals, als sie noch ein kleines Mädchen gewesen war. Sie bemühte sich, brav zu sein.

„Es ist alles in Ordnung, Mama", versicherte sie. „Glenn ist vom Pferd gefallen, aber er hat sich nichts gebrochen. Er hat nur eine Beule am Kopf, und sein männlicher Stolz ist verletzt."

„Zur Hölle damit!" Fee lachte auf und warf einen Blick über die Schulter zu Glenn, der, umringt von Ngaire und dem Rest der Crew, auf einem Verandastuhl saß. „Mir ist sowieso nicht klar, warum du ihn überhaupt mitgenommen hast. Alles, was er über Pferde weiß, hat er aus irgendwelchen Filmen."

Grant dachte darüber nach. „Ich habe noch nie erlebt, dass der Held die Lady um Hilfe gebeten hat. *Er* ist geritten. *Sie* ist gelaufen."

„Das gibt es doch nicht." Fee schüttelte den Kopf. „Na, der kann was erleben." Sie wollte sich abwenden und zu Glenn gehen, aber Francesca hielt sie zurück.

„Bitte nicht, Mama. Glenn war gar nicht mehr er selbst. Er hat eine Gehirnerschütterung. Er war viel zu erschöpft, um zu gehen. Der Wallach ist einfach weggelaufen."

Fee betrachtete sie verblüfft. „Warum hast du ihn nicht einfach dagelassen und bist hierhergeritten, um Hilfe zu holen?"

„Weil er völlig außer sich war, als ich wegreiten wollte."

„Ein typischer Stadtmensch", bemerkte Grant spöttisch. „Lass nur, Fee. Jetzt hat Glenn wenigstens etwas zu erzählen. Francesca sollte erst mal duschen und sich abkühlen. Sie war ziemlich erhitzt."

Fee krauste die Stirn. „Gewisse Dinge müssen aber gesagt werden, Grant."

„Reg dich nicht auf, Mama, und vergiss es einfach", bat

Francesca und hörte, wie die anderen lachten, als Glenn seinen Sturz beschrieb. „Es war alles meine Schuld. Ich habe schnell gemerkt, dass Glenn wenig Erfahrung hat. Ich hätte gleich umkehren sollen."

Grant nickte. „Und jeder vernünftige Mensch hätte dir erzählt, wie unerfahren er ist." Er umfasste ihr schmales Handgelenk. „Ich gebe dir ein Hemd von mir. Jeans kann ich dir leider nicht leihen. Du kannst entweder die Wanne oder die Dusche im Bad neben dem großen Schlafzimmer benutzen. Ich suche dir frische Handtücher raus. Richards kann die Dusche neben der Vorratskammer im hinteren Teil des Hauses benutzen. Da sind auch Handtücher. Ich hole Myra, damit sie sich um ihn kümmern kann." Myra war die Frau des Vorarbeiters und ausgebildete Krankenschwester. „Ich glaube nicht, dass es ihm so schlechtgeht, wenn er hier rumsitzen und Geschichten erzählen kann."

„Die werde ich später schon richtigstellen", versprach Fee. „Ich komme mit, Schatz", fügte sie an Francesca gewandt hinzu.

„Nein, Mama, ich komme schon zurecht." Francesca schüttelte den Kopf. „Ich möchte mich nur abkühlen. Zum Glück hatte ich einen guten Sunblocker aufgetragen. Glenn hat bestimmt einen schlimmen Sonnenbrand, aber er wollte ja nicht auf mich hören." Sie warf einen Blick auf ihre Armbanduhr und sah dann wieder ihre Mutter an. „Ihr seid für heute noch nicht fertig, oder?"

„Mal sehen." Fee blickte sich um. „Wir haben gerade einige Scheinwerfer aufgebaut, als dieses verdammte Pferd ankam. Aber nun, da ihr beide wieder hier seid, will Ngaire die Szene bestimmt zu Ende drehen. Marc und ich sind so weit. Er ist so professionell. Es macht Spaß, mit ihm zusammenzuarbeiten."

„Kannst du Richards bitte ausrichten, dass ich Myra kommen lasse?", fragte Grant, als sie sich zum Gehen wandte. „Sie wird schon ein Mittel für seinen Sonnenbrand auftreiben. Es nützt offenbar nichts, wenn man die Leute vor den Bedingungen hier warnt. Sie hören ja sowieso nicht auf einen."

Alle Räume auf Opal Plains waren groß, doch das Schlafzimmer, das normalerweise vom Hausherrn genutzt wurde, war geradezu riesig und wurde von einem wunderschönen Himmelbett aus Satinholz beherrscht, dessen geblümter Baldachin zu der Tagesdecke passte. Die englischen Stilmöbel waren ein vertrauter Anblick für Francesca – der Spiegel mit dem vergoldeten Holzrahmen aus dem achtzehnten Jahrhundert, die Mahagonikommoden, die verschnörkelte Chaiselongue zwischen den Balkontüren, die Regency-Stühle und der Gobelin. Offenbar hatten die Camerons alles in England gekauft und nach Australien verschiffen lassen.

„Das Bad ist hier", erklärte Grant und führte Francesca durch das Ankleidezimmer in ein geräumiges Bad, das man modernisiert hatte, ohne den ursprünglichen Charakter zu zerstören.

„Du hast nicht zufällig Shampoo, oder?", fragte sie, denn ihr war aufgefallen, dass das Schlafzimmer schon länger nicht benutzt worden war.

„Hier wohl nicht." Grant ließ den Blick zu den Holzschränken mit Messinggriffen schweifen, zu denen es auch passende Wandschränke gab. „Aber mal sehen ... Rafe und ich wollten keine Haushälterin, die hier wohnt, so wie es früher üblich war. Myra und einige andere Frauen halten das Haus für uns in Schuss." Er ging zu den Wandschränken und öffnete sie.

„Heute ist dein Glückstag", verkündete er zufrieden. „Hier ist alles, was du brauchst. Vielleicht sind sogar Handtücher im Wäscheregal. Myra hat anscheinend schon alles für Rafes und Allys Rückkehr vorbereitet."

Francesca stellte fest, dass die Regale links und rechts von den Schränken nicht nur Bettwäsche, sondern auch Handtücher in drei Farben – weiß, hellgelb und hellgrün – enthielten.

„Ich weiß nicht, was wir ohne Myra und die anderen machen würden", bemerkte Grant dankbar. „Sie sind richtig mütterlich. Ally wird bestimmt vieles verändern, aber die Frauen werden ihr dabei helfen. Also, möchtest du baden oder duschen?" Er drehte sich zu ihr um. „Ich kann dir Badewasser einlassen, wenn du möchtest."

Als sie ihm in die Augen sah, stellte sie fest, dass sie vor Verlangen funkelten. „Ein Bad würde mir bestimmt guttun, aber ich dusche lieber", erwiderte sie, so ruhig sie konnte. „Dann kann ich mir besser die Haare waschen. Außerdem möchtest du uns bestimmt vor Sonnenuntergang nach Hause fliegen."

„Ich mache mir mehr Sorgen um dich", sagte er, ohne den Blick von ihr abzuwenden.

„Ich dusche lieber, Grant." Es machte ihr zu schaffen, dass sie wünschte, er könnte mit ihr zusammen duschen, und ein erregendes Prickeln verspürte.

„Na gut." Unvermittelt wandte er sich ab. „Lass dir Zeit. In den Regalen müssen auch Badelaken sein. Rafe und ich hassen die Minihandtücher, die man sich nicht richtig umwickeln kann."

Dann ging er weg und schloss leise die Schlafzimmertür hinter sich. Francesca schüttelte den Kopf und versuchte, einen klaren Gedanken zu fassen. Es war ungewöhnlich, dass sie so stark auf ihn reagierte. Nie hätte sie es für möglich gehalten, so empfinden zu können. Kein Wunder, denn sie war ja auch nie einem Mann begegnet, der solche Gefühle in ihr wecken konnte.

Schnell zog sie sich aus und schlang sich ein großes gelbes Badetuch um. Dann ging sie auf den Balkon und hängte ihre Sachen zum Trocknen über zwei Stühle. Wieder im Bad, nahm sie das Handtuch ab und betrat die Duschkabine, in der zwei Personen Platz gehabt hätten. Nachdem sie das Wasser aufgedreht hatte, stand sie eine Weile einfach nur da und ließ es an sich hinunterlaufen. Genau das hatte sie gebraucht. Niemand, der es nicht selbst erlebt hatte, konnte sich vorstellen, wie anstrengend ihr Marsch durch das unwegsame Gelände bei der Hitze gewesen war.

Erst nachdem sie sich das Haar zweimal shampooniert hatte, spürte sie die Auswirkungen der Strapazen. Ein feiner Schleier schien sich über ihre Augen zu senken, und sie bekam weiche Knie. Sie versuchte, sich zusammenzureißen und die Duschkabine zu verlassen. Nun verschwamm ihr alles vor den Augen. Sie würde doch nicht etwa in Ohnmacht fallen?

Francesca stöhnte laut auf und versuchte noch einmal, die Duschkabine zu verlassen. Nur nebenbei nahm sie die große Gestalt wahr, die draußen wartete.

Vom Westflügel aus rief Grant im Bungalow des Vorarbeiters an und war erleichtert, als Myra abnahm. Schnell berichtete er ihr, was passiert war, und bat sie, nach Richards zu sehen. Anschließend bedankte er sich dafür, dass sie sich so vorbildlich um das Haus kümmerte.

Danach suchte er ein frisch gewaschenes Hemd für Francesca heraus. Es würde ihr viel zu groß sein, doch es war sauber, und sie konnte die Ärmel hochkrempeln und die Enden miteinander verknoten.

Seine Wahl fiel auf ein weißes Freizeithemd mit einem blauen Streifen. Er konnte sich nicht entsinnen, es je getragen zu haben, zumal es ganz neu aussah. Und er konnte sich lebhaft vorstellen, wie Francesca darin aussah – *nur* darin … Als er an die Schlafzimmertür klopfte, antwortete niemand. Vermutlich stand sie noch unter der Dusche. Das Hemd über dem Arm, betrat Grant das Schlafzimmer, um das Hemd aufs Bett zu legen. Plötzlich hörte er ein leises Stöhnen.

Sein Herz krampfte sich zusammen. Verdammt, was war los? Er hätte sie nicht allein lassen dürfen.

„Francesca?" Grant eilte zur Tür zum Ankleidezimmer und stellte dabei fest, dass die zum Bad einen Spalt offen stand. „Francesca?", rief er. Sie musste ihn hören.

Noch immer antwortete sie nicht, aber er hörte das Wasser laufen. Wieder rief er ihren Namen und stand gerade vor der Tür zum Bad, als Francesca erneut aufstöhnte. Schnell riss er die Tür auf.

Nackt war Francesca noch schöner, als er es sich ausgemalt hatte. Sie stand über die Armatur gebeugt und wollte offenbar das Wasser abdrehen.

„Schon gut, ich bin ja bei dir!" Er öffnete die Schiebetür und stützte Francesca mit einem Arm, während er mit der anderen Hand den Hahn zudrehte. „Francesca!"

Als sie gegen ihn sank, flammte heftiges Verlangen in ihm auf, dessen er sich schämte. Schließlich war sie kurz davor, ohnmächtig zu werden.

Mit der anderen Hand nahm er das gelbe Badetuch von der Stange und wickelte es ihr so behutsam um, als wäre sie ein Baby. Dann hob er sie hoch und trug sie ins Schlafzimmer, wo er sie aufs Bett setzte.

„Francesca, Schatz!" Schnell drückte er ihren Kopf auf die Knie, wobei er sie mit einem Arm stützte, sodass sie schnell wieder zu sich kam.

„Ich wäre fast in Ohnmacht gefallen", flüsterte sie.

„Rede nicht." Nach einer Weile richtete er sie wieder auf. Das Wasser tropfte ihr aus den Haaren. „Ich bin wütend auf mich selbst, weil ich dich allein gelassen habe", gestand er. „Zum Glück bin ich gerade im richtigen Moment zurückgekommen. Wie geht es dir?"

„Mir ist immer noch ein bisschen schwindlig."

„Verdammt!“, fluchte Grant leise. Nun, da es ihr wieder besser ging, wurde er sich erneut ihrer Nacktheit bewusst. Er versuchte, den Blick auf ihre Beine zu richten, und stellte sich vor, wie er sie streichelte. Sie war perfekt proportioniert, und ihr rotes Haar, die helle, zarte Haut und die rosigen Knospen wirkten ungemein erotisierend. Das Handtuch war ihr fast bis zur Taille gerutscht, und er zog es vorsichtig hoch.

„Myra kommt her, um sich Richards anzusehen“, erklärte er sanft. „Ich werde sie bitten, auch nach dir zu sehen.“

Francesca zitterte leicht. Die unterschiedlichsten Empfindungen durchfluteten sie, und sie war außer Stande, sie zu kontrollieren. „Es geht mir gut“, protestierte sie und schüttelte den Kopf.

„Trotzdem soll sie nach dir sehen. Es kann nicht schaden.“ Grant stand auf, ging ins Bad und kehrte mit einem sauberen Handtuch zurück. „Komm, ich trockne dir die Haare.“

Francesca presste sich das Badelaken an die Brust. „Die Bettdecke wird ganz nass.“

„Wen kümmert's? Du glaubst doch nicht, dass Ally alles so lässt, oder?“, fragte er ironisch. „Sag Bescheid, wenn ich dir wehtue.“

Wenn er ihr *wehtat?* Sie war erregt!

Trotzdem saß sie still und hielt das Badelaken weiter fest, während Grant ihr vorsichtig das Haar frottierte und es anschließend kämmte.

„Hast du eine Ahnung, wie jung du aussiehst?“ Ohne nachzudenken, presste er die Lippen auf ihren Nacken.

Es durchzuckte sie heiß, und sie lehnte sich an ihn.

„Was machen wir hier eigentlich?“, sagte er ihr ins Ohr und umfasste dabei ihre Brust. „Du solltest dich anziehen. Und ich sollte zu Myra gehen.“ Mit der Zungenspitze liebkoste er ihr Ohrläppchen. „Francesca!“ Er begann ihr Koseworte zuzuflüstern, die ihr zu Herzen gingen, und sein Atem erregte sie noch mehr. „Du schmeckst nach Frucht. Wie ein Pfirsich."

Francesca glaubte zu vergehen.

„Verdammt, was ist bloß mit mir los?", fluchte Grant heiser und löste sich widerstrebend von ihr. „Tut mir leid, du brauchst jetzt eher Pflege als leidenschaftliche Küsse. Wenn du das Handtuch festhältst, ziehe ich dir das Hemd an", fügte er sachlich hinzu. „Deswegen bin ich ja überhaupt zurückgekommen. So …" Er nahm sein Hemd vom Bett und half ihr erst in einen, dann in den anderen Ärmel.

Francesca fühlte sich außer Stande, ihm dabei zu helfen, und er nahm ihre Hand und küsste sie. Dann hockte er sich vor sie, um das Hemd zuzuknöpfen. Seine Augen funkelten vor Verlangen, als er dabei ihre Brüste berührte.

„Fertig!" Dass sie noch geschwächt war, war seine Rettung. Er begehrte sie so sehr, dass ihm selbst schwindlig wurde.

Sie sah ihm in die Augen. „Ich liebe dich, Grant", erklärte sie, und es klang unbeschreiblich süß.

„Wirst du das zu mir sagen, wenn du dich von mir verabschiedest?", erkundigte er sich zärtlich. „Ich wette, du hast nicht einmal deinem Vater von mir erzählt."

Das stimmte. Der Zeitpunkt war ihr immer ungünstig erschienen, wenn sie zu Hause angerufen hatte. Ihre Briefe waren sehr ausführlich, doch falls ihr Vater es nicht verstand, zwischen den Zeilen zu lesen, würde er nicht ahnen, dass sie sich bis über beide Ohren in Grant Cameron verliebt hatte. Warum erzählte sie es ihm nicht? War sie feige? Sie wusste nur, dass ihr Vater im Gegensatz zu ihrer Mutter immer für sie da gewesen war.

„Jemand sollte es ihm sagen, Francesca", warnte Grant. „Tu es, du bist es ihm schuldig. Wenn du es nicht kannst, mache ich es. Dann weißt du, woran du bist."

Francesca streckte die Hand aus und berührte seine Wange

und sein Kinn. „Und wie willst du es ihm beibringen?"

Er verzog spöttisch das Gesicht. „Was glaubst du denn? Ich würde mich ins Flugzeug setzen."

„Einfach so?" Sie war wie elektrisiert.

„Warum nicht? Dein Vater bereitet mir kein Kopfzerbrechen, sondern *du.* Und Fee, die sich sonst nicht um die Meinung der anderen schert. Es liegt wohl daran, dass er ein Earl ist." Entschlossen stand er auf. „Ich hole jetzt Myra. Warum legst du dich nicht hin?"

„Ich lege mich auf die Chaiselongue." Francesca versuchte aufzustehen, schaffte es jedoch nur mit seiner Hilfe. Dass ihre Füße wehtaten, überraschte sie nicht, aber was war mit ihrem Nacken und ihrem Rücken? Offenbar hatte sie sich übernommen, als sie Glenn hochgezogen und ihm aufs Pferd geholfen hatte. Seltsamerweise hatte sie es zu dem Zeitpunkt gar nicht gemerkt. Allerdings wollte sie nicht jammern. Es war nicht ihre Art, und außerdem war sie auch schuld daran. Sie hätte Glenn allein lassen und Hilfe holen sollen. Doch ihr war klar, dass sie sich in einer ähnlichen Situation wieder genauso verhalten würde. Ally sagte ihr immer, sie hätte ein zu weiches Herz.

Francesca sah in seinem Hemd hinreißend aus. Es war ihr viel zu groß, aber trotzdem – oder gerade deswegen – wirkte sie so unschuldig wie ein Kind. Und gleichzeitig unglaublich sexy. Ihr flammend rotes Haar trocknete in der Nachmittagssonne. Es bildete einen perfekten Kontrast zu ihrer hellen Haut. Sie sprach nicht nur seinen Körper, sondern auch seinen Geist und seine Seele an, und bei ihrem Anblick krampfte sich sein Herz zusammen.

Grant umfasste ihr Kinn und blickte ihr ernst in die Augen. „Ich will dich mehr als je zuvor in meinem Leben", gestand er rau. „Ich träume jede Nacht von dir. Ich möchte mit dir schlafen. Ich möchte, dass du mir deine Jungfräulichkeit schenkst. Und es ist ein Geschenk, Francesca. Ich möchte der einzige Mann in deinem Leben sein. Für immer."

Der ganze Raum schien von den leuchtenden Farben der untergehenden Sonne erfüllt zu sein. Ihre Augen füllten sich mit Tränen. „Und ich gehöre dir. Für immer."

Seine Augen funkelten triumphierend, und Grant schloss sie in die Arme. Er lächelte, bevor er die Lippen auf ihre presste und ein erotisches Spiel mit der Zunge begann. Nach einer Ewigkeit, wie es ihr schien, löste er sich von ihr. „Liebst du mich?", flüsterte sie verzweifelt und wandte sich für einige Sekunden von ihm ab. „Sag es. Sag es."

„Ich werde es dir *zeigen.*" Er glühte vor Leidenschaft. Jetzt blieb ihnen nichts anderes übrig, als zu heiraten. Und wie er sich danach sehnte! Er würde alles für sie tun. Nach England fliegen. Ihren Vater besuchen. Mit ihm reden. Ihn um seine Zustimmung bitten. Das schuldete er ihm. Mit Francesca an seiner Seite würde er viel erreichen. Und sie brauchte ihr altes Leben nicht ganz aufzugeben. Er würde ihr immer erlauben, ihren Vater zu besuchen, ihre Heimat, ihre Freunde. Verdammt, er würde sich sogar die Zeit nehmen, sie zu begleiten. Sie war die einzige Frau, die seinem Leben einen Sinn geben würde, und er war trunken vor Liebe.

Fee, die nach ihrer Tochter sehen wollte, traf diese und Grant in so leidenschaftlicher Umarmung an, dass sie nicht stören wollte. Ihr blieb jedoch nichts anderes übrig, und sie stellte fest, dass sie tiefes Bedauern empfand. Sie hatte zwar gewusst, dass Francesca und Grant sich liebten, aber das Ausmaß ihrer Gefühle war ihr nicht klar gewesen.

Was sie jetzt sah, war etwas Unwiderrufliches. Eine Begierde, deren sie Francesca nie für fähig gehalten hätte. Francesca war so jung, so unerfahren und hatte immer ein behütetes Leben geführt. Grant Cameron schien ihre Leidenschaft geweckt zu haben. Das hier war keine Urlaubsromanze, wie sie,

Fee, befürchtet hatte. Francesca war Grant Cameron gegenüber loyal.

Regungslos stand Fee da, unfähig, sich zu bewegen, und schließlich bemerkten Grant und Francesca sie. Sie wirkten nicht im Mindesten schuldbewusst und lösten sich nur langsam voneinander. Francesca strich sich das Haar aus dem Gesicht, und Grant lächelte spöttisch.

„Du hast deine Abgänge und Auftritte wirklich zur Kunstform erhoben, Fee."

Wäre sie dreißig Jahre jünger gewesen, wäre sie errötet. „Tut mir leid, ich wollte euch nicht stören, aber ich dachte, du würdest mittlerweile im Bett liegen, Francesca. Was in aller Welt hast du da an?" Erstaunt betrachtete Fee ihre Tochter.

„Siehst du das denn nicht, Mama?" Francesca stand auf und lächelte strahlend. „Es ist ein Männerhemd. Es gehört Grant."

„Und es sieht ganz bezaubernd aus", sagte Grant und nahm ihre Hand. „Wir hätten Francesca übrigens nicht allein lassen dürfen, Fee. Sie wäre unter der Dusche beinahe ohnmächtig geworden."

„Und du hast sie gerettet?", fragte Fee entgeistert.

„Zum Glück war ich rechtzeitig zur Stelle", erwiderte er ernst. „Ich wollte ihr das Hemd bringen und habe ihr Stöhnen gehört."

Wäre Francesca nicht ihre Tochter gewesen, hätte sie wohl eine scharfe Bemerkung gemacht. Stattdessen eilte Fee zu ihr. „Stimmt das, Schatz? Du bist so anfällig."

„Nach so einem Marsch wäre selbst Ally ohnmächtig geworden", erklärte Grant ironisch.

„Das glaube ich nicht", entgegnete Fee. „Ally wäre nicht so dumm gewesen, diesen Kerl zu bemitleiden."

„Schön, dass du so über sie denkst", sagte Francesca mit einem vorwurfsvollen Unterton.

„Oh, du weißt genau, was ich meine!“, rief Fee. „Sei nicht böse auf mich, Schatz. Du bist so ein gutherziges Ding.“

Grant lächelte. „Und sie ist sehr tapfer. Sie hat sich nicht einmal beklagt. Francesca mag ja gutherzig sein, und dafür liebe ich sie, aber sie ist auch praktisch veranlagt. Wisst ihr was? Ich lasse euch jetzt allein und hole Myra. Francesca sieht zwar fantastisch aus, aber wir dürfen nicht vergessen, dass sie beinahe ohnmächtig geworden wäre.“ Dann verließ er das Zimmer.

„Du siehst wirklich fantastisch aus“, bemerkte Fee und sah ihrer Tochter in die Augen. „Du hast eine wichtige Entscheidung getroffen, stimmt's?“

„Ich wusste es von Anfang an“, erwiderte Francesca. „Grant hatte gewisse Ängste, was mich betrifft. Genau wie du, Mama, und du hast sie wahrscheinlich immer noch. Aber Grant und ich sind seelenverwandt. Wir sind in fast allem einer Meinung, zumindest wenn es um wichtige Dinge geht. Nun ist ihm endlich klar geworden, dass ich hier leben kann. Ich habe es schon immer gewusst. Ich liebe das Land meiner Mutter seit meinem zehnten Lebensjahr. Ich fühle mich ihm tief verbunden.“

Fee dachte lange nach. „Ich hätte es merken müssen, Schatz“, gestand sie schließlich. „Ich war wie immer viel zu sehr mit mir selbst beschäftigt.“

„Ich bin in meinem tiefsten Inneren davon überzeugt, dass es richtig ist, Mama. Grant und ich werden einander unterstützen. Er vertraut mir. Er respektiert mich. Das ist die Basis für eine gute Ehe.“

Liebevoll berührte Fee Francescas Wange. „Hast du eine Ahnung, wie glücklich du dich schätzen kannst, Liebling? Ich habe mein halbes Leben gebraucht, um endlich meine große Liebe zu finden. David liebt mich, so wie ich bin. Dein Vater dagegen wollte, dass ich mich ändere. Trotzdem hat er mir einmal sehr viel bedeutet.“

„Er hat dich geliebt, Mama“, erinnerte Francesca sie sanft.

„Das haben sie alle. Ich war immer heiß begehrt, wenn ich das sagen darf.“

„Das bin ich auch.“ Lächelnd ging Francesca zur Chaiselongue und legte sich darauf. „Ich möchte, dass Vater mich zum Altar führt. Ich möchte mein neues Leben beginnen, wenn er dabei ist.“

„Natürlich, Schatz“, erwiderte Fee. „Aber du musst ihm sofort von Grant erzählen. Wenn er sieht, wie glücklich du bist, wird er sicher nicht wütend auf dich sein und keinen Druck auf dich ausüben.“ Das hoffte sie zumindest, denn der Earl liebte seine Tochter über alles. Außerdem würde Grant im Vergleich zu Jimmy Waddington als der überragende Sieger hervorgehen.

„Grant möchte nach England fliegen, um mit Vater zu sprechen“, informierte Francesca sie. „Ich habe keine Angst davor, dass sie sich vielleicht nicht verstehen. Vater und ich sind uns in vieler Hinsicht sehr ähnlich.“

„Man merkt dir deine Herkunft an“, bestätigte Fee. „Und du hast auch einiges von mir geerbt.“

„Und ich werde ihn begleiten“, fuhr Francesca fort. „Es gibt vieles, was ich Vater erklären möchte. Vieles, wofür ich ihm danken möchte. Er und Grant werden bestimmt viele Gemeinsamkeiten haben. Und ab und zu kann er uns besuchen.“

„Das wird er, Schatz“, meinte Fee. „Vor allem wenn du dein erstes Kind bekommst.“

Daraufhin lachten sie beide.

Fee fragte sich, wann ihre Tochter sich von dem bezaubernden Kind in eine Frau verwandelt hatte, die sich der größten Herausforderung im Leben stellte. Offenbar habe ich es nicht mitbekommen, dachte sie.

7. KAPITEL

Zehn Tage später waren die Szenen, die im Outback spielten, abgedreht und Francescas Rolle in dem Film beendet. Ngaire und Glenn kehrten mit dem Rest der Crew nach Sydney zurück und nahmen Fee und David mit. Fee musste noch einige Szenen in der Nähe von Sydney drehen und sich auf die große Party vorbereiten, die sie anlässlich des Erscheinens ihrer Biografie am Ende des Monats geben wollte.

„Danke, dass Sie mir das Leben gerettet haben, Francesca", sagte Glenn und gab Francesca einen Handkuss. „Ich kann es gar nicht erwarten, Sie auf Fees Party wiederzusehen. Sie waren perfekt als Lucinda. Eine bessere Darstellerin hätten wir nicht bekommen können."

Ngaire stimmte ihm zu und umarmte sie zum Abschied. „Sie könnten groß rauskommen, wenn Sie wollten, Schätzchen."

Aber ich habe etwas Besseres vor, dachte Francesca, behielt die große Neuigkeit jedoch noch für sich.

Grant, der beobachtete, wie Richards seinen Charme spielen ließ, wurde diesmal nicht eifersüchtig, weil er wusste, dass Francesca bei seiner nächsten Begegnung mit ihm verlobt sein würde. Er hatte den Ring in der Tasche. Er war erst am Vortag eingetroffen. Und er war atemberaubend schön. Eine Woche zuvor hatte er, Grant, dem Juwelier der Familie ein Fax mit seinen Vorstellungen geschickt – 18-karätiges Weißgold mit einem hochwertigen Brillanten von etwa 1,5 oder 1,6 Karat, denn ein 2-Karäter wäre für Francescas schmale Hand zu groß gewesen. Dieser Brillant sollte von anderen Steinen eingefasst sein, vielleicht von rosafarbenen Diamanten. Der Preis war für ihn nebensächlich gewesen, denn es sollte ein exquisites Geschenk sein.

Der Juwelier hatte umgehend ein Fax mit zwei detaillierten Skizzen zurückgeschickt. Bei einem Entwurf war der Stein in der Mitte oval gewesen und von rosafarbenen Diamanten in Blattform eingefasst, bei dem anderen rund und von Argyle-Diamanten eingefasst. Er, Grant, hatte sich sofort für den Ersten entschieden und konnte es nun kaum erwarten, ihn Francesca anzustecken.

„Rebecca hat mich gebeten, zum Mittagessen zu bleiben", sagte er zu ihr, während sie beobachteten, wie das Charterflugzeug in den strahlend blauen Himmel stieg. „Danach muss ich nach Opal Plains fliegen, um die Wartungsarbeiten zu beaufsichtigen." Er neigte den Kopf. „Was hältst du davon, wenn wir vorher einen kurzen Ausflug nach Myora machen? Ich möchte dir etwas zeigen."

Erfreut sah Francesca ihn an. „Gern! Ich wollte dir schon längst meine Skizzenbücher zeigen, aber bei der ganzen Filmerei bin ich überhaupt nicht dazu gekommen. Fee hat die Crew zur Eile angehalten, weil sie vor dem Erscheinen ihrer Biografie fertig sein wollte. Und du hast Rebeccas Frage noch gar nicht richtig beantwortet. Kommst du auch?"

„Und ob", erwiderte er trocken. „Was ist, wenn Richards dir immer noch den Hof macht? Immerhin hat er sich mit einem Handkuss von dir verabschiedet."

„Das hatte nichts zu bedeuten", neckte sie ihn.

„Das hoffe ich. Ich wundere mich über seine Dreistigkeit."

Zehn Minuten nachdem sie losgefahren waren, hielten sie an, um zwei Emus zu betrachten, die einen Paarungstanz vollführten. Das Männchen vollführte so komische Bewegungen, dass Francesca nicht aufhören konnte zu lachen. Das Weibchen hingegen gab sich scheinbar abweisend, indem es um das Männchen herumging oder sich die Federn putzte.

„Sie führt ihn nur an der Nase herum.“ Grant lächelte jungenhaft. „Emus sind bemerkenswerte Tiere, und das nicht nur, weil sie so schnell laufen können. Sogar in den kargsten Gegenden finden sie noch etwas zu fressen, aber wenn sie brüten, suchen sie Schutz im Scrub. Du weißt ja, wie groß die Eier sind. Sie müssen mehr als zwei Monate bebrütet werden.“

„Das ist eine lange Zeit für die arme Mum.“

„Für den armen Dad, meinst du wohl. Das macht nämlich das Männchen.“

„Die Kängurumutter trägt ihr Junges wenigstens im Beutel. Was für niedliche Gesellen! Es ist so faszinierend, eine Herde Kängurus über die Ebenen hüpfen zu sehen. Dann benutzen sie ihre Hinterbeine, aber wenn sie sich langsam fortbewegen, dienen die Vorderbeine und der Schwanz als Stütze.“

„Du hast sie ja gut beobachtet.“ Er sagte ihr nicht, dass er ihre Skizzenblöcke betrachtet hatte. Noch nicht. Sie hatte das Auge einer Künstlerin.

Als sie die Gegend erreichten, in der er sein Haus bauen wollte, konnten sie in der Ferne eine Rinderherde sehen. Die Tiere konnten sich monatelang von Sukkulenten ernähren, ohne Wasser zu bekommen.

„Rafe und Ally kommen bald zurück“, sagte Grant leise. Noch immer saß er am Steuer des Jeeps.

„Sie sind bestimmt enttäuscht, weil sie Mamas Party verpassen“, erwiderte Francesca. „Aber sie hat sie schon weit genug verschoben.“

„Und ihre Hochzeit“, ergänzte er lässig.

„Sie und David wollen nicht heiraten, ohne dass Ally dabei ist.“ Francesca lächelte ihn an. „Mama und Ally stehen sich sehr nahe.“

„Stört es dich?“, erkundigte er sich sanft und war erleichtert, als sie den Kopf schüttelte.

„Eigentlich nicht, ich liebe sie beide. Mama versteht Ally

besser als mich. Ich muss erst heiraten, um sie davon zu überzeugen, dass ich erwachsen bin."

„Solange du nicht *dreimal* heiratest", witzelte er. „Komm, steigen wir aus." Er sprang hinaus, ging um den Jeep herum und half Francesca heraus. Vor ihnen glühte Myora tiefrot in der Sonne, und der Wind, der plötzlich aufgekommen war, erzeugte ein Geräusch in den Hohlräumen und Höhlen, das wie ein Seufzen klang.

„Die Stimme der Geister." Grant blickte auf sie herab. „Hast du Angst?"

„Warum sollte es hier keine Geister geben?", meinte Francesca. „Dieses Land ist sehr alt, und die Traumzeit-Legenden sind allgegenwärtig."

Es war Zeit, es ihr zu sagen. Hier, an dem Ort, dem sie sich beide so verbunden fühlten.

„Ich habe mir deine Skizzenblöcke angesehen."

Francesca sah ihn überrascht an. „Warum hast du es mir nicht erzählt?"

„Ich glaube, weil ich zu bewegt war", erwiderte er schlicht. „Ich wollte nicht, dass jemand anderes sie sieht. Oder dass jemand deine Skizzen von *unserem* Haus sieht. Das geht nur uns beide etwas an."

„Sie haben dir gefallen?" Ruhig blickte sie ihn an.

„Ich liebe sie", gestand Grant rau. „Genauso wie ich dich liebe. Ich kann zwar nicht so zeichnen wie du, aber du weißt, was in mir vorgeht. Deine Skizzenblöcke haben mich davon überzeugt, dass du dieses Land wirklich liebst. Die Blumen und Tiere, die du so naturgetreu wiedergegeben hast. Deine Vorstellung von einer Oase in der Einsamkeit beweist, wie ähnlich wir uns sind."

Zärtlich berührte sie sein Gesicht. „Es bedeutet mir alles, Grant."

Grant nahm sie in die Arme. „Ich habe daran gezweifelt,

dass du dich an dieses fremde Land anpassen kannst. Aber es ist dir überhaupt nicht fremd. Es ist Teil deines Erbes. Und jetzt habe ich etwas für dich.“ Er sah sich um, und schließlich fiel sein Blick auf einen großen roten Felsen, der von gelben Adern durchzogen war. „Komm, setz dich darauf.“

„Was soll das?“ Sie ließ sich von ihm zu dem Felsen führen und hatte dabei das Gefühl, ihm unendlich viel zu bedeuten. Es war wundervoll. Berauschend.

„Das wirst du gleich sehen“, versprach er.

Sobald Francesca sich auf den Felsen gesetzt hatte, kniete Grant sich vor sie und lächelte sie strahlend an. „Lady Francesca de Lyle, ich möchte um deine Hand anhalten. Ich liebe dein rotes Haar. Ich bin sogar bereit, mich in die Höhle des Löwen zu wagen, sprich, deinen Vater aufzusuchen. Ich möchte seinen Segen. Ich will alles tun, um dich glücklich zu machen. Wenn du willst, können wir in England heiraten. Bestimmt möchtest du, dass dein Vater dich zum Altar führt. Es wird ihn sicher freuen. Und ich bin auch sicher, dass er es so möchte. Ich werde den grauen Himmel und die kalten Winter in England in Kauf nehmen. Ich werde alles in Kauf nehmen, wenn du mich nur heiratest. Und damit ich nicht länger vor dir knien muss, würde ich mich geehrt fühlen, wenn du meinen Ring tragen würdest.“ Er nahm ein kleines dunkelblaues Kästchen aus der Tasche, öffnete es und nahm den Ring heraus. „Ihre Hand, meine Lady.“ Als er ihren erwartungsvollen Gesichtsausdruck sah, lächelte er noch strahlender.

„Nimm sie“, flüsterte sie.

Grant nahm ihre Hand und steckte ihr den Verlobungsring an. „Nicht schlecht! Er passt perfekt. Ich liebe dich, Francesca. Ich werde dich immer lieben.“

„O Grant!“ Sie hielt die Hand in die Sonne, sodass die Steine das Licht reflektierten. Rosafarbene Diamanten! Sie waren wunderschön.

„Du wirst doch nicht weinen, Liebes?“, fragte er zärtlich, selbst zutiefst gerührt.

„Natürlich werde ich weinen. Das machen Frauen in Situationen wie diesen. Es sind Freudentränen.“ Als sie sich ihm in die Arme warf, verlor er das Gleichgewicht, und sie fielen zusammen in den Sand.

Francesca prustete vor Lachen.

„Lieg still. Ich möchte dich küssen.“ Grant beugte sich über sie.

„Ich habe dir noch nicht gesagt, ob ich dich heirate.“

„Sag es mir *danach.*“ Er legte ihr die Arme um die Taille und neigte den Kopf.

„O Grant …“

Francesca wurde ernst. Sein Tonfall und der Ausdruck in seinen Augen waren so leidenschaftlich, dass auch sie heftiges Verlangen empfand.

Grant küsste sie, bis sie außer Atem war, und presste sie dabei an sich. „Ich werde jedenfalls nicht lockerlassen.“ Er öffnete die Knöpfe ihrer Bluse und schob die Hand hinein, um ihre nackten Brüste zu liebkosen. Er war sich ihrer ganz sicher, doch es gefiel ihr. Sie legte ihm die Arme um den Nacken und schob die Hände in sein Haar. Er war ein schöner Mann!

„Ich liebe dich.“

„Das habe ich mir gedacht“, erwiderte er leidenschaftlich.

„Ich kann es gar nicht erwarten, dich zu heiraten.“

„Ich kann es gar nicht erwarten, *dich* zu heiraten.“ Grant stöhnte auf und ließ sich neben ihr in den Sand fallen. „Wir müssen deinen Vater besuchen. Wir müssen dafür sorgen, dass er sich über die Neuigkeit freut. Und wir müssen einen Termin für die Hochzeit festlegen. Wie soll ich das bloß schaffen, ohne über dich herzufallen?“

„Ich möchte aber, dass du es tust“, brachte sie hervor. Sie sehnte sich danach, mit ihm zu schlafen.

„Ich auch." Er atmete stoßweise, und seine Züge waren angespannt, doch er wirkte erstaunlich beherrscht. „Aber nicht so, Liebes. Das erste Mal soll etwas ganz Besonderes sein – zum richtigen Zeitpunkt und am richtigen Ort. Wir sollten nichts überstürzen."

„Du bist dir deiner zu sicher, Grant Cameron."

Grant drehte sich zu ihr um, um sie wieder zu küssen. Dann strich er ihr das Haar aus dem Gesicht. „Ich habe Neuigkeiten für dich, die du gern hören wirst", sagte er, und ein jungenhaftes Lächeln umspielte seine Lippen. „Ich habe mit dem Architekten vereinbart, dass er hierherkommt, um es sich anzusehen. Wir werden ihm deine Skizzen zeigen. Lass ihn sie als Vorlage benutzen. Ich werde es so organisieren, dass wir für drei Wochen in die Flitterwochen fahren können, und zwar, wohin du willst – Fidschi, Patagonien, Antarktis oder Schweizer Alpen. Und wenn wir zurückkommen, wird unser Traumhaus bereits im Bau sein."

EPILOG

Die Hochzeit zwischen Grant Cameron und Lady Francesca de Lyle fand im Juni des folgenden Jahres in England statt. Die Trauzeremonie wurde in der alten Dorfkirche St. Thomas abgehalten, die an das Landgut des Brautvaters, des Earl of Moray, in den Hügeln von Hampshire angrenzte, der anschließende Empfang für zweihundert Gäste in großen Festzelten im Garten von Ormond House, der zu dieser Jahreszeit wunderschön war. Drei Zeitschriften – *Tatler, Harpers & Queen* und *Australian Woman's Weekly* – berichteten mit zahlreichen Fotos über die Hochzeit, die als eine der schönsten des Jahrzehnts galt.

Eine wunderschöne Aufnahme vom Brautpaar, das überglücklich aussah, zierte das Titelbild der australischen Zeitschrift. Die Braut, die von der australischen Presse als „Die englische Braut" bezeichnet wurde, war zwar väterlicherseits tatsächlich Engländerin, doch ihre Mutter war die weltbekannte australische Schauspielerin Fiona Kinross, die auf eine dreißigjährige Karriere auf der Londoner Bühne zurückblickte – Fiona Kinross, Mrs. David Westbury, Tochter des verstorbenen Sir Andrew Kinross, eines legendären australischen Viehbarons, dessen Vorfahren das Land in der Kolonialzeit erschlossen hatten.

Es gab zahlreiche Fotos nur von der Braut, die wunderschön aussah. Sie trug ein romantisches Duchessekleid mit einem Oberteil aus zarter Spitze und einen Tüllschleier, der ihr bis zur Taille reichte und von einem Diadem mit Diamanten und Perlen, einem Familienerbstück, gehalten wurde. Dazu hatte sie die passende Kette angelegt, und in der Hand hielt sie einen kleinen Strauß aus weißen Rosen.

Außerdem gab es Aufnahmen von der Braut mit den beiden kleinen Mädchen, die Blumen gestreut hatten, und mit ihren Brautjungfern, der schönen Alison Cameron, geborene Kinross, ihrer Cousine mütterlicherseits, Lady Georgina Lamb und Miss Serena Strickland, ihren beiden ältesten Freundinnen, die alle Seidenkleider in unterschiedlichen Rosatönen trugen. Andere Fotos zeigten den Bräutigam mit seinem Trauzeugen, seinem älteren Bruder Rafe, dem Besitzer der australischen Rinderzuchtfarm Opal Plains, ihrem gemeinsamen guten Freund und Schwager Broderick Kinross, Alisons Mann, dem Besitzer von Kimbara, einer ebenso bekannten Rinderzuchtfarm. Mr. Kinross' schöne Frau Rebecca, die offenbar schwanger war, trug ein schlichtes, elegantes blaues Kleid mit einem dazu passenden Hut.

Ein weiterer Schnappschuss zeigte die Braut mit ihrem Vater, dem Earl of Moray, beide vor Freude strahlend, ein anderer Mr. und Mrs. David Westbury. Mrs. Westbury war in einem smaragdgrünen Seidenkostüm erschienen, und ihr Hut, ihre Schuhe und ihre Handtasche waren genau darauf abgestimmt. Fotos, auf denen die Brauteltern gemeinsam zu sehen waren, suchte man vergeblich. Allerdings gab es eins von dem Earl mit seiner derzeitigen Countess Holly. Die Fotografen hatten auch viele Gäste abgelichtet, die der englische Teil der Familie überhaupt nicht kannte, unter anderem Miss Lainie Rhodes von Victoria Springs, eine langhaarige Blondine mit einem unwiderstehlichen Lächeln, die in einem eleganten weißen und marineblauen Kostüm mit einem ausgefallenen Hut eine gute Figur machte und sich in einem Artikel begeistert über die Feier äußerte. Neben ihr saß ein sehr attraktiver junger Mann, der jungenhaft lächelte und dem Bräutigam und dessen Bruder auffallend ähnelte. Er gehörte natürlich auch zur Familie. Es handelte sich um den Globetrotter Mr. Rory Cameron.

In den Flitterwochen würde das Brautpaar nicht nur einen Flug über die Antarktis machen, sondern auch nach Skandinavien und Kanada reisen, wo der Bräutigam Mitglieder des Cameron-Clans besuchen wollte, die dorthin ausgewandert waren.

Es sei ein perfekter Tag für eine perfekte Hochzeit gewesen, berichteten alle drei Zeitschriften. Und alle Gäste und Leserinnen waren sich darin einig, dass es eine Liebesheirat war.

War das nicht wunderschön?

– ENDE –

Beverly Barton
Raintree 3
Der Liebe geweiht
Band-Nr. 25364
7,95 € (D)
ISBN: 978-3-89941-586-5
320 Seiten

Jennifer Skully
Eine magische Begegnung
Band-Nr. 25283
7,95 € (D)
ISBN: 978-3-89941-464-6
416 Seiten

Emma Darcy
Die Söhne der Kings
Band-Nr. 95002
7,95 € (D)
ISBN: 978-3-89941-364-9
512 Seiten

Lucy Gordon
Sizilianische Herzen
Band-Nr. 25360
8,95 € (D)
ISBN: 978-3-89941-582-7
480 Seiten

Linda Lael Miller
Die McKettricks 1
So frei wie der Himmel
Band-Nr. 25355
7,95 € (D)
ISBN: 978-3-89941-574-2
304 Seiten

Linda Lael Miller
Die McKettricks 2
Echo der Liebe
Band-Nr. 25361
7,95 € (D)
ISBN: 978-3-89941-583-4
304 Seiten

Linda Lael Miller
Die McKettricks 3
Sturm über der Wüste
Band-Nr. 25362
7,95 € (D)
ISBN: 978-3-89941-584-1
304 Seiten

Linda Lael Miller
Die McKettricks 4
Wilde Rose der Prärie
Band-Nr. 25409
7,95 € (D)
ISBN: 978-3-89941-669-5

Lindsay / Hadley / Ashton
Liebesreise nach Frankreich
Band-Nr. 15033
8,95 € (D)
ISBN: 978-3-89941-596-4
432 Seiten

Mather / Rome / Hampson
Liebesreise nach Portugal
Band-Nr. 15032
8,95 € (D)
ISBN: 978-3-89941-595-7
432 Seiten

Armstrong / Bianchin / Badger
Liebesreise nach Australien (2)
Band-Nr. 15027
8,95 € (D)
ISBN: 978-3-89941-515-5
400 Seiten

Howard / Green / Kemp
Liebesreise nach Schottland
Band-Nr. 15024
8,95 € (D)
ISBN: 978-3-89941-512-4
432 Seiten